Le Jardin des secrets

Kate Morton

Le Jardin des secrets

Traduit de l'anglais (Australie) par Hélène Collon

ÉDITIONS
FRANCE
LOISIRS

Titre original : *The Forgotten Garden*
Publié par Allen & Unwin.

Une édition du Club France Loisirs,
avec l'autorisation des Presses de la Cité.

Éditions France Loisirs,
123, boulevard de Grenelle, Paris
www.franceloisirs.com

ISBN : Version reliée : 978-2-298-01682-6
        Version brochée : 978-2-298-01683-3

POUR OLIVER ET LOUIS,
plus précieux que tout l'or filé au pays des fées

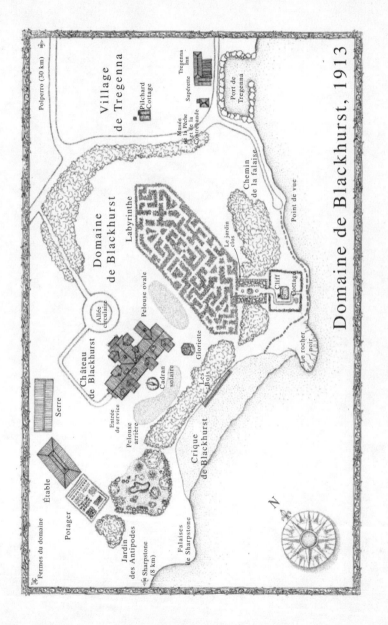

Domaine de Blackhurst, 1913

« Mais pourquoi faut-il que je rapporte trois mèches de cheveux prises à la reine des fées ? demanda le prince à la vieille. Pourquoi pas deux, ou bien quatre ?

Elle se pencha en avant sans cesser de filer. « Parce qu'il n'y a point d'autre chiffre, mon enfant. Trois est le chiffre du temps – ne parle-t-on pas du passé, du présent et de l'avenir ? Trois, le chiffre de la famille, aussi, car on parle bien de la mère, du père et de l'enfant, n'est-ce pas ? Et trois aussi le chiffre des fées, car on les cherche entre chêne, frêne et buisson d'épines ».

ELIZA MAKEPEACE, *La Tresse de la fée*

Première Partie

1

Londres, 1913

Il faisait tout noir dans le recoin où elle était cachée, mais elle devait obéir à la dame qui lui avait dit d'attendre là, parce que c'était encore trop risqué, et qu'elles devaient se faire toutes petites, comme des souris dans le garde-manger. C'était un jeu, la petite fille le comprenait bien. Comme quand elle jouait à chat perché, à cache-cache.

Derrière les tonneaux, la petite fille tendait l'oreille. Elle faisait apparaître une image dans sa tête, comme le lui avait appris papa. Tantôt loin, tantôt tout près, des hommes – sans doute des marins – s'interpellaient d'une voix rude, forte, qui évoquait la mer et tout le sel qu'elle contenait. Et puis, là-bas, on entendait des sirènes de navires qui faisaient beaucoup de bruit, et des coups de sifflet moins sonores, des éclaboussures de rames dans l'eau… Loin au-dessus de tout cela, des mouettes grises lançaient leur cri, les ailes déployées pour profiter au maximum des rayons du soleil en pleine ascension.

La dame allait revenir, elle l'avait promis, mais la petite espérait qu'elle ne tarderait plus trop. Parce qu'elle attendait depuis vraiment longtemps ; si longtemps que le soleil avait traversé le ciel. Maintenant, il réchauffait ses genoux à travers sa robe neuve. Aux aguets, elle cherchait à repérer le bruissement de ses jupes sur les planches du pont, le claquement de ses talons, son pas pressé – rien à voir avec celui de maman. La petite se demanda vaguement, avec le détachement des enfants aimés, où pouvait bien être maman et quand elle allait revenir. Elle se posait aussi des questions sur la dame. Elle savait qui elle était parce qu'elle avait entendu grand-mère en parler : elle s'appelait la Conteuse et habitait la chaumière tout au bout du domaine, après le labyrinthe. D'ailleurs, elle n'était pas censée être au courant, car on lui avait interdit d'aller y jouer. Maman et grand-mère disaient qu'il était dangereux de s'approcher de la falaise. Mais parfois, quand on ne la surveillait pas, elle aimait bien faire ce qui était interdit.

Des grains de poussière dansaient par centaines dans le rai de soleil entre les deux tonneaux. La petite sourit et il n'y eut plus de place dans ses pensées pour la dame, la falaise, maman... Elle tendit l'index pour en attraper un et rit en les voyant fuir au tout dernier moment.

À l'extérieur de sa cachette, les bruits changeaient peu à peu. On s'affairait, des voix excitées s'élevaient çà et là. Elle avança son petit visage dans le voile de lumière et l'appuya contre le bois froid des tonneaux. Puis elle risqua un œil vers le pont.

Des jambes, des souliers, des jupons... Des serpentins colorés qui s'agitaient en tous sens. Des goélands malins cherchant des miettes sur les planches.

Le grand bateau se mit à gîter un peu, puis un long gémissement grave remonta de ses entrailles, et la vibration traversa le pont pour se propager jusque dans les doigts de la fillette. Le temps parut s'arrêter un instant ; elle retint son souffle, les paumes posées à plat sur le sol, de part et d'autre de son petit corps tapi. Puis la corne sonna, assourdissante, et dans une salve de hourras et de « *bon voyage* [1] », le navire s'écarta du quai. On était partis, vers un endroit qui s'appelait New York, où était né papa. Il y avait déjà un certain temps qu'elle les entendait en parler à mi-voix ; maman disait à papa qu'il fallait partir le plus vite possible. Qu'ils ne pouvaient se permettre d'attendre encore.

Elle se remit à rire ; le bateau fendait les eaux comme une baleine géante, comme Moby Dick dans l'histoire que lui lisait souvent papa. Maman n'aimait pas qu'il lui lise des histoires. Elle disait qu'elles faisaient peur, qu'elles allaient lui mettre en tête des idées qui n'en ressortiraient plus. Dans ces cas-là, papa déposait un baiser sur le front de maman, disant qu'elle avait raison, qu'à l'avenir il ferait attention. Mais il continuait à lui raconter l'histoire de la grande baleine blanche, et d'autres aussi – ses préférées, qu'il trouvait dans le livre de contes, et qui parlaient de vieilles femmes sans yeux, de jeunes orphelines et de longues traversées en mer. En revanche, il veillait

1. En français dans le texte. (*N.d.T.*)

17

à ce que maman ne l'apprenne pas ; c'était leur secret à tous les deux.

Elle comprenait qu'ils devaient cacher des choses à maman parce qu'elle n'était pas en bonne santé ; avant sa naissance, elle avait même été très malade. Grand-mère ne cessait de lui dire d'être sage, que si mère se mettait dans tous ses états, il pouvait lui arriver quelque chose de très grave et tout serait de sa faute. Or, la petite aimait beaucoup sa maman, elle ne voulait pas qu'elle soit triste à cause d'elle ; alors elle avait de menus secrets. Comme l'histoire de la baleine, ou le labyrinthe, et les fois où papa l'avait emmenée voir la Conteuse dans son cottage tout là-haut, aux confins du domaine.

— Aha !

Une voix tout près de son oreille.

— Ça y est, je t'ai trouvée !

On poussa le tonneau de côté et la petite leva la tête. Aveuglée par le soleil, elle attendit que le propriétaire de la voix se déplace et lui cache la lumière du jour. C'était un garçonnet de huit ou neuf ans.

— Je t'avais prise pour Sally. Je me suis trompé.

La fillette fit oui de la tête.

— Comment tu t'appelles ?

Elle hésita. Elle ne devait dire son nom à personne. C'était un jeu, avait dit la dame.

— Alors ?

— C'est un secret.

Le garçon plissa le front et ses taches de rousseur se rapprochèrent.

— Pourquoi ?

Pour toute réponse, elle se contenta d'un hausse-ment d'épaules. Elle n'avait pas le droit de parler de la dame. Papa le lui avait toujours répété.

— Ben alors, où elle est Sally ? s'impatienta le garçonnet en dardant des regards en tous sens. Je suis sûr qu'elle est partie par là, pourtant.

On entendit un bref éclat de rire un peu plus loin sur le pont, puis un bruit de transats bousculés et des pas qui s'éloignaient précipitamment. Le visage du jeune garçon s'éclaira.

— Vite ! lança-t-il en s'élançant à son tour. Elle va filer !

La fillette sortit la tête entre les tonneaux pour le suivre du regard ; il se faufilait entre les passagers, traquant un envol de jupons blancs.

Elle avait tellement envie de se joindre à la course-poursuite qu'elle en avait des fourmis dans les pieds.

Seulement, la dame avait dit d'attendre là sans bouger.

Le garçon n'était presque plus visible. Elle le vit contourner un homme de haute stature, à la moustache cirée, qui fronça les sourcils ; ses traits se rassemblèrent au centre de son visage telle une famille de crabes affolés qui détalent tous en même temps dans une même direction.

La fillette éclata de rire.

Peut-être était-ce le même jeu, en fait ? D'ailleurs, la dame ressemblait plus à une enfant qu'aux autres grandes personnes de sa connaissance. Alors si ça se trouvait, elle jouait aussi...

Elle sortit de sa cachette et se releva lentement. Elle avait des fourmillements douloureux dans le pied gauche. Comme elle attendait que ça passe, elle vit le garçon tourner à un angle et disparaître.

Alors, sans réfléchir, elle se lança à sa poursuite. Ses pieds martelaient le pont et son cœur chantait dans sa poitrine.

2

Brisbane, Australie, 1930

Finalement, on organisa l'anniversaire de Nell dans la grande salle du Forester Building, à Latrobe Terrace. Hugh avait proposé le nouveau dancing mais, à l'instar de sa mère, Nell avait jugé ces dépenses superflues, les temps étant difficiles. Hugh donna son accord, en insistant tout de même pour qu'elle commande à Sydney les dentelles de sa robe. C'était Lil qui lui en avait soufflé l'idée. Elle lui avait montré dans le journal une publicité à l'enseigne de Pitt Street, à Sydney. Ces dentelles-là étaient belles, elles feraient plaisir à Nellie ; on pouvait trouver la dépense extravagante, mais un jour, on les incorporerait à sa robe de mariée. Lil lui avait souri ; elle avait de nouveau seize ans tout à coup, et lui en était à nouveau amoureux comme un fou.

Lil et Nell travaillaient depuis des semaines sur la fameuse robe. Le soir, quand Nell rentrait de chez le marchand de journaux et qu'on avait fini de dîner, alors que les petites se chamaillaient pour la forme sur la véranda et que les moustiques se pressaient par nuages épais dans l'air moite (le bourdonnement avait de quoi rendre fou), Nell montait chercher sa boîte à couture et s'installait au chevet de sa mère. Hugh les entendait rire d'un incident quelconque survenu pendant la journée – une dispute entre M. Fitzsimmons et un client, le dernier bobo en date de Mme Blackwell, les singeries des jumeaux de Nancy Brown... Il s'attardait un moment près de la porte, en bourrant sa pipe ; quand Nell rapportait les propos de Danny, son excitation était perceptible. La maison qu'il avait promis d'acheter quand ils seraient mariés, la voiture qu'il avait repérée et que son père aurait pour trois fois rien, l'ustensile de cuisine dernier cri en provenance de Sydney.

Hugh avait de l'affection pour Danny ; Nell n'aurait pas pu mieux choisir. Heureusement d'ailleurs, car ces deux-là étaient inséparables depuis le premier jour. Quand il les regardait, il se remémorait sa rencontre avec Lil. Leur bonheur avait été sans nuages, ils avaient toujours été là l'un pour l'autre. Jamais un mot plus haut que l'autre ou presque. Oui, vraiment, leur union avait été heureuse. Ils avaient connu des épreuves, comme tout le monde, mais ils les avaient toutes surmontées.

Une fois que sa pipe était bourrée, quand il n'avait plus de raison de s'attarder, Hugh se trouvait un coin tranquille sur la terrasse, à l'avant de la maison, une zone d'ombre où s'asseoir en paix – enfin, autant que possible dans une maison pleine de jeunes chahuteuses toutes plus excitées les unes que les autres. Il y restait seul, la tapette à mouches à portée de main au cas où les moustiques s'approcheraient trop près.

21

Invariablement, ses pensées se tournaient alors vers le secret qu'il gardait enfoui depuis de longues années.

Il serait bientôt temps de le révéler, il le sentait. Nell avait vingt et un ans ; c'était une femme, prête à vivre sa vie – et fiancée, de surcroît ! Elle avait le droit de savoir.

Il connaissait l'opinion de Lil à ce sujet ; c'était d'ailleurs pour ça qu'il ne lui en avait pas parlé. Il n'avait pas voulu l'alarmer, ni qu'elle use ses dernières forces à tenter de le dissuader, comme elle l'avait si souvent fait par le passé.

Parfois, Hugh se surprenait à regretter que le secret ne concerne pas une autre de leurs filles, même s'il répugnait à admettre qu'il avait une préférence parmi celles-ci.

Nellie avait toujours été différente. Pleine d'énergie créatrice, d'imagination. Un peu comme Lil, songeait-il souvent, même si ça ne tenait pas debout.

On avait accroché des rubans le long des poutres – blancs pour aller avec la robe de Nell et rouges pour rappeler sa chevelure flamboyante. La vieille salle n'avait certes pas l'éclat des bâtiments récents de la ville, mais en la récurant à fond on avait fini par la rendre passable. Près de l'estrade, les sœurs de Nell avaient dressé une table pour les cadeaux, qui s'y entassaient déjà en quantité non négligeable. Quelques dames de l'église s'étaient dévouées pour préparer le repas, et Ethel Mortimer se remettait au piano pour jouer des romances datant de la guerre.

Tout d'abord mal à l'aise, jeunes gens et jeunes filles restèrent par petits groupes le long des murs ; mais dès que la musique s'anima (et avec elle les garçons les plus hardis), ils formèrent des couples et s'aventurèrent sur la piste de danse. Les jeunes sœurs les regardèrent d'un œil envieux, puis on les réquisitionna pour porter les plats de la cuisine à la table.

Quand vint le moment des discours, les joues étaient empourprées et les souliers éraflés tant on avait dansé. La femme du pasteur fit tinter son verre et toutes les têtes se tournèrent vers Hugh, qui, près de la table à cadeaux, dépliait une feuille de papier. Il s'éclaircit la voix et passa une main dans ses cheveux, où l'on discernait encore les sillons du peigne. Prendre la parole en public ne lui plaisait guère. Il était plutôt du genre à rester dans son coin, à garder ses opinions pour lui et à laisser s'exprimer les plus bavards. Toutefois, ce n'était pas tous les jours qu'une de vos filles atteignait sa majorité... Et marquer le coup par un discours était son devoir de père. Or, Hugh était très à cheval sur les règles et les principes... Enfin, dans les grandes lignes.

Un de ses copains des Anciens combattants se mit à faire du chahut ; il lui adressa un signe de la main et un petit sourire. Puis il prit la feuille et inspira profondément. Un par un, il aborda les points qu'il avait griffonnés de sa minuscule écriture, à savoir que Nell faisait sa fierté et celle de sa mère, qu'ils avaient béni le ciel quand elle était arrivée en réponse à leurs prières, qu'ils aimaient beaucoup Danny et que Lil avait été heureuse d'apprendre leurs fiançailles avant de les quitter.

À l'évocation du décès récent de sa femme, Hugh sentit venir les larmes et il se tut. Il laissa courir son regard sur les visages assemblés – ses amis, ses filles... pour s'arrêter un instant sur Nell, qui écoutait en souriant ce que Danny lui murmurait à l'oreille. Alors qu'une ombre passait sur son front, on s'interrogea sur la gravité de sa prochaine annonce. Mais son visage s'éclaira et il remit la feuille de papier dans sa poche. Il était temps que la famille compte un autre représentant de la gent masculine, conclut-il, ce qui déclencha les rires de l'assistance.

Les dames de la cuisine s'affairèrent d'un coup – il fallait distribuer sandwiches et tasses de thé à la ronde – mais Hugh, lui, resta quelques instants planté là tandis qu'on le frôlait, acceptant les tapes amicales sur l'épaule, les félicitations et, pour finir, la tasse de thé qu'une des dames lui fourra dans les mains. Le discours s'était bien déroulé, de ce côté-là il était tranquille ; pourtant, il n'arrivait pas à se détendre. Son cœur battait à se rompre, et il transpirait malgré la fraîcheur de l'air.

Il savait très bien pourquoi, évidemment. Il lui restait un devoir à accomplir ce soir-là. Alors quand il vit Nell sortir seule sur la petite terrasse par une porte latérale, il posa sa tasse sur la table à cadeaux et laissa derrière lui la tiédeur bourdonnante de la salle pour lui emboîter le pas.

Elle se tenait près du tronc argenté d'un eucalyptus solitaire. Jadis, songea Hugh, tout le talus en était planté, ainsi que les combes, de chaque côté. Quel spectacle avaient dû offrir ces troncs fantomatiques, les nuits de pleine lune !

Et voilà ! Il repoussait encore l'échéance. Une fois de plus il tentait de fuir l'inévitable. Il faisait preuve de faiblesse.

Deux chauves-souris filèrent silencieusement à travers le ciel nocturne. Il descendit quelques marches branlantes et traversa la pelouse imprégnée de rosée.

Nell dut l'entendre approcher – un sixième sens, peut-être – car elle se retourna en souriant.

Quand il arriva à sa hauteur, elle lui dit qu'elle pensait à sa mère : depuis quelle étoile était-elle en train de les regarder ?

Hugh faillit fondre en larmes. Il fallait qu'elle évoque Lil ! Lil qui les observait, là-haut, furieuse à cause de ce qu'il s'apprêtait à faire. Il entendait d'ici sa voix, leurs disputes à ce propos...

Il repoussa tous les arguments en bloc. La décision lui revenait. Car après tout, c'était lui qui avait pris l'initiative, à l'époque. Certes, il ne savait pas où il mettait les pieds ; mais il avait entraîné tout le monde sur cette voie et maintenant, il devait assumer ses responsabilités. Les secrets finissaient toujours par sortir au grand jour ; et il préférait que Nell apprenne la vérité de sa bouche à lui.

Il lui prit les mains et y déposa un baiser puis un autre. Il les serra bien fort et en sentit la peau douce et lisse dans ses paumes calleuses.

Sa fille. Son premier enfant.

Elle lui sourit, radieuse dans sa robe délicate tout ornée de dentelles.

Il lui rendit son sourire.

Puis il la fit asseoir à côté de lui sur un tronc de gommier tombé là, lisse et blanc. Et lui révéla à l'oreille le secret que sa mère et lui avaient gardé pendant dix-sept ans. Il guetta sur son visage un signe de compréhension, un subtil changement d'expression. Et vit basculer une existence entière – celle d'une personne qui vient de disparaître d'un coup.

3

Cela faisait des jours que Cassandra n'avait pas quitté l'hôpital, même si, selon le médecin, il y avait peu de chances que sa grand-mère retrouve un semblant de lucidité. Peu probable, disait-il, à son âge et avec la quantité de morphine qu'on lui avait injectée.

Cassandra attendait quand même. Elle veillait, rassurante, sur une Nell qui semblait se noyer dans un océan de souvenirs puis remonter à la surface pour aspirer une goulée d'air avant de replonger dans les temps les plus reculés de son existence. Elle ne pouvait supporter l'idée que sa grand-mère lutte pour regagner le rivage du présent, émerge de l'abîme, pour se retrouver flottant seule, toute seule, à l'horizon de la vie.

Il fallut le retour de l'infirmière de nuit pour qu'elle se rende compte de l'heure – qu'elle n'aurait su dire avec précision ; à l'hôpital, tout était un peu vague : il y avait constamment de la lumière dans la salle d'attente, on entendait tout le temps au moins un poste de télévision, sans jamais le voir, et les chariots circulaient dans les couloirs à tout moment de la journée. Paradoxal, d'ailleurs, que dans un endroit où tout reposait sur la routine, les événements se déroulent résolument à côté des rythmes du monde extérieur.

L'infirmière remplaça la poche à perfusion vide par une espèce de vessie renflée, tourna un cadran sur une machine à la tête du lit, puis mit de l'ordre dans les draps et borda Nell jusqu'au menton.

— Elle n'a rien mangé de la journée, fit Cassandra d'une voix qui rendit un son étrange à ses propres oreilles.

L'infirmière releva brusquement la tête, surprise d'entendre quelqu'un parler. Elle regarda par-dessus la monture de ses lunettes le fauteuil où était assise Cassandra, une couverture bleu-vert toute froissée sur les genoux.

— Vous m'avez fait une de ces peurs ! Vous êtes restée là toute la journée, hein ? Ça vaut mieux, parce que ce ne sera plus long, maintenant.

Cassandra ne releva pas l'allusion.

— On ne pourrait pas la faire boire un peu ? Elle doit avoir soif.

La femme retourna le drap et le borda sans grande considération sous les bras filiformes de Nell.

— Vous en faites pas pour elle. La perf est là pour ça.

Elle consulta la feuille de soins et reprit sans lever les yeux :

— Il y a de quoi préparer du thé au bout du couloir si vous en voulez.

Quand l'infirmière s'en alla, Cassandra s'aperçut soudain que Nell avait les yeux ouverts et le regard fixe.

— Qui êtes-vous ? interrogea la vieille dame d'une voix frêle.

— C'est moi, Cassandra.

Perplexité évidente.

— On se connaît ?

Le médecin l'avait prévenue, mais cela lui fit mal quand même.

— Oui, Nell.

Sa grand-mère riva sur elle des prunelles d'un gris liquide, puis battit des paupières, perdue.

— Je... je ne me souviens pas.

— Chut... Ne t'inquiète pas.

— Qui suis-je ?

— Tu t'appelles Nell Andrews, répondit Cassandra avec douceur en lui prenant la main. Tu as quatre-vingt-quinze ans. Tu habites une vieille maison ici, à Paddington.

Les lèvres de Nell tremblèrent sous l'effort ; elle essayait de comprendre ce que lui disait cette jeune femme.

Cassandra prit un mouchoir en papier sur la table de chevet et essuya délicatement le filet de salive qui coulait sur le menton de la vieille dame.

— Tu tiens un stand au marché des antiquaires de Latrobe Terrace, poursuivit-elle tout bas. On y travaille ensemble, toi et moi ; on vend des objets et des meubles anciens.

— C'est vrai, émit faiblement Nell. Je sais. Tu es la fille de Lesley.

Au tour de Cassandra de marquer sa surprise. Quand elle était petite, elles évoquaient rarement sa mère, et encore moins depuis qu'elle était revenue vivre chez Nell dix ans plus tôt. Il y avait entre elles comme un accord tacite : ne pas ressasser un passé que, chacune de son côté, elles avaient de bonnes raisons de vouloir oublier.

Nell sursauta et ses yeux affolés scrutèrent le visage de Cassandra.

— Et le petit ? Il n'est pas là, j'espère, hein ? Si ? Je ne veux pas qu'il touche à mes affaires, tu m'entends ? Il me les abîmerait.

Cassandra fut prise de vertige.

— Ils sont précieux, mes objets. Il ne faut pas qu'il s'en approche, tu m'entends ?

Des mots se formèrent sur les lèvres de la jeune femme, qui eut le plus grand mal à les articuler.

— Non... non, ne t'en fais pas. Je ne le laisserai pas y toucher. Ne te fais pas de souci, Nell. Il n'est pas là.

Quand sa grand-mère se fut à nouveau engloutie dans les eaux sombres du sommeil, Cassandra s'étonna ; comment le cerveau pouvait-il être assez cruel pour rejeter ainsi sur le rivage de la conscience certaines bribes de passé ? Pourquoi, au soir de sa vie, sa grand-mère avait-elle en tête la voix de personnes disparues depuis des lustres ? En allait-il toujours ainsi ? Ceux dont la place était réservée à bord du silencieux navire de la mort cherchaient-ils fatalement sur le quai le visage des défunts partis depuis longtemps vers d'autres rives ?

Cassandra dut s'endormir car soudain, elle sentit que l'humeur de l'hôpital avait à nouveau changé autour d'elle. Ils s'étaient encore enfoncés dans le tunnel sombre de la nuit. La lumière avait baissé dans le couloir, et partout s'élevaient les sons caractéristiques du sommeil. Elle-même était tassée dans le fauteuil, la nuque raide ; une de ses chevilles était glacée car la couverture légère fournie par l'hôpital avait glissé. Elle comprit qu'il était tard ; elle était épuisée. Pourquoi s'était-elle réveillée ?

Nell... Nell respirait plus fort. Elle était réveillée. Cassandra se rapprocha vivement du lit et s'assit. Dans la pénombre, Nell avait les yeux vitreux, pâlis, brouillés comme de la peinture diluée. Sa voix ne tenait plus qu'à un fil, et ce fil était effrangé. Tout d'abord Cassandra ne distingua pas ce qu'elle disait ; elle crut que ses lèvres formaient des mots perdus, articulés dans un passé lointain. Puis elle se rendit compte que sa grand-mère parlait pour de bon.

— La dame... ânonnait-elle. La dame m'a dit d'attendre.

Cassandra caressa son front tiède et repoussa quelques douces mèches de ces cheveux qui, autrefois, rutilaient comme de l'or filé. Voilà qu'elle évoquait à nouveau cette « dame ».

— Elle ne t'en voudra pas. La dame ne sera pas fâchée si tu t'en vas.

Nell pinça les lèvres. Puis celles-ci frémirent.

— Je ne dois pas bouger. Elle a bien dit que je devais attendre ici, sur le bateau. La dame... reprit-elle dans un souffle. La Conteuse... Il ne faut le dire à personne.

— Chut, calme-toi. Je ne dirai rien, Nell. Je ne le dirai pas à la dame. Tu peux partir, maintenant.

— Elle avait promis qu'elle reviendrait me chercher, seulement, je ne suis pas restée où elle m'avait dit.

La respiration de la vieille dame se faisait laborieuse ; elle cédait à l'affolement.

— Je t'en supplie, Nell, ne t'inquiète pas pour ça. Ça ne fait rien. Je te jure.

Nell laissa retomber sa tête de côté.

— Je ne peux pas m'en aller... Je n'étais pas censée... la dame...

Cassandra appuya sur le bouton pour appeler à l'aide, mais au-dessus du lit, la lumière ne s'alluma pas. Elle hésita, guetta un pas précipité dans le couloir. Nell cillait, s'en allait tout doucement...

— Je vais chercher une infirmière...

— Non !

Nell tendit la main à l'aveuglette en essayant de retenir Cassandra.

— Ne me laisse pas !

Elle pleurait. Les larmes coulaient, silencieuses et luisantes, sur sa peau blême.

— Ne t'en fais pas, grand-maman, je vais chercher de l'aide. Je reviens tout de suite, promis.

4

Brisbane, Australie, 2005

La maison semblait savoir que sa maîtresse n'était plus ; elle n'en prenait pas le deuil, pas exactement – elle se murait plutôt dans un silence obstiné. Nell n'avait jamais aimé recevoir ; quant à sa petite-fille, même les souris faisaient plus de bruit. La maison s'était accoutumée à abriter deux existences sereines, dépourvues d'agitation, de troubles, d'éclats. Aussi le choc fut-il rude lorsque, sans préambule, des tas de gens vinrent se répandre dans ses pièces et son jardin, renversant du thé par-ci, semant des miettes par-là. Rencognée sur son flanc de colline, sous le village des antiquaires, la maison supporta stoïquement cette ultime indignité.

C'étaient les tantes qui avaient tout organisé, évidemment. Cassandra s'en serait bien passée ; elle aurait préféré célébrer la mémoire de sa grand-mère en privé. Mais les tantes ne voulurent pas en entendre parler. Il fallait que Nell eût sa veillée funèbre. La famille voudrait lui présenter ses respects, ainsi que les amis aussi, voyons. Et de toute façon, ça ne se faisait pas.

Cassandra était mal armée pour combattre ces certitudes sincères. Autrefois elle aurait protesté, mais ce temps-là était révolu. À présent elle fuyait l'affrontement, et puis les tantes ne se laissaient pas facilement dissuader. Chacune faisait montre d'une énergie qui démentait son âge (la plus jeune, Hettie, allait sur ses quatre-vingts ans). Aussi Cassandra avait-elle écarté ses appréhensions et renoncé à faire remarquer (elle en brûlait d'envie, pourtant) que Nell n'avait pas d'amis ; au lieu de cela elle s'était concentrée sur les tâches qui lui avaient été dévolues : disposer le service à thé, trouver des fourchettes à gâteau, débarrasser le bric-à-brac de Nell pour que les cousins puissent s'asseoir. Le tout en laissant les tantes s'affairer avec un air de circonstance, toutes pénétrées de leur propre importance.

Naturellement, ce n'étaient pas vraiment ses tantes mais les sœurs cadettes de sa grand-mère – donc ses grand-tantes maternelles. Nell n'avait jamais apprécié leur compagnie, mais elles avaient promptement pris Cassandra sous leur aile.

La jeune femme s'était un peu attendue à ce que sa mère vienne aux obsèques ou débarque au crématorium au dernier moment, paraissant trente ans de moins que son âge et s'attirant des regards admiratifs, comme toujours. Belle, jeune et odieusement irresponsable.

Mais non. Lesley enverrait plutôt une carte postale vaguement appropriée, rédigée d'une grosse écriture faite pour attirer l'attention, avec pour conclure abondance de bisous. Le genre qu'on distribue allègrement, une ligne manuscrite comme balafrée par la suivante.

Cassandra plongea ses mains gantées de caoutchouc dans l'évier et en remua encore le contenu.

— Eh bien, ça s'est très bien passé tout ça, déclara Phyllis, l'aînée des sœurs après Nell et de loin la plus autoritaire. Nell n'aurait rien trouvé à y redire.

Cassandra lui coula un regard de côté.

— Enfin, ajouta Phyllis en cessant une seconde d'essuyer la vaisselle, elle aurait d'abord exigé qu'il n'y ait pas de veillée. Et toi, reprit-elle d'un ton subitement maternel, comment te sens-tu ?

— Ça va.

— Tu n'es pas bien grosse. Tu manges, au moins ?

— Trois fois par jour.

— Tu devrais prendre un peu de poids. Viens dîner demain soir, j'inviterai la petite famille et je ferai mon hachis Parmentier.

Cassandra n'émit pas d'objections.

Phyllis promena un regard las sur la cuisine vieillotte, la hotte de guingois...

— Et tu n'as pas peur, ici, toute seule ?

— Non, je n'ai pas peur.

— Mais tu te sens seule, affirma sa grand-tante avec une grimace exagérément compatissante. Et c'est bien normal. Vous vous entendiez bien, Nell et toi, n'est-ce pas ?

Sans attendre de confirmation, elle posa une main tavelée sur l'avant-bras de Cassandra et continua à lui prodiguer ses encouragements.

— Mais tu vas t'en sortir, tu verras. C'est toujours triste de perdre quelqu'un qu'on aime, mais quand c'est une personne âgée c'est moins grave. C'est dans l'ordre des choses. C'est bien pire quand ça arrive à quelqu'un de plus jeune, parce que...

Elle s'interrompit, ses épaules se contractèrent et ses joues s'empourprèrent.

— Oui, oui, s'empressa Cassandra, bien sûr, tu as raison.

Elle cessa de laver les tasses et contempla le jardin par la fenêtre. La mousse glissa sur ses gants, sous lesquels elle portait toujours son alliance.

— Il faudrait que je désherbe un peu. Si je n'y prends pas garde, le cresson va envahir l'allée.

Phyllis saisit prestement la perche tendue.

— Je t'enverrai Trevor. Samedi, ça irait ? demanda-t-elle en serrant de plus belle le bras de Cassandra entre ses doigts noueux.

Alors retentit le pas traînant de la tante Dot, qui posa sans ménagement un énième plateau plein de tasses sales sur la paillasse, puis pressa une main dodue contre son front.

— Pas trop tôt, déclara-t-elle en regardant les deux femmes à travers ses culs-de-bouteille. Ce sont les dernières. Ça m'a donné faim, moi, tout ça, reprit-elle en lorgnant une boîte à gâteaux.

— Dot ! Tu viens à peine de manger, lança Phyllis, qui en profita pour dompter son malaise en admonestant sa sœur.

— Ça fait bien une heure !

— Pense à ta vésicule. Tu devais surveiller ton poids.

— Mais je le surveille, contra Dot en se redressant pour comprimer entre ses mains son tour de taille considérable. J'ai perdu trois kilos trois cents depuis Noël, ajouta-t-elle malgré le regard dubitatif de Phyllis, en replaçant le couvercle sur la boîte en plastique. Je t'assure !

Cassandra réprima un sourire et retourna à ses tasses. Phyllis et Dot étaient aussi rondes l'une que l'autre ; toutes les tantes étaient rondes. Seule Nell avait échappé à la malédiction familiale : elle tenait de son Irlandais de père, maigre comme un clou. Quel tableau, naguère, que toutes ces sœurs grassouillettes entourant une Nell grande et mince !

Phyllis et Dot continuaient à se chamailler ; Cassandra savait d'expérience que si elle ne faisait pas diversion, cela dégénérerait en vraie dispute et l'une ou l'autre (voire les deux) finirait par jeter son torchon et sortir en trombe, drapée dans sa dignité offensée. Bien qu'elle eût déjà assisté à ce genre de scène, elle n'avait jamais compris comment certains mots, certaines expressions, un regard un peu trop appuyé pouvaient raviver des chamailleries anciennes, et elle n'avait jamais pu s'y habituer. Fille unique, elle trouvait aussi fascinants qu'effrayants les sentiers battus qu'empruntaient les relations entre les membres d'une fratrie. Heureusement que les autres tantes étaient parties, entraînées par leurs familles respectives, sinon elles n'auraient pas manqué d'ajouter leur grain de sel.

Elle s'éclaircit la voix.

— Au fait, j'avais une question à vous poser...

Elle avait presque réussi à mobiliser leur attention.

— ... à propos de Nell et d'une chose qu'elle a dite à l'hôpital.

Phyllis et Dot se retournèrent, aussi cramoisies l'une que l'autre. En entendant le nom de leur sœur, elles parurent se calmer. Se rappeler pourquoi elles étaient là, toutes les deux, à essuyer des tasses à thé.

— Oui ? s'enquit Phyllis.

— Vers la fin elle a mentionné à plusieurs reprises une femme qu'elle appelait « la Dame » ou « la Conteuse ». Et elle se croyait sur un bateau.

Phyllis pinça les lèvres.

— Elle divaguait, voilà tout. Elle ne savait plus ce qu'elle disait. C'est sans doute un personnage de feuilleton télé. Il y en avait un qu'elle aimait bien et qui se passait sur un paquebot, non ?

— Phyllis, arrête, fit Dot en secouant la tête.

— Pourtant, il me semble bien qu'elle m'en a parlé.

— Voyons, Phyllis. Nellie n'est plus là. Ça ne sert plus à rien, toutes ces histoires.

Phyllis croisa les bras sur sa poitrine et maugréa sans conviction.

— On devrait lui dire, reprit Dot avec douceur. Ça ne peut plus faire de mal, maintenant.

— Me dire quoi ? s'enquit Cassandra.

Elle les dévisagea successivement. Elle avait posé une simple question pour couper court à une éventuelle altercation, et voilà qu'elle soulevait un lièvre inattendu. Les tantes étaient si absorbées l'une par l'autre qu'elles avaient oublié sa présence.

— Eh bien ? Me dire quoi ? insista-t-elle.

— Il vaut mieux qu'elle l'apprenne par nous, dit Dot avec un haussement de sourcils comminatoire à l'intention de sa sœur.

Phyllis hocha imperceptiblement la tête et regarda Dot avec un sourire sans joie. Le secret qu'elles partageaient en faisait à nouveau des alliées.

— Viens donc t'asseoir, proposa enfin Phyllis. Dotty, ma chérie, tu branches la bouilloire ? Tu nous fais une bonne tasse de thé ?

Cassandra suivit sa tante au salon et prit place sur le canapé. Phyllis casa son imposant postérieur à l'autre bout et se mit à tripoter un fil qui dépassait.

— Je ne sais pas par où commencer... Je n'avais plus repensé à cette histoire depuis une éternité.

Cassandra était perplexe. Quelle histoire ?

— Ce que je vais te révéler, c'est le grand secret de la famille. Toutes en ont un, tu sais, mais il y en a de plus grands que d'autres. Mais qu'est-ce qu'elle fabrique ? s'impatienta-t-elle en lançant un regard courroucé en direction de la cuisine.

— Phyllis, venons-en au fait.

Celle-ci soupira.

— Promets-moi que tu ne le diras jamais à personne. Cette affaire a tellement divisé la famille qu'il était plus facile de ne rien dire. D'ailleurs, papa aurait dû garder le silence. Enfin, le pauvre a cru bien faire.

— Mais quoi ?

Phyllis entendit peut-être, mais n'en laissa rien voir. C'était à elle de raconter l'histoire, et elle le ferait à sa manière, et à son rythme à elle.

— Nous formions une famille unie. Nous n'étions pas bien riches, mais nous étions heureux. Maman, papa, et nous, les filles. Nellie était l'aînée, comme tu le sais ; puis il y a eu un intervalle d'une dizaine d'années à cause de la Grande Guerre, sur quoi on est toutes arrivées en cascade. Tu me croiras si tu veux, reprit-elle avec un sourire, mais en ce temps-là Nellie était le rayon de soleil de la famille. On l'adorait – nous, les petites, on la considérait un peu comme une mère, surtout quand maman est tombée malade. Nell s'en est tellement occupée !

Cassandra n'avait guère de mal à imaginer Nell soignant sa mère mourante, quant à se la représenter en boute-en-train...

— Qu'est-ce qui s'est passé ?

— Pendant longtemps, aucune d'entre nous n'a su. Un jour tout a changé à la maison et personne n'a compris pourquoi. Notre grande sœur est devenue quelqu'un d'autre, et on aurait dit qu'elle ne nous aimait plus. Pas du jour au lendemain, quand même. Mais elle s'est peu à peu repliée sur elle-même, en se détachant de nous. Mystère total. Et ça nous faisait mal au cœur. Quant à Papa, on avait beau le harceler, il refusait d'aborder le sujet.

« C'est mon mari, Dieu ait son âme, qui nous a finalement aiguillées dans la bonne direction. Sans le faire exprès, en plus ! Ne va pas croire qu'il s'était mis en tête de percer le secret de Nell. Seulement, il se piquait d'histoire locale. Et quand Trevor est né il a décidé de faire notre arbre généalogique. C'était aussi l'année de la naissance de ta mère – 1947.

Elle marqua une pause et observa Cassandra d'un air matois, pour voir si la jeune femme allait deviner. Mais non.

— Un jour, le voilà qui débarque à la cuisine – je m'en souviens comme si c'était hier – en disant qu'il ne trouvait aucune trace de la naissance de Nell dans les registres. « C'est normal, j'ai répliqué, elle est née à Maryborough, avant que la famille s'installe à Brisbane ». Doug m'a dit qu'il y avait pensé, mais qu'à Maryborough, on lui avait également répondu par la négative.

Avec un regard lourd de sous-entendus, elle ajouta :

— Donc, Nell n'existait pas. Du moins sur le plan légal.

Cassandra accepta la tasse de thé que lui tendait enfin Dot, laquelle prit place dans le fauteuil face à Phyllis.

— Je ne comprends pas.

— C'est bien naturel, mon petit. Pendant longtemps nous n'avons pas compris non plus. Puis il y a eu cette conversation avec June, ajouta-t-elle en secouant la tête. Au mariage de Trevor, non ? soupira-t-elle.

Phyllis acquiesça.

— En 1975. J'étais furieuse contre Nell. Papa venait de décéder, mon aîné se mariait – le neveu de Nellie, donc –, et elle ne s'est même pas donné la peine de venir. Au lieu de ça, elle est partie en vacances. Ce qui m'a amenée à discuter avec June. Je ne te cache pas que je pestais contre Nell.

Cassandra comprenait de moins en moins. Elle n'avait jamais très bien maîtrisé le réseau étendu des amis et parents des tantes.

— Qui est June ?

— Une cousine du côté de maman, l'informa Dot. Tu as dû la rencontrer. Elle avait un an de plus que Nell et, petites, elles étaient inséparables.

— Tu peux le dire, répliqua Phyllis avec un reniflement dédaigneux. June est la seule à qui Nell se soit confiée sur le moment.

— Mais quel moment ? Qu'est-ce qui s'est passé ? Dot se pencha.

— Papa a révélé à Nell...

— Papa a révélé à Nell ce qu'il aurait dû garder pour lui, coupa aussitôt Phyllis. Il croyait faire son devoir, le pauvre. Il l'a regretté jusqu'à la fin de ses jours, parce qu'entre eux ça n'a plus jamais été pareil.

— Et il avait toujours eu un faible pour elle.

— Il nous aimait toutes, fit sèchement Phyllis.

— Arrête ! fit Dot en levant les yeux au ciel. Aujourd'hui encore tu es incapable de l'admettre. Nell avait sa préférence, un point c'est tout. Aussi paradoxal que ça puisse paraître, quand on sait...

Ravie de reprendre les rênes, Dot enchaîna :

— C'était le soir de son vingt et unième anniversaire. Après la fête...

— Non, pendant, rectifia Phyllis avant de se tourner vers Cassandra. Il croyait peut-être le moment bien choisi pour tout lui dire, alors qu'elle entamait une nouvelle vie et tout ça. Elle était fiancée, tu sais ; pas à ton grand-père, à un autre gars.

— Ah bon ? s'étonna la jeune femme. Elle ne m'en a jamais rien dit.

— Le grand amour de sa vie, si tu veux mon opinion. Un type du coin, pas comme Al.

Phyllis prononça le prénom avec un soupçon de dégoût. Que les tantes aient mal accueilli l'époux américain de Nell, ce n'était un secret pour personne. Rien de personnel – juste un dédain partagé au sein d'une communauté qui n'avait pas digéré l'afflux à Brisbane, pendant la Seconde Guerre mondiale, de GI fortunés qui, avec leur bel uniforme et leur accent exotique, étaient repartis avec une bonne partie de la population féminine.

— Et alors, qu'est-ce qu'il y a eu ? Pourquoi ne l'a-t-elle pas épousé ?

— Elle a rompu les fiançailles quelques semaines après sa soirée d'anniversaire, expliqua Phyllis. Tu parles d'une révolution ! Nous, on adorait Danny, et lui, le pauvre, ça lui a brisé le cœur. Il a fini par en épouser une autre, juste avant la guerre. Ça ne lui a pas porté chance, vu qu'il n'est jamais revenu des combats contre les Japs.

— Son père lui a interdit d'épouser Danny ? C'est ça qu'il lui a dit, ce fameux soir ?

— Pas du tout, s'emporta Dot. Papa ne jurait que par lui, au contraire ; pour lui, nos maris à nous ne lui arrivaient pas à la cheville.

— Alors pourquoi a-t-elle rompu ?

— Elle n'a pas voulu le dire – même pas à Danny. On a failli devenir fous, tous, à essayer de comprendre ce qui s'était passé dans sa tête. Tout ce qu'on savait, c'est qu'elle refusait d'adresser la parole à papa et à Danny.

— Enfin, jusqu'à ce que Phyllis en parle à June.

— Oui, quarante-cinq ans plus tard.

— Qu'est-ce qu'elle t'a dit, June ? Qu'est-ce qui s'est donc passé le soir de ce fameux anniversaire ?

Phyllis but une gorgée de thé et regarda Cassandra en haussant les sourcils.

— Papa a dit à Nell qu'elle n'était pas leur fille.

— Sa femme et lui l'avaient adoptée ?

Les tantes échangèrent un regard.

— Pas exactement, dit Phyllis.

— Disons plutôt que c'était une enfant trouvée, renchérit Dot.

— Ils l'ont recueillie.

— Et ils l'ont gardée.

Cassandra fronça les sourcils.

— Ils l'avaient trouvée où ?

— Sur les docks de Maryborough, qui recevaient les grands navires en provenance d'Europe. Ce n'est plus le cas de nos jours, évidemment. Il y a de plus grands ports. Et puis les gens prennent l'avion maintenant.

— C'est papa qui l'a trouvée quand elle était encore toute petite, juste avant la déclaration de guerre. Les gens quittaient l'Europe par milliers et nous, ici, on était bien contents de les recevoir. Tous les deux jours, des navires accostaient. À l'époque, Papa était capitaine du port ; son travail consistait notamment à s'assurer que les passagers étaient bien ceux qu'ils prétendaient être et qu'ils étaient arrivés là où ils voulaient aller. Certains ne parlaient pas un mot d'anglais.

« Si j'ai bien compris, un après-midi il y a eu toute une histoire parce qu'un bateau avait touché terre après une traversée abominable – typhoïde, insolations... ils avaient eu droit à tout ; au débarquement il y a eu des tas de bagages non réclamés et de personnes non identifiées. Un vrai cauchemar. Bien sûr, papa a mis de l'ordre dans tout ça – il a toujours été doué pour ces choses-là – mais il a dû rester tard pour s'assurer que le veilleur de nuit était au courant et lui expliquer pourquoi il y avait tant de valises au bureau. Et c'est en l'attendant qu'il a trouvé une petite fille de quatre ans toute seule sur le quai, assise sur une valise d'enfant.

— Pas un chat à des kilomètres à la ronde, renchérit Dot en secouant la tête. Elle était complètement livrée à elle-même.

— Naturellement, papa a tenté de savoir qui elle était, mais elle a refusé de le lui dire. Elle prétendait ne pas le savoir, ou ne pas s'en souvenir. Et pas d'étiquette sur sa valise, rien à l'intérieur non plus. Mais il se faisait tard, la nuit tombait, la pluie menaçait. Papa s'est dit qu'elle devait avoir faim, alors il a décrété que la meilleure solution était de la ramener à la maison. Il ne pouvait tout de même pas la laisser toute seule sous la pluie jusqu'au lendemain matin !

Cassandra s'efforçait, incrédule, de concilier son souvenir de Nell avec cette image de fillette solitaire.

— Selon June, le lendemain, en retournant au bureau, il s'attendait à tomber sur des parents affolés, la police, une enquête...

— Et puis non, rien, poursuivit Dot. Les jours ont passé et personne n'est venu la réclamer.

— Comme si elle n'avait laissé aucune trace. Naturellement on a essayé de l'identifier, mais avec tous ces gens qui débarquaient quotidiennement... Tu imagines la paperasse. Pas très difficile de glisser discrètement quelque chose entre les mailles du filet.

— Quelque chose... ou quelqu'un.

— Alors ils l'ont gardée, soupira Phyllis.

— Que pouvaient-ils faire d'autre ?

— Et ils lui ont fait croire qu'elle était leur fille.

— Notre sœur.

— Jusqu'à son vingt et unième anniversaire. Papa s'est dit qu'il était temps qu'elle apprenne la vérité. Qu'elle sache qu'elle était une enfant trouvée, avec pour seul indice une petite valise.

Cassandra digéra la nouvelle sans rien dire. Puis elle entoura de ses doigts sa tasse de thé chaude.

— Elle a dû se sentir bien seule.

— Il y avait de quoi, acquiesça Dot. Toute une traversée sans personne pour l'accompagner à bord de ce grand navire, et pour échouer sur un quai désert...

Cassandra opina, mais ce n'était pas vraiment ce qu'elle avait voulu dire.

— Et après, aussi.

— Comment ça ?

Cassandra réfléchit. Oui, finalement, qu'entendait-elle par là ? Elle avait eu la certitude subite que Nell avait dû éprouver une grande solitude. Elle entrevoyait pour la première fois un aspect essentiel de sa personnalité. Ou plutôt, cet aspect s'expliquait d'un coup. Son isolement, son indépendance, sa susceptibilité.

— Je veux dire : elle a dû se sentir très seule quand elle a appris qu'elle n'était pas celle qu'elle croyait être.

— Tiens, oui, s'étonna Phyllis. Je n'avais pas vu les choses sous cet angle. Moi, quand June me l'a dit, je n'ai pas bien vu ce que ça changeait ; je n'ai pas compris pourquoi Nellie s'était laissé affecter à ce point. Papa et maman l'aimaient énormément, et

44

nous, les petites, on l'idolâtrait. Elle n'aurait pas pu rêver une meilleure famille.

Elle se laissa aller contre l'accoudoir du canapé, la joue calée dans sa paume, et se massa la tempe avec lassitude.

— Avec le temps, j'ai quand même fini par me dire que ce qui semble naturel a finalement une grande importance. La famille, les liens du sang, le passé... tout ça. C'est ça qui nous façonne, et c'est ça que papa a enlevé à Nell. Sans le vouloir, bien sûr, mais voilà.

— Cela dit, elle a dû être soulagée d'apprendre que vous étiez enfin au courant. Ça a dû lui faciliter les choses, d'une certaine manière.

Phyllis et Dot s'entreregardèrent.

— Vous lui avez dit que vous saviez, j'espère ?

— J'ai été plusieurs fois à deux doigts de le lui avouer, répondit Phyllis. Mais je ne trouvais jamais les mots, et puis, je ne pouvais pas lui faire ça. Elle ne nous en avait jamais soufflé mot, elle avait reconstruit sa vie autour de ce secret, tout fait pour le garder... Alors je ne sais pas... Il m'a semblé... presque cruel d'abattre d'un coup toutes ces murailles. Ç'aurait été comme si le sol se dérobait une deuxième fois sous ses pieds, par notre faute. D'un autre côté, reprit-elle, si ça se trouve, c'est des bêtises, tout ça. Quand elle voulait, Nell pouvait être drôlement agressive, alors peut-être que je n'ai pas eu le courage, tout simplement.

— Non, ça n'a rien à voir, contra fermement Dot. On était toutes d'accord. C'était ce qu'elle voulait.

— Tu as sans doute raison. Mais quand même, il y a de quoi se poser des questions. Les occasions n'ont pas manqué – comme le jour où Doug a rapporté la valise, par exemple.

— Juste avant sa mort, en 75, expliqua Dot, papa a demandé au mari de Phyllis d'apporter la valise à Nell. Sans un mot, tu te rends compte ? Il était comme ça, aussi fort que Nell pour garder un secret. Il n'y avait pas touché depuis le jour où il l'avait découverte sur le quai. Il l'avait cachée dans un coin où, d'après lui, seuls les rats et les cafards pouvaient la trouver.

— C'est drôle, remarqua Phyllis, mais dès que j'ai posé les yeux dessus, je me suis rappelé les révélations de June et j'ai su que c'était la fameuse valise. Pourtant, pendant les années où elle est restée au fond du débarras de papa, je n'y ai pas pensé. Je n'ai pas fait le rapport avec Nell et ses origines. Je me suis seulement demandé ce qui incitait papa et maman à garder cette drôle de valise. Toute petite, qu'elle était. Une valise d'enfant, quoi. En cuir blanc, avec des fermoirs en argent qui brillaient.

Phyllis aurait pu s'épargner la peine de décrire la valise à Cassandra, car celle-ci savait très bien à quoi elle ressemblait.

Mieux, elle savait ce qu'elle contenait.

5

Brisbane, Australie, 1976

Cassandra comprit où elles allaient dès que sa mère baissa la vitre et dit « Le plein, s'il vous plaît » au monsieur de la station-service, en ajoutant « Et vous me la bichonnez, hein ! ». Il lui répondit une chose que la petite ne comprit pas ; sa maman, elle, pouffa comme une gamine. L'homme lança un clin d'œil à Cassandra avant de lorgner les longues jambes brunes de Lesley, dénudées par le short en jean. Cassandra avait l'habitude de ces regards masculins sur sa mère ; elle ne s'en formalisa pas. Elle regarda par la vitre en pensant à Nell, sa grand-mère. C'était elle qu'elles allaient voir. Sinon, jamais sa mère ne mettait plus de cinq dollars d'essence dans le réservoir : il y avait une heure d'autoroute jusqu'à Brisbane.

Cassandra avait toujours été un peu impressionnée, un peu effrayée par Nell. Elle ne l'avait vue que cinq fois en tout et pour tout, à sa connaissance, mais ce n'était pas le genre de personne qu'on oublie. D'abord, elle n'avait jamais rencontré de dame aussi vieille. Et puis Nell ne souriait jamais et ça lui donnait un air un peu hautain, pas très rassurant. Lesley n'en parlait pas souvent, mais un jour où elle se disputait avec son petit ami d'avant Len, Cassandra l'avait entendue depuis son lit traiter Nell de sorcière ; la fillette ne croyait plus à la magie, à son âge, mais l'image ne l'avait plus quittée.

Effectivement, Nell avait quelque chose d'une sorcière, avec sa longue chevelure argentée enroulée en chignon et les chats qui occupaient sa maison en bois perchée sur la colline de Paddington, avec sa peinture jaune citron qui s'écaillait et son jardin sauvage. Et cette façon de vous regarder droit dans les yeux, comme si elle s'apprêtait à vous lancer un sort.

Cassandra et sa mère filaient à belle allure, toutes vitres baissées ; Lesley chantait la dernière chanson d'Abba, que la radio diffusait quasiment sans discontinuer. Après avoir traversé le fleuve, elles contournèrent le centre-ville et traversèrent Paddington, avec ses « champignons » en tôle ondulée enfoncés à flanc de colline. Pour arriver chez Nell, il fallait bifurquer à partir de Latrobe Terrace, descendre une pente très raide et avancer jusqu'à la moitié de la rue.

Lesley monta sur le trottoir, freina brutalement et coupa le moteur. Cassandra attendit un peu avant de descendre ; le soleil lui brûlait les cuisses à travers le pare-brise et, sous ses genoux, la peau tiède et moite collait au vinyle des sièges. Elle sortit en même temps que sa mère et se tint à ses côtés sur le trottoir, en levant machinalement les yeux vers la maison haute et étriquée.

Une étroite allée en ciment craquelé partait sur un côté. Il y avait bien une porte d'entrée en hauteur, face à la rue, mais on avait couvert l'escalier des années plus tôt et plus personne ne l'empruntait. D'après Lesley, Nell préférait ça parce que ça décourageait les gens de débarquer sans prévenir en se croyant les bienvenus. Les gouttières étaient antiques et toutes de travers et, en plein milieu de la toiture de l'escalier, un grand trou aux arêtes rouillées devait laisser entrer l'eau en abondance en cas d'averse. Enfin, ce n'est pas aujourd'hui qu'il pleuvra, en tout cas, se dit Cassandra tandis que la brise faisait tinter un carillon.

— Tu parles d'un trou paumé, déclara Lesley en regardant par-dessus ses grandes lunettes de soleil. Qu'est-ce que j'ai bien fait de me tirer de Brisbane !

Un bruit au bout de l'allée. Un chat racé, couleur caramel, fixait sur les nouvelles venues un regard peu accueillant. Un grincement de charnières, puis des pas. Une haute silhouette aux cheveux argentés

48

fit son apparition à côté du chat. Cassandra retint son souffle. Nell... Elle eut l'impression de se retrouver nez à nez avec un produit de son imagination.

Toutes trois s'observèrent un instant sans rien dire. Cassandra se sentit témoin d'un mystérieux rituel entre adultes. Pourquoi restaient-elles plantées là ? Qui allait faire le premier pas ? Finalement, ce fut Nell qui rompit le silence.

— On était convenues que tu préviendrais avant de venir.

— Moi aussi je suis contente de te voir, m'man !

Lesley leva les yeux au ciel comme quand elle feignait de prendre à la légère une accusation.

— Je trie des cartons pour une vente aux enchères. Il y a des objets partout et nulle part où s'asseoir.

— On se débrouillera, t'inquiète.

Lesley agita les doigts en direction de Cassandra.

— Ta petite-fille a soif. Il fait une chaleur à crever, ici, dehors.

Nell soupira.

— Bon, eh bien entrez, alors.

Nell n'avait pas menti : il y avait effectivement du bazar partout. Le sol était jonché de journaux froissés en gros monticules gaufrés. Sur la table, telle une île au milieu d'un océan d'imprimés, un impression-nant ensemble de vaisselle en porcelaine, de verres à pied et autres objets en cristal. « *Bric-à-brac* [2] », songea Cassandra, toute contente de se rappeler cette expression qui crépitait à l'oreille.

2. En français dans le texte. (*N.d.T.*)

— Je fais du thé, déclara Lesley en se mouvant avec aisance à travers la cuisine.

Nell et Cassandra se retrouvèrent face à face. À sa manière bien à elle, un peu inquiétante, la vieille dame plongea son regard dans les prunelles de la fillette.

— Tu as grandi, constata-t-elle enfin. Mais tu es encore trop maigre.

Cassandra opina. C'était aussi ce que disaient les copains de l'école.

— Moi aussi j'étais maigre, reprit la vieille dame. Tu sais ce que me disait mon père ? « Tu as des jambes de sauterelles. Tu devrais jouer au cricket ».

Nell décrocha des tasses alignées dans un antique vaisselier.

— Tu prends du thé ou du café ?

Cassandra en resta incrédule et scandalisée. Elle avait peut-être eu dix ans en mai, mais elle était encore une petite fille, et n'avait pas l'habitude que les grandes personnes lui proposent des boissons pour grandes personnes.

— Je n'ai ni sodas ni jus de fruits, prévint Nell.

Cassandra retrouva enfin la parole.

— Du lait, alors. J'aime bien.

— Dans le frigo, répondit Nell. C'est pour les chats. La bouteille est glissante, ne la laisse pas tomber.

Une fois le thé servi, Lesley ordonna à Cassandra de filer dehors. Il faisait « trop beau pour rester enfermée quand on était une petite fille ». Nell ajouta qu'elle pouvait jouer au sous-sol, mais surtout sans rien déranger. Et en aucun cas elle ne devait pénétrer dans le « studio » qui y était aménagé.

C'était une de ces périodes très chaudes et très sèches, caractéristiques des antipodes, où les journées semblent se succéder sans interruption, telles des perles sur un collier. Les ventilateurs ne faisaient que brasser l'air chaud, on était assourdi par les cigales, on s'épuisait à respirer et il n'y avait plus qu'à rester allongé sur le dos à attendre que passent janvier et février ; après quoi venaient les tempêtes de mars et finalement les rafales d'avril.

Mais cela, Cassandra n'en avait pas conscience. Elle avait la robustesse des enfants nés sous des climats extrêmes. En sortant, elle fit claquer la porte à moustiquaire et prit l'allée du jardin. Des fleurs de frangipaniers tombées par terre cuisaient au soleil, noires, sèches, racornies. Au passage, elle les écrasa soigneusement sous sa chaussure et prit un certain plaisir à voir tout ce noir tacher le ciment blond.

Elle alla s'asseoir sur un petit banc métallique, au milieu de la clairière où aboutissait l'allée, en se demandant pendant combien de temps elle devrait « s'amuser » toute seule dans le jardin bizarre de sa mystérieuse grand-mère. Elle regarda vers la maison ; de quoi pouvaient-elles bien parler, toutes les deux ? Qu'étaient-elles venues faire là, au juste ? Mais elle avait beau retourner ces questions dans sa tête et les examiner sous tous les angles, aucune réponse ne se présentait.

Au bout d'un moment, pourtant, l'attraction exercée par le jardin fut trop grande, elle ne put résister. Alors elle renonça à ses interrogations et se mit à ramasser des cosses d'impatiens pleines de graines sous le regard d'un chat noir qui l'observait de loin en feignant l'indifférence. Quand elle en eut rassemblé une belle collection, elle monta sur la branche basse d'un manguier et les fit éclater une à une dans sa paume. Elle savoura la sensation froide et visqueuse des graines, la surprise du chat quand une cosse vide atterrit droit entre ses pattes, et son empressement à lui sauter dessus en la prenant pour une sauterelle.

Quand elle fut venue à bout de toutes les cosses, Cassandra s'essuya les mains sur son short et laissa courir son regard au hasard. Derrière le grillage s'élevait un grand bâtiment blanc rectangulaire : le théâtre de Paddington, à présent fermé. Sa grand-mère y possédait une boutique d'objets anciens. Elle y était allée lors d'une précédente visite impromptue. Lesley l'avait confiée à Nell pendant qu'elle allait retrouver Dieu sait qui.

Sa grand-mère l'avait autorisée à faire reluire un service à thé en argenterie. Ça lui avait plu. Elle avait bien aimé l'odeur du produit – qui noircissait à mesure que les théières redevenaient argentées. Nell lui avait même expliqué le sens de certains motifs ornementaux : le lion pour le « bon aloi », la tête de léopard pour Londres, la lettre qui désignait l'année de fabrication... On aurait dit un code secret. Cassandra avait cherché de l'argenterie à polir et à décoder chez elle la semaine suivante, mais en vain. Elle se rappela brusquement tout le plaisir que lui avait procuré ce travail.

Le temps passa, le soleil poursuivit sa course jusqu'au zénith, les feuilles du manguier se flétrirent sous l'effet de la chaleur et le chant des pies leur resta coincé dans la gorge. Cassandra reprit le sentier. Comme elle voyait toujours se profiler Nell et Lesley à travers la gaze de la moustiquaire, elle contourna la maison. Sur le côté se trouvait une grande porte coulissante en bois ; la fillette tira sur la poignée et se retrouva face à la pénombre fraîche du sous-sol.

Le contraste était tel avec la luminosité extérieure qu'elle eut la sensation de pénétrer dans un autre monde. C'était un vaste espace, mais Nell s'était employée à le combler. Sur trois côtés s'entassaient des cartons et contre le quatrième mur était appuyé un assortiment de portes et de fenêtres dépareillées, avec parfois un carreau cassé. Le seul endroit dégagé était une porte, au fond, ouvrant sur ce que Nell appelait « le studio ». Cassandra alla y jeter un coup d'œil ; c'était grand comme une chambre à coucher, avec de part et d'autre des étagères improvisées chargées de livres anciens, et contre le mur du fond un lit pliant recouvert d'une courtepointe en patchwork rouge, blanc et bleu. Un soupirail laissait entrer un peu de lumière mais on y avait cloué des planchettes ; à cause des cambrioleurs, supposa Cassandra. Mais que pouvaient-ils espérer trouver d'intéressant dans cette pièce ?

La petite ressentit une forte envie de s'allonger sur le lit, de sentir la fraîcheur de la couette sous sa peau chauffée par le soleil, mais Nell avait été bien claire sur ce point : elle pouvait jouer au sous-sol mais pas entrer dans le studio ; or, Cassandra était une enfant obéissante. Alors elle se détourna et regagna l'endroit où un enfant avait jadis dessiné une marelle sur le sol en ciment. Elle chercha un caillou sans aspérités, le fit rouler – lancer impeccable : il atterrit en plein milieu de la première case – puis se mit à sauter à cloche-pied. Elle en était à sept quand lui parvint, à travers le plafond depuis la pièce au-dessus, la voix de sa grand-mère, tranchante comme du verre brisé.

— Mauvaise mère !

— Pas pire que toi !

Cassandra resta en équilibre sur une jambe, au centre d'une case, l'oreille aux aguets. Silence. Ou alors elles avaient baissé le ton. Les premiers voisins n'étaient pas très loin. Quand il se disputait avec Lesley, Len lui rappelait toujours que leurs affaires ne regardaient qu'eux. En revanche, ils n'avaient pas l'air de se préoccuper du fait que Cassandra, elle, entendait tout.

La fillette perdit l'équilibre, faillit poser le pied par terre, puis se rattrapa. Même Tracy Waters, qui, parmi les filles de sa classe, était considérée comme la juge la plus sévère, aurait validé son saut et lui aurait permis de continuer. Mais Cassandra n'avait plus envie de jouer. Le ton de sa mère l'avait perturbée. Elle avait mal au ventre.

Elle lança le caillou dans un coin et s'éloigna de la marelle.

Il faisait trop chaud pour ressortir. En fait, ce dont elle avait vraiment envie, c'était de lire. S'évader dans le Bois Enchanté, grimper dans l'Arbre magique d'Enid Blyton ou au château de Mauclerc avec le Club des Cinq. Elle visualisait le livre, posé sur son lit où elle l'avait laissé le matin même, à côté de l'oreiller. Elle se maudit de ne pas l'avoir emporté et se l'entendit reprocher par la voix de Len, comme toujours quand elle faisait une bêtise.

Elle repensa aux rayonnages de Nell, tous ces livres anciens le long des murs... Nell ne serait quand même pas fâchée si elle en choisissait un et s'installait quelque part pour le lire. Elle ferait bien attention à ne rien abîmer, à tout laisser en l'état.

Dans le studio planait une entêtante odeur de poussière et de temps passé. Cassandra laissa son regard courir le long des tranches rouges, vertes et jaunes des ouvrages en attendant qu'un titre attire son attention. Sur la troisième étagère était allongé un chat tigré, dans un rai de soleil. Comment était-il entré sans qu'elle s'en aperçoive ? Sentant qu'on l'observait, il se releva en contemplant Cassandra d'un air plein de majesté. Puis il sauta à terre, dans un mouvement fluide, et fila sous le lit.

Cassandra le suivit des yeux. Qu'est-ce que ça faisait de se déplacer ainsi, sans effort apparent, et de disparaître sans laisser de traces ? Enfin, pas tout à fait : là où l'animal était passé sous le duvet, qui retombait jusqu'à terre, quelque chose, à présent, dépassait. Quelque chose de blanc et rectangulaire, pas très grand.

Elle se mit à genoux, souleva le bord de la couette et risqua un œil sous le lit. C'était une valise ancienne dont le couvercle, un peu désaxé, laissait entrevoir l'intérieur. Des papiers, du tissu blanc, un ruban bleu.

Une certitude l'envahit. Il fallait qu'elle sache ce que contenait cette valise. Le cœur battant, elle la tira et cala le couvercle ouvert contre le côté du lit.

Une brosse à cheveux en argent, ancienne, sûrement précieuse, avec la petite tête de léopard signifiant Londres poinçonnée près des soies. Une jolie petite robe blanche, vieillotte, comme elle n'en avait jamais vu, et encore moins porté – les filles de l'école se seraient drôlement moquées d'elle ! Une liasse de papiers attachés par un ruban bleu. Le nœud parut se défaire tout seul sous ses doigts, révélant un dessin en noir et blanc. Une belle dame sous une tonnelle. Ou plutôt non, à l'orée d'une espèce de tunnel d'arbres. Un labyrinthe, songea Cassandra. Le mot lui vint spontanément.

Ce dessin lui était vaguement familier... La dame semblait tout droit sortie d'un livre d'images pour enfants. Comme une illustration pour conte de fées d'autrefois – la jeune fille qui se transforme en princesse le jour où le beau prince devine qui elle est sous ses haillons.

Elle posa le dessin par terre à côté d'elle et reporta son attention sur le reste de la liasse. Quelques enveloppes contenant des lettres aux timbres étrangers, mais dont les cachets indiquaient des dates récentes, et un carnet. Des pages et des pages couvertes d'une écriture pleine de fioritures. Illisible au point qu'elle crut déchiffrer une langue étrangère. Au fond, des brochures et des pages de magazine, ainsi qu'une photo représentant un monsieur, une dame et une petite fille aux longues tresses. Cassandra ne reconnut personne.

Sous le carnet, un recueil de contes. La couverture cartonnée était verte, le titre en lettres d'or : *Contes magiques pour filles et garçons, par Eliza Makepeace.* Cassandra répéta à voix haute le nom de l'auteur, dont le mystérieux bruissement sur ses lèvres lui plaisait. Elle ouvrit le recueil et découvrit, sur le rabat de couverture, un dessin représentant une fée dans un nid d'oiseau, avec de longs cheveux ondulés, une couronne d'étoiles et de grandes ailes translucides. En y regardant de plus près, Cassandra vit qu'elle avait le même visage que sur l'autre dessin. Une ligne d'écriture en pattes de mouche suivait la courbure du nid : « Votre Conteuse, Miss Makepeace ».

Cassandra tourna la page pour lire le premier conte, et des poissons d'argent détalèrent en tous sens. Le temps avait jauni les pages effrangées au papier poudreux, qui alla jusqu'à tomber en poussière lorsqu'elle passa le bout du doigt sur un coin corné.

Ce fut plus fort qu'elle. Elle se pelotonna sur le lit de camp et lut. L'endroit – frais, calme, secret – était idéal. Cassandra se cachait toujours pour lire, sans savoir pourquoi d'ailleurs. Comme si, malgré elle, elle se sentait vaguement coupable de paresse ; comme si c'était mal de s'abandonner à une activité aussi délicieuse.

Pourtant, elle s'y laissa aller, tomba de son plein gré dans le terrier du lapin, comme dans *Alice,* pour déboucher dans un conte plein de mystère et de magie où il était question d'une princesse qui vivait avec une vieille femme aveugle dans une chaumière à la lisière d'une sombre forêt. Une princesse courageuse comme Cassandra ne le serait jamais.

Il lui restait deux pages quand elle entendit des pas à l'étage.

Elles descendaient.

Cassandra s'assit promptement au bord du lit. Elle mourait d'envie de finir le conte, pour savoir ce qui allait arriver à la princesse, mais il fallait renoncer. Alors elle rangea les papiers et les remit en vrac dans la valise, qu'elle repoussa sous le lit pour faire disparaître toute trace de sa désobéissance.

Puis elle ressortit du studio, ramassa le caillou et regagna la marelle.

Sa mère et Nell apparurent bientôt sur le seuil de la porte coulissante ; Cassandra leur donna l'impression convaincante d'avoir joué à la marelle tout l'après-midi.

— Viens là, chou, dit Lesley.

Cassandra épousseta son short en jean et alla rejoindre sa mère. Pourquoi lui passait-elle le bras autour des épaules ?

— Tu t'amuses bien ?

— Oui, répondit prudemment Cassandra.

Est-ce qu'elles savaient ? Mais non, sa mère n'était pas fâchée. Au contraire, elle avait l'air victorieux. Elle regarda Nell.

— Tu vois, je te l'avais bien dit ! Elle sait s'occuper toute seule, cette petite.

Comme Nell ne répondait pas, Lesley enchaîna :

— Cassie, tu vas rester quelque temps ici, chez grand-maman Nell. Ça sera comme une aventure.

Ça, ce n'était pas prévu. Sa mère devait avoir autre chose à faire à Brisbane.

— Je vais déjeuner ici ?

— Oui, tous les jours, jusqu'à ce que je revienne te chercher.

Cassandra prit conscience des arêtes tranchantes de la pierre qu'elle serrait dans sa paume. Elle dévisagea tour à tour sa mère et sa grand-mère. Était-ce un jeu ? Une plaisanterie ? Elle s'attendait à ce que sa mère fasse entendre son fameux rire perlé, mais non. Lesley se contenta de river ses yeux bleus sur sa fille.

Qui ne sut que répondre.

— Mais… je n'ai pas pris mon pyjama, finit-elle par lâcher.

Alors sa mère arbora un sourire bref qui exprimait le soulagement, et Cassandra comprit qu'il était trop tard pour dire non.

— T'en fais pas pour ça, grosse bête ! J'ai fait ta valise, elle est dans le coffre. Tu ne pensais tout de même pas que je te laisserais là sans tes affaires ?

Toute raide, Nell assista à la scène sans rien dire mais en posant sur Lesley un regard où Cassandra lut de la désapprobation. Sans doute sa grand-mère n'avait-elle aucune envie de la garder. Les petites filles, on les avait toujours « dans les pattes », comme disait Len.

Lesley retourna d'un pas allègre à la voiture, d'où elle rapporta un sac de voyage. Pourquoi ne m'a-t-elle pas laissée y mettre ce que je voulais, moi ? se demanda Cassandra.

— Tiens ma grande, dit Lesley en le lui lançant. Il y a une surprise dedans – une robe neuve. Len m'a aidée à la choisir.

Puis elle dit à Nell :

— Une semaine, quinze jours au plus. Promis. Juste le temps de régler ça entre nous, Len et moi.

Elle ébouriffa les cheveux de la petite.

— Grand-maman est très contente que tu passes un moment chez elle. Ça sera de vraies vacances d'été à la ville. Tu en auras des choses à raconter à tes copines, à la rentrée !

Nell sourit, mais sans joie. La fillette comprit : elle-même pratiquait ce genre de faux sourire quand sa mère lui promettait une chose à laquelle elle tenait très fort, et qu'elle n'y croyait pas tout à fait.

Lesley lui déposa un rapide baiser sur la joue, lui étreignit la main... En un clin d'œil ce fut fini. Cassandra n'avait même pas eu le temps de se serrer contre elle, de lui dire de faire attention sur la route, de lui demander quand elle reviendrait, au juste.

Le soir, Nell prépara un dîner à base de saucisses, de purée et de petits pois en conserve tout écrasés, et elles s'attablèrent dans la petite salle à manger attenante à la cuisine. Il n'y avait pas d'écrans aux fenêtres comme chez Len, à Burleigh Beach. Nell préférait laisser sur l'appui de la fenêtre une tapette en plastique qu'elle dégainait très vite en cas d'attaque de mouches ou de moustiques. Elle était si rapide, si bien entraînée, que le chat endormi sur ses genoux bronchait à peine.

Le ventilateur posé sur le réfrigérateur brassait des masses d'air humide quasi irrespirable ; Cassandra répondait poliment aux questions espacées de sa grand-mère. Enfin, le calvaire prit fin. Elle aida à essuyer la vaisselle, puis Nell lui fit couler un bain tiède.

— À part un bain glacé en hiver, déclara-t-elle d'un ton neutre, rien de pire qu'un bain chaud en été.

Elle sortit d'un placard une serviette de toilette marron et la posa en équilibre sur le réservoir des toilettes.

— Tu n'auras qu'à arrêter le robinet quand l'eau aura atteint cette ligne, reprit-elle en lui montrant une fissure dans l'émail vert.

Puis elle se redressa et rajusta sa robe.

— Ça ira ?

Cassandra hocha la tête en souriant ; quand sa grand-mère referma la porte, elle hochait toujours la tête et souriait toujours. Pourvu qu'elle ait bien répondu à tout... On n'était jamais sûr, avec les grandes personnes. En général, elles n'aimaient pas que les enfants disent ce qu'ils ressentaient – surtout quand quelque chose clochait. Len le lui rappelait souvent : une enfant sage, ça souriait et ça apprenait à garder pour soi ses idées noires. Mais Nell n'était pas comme les autres. Cassandra sentait confusément que chez elle, la vie n'obéissait pas aux mêmes règles. N'empêche, mieux valait ne pas prendre de risques.

Raison pour laquelle elle n'avait pas mentionné sa brosse à dents – ou plutôt son absence. Lesley oubliait toujours quelque chose quand elles partaient quelque part. Enfin... une ou deux semaines sans se laver les dents, elle n'en mourrait pas. Elle ramassa ses cheveux en chignon au sommet de sa tête et les attacha avec un élastique. Chez elle, elle mettait le bonnet de douche de sa mère, mais elle n'était pas sûre que Nell en ait un, et n'avait pas envie de demander. Puis elle entra dans la baignoire, s'assit dans l'eau tiède, les genoux remontés, et ferma les yeux. Elle écouta l'eau clapoter contre les bords, le bourdonnement du plafonnier et celui d'un moustique, quelque part.

Elle resta un bon moment dans cette position ; elle ressortit à contrecœur, et seulement par crainte de voir arriver Nell. Elle se sécha, suspendit soigneusement la serviette en alignant bien les bords, puis enfila son pyjama.

Elle trouva Nell occupée à lui faire un lit sur le canapé de la véranda.

— Normalement, on ne dort pas dessus, commenta-t-elle en donnant de petites tapes sur l'oreiller. Le matelas est en mauvais état et les ressorts un peu durs ; mais comme tu es légère, tu y seras bien, je pense.

Cassandra hocha la tête avec gravité, tout en répondant :

— Et puis ce n'est que pour une semaine ou deux, juste le temps que maman et Len règlent leurs problèmes.

Nell eut un sourire amer. Elle promena son regard dans la pièce, puis le reposa sur la petite fille.

— Il te manque quelque chose ? Un verre d'eau ? Une lampe ?

Cassandra secoua la tête. Elle se dit que Nell avait peut-être une brosse à dents de rechange, mais les mots refusèrent de sortir.

— Alors hop, au lit ! dit la vieille dame en soulevant un coin du drap.

Cassandra se glissa docilement dans son couchage improvisé, où Nell la borda jusqu'au menton. Les draps usés par le temps étaient doux et il en émanait une odeur de propre qui ne lui était pas familière.

Nell hésita.

— Eh bien, bonne nuit, alors.

— Bonne nuit.

Puis la lumière s'éteignit et Cassandra se retrouva toute seule.

Dans le noir, les bruits bizarres résonnaient plus fort. La circulation automobile sur une lointaine corniche, la télévision des voisins, les pas de Nell sur le parquet dans une pièce voisine et, derrière la fenêtre, le carillon. Au début il n'émit qu'un léger son cristallin, mais bientôt il s'accentua ; allongée dans l'obscurité, Cassandra sentit que les odeurs mêlées d'eucalyptus et de goudron s'accentuaient aussi : un orage se préparait.

Elle se recroquevilla sous sa couverture. Elle n'aimait pas l'orage parce que c'était imprévisible. Avec un peu de chance il éclaterait plus loin. Elle conclut un marché avec elle-même : si elle pouvait compter jusqu'à dix avant d'entendre passer une voiture, tout se terminerait bien. L'orage passerait vite et maman reviendrait la chercher avant une semaine.

Un, deux, trois... Elle ne chercha pas à tricher en comptant trop vite. Quatre, cinq... Rien. Six, sept... sa respiration s'accéléra. Toujours pas de voiture. Elle était presque tirée d'affaire. Huit...

Soudain, elle s'assit toute droite. Il y avait des poches dans le sac de voyage. Sa maman n'avait *pas* oublié, elle avait juste rangé la brosse à dents dans une poche, pour la mettre à l'abri.

Au moment où elle se leva, une violente rafale projeta le carillon contre le carreau. Elle marcha sans bruit sur le parquet ; elle eut froid aux pieds : elle ne s'y attendait pas mais un courant d'air s'était sournoisement infiltré entre deux lattes.

Un grondement menaçant, un éclair spectaculaire... Il avait l'air dangereux, cet orage ; Cassandra se rappela le conte de fées lu l'après-midi, l'orage déchaîné qui suivait la princesse jusqu'à la chaumière de la vieille aveugle.

Elle s'agenouilla et fouilla dans les poches, en espérant de tout cœur rencontrer sous ses doigts la forme familière de sa brosse à dents.

De grosses gouttes de pluie s'écrasèrent sur le toit en tôle ; tout d'abord espacées, puis de plus en plus rapprochées. Bientôt, on ne put plus les distinguer les unes des autres.

Pendant qu'elle y était, autant fouiller encore les autres poches ; une brosse à dents, ce n'était pas bien grand ; elle avait pu la manquer. Elle enfonça profondément ses mains dans le sac, puis le vida entièrement, pour faire bonne mesure. Pas de brosse à dents.

Un deuxième coup de tonnerre secoua la maison. Cassandra se boucha les oreilles. Puis elle se releva, referma ses bras sur sa poitrine et, comme elle retournait se coucher, prit vaguement conscience de sa maigreur, de son peu d'importance ici-bas.

La pluie se déversait sur le toit en pente, dessinait des ruisselets sur les vitres et dévalait les gouttières branlantes, qui ne s'attendaient pas à un tel déluge.

Cassandra gisait immobile sous les draps, les bras resserrés autour d'elle. Malgré l'air moite, elle avait la chair de poule. Il aurait fallu qu'elle dorme ; sinon le lendemain elle serait fatiguée et les gens n'aimaient pas quand elle était grognon.

Malheureusement, le sommeil ne voulait pas venir. Elle compta les moutons, se chanta des chansons où il était question de sous-marins jaunes, d'oranges, de citrons et de jardins sous la mer, elle se raconta des histoires de fées... Mais la nuit s'étirait, interminable.

Alors, tandis que l'averse tombait de plus belle et que les éclairs zébraient le ciel entre deux coups de tonnerre, Cassandra se mit à pleurer. Les larmes qui avaient longtemps attendu la délivrance coulaient enfin sous le voile noir de la pluie.

Combien de temps resta-t-elle ainsi, sans voir la silhouette floue de Nell dans l'encadrement de la porte ? Une minute ? Dix ?

Cassandra ravala un sanglot qui lui brûla la gorge.

Un murmure. La voix de sa grand-mère.

— Je venais voir si la fenêtre était bien fermée.

Dans la pénombre, la fillette retint son souffle, puis s'essuya les yeux avec un coin du drap.

Nell était toute proche à présent. Cassandra sentit le mystérieux courant qui passait entre deux personnes quand elles se tenaient tout près l'une de l'autre sans se toucher.

— Qu'est-ce qu'il y a ?

La gorge serrée, Cassandra ne put émettre le moindre son.

— C'est l'orage ? Tu as peur ?

La petite secoua négativement la tête.

Nell s'assit avec raideur au bord du canapé et resserra sa robe de chambre. À la faveur d'un éclair, Cassandra vit qu'elle avait les mêmes yeux que sa maman, étirés sur les tempes.

— Ma brosse à dents, dit-elle à travers ses larmes. Je n'ai pas ma brosse à dents.

Nell la contempla un court instant, puis la prit dans ses bras. Tout d'abord la petite broncha – le geste était soudain, inattendu – mais bientôt, elle cessa de résister et s'effondra littéralement, la tête contre la poitrine de Nell. Secouée de sanglots, elle pleura à chaudes larmes dans sa chemise de nuit qui sentait bon la lavande.

— Là, là, ne t'en fais pas, murmura la vieille dame en lui caressant les cheveux. On t'en achètera une autre.

Elle tourna la tête vers la fenêtre, contempla la pluie qui inondait les carreaux, puis posa sa joue sur la tête de la petite.

— Tu es de ceux qui survivent à tout, tu m'entends? Alors tu vas voir, tout ira bien. Ne t'en fais pas.

Cassandra n'en crut pas un mot, mais elle puisa quelque réconfort dans cette affirmation. Au ton de sa voix, elle sentit qu'elle n'était pas toute seule, que sa grand-mère la comprenait. Qu'elle savait combien pouvait être effrayante une nuit d'orage passée chez des inconnus.

6

Maryborough, Australie, 1913

Ce soir-là, Hugh rentra tard du port, mais sa soupe était encore chaude. Chère Lil... Pas le genre à servir un souper froid à son homme. Il avala les dernières cuillerées, se cala contre son dossier et se massa la nuque. Dehors, de lointains coups de tonnerre roulaient sur le fleuve avant de parvenir à la ville. Un courant d'air invisible fit vaciller la mèche de la lampe, forçant doucement les ombres de la pièce à sortir de leur cachette. Hugh les suivit des yeux avec lassitude – sur la table, au pied des murs et jusqu'à la porte d'entrée, elles exécutaient leur sombre danse sur le cuir luisant de la petite valise blanche.

Des bagages non réclamés, il en avait vu dans sa vie ; mais une petite fille ? Comment une enfant pouvait-elle se retrouver seule au monde dans son port ? Et mignonne, avec ça, pour autant qu'il puisse juger, avec ses cheveux d'or filé, ses yeux bleu foncé et sa façon si particulière de vous regarder, comme si elle écoutait attentivement et comprenait tout ce qu'on lui disait, voire plus.

La porte de la véranda s'ouvrit et la silhouette rassurante de Lil vint s'y encadrer. Elle la referma doucement et s'engagea dans le couloir. Elle ramena une boucle de cheveux derrière son oreille – la même mèche rebelle depuis qu'ils se connaissaient, tous les deux.

— Elle dort, dit-elle en entrant dans la cuisine. Elle avait peur du tonnerre, mais elle n'a pas tenu le coup longtemps. Elle était épuisée, pauvre bichette.

Il se leva et alla plonger son bol dans l'eau de vaisselle tiède.

— On la comprend. Moi-même, je n'en peux plus.

— Ça se voit. Laisse, je vais le faire.

— Ça ira. Vas-y, je te rejoins.

Mais elle resta là. Il sentait sa présence dans son dos et savait, comme l'apprennent vite les hommes, qu'elle avait encore quelque chose à dire. Les paroles qu'elle s'apprêtait à prononcer planaient dans l'air entre eux deux, lourdes de sens, et Hugh se crispa. La discussion de tout à l'heure se retirait, comme une vague qui reste un instant suspendue pour mieux s'abattre ensuite. Enfin Lil dit à voix basse :

— Pas besoin de prendre mille précautions avec moi, tu sais.

Il soupira.

— Je sais bien.

— Je m'en remettrai. Une fois de plus.

— Je n'en doute pas.

— Ce dont j'ai besoin, c'est surtout que tu te comportes comme d'habitude ; que tu ne me traites pas en invalide.

— Ce n'est pas du tout mon intention, Lil.

Il lui fit face. Elle se tenait debout derrière la table, les mains posées sur le dossier d'une chaise. Une posture censée démontrer sa stabilité, sous-entendre que « tout était comme avant » ; mais il ne s'y trompa pas – il la connaissait trop bien. Il déchiffrait la rigidité de ses épaules et de sa nuque, le pli d'amertume de ses lèvres, et voyait bien qu'elle souffrait. Et il n'y pouvait rien. Rien. Comme aimait à dire le Dr Huntley, il y avait des choses que la nature n'avait pas prévues. Maigre consolation.

Lil vint le rejoindre et le poussa malicieusement avec sa hanche, comme pour le déloger. Il sentit l'odeur douceâtre, triste et laiteuse de sa peau.

— Allez, va te coucher. J'arrive.

La gaieté forcée de Lil lui glaçait les sangs, mais il obéit.

Elle tint parole et le rejoignit presque tout de suite. Il la regarda faire un brin de toilette avant d'enfiler sa chemise de nuit. Bien qu'elle eût le dos tourné, il vit qu'elle faisait attention à ne pas toucher ses seins, son ventre encore gonflé. Souffrait-elle physiquement ? Il ne savait pas comment lui poser la question. Il avait trop peur de commettre une bévue.

Elle surprit son regard et prit un air défensif qui chassa de son visage toute trace de vulnérabilité.

— Qu'est-ce qu'il y a ?

— Rien.

Il regarda fixement ses mains couvertes de cals et de cicatrices de brûlures laissées par les cordages – toutes ces années sur les docks...

— Je pensais à la petite, c'est tout. Je me demande qui elle peut être. Elle n'a toujours pas dit comment elle s'appelait ?

— Elle prétend qu'elle ne sait pas. J'ai eu beau le lui demander cent fois, elle se contente de me regarder, sérieuse comme un pape, en disant qu'elle ne se rappelle pas.

— Tu crois qu'elle simule ? Certains passagers clandestins sont très forts.

— Voyons, Hugh, le réprimanda-t-elle. Comment peux-tu la ranger parmi les passagers clandestins ? C'est à peine plus qu'un bébé.

— Du calme, ma chérie. J'émettais une hypothèse, voilà tout. Seulement, c'est quand même bizarre qu'elle ait tout oublié.

— J'ai déjà entendu parler de ce genre de chose ; ça s'appelle l'amnésie. Le père de Ruth Halfpenny en a été victime après être tombé dans le puits de la mine. C'est comme ça que ça vient : après une chute, par exemple.

— Et c'est ce qui lui est arrivé, tu crois ? Elle serait tombée ?

— Je n'ai pas vu de bleus sur son corps, mais c'est une possibilité, non ?

— Bref, conclut Hugh tandis qu'un éclair illuminait jusqu'aux moindres recoins de la pièce. Je verrai ça demain.

Il s'allongea sur le dos.

— Il doit bien y avoir des gens qui la cherchent, ajouta-t-il en regardant le plafond.

— Mais oui. Et qui se font un sang d'encre, dit-elle en soufflant la lampe.

Les ténèbres se firent autour d'eux. Lil roula sur le côté en lui tournant le dos, comme tous les soirs, en l'excluant de son chagrin.

— Mais je vais te dire ce que je pense, moi : ils ne la méritent pas, cette petite. Comment peut-on être négligent au point de perdre son enfant ?

Lil regardait par la fenêtre les deux petites filles aller et venir dans le jardin en passant sous les cordes à linge, entre les draps humides qui leur effleuraient le visage. Encore une fois, elles chantaient une chanson que leur avait apprise Nell. Ça au moins elle ne l'avait pas oublié. Elle en connaissait une quantité.

Nell. C'était ainsi qu'ils l'appelaient, à présent ; Nell, diminutif d'« Eleanor », prénom de la mère de Lil. Il fallait bien lui donner un nom à cette drôle de petite, puisqu'elle avait oublié le sien. Lil avait beau insister, elle ouvrait de grands yeux et affirmait qu'elle ne s'en souvenait pas.

Au bout de quelques semaines, Lil avait cessé de lui poser la question. Pour tout dire, elle préférait ne pas savoir. Elle n'avait pas envie de l'imaginer portant un autre prénom que celui qu'ils lui avaient donné...

Il lui allait très bien, on ne pouvait prétendre le contraire. On l'aurait dit fait pour elle.

Ils avaient tout tenté pour découvrir son identité, retrouver sa famille. On ne pouvait leur en demander davantage. Au début Lil s'était convaincue qu'ils l'hébergeaient momentanément, qu'ils la gardaient en sécurité le temps qu'on la leur réclame ; mais à mesure que les jours passaient, elle avait acquis la certitude que personne ne viendrait.

Alors ils avaient très naturellement adopté un nouveau mode de vie, tous les trois. Ils prenaient le petit déjeuner ensemble, puis Hugh partait travailler et Lil s'occupait de la maison, la petite sur les talons. Elle aimait bien cette seconde ombre qui la suivait partout, elle aimait lui montrer les choses, lui expliquer comment elles marchaient et pourquoi. D'ailleurs Nell posait d'incessantes questions – pourquoi le soleil se cache le soir, pourquoi les flammes ne sautent pas de la cheminée, pourquoi la rivière ne se met pas à couler dans l'autre sens si elle s'ennuie ?... Et Lil adorait fournir des réponses, voir la compréhension se peindre peu à peu sur les traits de la fillette. Pour la première fois de sa vie elle se sentait utile, nécessaire, complète.

Et puis ça se passait mieux avec Hugh. Le voile de tension qui les séparait depuis des années commençait à s'estomper. Ils ne se montraient plus d'une politesse horripilante l'un envers l'autre, butant sur des mots pourtant choisis avec soin, tels deux inconnus contraints de partager un même espace. Il leur arrivait même de rire, parfois, d'un rire naturel – comme avant.

Quant à Nell, elle se lança dans la vie avec Lil et Hugh tel un canard qui se jette à l'eau. Il ne se passa pas longtemps avant que les enfants du quartier apprennent l'existence d'une nouvelle venue, laquelle fut toute contente d'avoir des camarades de jeu. À présent, la petite Beth Reeves passait tous les jours par-dessus la clôture, et Lil aimait infiniment les entendre s'amuser, toutes les deux. Elle avait attendu cela si longtemps ! Elle avait tant rêvé d'entendre de petites voix rire et piailler aussi dans son jardin à elle...

Nell était douée d'une imagination débordante. Lil l'entendait fréquemment décrire d'innombrables jeux où elle s'impliquait totalement. Leur jardin sans arbres devenait une forêt magique pleine de buissons et de labyrinthes, avec même une chaumière au bord d'une falaise. Lil reconnaissait ces lieux : ils venaient du recueil de contes trouvé dans sa petite valise. Hugh et elle les lui avaient lus tous les soirs à tour de rôle. Au début, Lil les trouvait trop effrayants, mais son mari l'avait persuadée du contraire. Quant à Nell, elle n'avait pas peur du tout.

Depuis la fenêtre de la cuisine, Lil comprit que c'était justement à ce jeu-là que jouaient les petites. Beth écoutait en ouvrant de grands yeux, et Nell l'entraînait dans un labyrinthe imaginaire où elle gambadait dans sa robe blanche tandis que le soleil muait en or ses longues tresses blondes.

Nell allait regretter Beth quand ils s'en iraient à Brisbane ; mais elle s'y ferait de nouveaux amis. C'était toujours comme ça avec les enfants. Et le plus important était de s'en aller. Ils ne pourraient pas prétendre indéfiniment que Nell était leur nièce. À la longue, les gens se demanderaient pourquoi la petite ne retournait pas chez elle. Tous les trois avaient besoin de prendre un nouveau départ, là où personne ne les connaissait. Dans une grande ville où on ne poserait pas de questions.

7

Brisbane, 2005

Le printemps s'annonçait. C'était le matin et Nell était morte depuis une semaine. Un vent vif s'infiltrait dans les massifs en faisant virevolter les feuilles, exposant au soleil leur envers livide.

La tasse de thé que Cassandra avait posée sur le muret en ciment avait largement eu le temps de refroidir. Une brigade de fourmis affairées avait modifié son itinéraire pour l'escalader et traverser l'anse avant de ressortir de l'autre côté.

Cassandra ne les voyait même pas. Assise sur une chaise branlante, à côté de l'ancien lavoir, elle contemplait l'arrière de la maison. Qui aurait eu bien besoin d'un coup de peinture. Dire que ça faisait déjà cinq ans... D'après les experts, il fallait repeindre tous les sept ans les maisons en bois lazuré mais Nell n'avait que faire des conventions. Durant toutes ces années, pas une fois elle n'avait fait repeindre la maison. Elle n'était pas du genre à dépenser de l'argent rien que pour offrir une plus belle vue aux voisins, disait-elle.

Mais le mur arrière était différent. Lui valait la peine qu'on s'y attarde. La peinture de la façade et des côtés s'écaillait sous le soleil impitoyable du Queensland, mais l'arrière, lui, était une merveille. Tous les cinq ans on ressortait les nuanciers et on débattait interminablement, fiévreusement, des mérites de telle ou telle couleur. Cassandra l'avait connu turquoise, lilas, vermillon et bleu sarcelle. À une époque, il avait même accueilli une fresque murale pour laquelle on n'avait pas sollicité l'agrément des autorités...

Cassandra avait alors dix-neuf ans et la vie lui semblait belle. Elle était en deuxième année aux Beaux-Arts, sa chambre s'était transmuée en atelier d'artiste à tel point qu'elle devait enjamber sa planche à dessin pour se coucher le soir, et elle rêvait de partir à Melbourne étudier l'histoire de l'art.

Nell était moins enthousiaste.

« Pour ça, tu peux t'inscrire à la fac du Queensland, faisait-elle remarquer chaque fois que le sujet venait sur la table. Je ne vois pas pourquoi tu as besoin de t'en aller aussi loin.

— Je ne vais pas rester éternellement ici, quand même.

— Je ne te parle pas d'éternité. Attends un peu de savoir d'abord où tu mets les pieds avec cette histoire de Beaux-Arts.

— Je sais très bien où ils sont mes pieds : là », rétorqua Cassandra en indiquant ses Dr. Martens.

Ce qui ne fit pas sourire Nell.

« La vie est chère à Melbourne. Je n'aurai pas les moyens de payer ton loyer.

— Tu sais, si je ramasse les verres tous les soirs à la Paddo Tavern, ce n'est pas par plaisir.

— Avec ce qu'ils te paient, il te faudrait attendre encore dix ans pour t'inscrire à Melbourne.

— C'est vrai ».

Nell haussa un sourcil interrogateur. Où voulait en venir la gamine avec cette reddition sans conditions ?

« Jamais je ne pourrai économiser suffisamment par moi-même, dit Cassandra, mortifiée. Si seulement quelqu'un pouvait me consentir un prêt, quelqu'un de sympa qui m'aiderait à réaliser mon rêve... »

Nell prit la boîte pleine de vaisselle en porcelaine qu'elle s'apprêtait à emporter au village des brocanteurs.

« Si tu crois que tu vas me mettre si facilement au pied du mur...

— Alors on en reparlera ? demanda Cassandra avec une note d'espoir.

— J'en ai bien peur, répliqua Nell en levant les yeux au ciel. Et ce ne sera ni la première, ni la dernière fois ».

Elle poussa un soupir exaspéré : pour l'heure, le débat était clos.

« Tu as tout ce qu'il te faut, pour le mur arrière ?

— Tout.

— Tu n'oublieras pas d'utiliser le pinceau neuf sur les planches. Je n'ai pas envie de voir des soies hérissées partout pendant les cinq années à venir.

— Non, je n'oublierai pas, Nell. Et si ça peut te rassurer je plonge aussi le pinceau dans la peinture avant de le passer sur les planches.

— Petite effrontée ! »

En rentrant du village des antiquaires, cet après-midi-là, Nell passa directement derrière la maison puis s'immobilisa et promena un regard appréciateur sur la peinture flambant neuve.

Cassandra recula d'un pas en réprimant un rire.

Le vermillon ne passait pas inaperçu, mais ce que regardait Nell, c'étaient les détails en noir qu'elle avait ajoutés dans un coin, tout en bas. La ressemblance était frappante. Le dessin représentait Nell dans son fauteuil préféré, une tasse de thé fumant à la main.

« Alors ? Je ne t'ai pas mise au pied du mur, là ? Mais tu sais, je ne l'ai pas fait exprès ! Je me suis un peu emballée, c'est tout ».

Nell hocha imperceptiblement la tête ; son expression était indéchiffrable.

« Ensuite, je vais me représenter moi-même assise à côté de toi. Comme ça, même si je m'en vais à Melbourne, tu ne pourras pas oublier qu'on fait la paire, toi et moi ».

Les lèvres de Nell se mirent à trembler. Elle posa la boîte qu'elle rapportait de la boutique et poussa un gros soupir.

« Tu es vraiment une sacrée effrontée ».

Puis elle sourit malgré elle et prit le visage de Cassandra dans ses mains.

« Mais tu es mon effrontée à moi, et c'est très bien comme ça ».

Un bruit retentit. Il chassa le passé qui, tel un voile de fumée éclipsé par la clarté du présent, alla se dissiper dans les ombres. Cassandra se frotta les yeux.

Tout là-haut, un minuscule avion filait dans une mer bleu roi. Dire qu'il transportait des gens occupés à bavarder, rire, manger... Certains regardaient peut-être vers elle au moment où elle-même tournait son visage vers le ciel...

Un autre son, plus proche. Des pas traînants.

— Coucou, jeune Cassandra.

Une silhouette familière apparut sur le côté de la maison. Le nouveau venu fit halte pour reprendre son souffle. Jeune, Ben avait été grand, mais le temps avait le don de métamorphoser les individus au point qu'eux-mêmes ne se reconnaissaient plus, et maintenant, il était à peine plus haut qu'un nain de jardin. Il avait les cheveux blancs, une barbe piquante et clairsemée, et – allez savoir pourquoi – les oreilles toutes rouges.

Cassandra sourit ; elle était contente de le voir. Nell n'avait pas eu beaucoup d'amis ; elle ne cachait pas son aversion pour le genre humain et son besoin compulsif d'acheter la connivence d'autrui. Mais elle s'était bien entendue avec Ben, antiquaire comme elle au Village. À la mort de sa femme, l'étude de notaires où il travaillait lui avait gentiment suggéré de prendre sa retraite ; il en avait profité pour se livrer à sa véritable passion et, par la même occasion, écouler le stock de meubles anciens qui menaçait de lui interdire l'accès de sa propre demeure.

Au fil des ans, il avait incarné une sorte de père pour Cassandra. Il lui donnait des conseils qu'elle appréciait ou dédaignait en proportions égales ; mais depuis qu'elle était revenue chez Nell, ils étaient amis.

Ben attira une chaise longue à côté du lavoir et s'assit avec précaution près de Cassandra. Il avait été blessé aux genoux pendant la Seconde Guerre mondiale ; ils le faisaient beaucoup souffrir, surtout quand le temps s'apprêtait à tourner.

Il la regarda par-dessus ses lunettes et lui fit un clin d'œil.

— Bien vu. C'est l'endroit idéal, ici, bien à l'abri.

— C'était là que venait s'asseoir Nell.

Sa voix rendit un son bizarre à ses oreilles. Depuis combien de temps n'avait-elle pas parlé à haute voix ? Depuis le dîner chez Phyllis, il y a plus d'une semaine, songea-t-elle.

— Ça ne m'étonne pas. C'est le meilleur endroit.

Cassandra sourit.

— Une tasse de thé ?

— Avec plaisir.

Elle regagna la cuisine par la porte de derrière et posa la bouilloire sur le fourneau. L'eau était encore tiède.

— Alors, comment t'en sors-tu ?

— Ça va.

Elle retourna s'asseoir sur les marches en béton, à côté de la chaise longue.

Les lèvres pâles de Ben dessinèrent un mince sourire ; sa moustache vint chatouiller sa barbe.

— Ta maman a donné des nouvelles ?

— Elle a envoyé une carte.

— Ah !

— Elle aurait bien aimé venir mais Len et elle sont trop pris par Caleb et Marie.

— Eh oui. Les adolescents, ça occupe.

— Ils ne sont plus adolescents. Marie vient d'avoir vingt et un ans.

Ben siffla d'étonnement.

— Comme le temps passe.

Sur ce, la bouilloire fit entendre son cri aigu.

Cassandra rentra dans la cuisine et plongea le sachet de thé dans la tasse. L'eau se colora aussitôt en brun, comme une tache de sang qui se répand. Qui eût cru que la deuxième fois, Lesley jouerait si consciencieusement son rôle de mère ?

Elle versa quelques gouttes de lait dans la tasse en se demandant vaguement s'il était toujours bon. Quand l'avait-elle acheté ? Avant la mort de Nell en tout cas. Sur l'étiquette elle lut : « 14 septembre ». Cette date était-elle passée ? Elle n'aurait su le dire. En tout cas, le lait ne sentait pas l'aigre. Elle ressortit et tendit son thé à Ben.

— Excusez-moi mais je ne sais pas si le lait...

Il but une gorgée.

— C'est mon meilleur thé de la journée.

Il l'observa, parut sur le point de dire autre chose, puis se ravisa. Il s'éclaircit la gorge.

— Cass, je suis venu te faire une visite amicale, mais aussi officielle.

Les décès étaient suivis de démarches officielles, c'était normal ; pourtant, prise au dépourvu, elle en eut le vertige.

— Nell m'avait demandé de rédiger son testament. Tu sais comment elle était : elle n'aimait pas l'idée de confier ses affaires personnelles à un inconnu.

Cassandra hocha la tête. En effet, cela ne la surprenait pas.

Ben tira une enveloppe de la poche intérieure de sa veste. Le temps en avait émoussé les angles, et de blanche elle était devenue crème.

— Ça remonte à un certain temps. 1981, précisa-t-il en rapprochant l'enveloppe de ses yeux plissés.

Il marqua une pause comme s'il attendait que Cassandra comble le silence, mais en vain. Alors il poursuivit :

— Rien de bien compliqué, dans l'ensemble.

Il sortit les papiers de l'enveloppe sans les regarder, puis se pencha de manière que ses avant-bras reposent sur ses genoux. Il tenait négligemment le testament dans sa main droite.

— Ta grand-mère t'a tout laissé.

Là non plus, la jeune femme ne fut pas surprise. Touchée, sans doute – et aussi, non sans une certaine perversité, accablée de solitude –, mais pas étonnée. Car il n'y avait guère qu'elle. Lesley ? Certainement pas. Cassandra avait renoncé depuis longtemps à stigmatiser sa mère, mais Nell, de son côté, ne lui avait jamais pardonné. Un jour où elle croyait Cassandra hors de portée d'oreille, elle avait dit qu'abandonner un enfant dénotait une insensibilité, une incurie impardonnables.

— La maison, bien sûr ; ses économies et ses antiquités.

Il hésita en dévisageant Cassandra comme pour s'assurer qu'elle était prête pour la suite.

— Mais il y a autre chose.

Il baissa les yeux sur le testament et poussa un soupir.

— L'an dernier, après le diagnostic, ta grand-mère m'a invité à boire le thé, un matin.

Cassandra se souvint. En servant le petit déjeuner, Nell avait annoncé qu'elle attendait Ben et devait s'entretenir avec lui en privé. Cassandra pouvait-elle

80

aller à sa place cataloguer certains livres anciens, au Village des antiquaires ?

— Ce jour-là, elle m'a remis une enveloppe scellée à joindre à son testament, avec ordre de ne l'ouvrir que... enfin... tu me comprends.

Cassandra opina et frissonna légèrement, comme si une brise fraîche lui frôlait les bras.

— De quoi s'agit-il ? s'enquit-elle.

Une boule d'angoisse pesait dans sa poitrine.

— Allez-y, Ben. N'ayez pas peur. J'encaisserai.

Ben releva la tête, surpris par le ton de sa voix, son petit rire.

— Tu n'as aucune raison de t'en faire, Cass, ce n'est pas une mauvaise surprise. Au contraire ! Plutôt une énigme, en fait, ajouta-t-il après un instant de réflexion.

Ces mystères n'apaisaient guère les inquiétudes de la jeune femme.

— J'ai obéi et rangé l'enveloppe. Je ne l'ai ouverte qu'hier. J'ai failli en tomber à la renverse.

Il sourit en haussant un sourcil broussailleux.

— Elle contenait l'acte de vente d'une autre maison.

— Qui appartenait à qui ?

— À Nell.

— Nell n'avait pas d'autre maison.

— Il semblerait que si. Du moins à l'époque. Et maintenant, elle est à toi.

Cassandra n'aimait pas les surprises, leur côté brutal, aléatoire. Autrefois, elle avait su se résigner à l'inattendu, mais maintenant, l'idée même lui causait des sueurs froides ; c'était ainsi que son corps avait appris à réagir à l'imprévu. Elle ramassa une feuille

morte et la plia en deux, puis en quatre, tout en réflé-
chissant.

Jamais Nell n'avait mentionné d'autre maison
devant Cassandra – ni avant le départ ni après le
retour de celle-ci. Pourquoi ? Quelle idée de garder
le secret sur une chose pareille ! Quel besoin avait-
elle d'une résidence secondaire ? Était-ce un investissement ? Dans les cafés, Cassandra avait entendu
les gens parler hausse des prix de l'immobilier et
placements dans la pierre, mais ça ne ressemblait
pas à Nell. Elle ne ratait pas une occasion de se
moquer des yuppies des beaux quartiers qui payaient
une fortune un petit pavillon à Paddington, pour
assurer leurs vieux jours.

D'autre part, à sa disparition, Nell avait largement
dépassé l'âge de la retraite. Alors si cette maison était
un investissement, pourquoi ne l'avait-elle pas
vendue ? Cela aurait amélioré son ordinaire. Le
commerce des antiquités avait ses bons côtés mais
n'était pas très rémunérateur, par les temps qui
couraient. Nell et Cassandra avaient gagné tout juste
de quoi vivre. À certains moments, un petit plus aurait
été le bienvenu... Et pourtant, Nell n'avait pas soufflé
mot de cet achat.

— Et où est-elle, cette maison ? demanda-t-elle
enfin. Près d'ici ?

Ben secoua négativement la tête.

— C'est là que cette histoire devient vraiment
énigmatique. Cass, cette maison se trouve en Angleterre.

— Comment !

— Eh oui, à l'autre bout du monde.

— Je sais où se trouve l'Angleterre, merci.

— Plus précisément en Cornouailles, dans un village appelé Tregenna. Dans l'acte de vente, elle est mentionnée sous le nom de « Cliff Cottage ». J'ai vu qu'à l'origine, elle faisait partie d'un vaste domaine, et qu'elle était située en haut d'une falaise. Je peux essayer de me renseigner davantage si tu veux.

— Mais... Pourquoi... ? Comment a-t-elle fait pour... ? À quand remonte cette acquisition ?

— Le cachet porte la date du 6 décembre 1975.

— Nell n'a jamais mis les pieds en Angleterre, commenta Cassandra en croisant les bras.

Au tour de Ben d'afficher sa surprise.

— Mais si ! Au milieu des années soixante-dix, justement. Elle ne te l'a pas dit ?

Cassandra secoua la tête.

— Moi je m'en souviens. Je la connaissais depuis peu. C'était quelque temps avant que tu débarques, quand elle avait encore sa petite boutique près de Stafford Street. Je lui avais acheté des meubles et des objets, au fil des ans, alors on se connaissait vaguement, sans être amis à proprement parler. Elle s'est absentée deux mois. Je m'en souviens parce que j'avais retenu une écritoire en cèdre juste avant son départ, dans l'idée de l'offrir à ma femme pour son anniversaire. La vie en a décidé autrement, mais bon. Et chaque fois que j'essayais de la récupérer, je trouvais porte close.

« Inutile de te dire que j'étais furieux. Janice allait fêter ses cinquante ans, je voulais marquer le coup. Quand j'avais versé mon acompte, Nell ne m'avait pas parlé de ces vacances. Au contraire, elle m'avait bien précisé sous quelles conditions elle acceptait de réserver un meuble : traites hebdomadaires, enlèvement sous un mois. Elle m'a dit qu'elle n'était pas un garde-meubles, qu'elle attendait une livraison et avait besoin de la place.

Cela fit sourire Cassandra, qui reconnaissait bien là sa grand-mère.

— C'est parce qu'elle avait lourdement insisté sur ce point que j'ai trouvé son absence bizarre. Une fois l'agacement passé, j'ai commencé à m'inquiéter. J'ai même songé à prévenir la police. Mais ça n'a pas été nécessaire, en fin de compte. Lors de ma quatrième ou cinquième tentative, je suis tombé sur la voisine chargée de ramasser le courrier de Nell. C'est elle qui m'a appris qu'elle était en Angleterre, mais quand j'ai voulu savoir la cause de ce départ précipité et la date de son retour, elle s'est fâchée. Elle faisait ce qu'on lui avait demandé et n'en savait pas davantage. J'ai continué à faire un saut de temps en temps, l'anniversaire de ma femme est passé ; et puis un jour, Nell a rouvert la boutique.

— Et entre-temps, elle avait acheté une maison.

— De toute évidence, oui.

Cassandra resserra son cardigan autour de ses épaules. Ça ne tenait pas debout. Pourquoi partir en vacances tout d'un coup, acheter une maison sur place et ne plus y retourner de sa vie ?

— Et elle ne vous en a jamais parlé ?

— Je te rappelle qu'il s'agit de Nell. Une dame pas très portée sur les confidences.

— Mais vous avez été très amis, par la suite. Comment a-t-elle pu vous le cacher ?

Ben secoua la tête. Cassandra insista.

— Mais quand vous avez enfin pu récupérer votre écritoire, vous ne lui avez pas posé de questions ?

— Bien sûr que si. Et par la suite aussi. J'avais compris qu'il s'était passé quelque chose d'important. Car vois-tu, elle avait changé. Elle était distraite, énigmatique. Et je ne dis pas ça rétrospectivement. Quelques mois après sa réapparition, j'ai failli savoir de quoi il retournait. J'étais dans sa boutique quand est arrivée une lettre portant le cachet de Truro. Comme j'étais arrivé en même temps que le facteur, c'est moi qui lui ai remis son courrier. Elle a fait comme si de rien n'était, mais je commençais à mieux la connaître : j'ai bien vu qu'elle était toute tourneboulée. Elle a trouvé un prétexte pour se débarrasser de moi.

— Et alors, de qui était la lettre ?

— Je dois avouer que j'ai cédé à la curiosité. Je ne suis pas allé jusqu'à la lire, évidemment, mais j'ai quand même retourné l'enveloppe, juste pour voir le nom de l'expéditeur. J'ai mémorisé l'adresse et demandé à un confrère britannique de faire des recherches. Eh bien, c'était un détective privé !

— Quoi ? Comme dans les romans policiers ? Ça existe, ces gens-là ?

— Mais bien sûr.

— Quel besoin pouvait-elle avoir d'un détective privé anglais ?

— Je l'ignore. Sans doute était-elle tombée sur un mystère qu'elle avait décidé d'élucider. J'y faisais allusion de temps à autre, j'essayais de lui tirer les vers du nez, mais rien à faire. J'ai fini par laisser tomber ; après tout, les gens ont bien le droit d'avoir leurs petits secrets, et si Nell avait voulu me confier le sien, elle l'aurait fait. Pour tout dire, je me sentais coupable de m'être discrètement renseigné. Mais je dois admettre que je voudrais bien savoir le fin mot de l'histoire. Ça me trotte dans la tête depuis un bail et le testament n'arrange rien. Aujourd'hui encore, ta grand-mère reste un mystère.

Cassandra hocha la tête d'un air absent. Dans son esprit s'établissaient des liens. C'était cette notion d'énigme, de mystère, de dissimulation qui l'avait mise sur la voie. Les secrets qui se matérialisaient dans le sillage de sa grand-mère défunte reconstituaient peu à peu le puzzle. Ses origines inconnues, son débarquement solitaire, la valise, le voyage intempestif en Angleterre, cette maison secrète...

— Bon... déclara Ben en versant le fond de sa tasse dans les géraniums. Il faut que je file. J'ai rendez-vous dans un quart d'heure avec un acheteur pour un buffet en acajou. Ça n'a pas été une vente facile et j'ai hâte de m'en débarrasser. Je peux faire quelque chose pour toi au Village ?

— Non, j'y monterai lundi, merci.

— Il n'y a pas urgence, je te l'ai dit. Ça ne me dérange pas de m'occuper de ton stand le temps qu'il faudra. S'il y a de l'argent à te restituer, je te l'apporterai en fin d'après-midi, après la fermeture.

— Merci, Ben. Merci pour tout.

Il acquiesça, puis se remit debout, rangea la chaise longue et posa sa tasse sur l'acte de vente. Au moment de tourner à l'angle de la maison, il se retourna.

— Prends bien soin de toi, Cassandra. Si le vent forcit encore, tu vas t'envoler.

Son front se plissa sous l'effet d'une inquiétude sincère et Cassandra eut du mal à le regarder en face. Ses yeux étaient la fenêtre un peu trop transparente de son âme, et elle ne supportait pas qu'il se remémore celle qu'elle avait été.

— Cass, tu m'entends ?

— Oui, ne vous en faites pas pour moi.

Elle agita la main pour lui dire au revoir et écouta sa voiture s'éloigner dans la rue. Malgré ses bonnes intentions, sa compassion, Ben avait toujours l'air de l'accuser de quelque chose. On l'aurait dit déçu qu'elle ne puisse – ou ne veuille – pas redevenir comme avant. Il ne lui venait pas à l'idée qu'elle ait pu choisir sa voie. Là où il percevait de la réserve, de la solitude, Cassandra ne voyait qu'une assurance, une sécurité : faire en sorte de n'avoir rien à perdre, ou presque.

Elle gratta du bout de sa chaussure le ciment de l'allée et rongea l'ongle de son pouce en s'efforçant de chasser ses idées noires. Puis elle prit l'acte de vente et vit une petite note agrafée sur la première page. C'était l'écriture de Nell, rendue presque illisible par le temps. Elle la tint devant ses yeux, puis l'en éloigna et décrypta lentement les mots : « Pour Cassandra, qui comprendra pourquoi ».

8

Brisbane, 1975

Nell parcourut à nouveau ses documents – passeport, billet d'avion, chèques-voyage... – puis ferma la glissière de sa sacoche et se morigéna sévèrement.

Décidément, ça devenait une véritable frénésie. Tout le monde voyageait, de nos jours ! Tout le monde se sanglait dans un siège à l'intérieur d'une grosse boîte de conserve pour se laisser catapulter au fond du ciel. Mais tout allait bien se passer. Et sinon ? Eh bien sinon, tant pis ! Elle était de celles qui survivaient à tout, non ?

Elle fit une ultime tournée d'inspection (fenêtres fermées, gaz éteint, porte du réfrigérateur ouverte, appareils ménagers débranchés) puis posa ses deux valises sur le seuil de la porte côté jardin et ferma à clef. Elle n'était pas tranquille ; et ce n'était pas la peur d'oublier quelque chose ou d'avoir un accident d'avion. Non, elle était inquiète parce qu'elle rentrait « chez elle ». Après tout ce temps – toute une vie — elle rentrait enfin à la maison.

Tout s'était passé très vite. Hugh était mort depuis quinze jours à peine que déjà elle franchissait le seuil de son propre passé. Il avait dû le deviner en parlant de la valise à Phyllis, et en la chargeant de la lui remettre à sa mort.

En attendant son taxi dans la rue, elle regarda sa maison jaune paille. D'ici elle paraissait vraiment haute, très différente des autres avec son drôle de petit escalier couvert, ses auvents rayés rose, bleu et blanc et ses deux fenêtres en chien-assis, tout en haut. Elle était trop étroite pour prétendre à l'élégance, mais Nell l'aimait. À cause justement de son côté gauche, de bric et de broc, et de ses origines incertaines ; une victime des ans et des propriétaires qui s'y étaient succédé en laissant leur marque sur sa façade.

Elle l'avait achetée en 1961, à la mort d'Al, quand elle était rentrée d'Amérique avec Lesley. Elle était à l'abandon mais bien placée, sur la crête de Paddington, derrière l'ancien Plaza Theatre ; c'était encore dans ce quartier-là qu'elle se sentait le plus chez elle. De plus, la baraque avait bien mérité sa confiance, et alla jusqu'à lui procurer une nouvelle source de revenus : dans une pièce du sous-sol fermée à clef, remplie de meubles, elle avait repéré une table qui lui plaisait – côtés rabattables et pieds chantournés ; elle était en mauvais état mais, sans réfléchir, elle avait acheté de la laque et du papier de verre et avait entrepris de lui redonner vie.

Hugh lui avait appris à restaurer les meubles anciens à son retour de la guerre, quand les petites étaient arrivées les unes après les autres ; le week-end, Nell le suivait partout. Elle était sa petite assistante ; elle savait reconnaître les joints en queue-d'aronde et les couteaux à lames rétractables, elle connaissait la différence entre laque et vernis, et aussi la joie de remettre en état ce qui était cassé. Certes, tout ça était loin ; elle avait même oublié combien elle aimait, jadis, pratiquer ces opérations chirurgicales sur les meubles. Elle en aurait pleuré, quand elle s'attaqua à la table, laqua les pieds et inspira ces odeurs familières ; mais pleurer, ce n'était pas son genre.

Près de ses valises, un gardénia blanc attira son attention. Elle avait oublié de demander à quelqu'un de venir l'arroser ! Sa jeune voisine de derrière avait accepté de nourrir les chats, et le courrier serait relevé à la boutique, mais les plantes, elle n'y avait pas pensé. Elle qui y tenait tant ! Décidément, elle avait la tête ailleurs. Elle serait obligée d'appeler une de ses sœurs depuis l'aéroport, voire depuis le bout du monde. Quel choc, pour elles ! Enfin, de la part de Nell, rien ne les étonnait.

Dire qu'elles avaient été si proches, autrefois ! Parmi toutes les choses que lui avait dérobées la révélation de son « père », la perte de ses sœurs avait laissé en elle une blessure particulièrement profonde. Elle avait déjà onze ans quand la première été née, mais le lien qui s'était aussitôt créé l'avait bouleversée. Avant même que leur mère ne le lui demande, elle avait senti que son devoir était de veiller sur les petites, de les protéger. Sa récompense fut leur amour inconditionnel ; c'était par elle qu'elles voulaient être bercées quand elles s'étaient fait mal, contre elle qu'elles venaient blottir leur petit corps ferme quand, après un cauchemar, elles se glissaient dans son lit jusqu'au bout de la nuit.

Le secret de son père avait tout changé. Ses révélations avaient projeté en l'air le livre de sa vie et dérangé l'ordre des pages ; l'histoire ne pourrait plus être racontée de la même façon. Nell ne pouvait plus regarder ses sœurs sans constater à quel point elle leur était, en fait, étrangère ; pourtant, elle ne pouvait leur dire la vérité. Cela aurait détruit une conviction implicitement ancrée en elles. Mieux valait les laisser dire que leur sœur était un peu étrange, plutôt que d'être considérée par elles comme une étrangère.

Un taxi pie s'engagea dans sa rue ; elle le héla. Pendant qu'elle s'installait sur la banquette arrière, le chauffeur rangea ses bagages dans le coffre.

— Où on va, ma p'tite dame ? demanda-t-il en claquant la portière.

— À l'aéroport.

Il hocha la tête et redémarra ; ils sillonnèrent le dédale des rues de Paddington.

Quand son père lui avait tout avoué à voix basse, le jour de ses vingt et un ans, il l'avait privée de tout ce qu'elle croyait être.

« Mais alors, qui suis-je ? avait-elle voulu savoir.

— Mais tu es toi, la même personne qu'avant. Nell, ma Nellie ».

Il le voulait très fort, elle le comprenait ; mais c'était impossible. La réalité s'était décalée, Nell ne se sentait plus synchrone. La personne qu'elle était, ou croyait être, n'existait pas ; il n'y avait plus de Nell O'Connor.

« Mais qui suis-je vraiment ? avait-elle insisté quelques jours plus tard. Je t'en prie, papa, dis-le-moi ».

Il avait secoué la tête.

« Je ne sais pas, Nellie. Ta maman et moi, on ne l'a jamais su. Et ça ne nous a jamais préoccupés ».

Elle avait essayé de les imiter, mais en fait, elle ne pensait qu'à cela. Elle avait essayé de ne pas y accorder d'importance non plus, mais en vain : c'était même le contraire. Tout avait changé, et elle n'arrivait plus à regarder son père en face. Elle ne l'aimait pas moins qu'avant, bien sûr, mais elle ne se sentait plus à l'aise avec lui. Son affection pour lui, jusque-là invisible, incontestée, avait tout à coup acquis un poids, une voix. Et quand elle le voyait, cette voix lui disait : « Tu n'es pas sa vraie fille ». Elle n'arrivait pas à croire, comme il l'affirmait pourtant avec véhémence, qu'il puisse l'aimer autant que ses jeunes sœurs.

« Mais bien sûr que si, voyons », avait-il répondu quand elle lui avait posé la question.

La stupéfaction, la peine se lisaient clairement dans ses yeux. Il avait tiré son mouchoir de sa poche et l'avait passé sur sa bouche.

« Je t'ai connue avant les autres, Nellie. C'est toi que j'ai aimée le plus longtemps ».

Mais ça ne suffisait pas. Nell était un mensonge, toute sa vie était un mensonge, et elle refusait de continuer comme ça.

En quelques mois, vingt et une années de vie en pleine éclosion furent méthodiquement démantelées. Elle démissionna de chez le marchand de journaux et devint ouvreuse au Plaza Theatre, récemment créé. Elle fourra ses affaires dans deux petites valises et alla partager l'appartement d'une amie d'amie. Puis elle rompit ses fiançailles avec Danny. Pas tout de suite – elle n'avait pas le courage de couper les ponts brutalement. Mais elle avait laissé leurs relations se dégrader en refusant de le voir ou en étant désagréable les rares fois où ils se retrouvaient. Elle s'en était beaucoup voulu de cette lâcheté ; en fait, sa haine de soi la rassurait en lui confirmant qu'elle méritait son sort.

Il lui fallut longtemps pour se remettre de sa rupture avec Danny, sa bonne tête, son regard franc, son sourire facile. Bien sûr, il l'avait questionnée, mais elle n'avait pas pu se résoudre à lui dire la vérité. Pour expliquer que la jeune femme qu'il aimait, qu'il espérait épouser, n'existait plus, il n'y avait pas de mots. Comment pourrait-elle encore lui demander de la respecter, de tenir ses engagements envers elle, quand il saurait qu'elle était, en réalité, une personne dont on pouvait se dispenser ? Que sa propre famille d'origine n'avait plus voulu d'elle ?

Le taxi bifurqua dans Albion Avenue, puis prit East Avenue en direction de l'aéroport.

— Et où on va, comme ça ? s'enquit-il en cherchant son regard dans le rétroviseur.

— À Londres.

— Z'avez de la famille là-bas ?

Nell regarda par la vitre couverte de traînées sales.

— Oui, dit-elle. Avec un peu de chance.

À Lesley non plus elle n'avait pas dit qu'elle partait. Elle avait imaginé un instant composer son numéro de téléphone – le dernier d'une longue série qui serpentait jusqu'au bas de la page pour aller s'enrouler dans les marges ; mais elle s'était ravisée. Le temps que Lesley s'aperçoive de son départ, elle serait déjà rentrée.

Elle s'y était mal prise avec sa fille ; elle en avait conscience. Elles n'étaient pas parties du bon pied, toutes les deux, et n'avaient jamais trouvé de terrain d'entente par la suite. L'accouchement avait été un cauchemar, et l'arrivée violente de ce paquet de vie hurlant, tout en membres convulsés, gencives avides et doigts affolés, l'avait laissée sous le choc. Toutes les nuits, à l'hôpital, Nell avait attendu que s'établisse la fameuse connexion, le lien puissant, absolu, avec la petite personne qui avait poussé en elle. Mais en vain. Elle ne ressentait rien. Elle avait eu beau espérer, espérer encore, elle était restée isolée de ce petit chat sauvage et farouche qui suçait, pinçait, griffait ses seins et voulait toujours plus qu'elle ne pouvait donner.

À l'inverse, Al avait eu le coup de foudre. Il ne semblait pas voir que ce nourrisson était une véritable terreur. Contrairement à la plupart des hommes de sa génération, il aimait beaucoup porter sa fille, la nicher au creux de son bras et l'emmener en promenade dans les larges artères de Chicago. Parfois Nell affichait un sourire forcé quand, sous ses yeux, il contemplait avec adoration son petit bébé. Quand il relevait la tête, elle voyait se refléter dans les yeux embrumés de son mari son propre vide intérieur.

Lesley était née avec la sauvagerie dans les veines, et le décès d'Al, survenu en 1961, lui avait brusquement laissé libre cours. En lui annonçant que son père était mort, Nell avait vu dans les yeux de sa fille une lueur s'éteindre et laisser place à un regard blasé ; durant les mois qui suivirent, Lesley – dont elle n'avait jamais su percer le mystère – s'était murée dans son cocon adolescent, dans un profond mépris pour sa mère et dans la certitude de ne plus rien vouloir avoir à faire avec elle.

C'était peut-être difficile à accepter, mais compréhensible – après tout, à quatorze ans on était impressionnable, et son père avait été toute sa vie. En outre, le retour en Australie n'avait pas amélioré la situation. Mais c'était là une réflexion a posteriori. Nell n'était pas naïve au point de présenter des pièces à conviction rétrospectives au jury permanent qu'était son sentiment de culpabilité. Elle avait pris la décision qui lui paraissait la plus raisonnable sur le moment ; elle n'était pas américaine, la mère d'Al était décédée depuis quelques années... bref, concrètement, elles étaient seules, toutes les deux. Étrangères en terre étrangère.

Aussi, quand Lesley avait quitté la maison à l'âge de dix-sept ans pour traverser tout le pays en stop, direction le sud, Nell n'avait-elle pas fait de difficultés. Au contraire, Lesley lui ôtait un grand poids, un fardeau qu'elle portait depuis dix-sept ans : évidemment qu'elle était une mauvaise mère, que sa fille ne pouvait pas la supporter ! C'était de naissance – elle n'avait pas mérité d'avoir des enfants, de toute façon. Hugh et Lil avaient été des parents aimants, mais en réalité, Nell était issue d'une lignée de mauvaises mères – de celles qui abandonnent leur enfant sans remords.

Et finalement, ça n'avait pas si mal tourné. Douze ans plus tard, Lesley s'était rapprochée ; elle s'était établie sur la Gold Coast avec son dernier compagnon en date et sa fille. Nell n'avait vu la petite Cassandra qu'en deux ou trois occasions. Dieu sait qui pouvait être le père ; elle s'était abstenue de poser la question. En tout cas, lui au moins avait dû avoir un peu de plomb dans la tête, car la gamine était beaucoup plus sage que sa mère. Elle était même tout le contraire. On aurait dit que son âme avait vieilli avant le reste. Elle était calme, patiente, réfléchie, loyale envers sa mère – et jolie avec ça. Ses yeux bleu foncé, obliques, lui donnaient un petit air triste, et sa bouche serait superbe le jour où elle sourirait sans arrière-pensée – en admettant que ce jour advienne.

Le chauffeur s'arrêta devant la porte de la compagnie Qantas ; Nell chassa ses pensées et lui remit le prix de sa course.

Elle avait passé trop de temps à s'égarer dans les regrets, se noyer parmi les mensonges et les incertitudes. Il était temps de répondre aux questions, de savoir qui elle était. Elle sauta à terre et regarda un avion passer à basse altitude.

— Bon voyage, ma p'tite dame, dit le chauffeur en portant ses bagages vers un chariot tout proche.

— Bien sûr.

Bien sûr que le voyage serait bon, et les mystères résolus. Toute sa vie elle avait été une ombre ; désormais, elle serait un être de chair et de sang.

Ce qui avait tout déclenché, c'était la valise – ou plutôt son contenu. Le recueil de contes paru en 1913, le portrait de la dame ornant le frontispice. Nell l'avait tout de suite reconnue. Des noms enfouis au fond de son passé et qu'elle croyait avoir inventés étaient revenus à sa mémoire : la Dame. La Conteuse. Non seulement celle-ci était réelle, mais Nell savait comment elle s'appelait : Eliza Makepeace.

Au début, elle avait cru qu'Eliza Makepeace était sa mère. Elle avait mené son enquête à la bibliothèque ; peut-être allait-elle apprendre que celle-ci avait perdu sa petite fille et passé sa vie à la chercher. Naturellement, c'était trop simple. La bibliothécaire avait trouvé peu de chose sur Eliza, mais assez pour affirmer qu'elle n'avait pas eu d'enfants.

Nell avait ensuite épluché la liste des passagers de tous les navires partis de Londres en 1913 à destination de Maryborough, mais le nom d'Eliza Makepeace n'apparaissait nulle part. Naturellement, elle avait pu signer ses œuvres d'un pseudonyme et voyager sous son vrai nom, voire un faux nom, mais Hugh n'avait pas précisé sur quel bateau elle était arrivée, et sans cette information, comment restreindre l'éventail des possibilités ?

Toutefois, cela ne l'avait pas découragée. Eliza Makepeace avait joué un rôle important dans son passé. Elle se souvenait d'elle. Pas très bien, évidemment – ces souvenirs étaient très anciens, refoulés, mais réels. Elle était sur un bateau. Elle patientait. Elle jouait à cache-cache. D'autres choses lui revenaient. Comme si l'image de la Conteuse avait soulevé un couvercle dans sa tête. Des bribes sans suite se présentaient à son esprit : un labyrinthe, une vieille dame qui lui faisait peur, un grand voyage sur l'eau. Elle savait qu'à travers Eliza elle se trouverait elle-même ; mais pour cela, il fallait se rendre à Londres.

Dieu merci, elle avait pu réunir l'argent nécessaire au voyage. Enfin, Dieu était moins à remercier que son père, en l'occurrence ; dans la valise blanche, avec le recueil de contes, la brosse à cheveux et la robe de petite fille, Nell avait trouvé une lettre de lui, avec une photo et un chèque. Ce n'était pas une fortune – il n'avait jamais été bien riche – mais cet argent était quand même le bienvenu. Dans la lettre, il disait qu'il voulait lui laisser quelque chose de plus qu'aux autres – et à leur insu. Elles, il les avait toutes aidées à un moment ou à un autre, tandis que Nell avait toujours refusé. De cette manière, elle ne pourrait pas dire non.

Il lui présentait aussi ses excuses, en espérant qu'elle lui pardonnerait un jour. Lui-même n'y était jamais parvenu. Elle serait peut-être contente d'apprendre qu'il n'avait jamais surmonté ses remords, que ceux-ci l'avaient littéralement handicapé pour le restant de ses jours. Toute sa vie, il avait regretté de lui avoir dit la vérité. *Si j'avais été coura-geux,* écrivait-il, *je ne t'aurais pas gardée. Mais dans ce cas, je ne t'aurais jamais connue, et à tout prendre, je préfère me sentir coupable.*

Quant à la photo sépia, elle l'avait déjà vue – ou plutôt entrevue. Elle avait été prise avant la Première Guerre, et représentait Hugh, Lil et Nell avant que les cadettes ne viennent agrandir la famille à grand renfort de rires et de piaillements enfantins. C'était un de ces portraits de studio où les sujets ont l'air un peu étonnés, comme si on les avait arrachés au monde réel pour les miniaturiser et les placer dans une maison de poupée au décor déroutant. Nell revoyait très bien le jour où elle avait été prise. Elle ne se rappelait pas grand-chose de son enfance, mais son aversion instinctive à l'égard de ce studio, de l'odeur de révélateur, cela, elle ne l'avait pas oublié. Elle mit la photo de côté pour reprendre la lettre de son père.

Chaque fois, elle s'interrogeait sans fin sur le choix des termes. Hugh parlait de culpabilité. Sans doute se sentait-il coupable d'avoir chamboulé sa vie par ses révélations ; pourtant, le mot ne passait pas. Qu'il demande pardon, qu'il exprime des regrets, d'accord, mais pourquoi « culpabilité » ? Certes, Nell regret-tait amèrement ; certes, elle s'était sentie inapte à vivre une vie où tout était faux. Mais jamais elle n'avait accusé ses « parents » de quoi que ce soit. Après tout, ils avaient agi pour le mieux, en toute conscience, et ils avaient eu raison. Ils lui avaient donné le foyer et l'affection dont elle était privée. L'idée que son père ait traîné cette culpabilité et l'ait crue capable de lui en vouloir la troublait profondément. Mais il était trop tard pour le questionner.

9

Maryborough, 1914

Nell habitait chez eux depuis quatre mois quand une lettre arriva à la capitainerie. À Londres, un homme recherchait une fillette de quatre ans. Cheveux roux, yeux bleus. Elle avait disparu depuis près de sept mois et l'individu en question – un certain Henry Mansell – avait des raison de penser qu'elle avait embarqué sur un navire, probablement à destination de l'Australie. Il agissait pour le compte de la famille.

Lorsqu'il la lut, debout près de son bureau, Hugh sentit ses jambes faiblir, ses muscles se liquéfier. Le moment qu'il redoutait – et auquel il aurait dû s'attendre – était venu. Car Lil avait beau dire, les enfants – surtout ceux comme Nell – ne disparaissaient pas sans qu'on sonne l'alarme. Il s'assit, respira avec application, lança un bref regard par la fenêtre. Il se sentait tout à coup suspect, percé à jour, épié par un ennemi invisible.

Il se passa la main sur le visage, puis la posa sur sa nuque. Que faire, mon Dieu, que faire ? Ses collègues auraient connaissance de la lettre ; d'accord, il était le seul à avoir vu Nell sur le quai, mais ce n'était pas cela qui le sauverait. La nouvelle se répandrait – tout finissait toujours par se savoir – et les gens en tireraient des conclusions. Cette fillette qui vivait chez les O'Connor, là, celle qui parlait avec un drôle d'accent, elle présentait quand même une certaine ressemblance avec la petite Anglaise disparue, non ?

Non, décidément, il ne pouvait prendre le risque que cette lettre tombe entre d'autres mains. Tremblant, il la plia bien proprement en deux, puis en quatre, et la rangea dans la poche de sa veste. La question était réglée pour le moment.

Il se sentait déjà mieux. Il lui fallait seulement un peu de temps et de tranquillité d'esprit pour réfléchir et convaincre Lil de rendre Nell. Ils préparaient leur déménagement pour Brisbane. Lil avait donné son préavis au propriétaire et emballait déjà leurs maigres possessions ; depuis quelque temps, ils racontaient autour d'eux que Hugh avait reçu une offre qu'ils seraient bêtes de ne pas accepter... Mais ils pouvaient toujours renoncer à ces projets. Sans doute même y seraient-ils contraints. Car maintenant on recherchait Nell, et cela changeait tout.

Il savait bien ce que rétorquerait Lil : ces gens ne méritaient pas la petite – cet Henry Mansell qui l'avait perdue. Elle l'implorerait, le supplierait... ils ne pouvaient tout de même pas la rendre à des gens aussi négligents ! Mais il devrait lui faire admettre qu'ils n'avaient pas le choix, que Nell n'était pas leur fille, qu'elle ne l'avait jamais été, qu'elle avait sa place dans une autre famille. D'ailleurs, elle n'était même plus Nell ; son vrai prénom l'attendait ailleurs.

En montant les marches du perron ce soir-là, Hugh prit un moment pour mettre de l'ordre dans ses idées. Il inhala la fumée âcre qui s'échappait de la cheminée – une odeur plaisante, parce que venant des flammes qui réchauffaient sa maison. Une force invisible le clouait sur place. Il était à un tournant ; un instant comme il s'en produit peu dans une vie d'homme.

Il inspira profondément, poussa la porte... Les deux « femmes » de sa vie se retournèrent. Elles étaient assises devant le feu, l'une sur les genoux de l'autre. Les longs cheveux de la fillette étaient tout mouillés et Lil s'efforçait de les démêler.

— Papa ! s'écria Nell, dont la joie évidente anima le visage déjà rosi par la chaleur du feu.

Lil lui sourit par-dessus la tête de la petite. C'était ce sourire qui le perdait, depuis le début. Depuis qu'il avait posé les yeux sur Lil en enroulant les cordages dans le petit hangar à bateau de son père. Quand l'avait-il vu pour la dernière fois, ce sourire ? Avant les fausses couches, pour sûr. Ces bébés qui refusaient de naître mais qui grandissaient dans le ventre de Lil, la réveillaient la nuit en lui donnant de joyeux coups de pied – jusqu'au moment de venir au monde ou presque.

Hugh rendit son sourire à sa femme et posa sa besace. Il tâta dans sa poche le papier lisse de la lettre, qui semblait brûler le tissu, sous ses doigts, puis se tourna vers le fourneau, où fumait la grande marmite.

— Ça sent bon.

Maudite boule dans sa gorge...

— C'est la matelote de ma mère, l'informa Lil en se remettant à démêler les cheveux de Nell. Tu couves quelque chose ?

— Hum ? Comment ?

— Je te ferai un grog ce soir.

— J'ai juste la gorge qui me chatouille un peu, ne te donne pas cette peine.

— Ce n'est jamais pénible si c'est pour toi, répliqua-t-elle en lui souriant à nouveau, avant de donner de petites tapes sur les épaules de Nell. Et voilà, ma biche. Il faut que maman s'occupe du dîner maintenant. Reste là jusqu'à ce que tes cheveux soient secs. Il ne faudrait pas que tu attrapes froid comme ton papa, acheva-t-elle avec un regard béat qui fendit le cœur de Hugh au point qu'il dut se détourner.

La lettre pesa de tout son poids dans sa poche, opiniâtre, d'un bout à l'autre du dîner. Elle attirait sa main comme l'aimant attire le fer. Il ne pouvait reposer son couteau sur la table sans que ses doigts se glissent machinalement dans sa veste pour palper l'enveloppe, la sentence qui signifiait la mort de leur bonheur. La lettre de cet homme qui connaissait la famille de Nell. Du moins, c'était ce qu'il prétendait...

Tout à coup, Hugh se redressa. Pourquoi accepter sans broncher les affirmations de cet inconnu ? Il se remémora mot pour mot le contenu de la missive et y chercha une quelconque preuve à ses allégations. Aussitôt, une bouffée de soulagement l'envahit. Rien ! Il n'y avait rien ! Le monde était plein de gens bizarres ; des gens malhonnêtes qui se livraient à toutes sortes de manigances. Dans certains pays, il y avait un marché pour les petites filles ; les malfrats étaient toujours en quête de fillettes à enlever et revendre...

Mais non, c'était grotesque. Il se raccrochait à cette hypothèse, mais en même temps, il voyait bien qu'elle était peu crédible.

— Hugh ?

Il releva la tête. Lil le regardait bizarrement.

— Tu es dans les nuages. J'espère que tu n'as pas de fièvre, s'inquiéta-t-elle en posant une paume tiède sur son front.

— Ça va très bien, répliqua-t-il sur un ton involontairement cassant. Ne t'inquiète pas, ma chérie.

— Je disais que j'allais coucher cette petite demoiselle. Elle a eu une journée chargée.

Au même moment, Nell laissa échapper un énorme bâillement.

— Bonne nuit, papa, fit-elle ensuite.

En un clin d'œil elle était sur ses genoux, blottie contre lui comme un chaton bien chaud, les bras autour de son cou. Par contraste, sa propre peau lui semblait rugueuse, sans parler des favoris qui descendaient jusque dans son cou. Il posa ses mains sur le dos étroit de la petite et ferma les yeux.

— Bonne nuit, Nellie chérie, murmura-t-il dans ses cheveux.

Puis il la laissa partir et regarda Lil la conduire vers sa chambre. Ses deux femmes. Sa famille. Par un processus qu'il n'aurait su décrire, cette enfant, leur petite Nell aux longues tresses, avait cimenté son couple. Ils formaient désormais une famille, une cellule indivisible, et plus seulement deux âmes qui avaient décidé de faire leur vie ensemble.

Et il irait briser cette belle entente ?

Un bruit dans le couloir lui fit lever la tête. Lil se tenait dans l'encadrement de la porte, orné de motifs sculptés. Elle le regardait. Un jeu de lumière accrochait un reflet rouge dans ses cheveux noirs et allumait une lueur au fond de ses yeux – deux lunes noires voilées de longs cils. Une émotion indéfinissable dessinait sur ses lèvres un sourire équivoque.

Hugh sourit à son tour, hésitant, et ses doigts allèrent une fois de plus courir en silence sur la lettre, dans sa poche. Il ouvrit la bouche, prêt à prononcer les paroles tant redoutées qu'il n'était pas sûr de pouvoir retenir.

Et tout à coup Lil fut à ses côtés. Le contact de ses doigts sur son poignet, puis sur sa joue, l'électrisa.

— Viens te coucher, lui dit-elle.

Il ne pouvait y avoir de mots plus doux à ses oreilles. Le ton de sa voix contenait une promesse. Alors il prit une décision. Les arguments soigneusement pesés s'envolèrent en fumée.

Il glissa sa main dans celle de sa femme, s'y agrippa et se laissa entraîner.

Au passage, il jeta dans la cheminée l'enveloppe, qui inscrivit un bref reproche en lettres de feu à la périphérie de son champ de vision. Il poursuivit son chemin. Sans regarder en arrière.

10

Brisbane, 2005

Bien avant d'être un village d'antiquaires, le centre avait été un théâtre, le Plaza, une ambitieuse expérience remontant aux années trente. De l'extérieur, un gros cube blanc enchâssé dans la colline de Paddington ; mais dedans, c'était une autre histoire. Le plafond bleu nuit en forme de voûte céleste, orné de nuages en découpe, était rétroéclairé de manière à créer une illusion de clair de lune, piqueté de mille petits points scintillant comme des étoiles. Il avait eu un succès fou au temps où les tramways ferraillaient encore dans l'avenue en courbe et où des jardins chinois s'épanouissaient dans les combes, mais s'il avait vaincu de puissants adversaires tels qu'inondation ou incendie, dans les années soixante, il avait finalement cédé – en douceur, mais en très peu de temps – devant la télévision.

Le stand de Nell et Cassandra se trouvait juste sous l'arche de l'avant-scène, côté cour. Il consistait en un dédale de rayonnages où s'entassait tout un bric-à-brac – objets divers, bouts de ceci et de cela, livres, souvenirs en tout genre. Au début, manière de plaisanter, les antiquaires voisins l'avaient appelé « la caverne d'Ali Baba » et le surnom lui était resté. À présent, une petite enseigne en lettres d'or sur bois baptisait ainsi tout le secteur.

Cassandra était assise sur un trépied au fond du labyrinthe. Elle avait du mal à se concentrer. C'était la première fois qu'elle remettait les pieds au Village depuis la mort de Nell, et ça faisait une drôle d'impression de se retrouver là, entourée des trésors qu'elles avaient amassés ensemble et qui, d'une certaine manière, n'avaient plus de raison d'être. À ses yeux, c'était même déloyal. Ces cuillères que Nell avait fait briller, ces étiquettes couvertes de ses pattes de mouche indéchiffrables... et puis les livres, tous les livres ; sa faiblesse. Tous les brocanteurs en avaient une. Rien n'excitait davantage la vieille dame que de découvrir un beau tirage limité. Elle aimait particulièrement les ouvrages de l'époque victorienne tardive, avec leurs illustrations en noir et blanc. D'autant plus s'ils portaient une dédicace, une marque de leur passé, une allusion aux mains qui les avaient tenus au fil du temps, jusqu'à ce qu'ils aboutissent dans les siennes.

— Bonjour.

Cassandra leva la tête. Ben lui tendait un gobelet de café en plastique beige.

— Tu tries ton stock ?

Elle chassa de ses yeux quelques fines mèches de cheveux et prit le gobelet.

— Je déplace des choses. La plupart du temps pour les remettre à leur place.

Il hocha la tête, puis but une gorgée de café.

— J'ai quelque chose pour toi, déclara-t-il en passant la main sous son gilet de laine pour retirer de la poche de poitrine un morceau de papier plié.

Cassandra posa son café, déplia la feuille et en lissa les plis. C'était une sortie d'imprimante au format A4, portant en son centre une image de qualité médiocre en noir et blanc. Une maison. Ou plutôt un cottage en pierre de taille, apparemment, avec des taches – du lierre, peut-être ? – sur les murs. Toit en tuiles, cheminée à deux pots qui semblaient tenir par miracle.

Cassandra n'eut pas besoin de demander de quoi il s'agissait.

— J'ai fait quelques recherches, expliqua Ben. Ma fille – celle qui vit à Londres – a pu entrer en contact avec quelqu'un en Cornouailles. Elle m'a envoyé cette photo par e-mail.

Ainsi, c'était là le grand secret de Nell. Cette maison achetée sur un coup de tête et dont elle n'avait jamais révélé l'existence à personne. La photo lui fit un effet curieux. Elle avait laissé l'acte de vente tout le week-end sur la table de la cuisine ; mais, en image, le cottage acquérait de la substance. Nell, qui jusqu'à sa mort avait ignoré sa véritable identité, avait acheté une maison en Angleterre et la lui avait léguée en disant qu'elle comprendrait pourquoi.

— J'ai également demandé à Ruby de consulter le cadastre. Je me disais : si on découvre à qui ta grand-mère l'a achetée, on finira par comprendre pourquoi.

Ben tira de sa poche de poitrine un petit carnet à spirale et chaussa ses lunettes.

— Daniel et Julia Bennett, ça te dit quelque chose ?

Cassandra secoua négativement la tête sans quitter des yeux la photo.

— D'après Ruby, Nell l'a acquise auprès d'eux. Eux-mêmes l'avaient rachetée aux Monuments historiques en 1971, en même temps que le château, qu'ils ont transformé en hôtel. Le « Blackhurst », ajouta-t-il, l'air plein d'espoir.

Mais là encore, elle fit non de la tête.

— Tu es sûre que ça ne te dit rien ?

— Jamais entendu parler.

— Ah ! lâcha Ben, dont les épaules s'affaissèrent sous le coup de la déception. Tant pis. Mes talents de limier s'arrêtent là, conclut-il en refermant son carnet d'un coup sec avant de s'accouder à la bibliothèque la plus proche. On n'est pas beaucoup plus avancés, alors. C'est tout Nell, ça. Partir en laissant une énigme derrière elle, ajouta-t-il en se grattant la barbe. Parce que quand même, une maison secrète en Angleterre, c'est drôlement mystérieux, non ?

— Merci pour la photo, et remerciez aussi votre fille de ma part, dit Cassandra en souriant.

— Tu n'auras qu'à le faire toi-même une fois sur place. Quand penses-tu partir ? dit-il en secouant son gobelet et en regardant par le trou de la paille pour s'assurer qu'il était bien vide.

Cassandra réfléchit.

— Pour l'Angleterre ?

— Une photo, c'est bien, mais il vaut quand même mieux constater par soi-même, non ?

— Vous pensez que je dois y aller ?

— Pourquoi pas ? On est au XXIe siècle, tu peux effectuer l'aller-retour en une semaine, et tu auras une idée plus précise de ce que tu comptes en faire, de ce cottage.

Malgré les papiers sur la table de la cuisine, Cassandra avait complètement négligé les aspects pratiques. En effet, il fallait en faire quelque chose, de ce cottage. Elle frotta du bout du pied les planches nues, puis regarda Ben, mal à l'aise.

— Il faut que je le vende, non ?

— Sans y avoir jamais mis les pieds, ça me paraît dommage, répondit Ben en lançant son gobelet dans une corbeille à papier presque pleine, près du bureau en cèdre. Qu'est-ce que tu risques à aller y jeter un coup d'œil ? Il avait sûrement beaucoup d'importance aux yeux de Nell, pour qu'elle l'ait gardé si longtemps.

Là encore, Cassandra médita. S'envoler pour l'Angleterre, toute seule...

— Et le stand ?

— Bah ! Le personnel du Village veillera dessus, et puis je suis là, moi. Avec ton stock, tu as de quoi tenir dix ans. Vas-y donc, Cass, reprit-il avec douceur. Ça ne te fera pas de mal de prendre un peu l'air. Et

puis tu sais quoi ? Ma fille habite là-bas, à Londres
– une cage à lapins à South Kensington ; elle travaille
au Victoria and Albert Museum. Elle pourra te faire
visiter, s'occuper de toi.

Tout le monde se proposait toujours de s'occuper
d'elle ! Autrefois – il y avait une éternité – c'était elle
l'adulte qui assumait ses responsabilités et s'occupait des autres...

— Et puis, qu'est-ce que tu as à perdre ?

Rien, en effet. Elle n'avait rien à perdre. Rien ni
personne. Lasse de ce sujet, elle se força à afficher
un sourire conciliant.

— Je vais y réfléchir.

— C'est bien, mon petit, conclut Ben en effleurant
d'une pichenette l'épaule de Cassandra. Ah, j'oubliais :
j'ai fait une autre découverte intéressante. Ça ne nous
en dit pas plus sur Nell et sa maison, mais c'est quand
même une coïncidence intéressante, vu tes anciennes
activités artistiques, tous ces dessins que tu faisais...

Cassandra en eut le souffle coupé. Quel raccourci
saisissant ! Voilà comment Ben résumait des années
entières exclusivement consacrées à sa passion, en
reléguant résolument celle-ci dans le passé. Elle
réussit tant bien que mal à faire bonne figure.

— Le château appartenait jadis aux Mountrachet.

Elle secoua la tête. Cela ne lui disait rien.

— Leur fille, Rose, a épousé un certain Nathaniel
Walker, ajouta Ben en haussant un sourcil d'un air
entendu.

— Un peintre américain, non ?

— Exact, essentiellement portraitiste, tu vois le
genre. Lady Machin et ses six chiens de manchon
préférés. D'après Ruby, il a même fait le portrait du

roi, en 1910. Apparemment, ce fut le sommet de sa carrière ; cela dit, Ruby ne m'a pas paru très impressionnée. Elle dit que les portraits ne sont pas ce qu'il a fait de mieux, qu'ils manquent un peu de vie...

— Il y a longtemps que je ne m'intéresse plus à ces choses-là...

— Elle préfère ses dessins. Cela dit, c'est bien son genre d'aller à contre-courant de l'opinion générale.

— Quel genre de dessins ?

— Des illustrations pour magazines.

Tout à coup, la lumière se fit jour dans l'esprit de Cassandra.

— *Le Renard et le labyrinthe !*

Ben eut l'air perplexe.

— Vous ne connaissez pas ? C'étaient – ce sont – des dessins splendides, incroyablement détaillés !

Il y avait longtemps qu'elle ne se préoccupait plus d'histoire de l'art, et son propre enthousiasme la surprit.

— On nous a parlé de Nathaniel Walker un jour, dans un cours sur Aubrey Beardsley et ses contemporains, reprit-elle. Si je me souviens bien, il était assez controversé, mais je ne sais plus pourquoi.

— C'est aussi ce que m'a dit Ruby. Vous allez bien vous entendre. Elle était tout excitée quand j'ai parlé de lui. Quelques-unes de ses illustrations figurent dans la nouvelle exposition organisée par son musée ; j'ai cru comprendre qu'elles étaient assez rares.

— Il n'en a pas laissé beaucoup, en effet, se rappela Cassandra. Sans doute trop occupé par ses portraits ; les illustrations devaient être un passe-temps. Cela dit, celles qu'on lui connaît jouissent d'une très haute estime. Mais, fit-elle en sursautant, il me semble que j'en ai justement une ! Dans un des livres de Nell !

Elle grimpa sur une caisse retournée et laissa courir son index le long des tranches alignées sur le rayonnage supérieur de la bibliothèque ; elle s'arrêta sur un ouvrage relié cuir bordeaux au lettrage doré à demi effacé.

Elle l'ouvrit sans descendre de sa caisse et feuilleta délicatement les premières pages ornées de gravures en couleurs.

— Tenez, *La Complainte du renard*, fit-elle en remettant pied à terre sans quitter le livre des yeux.

Ben s'approcha et ajusta ses lunettes.

— Un peu chargé, non ? Pas trop mon style. Mais l'art, c'est subjectif, hein ? Cela dit, je vois ce qui peut te plaire là-dedans.

— C'est beau et triste à la fois, je ne saurais pas dire pourquoi.

— Comment ça, triste ? fit Ben en se rapprochant encore.

— Plein de mélancolie, de nostalgie. Je ne peux pas m'expliquer mieux, c'est l'expression du renard, une espèce d'absence. Non, décidément, je ne peux rien dire de plus.

Ben lui serra doucement le bras, dit qu'il lui apporterait un sandwich à l'heure du déjeuner, puis il regagna son stand afin de surveiller un client qui jonglait avec les pièces d'un lustre en cristal de Waterford.

Cassandra s'absorba dans son illustration, se demandant pourquoi l'affliction du renard ne faisait aucun doute à ses yeux. C'était dû au talent de l'artiste, évidemment, et à sa faculté d'évoquer des émotions complexes par le seul placement de ses fins traits noirs...

Ce dessin lui rappelait le jour où elle avait trouvé le recueil de contes dans le sous-sol de la maison de Nell, tandis qu'à l'étage, sa mère se préparait à l'abandonner. Rétrospectivement, elle voyait bien que son amour de l'art remontait à la découverte de ce livre. En l'ouvrant, elle était tombée la tête la première dans le monde merveilleux, effrayant et magique à la fois, de ses illustrations. Elle s'était demandé ce qu'on ressentait quand on savait s'affranchir des mots pour s'exprimer dans ce langage si fluide.

Et pendant quelque temps, une fois devenue adulte, elle l'avait su : elle avait connu cette sensation – l'alchimie du tracé, la béatitude engendrée par l'abolition du temps quand on faisait naître des choses et des êtres sur une table à dessin. Cet amour de l'art l'avait conduite à entrer en faculté à Melbourne, à épouser Nicholas, et ainsi de suite. Sa vie aurait été tout autre si elle n'avait pas été mystérieusement attirée par cette valise...

Cassandra sursauta. Comment n'y avait-elle pas pensé plus tôt ? Tout à coup, elle sut exactement ce qu'elle devait faire, où elle devait chercher des indices sur les origines de Nell.

Il lui vint à l'idée que Nell ait pu se séparer de la valise, mais elle refusa d'y croire. Pour commencer, sa grand-mère avait été antiquaire, collectionneuse – l'équivalent humain de l'oiseau-jardinier d'Australie, qui accumule de grandes quantités de débris végétaux, en l'occurrence pour attirer un représentant du sexe opposé. Peu probable qu'elle ait détruit ou jeté un objet rare et ancien.

Mieux, s'il fallait en croire les tantes, cette valise était plus qu'une antiquité – c'était un point d'ancrage, tout ce qui reliait Nell à son passé. Or, Cassandra connaissait l'importance de ces points d'ancrage ; elle était bien placée pour savoir ce qui survenait quand se défaisait le lien – le cordage de l'ancre – qui nous reliait à nous-même. Elle-même avait perdu deux fois son ancre. La première fois quand Lesley l'avait abandonnée, puis quand, dix ans plus tôt – si longtemps que cela, vraiment ? –, sa vie avait basculé en un quart de seconde et qu'elle s'était retrouvée une fois de plus à la dérive sur une mer sans horizon.

Un jour, elle songerait que c'était la valise qui l'avait trouvée, et non l'inverse. Comme la première fois.

Elle avait passé toute la soirée à fouiller la maison encombrée d'antiquités de Nell, se laissant distraire, malgré elle, par tel ou tel souvenir ; puis une immense lassitude s'était emparée d'elle. Une fatigue plus morale que physique, conséquence du week-end qu'elle venait de passer, et qui lui tomba dessus d'un coup en s'insinuant jusqu'au plus profond d'elle-même – comme quand les personnages s'endorment dans les contes de fées ; une aspiration magique à se laisser aller au sommeil.

Elle n'aurait su dire ce qui l'attira vers la chambre de Nell plutôt que vers la sienne, si ce n'est l'invincible impression que c'était la seule chose à faire.

Elle se recroquevilla sous la courtepointe, sans ôter ses vêtements, et enfonça sa tête dans l'oreiller en duvet moelleux. Son parfum familier lui causa un choc – talc à la lavande, lessive Palmolive en paillettes... Elle eut la sensation de poser la tête sur la poitrine de Nell.

Elle sombra dans le sommeil des morts – noir et sans rêves. Et quand elle se réveilla, le lendemain matin, elle eut l'impression d'avoir dormi bien plus qu'une seule nuit.

Un grand soleil s'infiltrait entre les rideaux – on aurait dit le faisceau d'un phare – et elle resta un moment à regarder les grains de poussière en suspens. Elle aurait pu les attraper, en tendant le bras ; mais elle n'en fit rien, préférant suivre le rai de lumière en tournant la tête pour voir vers où il pointait : le haut de l'armoire, dont les portes s'étaient entrouvertes pendant la nuit, révélant, sur l'étagère supérieure, sous un tas de sacs en plastique pleins de vêtements destinés à une œuvre, une vieille valise blanche.

11

Océan Indien, neuf cents milles sous le cap de Bonne-Espérance, 1913.

Il fallut longtemps pour atteindre l'Amérique. Dans les histoires que lui racontait papa, c'était plus loin que l'Arabie – cent jours et cent nuits. Elle ne savait plus combien de jours s'étaient écoulés depuis qu'elle était sur ce bateau, mais ça faisait beaucoup. Tellement, en fait, qu'elle s'était habituée à la sensation de mouvement incessant. On appelait ça « avoir le pied marin ». Elle l'avait appris dans *Moby Dick*.

Quand elle repensait à ce livre, elle était très triste, car cela lui rappelait papa, les histoires qu'il lui racontait sur la grande baleine blanche, les images qu'il lui montrait dans son atelier. Il les avait dessinées lui-même : des océans sombres, des navires immenses. On appelait ça des « illustrations » – la petite se répétait le mot en savourant sa longueur – et un jour elles figureraient peut-être dans un livre, un vrai livre que d'autres enfants liraient. Car c'était ça le métier de son papa : mettre des images dans les recueils d'histoires ; en tout cas, il l'avait déjà fait une fois. Et aussi, il peignait le portrait des gens. Mais ces images-là, la fillette ne les aimait pas ; elle avait l'impression que les personnages la suivaient du regard.

Sa lèvre inférieure se mit à trembler, comme chaque fois qu'elle repensait à papa et maman ; elle la mordit pour ne pas pleurer. Au début elle avait versé beaucoup de larmes, sans pouvoir se retenir, tant ses parents lui manquaient. Mais plus maintenant, et surtout pas devant les autres enfants. Ils pourraient en conclure qu'elle était trop bébé pour jouer avec eux, et alors elle serait fichue. D'ailleurs, papa et maman seraient bientôt là. Ils l'attendraient à son arrivée en Amérique, elle en était sûre. Et la Conteuse, serait-elle là aussi ?

La fillette se rembrunit. Il lui avait fallu tout ce temps pour avoir enfin le pied marin, et la Conteuse n'était toujours pas revenue. Elle ne comprenait pas pourquoi, parce qu'à plusieurs reprises elle lui avait donné des consignes sévères : quoi qu'il arrive, elles ne devaient jamais s'éloigner l'une de l'autre. Peut-être se cachait-elle ? Et si cela faisait partie du jeu ?

Elle ne savait pas très bien quoi en penser. Elle se félicitait simplement d'avoir rencontré Will et Sally sur le pont, le matin du départ ; sinon où aurait-elle dormi la nuit, comment aurait-elle trouvé à manger ? Pour ça, Will et Sally, avec tous leurs frères et sœurs (si nombreux que la fillette avait du mal à les dénombrer), savaient très bien se débrouiller. Ils lui avaient montré plein d'endroits où se procurer une portion de bœuf salé. (Elle n'aimait pas beaucoup ça, mais le gamin avait ri : elle était peut-être habituée à autre chose, mais c'était bien assez bon pour les miséreux.) En général, ils étaient gentils avec elle. Ils se fâchaient seulement quand elle refusait de dire son nom. C'est qu'elle savait jouer à des tas de jeux, elle – et elle savait en respecter les règles. Or, la Conteuse lui avait bien dit que c'était la règle n° 1 de leur jeu à elles.

La famille de Will occupait une série de couchettes sur le pont inférieur avec une foule d'autres hommes, femmes et enfants. Elle n'avait jamais vu autant de monde à la fois. Ils avaient une mère pour les accompagner, eux, mais ils l'appelaient « M'man ». D'ailleurs elle ne ressemblait pas du tout à maman ; elle n'avait pas son joli visage, les belles boucles noires que Poppy attachait tous les matins au sommet de sa tête. Cette « M'man » évoquait davantage à ses yeux les femmes qu'elle avait vues en traversant le village en voiture : jupes en haillons, bottines éculées, talons fendillés, mains crevassées comme les vieux gants que Davies mettait pour travailler au jardin.

Quand Will l'avait emmenée voir sa famille, M'man était sur la couchette inférieure, à donner le sein à un bébé pendant qu'un autre pleurait, couché près d'elle.

— Qui c'est ? demanda-t-elle.

— Elle veut pas dire comment elle s'appelle. Elle dit qu'elle attend quelqu'un et qu'elle doit se cacher.

La femme lui fit signe d'approcher.

— Et de qui tu te caches, petite ?

Mais elle ne voulait toujours rien dire. Elle se borna donc à secouer la tête.

— Et ses parents, ils sont où ?

— J'crois qu'elle en a point. C'est c'que j'ai cru comprendre. Quand j'l'ai trouvée, elle se cachait.

— C'est vrai, ça, petite ? T'es toute seule ?

La fillette réfléchit, puis décréta qu'il valait mieux acquiescer que parler de la Conteuse. Alors elle hocha la tête.

— Ben dis donc, une petite fille comme toi toute seule sur les vastes mers...

M'man berça le bébé qui pleurait en secouant la tête.

— C'est ta valise, ça ? Fais voir un peu.

M'man défit les fermoirs et souleva le couvercle. Elle écarta le recueil de contes et la robe neuve pour s'arrêter sur l'enveloppe placée dessous. C'était la Conteuse qui l'y avait mise, mais la fillette ne savait pas ce qu'il y avait dedans. M'man glissa son doigt sous le sceau et l'ouvrit. Puis elle en retira une mince liasse.

Will écarquilla les yeux.

— Des billets de banque ! Qu'est-ce qu'on fait d'elle, M'man ? ajouta-t-il avec un coup d'œil à la petite. On la dénonce ?

M'man remit les billets dans l'enveloppe, qu'elle plia en trois avant de la fourrer dans son corsage.

— À quoi bon ? répondit-elle enfin. Elle a qu'à rester avec nous jusqu'à ce qu'on arrive au bout du monde. On verra bien à c'moment-là qui c'est qui l'attend. Y nous récompenseront p't'être pour avoir pris bien soin d'elle.

Elle sourit et des trous noirs apparurent entre ses dents.

La petite fille n'avait pas souvent affaire à M'man, ce qui l'arrangeait. M'man était très occupée par ses bébés, dont un semblait en permanence riveté à son corsage. Will disait qu'ils « tétaient », mais elle ne savait pas ce que cela voulait dire. En tout cas pas chez les êtres humains, parce que sinon, elle avait vu des bébés animaux téter dans les fermes du domaine. Les bébés de M'man ressemblaient à une paire de petits cochons ; ils ne faisaient que couiner, se nourrir et engraisser à longueur de journée. Et pendant ce temps, les autres se débrouillaient par eux-mêmes. Will disait qu'ils avaient l'habitude, qu'ils faisaient déjà la même chose chez eux, avant de partir. Ils étaient originaires d'un endroit appelé Bolton, près de Manchester. Quand elle n'avait pas de bébés, leur mère travaillait du matin au soir dans une usine de coton. C'était pour ça qu'elle toussait autant. La petite fille comprit, car sa maman à elle aussi était malade, bien qu'elle ne tousse pas.

Le soir elle allait s'asseoir avec les autres dans un endroit bien précis, pour écouter la musique provenant du pont supérieur et le son des souliers glissant sur les parquets cirés. Tassés dans un coin sombre, ils tendaient l'oreille. Au début, elle avait exprimé le désir d'aller voir, mais les autres s'étaient moqués d'elle ; les ponts supérieurs n'étaient pas pour les gens comme eux. Jamais ils ne pourraient s'approcher davantage des gens chic, condamnés qu'ils étaient à rester au pied de l'échelle de coupée.

Elle en était restée muette. C'était la première fois qu'elle avait à respecter une loi de ce genre. Chez elle, à une exception près, elle avait le droit d'aller où elle voulait. Le seul lieu interdit était le cottage de la Conteuse, au bout du labyrinthe, au bord de la falaise. Mais ce n'était pas la même chose, et elle avait du mal à comprendre ce que lui disaient ces enfants. Les « gens comme eux » ? Voulaient-ils dire « les enfants » ? Le pont supérieur était peut-être interdit aux enfants.

De toute façon, elle n'avait pas envie d'y monter ce soir-là. Elle était fatiguée depuis plusieurs jours. Elle avait les jambes en coton et les marches des escaliers lui paraissaient deux fois plus hautes qu'avant. Elle avait chaud, la tête lui tournait. Son souffle lui brûlait les lèvres.

— Bon, fit Will, las de la musique. Si on allait guetter la terre ?

Tous se remirent sur pied avec entrain, sauf la petite, qui peina à se relever et à garder son équilibre. Will, Sally et les autres bavardaient, riaient... leurs voix tourbillonnaient autour d'elle. Elle essaya vainement de comprendre ce qui se disait ; ses jambes vacillaient, ses oreilles carillonnaient.

Tout à coup Will vint la regarder sous le nez. D'une voix forte, il lui lança :

— Qu'est-ce que t'as ? Ça va pas ?

Elle voulut répondre, mais juste à ce moment-là ses genoux plièrent tout seuls et elle tomba. La dernière chose qu'elle vit avant que sa tête ne heurte une marche en bois fut la lune qui brillait, pleine, là-haut dans le ciel.

La petite fille ouvrit les yeux. Un monsieur se tenait auprès d'elle, à l'air sérieux, avec des joues bosselées et des yeux gris. L'air neutre, il s'approcha et sortit un bâtonnet plat de sa poche de poitrine.

— Ouvre la bouche.

Elle n'eut le temps de se rendre compte de rien : déjà le bâtonnet était sur sa langue et le monsieur regardait dans sa gorge.

— Bien, dit-il.

Il retira l'abaisse-langue et rajusta son gilet.

— Respire fort.

Elle s'exécuta. Il hocha la tête.

— Elle s'en sortira, ajouta-t-il.

Puis il fit signe à un monsieur plus jeune, aux cheveux jaune paille, que l'enfant avait vu à son réveil.

— Au moins, celle-ci est résistante. Pour l'amour de Dieu, faites-la sortir de l'infirmerie avant qu'elle ne me fasse mentir.

— Mais docteur, protesta le jeune homme, c'est celle qui s'est cogné la tête en tombant, il vaudrait mieux qu'elle reste se reposer un peu avant...

— Nous n'avons pas assez de lits, elle se reposera dans sa cabine.

— Mais docteur, je ne sais pas d'où elle vient, moi !

— Eh bien demandez-le-lui, fit le médecin en levant les yeux au plafond.

— C'est que... c'est celle dont je vous ai parlé, docteur. Il semble qu'elle ait perdu la mémoire. Quand elle s'est tapé la tête, sûrement.

Le médecin observa la petite.

— Comment t'appelles-tu ?

Elle réfléchit. Elle entendait et comprenait ce qu'il lui demandait, mais tout à coup, elle ne savait plus répondre.

— Eh bien ? insista l'homme.

— Je ne sais pas, répondit-elle en secouant la tête.

Il soupira, excédé.

— Je n'ai ni le temps, ni assez de lits pour ces affaires-là. La fièvre est tombée. À l'odeur, je dirais qu'elle voyage en troisième classe.

— Oui, docteur.

— Eh bien ? Quelqu'un va venir la réclamer.

— Oui monsieur, le jeune garçon qui nous l'a amenée l'autre jour est justement venu voir comment elle allait. Sans doute un frère.

Le médecin se tourna vers la porte.

— Où sont les parents ?

— Il dit que son père est en Australie, monsieur.

— Et la mère ?

L'homme se racla la gorge, puis murmura à l'oreille du médecin :

— Elle nourrit les poissons dans les parages du cap de Bonne-Espérance, à c'qu'y paraît. Elle nous a quittés après l'escale d'il y a trois jours.

— La fièvre ?

— Une insolation.

Le médecin fronça les sourcils, puis poussa un bref soupir.

— Allons, faites-le entrer.

On poussa vers lui un garçon aux yeux noirs comme du charbon, aussi fluet qu'un arbrisseau. Le médecin le considéra.

— Elle est de ta famille, cette gamine ?

— Oui, m'sieur. Enfin, non mais...

— Il suffit. Ne me raconte pas ta vie, je n'ai pas le temps. Elle n'a plus de fièvre et sa bosse a dégonflé. Elle ne dit pas grand-chose pour l'instant mais ça ne va pas tarder. Elle cherche à attirer l'attention vu ce qui est arrivé à votre mère. Cela se produit parfois, surtout chez les enfants.

— Mais monsieur...

— Il suffit, j'ai dit. Emmenez-la. Et donnez son lit à un autre patient, ajouta-t-il en se tournant vers l'homme d'équipage.

Assise près du bastingage, la fillette regardait défiler l'eau, les petites crêtes couronnées de blanc qui ondoyaient sous la caresse du vent. Elle s'abandonna au tangage. Elle se sentait bizarre ; pas malade, non, juste dans un drôle d'état. Comme si une impalpable brume blanche lui emplissait la tête, qui refusait de se dissiper.

C'était comme ça depuis qu'elle s'était réveillée à l'infirmerie, quand les messieurs inconnus l'avaient examinée puis renvoyée avec le garçon, qui l'avait fait descendre dans une grande salle sombre pleine de couchettes et de matelas, et surtout de gens – jamais elle n'avait vu autant de gens.

— Tu y es, avait-il dit. Et n'oublie pas ta valise, hein !

— C'est à moi ? s'étonna la fillette en regardant le bagage en cuir blanc.

— Ben dis donc ! s'exclama le garçon en la regardant bizarrement. Alors t'as vraiment perdu la boule ? Et moi qui croyais que tu faisais semblant pour le docteur ! Ne me dis pas que tu as oublié ta propre valise, quand même ? Alors que tu la couves depuis l'embarquement et que tu y tiens comme à la prunelle de tes yeux ! C'est qu'on ne voulait pas fâcher sa précieuse Conteuse !

Ce mot étrange claqua entre eux deux et la petite sentit sous sa peau un étrange picotement.

— Qui ça ? demanda-t-elle.

Mais, au lieu de répondre, le garçon se mit à crier « Terre ! Terre ! » en courant vers le bastingage.

— Là-bas ! La terre ! Tu la vois ?

Elle alla se tenir à ses côtés, sans lâcher la poignée de la valise. Après un coup d'œil méfiant à son nez couvert de taches de rousseur, elle suivit la direction qu'indiquait son index pointé et aperçut en effet, au loin, une bande de terre bordée d'arbres vert clair.

— L'Australie, reprit le garçon, les yeux fixés sur le rivage lointain. Et P'pa qui nous attend.

« Australie », se répéta la fillette. Encore un mot inconnu.

— On va tout recommencer à zéro, là-bas. Ça sera un nouveau départ, pour nous. C'est ce que P'pa disait dans ses lettres ; travailler la terre nous-mêmes, se construire une vie à partir de rien. Et on va le faire, je te le dis, moi – même si M'man n'est plus là, ajouta-t-il un ton plus bas.

Il observa un silence avant de se tourner vers elle et, penchant la tête côté rivage, il s'enquit :

— C'est là-bas qu'il est aussi, ton paternel ?

— Mon quoi ? interrogea la fillette après réflexion.

— Ton P'pa, fit-il en levant les yeux au ciel. Le type de ta M'man, quoi. Tu vois bien c'que j'veux dire.

— Mon P'pa, répéta-t-elle.

Mais le garçon n'écoutait plus. Ayant aperçu une de ses sœurs, il s'élançait déjà pour lui annoncer que la terre était en vue.

La petite continua à hocher la tête.

— Mon P'pa, dit-elle, hésitante. C'est là qu'est mon P'pa.

On criait « Terre ! » un peu partout sur le pont, les gens ne tenaient plus en place. La petite fille emporta sa valise vers une pile de tonneaux, sans savoir pourquoi elle était attirée par cet endroit précis. Elle s'assit et ouvrit son bagage en espérant y trouver à manger. Mais en vain. Alors elle se contenta du recueil de contes posé sur le dessus.

Le navire s'approchait du rivage et les points noirs dans le ciel devinrent des mouettes. La fillette ouvrit le livre sur ses genoux et contempla un joli dessin noir et blanc représentant une dame et une biche côte à côte dans une clairière, avec en fond une forêt toute hérissée d'épines. Mystérieusement, alors qu'elle ne pouvait pas lire ce qu'il y avait d'écrit, elle sut qu'elle connaissait ce conte. C'était l'histoire d'une princesse qui faisait un long voyage en mer pour aller chercher un objet précieux, appartenant à quelqu'un qu'elle aimait de tout son cœur.

12

Au-dessus de l'océan Indien, 2005

Cassandra se laissa aller contre le plastique froid et rugueux de la coque et regarda par le hublot le vaste océan bleu qui recouvrait le globe terrestre à perte de vue. L'océan que la petite Nell avait traversé tant d'années auparavant...

Jusque-là, elle n'avait voyagé que pour se rendre une fois en Nouvelle-Zélande, et pour faire connaissance avec la famille de Nick en Tasmanie, avant le mariage. Ils avaient envisagé de s'installer quelques années au Royaume-Uni. Nick aurait pu composer pour la BBC, et le travail ne manquait pas, en Europe, pour une historienne de l'art. Mais la vie en avait décidément autrement, et Cassandra avait depuis longtemps enfoui ce rêve sous la pile de tous les autres rêves défunts.

Et voilà qu'elle se retrouvait dans un avion, toute seule, à destination de la Grande-Bretagne. Après sa conversation avec Ben, la photo, la découverte de la valise, elle n'avait plus pensé qu'à cela. Quoi qu'elle fasse, l'énigme ne quittait plus ses pensées. Mais à vrai dire, cette obsession n'était pas pour lui déplaire. Elle aimait penser à cette autre Nell qu'elle n'avait pas connue, la petite Nell.

En fait, après avoir retrouvé la valise, elle avait décidé de ne pas s'embarquer tout de suite. Il lui paraissait plus raisonnable d'attendre, de voir ce qui restait de cette histoire au bout d'un mois, de préparer un voyage ultérieur, peut-être. Elle ne pouvait tout de même pas s'envoler pour la Cornouailles sur un coup de tête !

Mais là-dessus, elle avait fait un rêve – son rêve récurrent depuis dix ans. Elle était debout au milieu d'un champ immense. Aucune sensation d'hostilité, seulement d'infini. La végétation était banale, rien qui éveille l'imagination : des roseaux vert clair, assez hauts pour frôler le bout de ses doigts ; un petit vent constant qui les faisait murmurer.

Au début, quand le rêve était encore nouveau, elle avait conscience de chercher quelqu'un ; il suffisait qu'elle se mette en marche dans la bonne direction et elle le trouverait. Malheureusement, elle avait beau refaire le même rêve, jamais elle n'y arrivait. Elle gravissait un talus... et en découvrait un autre. Ou alors elle détournait le regard... et après c'était trop tard. Elle se réveillait en sursaut.

Avec le temps, le rêve avait changé. Lentement, subtilement ; au début, elle ne s'en était même pas rendu compte. Le décor était le même, la différence c'était l'impression qui s'en dégageait. Une espèce de prise de conscience. La certitude qu'à terme elle trouverait ce qu'elle cherchait – sans savoir ce que c'était – s'évanouit peu à peu, si bien qu'un jour elle sut intimement que rien ne l'attendait dans le champ. Elle aurait beau marcher, marcher, chercher, mettre tout son cœur dans la quête de cette personne, en réalité, elle était seule...

Après avoir fait ce rêve pour la énième fois, le lendemain matin, en allant acheter du pain au centre commercial voisin, elle passa devant une agence de voyages que, curieusement, elle n'avait jamais remarquée. Machinalement, elle poussa la porte et se retrouva sur un tapis en jonc de mer, face à un mur de « conseillers » impatients de la renseigner.

Cassandra devait garder de cet instant précis le souvenir d'une vague surprise. Elle était donc une personne pour de vrai, finalement ? Un être humain en chair et en os qui entrait parfois dans l'orbite des autres ? Elle-même avait plutôt le sentiment de vivre une moitié de vie, d'être semi-lumineuse seulement.

Une fois rentrée chez elle, elle prit le temps de digérer les événements de la matinée, d'isoler l'instant précis où elle avait pris sa décision. Partir acheter du pain et revenir avec un billet d'avion ! Puis elle alla chercher la valise bien cachée dans la chambre de Nell et en sortit le contenu. Le recueil de contes avec le dessin et la mention « Eliza Makepeace » au dos, le cahier portant à chaque page l'écriture de sa grand-mère...

Elle se prépara un café au lait, s'assit sur le lit de Nell et s'escrima à déchiffrer son écriture atroce en recopiant le texte au propre. Elle savait décrypter les manuscrits des siècles passés – ce qui était normal pour une antiquaire – mais en l'occurrence, elle n'avait pas affaire à une écriture désuète, présentant des caractéristiques récurrentes : Nell écrivait très mal, voilà tout. On aurait dit qu'elle faisait exprès d'être illisible. Pour ne rien arranger, le cahier avait été mouillé : certaines pages étaient collées par paquets gondolés, piquetés de moisissure. Si elle montrait trop d'impatience, Cassandra risquait de les déchirer et de condamner leur contenu à l'oubli.

Le processus fut long, mais elle comprit assez vite que Nell tentait de percer le mystère de son identité. Sur la première page on pouvait lire :

Avril 1975. Aujourd'hui on m'a apporté la valise blanche. Dès que je l'ai vue, j'ai su ce que c'était.

Je n'ai rien laissé paraître. Doug et Phyllis ne sont pas au courant et je ne voulais pas qu'ils me voient vaciller sous le choc. Il fallait leur faire croire que c'était juste une vieille valise de papa qu'il avait voulu me léguer. Après leur départ, je l'ai contemplée un moment en m'efforçant de me rappeler qui j'étais, d'où je venais. En vain, naturellement. Alors j'ai fini par l'ouvrir.

Il y avait un mot de papa, des excuses si l'on veut, et d'autres choses dessous. Une petite robe qui avait dû m'appartenir, une brosse à cheveux en argent et un recueil de contes pour enfants. Que j'ai instantanément reconnu. Dès que je l'ai ouvert, je suis tombée sur elle, la Conteuse. Le mot m'est venu tout seul. C'est elle la clef de mon passé, j'en suis sûre. Si je la retrouve, je saurai enfin qui je suis. Et c'est bien ce que j'ai l'intention de faire. Je noterai mes progrès dans ce cahier ; quand j'arriverai au bout je connaîtrai mon vrai nom et je saurai pourquoi je l'ai perdu.

Cassandra feuilleta rapidement ces pages moisies qui la tenaient en haleine. Nell avait-elle mené son entreprise à bien ? Découvert sa véritable identité ? Était-ce pour cela qu'elle avait acheté ce cottage ? La dernière entrée de son journal était datée de novembre 1975 ; elle venait juste de regagner Brisbane :

J'y retourne dès que j'aurai mis en ordre mes affaires ici. Je vais regretter ma maison et ma boutique, mais quelle importance s'il s'agit de découvrir enfin la vérité – ma vérité ? Et j'en suis tout près, je le sens. Maintenant que le cottage m'appartient, les derniers voiles vont se lever. C'est mon passé, mon moi, et j'y suis presque.

Nell avait donc prévu de quitter l'Australie ! Qu'est-ce qui l'avait retenue, finalement ? Que s'était-il passé ? Pourquoi avait-elle cessé d'écrire son journal ?

Elle n'eut qu'à vérifier la date pour comprendre – et en avoir la chair de poule : c'était deux mois avant que Lesley ne se débarrasse d'elle en l'abandonnant chez sa propre mère. Car bien sûr, les « quinze jours maximum » avaient duré... à l'infini.

La révélation la frappa de plein fouet. Elle reposa le cahier. Sans protester, Nell avait repris le rôle que Lesley ne voulait plus jouer, en donnant à la petite Cassandra un foyer, un semblant de famille. Une mère. Sans dire que cela remettait tous ses projets personnels en question.

Cassandra se détourna du hublot, sortit le livre de contes de son bagage à main et le posa sur ses genoux. Sans savoir pourquoi, elle avait eu la certitude de devoir l'emporter. Sans doute parce que c'était un lien avec Nell, le passé de Nell – une des rares choses qui aient traversé les océans avec elle. Mais cela tenait aussi à l'ouvrage proprement dit. Il exerçait sur elle la même fascination que le jour où elle l'avait découvert, à l'âge de dix ans. Le titre, les illustrations, et jusqu'au nom de l'auteur. *Eliza Makepeace.* En le prononçant à voix basse, Cassandra ressentit un étrange frisson.

Tout en bas, l'océan s'étendait à l'infini. Cassandra entama la première histoire, intitulée *Les Yeux de l'aïeule,* qu'elle se souvenait d'avoir lue par une chaude journée d'été, quand elle était petite.

Les Yeux de l'aïeule
par Eliza Makepeace

Il était une fois, dans une contrée lointaine, au-delà de la mer scintillante, une princesse qui ignorait qu'elle était une princesse, car lorsqu'elle n'était encore qu'une enfant, son royaume avait été pillé et la famille royale passée par le fil de l'épée. Or, ce jour-là, la petite princesse jouait en dehors de l'enceinte du château. Elle ne sut rien de l'attaque avant que la nuit ne descende sur la terre et qu'elle ne renonce à ses jeux… pour retrouver son foyer en ruine. Elle erra quelque temps seule, puis trouva une maisonnette à la lisière d'une sombre forêt. Comme elle frappait à la porte, le ciel courroucé par le saccage dont il venait d'être témoin se déchira de colère et déversa sur tout le pays une violente averse.

Dans la maisonnette vivait une vieille femme aveugle qui prit pitié de la fillette et décida de la recueillir et de l'élever comme sa fille. Les tâches étaient nombreuses et il y avait fort à faire dans la maison, mais jamais on n'entendit la princesse se plaindre, car elle était une *vraie* princesse et son cœur était pur. Heureux sont les gens qui ne manquent pas d'occupations, car alors ils n'ont point de temps à consacrer aux raisons de leur malheur. C'est ainsi que la princesse grandit, contente de son sort. Elle apprit à aimer le passage des saisons, le bonheur de semer, cultiver, moissonner. Elle devenait très belle mais n'en savait rien, car l'aïeule ne possédait pas de miroir, pas plus qu'elle ne connaissait la vanité.

Un soir à souper, comme elle avait atteint sa seizième année, la princesse posa à la vieille – dont la peau était toute plissée de rides là où auraient dû se trouver ses yeux – une question qui l'intriguait depuis longtemps :

— Qu'est-il donc arrivé à vos yeux, l'aïeule ?

— La vue m'a été ôtée.

— Par qui ?

— Il y a bien des années, lorsque j'étais jeune fille, mon père m'aimait tant qu'il m'a ôté les yeux afin que jamais je ne voie la mort et la dévastation qui sévissent en ce bas monde.

— Mais alors, chère aïeule, vous ne pouvez pas non plus en voir la beauté, remarqua la princesse en pensant au plaisir qu'elle-même prenait à la floraison de son jardin.

— En effet, et il me plairait fort de te voir grandir, toi, ma Beauté.

— N'est-il point possible de retrouver vos yeux ?

— Ils devaient m'être restitués par un messager le jour de mon soixantième anniversaire, répondit l'aïeule avec un sourire sans joie. Mais, le soir dit, c'est ma Beauté qui est venue, accompagnée d'une grande tempête de pluie, et je n'ai pu aller à sa rencontre.

— Ne peut-on pas aller les chercher maintenant ?

— Non, car le messager ne pouvait pas attendre, et au lieu de me parvenir, mes yeux ont été jetés dans le puits sans fond qui se trouve au Pays des Choses perdues.

— Ne pourrions-nous pas nous y rendre ?

— Non, car le chemin est long, hélas ! et jalonné de dangers et de privations.

Le temps passa, les saisons se succédèrent, l'aïeule déclina, de plus en plus pâle, de plus en plus faible. Un jour, en allant cueillir des pommes pour la provision d'hiver, la princesse la trouva en pleurs au pied du pommier. Elle s'arrêta net, surprise ; elle n'avait jamais vu l'aïeule verser une seule larme. Elle tendit l'oreille, car elle avait vu que la vieille parlait à un oiseau blanc à l'allure solennelle.

— Mes yeux, mes yeux, disait-elle. Ma fin approche et je ne retrouverai point la vue. Dis-moi, toi l'oiseau plein de sagesse, comment ferai-je mon chemin dans l'au-delà si je ne puis y voir moi-même ?

Sans un bruit, la princesse regagna la maisonnette ; elle savait ce qu'il lui restait à faire. L'aïeule avait renoncé à ses yeux pour lui procurer un abri, sa bonté devait être payée de retour. Bien qu'elle n'eût jamais franchi la lisière de la forêt, elle n'hésita pas une seconde. Son amour pour l'aïeule était si grand que tous les grains de sable de l'océan n'auraient pu en recouvrir l'immensité.

La princesse s'éveilla aux premières lueurs de l'aube et s'aventura dans la forêt ; elle ne s'arrêta qu'en arrivant au rivage. De là, elle fit voile sur le vaste océan menant au Pays des Choses perdues.

Le voyage fut long et difficile, et la princesse alla de surprise en surprise, car au Pays des Choses perdues, la forêt ne ressemblait en rien à celle qu'elle connaissait. Les arbres étaient cruels et hérissés d'épines, les animaux horribles, et même le chant des oiseaux la faisait frémir. Mais, plus elle avait peur, plus elle avançait vite, si bien qu'à un moment elle dut s'arrêter, le cœur battant à se rompre. Elle était perdue. Comme elle sombrait dans le désespoir, l'oiseau solennel lui apparut.

— L'aïeule m'envoie te conduire saine et sauve au Puits des Choses perdues, où tu affronteras ton destin.

Grandement soulagée, la princesse suivit l'oiseau, affamée, car elle n'avait rien trouvé à manger dans cette contrée inconnue. Elle finit par rencontrer une vieille femme assise sur un tronc d'arbre abattu.

— Comment te portes-tu, Beauté ? demanda celle-ci.

— J'ai très faim, mais je ne sais où trouver à manger.

La vieille lui indiqua la forêt, et tout à coup la princesse vit des baies sur les arbustes et, sur les arbres, des noix et des noisettes au bout des branches.

— Oh, merci, ma bonne, dit la princesse.

— Je n'ai rien fait que t'ouvrir les yeux en te montrant ce que tu savais déjà.

La princesse rassérénée et repue reprit son chemin à la suite de l'oiseau, mais bientôt le temps changea et le vent fraîchit.

Alors elle rencontra une deuxième femme, assise cette fois sur une souche.

— Comment te portes-tu, Beauté?

— J'ai très froid, et je ne sais où chercher de quoi me vêtir.

La vieille lui désigna la forêt, et tout à coup la princesse aperçut des rosiers sauvages aux doux et délicats pétales. Elle s'en vêtit et eut bien chaud.

— Oh, merci, ma bonne, dit la princesse.

— De rien, je n'ai fait que t'ouvrir les yeux et te montrer ce que tu savais déjà.

Rassérénée et réchauffée, la princesse continua son chemin dans le sillage de l'oiseau blanc, mais elle avait tant marché qu'elle finit par avoir mal aux pieds.

Bientôt elle rencontra une troisième vieille femme, elle aussi assise sur une souche.

— Comment te portes-tu, Beauté?

— Je suis bien lasse, et ne sais point où trouver un moyen de transport.

La vieille montra la forêt et tout à coup, dans une clairière, la princesse vit un faon au pelage brun et luisant, un anneau d'or autour de l'encolure. Le faon riva sur elle un œil sombre et pensif, et la jeune fille, dont le cœur était plein de bonté, lui tendit la main. Il vint vers elle et s'inclina de manière qu'elle puisse monter sur son dos.

— Oh, merci, ma bonne, dit la princesse.

— De rien, je n'ai fait que t'ouvrir les yeux et te montrer ce que tu savais déjà.

La princesse et le faon s'enfoncèrent de plus en plus profondément dans la forêt, et à mesure que les jours passaient, la jeune fille en vint à comprendre le langage aimable et doux de l'animal. Ils conversaient tous les soirs, et la princesse apprit ainsi que le faon était traîtreusement poursuivi par un chasseur qu'une méchante sorcière avait dépêché pour le tuer. Elle lui fut si reconnaissante de sa bonté qu'elle se jura de le protéger à jamais de ses ennemis.

Malheureusement, l'enfer est pavé de bonnes intentions : le lendemain matin en s'éveillant, la princesse eut la surprise de ne point trouver le faon à sa place près du feu. Dans l'arbre au-dessus d'elle l'oiseau blanc gazouillait, agité ; la princesse se leva d'un bond et s'élança à sa suite. Comme elle s'enfonçait dans le sous-bois, elle entendit pleurer le faon. Elle s'empressa… et découvrit une flèche perçant son flanc.

— La sorcière m'a retrouvé, déclara le faon. Alors que je cueillais des noix et des noisettes pour le voyage, elle a donné ordre à ses archers de tirer. J'ai fui aussi vite que j'ai pu, mais je suis tombé ici.

La princesse s'agenouilla près du faon, et si grande était sa peine devant ses souffrances qu'elle se mit à pleurer elle aussi ; mais ses larmes tombèrent sur le faon et il en émanait une telle vérité et une telle lumière qu'elles guérirent la blessure.

La princesse soigna le faon pendant des jours et des jours ; lorsqu'il fut remis, tous deux reprirent leur voyage vers l'orée des bois vastes et verdoyants. Quand ils y parvinrent enfin, ils découvrirent une mer scintillante.

— Non loin d'ici, vers le nord, dit alors l'oiseau blanc, se trouve le Puits des Choses perdues.

La journée s'achevait, le crépuscule s'épaississait, mais les galets luisaient comme des éclats d'argent et éclairaient leur chemin. Ils marchèrent jusqu'à ce qu'enfin, du haut d'un rocher noir sillonné de crevasses, ils aperçoivent le Puits des Choses perdues. Alors l'oiseau leur dit adieu puis s'envola, car sa mission était terminée.

Lorsqu'ils arrivèrent au puits, la princesse caressa l'encolure de son noble compagnon.

— Cher faon, tu ne peux descendre avec moi, car à moi seule incombe ce devoir.

Elle rassembla tout le courage dont elle se savait à présent capable, grâce aux épreuves qu'elle avait surmontées, et sauta à pieds joints dans le puits.

Elle tomba, tomba… Bientôt elle perdit conscience et se retrouva dans un champ dont le soleil faisait luire l'herbe et chanter les arbres.

Soudain, une ravissante fée surgit de nulle part. Elle avait de longs cheveux ondulés, fins comme de l'or filé, et un sourire radieux. La princesse éprouva aussitôt une sensation de paix.

— Tu as fait une longue route, voyageuse au corps las, dit la fée.

— Je suis venue dans l'espoir de rendre ses yeux à une amie très chère. Les auriez-vous vus, ô fée lumineuse ?

Sans un mot, la fée ouvrit la main. Elle contenait deux yeux – deux beaux yeux de jeune fille, qui n'avaient jamais rien vu du mal qui sévissait partout dans le monde.

— Ils sont à toi, dit la fée, mais l'aïeule n'en aura point l'usage.

La princesse n'eut pas le temps de lui demander ce qu'elle entendait par là, car à cet instant, elle rouvrit les yeux et se retrouva près de la margelle et de son faon bien-aimé. Dans sa paume, un petit paquet contenant les yeux de l'aïeule.

Les deux voyageurs retraversèrent le Pays des Choses perdues et le périple, par la terre et par la mer, leur prit trois mois. Mais lorsqu'ils retrouvèrent le pays natal de la princesse et parvinrent à la maisonnette, à la lisière de la forêt familière, un chasseur les arrêta et confirma la prédiction de la fée : pendant l'absence de la princesse, l'aïeule s'était paisiblement éteinte.

En entendant cela, la princesse éclata en sanglots car son voyage se révélait inutile ; mais le faon, qui était la sagesse même, lui enjoignit de sécher ses larmes.

— Cela n'a point d'importance, Beauté, car elle n'avait pas besoin de ses yeux pour savoir qui elle était. C'est ton amour pour elle qui le lui a appris.

La princesse lui fut si reconnaissante de sa bonté qu'elle lui caressa la joue ; alors le faon se changea en un beau prince, et son anneau d'or en couronne. Il lui raconta comment une méchante sorcière lui avait jeté un maléfice l'emprisonnant dans un corps de faon jusqu'à ce qu'une jeune fille belle et pure l'aime assez fort pour pleurer sur son triste sort.

Le prince et la princesse se marièrent et vécurent dans le bonheur et le labeur jusqu'à la fin des temps dans la maison de l'aïeule, dont les yeux veillèrent éternellement sur eux depuis leur écrin sur la cheminée.

13

Londres, 1975

L'homme était grand, maigre, voûté, noueux – on aurait dit un personnage à peine esquissé, griffonné. Son pantalon beige, piqueté de taches de graisse, collait à sa peau au niveau de ses rotules pour s'achever abruptement au ras de ses chaussettes de tennis blanches. Ses chevilles à peine plus épaisses que des brindilles surgissaient stoïquement de ses souliers en cuir noir, et quelques touffes de fins cheveux blancs se dressaient çà et là sur son crâne plutôt dégarni. On aurait dit un personnage de conte pour enfants. De conte de fées.

Nell s'éloigna de la fenêtre et vérifia une fois de plus l'adresse sur son cahier.

M. Snelgrove – Livres anciens – 124 King's Road, Chelsea. Plus grand expert londonien en auteurs de contes de fées et ouvrages anciens en général. Sait peut-être quelque chose sur Eliza ?

Les bibliothécaires la lui avaient donnée la veille. Ils n'avaient rien trouvé de plus sur Eliza Makepeace, mais d'après eux, si quelqu'un pouvait l'aider dans ses recherches, c'était ce monsieur. Pas très sociable, certes, mais imbattable en livres rares. Et si vieux, avait plaisanté un des plus jeunes bibliothécaires, qu'on ne pouvait plus lui donner d'âge ; sans doute avait-il lu tous les contes de fées dès leur sortie des presses.

Un petit vent froid s'infiltra dans le cou de Nell, qui resserra son manteau. Puis elle prit son courage à deux mains et poussa la porte.

Une clochette en cuivre tinta et le vieux monsieur se retourna. Les verres épais de ses lunettes reflétaient l'éclairage ambiant comme deux petits miroirs circulaires, et son crâne était flanqué d'oreilles démesurées, colonisées de l'intérieur par une abondante pilosité blanche.

Il inclina la tête. Nell crut d'abord que c'était pour la saluer – un reste des bonnes manières d'antan, peut-être. Mais alors il la regarda par-dessus ses montures et elle comprit qu'il était tout simplement presbyte.

— Monsieur Snelgrove ?

— Lui-même.

Un ton de proviseur irritable.

— Eh bien, avancez donc, vous laissez entrer le froid.

Nell fit un pas et entendit la porte se fermer derrière elle. Le léger courant d'air fut aspiré vers l'extérieur et une atmosphère tiède à l'odeur de renfermé se répartit à nouveau aux quatre coins de la pièce.

— Quel nom ?

— Nell Andrews.

Il battit des paupières.

— Le nom, répéta-t-il en articulant soigneusement, de l'auteur de l'ouvrage que vous recherchez.

— Ah, oui. Il s'agit d'une affaire un peu différente.

Il cilla de nouveau. L'incarnation même de la patience feinte.

Il se méfiait, comprit-elle. Cela la déstabilisa, car elle était plus habituée à la situation inverse, c'est-à-dire à être celle qui se gardait des autres.

— Enfin... Je... je v-voulais dire...

La surprise la fit bredouiller. Elle marqua une pause, le temps de reprendre un peu d'assurance.

— En fait, le livre est déjà en ma possession.

Snelgrove renifla brusquement et ses narines évasées se fermèrent.

— Dans ce cas, si je puis me permettre, madame, répliqua-t-il d'un ton peu amène, vous n'aurez pas besoin de mes services. Bonne journée, conclut-il avec un bref hochement de tête.

Sur quoi il se dirigea d'un pas traînant vers une haute étagère, au bas de l'escalier.

On venait de la congédier. Purement et simplement. Elle ouvrit la bouche pour protester, puis se ravisa. Fit mine de rebrousser chemin. Et s'immobilisa.

Non. Elle venait de très loin pour résoudre une énigme, son énigme, et cet homme était le mieux placé pour l'éclairer un tant soit peu sur Eliza Makepeace, lui apprendre pourquoi elle l'avait peut-être escortée jusqu'en Australie en 1913.

Elle se redressa de toute sa hauteur et alla se planter au côté de Snelgrove.

Au lieu de se retourner, il continua à ranger ses livres.

— Vous êtes toujours là.

Ce n'était pas une question.

— Oui, répondit fermement Nell. Je suis venue de loin vous montrer quelque chose, et je n'ai pas l'intention de m'en aller avant.

— Madame, je crains que vous n'ayez perdu votre temps, de même que vous me faites actuellement perdre le mien, car je ne suis pas un intermédiaire, et ne me charge pas de revendre les livres.

Nell sentit la moutarde lui monter au nez.

— Ça tombe bien, car je n'ai nulle intention de vendre le mien. Je voulais seulement solliciter votre opinion d'expert.

Elle avait le feu aux joues ; une sensation peu familière. Nell n'avait pas la fibre émotive.

Snelgrove la jaugea du regard – un regard méfiant et dénué de chaleur. Une imperceptible réaction dont Nell n'aurait su définir la nature affecta légèrement ses traits. Sans un mot, il désigna d'un geste à peine esquissé un petit bureau derrière le comptoir.

Nell en franchit le seuil d'un pas vif. Une larme de soulagement menaçait de percer ses défenses ; elle chercha dans son sac un vieux mouchoir en papier afin de stopper net la traîtresse. Mais enfin, qu'est-ce qui lui prenait ? Elle qui, d'ordinaire, demeurait maîtresse de ses émotions en toute circonstance ! Du moins jusqu'à un passé récent – jusqu'au jour où Doug lui avait remis la valise contenant le recueil, avec cette illustration en frontispice ; jusqu'à ce que lui reviennent en mémoire des choses et des gens – telle la Conteuse –, des bribes de passé entrevues par de minuscules accrocs dans le tissu de sa mémoire.

Snelgrove referma derrière lui la porte vitrée et s'engagea sur un tapis persan terni par un manteau de poussière antédiluvien. Après avoir navigué entre des monceaux de livres formant au sol un véritable labyrinthe, il se laissa tomber dans un fauteuil en cuir derrière un bureau. D'une main maladroite, il tira une cigarette d'un paquet tout froissé et l'alluma.

— Bien... articula-t-il en soufflant une bouffée de fumée qui parut transporter le mot. Allons-y, montrez-moi donc ce fameux livre.

Elle l'avait enveloppé dans un torchon en partant – précaution utile, car il était aussi précieux qu'ancien ; pourtant, dans la pénombre de cet antre aux trésors, ce linceul lui parut trivial et elle en conçut de la gêne.

Elle dénoua la ficelle et retira le torchon à carreaux rouges et blancs en se retenant de l'enfouir précipitamment au fond de son sac. Puis elle le tendit vers les doigts impatients du libraire.

Le silence s'installa, ponctué par le tic-tac d'une horloge invisible. Nell regarda anxieusement Snelgrove tourner les pages une à une.

Il ne disait toujours rien.

Peut-être lui fallait-il quelques éclaircissements.

— Ce que j'espérais...

— Silence, coupa-t-il.

Derrière le bureau, une main blême se leva pour la faire taire. La cigarette calée entre deux doigts menaçait de perdre sa cendre.

La phrase que Nell voulait prononcer lui resta dans la gorge. Quel grossier personnage ! Et elle parlait en connaissance de cause : elle avait dû traiter avec maints brocanteurs ou antiquaires dans sa vie, et certains avaient vraiment un sale caractère. Seulement, celui-ci était sa planche de salut. Alors elle essuya la réprimande et attendit, tandis que la cigarette se muait peu à peu en cylindre de cendre d'une longueur improbable.

Enfin, au bout d'une éternité, Snelgrove écrasa le filtre dans un cendrier massif après avoir tiré une dernière bouffée et lâcha entre deux quintes de toux :

— Où avez-vous trouvé ceci ?

Y avait-il un léger tremblement d'excitation dans sa voix ou était-ce l'effet de son imagination ?

— On me l'a donné.

— Qui ?

Comment répondre à cela ?...

— L'auteur elle-même, je pense. Je ne m'en souviens pas très bien, j'étais petite.

Il la regarda avec la plus grande attention. Ses lèvres se pincèrent, puis frémirent légèrement.

— J'en avais entendu parler, naturellement, mais j'avoue que je n'en avais jamais vu un seul exemplaire.

Il passa une main légère sur l'ouvrage qui reposait, fermé, sur le bureau. Il cilla, puis ferma les yeux en poussant un soupir de profond contentement – un voyageur perdu dans le désert et qui trouve enfin un point d'eau.

Surprise par ce changement d'attitude, Nell hasarda :

— Il est donc si rare ?

— Ça oui, répondit-il doucement en rouvrant les paupières. D'une rareté exceptionnelle. C'est qu'il n'y en a eu qu'une seule édition, voyez-vous. Et les illustrations sont de Nathaniel Walker. Sans doute un des seuls ouvrages auxquels il ait contribué.

Il ouvrit à nouveau le livre pour en contempler le frontispice.

— C'est en effet un spécimen très rare.

— Mais l'auteur ? Que savez-vous d'Eliza Makepeace ?

Il fronça le nez. Nell retint son souffle. Espérant malgré elle.

— J'ai eu du mal à me renseigner sur elle. En fait, je n'ai pas trouvé grand-chose, ajouta-t-elle.

Snelgrove se releva en prenant appui sur sa table de travail, puis il se tourna vers l'étagère derrière lui. Il y avait là un classeur pourvu de trois petits tiroirs. Il en choisit un qui débordait de fiches rectangulaires. Il les feuilleta en marmonnant quelques phrases inaudibles, puis sortit une carte qu'il examina en se rasseyant.

— Nous y voilà.

Il se mit à lire in petto, en remuant les lèvres ; enfin, il se décida à poursuivre à voix haute :

— Eliza Makepeace… quelques nouvelles parues dans divers périodiques… Un seul recueil publié… que nous avons donc devant nous, ajouta-t-il en tapotant du bout de l'index le livre de Nell. Très peu d'études lui ont été consacrées… Hormis… Ah, voilà.

Nell s'assit toute droite sur sa chaise.

— Quoi ? Qu'est-ce que vous avez trouvé ?

— Un article qui traite de votre Eliza. Il contient une courte biographie, si je me souviens bien. Relativement récent, ajouta-t-il en gagnant péniblement une bibliothèque qui montait jusqu'au plafond. Paru il y a neuf ans, me semble-t-il. D'après mes notes, ça devrait se trouver quelque part par là.

Il laissa courir son doigt sur la quatrième étagère, hésita, poursuivit, puis s'arrêta.

— Tenez !

Avec un petit grognement, il prit un ouvrage et souffla sur la poussière qui en tapissait le dessus.

Puis il le retourna, inspecta le dos en plissant les yeux.

— *Contes de fées et diseurs d'aventure « fin de siècle »*, par le Pr. Roger McNab. Voilà, reprit-il en humectant le bout de son index pour aller directement à la table des matières. Eliza Makepeace, page 47.

Il se rassit et poussa le livre vers Nell.

Le cœur battant, les nerfs à fleur de peau, elle feuilleta gauchement l'ouvrage jusqu'à la page indiquée, et lut le nom d'Eliza en titre.

Enfin elle avançait dans sa quête !

— Merci, fit-elle d'une voix qui se brisa. Merci.

Il hocha la tête, gêné par cette gratitude, puis indiqua le recueil de contes.

— Vous ne lui chercheriez pas un nouveau propriétaire, par hasard ?

Nell secoua la tête avec un petit sourire.

— Je ne saurais m'en séparer. Il fait partie de mon héritage.

Une clochette tinta. Derrière la porte vitrée du bureau, un jeune homme embrassait d'un regard incertain les échafaudages de rayonnages à demi affaissés.

Snelgrove acquiesça brièvement.

— Ma foi, si vous changez d'avis, vous savez où me trouver.

Il poussa un soupir exaspéré en examinant le nouveau venu par-dessus ses lunettes.

— Pourquoi faut-il toujours qu'ils laissent la porte ouverte ?

De son pas traînant, il se dirigea vers la librairie.

— *Contes de fées et diseurs d'aventure* coûte trois livres sterling, déclara-t-il en passant à côté de la chaise de Nell. Vous pouvez rester un moment mais n'oubliez pas de laisser la somme sur le comptoir en partant.

Nell hocha la tête et, dès que la porte se referma, se plongea dans sa lecture.

Eliza Makepeace, auteur de la première décennie du XXe siècle, est surtout connue pour ses contes de fées, qui ont paru régulièrement dans plusieurs périodiques entre 1907 et 1913. On lui attribue généralement trente-cinq histoires ; cependant, la liste dont on dispose est incomplète et il se peut qu'on ne répertorie jamais avec exactitude la totalité de sa production. Un recueil de contes de fées illustré a été publié à Pâques 1913 par la maison d'édition londonienne Hobbins & Co. Le livre s'est bien vendu et a également bénéficié d'un accueil favorable dans la presse. Le Times *parle d'un « charme insolite qui a su rappeler au chroniqueur les sensations délectables et parfois angoissantes de l'enfance ». Les illustrations, signées Nathaniel Walker, lui ont valu des éloges particuliers, et se classent même, aux yeux de certains, parmi ses œuvres les plus intéressantes. Elles constituent en tout cas une franche rupture par rapport aux portraits à l'huile qui ont fait sa réputation.*

L'histoire d'Eliza Makepeace commence à Londres le 1er septembre 1888, jour de sa naissance. Elle passe les onze premières années de sa vie dans un immeuble misérable, sis 35 Battersea Church Road. Le registre des naissances lui attribue un jumeau.

Mais son ascendance est bien plus complexe que pourraient le laisser croire ces origines apparemment modestes. En effet, sa mère, Georgiana, était la fille d'un aristocrate, propriétaire du château de Blackhurst en Cornouailles. Georgiana Mountrachet provoqua un scandale dans la bonne société de l'époque en fuguant à dix-sept ans avec un jeune homme très au-dessous de sa condition.

Le père d'Eliza, Jonathan Makepeace, naît à Londres en 1866 dans une famille de mariniers sans le sou. Jonathan – cinquième enfant d'une fratrie qui en compte neuf – grandit dans les bas quartiers proches des docks de Londres. Bien que son décès remonte à 1888, avant même la naissance de sa fille, les contes de celle-ci semblent s'inspirer à leur manière de l'enfance du père au bord de la Tamise. Dans La Malédiction du fleuve, *par exemple, le gibet des fées rappelle fortement les exécutions publiques auxquelles le jeune Makepeace a dû assister à Wapping. Ces anecdotes ont pu lui être transmises par sa mère – qui les aura enjolivées au passage –, pour se loger dans sa mémoire et resurgir plus tard dans ses contes.*

Comment le fils d'un pauvre marinier londonien a-t-il pu rencontrer Georgiana, qui était de haute naissance, et tomber amoureux d'elle ? On se perd en conjectures. Toute tentative en vue d'établir la vérité se heurte aux efforts redoublés de la famille, désireuse d'étouffer le scandale. On en parle très peu dans la presse de l'époque, et il faut compulser les correspondances et journaux intimes archivés pour trouver mention d'un incident qui, en ce temps-là, dut donner lieu à de basses médisances.

Le certificat de décès de Jonathan Makepeace le présente comme « matelot », mais sa qualité exacte reste inconnue. L'auteur de ces lignes en est réduit à émettre l'hypothèse suivante : les voyages en mer de Jonathan l'amènent un jour, pour une courte durée, sur le rivage rocailleux de Cornouailles et c'est là, dans la crique du domaine familial, que la fille de lord Mountrachet, célèbre dans la région pour sa beauté et sa flamboyante chevelure, fait par hasard sa connaissance.

Quoi qu'il en soit, il semble évident qu'ils tombent amoureux. Hélas, le jeune couple ne pourra profiter longtemps de son bonheur : le décès aussi brutal qu'inexpliqué de Jonathan, dix mois seulement après leur fuite, porte forcément un coup terrible à Georgiana, qui se retrouve seule à Londres, fille mère, sans famille ni moyens. Toutefois, elle n'est pas de nature à baisser les bras. Ayant rejeté les contraintes de son milieu social, après la naissance de ses enfants, elle renonce également à son nom et trouve un emploi de rédactrice chez H. J. Blackwater & Associés, un cabinet juridique de Lincoln's Inn, dans le quartier de Holborn à Londres.

On est en possession de documents démontrant que, dans son enfance déjà, le don de Georgiana pour la calligraphie trouve amplement à s'exprimer : les annales de la famille, léguées à la British Library en 1950, contiennent un certain nombre d'affichettes de théâtre amateur soigneusement conçues, rédigées et illustrées, qui toutes portent dans un angle le nom de l'« artiste » en petits caractères. On le sait, ces représentations théâtrales étaient très répandues dans les grandes maisons de l'époque ; cependant, les affiches de ces spectacles témoignent d'une régularité et d'un sérieux supérieurs à la moyenne.

On connaît peu de chose de l'enfance d'Eliza à Londres, hormis sa maison natale, où elle passe les onze premières années de sa vie. On peut imaginer une existence placée sous le signe de la pauvreté et des impitoyables exigences de la survie. Selon toute probabilité, la tuberculose qui, à terme, l'emportera affecte déjà Georgiana au milieu des années 1890. En admettant que la maladie ait suivi le cours habituel, l'insuffisance respiratoire et la faiblesse généralisée ont dû, dans les dernières années, l'empêcher d'occuper un emploi stable. D'ailleurs, les registres de H. J. Blackwater confirment cet inexorable déclin.

Rien n'indique que Georgiana cherche à se faire soigner ; cela dit, à cette époque, la crainte du médecin est chose courante. Dans les années 1880, la tuberculose devient en Grande-Bretagne une maladie à déclaration obligatoire : les praticiens sont légalement tenus de signaler les cas qu'ils rencontrent. Craignant d'être envoyés au sanatorium (qui, bien souvent, a des allures de prison), les citadins défavorisés répugnent à consulter. Eliza a dû être très marquée par la maladie de sa mère, tant dans la vie quotidienne que sur le plan créatif. Sans doute doit-elle contribuer aux revenus du ménage. À l'époque victorienne, les très jeunes filles occupent toutes sortes d'emplois subalternes : elles sont domestiques, marchandes des quatre-saisons, fleuristes. Or, on trouve dans les contes d'Eliza Makepeace des descriptions d'essoreuses à rouleaux et de baquets d'eau chaude suggérant une réelle connaissance des techniques de blanchissage. Par ailleurs, les créatures « vampiriques » de sa Chasse aux fées *renvoient peut-être à une croyance du début du XIXe, selon laquelle les personnes souffrant de consomption avaient été contaminées par des vampires : sensibilité à la lumière, yeux rouges et gonflés, pâleur extrême s'ajoutent à la toux et aux crachats mêlés de sang pour former un ensemble de symptômes corroborant cette croyance.*

On ignore si Georgiana tente de renouer avec sa famille après le décès de Jonathan, notamment quand sa santé se détériore. Mais l'auteur de ces lignes en doute. Quoi qu'il en soit, une lettre de Linus Mountrachet adressée à l'un de ses associés et datée de décembre 1900 laisse supposer qu'il vient à peine d'apprendre l'existence d'Eliza, sa nièce londonienne ; il y fait part de son horreur à l'idée qu'elle ait pu vivre dix ans dans des conditions aussi épouvantables. Georgiana pensait sans doute que jamais sa famille ne pardonnerait sa fuite. Si l'on se fie à cette lettre de son frère, pourtant, ces craintes ne sont pas fondées. Linus Mountrachet écrit en effet :

Dire que durant tout ce temps nous avons cherché ma sœur bien-aimée à l'étranger, écumé les mers, alors qu'elle était si près de nous ! Qu'elle subissait de terribles privations ! Vous voyez que je ne mentais pas en décrivant son caractère. Elle faisait peu de cas de l'amour que nous lui portions, nous qui n'attendions qu'une chose : qu'elle rentre saine et sauve à la maison...

Georgiana ne rentra jamais, mais Eliza, elle, était bel et bien destinée à réintégrer le giron familial. Georgiana Mountrachet meurt au mois de juin 1900. Eliza a onze ans, sa mère trente. La cause du décès est officiellement la consomption. Après la mort de sa mère, on envoie la petite en Cornouailles. Les circonstances de ces retrouvailles sont mal connues, mais on peut supposer sans trop s'avancer que, malgré les circonstances funestes, ce déménagement est, pour la fillette, une véritable bénédiction. Au château de Blackhurst, sous la tutelle de son oncle, entourée d'un vaste domaine et de beaux jardins, elle doit se sentir bien plus en sécurité que dans les dangereuses rues de Londres. D'ailleurs, dans ses contes, la mer est toujours symbole de renouveau et de rédemption potentielle.

On sait qu'Eliza a vécu chez son oncle maternel jusqu'à l'âge de vingt-cinq ans (1913), après quoi on perd sa trace. Diverses hypothèses ont été formulées, mais aucune n'a été vérifiée. Certains historiens avancent qu'elle a pu succomber à l'épidémie de scarlatine qui sévit sur la côte de Cornouailles cette année-là, mais d'autres, intrigués par la mystérieuse parution de son ultime conte de fées, L'Envol du coucou, *dans le périodique* Vies littéraires *(1936), pensent qu'elle a plutôt passé sa vie à voyager en quête d'aventure – cette aventure qui occupe le premier plan dans ses œuvres. La question – non dénuée d'intérêt – n'a pas fait l'objet de recherches universitaires sérieuses et, en dépit des postulats énoncés, le sort d'Eliza Makepeace comme la date de son décès demeurent une des énigmes de la littérature.*

Il existe un crayonné au fusain d'Eliza Makepeace exécuté par un portraitiste edwardien bien connu, Nathaniel Walker. Découvert après la mort de ce dernier parmi ses œuvres inachevées, La Conteuse *est actuellement exposé à la Tate Gallery de Londres. Même si Eliza Makepeace n'a publié qu'un seul recueil de contes, son œuvre – riche de résonances métaphoriques et sociologiques – mériterait une étude approfondie. Si les premières histoires, tel* L'Oiseau enchanté, *sont fortement influencées par la tradition européenne du merveilleux, les œuvres ultérieures* (Les Yeux de l'aïeule) *suggèrent une approche plus originale et, semble-t-il, plus autobiographique. Toutefois, comme plus d'une femme écrivain de la première moitié de ce siècle, Eliza Makepeace a pâti des bouleversements culturels survenus après les grands événements mondiaux de son temps (la Première Guerre mondiale et l'avènement du vote des femmes dans certains pays, pour ne citer que ces deux-là) : elle a été oubliée de ses lecteurs. Certains de ses récits resteront à jamais inconnus des chercheurs, la British Library ayant dû céder pendant la Seconde Guerre mondiale des collections entières de périodiques plus ou moins obscurs. Ce qui explique qu'Eliza Makepeace et ses contes de fées soient relativement peu connus de nos jours. L'œuvre, en même temps que l'auteur elle-même, semble avoir été effacée de la surface de la terre, et elle nous échappe aujourd'hui comme bien d'autres fantômes des décennies passées.*

14

Londres, 1900

Au premier étage de la petite maison en bord de Tamise dont le rez-de-chaussée était occupé par l'échoppe de M. et Mme Swindell, brocanteurs de leur état, se trouvait une pièce minuscule. À peine plus qu'un placard. Humide et mal éclairée, elle sentait le moisi à cause du manque d'aération. Ses murs aux teintes indéfinissables se craquelaient en été et suintaient en hiver, et le conduit de la cheminée était bouché depuis très longtemps – on n'imaginait même pas qu'il ait pu fonctionner un jour. Mais malgré sa pauvreté, c'était là le foyer d'Eliza Makepeace et de son jumeau Sammy, et ils n'en avaient jamais connu d'autre. Cette pièce représentait toute la sécurité, toute la protection dont ils jouissaient dans une existence qui en était par ailleurs dépourvue. Ils avaient vu le jour pendant la grande terreur de l'Éventreur ; plus tard Eliza eut la certitude que, par-dessus tout, c'était à ce contexte initial qu'elle devait sa personnalité. L'Éventreur n'était que le premier ennemi d'une vie qui en compterait bien d'autres.

Ce qu'Eliza préférait, dans cette chambrette, la seule chose qui lui plût, outre qu'elle les protégeait, c'était une lézarde entre deux briques, au-dessus de la vieille étagère en pin. Elle vouait une reconnaissance éternelle au maçon négligent qui avait ainsi bâclé le travail, et aux rats qui avaient creusé un trou dans le mortier. En effet, si elle s'allongeait de tout son long, à plat ventre sur l'étagère, en collant son œil contre la brique et en penchant la tête selon un angle étudié, elle apercevait le méandre de la Tamise. Depuis cet observatoire privilégié, elle pouvait suivre des yeux le flux et le reflux quotidien des affaires humaines. Voir sans être vue : tel était l'idéal d'Eliza. Sa curiosité ne connaissait pas de limites, mais elle n'aimait pas qu'on la surveille. Se faire remarquer, c'était dangereux ; et puis, quand on épiait les choses de trop près, c'était un peu comme si on les volait. Si elle savait tout cela, c'est parce qu'elle aimait emmagasiner des images dans sa tête pour les rejouer ensuite, y plaquer d'autres paroles, d'autres couleurs, au gré de sa fantaisie. Tisser de vilaines histoires, de folles idées dont se seraient scandalisés ceux qui les avaient inspirées malgré eux.

Et ce n'était pas le choix qui manquait. Sur son méandre, la vie ne s'arrêtait jamais. Le fleuve était la source d'énergie vitale de Londres ; il véhiculait de la même manière, au gré des marées incessantes, bienveillance et brutalité en les chassant de la ville ou en les y amenant. Eliza aimait voir arriver les péniches à charbon, à marée haute ; les mariniers transbordaient des passagers à la rame sur de petites embarcations, dans un sens ou dans l'autre, les signaux annonçaient le chargement des charbonniers... Mais c'était surtout à marée basse que la Tamise prenait vie. Quand le niveau de l'eau avait suffisamment baissé, M. Hackman et ses fils venaient draguer la vase en quête de cadavres aux poches pleines ; les gamins des rues se mettaient en place selon un rituel bien établi pour touiller cette gadoue nauséabonde dans l'espoir de trouver des cordages, des ossements, des clous en cuivre – tout ce qu'ils pourraient échanger contre de la menue monnaie. Swindell avait sa propre bande de petits éboueurs et son carré de vase à lui, sur lequel il veillait jalousement bien qu'il répande une odeur putride. Ceux qui s'y aventuraient avaient toutes les chances de se faire détrousser par Hackman le lendemain à la marée basse.

Swindell ne cessait de houspiller Sammy pour qu'il intègre l'escouade, prétendant que son devoir était de dédommager son logeur par tous les moyens puisque ce dernier avait la bonté de le garder chez lui. En effet, Sammy et Eliza grattaient tout juste de quoi payer le loyer, mais Swindell ne cessait de leur rappeler que s'ils étaient encore libres, c'était parce qu'il avait daigné taire aux autorités la mort de leur mère.

— Les Œuvres sociales qui mettent leur nez partout s'raient bien contentes d'apprendre que deux p'tits orphelins comme vous sont obligés d'se débrouiller tout seuls dans l'vaste monde. Très contentes, même. Légalement, j'aurais dû vous dénoncer dès que vot'pauv'mère a rendu l'âme.

— Oui, monsieur, répondait Eliza à ce sempiternel refrain. Merci, monsieur. C'est très bon de votre part.

— Bon, bon. Vous avisez pas de l'oublier. Si vous êtes toujours là, c'est qu'j'ai bon cœur et la patronne aussi.

Puis il la regardait, les narines frémissantes, et, par la seule vertu de sa cruauté, réussissait à étrécir ses pupilles.

— Si le petit, qui a l'art de trouver des choses, voulait s'occuper de ma vase, je me laisserais peut-être convaincre de vous garder. Jamais vu un gamin aussi doué. Quel nez !

Il disait vrai. Sammy avait un réel talent pour dénicher des trésors. Tout petit déjà, il trouvait de jolies choses sur son passage sans rien faire pour cela. Swindell disait que seuls les idiots avaient autant de chance, que le Seigneur veillait sur les fous et les simples d'esprit ; mais c'était faux. Sammy n'était pas un idiot ; il y voyait mieux que les autres parce qu'il ne perdait pas de temps à parler, voilà tout. Car en douze ans, jamais il n'avait prononcé un mot. Avec Eliza, c'était inutile, depuis toujours elle savait à tout moment ce qu'il pensait, ce qu'il ressentait. Ils étaient jumeaux – les deux moitiés d'un tout.

Ainsi, elle savait qu'il avait peur de la vase ; et si elle ne partageait pas cette appréhension, elle pouvait la comprendre. Quelque chose changeait dans l'air, au bord de l'eau. C'était dû aux émanations, aux mouettes qui descendaient en piqué, aux sons étranges que se renvoyaient les parois du Wapping Tunnel, creusé entre les anciennes rives du fleuve...

Eliza se savait également responsable de Sammy, et pas seulement parce que mère le lui avait demandé. (Bizarrement, mère nourrissait la crainte irraisonnée qu'un méchant homme – dont elle ne révéla jamais l'identité – les guettât quelque part, bien décidé à leur mettre la main dessus.) Toute petite, déjà, Eliza avait senti que Sammy avait plus besoin d'elle qu'elle de lui, même avant qu'il n'attrape la fièvre qui avait failli l'emporter. Il avait un côté vulnérable. Les autres enfants l'avaient remarqué aussi, dès leur plus jeune âge, et maintenant, c'était au tour des grandes personnes. On pressentait que Sammy n'était pas comme les autres. Et c'était vrai. C'était un enfant des fées, un changelin. Eliza connaissait ces créatures grâce aux recueils de contes qui, parfois, séjournaient dans l'échoppe – des livres illustrés montrant des êtres féeriques, des elfes qui ressemblaient tout à fait à Sammy : fins cheveux blond vénitien, membres déliés, yeux bleus tout ronds. Si on en croyait mère, il s'était produit quelque chose, quand il était bébé, qui l'avait à jamais distingué des autres enfants. Une certaine innocence, une espèce d'immobilité. Elle disait aussi que, là où le petit visage rouge d'Eliza se déformait tant elle hurlait pour exiger à manger, lui n'avait jamais pleuré de sa vie. Il restait couché là, à l'écoute, comme si le vent lui apportait une musique magnifique qu'il était seul à entendre.

Eliza réussit à convaincre ses logeurs que Sammy n'avait pas sa place chez les petits éboueurs, qu'il valait mieux le laisser travailler pour M. Suttborn. Elle leur rappela qu'il restait peu de gamins de son âge dans ce métier depuis la loi fixant l'âge minimum des ramoneurs ; or, personne ne ramonait les cheminées des quartiers chic comme un maigrichon aux coudes pointus, fait pour grimper dans des conduits noirs de suie. Grâce à Sammy, le carnet de commandes de Suttborn était plein, et le revenu régulier que rapportait son frère était tout de même intéressant, non ? Même en imaginant que Sammy puisse dénicher un jour un objet précieux dans la vase.

Jusque-là elle avait su leur faire entendre raison – les pièces que rapportait Sammy leur plaisaient autant que celles de mère quand elle travaillait encore comme rédactrice chez M. Blackwater ; mais combien de temps encore avant qu'ils ne se ravisent? Mme Swindell, surtout, était la cupidité incarnée. Elle mettait une joie malsaine à multiplier les allusions voilées aux Œuvres, avides de ramasser dans la rue les mômes crottés pour les envoyer directement à l'usine.

En réalité, elle avait peur de Sammy. Chez elle comme chez beaucoup de gens, la peur était une réaction naturelle face à l'inexplicable. Un jour, Eliza l'avait entendue chuchoter à Mme Barker, la femme du charbonnier, que d'après Mme Tether, la sage-femme qui les avait mis au monde, Sammy était né avec le cordon ombilical autour du cou. Il n'aurait jamais dû passer la nuit, et c'était forcément l'œuvre du Malin s'il n'avait pas poussé son dernier soupir avant même d'inspirer sa première bouffée. La mère avait dû conclure un pacte avec le diable. D'ailleurs, il n'y avait qu'à le voir pour s'en rendre compte, ce gosse – avec sa façon de vous vriller le regard jusqu'au tréfonds de l'âme, ce flegme qui le distinguait des garçons de son âge... Décidément, quelque chose n'allait pas, mais alors pas du tout chez Sammy Makepeace.

Ces ragots lui donnaient encore plus envie de protéger son frère. La nuit, quand elle écoutait depuis son lit les Swindell se disputer tandis que leur fille, la petite Hatty, hurlait encore plus fort qu'eux, elle imaginait pour la mère Swindell d'horribles accidents. Elle tombait dans le feu en faisant la lessive, perdait l'équilibre et se faisait happer par l'essoreuse à rouleaux ou se noyait dans une marmite de graisse bouillante, la tête la première : seules en dépassaient ses jambes maigres, unique témoignage de sa fin cruelle...

D'ailleurs, quand on parlait du loup... Eliza vit justement la Swindell tourner au coin de Battersea Church Road. La besace bourrée de butin, elle rentrait une fois de plus de sa chasse aux petites filles en jolies robes. Eliza s'écarta de sa fissure dans la brique, descendit de son étagère en se tortillant et prit appui sur le bord du manteau de la cheminée pour reposer pied à terre.

Eliza avait pour mission de laver et repasser les petites robes que rapportait la brocanteuse en les touillant dans leur chaudron sans déchirer les dentelles. Que devaient penser les gamines quand la Swindell leur agitait sous le nez son sac à main plein de bonbons – qui n'étaient en fait que des bouts de verre coloré ? De toute façon, elles n'avaient pas le temps de comprendre ce qui leur arrivait. Dès qu'elle avait réussi à les entraîner dans une ruelle, la mère Swindell leur enlevait leur jolie robe à toute vitesse ; elles n'avaient même pas le temps de crier. Par la suite, elles devaient faire des cauchemars – comme elle quand elle rêvait que Sammy restait coincé dans un conduit de cheminée. Elle avait pitié d'elles, car la Swindell en chasse offrait un spectacle effrayant ; mais après tout, c'était de leur faute, aussi ! Elles étaient trop gourmandes. Elles n'en avaient jamais assez ! Pourquoi les petites filles nées dans les belles maisons, avec landaus et atours en dentelles, se laissaient-elles berner par la Swindell, pour un vulgaire sac de bonbons ? Elles avaient de la chance de ne perdre qu'une robe dans l'affaire – une robe et un peu de tranquillité d'esprit. On pouvait perdre beaucoup plus que cela dans les venelles obscures de Londres.

En bas, la porte claqua.

— Eh bien, petite, où te caches-tu donc ?

La voix de la mégère remonta l'escalier comme une boule de venin brûlant.

Eliza céda à l'inquiétude. Visiblement la chasse n'avait pas été fructueuse, et cela n'augurait rien de bon pour les habitants du 35 Battersea Church Road.

— Descends tout de suite préparer le dîner ou tu tâteras du martinet.

Elle dévala l'escalier et survola du regard le fouillis indistinct de bouteilles, flacons, robes et boîtes en tous genres que la pénombre réduisait à une juxtaposition de formes géométriques mal assorties. Une de ces formes, près du comptoir, était en mouvement : la Swindell, penchée sur son cabas, triait les robes à dentelles. On aurait dit un crabe de vase.

— Eh bien ! Ne reste pas là à bayer aux corneilles comme ton crétin de frère ; allume donc la lanterne, idiote !

— Le ragoût est sur le feu, madame, dit Eliza en se dépêchant d'aller allumer le bec de gaz, et les robes sont presque sèches.

— Encore heureux ! Je te rappelle que moi, je m'en vais de par les rues pour essayer de rapporter la pièce, tandis que toi, tu as juste à laver les habits. Je me dis des fois que j'aurais meilleur temps de l'faire moi-même. Et hop, du balai, ton frère et toi !

Elle poussa un soupir de pure méchanceté et s'assit dans son fauteuil.

— Eh bien, qu'est-ce que t'attends pour m'ôter mes souliers ?

Tandis qu'Eliza s'agenouillait pour extraire les pieds de la Swindell de ses bottines, la porte se rouvrit.

C'était Sammy, tout noir de cendre et de suie. Sans un mot, la logeuse tendit une main osseuse et remua les doigts pour lui faire signe d'approcher.

Sammy pêcha dans la poche de poitrine de sa salopette deux pièces d'or, qu'il posa à leur place. La Swindell les lorgna d'un air soupçonneux, puis écarta Eliza d'un coup de pied et, chaussée de ses seuls bas imbibés de sueur, se dirigea clopin-clopant vers le coffret contenant l'argent du ménage. Elle leur coula un regard torve par-dessus son épaule, puis tira la clef de son corsage et la tourna dans la serrure. Elle tassa la moisson de la journée par-dessus les autres pièces et calcula le montant total en faisant claquer ses lèvres avec un bruit écœurant.

Sammy s'approcha du fourneau et Eliza alla chercher deux bols. Ils ne mangeaient jamais avec leurs logeurs. Ils ne devaient pas « se mettre en tête qu'ils faisaient partie de la famille ». Après tout, ils étaient des serviteurs, des domestiques plus que des locataires. Eliza remplit les bols en intercalant une passoire sous la louche, comme le lui ordonnait la Swindell : pas question que ces deux misérables ingrats touchent à la viande – ce serait du gaspillage.

— Tu es fatigué, souffla Eliza. Tu as commencé tôt ce matin.

Sammy secoua la tête comme pour lui dire de ne pas s'en faire. Il n'aimait pas qu'elle s'inquiète.

Eliza vérifia que la Swindell avait toujours le dos tourné et en profita pour glisser un petit morceau de jarret dans le bol de Sammy.

Celui-ci la regarda en face et lui fit un sourire imperceptible, accablé de lassitude. À le voir si frêle, les épaules affaissées comme si pesait sur elles tout

163

le labeur accumulé depuis le matin, le visage noirci par la suie des riches, l'air reconnaissant pour ce misérable bout de viande dure, elle eut envie de le prendre dans ses bras et de ne plus le lâcher.

— Voyez-vous ça... Quel tableau ! fit la Swindell en refermant d'un coup sec le couvercle du coffret. Dire que le pauvre M. Swindell patauge là-bas dans la boue pour chercher les trésors qui vous nourrissent, et que pendant ce temps, un jeune gars se prélasse dans sa maison ! Ça va pas du tout, j'vous l'dis, moi. Pas du tout, du tout. Quand les Œuvres reviendront, j'ai bien envie de le leur dire.

— Sammy, M. Suttborn a du travail pour toi demain ? s'empressa de demander Eliza.

Son frère acquiesça en silence.

— Et après-demain aussi ?

Nouveau hochement de tête.

— Alors cela fera deux pièces de plus pour la semaine, madame.

Comme elle était douée pour feindre l'humilité ! Mais cela avait si peu d'importance, en fin de compte...

— Insolente ! Comment oses-tu répondre ? Sans M. Swindell et moi vous seriez à la rue, espèces de vermisseaux pleurnichards.

Eliza retint son souffle. Avant de rendre l'âme, mère avait arraché à Mme Swindell la promesse que ses enfants pourraient rester au premier étage tant qu'ils paieraient le loyer et aideraient à tenir la maison.

— Mais madame, hasarda-t-elle, mère a dit que vous vous étiez engagée à...

— Engagée ? Engagée ?

Sous le coup de la rage, des bulles de salive se formèrent aux commissures des lèvres de Mme Swindell.

— Tu vas voir à quoi je me suis engagée ! À te fesser jusqu'à ce que tu n'puisses plus t'asseoir, oui !

Tout à coup, elle alla décrocher la ceinture près de la porte.

Le cœur battant à grands coups, Eliza ne bougea pas.

La Swindell s'avança vers elle, puis s'arrêta. Un tic cruel déformait sa bouche. Sans un mot, elle se tourna vers Sammy :

— Toi. Viens ici.

— Non, intervint promptement la fillette. Non. Je vous demande pardon d'avoir été insolente. C'est vous qui avez raison. Je... trouverai un moyen de me faire pardonner. Demain je ferai la poussière dans toute l'échoppe, je frotterai les marches du perron, je... euh...

— ... nettoierai les toilettes et j'éliminerai tous les rats du grenier.

— Oui madame. Tout ça, acquiesça Eliza.

La Swindell tendit la maudite lanière devant elle ; un horizon de cuir. Puis, les yeux mi-clos, elle regarda les jumeaux tour à tour. Pour finir, elle lâcha une extrémité de la ceinture, qu'elle alla raccrocher à son clou.

— Merci madame.

Eliza était soulagée jusqu'au vertige.

Elle tendit son bol à Sammy d'une main tremblante, puis reprit la louche pour se servir.

— Arrêtez ça tout de suite, dit la Swindell. Toi, fit-elle en désignant Sammy. Lave les bouteilles d'aujourd'hui et range-les sur l'étagère. Le ragoût, ça sera pour après. Et toi, ma petite, monte chez toi, je veux plus t'voir. Ce soir, tu f'ras sans dîner, ajouta-t-elle, les lèvres frémissantes. J'ai pas l'intention de nourrir la rébellion, moi.

Plus petite, Eliza aimait à rêver que son père revenait les arracher à leur triste sort. Après Mère et l'Étrangleur, le « père héros » était sa fable préférée. Parfois, quand elle avait mal à l'œil à force de le coller à la brique trouée, elle reposait sa tête sur l'étagère et imaginait ce père vaillant et courageux. Mère avait menti, il ne s'était pas noyé ; on l'avait dépêché dans une contrée lointaine pour s'acquitter d'une mission importante, mais un jour, il reviendrait les sauver des griffes des Swindell.

Bien sûr, tout cela n'était que fantaisie, elle avait autant de chances de vivre ce jour de gloire que de voir des fées et des gobelins surgir entre les briques de l'âtre ; mais cela ne ternissait en rien son plaisir. Son père se présentait toujours à cheval, jamais en voiture. Un cheval noir à la crinière brillante et aux longues jambes musclées. Les badauds s'immobilisaient devant ce beau monsieur en redingote. La mère Swindell, avec une grimace de haine, jetait un œil par-dessus sa corde à linge à laquelle étaient suspendues les jolies robes volées le matin, puis elle appelait Mme Barker. Elles voyaient que c'était le père d'Eliza et Sammy, venu à leur secours. Il les faisait monter sur son cheval et les emportait vers la rivière, où les attendait son bateau. Alors ils cinglaient vers des mers et des terres inconnues dont elle ignorait le nom.

Dans les rares moments où elle se laissait convaincre de raconter des histoires, mère lui avait parlé de l'océan. L'ayant vu de ses propres yeux, elle savait ajouter à ses récits des sons et des odeurs que la petite trouvait magiques : le bruit des vagues, l'air salin, le sable fin – et blanc, contrairement au limon noirâtre et visqueux de la Tamise. Mais il était rare que mère se prête au jeu. La plupart du temps, elle désapprouvait ces histoires, surtout celle du Père Héros.

« Il faut apprendre à distinguer la vérité des fables, ma Liza, disait-elle. Les contes de fées finissent trop vite, et on ne dit jamais ce qui arrive après, quand on tourne la dernière page et que le prince et la princesse s'en vont tous les deux à cheval.

— Comment ça, maman ?

— Quand il faut ensuite se faire une place au soleil, gagner de l'argent et échapper aux malheurs du monde ».

Cela, Eliza ne l'avait jamais compris. Cela lui paraissait absurde, mais elle n'aurait jamais osé le dire à mère. Puisque c'étaient des princes et princesses, ils n'avaient pas besoin de se faire une place au soleil ! Ils avaient déjà leur château magique, voyons !

« Il ne faut pas attendre qu'on vienne à ta rescousse, répétait mère, le regard lointain. Une petite fille qui espère son salut d'autrui n'apprend jamais à assurer sa propre protection. Même si elle en a les moyens, elle n'en trouve pas le courage. Eliza, je ne veux pas que tu deviennes comme cela. Tu dois trouver courage et salut par et en toi-même, sans jamais te fier à quiconque pour cela ».

Une fois seule dans la chambrette, enrageant contre la Swindell et sa propre impuissance, Eliza se coula dans l'âtre désaffecté, se dressa sur la pointe des pieds et, lentement, prudemment, chercha sous sa paume la brique descellée. Elle la retira de la paroi. Dans la cavité mise à nu, ses doigts effleurèrent un couvercle de pot de moutarde en argile, lisse et rond. Elle l'en sortit en veillant bien à ne pas attirer l'attention de la Swindell, toujours aux aguets.

Le pot avait appartenu à sa mère, qui l'avait caché pendant des années. Quelques jours avant sa mort, dans un de ses rares accès de lucidité, elle lui en avait révélé l'existence. Elle l'avait priée de le lui apporter et Eliza avait dévoré des yeux le mystérieux objet qu'il contenait. Elle bouillait d'impatience. Les gestes de la malade devenaient gauches depuis quelque temps, et le couvercle était maintenu en place par de la cire. Mais il finit par céder.

Eliza laissa échapper un hoquet émerveillé. Dans le pot se trouvait une broche qui aurait fait pleurer à chaudes larmes l'horrible Swindell. De la taille d'une grosse pièce de monnaie, elle était sertie de pierres précieuses sur tout le pourtour – de petits joyaux rouges, verts et transparents, ces derniers jetant mille feux.

Sa première idée fut que la broche avait été volée, mais elle ne pouvait imaginer mère commettant une chose pareille. Alors, comment était-elle entrée en possession de cet extraordinaire trésor ?

Eliza ne trouvait pas ses mots, mais de toute façon, sa mère n'écoutait plus. Elle contemplait la broche d'un air que la petite ne lui connaissait pas.

« Ce bijou... m'est précieux. Très précieux », lâcha-t-elle en bafouillant un peu.

Puis elle fourra le pot entre les mains d'Eliza. On aurait dit qu'elle ne pouvait plus en supporter le contact.

La fillette ne sut comment réagir. La broche, l'expression de mère... Tout cela était si soudain !

« Sais-tu ce que c'est, Eliza ?

— Oui, mère, une broche. J'en ai vu sur les dames chic ».

Mère eut un faible sourire. Eliza crut qu'elle n'avait pas fourni la bonne réponse.

« À moins que ce ne soit un pendentif détaché de sa chaîne ?

— Ta première supposition était la bonne. C'est bien une broche... mais d'un genre spécial. Sais-tu ce qu'il y a derrière le verre ? »

Eliza observa le motif tissé d'or fauve.

« Une tapisserie ?

— En un sens, tu n'as pas tort, répondit mère en souriant à nouveau. Mais ce n'est pas avec du fil qu'elle a été tissée.

— Pourtant, je les vois, ils sont tressés comme une cordelette.

— Ce sont des mèches de cheveux, Eliza. Elles ont appartenu à toutes les femmes de ma lignée. À ma mère, et à sa mère avant elle. C'est une tradition. Et cela a un nom : mémento.

— Mes quoi ? »

Mère caressa la natte de sa fille.

« Un mémento. Ces bijoux s'appellent ainsi parce qu'ils nous remettent en mémoire les disparus. Les êtres qui étaient là avant nous et ont fait de nous ce que nous sommes ».

Eliza hocha la tête avec sérieux, vaguement consciente d'avoir recueilli une confidence rare.

« Cette broche vaut très, très cher, Eliza. Mais je n'ai jamais pu me résoudre à la vendre. Toute ma vie j'aurai été victime de ma sensiblerie ; mais toi, rien ne t'en empêchera.

— Que veux-tu dire, mère ?

— Je ne vais pas bien, mon enfant. Un jour, ce sera ton tour de veiller sur Sammy et sur toi-même. Alors il sera peut-être nécessaire de la vendre.

— Oh, non, mère...

— J'ai dit "peut-être" ; ce sera à toi de voir. Ma propre réticence ne doit pas t'en empêcher, tu m'entends ?

— Oui, mère.

— Toutefois, si tu en éprouves le besoin, fais attention. Rien d'officiel, surtout. Il ne faut pas laisser de traces.

— Pourquoi ? »

Mère la regarda comme elle-même regardait Sammy quand elle se demandait s'il fallait lui dire toute la vérité.

« Parce que cela reviendrait aux oreilles de ma famille ».

Eliza ne répondit pas. La famille de sa mère comme son passé étaient des sujets rarement évoqués.

« Elle dirait que le bijou a été volé ».

La fillette haussa les sourcils.

« Ne t'en fais pas, mon Eliza. Cette broche m'appartient. Elle m'a été remise par ma mère pour mon seizième anniversaire, mais elle est dans la famille depuis très, très longtemps.

— Si elle t'appartient, pourquoi ce secret ?

— Parce que la vendre serait révéler notre domicile, et cela, jamais je ne le permettrai ».

Elle prit la main d'Eliza, et, pâle et affaiblie par l'effort, demanda avec un regard implorant :

« Tu comprends, n'est-ce pas ? »

Eliza acquiesça. Oui, elle comprenait. D'une certaine façon. Mère s'inquiétait à cause du Méchant Homme contre qui elle les avait mis en garde toute leur vie, son frère et elle. Celui qui pouvait être à l'affût n'importe où, à chaque coin de rue, pour leur mettre le grappin dessus. Eliza adorait cette histoire, mais mère ne donnait jamais assez de détails pour assouvir sa curiosité. Elle en était donc réduite à enjoliver ses mises en garde, à affubler le Méchant Homme d'un œil de verre, d'un panier plein de serpents et d'un vilain bouton sur la lèvre.

« Dois-je aller chercher ton médicament, mère ?

— Tu es une bonne fille, tu sais. Une bonne fille ».

Eliza posa le pot en argile sur le lit et alla chercher la fiole de laudanum. Quand elle revint, mère caressa une longue mèche de cheveux échappée de la tresse d'Eliza.

« Veille bien sur Sammy. Et fais bien attention à toi. Souviens-toi : dans la vie, même les petits et les faibles peuvent changer leur destin. Tu devras être courageuse quand... s'il m'arrive quelque chose.

— Bien sûr, mère, ne t'en fais pas, mais il ne t'arrivera rien ».

Elle n'en croyait pas un mot, et sa mère non plus. Tout le monde savait comment finissaient les gens atteints de consomption.

Mère réussit à avaler une petite gorgée de liquide, puis elle se laissa aller contre son oreiller, exténuée. Ses cheveux roux déployés autour de sa tête révélaient sa gorge très blanche et la fine cicatrice qui ne voulait pas s'en aller et qui avait inspiré à la fillette la fable de l'Éventreur. Encore une histoire qu'elle ne racontait jamais à sa mère...

Les paupières closes, celle-ci reprit, par courtes phrases au débit rapide :

« Mon Eliza, écoute-moi bien : ce que je vais te dire, je ne te le répéterai pas. S'il te retrouve et que tu doives t'enfuir, dans ce cas et dans ce cas seulement, sors le pot de sa cachette. Ne va pas chez Christie's, évite les grandes officines de vente aux enchères. Ils tiennent des registres. Demande à M. Baxter, au coin de la rue, où tu peux trouver M. John Picknick. Lui saura quoi faire. Tu as compris ? » acheva-t-elle tandis que ses paupières frémissaient sous l'effort.

Eliza hocha la tête.

« Tu as bien compris ?

— Oui, mère, j'ai compris.

— D'ici là, oublie jusqu'à son existence. N'y touche pas, ne la montre pas à Sammy. Et surtout...

— Oui, mère ?

— Surtout, méfie-toi en permanence de l'homme dont je t'ai parlé ».

Eliza avait tenu parole. Ou presque. Elle avait ressorti le pot, mais juste pour regarder dedans, et deux fois seulement. Pour laisser planer ses doigts au-dessus de la broche, comme sa mère l'avait fait, sentir son pouvoir magique, sa puissance incommensurable, avant de sceller le couvercle à la cire de bougie et de le replacer dans sa cachette.

Si elle le récupéra ce jour-là, ce ne fut pas pour contempler la broche mémento, mais pour apporter sa propre contribution. Son trésor à elle, son assurance sur l'avenir.

Elle sortit du bocal une petite bourse en cuir qu'elle serra dans sa main pour y puiser de la force. Une babiole que Sammy avait trouvée dans la rue ; lâchée, oubliée, puis ramassée et rendue à la vie. Eliza l'avait tout de suite cachée. Si les Swindell l'avaient vue, leurs yeux auraient brillé de cupidité et ils l'auraient exigée pour leur brocante. Or, Eliza la convoitait plus que tout au monde. C'était un cadeau du ciel, et il lui était destiné à elle. Peu de choses répondaient à cette définition, dans sa vie.

Au bout de quelques semaines, elle lui avait trouvé une fonction : renfermer les piécettes dont les Swindell ignoraient l'existence et que lui donnait Matthew Robin, le ratier. En effet, elle était douée pour attraper les rats – sans y prendre aucun plaisir. Après tout, ces bêtes s'efforçaient simplement de survivre dans une ville qui ne faisait pas de cadeau aux êtres timorés ou tout simplement doux. Qu'aurait dit sa mère, elle qui avait toujours aimé les animaux ? Elle préférait ne pas y penser. De toute façon, elle n'avait pas le choix. S'ils voulaient avoir une chance de s'en sortir, il leur fallait de l'argent, de l'argent qui passe sous le nez des Swindell.

Elle s'assit au bord de l'âtre, plaça le pot sur ses genoux, puis essuya ses mains pleines de suie sur la doublure de sa robe. Il ne fallait surtout pas que la mère Swindell se doute de quelque chose. Un rien éveillait ses soupçons.

Elle ouvrit délicatement la bourse en dénouant son ruban en satin très doux, puis regarda dedans.

Assure ton propre salut, avait dit mère. Et veille sur Sammy. C'était bien ce qu'elle avait l'intention de faire. La bourse contenait quatre pièces de monnaie. Douze pence. Encore trois et elle pourrait acheter cinquante oranges. Ils n'avaient pas besoin de plus pour se mettre à leur compte. Une fois qu'ils auraient leur propre petite affaire, ils trouveraient un autre logement, où ils seraient à l'abri du regard éternellement vigilant et haineux des Swindell, de la menace constante des Œuvres auxquelles ils prétendaient les livrer pour qu'ils finissent à l'usine.

Un bruit de pas sur le palier.

Eliza rangea hâtivement le tout et replaça le pot dans sa cachette. Elle le scellerait plus tard. D'un bond, elle alla s'asseoir au pied du lit branlant ; l'image même de l'innocence.

La porte s'ouvrit. C'était Sammy, noir de suie. Planté là sur le seuil, sa bougie à la main, il lui parut si maigre qu'elle crut à un jeu d'ombre et de lumière. Elle lui sourit. Il vint lui remettre une petite pomme de terre subtilisée au garde-manger.

— Sammy ! le gronda-t-elle en prenant la pomme de terre ramollie. Tu sais bien qu'elle les compte ! Elle va deviner tout de suite que c'est toi qui l'as prise.

Sammy se borna à hausser les épaules, puis il rinça son visage dans la cuvette posée près du lit.

— Merci, reprit Eliza.

Profitant de ce que son frère ne la voyait pas, elle cacha la pomme de terre dans sa boîte à couture. Elle la remettrait en place le lendemain matin.

— Il commence à faire froid, commenta-t-elle en ôtant son tablier, si bien qu'elle ne portait plus que sa camisole et son jupon. C'est bien tôt dans l'année.

Elle se mit au lit en grelottant sous sa mince couverture grise.

Une fois en débardeur et caleçon, Sammy vint la rejoindre. Elle tenta de réchauffer ses pieds glacés.

— Tu veux que je te raconte une histoire ?

Elle sentit qu'il hochait la tête. Ses cheveux effleurèrent sa joue. Alors elle se lança dans son conte préféré :

— Il était une fois une princesse qui arpentait les rues désertes par une froide nuit sans lune, tandis que dans son ventre gigotaient ses deux bébés. Tout à coup elle entendit des pas derrière elle. Elle sut immédiatement à quel personnage cruel ils appartenaient...

Elle racontait cette histoire depuis des années – en prenant garde que sa mère ne l'entende pas : elle aurait prétendu que ses récits abracadabrants effrayaient Sammy. Mais maman se trompait ; ce qui faisait peur aux enfants, ce n'était pas les histoires. Il y avait dans leur vie des choses bien plus terrifiantes.

Le souffle léger de son frère était à présent régulier. Eliza en déduisait qu'il dormait. Elle se tut et lui prit la main. Elle était si froide, si osseuse que l'affolement s'empara d'elle. Elle resserra son étreinte et l'écouta plus attentivement respirer.

— Ça ira, Sammy, tu verras, murmura-t-elle en repensant à la petite bourse en cuir et aux piécettes qu'elle contenait. J'y veillerai, je te le promets.

15

Londres, 2005

Ruby, la fille de Ben, attendait Cassandra à Heathrow. C'était une quinquagénaire dodue au teint florissant et aux cheveux argentés au garde-à-vous sur sa tête. Elle dégageait une énergie électrisante. Pas le genre à passer inaperçue. Cassandra n'eut pas le temps d'exprimer sa surprise – une parfaite inconnue prenait la peine de venir la chercher à l'aéroport ! – que Ruby empoignait déjà sa valise, puis entourait la jeune femme d'un bras grassouillet et franchissait les portes vitrées donnant sur le parking puant les gaz d'échappement.

Elle avait une vieille guimbarde cabossée dont l'habitacle était imprégné de musc et d'une approximation florale chimique sur laquelle Cassandra ne put mettre un nom. Une fois qu'elles eurent attaché leur ceinture, Ruby prit dans son sac un paquet de bonbons multicolores de toutes les formes ; elle le tendit à Cassandra, qui choisit un cube strié vert, blanc et noir.

— Je ne peux pas m'en passer, déclara Ruby en enfournant une sucrerie rose qu'elle cala dans sa joue. Parfois j'ai hâte de finir celui que je suce pour en prendre un autre.

Elle mâcha vigoureusement, puis avala.

— C'est carrément de la dépendance. Enfin... La vie est trop courte pour la modération, non ?

Malgré l'heure tardive, la circulation était dense. Les voitures filaient dans la nuit londonienne, sous les réverbères à col de cygne qui projetaient sur le bitume une lumière orangée. Pendant que Ruby conduisait – vite, en donnant de petits coups de frein si c'était absolument nécessaire, en faisant de grands gestes et en menaçant du regard les conducteurs qui osaient lui barrer le passage –, Cassandra regardait par la vitre, reconstituant mentalement les anneaux concentriques témoignant des phases successives de l'urbanisation de Londres. C'était ainsi qu'elle aimait à se représenter les villes. Aller de la périphérie vers le centre, c'était un peu remonter le temps. Les hôtels modernes de l'aéroport et les vastes artères laissèrent la place aux façades granitées des maisons jumelles construites dans les années quarante, puis ce furent les immeubles Art Nouveau et, pour finir, le cœur obscur des maisons victoriennes, blotties les unes contre les autres.

Elles approchaient du centre. Il était temps qu'elle donne à Ruby le nom de l'hôtel où elle avait réservé une chambre pour deux nuits ; après quoi elle partirait pour la Cornouailles.

— Dites-moi, est-ce qu'on est près d'Holborn ?

— Pas du tout, c'est à l'autre bout de la ville, pourquoi ?

— Parce que j'ai retenu une chambre d'hôtel là-bas. Mais je peux très bien prendre un taxi, vous savez. Je ne vous demande pas de m'y conduire.

Ruby la dévisagea avec insistance. Cassandra eut envie de lui demander de regarder plutôt la rue.

— Comment ça, un hôtel ? Alors là, pas question !

Elle débraya et freina juste à temps pour éviter de percuter la camionnette bleue qui les précédait.

— Non, non, non, je vous loge. Un point c'est tout.

— Je ne peux pas accepter, répondit Cassandra en revoyant l'éclair de carrosserie bleue qui semblait étinceler dans sa tête. Je ne veux pas vous déranger. De plus, poursuivit-elle en desserrant quelque peu son étreinte sur la poignée de la portière, il est trop tard pour annuler ma réservation.

— Au contraire, pour ces choses-là il n'est jamais trop tard ! Je m'en occuperai.

Elle se tourna à nouveau vers Cassandra. La ceinture de sécurité comprimait son abondante poitrine, qui semblait vouloir jaillir de son chemisier. Elle sourit.

— Et vous ne me dérangez pas du tout. Je vous ai déjà préparé un lit, et je suis ravie de vous accueillir. Papa m'arracherait les yeux s'il apprenait que je vous ai laissée aller à l'hôtel, conclut-elle.

Quand elles atteignirent South Kensington, Ruby trouva une toute petite place pour se garer et fit un créneau tandis que Cassandra retenait son souffle, réduite au silence – un silence à la fois admiratif et un peu craintif – par la robuste assurance de cette femme.

— Nous y voilà. *Home sweet home.*

Ruby coupa le contact et désigna une rangée de maisons attenantes, toutes blanches, de l'autre côté de la rue.

Ruby occupait un petit deux-pièces au deuxième étage, tout au fond d'une demeure edwardienne. Derrière la porte jaune, un salon-kitchenette, un coin salle d'eau et une chambre à coucher. Ruby avait déplié le canapé-lit.

— Pas plus de trois étoiles, je le crains. Je me rattraperai avec un petit déjeuner royal !

Cassandra lorgna d'un air perplexe la minuscule cuisine ; Ruby partit d'un grand rire qui fit trembloter son chemisier vert tilleul. Elle s'essuya les yeux.

— Ah non ! Je n'ai aucune intention de le préparer moi-même. Pourquoi s'infliger cette corvée alors que les autres le font si bien ? Non, je vous emmènerai chez Carluccio, au coin de la rue. Une tasse de thé ? ajouta-t-elle en allumant la bouilloire électrique.

Cassandra lui répondit par un faible sourire. Ce qu'elle aurait voulu, c'était relâcher ses muscles faciaux, au contraire, abandonner définitivement son air avenant, genre « ravie de faire votre connaissance ». Peut-être était-ce dû à ce long voyage, loin au-dessus de la surface terrestre, ou tout simplement à son naturel asocial, mais le simple fait de présenter une façade aimable lui demandait des efforts démesurés. Une tasse de thé, cela signifiait encore vingt minutes à sourire, acquiescer et – ciel ! – trouver quoi répondre aux incessantes questions de son hôtesse. Elle songea fugitivement, avec un soupçon de remords, à sa chambre d'hôtel, là-bas, à l'autre bout de la ville. Puis elle constata que Ruby trempait déjà deux sachets de thé dans des tasses jumelles.

— Avec plaisir, merci.

— Voilà.

Ruby prit place à côté d'elle sur le canapé, rayonnante. Un nuage de musc se forma autour d'elle.

— Allez-y, servez-vous, dit-elle en indiquant le sucrier. Et pendant que vous y êtes, parlez-moi un peu de vous, tiens. Quelle histoire formidable, cette maison en Cornouailles !

Ruby alla enfin se coucher ; Cassandra s'efforça en vain de s'endormir. Elle était lasse. Des couleurs, des sons, des formes tourbillonnaient, indistincts, tout autour d'elle, mais le sommeil la fuyait. Images et conversations se succédaient à toute allure dans sa tête – un flux ininterrompu d'idées et d'impressions sans lien entre elles : Nell, Ben, le stand d'antiquités, sa mère, le voyage en avion, l'aéroport, Ruby, Eliza Makepeace et ses contes de fées...

Finalement, elle renonça à dormir, repoussa ses couvertures et abandonna le canapé. Ses pupilles accoutumées à la pénombre lui permirent de se diriger jusqu'à l'unique fenêtre. Elle était pourvue d'un large appui coiffant le radiateur et, en écartant les rideaux, Cassandra réussit à s'y asseoir, le dos contre le mur, les pieds serrés l'un contre l'autre. Elle regarda par la vitre les maigres jardins victoriens et leurs murets dévorés par le lierre qui s'étendaient jusqu'à la rue, tout au fond. Le clair de lune baignait le paysage de son impalpable vibration.

On approchait de minuit, mais Londres n'était pas pour autant plongée dans l'obscurité. D'ailleurs, les grandes villes ne l'étaient plus jamais, songea-t-elle.

Le monde moderne avait tué la nuit. Jadis, ce devait être bien différent ; la ville était alors à la merci de la nature. La tombée de la nuit muait les rues en coulées de poix et l'air en brume : le Londres de Jack l'Éventreur.

Et par la même occasion, celui d'Eliza Makepeace. Celui que Nell avait si bien décrit dans son cahier, avec ses rues envahies par la bruine où se profilaient les silhouettes des chevaux, ses lanternes qui surgissaient de nulle part pour s'évanouir, aussitôt passées, dans le brouillard humide.

En contemplant les ruelles pavées, Cassandra se les représentait parfaitement, ces cavaliers fantomatiques qui menaient d'une main de fer leur monture effrayée. Et les porteurs de lanterne perchés au sommet des voitures à cheval, les marchands de rue, les prostituées, les agents de police et les tire-laine...

16

Londres, 1900

Le brouillard était épais, jaune, couleur de soupe aux pois cassés. Il s'était insinué partout pendant la nuit, roulant ses volutes à la surface du fleuve pour se répandre en abondance dans les rues, envelopper les maisons et s'infiltrer sous les portes. Eliza était à son poste d'observation – la fissure entre deux briques. Derrière ce manteau de silence, murs, demeures et réverbères prenaient des allures d'ombres monstrueuses qu'on croyait voir osciller au gré des vapeurs sulfureuses.

La mère Swindell lui avait laissé une pile de linge à laver, mais ça ne servait à rien : avec ce brouillard, ce qu'on étendrait blanc serait tout gris le soir. Autant suspendre les habits dehors, humides mais non lessivés ; et c'est ce qu'elle avait fait. Car par temps de brouillard elle avait d'autres préoccupations : on pouvait se cacher et se faufiler partout !

Son jeu le plus élaboré restait « l'Éventreur ». Au début elle y avait joué seule, puis elle en avait enseigné les règles à Sammy, et maintenant, ils étaient à tour de rôle leur mère et l'assassin. Eliza n'aurait su dire lequel elle préférait. Le second, songeait-elle parfois, à cause du pouvoir, de la puissance. En s'approchant sans bruit derrière Sammy, en réprimant un gloussement, prête à l'attraper, elle s'empourprait de plaisir coupable...

Mais être la mère avait aussi ses bons côtés : marcher sans traîner, aux aguets, refuser de regarder en arrière et de partir en courant, essayer de distancer le bruit de pas dans son dos, sentir le battement de son cœur éclipser les autres sons en la privant de tout avertissement... Cette peur-là était délicieuse, elle en avait des picotements partout.

Les Swindell étaient partis en quête d'une bonne fortune – le brouillard était un don du ciel pour les riverains qui gagnaient misérablement leur vie par des moyens peu scrupuleux –, mais elle descendit quand même l'escalier sur la pointe des pieds, en prenant bien soin d'éviter la quatrième marche, qui grinçait, car la fille qui gardait Hatty, Sarah, était du genre à dénoncer sournoisement les agissements d'Eliza pour s'attirer les bonnes grâces de ses patrons.

Arrivée en bas, elle s'immobilisa et scruta les masses d'ombre peuplant l'échoppe. Le brouillard avait réussi à insérer ses doigts entre les briques ; il recouvrait tous les étalages de sa nappe pesante et s'amassait, jaunâtre, autour du bec de gaz. Au fond, dans un coin, Sammy lavait des bouteilles, assis sur un tabouret. Il était plongé dans ses pensées : Eliza reconnut sur son visage le masque de la rêverie.

Après s'être assurée que Sarah ne rôdait pas dans les parages, Eliza s'approcha à pas de loup.

— Sammy ! appela-t-elle à voix basse.

Aucune réaction. Il n'avait pas entendu.

— Sammy !

Son genou cessa de tressauter. Il se pencha de côté de manière que sa tête dépasse derrière le comptoir. Ses cheveux raides tombèrent en rideau sur le côté de sa figure.

— Il y a du brouillard.

Aucune réaction. La remarque était superflue. Il se contenta de hausser les épaules.

— Une vraie purée de pois, on ne voit presque plus les réverbères. Des conditions idéales pour « l'Éventreur ».

Cela retint l'attention du jeune garçon, qui médita un instant avant de secouer la tête en indiquant le fauteuil de Swindell et le coussin taché où son dos osseux s'enfonçait tous les soirs, à son retour de la taverne.

— Il ne se rendra même pas compte de notre absence. Il ne rentrera pas avant un bon bout de temps, et elle non plus.

Il secoua de nouveau la tête mais avec un peu moins d'énergie.

— Ils vont s'activer tout l'après-midi ; tu penses bien qu'ils ne laisseront pas passer l'occasion de se faire un peu d'argent en plus.

Elle pouvait le convaincre. Après tout, il faisait partie d'elle. Elle avait toujours su lire dans ses pensées.

— Allez, viens, on ne restera pas longtemps. On descend à la rivière et on remonte.

Elle y était presque.

— Tu pourras choisir quel rôle tu veux jouer.

C'est ce qui le décida ; ainsi qu'elle n'en avait jamais douté. Sammy riva sur elle ses yeux sombres. Puis il leva un petit poing pâle, comme s'il serrait un couteau.

— D'accord, conclut Eliza. Tu peux être l'Éventreur.

Pendant que Sammy attendait à la porte – on accordait toujours dix secondes d'avance à celui ou celle qui jouait le rôle de mère –, Eliza s'éloigna discrètement, se baissa pour passer sous les cordes à linge de la Swindell, contourna la charrette du chiffonnier et prit le chemin de la Tamise. L'excitation affolait son cœur. Elle adorait cette sensation de danger. Des bouffées de frayeur délectable explosaient sous sa peau tandis qu'elle se frayait un chemin sinueux entre les passants, les véhicules, les chiens, les landaus, le tout rendu flou par le brouillard. À aucun moment elle ne cessa de guetter derrière elle les bruits de pas de celui qui la traquait et allait bientôt la rattraper.

Contrairement à son frère, Eliza aimait beaucoup la rivière. Elle s'y sentait plus proche de son père. Mère se faisait beaucoup prier pour parler du passé, mais un jour, elle lui avait tout de même dit que son père était né au bord de la même rivière mais dans un autre méandre. Qu'il avait appris le métier de marinier sur une péniche à charbon avant de s'embarquer comme homme d'équipage. Eliza aimait imaginer ce qu'il avait vu dans son coin de fleuve à lui, près du quai où on pratiquait les exécutions publiques. On pendait les pirates et on les laissait se balancer au bout de la corde pendant trois marées. Les vieux appelaient ça « danser la gigue du chanvre ».

Eliza frissonna ; que ressentait-on au moment du dernier soupir ? Puis elle se sermonna : elle s'était laissé distraire de la traque. C'était justement le moment d'inattention qui, d'ordinaire, était fatal à Sammy ! Elle devait être plus prudente.

D'ailleurs, elle n'entendait pas le bruit de ses pas... Elle tendit l'oreille, mais ne perçut que les mouettes, les cordages qui grinçaient sur les mâts, les coques qui craquaient, puis un tram qui passait avec un grondement sourd, le vendeur de papier tue-mouches qui criait « Att-trapez-leees ! Att-trapez-leees ! », la démarche rapide d'une femme pressée, le petit marchand de journaux qui criait le prix de sa feuille de chou...

Tout à coup, un grand bruit retentit dans son dos. Un cheval hennit et une voix d'homme hurla.

Eliza faillit se retourner mais elle se retint juste à temps. Ce ne fut pas facile : elle était curieuse de nature – mère l'avait toujours dit en hochant la tête d'un air désapprobateur : si elle se laissait en permanence déborder par son imagination, elle finirait par se noyer dans ses fantaisies et signer sa propre perte. Mais si Sammy était près d'elle et la voyait lancer un regard par-dessus son épaule, elle était fichue ! Or, elle était presque au bord de l'eau. Elle en sentait la vase se mêler au soufre du brouillard. Elle avait presque gagné. Il ne lui restait plus qu'une courte distance à parcourir.

Là-bas, c'était le tohu-bohu. Cet idiot de cheval avait dû heurter la charrette du rémouleur ; ces bêtes, le brouillard les rendait toujours un peu folles. Quelle barbe ! Avec ce tintamarre, comment voulait-on qu'elle entende arriver Sammy s'il décidait de passer à l'attaque ?

Le parapet se profila, à peine perceptible dans le brouillard.

Eliza s'élança avec un grand sourire et parcourut les derniers mètres au pas de course.

Théoriquement, il était interdit de courir, mais elle ne put s'en empêcher. Ses mains entrèrent en contact avec le mur gluant. Elle poussa un petit cri de joie. Victoire ! Elle avait gagné ! Une fois de plus elle avait été plus rusée que l'Éventreur, comme mère.

Elle se hissa sur le parapet, s'y assit et contempla, toute fière, le spectacle de la rue en martelant la pierre de ses talons et en scrutant le brouillard pour essayer d'apercevoir Sammy. Pauvre Sammy... Il n'était pas aussi doué qu'elle. Il lui fallait plus longtemps pour assimiler les règles du jeu, et il endossait moins facilement le rôle qui lui était assigné. Il faisait moins facilement « semblant » qu'elle.

Les odeurs et les sons de la rue revinrent l'assaillir. À chaque inspiration elle goûtait sur sa langue la consistance huileuse du brouillard. La cloche sonnait de plus en plus fort ; elle se rapprochait. Les badauds tout excités convergeaient vers un même point, comme quand le fils du chiffonnier avait une crise d'épilepsie, ou quand le joueur d'orgue de Barbarie venait dans le quartier.

Mais bien sûr ! L'orgue de Barbarie ! C'était là que devait être Sammy !

Eliza sauta du parapet en raclant sa bottine contre une pierre qui saillait au pied du mur. Sammy était incapable de résister à la musique ; à l'heure qu'il était, il avait sûrement tout oublié de l'Éventreur et du jeu : il devait regarder, bouche bée, le musicien.

Elle suivit les badauds qui se rassemblaient en s'interpellant. Soudain la cloche se tut, et on n'entendait toujours pas l'orgue.

Eliza pressa le pas. Une indéfinissable appréhension lui nouait les tripes ; elle se faufila dans la foule en jouant des coudes. Il y avait là des dames chic en tenue de ville, des messieurs en jaquette, des gamins des rues, des lingères, des employés de bureau... Les rangs étaient de plus en plus serrés. Elle cherchait Sammy des yeux. Une rumeur se propageait par vagues. Eliza saisissait au passage les bribes d'information que les gens s'échangeaient avec délectation au-dessus de sa tête : un cheval noir avait surgi du brouillard – ce maudit brouillard ! – et un jeune garçon ne l'avait pas vu venir...

Non, décida-t-elle, pas Sammy. Ça ne pouvait pas être lui. Il la suivait, il était juste derrière elle, elle l'avait entendu...

Elle avait presque atteint le théâtre de l'accident. Retenant son souffle, elle se fraya un passage entre les badauds du premier rang. Alors la scène lui apparut dans toute son horreur.

Il lui suffit d'un regard pour comprendre. Le cheval noir, le corps frêle étendu sur le sol près de l'entrée de la boucherie. Des cheveux blond vénitien, maculés de sang si épais qu'il en était presque noir, déployés sur le pavé. Un torse enfoncé par un sabot. Des yeux bleus qui ne voyaient plus.

Le boucher, qui était sorti de sa boutique, secoua la tête.

— On peut plus rien pour lui, l'pauvre p'tit gars.

Eliza reporta son regard sur le cheval. Affolé par la brume, le bruit, le monde, il soufflait par les naseaux d'abondants jets d'haleine tiède qui chassaient le brouillard.

— Quelqu'un sait comment il s'appelle ?

On se consulta en faisant de grands gestes ou en secouant la tête en signe de dénégation.

— P'têt'ben que j'l'ai déjà vu, moi, fit une voix peu convaincue.

Eliza plongea son regard dans la prunelle noire et luisante de l'animal, immobile au milieu de l'agitation. Tout tournait autour d'elle, sauf lui. Ils se contemplèrent un instant, et elle eut l'impression qu'il lisait dans son esprit, qu'il entrevoyait l'abîme qui venait de s'ouvrir en elle – cet abîme, se dit-elle, qu'elle passerait le reste de son existence à essayer de combler.

— Y doit bien y avoir quelqu'un qui l'connaît tout d'même ! reprit le boucher.

La foule se tut, et l'atmosphère n'en devint que plus irréelle.

Eliza aurait dû éprouver de la haine envers le monstre noir, ses longues jambes, ses cuisses lisses et dures ; mais non. Les yeux rivés à sa prunelle immense, elle sentit au contraire qu'il comprenait, qu'il compatissait et connaissait mieux que personne le vide qui régnait dans son cœur.

— Bon, ben pisque c'est ça...

Le boucher siffla, appelant son apprenti.

— Va chercher la charrette et emporte-moi ce drôle.

L'apprenti rentra dans la boutique et revint avec une charrette à bras. Tandis qu'il hissait dessus le corps brisé du jeune garçon, le patron balança un seau d'eau sur le pavé ensanglanté et entreprit de balayer le lieu de l'accident.

— Je crois qu'il habite Battersea Church Road, déclara alors une voix masculine posée, avec un accent comme les gens chez qui mère avait travaillé – pas vraiment un accent de la haute, mais quand même plus raffiné que celui des riverains.

Le boucher chercha l'homme du regard ; grand, affublé d'un pince-nez, il portait un frac usé mais propre et bien repassé. Il fit un pas en avant.

— Je l'y ai vu l'autre jour.

Un murmure parcourut l'attroupement, qui digéra la nouvelle en reportant son regard sur le petit corps mutilé.

— Sauriez pas à quel numéro, m'sieur ?

— Non, je regrette.

Le boucher fit signe à l'apprenti :

— Emmène-le là-bas et demande aux habitants de la rue. Y aura bien quelqu'un qui l'reconnaîtra.

Le cheval hocha la tête sans quitter Eliza du regard, puis il poussa un soupir et se détourna.

— Attendez, dit Eliza dans un souffle.

— Quoi ?

Toutes les têtes se tournèrent vers cette petite personne à la longue tresse d'or rouge. Eliza croisa le regard de l'homme au pince-nez. À travers les verres qui renvoyaient la lumière avec un éclat blanc, elle ne voyait pas ses yeux.

L'ambulancier fit taire la foule du geste.

— Eh bien, petite, comment qu'y s'appelle, c'pauv'malheureux ?

— Il s'appelle Sammy Makepeace. Et c'est mon frère.

Mère avait économisé pour ses funérailles, mais elle n'avait rien prévu pour les enfants. Quelle mère prévoirait l'inenvisageable ?

— Il s'ra enterré à la fosse commune de St. Bride, déclara la Swindell ce soir-là.

Elle aspira bruyamment une gorgée de soupe, puis pointa sa cuillère vers Eliza, assise par terre.

— Justement, elle rouvre mercredi. Jusque-là, j'suppose qu'y va falloir l'garder.

Elle réfléchit.

— Là-haut, évidemment. Faudrait pas que l'odeur fasse fuir les clients.

La fosse commune, Eliza en avait entendu parler. On l'ouvrait une fois par semaine ; on y entassait les cadavres, et un homme d'Église expédiait un service funèbre réduit à sa plus simple expression à cause de la puanteur qui gagnait tout le secteur.

— Non. Pas St. Bride.

— Ah bon ?

Les doigts de la Swindell se crispèrent sur sa cuillère.

— Je vous en prie, madame. Il a droit à un enterrement digne de ce nom. Comme mère. Je veux qu'il soit avec elle, ajouta-t-elle en retenant ses larmes.

— Ben voyons ! Avec un corbillard tiré par deux chevaux, p't'être ? Pourquoi pas un cortège funèbre, aussi ? Et tu penses que c'est nous, M. Swindell et moi, qui d'vons payer pour tout ça ?

Elle eut un reniflement de colère, mais en fait, elle prenait plaisir à ces divagations empreintes de rancœur.

— Contrairement à la croyance populaire, petite demoiselle, c'est pas une œuvre de charité, ici, alors si t'as pas l'argent, ce sera St. Bride, un point c'est tout. D'ailleurs, c'est tout ce qu'il mérite.

— Je ne demande ni corbillard ni cortège, madame. Juste des funérailles, une tombe à lui.

— Ah oui ? Et comment tu vas faire ?

— Le frère de Mme Barker est fossoyeur. Il pourrait peut-être nous arranger ça ? Je suis sûre que si vous lui posez vous-même la question...

— D'mander un service pour des bons à rien comme ton débile de frère et toi ?

— Sammy n'est pas un débile.

— Assez pour se faire piétiner par un cheval en tout cas.

— Ce n'était pas sa faute. Il y avait du brouillard.

La mère Swindell continua à aspirer bruyamment sa soupe.

— D'ailleurs, il ne voulait même pas sortir.

— Tu m'étonnes. Ces fariboles, c'était pas son genre. C'est toi qui y tenais.

— Je vous en supplie, madame. Je peux payer.

Elle haussa brusquement les sourcils.

— Tiens donc. Et avec quoi donc ? Des promesses et des belles paroles ?

Eliza repensa à sa petite bourse en cuir, aux quinze pence qu'elle contenait à présent.

— J'ai... un peu d'argent.

La Swindell en resta littéralement bouche bée et un filet de soupe s'échappa de ses commissures.

— Comment ça ?

— Juste un petit peu.

— Sournoise, va !

Ses lèvres se scellèrent comme l'ouverture d'une bourse.

— Combien ?

— Quinze pence.

La Swindell partit d'un grand rire criard. C'était un son affreux, si inhabituel, si âpre que la fillette se mit à hurler.

— Quinze pence ! cracha la Swindell. Mais ma pauvre, avec ça tu pourras même pas payer les clous du cercueil !

La broche. Elle pouvait vendre la broche. Certes, mère lui avait fait jurer de ne s'en séparer qu'au cas où le méchant homme les retrouverait, mais étant donné la situation...

La Swindell se mit à tousser et s'étrangler de rire, comme si elle avait avalé une arête de poisson. Elle se donna une bonne claque sur la poitrine puis posa par terre la petite Hatty qui s'était mise à hurler.

— Arrête de brailler, je m'entends plus penser.

Elle reprit un instant ses esprits, puis regarda Eliza. Ses yeux s'étrécirent et elle hocha la tête à plusieurs reprises.

— Avec tes supplications, tu m'as convaincue, tiens : j'veillerai personnellement à c'que le gamin ait que c'qu'il mérite. La fosse commune.

— S'il vous plaît...

— Et pour la peine, j'empoche les quinze pence.

— Mais madame...

— Y a pas de « mais madame ». Ça t'apprendra à mentir et planquer de l'argent. Attends un peu que M. Swindell rentre ; quand il saura ça, tu vas le regretter. Et maintenant, conclut-elle en lui tendant son bol, ressers-moi. Ensuite, tu pourras mettre Hatty au lit.

Le plus dur, c'était la nuit. Les bruits de la rue devenaient insupportables, les ombres semblaient se mouvoir d'elles-mêmes et, seule pour la première fois de sa vie, Eliza céda aux cauchemars. Mais des cauchemars bien pires que les histoires morbides qu'elle avait pu inventer.

Pendant la journée, elle avait l'impression que le monde avait été retourné comme un gant. Tout avait la même forme, la même taille, la même couleur qu'avant, et pourtant, quelque chose de fondamental clochait. Son corps accomplissait les mêmes mouvements, mais son esprit parcourait inlassablement le paysage de ses terreurs intérieures. Elle voyait Sammy dans la fosse de St. Bride, tel qu'on l'avait jeté sans égards au milieu des autres morts anonymes. Prisonnier de la terre, il ouvrait les yeux, essayait de pousser un cri, de clamer qu'il y avait eu erreur, qu'il n'était pas mort.

Car la Swindell avait eu gain de cause : Sammy avait eu un enterrement de miséreux. Eliza avait bien sorti la broche de sa cachette et poussé jusqu'à chez M. Picknick, mais elle n'avait pu se résoudre à la vendre. Dans son indécision, elle était restée une demi-heure sur le trottoir. Le produit de la vente lui permettrait de donner à Sammy une sépulture décente. Mais les Swindell voudraient savoir où elle avait trouvé l'argent et la puniraient sans merci pour avoir dissimulé un pareil don du ciel.

Toutefois, ce ne fut pas par peur des Swindell qu'elle renonça ; l'attachement sentimental de sa mère au bijou n'y fut pour rien non plus. Pas davantage que sa voix, qui pourtant sonnait haut et clair dans sa mémoire, quand elle lui avait fait promettre de ne vendre la broche que si le fantôme revenait.

Non, ce qui emporta sa décision, ce fut sa propre frayeur à l'idée que l'avenir puisse être pire que le passé. Quelque part au-devant d'elle, dans les brumes des temps futurs, viendrait un jour où la broche serait l'unique garantie de sa survie.

Alors elle fit demi-tour sans mettre les pieds chez Picknick et se dépêcha de rentrer ; la broche lui brûlait les poches. Sammy aurait compris ; il avait su aussi bien qu'elle le prix de la survie au bord de la Tamise, dans les bas quartiers de Londres.

Alors, avec toute la douceur dont elle était capable, elle enveloppa le souvenir de son frère dans plusieurs épaisseurs d'émotions – joie, amour, dévouement – dont elle n'aurait plus l'utilité, et le verrouilla à double tour au fond de son cœur. C'était préférable et justifié.

Eliza n'était plus qu'une moitié de personne. Telle une chambre dont on a volé la chandelle, son âme devint froide, sombre et sans limites.

À quel moment l'idée lui vint-elle ? Elle-même ne put jamais le dire avec certitude. Sa décision s'imposa sans réflexion préalable, comme si elle avait toujours existé.

Cette journée-là n'eut rien de particulier. Elle s'éveilla comme tous les matins dans la pénombre de la chambrette et resta immobile le temps que son esprit réintègre son corps après l'épouvantable épreuve de la nuit.

Elle repoussa la couverture, s'assit et pivota pour poser ses pieds nus par terre. Sa longue tresse retomba sur son épaule. Il faisait froid ; l'automne avait cédé la place à l'hiver et le petit matin était noir comme la nuit. Elle frotta une allumette, l'approcha de la mèche de la bougie, puis chercha des yeux son tablier, suspendu derrière la porte.

Qu'est-ce qui la poussa à agir, ce matin-là ? Pour quelle raison prit-elle plutôt la chemise et les culottes courtes de garçon accrochées dessous ? Pourquoi s'habilla-t-elle en Sammy ?

Elle ne sut jamais répondre à ces questions. À ses yeux, et à cet instant précis, c'était la seule chose à faire, voilà tout. La chemise avait une odeur familière, à la fois proche et différente de la sienne. Elle s'assit par terre, enfila les chaussettes et les bottes de son frère : elles lui allaient parfaitement.

Elle alla se planter devant le miroir, tint haut sa bougie et s'inspecta attentivement. La glace lui renvoya son reflet blême. Longs cheveux, roux comme la flamme, prunelles bleues, sourcils pâles. Sans baisser les yeux, Eliza prit les ciseaux dans sa boîte à couture et tendit sa natte sur le côté. Elle était épaisse comme une corde ; elle dut s'y reprendre à plusieurs fois. Mais enfin elle lui resta dans la main. Désormais libres, ses cheveux courts encadraient son visage par mèches irrégulières. Elle continua à couper jusqu'à obtenir la même coupe que Sammy, puis elle coiffa la casquette de son frère.

Pas étonnant qu'ils se ressemblent : ils étaient jumeaux ; pourtant, elle ne put retenir un hoquet. Lorsqu'elle s'essaya à un demi-sourire, ce fut Sammy qui lui sourit. Elle effleura la surface froide du miroir. Elle n'était plus seule.

Boum... boum...

La Swindell donnait des coups de balai au plafond : c'était l'heure de se mettre à la lessive.

Eliza ramassa par terre sa longue tresse rousse effrangée et y noua un brin de laine. Elle la rangerait plus tard dans la cachette, avec la broche de mère. Elle n'en avait plus besoin. Elle appartenait au passé.

17

Londres, 2005

Bien sûr, Cassandra s'attendait à voir des autobus rouges à deux étages, mais elle réagit tout de même en les voyant passer, avec leur affichage frontal indiquant des destinations telles que Kensington High Street ou Piccadilly Circus. C'était comme si elle avait été transportée d'un coup dans les livres de son enfance ou dans un film : les taxis noirs aux allures de gros scarabées filant dans les rues pavées, les enfilades de maisons jumelles qui semblaient se tenir au garde-à-vous depuis l'époque edwardienne, et le vent du nord qui effilait les nuages dans le ciel bas.

Il y avait presque vingt-quatre heures qu'elle vivait dans ce Londres vu et imaginé mille fois sous la forme de décors ou de descriptions littéraires. En émergeant de son sommeil perturbé par le décalage horaire, elle constata qu'elle était seule ; le soleil de midi s'insinuait entre deux pâtés de maisons et un étroit rayon lumineux tombait en biais sur son visage.

Sur le tabouret près de son canapé-lit, elle trouva un mot de Ruby :

On s'est manquées au petit déjeuner ! Je n'ai pas voulu vous réveiller. Si vous trouvez de quoi vous nourrir, servez-vous, ne vous gênez pas. Il y a des bananes dans la coupe à fruits, mais je n'ai pas vérifié depuis un moment le contenu du frigo... Ce n'est peut-être plus consommable. Horrible ! Vous trouverez du linge de toilette dans le placard de la salle de bains. Je sors du musée à 18 h. Venez absolument voir l'exposition temporaire que j'organise ! J'ai quelque chose de super intéressant à vous montrer ! Ruby

P.-S. : Plutôt en début d'après-midi. Le matin, plein de réunions assommantes.

C'est ainsi qu'à une heure de l'après-midi, Cassandra se retrouva en plein Cromwell Road, mourant de faim, à attendre pour pouvoir traverser la rue que s'espace un peu le flot incessant de voitures qui coulait dans les veines de la cité.

Le Victoria & Albert Museum s'élevait en face d'elle, vaste et imposant, tandis que la cape d'ombre de l'après-midi s'avançait rapidement sur sa façade en pierre de taille. Ce mausolée géant à la gloire du passé exposait sur plusieurs étages, comme autant de strates d'histoire, pléthore de pièces extraites de leur contexte qui, tout doucement, renvoyaient le visiteur moderne aux joies et aux peines de dix mille existences oubliées.

Cassandra trouva Ruby en train d'indiquer à un groupe de touristes allemands le chemin de la nouvelle cafétéria du musée.

— Franchement, s'exclama-t-elle d'une voix à peine contenue tandis qu'ils s'éloignaient en troupeau, je ne suis pas contre ce bar – moi aussi j'aime bien boire un café de temps en temps, comme tout le monde – mais ce que ça m'énerve qu'on passe à toute allure devant mon expo en quête du Saint-Graal – c'est-à-dire des muffins sans sucre et des sodas importés !

Cassandra eut un sourire coupable en espérant que Ruby n'entendrait pas les gargouillis de son estomac affamé qui réagissait aux divins arômes émanant de la cafétéria. En fait, elle se dirigeait vers celle-ci avant de rencontrer Ruby...

— C'est vrai, quoi ! Comment peuvent-ils dédaigner une occasion rêvée de regarder le passé en face ? s'écria Ruby en désignant d'un geste large les rangées de vitrines bourrées de trésors qui composaient son exposition. Je ne comprends pas !

— Moi non plus, répondit Cassandra d'un air compatissant en songeant surtout à sa fringale.

— Enfin... conclut la jeune femme avec un soupir théâtral. Vous êtes là, maintenant ; et les philistins ne sont plus qu'un mauvais souvenir. Comment vous sentez-vous ? Pas trop perturbée par le décalage horaire ?

— Ça va, merci.

— Vous avez bien dormi ?

— Très confortable, votre canapé-lit !

— Inutile d'en rajouter ! s'esclaffa Ruby. Mais ça part d'une bonne intention, merci. Au moins, les bosses vous auront empêchée de dormir toute la journée. Sinon j'aurais été obligée de téléphoner pour vous réveiller. C'est quand même incroyable ! reprit-elle, littéralement rayonnante. Dire que Nathaniel Walker a vécu sur la propriété où se trouve votre cottage ! Il l'a certainement vu, vous savez ; il a très bien pu s'en inspirer.

Les yeux brillants, elle prit Cassandra par le bras et l'entraîna dans un couloir.

— Venez, je vous garantis que ça va vous plaire !

Avec un enthousiasme modéré, la jeune femme afficha tant bien que mal une expression intéressée, ignorant ce que Ruby était si impatiente de lui montrer.

— Là ! lança cette dernière en indiquant une série de dessins dans une vitrine. Qu'est-ce que vous en dites, hein ?

Cassandra ne put retenir un hoquet de surprise et regarda de plus près.

— Mais… D'où viennent ces… ? Comment avez-vous fait pour… ?

Ruby frappa dans ses mains, ravie.

— J'ignorais l'existence de ces dessins.

— Vous n'êtes pas la seule. Personne ne les connais-sait, rétorqua Ruby, au comble du bonheur. À part leur propriétaire, et encore, elle les avait oubliés depuis belle lurette.

— Comment avez-vous mis la main dessus ?

— Par le plus grand des hasards. On peut se tutoyer ? Eh bien voilà : tu comprends, quand j'ai eu l'idée de cette exposition, je n'ai pas voulu me borner à présenter de manière inédite les mêmes vieilleries victoriennes que tout le monde ressort depuis des dizaines d'années. Alors j'ai passé une petite annonce dans les magazines spécialisés : *Musée recherche à titre de prêt objets d'art de valeur fin XIXe, pour exposition très soignée dans grande institution londonienne.*

« Et voilà que le jour de la parution, je reçois des tas de coups de fil. Des fausses alertes, pour la plupart, bien sûr : le ciel vu par la grand-tante Machin-Truc, ce genre de chose, mais dans le tas de déchets il y avait aussi des pépites. Tu n'as pas idée du nombre d'œuvres précieuses qui ont survécu malgré le peu de soin qu'on en a pris.

C'était la même chose avec les antiquités, songea Cassandra ; les plus belles trouvailles étaient toujours les meubles ou objets qui, oubliés depuis des décennies, avaient justement échappé aux ravages des amateurs bien intentionnés.

Ruby reporta son regard sur ses crayonnés.

— Et voilà ce que j'ai trouvé de plus formidable, dit-elle en souriant à Cassandra. Qui l'eût cru, hein ? Des inachevés de Nathaniel Walker ! On a quelques-uns de ses portraits à l'étage, et la Tate Gallery... enfin, la Tate Britain, comme on doit dire mainte-nant, lui consacre une salle, mais pour autant que je sache – et pas seulement moi ! – il n'existait rien d'autre. On pensait que le reste avait été...

— ... détruit, oui, je sais.

Cassandra avait le feu aux joues.

— Nathaniel Walker était connu pour jeter ses premières esquisses, tout ce qui ne lui plaisait pas, continua-t-elle.

— Donc, tu imagines ma réaction quand cette dame me les a montrées. J'avais fait tout le chemin en voiture jusqu'en Cornouailles la veille et passé la journée à me trimballer d'une maison à l'autre en refusant poliment divers objets à côté de la plaque. Franchement, si tu voyais ce que les gens jugent précieux, tu n'en croirais pas tes yeux, dit-elle d'un air agacé. Bref, quand j'ai frappé chez cette dame j'étais sur le point de renoncer. C'était un cottage à toit de chaume comme on en trouve là-bas au bord de la mer, et si cette Clara ne m'avait pas ouvert tout de suite, je t'assure que je rentrais avant l'heure. Je me suis retrouvée nez à nez avec une drôle de petite bonne femme à la Beatrix Potter, une grand-mère poule en tablier de ménagère. Elle m'a fait entrer ; jamais vu de salon aussi petit et aussi encombré ! À côté, chez moi c'est un palais. Elle a absolument tenu à m'offrir le thé ; au point où j'en étais j'aurais préféré un whisky, avec la journée que je venais de passer, mais je me suis affalée sur ses coussins en attendant de voir quelle ringardise elle allait me sortir.

— Et au lieu de ça, elle t'a montré ces crayonnés.

— J'ai tout de suite su ce que j'avais en main. Ils ne sont pas signés, mais il y a le filigrane, tu vois, là, dans le coin supérieur gauche ? Je te jure, quand j'ai vu ça, je me suis mise à trembler. J'ai failli renverser mon thé dessus.

— D'où les sort-elle ?

— Elle prétend les avoir trouvés dans les affaires de sa défunte mère, Mary, qui est venue habiter chez elle à la mort du père et y est restée jusqu'à son décès, au milieu des années soixante. Clara étant veuve aussi, elles ont dû s'entendre à merveille ; en tout cas, je peux te dire qu'elle était ravie d'avoir quelqu'un à gaver d'histoires sur sa chère maman. Avant de partir, il a fallu que je grimpe un escalier à se rompre le cou pour visiter sa chambre. Eh bien, j'ai eu une sacrée surprise, ajouta Ruby en se rapprochant de Cassandra. Parce que ladite Mary avait beau être morte depuis plus de quarante ans, on aurait dit qu'elle allait revenir d'une minute à l'autre. Un truc à te donner la chair de poule, mais attendrissant, en même temps : un petit lit étroit, draps et couvertures parfaitement bordés, et sur la table de chevet, un journal plié avec une grille de mots croisés inachevée. Et sous la fenêtre, une petite commode fermée à clef. Très tentante. Crois-moi, dit-elle en passant ses doigts dans ses cheveux hirsutes, j'ai dû prendre sur moi pour ne pas me ruer dessus et arracher la serrure à mains nues.

— Et alors, elle l'a ouverte ? Tu as vu ce qu'il y avait dedans ?

— Malheureusement non. J'ai su rester sage. J'ai dû me contenter des crayonnés et de la parole de Clara : il n'y avait rien d'autre de ce genre dans les affaires de sa mère.

— Mary peignait aussi ?

— Pas du tout, elle était femme de chambre. Du moins au début. Pendant la Première Guerre, elle a travaillé dans une usine de munitions, et je crois qu'après, elle n'a pas repris le travail domestique. Enfin, façon de parler parce que, ayant épousé un boucher, elle a passé le reste de sa vie à faire du boudin et nettoyer les billots. Je ne sais pas ce que j'aurais préféré, personnellement !

— Quoi qu'il en soit, réfléchit Cassandra en fronçant les sourcils, comment a-t-elle bien pu entrer en possession de ces dessins ? Walker était discret quand il s'agissait de ses œuvres, et ses esquisses sont très, très rares. Il n'en donnait jamais, ne signait presque jamais avec les éditeurs exigeant des droits sur les originaux, et je ne parle là que des œuvres achevées. Je ne vois vraiment pas ce qui aurait pu l'inciter à se séparer de croquis comme ceux-ci.

— Elle les aura empruntés ? Achetés ? fit Ruby en haussant les épaules. Volés, si ça se trouve. Je n'en sais rien, et je dois dire que je m'en moque. Je remercie le ciel qu'elle les ait récupérés, c'est tout ; je mets ça sur le compte des énigmes providentielles que la vie nous réserve parfois et je ne cherche pas plus loin ; je me réjouis qu'elle ne se soit pas rendu compte de leur valeur. Qu'elle n'ait pas su qu'ils méritaient d'être exposés, et qu'elle les ait ainsi conservés, pendant tout le XXe siècle, pour notre bénéfice.

Cassandra se pencha sur les dessins. Elle les reconnaissait sans les avoir jamais vus... et pour cause : c'étaient les ébauches des illustrations figurant dans son recueil de contes, rapidement esquissées dans une sorte de fièvre exploratrice ; on y sentait l'exaltation de l'artiste au moment d'aborder son sujet. Cassandra avait éprouvé la même chose, autrefois. Elle en fut tout émue.

— Assister à la genèse d'une œuvre, c'est une chance inespérée. Il m'arrive de penser que ça nous en apprend beaucoup plus sur l'auteur que le produit fini.

— Comme les sculptures de Michel-Ange à Florence.

— Exactement.

Cassandra regarda Ruby de biais, rassurée par sa perspicacité.

— La première fois que j'ai vu ce genou émerger du marbre, j'en ai eu la chair de poule. Comme si la statue entière était déjà là, prisonnière de la pierre, attendant qu'un artiste doué vienne la libérer.

— Hé ! s'exclama Ruby, radieuse. J'ai une idée ! Comme c'est ta seule soirée à Londres, on va s'offrir un dîner de reines ! J'étais censée voir mon ami Grey, mais il comprendra. Ou bien alors on l'embarque ? Plus on est de fous...

— Excusez-moi, vous travaillez ici ? fit une voix à l'accent américain.

— En effet. Que puis-je pour vous ?

— Avec ma femme, on meurt de faim et là-haut, un type nous a dit qu'il y avait une cafétéria par ici ?

Ruby se tourna vers Cassandra et leva les yeux au ciel.

— Chez Carluccio. Sept heures. C'est moi qui régale.

Puis elle se força à sourire et répondit au touriste :

— Par ici, monsieur ; je vais vous montrer le chemin.

En ressortant du Victoria & Albert Museum, Cassandra se mit en quête d'un déjeuner tardif. Son dernier repas remontait au dîner dans l'avion, à part les réglisses de Ruby et une tasse de thé. Pas étonnant que son estomac proteste... Nell avait collé un plan du centre de Londres à l'intérieur de son cahier, sur la couverture ; Cassandra était assurée de trouver à manger où qu'elle aille, mais en y regardant de plus près, elle vit sur le plan une croix à demi effacée, sur l'autre rive de la Tamise, dans une rue de Battersea. Elle s'emballa. Que pouvait bien marquer cette croix ?

Elle acheta un sandwich au thon et une bouteille d'eau dans King's Road avant de poursuivre son chemin, via Flood Street, en direction du fleuve. En mettant ses pas dans ceux de Nell.

Le soleil automnal, sorti de sa cachette, émaillait l'eau de mille ocelles argentés. La Tamise... Que de choses elle avait vues ! Combien d'existences s'étaient déroulées sur ses rives, combien de gens y avaient rendu l'âme ! Et c'était de sa rive qu'un jour un certain navire avait appareillé, avec à son bord la petite Nell, pour l'emporter vers l'inconnu – son avenir. Bien sûr, cet avenir appartenait au passé, et cette personne n'était plus. Mais l'énigme demeurait ; elle avait eu de l'importance pour Nell, elle en avait à présent pour Cassandra. Qui la considérait comme son héritage. Mieux, sa responsabilité.

18

Londres, 1975

Nell pencha la tête en arrière pour avoir une vue globale. Elle avait espéré qu'en la découvrant, elle reconnaîtrait, d'une certaine manière, la maison où Eliza avait vécu ; mais non. Le 35 Battersea Church Road ne lui rappelait rien du tout. Elle était sans attrait, comme ses voisines : deux étages, des fenêtres à guillotine, de minces gouttières qui serpentaient sur la brique de façades noircies par le temps et la pollution. Une seule chose la distinguait des autres : un curieux rajout sur le toit. De l'extérieur, on aurait dit qu'on y avait aménagé une pièce supplémentaire ; mais sans aller voir, il était difficile de se faire une idée.

La rue était parallèle à la Tamise. Son pavé sale où jouaient des gamins morveux et ses caniveaux pleins de détritus semblaient peu à même de donner naissance à une vocation d'auteur de contes de fées. C'étaient des idées absurdes, excessivement romantiques, mais en s'imaginant Eliza, et pour donner chair au personnage, Nell s'était inconsciemment inspirée des jardins de Kensington de James Barrie, l'auteur de *Peter Pan*, ou du charme ensorcelant d'Oxford à l'époque de Lewis Carroll et d'*Alice au pays des merveilles*.

Pourtant, c'était bien l'adresse citée dans le livre de Snelgrove. La maison natale d'Eliza Makepeace, où elle avait passé sa petite enfance.

Nell s'approcha. Comme on ne percevait aucune activité à l'intérieur, elle osa se poster tout contre la fenêtre. Une pièce de petite taille, une cheminée en brique, une cuisine sombre et exiguë. À cela s'ajoutait un escalier étroit, juste à côté de la porte.

En reculant, Nell faillit trébucher sur une plante en pot défunte.

Derrière la fenêtre, un visage apparut qui la fit sursauter. Blême, encadré par une couronne de cheveux blancs frisottés. Nell cilla, regarda mieux... plus personne. Avait-elle vu un fantôme ? Mais Nell ne croyait pas aux fantômes. En tout cas pas à ceux qui poussent des plaintes lugubres la nuit, dans les châteaux d'Écosse.

La porte du 37 s'ouvrit violemment, révélant une femme miniature, un mètre trente au plus, avec des jambes comme des allumettes ; elle tenait une canne à la main. Sur le côté gauche de son menton, une excroissance complétée par un long poil argenté.

— Vous êtes qui, petite ? demanda-t-elle d'une voix pâteuse teintée d'accent cockney.

Il y avait bien quarante ans qu'on ne l'avait pas appelée « petite ».

— Nell Andrews, répondit-elle en enjambant la plante ratatinée. Je suis en visite ici, je ne fais que regarder, je... je voulais juste...

Elle tendit la main.

— Je suis australienne.

— Ah bon ? répondit la femme, tout sourire. Fallait le dire. J'ai un gendre australien. Y vivent à Sydney. Vous les connaissez p't'être ? Desmond et Nancy Parker ?

— Malheureusement non, dut avouer Nell, qui vit aussitôt la vieille dame se rembrunir. Je n'habite pas Sydney.

— Tant pis, conclut-elle d'un air déçu. Enfin... Si vous y allez un jour, vous les rencontrerez peut-être.

— Desmond et Nancy. Je m'en souviendrai.

— Y rentre presque jamais avant la nuit.

Nell fronça les sourcils. Qui ça ? Le gendre de Sydney ?

— Le voisin, là. Un type bien calme, dans l'ensemble. C'est peut-être un homme de couleur, mais y bosse, ça, on peut pas dire. Un Noir, vous vous rendez compte ! Ici, à Battersea ! Si on m'avait prédit ça ! Ma mère se retournerait dans sa tombe si elle apprenait que des Africains habitent sa rue, et même sa maison !

Nell dressa l'oreille.

— Ah bon, votre maman a vécu là aussi ?

— Un peu, oui ! répliqua fièrement la vieille. J'y suis née, moi, dans cette maison qui semble telle-ment vous intéresser.

— Vraiment ?

Par les temps qui couraient, rares étaient les gens qui avaient habité toute leur vie dans la même rue.

— C'était il y a... quoi ? Soixante-cinq, soixante-dix ans ?

— Presque soixante-dix-huit, s'il vous plaît, rétorqua la femme en redressant le menton de telle manière que le poil argenté brilla sous le soleil. Pas un de moins !

— Mais alors... articula lentement Nell. Vous n'avez pas bougé d'ici depuis... 1897 ? interrogea-t-elle après un rapide calcul.

— C'est bien ça, décembre 97. J'ai été un cadeau de Noël.

— Et vous gardez des souvenirs de votre enfance ?

— Des fois, j'ai l'impression d'avoir plus que ça comme souvenirs, répondit la vieille avec un rire en forme de caquètement.

— Ça devait être bien différent ici, à l'époque.

— Ça oui, dit-elle d'un air sagace. On peut le dire.

— Il se trouve que je fais des recherches sur une femme qui a vécu ici aussi. Dans cette même maison, semble-t-il. Vous vous souviendrez peut-être d'elle ?

Nell fit glisser la fermeture Éclair de son sac et en sortit une photocopie du frontispice de son recueil, non sans noter que ses doigts tremblaient.

— La voici adulte. On lui a donné les traits d'un personnage de conte de fées, mais si on regarde bien son visage... Évidemment, au temps où elle habitait ici, c'était encore une enfant.

La vieille prit la feuille d'une main déformée et l'inspecta en se concentrant si fort que des nuées de rides se creusèrent autour de ses yeux. Puis elle lâcha un rire.

— Alors, vous l'avez connue !

— Tu parles si je l'ai connue ! Je m'en souviendrai encore sur mon lit de mort. Elle me flanquait une de ces frousses, quand j'étais gosse ! Elle me racontait tout un tas d'histoires à faire peur quand ma mère était pas là pour lui en coller une et lui dire de ficher le camp. Voyons... reprit-elle en regardant Nell, le front plissé en accordéon. Elizabeth, non ?

— Eliza tout court. Eliza Makepeace. Elle est devenue écrivain.

— Ça, j'aurais pas pu le savoir, j'lis pas beaucoup. J'vois pas l'intérêt de toutes ces pages, moi. Tout c'que j'sais c'est que la fille de votre dessin, elle nous sortait des trucs à nous faire dresser les cheveux sur la tête. À cause d'elle, tous les mômes du quartier avaient peur du noir ; et pourtant, on en redemandait. Je m'demande où elle allait chercher tout ça.

Nell s'efforça de se représenter la jeune Eliza en incorrigible créatrice d'histoires qui terrorisaient les autres enfants.

— On l'a regrettée, quand y sont venus la chercher, ajouta la vieille en secouant la tête avec tristesse.

— Vous n'étiez pas soulagés, au contraire, qu'elle ne soit plus là pour vous faire peur ?

— Pas du tout, répliqua-t-elle, l'air de mâchonner ses mots entre ses gencives. Tous les enfants aiment se faire une bonne petite frayeur de temps en temps.

Elle planta sa canne dans un creux du seuil où l'enduit s'émiettait. Puis elle leva des yeux étrécis vers Nell.

— De toute façon, pour finir c'est elle qui a eu la plus grande peur de toutes ; bien pire que ses fariboles. Un jour de brouillard, son frère s'est fait tuer, et à côté de c't'horreur-là, ses histoires c'était rien. Un grand cheval noir lui a écrasé le cœur sous un sabot, l'pauvre Sammy. Elle a plus jamais été la même, après, ajouta la vieille en branlant du chef. Elle a un peu perdu la boule, si vous voulez mon avis. Elle s'est coupé les cheveux et elle s'est mise à porter des culottes de garçon, si je me rappelle bien !

Nell s'emballa. Ça c'était nouveau !

La vieille s'éclaircit la gorge, exhiba un mouchoir en papier et cracha dedans. Puis elle reprit comme si de rien n'était :

— La rumeur a prétendu qu'on l'avait emmenée à la fabrique.

— Non, elle est partie vivre chez des membres de sa famille en Cornouailles, l'informa Nell.

— Ah ?

Une bouilloire se mit à siffler dans la maison.

— Alors ça a dû être bien, pour elle.

— J'imagine, oui.

— Bon, coupa la vieille femme avec un signe de tête en direction de la cuisine. C'est l'heure du thé.

Cette constatation fut énoncée sur un ton si naturel que Nell s'attendit, l'espace d'un instant, à ce qu'on l'invite à entrer, qu'on lui offre le thé, qu'on la régale d'anecdotes innombrables sur Eliza Makepeace. Mais ses espérances fondirent très vite : la porte se referma.

— Attendez ! dit-elle en retenant le battant.

La femme le maintint entrebâillé. La bouilloire sifflait de plus belle.

Nell tira un papier de son sac et gribouilla l'adresse et le numéro de téléphone de son hôtel.

— Vous voulez bien me contacter si vous vous rappelez quoi que ce soit d'autre sur Eliza ? S'il vous plaît ?

La vieille haussa un sourcil argenté, jaugea brièvement Nell, puis elle prit le morceau de papier et dit d'une voix changée :

— Si quelque chose me revient, je vous le ferai savoir.

— Merci, madame. Madame ?

— Swindell. Mademoiselle Swindell. Jamais trouvé de bonhomme que j'laisse me mettre le grappin dessus.

Nell voulut la saluer du geste mais la vieille avait déjà refermé la porte. La bouilloire se tut enfin. Nell consulta sa montre. En se dépêchant, elle avait encore le temps d'aller à la Tate voir le portrait d'Eliza signé Nathaniel Walker – celui qu'il avait appelé *La Conteuse*. Elle ressortit son plan de Londres et suivit le tracé de la Tamise jusqu'à Millbank. Après un ultime regard pour Battersea Church Road, tandis qu'un autobus rouge longeait les maisons victoriennes qui avaient abrité l'enfance d'Eliza, Nell se mit en route.

La Conteuse était bien là, accrochée au mur du musée. Exactement comme dans son souvenir, avec sa natte épaisse rejetée sur une épaule, le col montant en ruché blanc dissimulant presque entièrement son cou fin, chapeau sur la tête. Un chapeau bien différent, d'ailleurs, des modèles de l'époque edwardienne. Plus masculin dans la ligne, plus coquin dans l'inclinaison – un signe d'irrévérence, songea Nell sans savoir pourquoi. En fermant les yeux, elle arrivait presque à se remémorer une voix. Celle-ci se présentait de temps en temps à son esprit, argentée, pleine de magie, de mystères et de secrets. Mais elle s'enfuyait toujours avant qu'elle puisse en retenir le souvenir, le maîtriser, l'invoquer à sa guise.

Les visiteurs allaient et venaient derrière elle. Elle rouvrit les yeux. La Conteuse réapparut dans son cadre et Nell s'en approcha. Le portrait en lui-même sortait de l'ordinaire. Tout d'abord, c'était une esquisse au fusain – plutôt une étude en fait. Le sujet ne faisait pas face à l'artiste mais semblait s'éloigner en lançant un regard en arrière. Il y avait quelque chose d'attrayant dans ses grands yeux, ses lèvres entrouvertes comme si elle allait se mettre à parler… mais aussi quelque chose de dérangeant. L'absence du plus léger sourire, comme si on l'avait prise sur le fait, qu'on l'épiait. Qu'on l'avait attrapée.

Si seulement tu pouvais parler, songea Nell. Alors tu me dirais qui je suis, ce que je faisais en ta compagnie. Pourquoi nous sommes montées ensemble sur ce navire, et pourquoi tu n'es jamais venue me rejoindre.

Déçue, Nell céda à l'abattement. Pourtant, quelles révélations aurait-elle pu attendre de ce portrait ? Ou plutôt espérer, rectifia-t-elle. Car toute sa quête reposait sur l'espoir. Le monde était bien vaste, il n'était pas facile de retrouver la trace d'une personne disparue depuis soixante ans, même si on était soi-même cette personne.

La salle Nathaniel Walker commençait à se vider ; Nell se retrouva cernée de toutes parts par le regard muet de personnages depuis longtemps défunts. Ils l'observaient avec la pesante insistance caractéristique des portraits, dont les yeux éternellement vigilants semblaient suivre partout le spectateur. Nell frissonna et remit son manteau.

L'autre portrait lui sauta aux yeux alors qu'elle avait presque atteint la sortie. En découvrant cette femme brune au teint très clair et aux lèvres rouges, Nell sut avec certitude de qui il s'agissait. Mille bribes de souvenirs profondément enfouis se combinèrent en un instant et une certitude l'envahit. Pas parce qu'elle reconnaissait la légende : *Rose Elizabeth Mountrachet*. Ce nom en lui-même ne lui disait presque rien, ou à la fois trop et pas assez. Ses lèvres se mirent à trembler, son cœur se serra. Tout à coup, elle avait du mal à respirer.

— Maman, souffla-t-elle en se sentant à la fois stupide, transportée et vulnérable.

Heureusement, la Westminster Reference Library fermait tard, car jamais Nell n'aurait tenu jusqu'au matin maintenant qu'elle connaissait le nom de sa mère. Rose Elizabeth Mountrachet. Un jour, cette révélation à la Tate lui apparaîtrait comme une nouvelle naissance. D'un seul coup, sans autre forme de procès, elle était la fille de quelqu'un. Tandis qu'elle se hâtait vers la bibliothèque publique en empruntant une succession de rues assombries par le crépuscule, elle ne cessait de se répéter ce nom.

Ce n'était pas la première fois qu'elle l'entendait. Le livre de Snelgrove mentionnait la famille Mountrachet. Or, l'oncle maternel d'Eliza était un aristocrate de second plan, propriétaire d'un imposant domaine en Cornouailles, Blackhurst, où Eliza avait emménagé après la mort de sa mère. Elle tenait le lien qui lui manquait, celui qui rattachait la Conteuse de ses souvenirs au visage qu'elle reconnaissait à présent comme étant celui de sa mère.

La dame de l'accueil la reconnut puisqu'elle était déjà venue la veille chercher des renseignements sur Eliza.

— Alors, vous avez trouvé M. Snelgrove ? s'enquit-elle avec un sourire.

— Mais oui, répondit Nell en cherchant son souffle.

— Et vous avez survécu à la confrontation...

— Il m'a vendu un livre qui m'a été extrêmement utile.

— Ça ne m'étonne pas de lui ; il se débrouille toujours pour caser un bouquin, commenta la bibliothécaire en hochant la tête d'un air attendri.

— Peut-être pouvez-vous encore quelque chose pour moi. Je cherche des informations sur une femme née à la fin du XIXe siècle, vers 1890.

— Elle aussi écrivait ?

— Non... Enfin, je ne crois pas, répondit Nell en rassemblant ses pensées. Elle s'appelait Rose Mountrachet et était d'extraction noble. On trouvera peut-être quelque chose sur elle dans un de ces ouvrages, vous savez... ? Ceux qui donnent des détails sur les aristocrates ?

— Comme le *Debrett* ou le *Who's Who* ?

— Exactement.

— Bonne idée. Nous avons les deux. Mais le *Who's Who* est sans doute plus facile à consulter. Les descendants y figurent automatiquement. Il n'y a peut-être pas d'article à son nom mais elle peut apparaître dans un autre, celui de son père par exemple, ou de son mari. Vous ne connaissez pas la date de son décès, par hasard ?

— Non, pourquoi ?

— Comme vous ne savez pas quand elle y est entrée, ni même si elle s'y trouve, vous gagneriez du temps en cherchant d'abord dans le *Who Was Who*. Mais pour ça il faut savoir en quelle année elle est morte.

— Je n'en ai pas la moindre idée. Si vous voulez bien m'indiquer où chercher, je prendrai l'édition de cette année et je remonterai dans le temps jusqu'à ce que je trouve.

— Ça peut prendre pas mal de temps, et on va bientôt fermer.

— Je vais me dépêcher.

La bibliothécaire haussa les épaules, puis elle attrapa un carnet sous la machine à écrire à côté d'elle, y inscrivit un numéro et le tendit à Nell.

— Prenez l'ascenseur jusqu'au premier et ce sera l'étagère juste en face de vous. C'est classé par ordre alphabétique.

Nell vit ses efforts récompensés en arrivant à l'année 1934. Il ne s'agissait pas directement de Rose, mais d'un certain Linus Mountrachet. L'oncle qui avait recueilli Eliza. Elle parcourut rapidement la notice :

MOUNTRACHET, lord, Linus St John Henry. Né le 11 janvier 1858, fils de feu lord St John Luke Mountrachet et de feu Margaret Elizabeth Mountrachet. Épouse Adeline Langley le 17 juillet 1888. Une fille, feu Rose Elizabeth Mountrachet, épouse de feu Nathaniel Walker.

Rose avait épousé Nathaniel Walker. Ce dernier était le père de Nell ! Celle-ci relut la notice. Tous deux étaient donc décédés avant 1934. Est-ce pour cela qu'on l'avait confiée à Eliza ? Celle-ci aurait été désignée comme tutrice parce que Nell était orphe-line ?

Son père – enfin, Hugh, son père australien – l'avait trouvée en 1913. Donc, ses parents avaient péri avant.

Elle pouvait chercher dans le *Who's Who*. Natha-niel Walker y figurerait certainement. Mieux, si son hypothèse était la bonne, elle pouvait consulter direc-tement le *Who Was Who*. Elle longea rapidement les rayonnages et en sortit le volume « 1897-1915 ». D'une main mal assurée, elle le feuilleta en commençant par la fin. Et elle le trouva.

WALKER, Nathaniel. Né le 22 juillet 1883, décédé le 1er septembre 1913, fils d'Anthony Samuel Walker et de Mary Walker. A épousé feu Dame Rose Eliza-beth Mountrachet le 17 juillet 1907. Une fille, feu Ivory Walker.

Nell s'arrêta net. Une fille, d'accord, mais « feu » ? Comment ça ? Elle était bien vivante !

Elle prit brusquement conscience de l'atmosphère surchauffée ; elle avait du mal à respirer. Elle s'éventa et souleva ses cheveux collés à son cou. Puis elle revint à la notice.

Que devait-elle en conclure ? Ces ouvrages pouvaient-ils se tromper ?

— Alors, vous avez trouvé ?

La bibliothécaire de l'accueil.

— Les gens qui rédigent ces notices se trompent-ils parfois ?

— Ce ne sont pas des sources entièrement fiables. Elles sont composées à partir d'informations fournies par les membres survivants de la famille qui font eux aussi l'objet d'une mention dans ces ouvrages.

— Et quand la personne est morte ?

— Comment ça ?

— Dans le *Who Was Who,* toutes les personnes mentionnées sont décédées. Dans ce cas, qui fournit les renseignements nécessaires ?

— Eh bien, d'autres membres plus éloignés de la même famille, je suppose. Ils se contentent de recopier le dernier questionnaire rempli par le titulaire de la notice, ajoutent la date du décès et voilà.

Elle chassa un mouton de poussière niché sur une étagère.

— On ferme dans dix minutes. Si je peux vous aider en quoi que ce soit, dites-le.

On avait commis une erreur. Ça ne devait pas être si rare. Après tout, le typographe ne connaissait pas personnellement les personnes citées. La tête ailleurs, il avait pu insérer par erreur le mot « feu ». Une inconnue condamnée pour l'éternité à une mort prématurée par la distraction d'un typographe...

Oui, c'était forcément une coquille ; elle était la fille de ces deux défunts, et bien placée pour savoir qu'elle-même était vivante. Il lui suffirait de dénicher une biographie de Walker pour invalider la notice. Elle tenait un nom complet, maintenant. Son vrai nom. *Ivory Walker.* Il ne rendait pas un son familier à ses oreilles, elle n'avait pas l'impression qu'il lui allait comme un gant – mais il en était toujours ainsi des phénomènes mémoriels. On retenait ceci et non cela, sans savoir pourquoi.

Elle se rappela l'ouvrage acheté à l'entrée de la Tate, à propos des tableaux de Walker. Il contenait forcément une courte biographie. Elle le sortit de son sac.

Nathaniel Walker (1883-1913) est né à New York dans une famille d'immigrés polonais. Son père, Antoni Walker (né Walczwk), travaillait sur les docks et sa mère était lingère à domicile tout en élevant ses six enfants, Nathaniel étant le troisième. Deux de ses frères et sœurs ayant succombé à la maladie, il doit prendre à son tour le chemin des docks ; un jour, un passant remarque un de ses dessins sur le trottoir : c'est Walter Irving Junior, héritier de la fortune de cette célèbre famille de pétroliers.

Il lui passe commande d'un portrait, devient son bienfaiteur et le prend sous son aile ; Nathaniel se transforme en membre éminent de la bonne société new-yorkaise, alors en plein épanouissement. Lors d'une réception donnée par Irving, en 1907, il rencontre « Dame » Rose Mountrachet, qui séjournait en Amérique. Ils se marient l'année suivante à Blackhurst, domaine des Mountrachet, situé à Tregenna, en Cornouailles. Après son installation en Grande-Bretagne, sa notoriété ne cesse de croître ; le sommet de sa carrière est atteint lorsqu'il exécute le tout dernier portrait d'Édouard VII, en 1910.

Nathaniel et Rose Walker donnent le jour à une petite Ivory, en 1909. Le peintre prend fréquemment épouse et fille pour modèles, et l'un de ses portraits les plus appréciés s'intitule d'ailleurs La Mère et l'enfant. Le jeune couple est tué en 1913 dans le fameux accident de chemin de fer dit « de l'Ais Gill », nom d'une hauteur située non loin de la frontière écossaise et où leur train, contraint de stopper, fut percuté par le suivant et prit instantanément feu. Ivory mourut de la fièvre scarlatine quelques jours après ses parents.

Ça ne tenait pas debout. Nell était certaine d'être l'enfant en question. Elle s'était tout de suite rappelé Rose en voyant son portrait. Et les dates coïncidaient. En outre – encore un lien – Rose et Eliza avaient dû être cousines.

Nell consulta la table des reproductions et repéra *La Mère et l'enfant*. Elle feuilleta le livre, le cœur battant... et en eut les larmes aux yeux. Elle ne se souvenait pas d'avoir porté le prénom d'Ivory, mais il ne subsistait plus aucun doute. Elle savait à quoi elle ressemblait petite. C'était bien elle, là, sur les genoux de sa mère. Peinte par son père.

Mais alors, pourquoi l'histoire officielle la tenait-elle pour morte ? Qui avait fourni ces renseignements erronés au *Who Was Who* ? Avait-on délibérément cherché à tromper le monde, ou bien les informateurs étaient-ils sincères ? Ignoraient-ils qu'en fait une mystérieuse conteuse l'avait fait monter à bord d'un navire en partance pour l'Australie ?

Il ne faut pas dire comment tu t'appelles. C'est un jeu auquel nous jouons, toutes les deux.

Voilà ce que lui avait ordonné la Conteuse. Nell entendait maintenant sa voix argentée, pareille à une brise caressant l'océan.

C'est notre secret. Tu ne dois le révéler à personne.

Nell avait à nouveau quatre ans. Elle éprouvait la même crainte, les mêmes doutes mêlés d'excitation. Elle flairait l'odeur de la Tamise et de sa vase, si différente de la mer vaste et bleue. Elle entendait crier les mouettes affamées, les marins qui s'interpellaient. Deux tonneaux, une cachette sombre, un rai de lumière où dansaient des grains de poussière...

La Conteuse l'avait enlevée. Nell-Ivory n'avait pas été abandonnée mais kidnappée, à l'insu de ses grands-parents. Voilà pourquoi ils ne s'étaient pas lancés à sa recherche. Ils l'avaient crue morte.

Mais pourquoi ? Et pourquoi, sur ce, la Conteuse avait-elle disparu en la laissant seule à bord, seule au monde ?

Son passé était comme les poupées russes : chaque question en contenait une autre, qui à son tour en renfermait une troisième, et ainsi de suite.

Ce qu'il lui fallait, pour démêler l'écheveau, c'était une personne bien réelle, bien vivante. Quelqu'un qui avait pu la connaître enfant, ou connaître quelqu'un qui l'avait connue. Qui puisse faire la lumière sur cette Conteuse, sur les Mountrachet et sur Nathaniel Walker.

Or, cette personne, elle ne la trouverait pas dans les bibliothèques. Il fallait qu'elle se rende au cœur du mystère, en Cornouailles, au sinistre château de Blackhurst où sa famille avait vécu et que, petite, elle avait parcouru en tous sens.

19

Londres, 2005

Ruby était en retard, mais cela ne dérangeait pas Cassandra. Le serveur lui avait attribué une table à côté de la vitrine et elle en profitait pour regarder les banlieusards pressés s'acheminer tant bien que mal

vers les gares. Ils affluaient par vagues : un bus s'arrêtait juste devant chez Carluccio, et de l'autre côté de
la rue se trouvait la station de métro South
Kensington, avec son beau manteau de carrelage Art
déco. Le flot de la circulation automobile poussait à
intervalles réguliers des piétons dans le restaurant,
où ils s'inséraient entre sièges et tables ou attendaient
leur tour devant la vitrine du traiteur ; ils en repar-
taient avec des plats gastronomiques pour le dîner.

Tout en frottant du bout du pouce le bord usé du
cahier, Cassandra ressassait sa découverte ; cette fois,
peut-être son esprit voudrait-il bien l'accepter...
Nathaniel Walker était le père de Nell. Walker, le
portraitiste de la famille royale dont une salle portait
le nom à la Tate Gallery, était son arrière-grand-père !

Pas moyen de se faire à cette idée. Elle avait encore
l'impression, comme au moment de la révélation,
que cela concernait quelqu'un d'autre qu'elle. Assise
sur un banc en bord de Tamise, cet après-midi-là,
elle avait déchiffré à grand-peine l'écriture de sa
grand-mère, qui avait consigné dans son cahier le
récit de sa visite à Battersea Church Road puis au
musée. Une brise s'était levée qui ridait la surface du
fleuve avant de remonter sur la rive, et comme
Cassandra se levait pour s'en aller, son œil avait été
attiré, sur la page opposée, par un passage particulièrement mal écrit comportant une notation souli-
gnée : *Rose Mountrachet était ma mère. Je l'ai
reconnue sur le portrait, et maintenant je me
souviens d'elle.* Suivait une flèche, puis les mots « Who
Was Who », et trois lignes griffonnées à la hâte :

• Rose Mountrachet épouse Nathaniel Walker, peintre, en 1908

• une fille ! Ivory Walker (née aux environs de 1909 ?)

• Rose et Nathaniel tués en 1913 dans un accident de train à Ais Gill, Écosse (année de ma disparition – lien ?)

Une feuille de papier pliée était glissée contre la reliure : une photocopie extraite d'un ouvrage intitulé *Grandes Catastrophes ferroviaires de l'ère de la vapeur*. Cassandra la retira une fois de plus du cahier ; le papier était très fin, le texte à demi effacé, mais il avait miraculeusement échappé aux taches de moisissure qui s'acharnaient à recouvrir le reste. Le titre, en haut de la page, annonçait : « Le drame d'Ais Gill ». Environnée par le chaleureux brouhaha de la brasserie, Cassandra parcourut à nouveau le compte rendu de l'accident, bref mais évocateur :

Le 2 septembre 1913, aux petites heures du matin, deux trains de la compagnie Midland Railway quittent la gare de Carlisle en direction de celle de St Pancras. Les passagers sont bien loin de se douter qu'ils les emmènent vers le théâtre d'une catastrophe sans précédent. La voie de chemin de fer suit une pente abrupte, car elle traverse une région très accidentée d'Écosse et les deux trains manquent cruellement de puissance pour atteindre le sommet. Deux facteurs se combinent, cette nuit-là, pour les conduire à leur perte : premièrement, aux termes des recommandations d'usage, les locomotives sont trop faibles par rapport à la déclivité ;

deuxièmement, le charbon, mal filtré, ne brûle pas efficacement.

Le premier train quitte Carlisle à 01 h 35, mais bientôt, tandis qu'il se hisse péniblement à l'assaut du mont Ais Gill, la pression chute d'un coup et le convoi s'arrête. On imagine l'étonnement des passagers, qui cependant, à ce stade, ne doivent pas trop s'inquiéter. Après tout, ils sont entre de bonnes mains : le contrôleur a dit qu'on ne resterait que quelques minutes à l'arrêt.

C'est la première des erreurs fatales qui seront commises lors de cette catastrophe. D'après les conventions ferroviaires, s'il avait correctement estimé le temps nécessaire pour nettoyer la chaudière et faire remonter la pression, le préposé aurait dû disposer des détonateurs sur la voie, en arrière du train, ou s'y poster avec une lanterne pour signaler sa position au train suivant. Hélas, il n'en fit rien, scellant ainsi le sort funeste des innocents qui se trouvaient à bord.

Car, derrière eux, une seconde locomotive éprouve les mêmes difficultés. La charge à tracter est moindre, mais sa motrice est plus petite et son charbon d'une qualité qui laisse également à désirer. Quelques kilomètres avant le sommet d'Ais Gill, juste avant Mallerstang, le conducteur prend une décision aux conséquences tragiques : il quitte son poste pour aller huiler certains rouages. Rétrospectivement, cette initiative paraît imprudente, mais à l'époque c'était monnaie courante. Malheureusement, pendant son absence, le chauffeur se trouve confronté à un problème : l'injecteur cale et le niveau de la chaudière baisse. Au retour du conducteur, les deux hommes *s'absorbent si bien dans leur tâche que ni l'un ni l'autre ne voit, à Mallerstang, le feu de signalisation matérialisé par une lanterne rouge.*

Le temps d'achever les réparations et de reporter leur attention sur la voie, il n'y a plus que quelques mètres entre eux et le premier train. Impossible de stopper à temps. On l'imagine sans mal, les dégâts sont considérables. Les pertes humaines dépassent les prévisions les plus noires. Outre le choc dû à la collision proprement dite, le toit d'un wagon à bagages se détache, glisse par-dessus la locomotive du second train et vient se ficher dans le wagon-couchettes de première classe. Le gaz d'éclairage s'enflamme et le feu se propage d'un wagon à l'autre en fauchant les vies des infortunés voyageurs qui se trouvent sur son passage.

Des images naquirent dans la tête de Cassandra – un train, un soir de 1913... La pente raide vers le sommet, la montagne drapée de nuit derrière la vitre, le train qui s'arrête inopinément... Elle en eut la chair de poule. Que faisaient Rose et Nathaniel au moment du choc ? Étaient-ils endormis dans leur sleeping-car, ou en pleine conversation ? Peut-être parlaient-ils de leur fille, qui les attendait chez eux... Émue, elle replia l'article et le rangea dans le cahier. C'était curieux qu'elle soit à ce point remuée par le triste destin d'ancêtres dont elle venait à peine d'apprendre l'existence ! Nell avait dû être durement éprouvée en découvrant ses parents pour les reperdre illico de manière aussi tragique !

La porte du restaurant s'ouvrit sur une bouffée d'air froid et de gaz d'échappement. Ruby fondit droit sur Cassandra, avec sur ses talons un homme mince et chauve, tiré à quatre épingles.

— Quel après-midi d'enfer ! s'exclama-t-elle en s'affalant face à Cassandra. Un car de touristes juste à la fermeture ! J'ai cru que je n'en sortirais jamais. Je te présente Grey, enchaîna-t-elle en désignant son compagnon, qui se tenait, un peu raide, derrière elle. Il est beaucoup plus marrant qu'il n'en a l'air.

— Charmante façon de me présenter, ma chérie, répondit-il. Je m'appelle Graham Westerman. Ruby m'a beaucoup parlé de vous.

Cassandra sourit. Amusant, sachant que Ruby la connaissait depuis quelques heures... Cela dit, s'il existait au monde un être capable d'un tel miracle, ce ne pouvait être qu'elle.

— Quelle chance d'hériter ainsi d'une maison ! ajouta Grey en se glissant sur son siège.

— Avec en prime un délicieux secret de famille, renchérit Ruby en hélant un serveur.

Cassandra brûlait de rapporter ce qu'elle avait appris sur le fameux secret, l'identité des parents de Nell, mais en même temps, tout restait coincé comme une boule dans sa gorge.

— Il paraît que vous avez apprécié l'exposition ? fit Grey, l'œil pétillant.

— Évidemment, Cassandra est un être humain, répliqua Ruby. Et artiste avec ça.

— Historienne de l'art, rectifia Cassandra en rougissant.

— Papa dit que tu dessines très bien. Tu as illustré un livre pour enfants, c'est ça ?

— Non. Je dessinais autrefois, mais ce n'était qu'un passe-temps.

— Un peu plus que ça quand même ! Papa m'a dit que...

— Disons que j'ai taquiné le carnet de croquis quand j'étais plus jeune. Mais c'est fini maintenant. Et depuis des années.

— Les passe-temps ont une fâcheuse tendance à se perdre en route, commenta Grey, diplomate. J'en veux pour preuve le culte – de courte durée, heureusement – que Ruby a un temps voué à la danse.

— Dis donc, ce n'est pas parce que tu as deux pieds gauches qu'il faut te croire tout permis !

Tandis que ses compagnons évoquaient les subtilités de la salsa, Cassandra laissa ses pensées remonter les strates de sa mémoire jusqu'au jour déjà lointain où Nell avait lâché un carnet de croquis et un paquet de crayons à dessin sur la table où Cassandra se noyait peu à peu dans ses devoirs du soir – en l'occurrence un problème d'algèbre.

Il y avait un peu plus d'un an qu'elle vivait chez sa grand-mère. Elle était au collège et avait autant de mal à se faire des amis qu'à résoudre des équations.

« Mais je ne sais pas dessiner », avait-elle réagi, étonnée.

Les cadeaux inattendus suscitaient toujours sa méfiance.

« Tu n'as qu'à apprendre. Tu as des yeux et une main, non ? Dessine ce que tu vois ».

Cassandra avait poussé un soupir patient. Nell avait tout le temps des idées insolites ; elle ne ressemblait pas aux mères de ses camarades de classe, et pas du tout à Lesley. Mais elle était pleine de bonnes intentions et Cassandra ne voulait pas lui faire de peine.

« Tu sais, je crois qu'il faut un peu plus que des yeux et une main, Nell.

— Au contraire. C'est juste une façon d'être sûre que tu vois les choses sous leur vrai jour et non comme tu penses qu'elles sont ».

Cassandra avait haussé un sourcil dubitatif.

« Tout est composé de formes et de lignes. C'est comme un code qu'il suffit d'apprendre à déchiffrer, à interpréter. Cette lampe, là-bas, dis-moi comment tu la vois.

— Eh ben, c'est une lampe, quoi.

— Voilà : il est là, ton problème. Si tout ce que tu vois, c'est une lampe, tu n'as aucune chance de parvenir à la dessiner, en effet. En revanche, si tu perçois qu'en réalité il s'agit d'un triangle posé sur un rectangle avec un mince cylindre entre les deux, tu auras parcouru la moitié du chemin. Tu me suis ? »

Cassandra n'était pas sûre de bien comprendre.

« Fais-moi plaisir. Tente le coup ».

Cassandra avait poussé un soupir.

« On ne sait jamais, tu pourrais te surprendre toi-même ».

Et effectivement elle avait été surprise. La première fois, bien sûr, elle n'avait pas fait preuve d'un talent exceptionnel. Mais ce qui l'avait étonnée, c'était qu'elle y prenne plaisir. Quand elle avait son carnet de croquis sur les genoux et un crayon à la main, elle ne voyait plus le temps passer.

Le serveur posa négligemment sur la table deux assiettes de canapés et enregistra la commande de Ruby : une bouteille de prosecco. Elle tendit une main avide vers une part de focaccia et lança un clin d'œil à Cassandra en lui désignant l'assiette.

— Goûte la sauce. Elle est à tomber par terre.

Cassandra trempa docilement un morceau de focaccia dans un mélange d'huile d'olive et de vinaigre balsamique.

— Allez, Cassandra, dit Grey. Évitez à un vieux couple non marié de se chamailler en nous racontant ce que vous avez fait de votre après-midi.

La jeune femme ramassa une miette tombée sur la nappe en papier.

— C'est vrai, dis-nous... Tu as avancé ? demanda Ruby.

— Eh bien, s'entendit répondre Cassandra, en fait, j'ai découvert qui étaient les vrais parents de Nell.

— Hein ! Quoi ! glapit Ruby.

Cassandra cacha son émotion derrière un sourire de plaisir tempéré par une certaine gêne.

— Ils s'appelaient Rose et Nathaniel Walker.

— Comme mon peintre ! Tu te rends compte, Grey ? Quelle coïncidence, alors qu'on en a justement parlé aujourd'hui, et qu'il a justement vécu chez les...

Elle s'interrompit net, déglutit et devint toute pâle.

— Tu parles du même Nathaniel Walker, c'est ça ? Tu es son arrière-petite-fille ?

Cassandra acquiesça sans retenir son sourire. Mais en se sentant un peu ridicule quand même.

Ruby en était bouche bée.

— Et tu ne le savais pas quand on s'est vues au musée ?

Cassandra fit signe que non, en continuant à sourire bêtement.

— Je ne l'ai appris qu'en lisant le cahier de Nell, cet après-midi.

— Mais enfin, pourquoi ne l'as-tu pas dit tout de suite, tout à l'heure ?

— Elle n'a pas pu en placer une, avec tes histoires de salsa, remarqua Grey. Par ailleurs, je te signale, ma chérie, que certaines personnes préfèrent garder leur vie privée pour elles.

— Bah ! Personne ne tient vraiment à taire les secrets. Tout ce que ça a d'intéressant, c'est justement qu'on n'est pas censé en parler et qu'on le fait quand même en toute connaissance de cause. Quand je pense que tu es une descendante directe de Nathaniel Walker, reprit-elle en hochant la tête. Y a des gens qui ont vraiment de la chance.

— Ça me fait une drôle d'impression. C'est tellement inattendu.

— Tu m'étonnes. Bon sang ! Des tas de gens fouillent les archives pour se trouver un lien de famille avec Churchill et toi, la providence te lâche un peintre célèbre tout cuit dans le bec !

Le serveur apporta le vin.

— Aux énigmes résolues ! dit Ruby en levant son verre.

Ils trinquèrent.

— Veuillez excuser ma question, dit Grey, mais si la fille unique de Nathaniel Walker avait disparu, on aurait entrepris des recherches à grande échelle, non ? Notez que je ne remets pas en cause les découvertes de votre grand-mère, s'empressa-t-il d'ajouter. Mais comment la fille d'un artiste célèbre a-t-elle pu s'évanouir dans la nature sans que personne le sache ?

Pour une fois, Ruby n'avait pas la réponse. Elle questionna Cassandra du regard.

— D'après ce que j'ai compris grâce au cahier de Nell, les documents officiels mentionnent qu'Ivory Walker est décédée à l'âge de quatre ans. Justement l'âge qu'avait Nell quand elle a débarqué en Australie.

Ruby se frotta les mains.

— Tu penses qu'elle a été kidnappée et que le coupable a fait croire à sa mort ? Passionnant. Qui a fait le coup ? Pourquoi ? Qu'a découvert Nell ?

Cassandra prit l'air contrit.

— Apparemment, rien sur cette partie-là de l'énigme. En tout cas rien de certain.

— Comment ça ? Qu'est-ce qui te permet de l'affirmer ?

— J'ai lu le cahier jusqu'au bout. Nell n'a pas trouvé la réponse.

— Elle a bien dû découvrir quelque chose, quand même ! Formuler une hypothèse ! Dis-moi qu'elle avait sa petite idée ! Qu'elle nous a laissé des indices pour reprendre l'enquête !

— Un nom. Eliza Makepeace. Nell a hérité d'une valise contenant un recueil de contes qui a réveillé certains souvenirs en elle. Mais si c'est cette Eliza qui l'a fait monter sur un bateau, elle-même n'est jamais arrivée en Australie.

— Que s'est-il passé ?

— Il n'existe pas de mention officielle de son décès. On dirait qu'elle a complètement disparu au moment où quelqu'un expédiait Nell en Australie. Peut-être avait-elle échafaudé un plan, mais ce qui est sûr, c'est qu'il a échoué.

Le serveur vint remplir leurs verres et voulut savoir s'ils étaient prêts à passer leur commande.

— Il est temps, en effet, répondit Ruby. Mais laissez-nous encore cinq minutes si vous voulez bien.

Elle ouvrit sa carte d'un air décidé et soupira.

— Tout ça est captivant. Dire que demain tu pars en Cornouailles découvrir ton mystérieux cottage ! Je ne sais pas où tu trouves la patience d'attendre.

— Vous logerez au cottage proprement dit ? s'enquit Grey.

— Non, le notaire qui en détient la clef dit qu'il n'est pas habitable. J'ai réservé dans un hôtel voisin, le Blackhurst. C'est d'ailleurs l'ancien château des Mountrachet, la famille de Nell.

— C'est-à-dire ta famille, commenta Ruby.

— Oui, c'est vrai, dit Cassandra, qui n'y avait pas pensé.

Nouveau soupir théâtral de la part de Ruby.

— Je suis verte de jalousie. Je donnerais n'importe quoi pour découvrir un mystère pareil dans le passé de ma propre famille, une piste passionnante à remonter.

— Moi aussi ça me passionne ; et je dirais même que ça commence à m'obséder. Je ne cesse de me représenter cette petite Nell assise tout seule sur ce quai. Je n'arrive pas à me sortir cette image de la tête. J'aimerais tellement savoir ce qui s'est passé, comment elle s'est retrouvée seule à l'autre bout du monde...

Puis, embarrassée par sa tirade, elle ajouta :

— C'est idiot, hein ?

— Pas du tout. Je trouve ça parfaitement compréhensible au contraire, répliqua Ruby.

Cassandra perçut dans sa voix une nuance de compassion qui lui fit froid dans le dos. Son cœur se serra et elle chercha désespérément un moyen de changer de sujet.

Mais elle ne fut pas assez rapide.

— Quelle horreur de perdre un enfant ! Je n'arrive pas à imaginer ce qu'on doit ressentir, reprit Ruby.

La bonté qui transpirait dans sa voix fendilla la carapace protectrice de Cassandra et le visage de Leo, son odeur, son rire de bambin s'en échappèrent.

Sans savoir comment, elle réussit à hocher la tête avec un faible sourire et à contenir le flot de souvenirs, tandis que Ruby lui prenait affectueusement la main.

— Avec ce qui est arrivé à ton petit garçon, pas étonnant que tu veuilles tant mettre au jour le passé de ta grand-mère. Tout se tient : ayant perdu un enfant, maintenant tu essaies d'en retrouver une autre.

20

Londres, 1900

Eliza les reconnut dès qu'elles tournèrent à l'angle de Battersea Church Road. Elle les avait déjà vues arpenter les rues, ces deux-là, la vieille et la jeune, toujours habillées en dimanche, bien décidées à accomplir leurs bonnes œuvres avec une certitude indéfectible, comme si le bon Dieu lui-même leur avait confié cette mission.

Le père Swindell menaçait de les prévenir depuis le décès de Sammy ; il ne manquait jamais une occasion de faire savoir à Eliza que si elle ne rapportait pas plus d'argent, elle se retrouverait à l'atelier et plus vite que ça. La petite faisait de son mieux : dès qu'elle avait un moment de libre, elle chassait les rats pour le compte du père Robin, mais son talent de chasseuse avait disparu et elle était de plus en plus en retard pour payer son loyer.

On frappa à la porte d'entrée. Eliza se figea, promena son regard autour de la chambrette en maudissant la fissure entre les deux briques et la cheminée bouchée. Ne pas avoir de fenêtre, ne pas être vue, c'était bien quand on avait envie d'espionner ce qui se passait dans la rue, mais pas très utile quand il s'agissait de fuir.

On frappa de nouveau, de brefs coups secs, comme si « on » répugnait à maintenir un contact physique prolongé avec une demeure aussi peu ragoûtante. Puis une voix perçante traversa allègrement le mur de brique.

— Ce sont les Œuvres !

Eliza entendit la porte s'ouvrir et la clochette tinter.

— Je m'appelle Rhoda Sturgeon, et voici ma nièce Margaret.

— Enchantée, fit la voix de la Swindell.

— Eh bien dites donc, en voilà un tas de vieilleries ! On a tout juste la place de se retourner là-dedans.

La Swindell reprit d'un ton aigre :

— Suivez-moi. La petite est là-haut. Mais je vous préviens, s'il y a du grabuge, c'est vous qui remboursez les dégâts.

Des pas se rapprochèrent. Le grincement de la quatrième marche, des pas, encore des pas. Eliza attendit. Son cœur s'affola ; il battait aussi vite que celui des rats qu'elle attrapait autrefois. Puis la porte traîtresse s'ouvrit, révélant les deux dames patronnesses.

La plus âgée sourit et ses yeux s'enfoncèrent dans mille replis.

— Nous venons de la part de la paroisse, annonça-t-elle gaiement. Je m'appelle Rhoda Sturgeon, et voici ma nièce, Margaret, répéta-t-elle en se penchant, si bien qu'Eliza fut forcée de reculer de quelques centimètres. Et toi, tu dois être la petite Eliza Makepeace.

La fillette ne répondit pas. Elle se contenta de tirailler sur la casquette de Sammy, qui ne la quittait plus.

La dame releva les yeux et inspecta la petite pièce obscure et délabrée.

— Seigneur... Je vois qu'on ne m'a pas menti sur ton triste sort. La description n'était pas exagérée, renchérit-elle en éventant son buste généreux d'une main ouverte. On comprend que les miasmes prolifèrent dans ce genre d'endroit. Je ne vois même pas de fenêtre.

Vexée par l'affront fait à sa chambre louée, la Swindell lança un regard hargneux à Eliza.

La plus âgée des demoiselles Sturgeon se tourna vers la plus jeune, qui restait plantée sur le seuil.

— Margaret, je te recommande de sortir ton mouchoir, toi qui es de constitution fragile.

La jeune femme tira docilement un mouchoir de sa manche, le plia en triangle puis le plaqua sur sa bouche et son nez avant de se hasarder dans la pièce.

Certaine de son bon droit et pétrie de vertu, l'aînée poursuivit son inspection sans se laisser démonter.

— J'ai le plaisir de t'annoncer que nous t'avons trouvé un logis, Eliza. Et dès que nous avons eu connaissance de ta situation, nous nous sommes aussi mises en devoir de te placer. Tu es trop jeune pour être servante, et de toute façon, je ne pense pas que cela convienne à ton caractère. Avec l'aide du Seigneur, nous t'avons fait accepter à la fabrique.

Eliza retint son souffle.

— Aussi rassemble tes affaires... si l'on peut dire, ajouta-t-elle avec un regard en biais, les yeux mi-clos. Nous partons tout de suite.

Eliza ne bougea pas.

— Allons, ne traîne pas. Il faut y aller maintenant.

— Non ! dit la fillette.

La Swindell lui balança une claque sur la nuque. L'aînée des Sturgeon ouvrit de grands yeux.

— Tu as pourtant de la chance qu'on t'ait placée, Eliza. Je t'assure, il y a bien pis que la fabrique pour les très jeunes filles livrées à elles-mêmes.

Elle renifla d'un air entendu, puis leva le nez en signe d'impatience.

— Allons, viens.

— Pas question.

— Elle est peut-être simplette, proposa la nièce à travers son mouchoir.

— Mon œil ! lança la Swindell. Elle est mauvaise comme la gale, voilà tout.

236

— Le Seigneur ouvre les bras à tous ses agneaux, même galeux, conclut Mlle Sturgeon. Margaret, cherche-lui des vêtements plus convenables. Et essaie de ne pas respirer les miasmes.

Eliza secoua la tête de plus belle. Pas question qu'elle aille à la fabrique, ni qu'elle renonce aux habits de Sammy. Ils faisaient partie d'elle, à présent.

C'était là que son père aurait dû surgir de nulle part, héroïque, sur le seuil de la chambre. Il l'aurait prise dans ses bras et l'aurait emportée avec lui sur les mers, en quête d'aventure.

— Ceci fera l'affaire, reprit Mlle Sturgeon en tenant entre deux doigts le tablier d'Eliza, à peine plus qu'une guenille.

Eliza se rappela soudain les paroles de sa mère. Elle lui avait répété avec insistance qu'elle devait assurer son propre salut, qu'en faisant preuve de volonté on pouvait agir sur son sort. Alors elle sut ce qu'il fallait faire. Sans hésiter, elle bondit vers la porte.

L'aînée des Sturgeon, qui avait l'avantage du poids, réagit avec une promptitude surprenante en lui barrant le chemin tandis que la Swindell se postait de manière à former une seconde ligne de défense.

Eliza heurta de plein fouet Rhoda Sturgeon et lui mordit la main à belles dents. La femme lâcha un grand cri.

— La petite chatte sauvage !

— Ma tante ! Vous allez attraper la rage !

— Je vous avais bien dit que c'était une teigne. Tant pis pour les vêtements. Allez ouste ! Dehors.

Elles la prirent chacune par un bras. La jeune Mlle Sturgeon leur tournait autour en émettant des conseils superflus sur la manière d'aborder les marches et les portes. Eliza se débattait comme une diablesse.

— Tiens toi donc tranquille ! lança la tante.

— Au secours ! hurla Eliza, qui faillit se libérer. À l'aide !

— Tu vas voir la volée que tu vas prendre, fit la Swindell entre ses dents tandis qu'elles atteignaient le pied de l'escalier.

Tout à coup se présenta un allié inattendu.

— Un rat ! J'ai vu un rat !

— Y a pas de rats chez moi !

La nièce hurla, sauta sur une chaise et bouscula au passage un assortiment de bouteilles vertes.

— Maladroite ! Si vous cassez quelque chose, c'est vous qui paierez !

— C'est votre faute ! Si vous n'hébergiez pas des rats !...

— Pisque j'vous dis qu'y en a pas l'ombre d'un chez moi !

— Ma tante, je vous jure que je l'ai vu ! Hideux, gros comme un chien, avec des petits yeux noirs et de longues griffes pointues...

Elle n'alla pas plus loin.

— Je ne me sens pas bien, dit-elle en se laissant tomber sur la chaise. Je n'ai pas l'habitude de ces horreurs, moi...

— Allons, Margaret, reprends-toi. Pense au Christ, qui jeûna quarante jours et quarante nuits !

La tante fit une nouvelle fois la preuve de sa robuste nature en étreignant fermement le bras d'Eliza tout en allant relever sa nièce effondrée, qui commençait à pleurnicher.

— Mais... ces petits yeux méchants... cet affreux museau qui se tortillait...

Tout à coup, elle s'étrangla.

— Aaaaaaaah ! Là ! Il est là !

Toutes tournèrent les yeux dans la direction indiquée par Margaret. Et en effet, un rat tout tremblant se cachait derrière un gallon de whisky. Eliza lui souhaita de retrouver sa liberté.

— Viens là, maudite bestiole !

La Swindell s'empara d'un torchon et se mit à pourchasser le rongeur dans toute la pièce en donnant des coups en tous sens.

Margaret poussait des glapissements, la tante essayait de la faire taire, la Swindell traquait le rat... On entendit un bruit de verre brisé.

Puis, tout à coup, une voix sortie de nulle part. Une voix à la fois forte et grave.

— Cessez immédiatement.

Le silence se fit. Eliza, la Swindell et les Sturgeon se retournèrent. Un homme tout de noir vêtu se tenait sur le pas de la porte. Derrière lui, une voiture à cheval briquée comme un sou neuf autour de laquelle se rassemblaient déjà les gosses du quartier, avides de caresser les roues et d'admirer les lanternes qui brillaient de mille feux. Le nouveau venu prit le temps de contempler la scène.

— Mademoiselle Eliza Makepeace ?

Eliza hocha la tête par saccades. Elle ne trouvait plus ses mots. Sa seule issue était désormais bloquée, et elle était trop désespérée pour s'interroger sur l'identité de cet homme qui connaissait son nom.

— Fille de Georgiana Mountrachet ?

Il lui tendit une photo de sa mère toute jeune et habillée comme une dame. Les yeux écarquillés, elle hocha la tête, désorientée.

— Je m'appelle Phineas Newton. Au nom de lord Linus Mountrachet de Blackhurst, je suis venu vous chercher pour vous ramener sur les terres de votre famille.

La mâchoire d'Eliza faillit se décrocher sous le coup de la surprise, mais pas autant que celle des Sturgeon. Quant à la mère Swindell, elle se laissa tomber sur une chaise, victime d'une soudaine crise d'apoplexie. Sa bouche s'ouvrait et se refermait comme celle d'un poisson de vase. Elle bafouilla d'une voix bêlante :

— Lord Mountrachet ?... Blackhurst... ? Les terres de... ?

L'aînée des Sturgeon reprit ses esprits.

— Monsieur Newton, je crains de ne pouvoir vous laisser emmener cette jeune personne sans avoir vu de documents prouvant vos dires. C'est que les Œuvres de la paroisse prennent leur devoir au sérieux, et...

— Vous devriez trouver dans ces papiers tout ce dont vous avez besoin. Mon commanditaire a demandé et obtenu la tutelle légale de la mineure ici présente.

Il se tourna vers Eliza et broncha à peine en voyant son accoutrement.

— Mademoiselle, si vous voulez bien me suivre... L'orage approche et nous avons un long chemin à faire.

Il ne fallut qu'une seconde à Eliza pour se décider. Tant pis si elle n'avait jamais entendu parler ni de

Linus Mountrachet ni du château de Blackhurst. Elle ne savait même pas si cet homme disait vrai. Et tant pis si, jadis, sa mère s'était refusée à évoquer sa famille au point de se rembrunir quand la petite la pressait de questions. Tout plutôt que la fabrique. En acceptant de suivre cet homme, elle échappait aux griffes des Sturgeon, elle disait adieu aux Swindell et à leur mansarde glaciale ; elle assurait son salut aussi sûrement que si elle avait réussi à filer par la porte de l'échoppe.

Elle alla se placer près de l'homme et le dévisagea subrepticement. De près, il paraissait moins grand. En fait, il était plutôt trapu, avec le teint rougeaud et des cheveux qui, pour ce qu'on en voyait dépasser sous le haut-de-forme, viraient du gris au blanc.

Pendant que ces dames examinaient le certificat du juge, la mère Swindell retrouva une contenance. Elle s'avança, le menton haut, en pointant un index aussi maigre et crochu qu'accusateur sur la poitrine de Newton, où elle donna de petits coups comme pour souligner chaque mot.

— Tout ça est une supercherie, monsieur. Et vous, vous êtes un imposteur. J'sais pas c'que vous lui voulez, à cette petite, encore que j'l'imagine facilement, mais c'est pas avec vos tromperies qu'vous allez me la voler.

— Je vous assure, madame, répliqua l'homme en réprimant visiblement son dégoût, qu'il n'y a aucune tromperie.

— Ah non ?

Elle afficha un sourire carnassier.

— Ah non ?

Elle se retourna vers les Sturgeon d'un air triomphant.

— C'est un tissu de mensonges, cet individu est un menteur. Elle en a point d'la famille, c'te gamine. Orpheline, qu'elle est ! Orpheline ! Elle est à moi, maintenant, j'ai l'droit d'en faire c'que j'veux.

Eliza leva les yeux vers Newton, qui poussa un petit soupir.

— Je ne suis pas surpris que la mère de mademoiselle Eliza ait omis de mentionner sa famille, mais il n'en reste pas moins que cette dernière existe. Tout est là, ajouta-t-il en indiquant d'un mouvement de menton la tante Sturgeon, qui tenait les documents légaux.

Puis il ressortit et tint la portière ouverte.

— Mademoiselle Eliza, s'il vous plaît ? dit-il en lui faisant signe de monter.

— J'appelle mon mari ! fit la Swindell.

La fillette hésita. Elle serrait et desserrait alternativement les poings.

— Mademoiselle Eliza ?

— Mon mari va vous régler vot'compte en moins de deux.

Quelle que soit la vérité sur sa famille, le choix était simple pour la fillette : le coche ou la fabrique. Au-delà de cela, elle ne maîtrisait pas son destin ; du moins pour l'instant. La seule solution était de s'abandonner à la merci d'une des personnes assemblées autour d'elle. Elle s'avança vers Newton.

— Je n'ai pas pris mes affaires.

— Qu'on aille me chercher M. Swindell, vite !

— Je ne vois pas ce qui, venant d'ici, pourrait avoir sa place au château, répondit Newton avec un sourire sans joie.

Un petit attroupement s'était formé. Mme Barker se tenait sur le côté, ahurie, un panier de linge mouillé calé contre la hanche. La petite Hatty collait sa joue morveuse contre la jupe de Sarah.

— Si vous voulez bien vous donner la peine, mademoiselle...

Newton s'inclina en faisant un grand geste.

Eliza lança un dernier regard à la Swindell suffoquée et aux Sturgeon, puis elle escalada les barreaux de la petite échelle qui venait de se déplier jusqu'au caniveau et s'engouffra dans les profondeurs obscures de la voiture.

Elle n'y était pas seule, mais elle ne s'en aperçut qu'une fois la portière refermée. Sur la banquette d'en face, rencogné dans l'ombre, se trouvait un homme qu'elle reconnut. Un homme en complet propret, avec un pince-nez. Son cœur se serra. Elle sut tout de suite que c'était là le méchant homme contre qui mère l'avait mise en garde. Il fallait qu'elle se sauve. Mais comme elle se retournait frénétiquement vers la portière close, il donna un coup contre la cloison et le coche se mit en branle.

Deuxième Partie

21

Le chemin de Cornouailles, 1900

Tandis que la voiture filait en cahotant sur les pavés de Battersea Church Road, Eliza inspecta la portière. Si elle tournait la poignée en appuyant sur une de ces rainures, là, ça s'ouvrirait peut-être d'un coup ? Elle se laisserait rouler à terre, et se retrouverait en sécurité. Mais quelle sécurité ? En admettant qu'elle survive à la chute, comment échapper à la fabrique ? Enfin, cela valait sûrement mieux que d'être enlevée par l'homme que sa mère redoutait tant...

Le cœur affolé comme un moineau prisonnier, elle tendit discrètement le bras, referma ses doigts autour de la poignée et...

— À ta place, je m'abstiendrais.

Elle releva la tête.

L'homme la contemplait à travers son pince-nez, qui lui faisait des yeux énormes.

— Tu tomberais sous la voiture et te ferais couper en deux par une roue. Et puis, ajouta-t-il avec un petit sourire qui dévoila une dent en or, comment irais-je expliquer cela à ton oncle ? Douze années que je te recherche, pour te livrer en deux morceaux ?

Il émit une série de petits bruits de succion qu'Eliza interpréta comme un rire, mais seulement parce que le dessin de sa bouche se modifia. Cela s'arrêta presque aussitôt. Son visage redevint sévère. Il lissa sa moustache en broussaille, qui évoquait deux petites queues d'écureuil.

— Je me présente : Mansell.

Il se laissa aller contre le dossier et ferma les paupières en posant sur le pommeau ciré d'une canne noire ses mains très blanches qui semblaient moites.

— Je travaille pour ton oncle, et j'ai le sommeil très léger.

Le cerclage métallique des roues dansait en ferraillant sur le pavé des rues que la voiture enchaînait sans interruption. Les bâtiments en brique se succédaient, on ne distinguait que de la grisaille à perte de vue. Eliza restait assise bien droite. Elle s'efforça de calquer le rythme de sa respiration sur le galop des chevaux, de se concentrer sur le cuir froid de la banquette. Elle avait toutes les peines du monde à empêcher ses jambes de trembler. Elle se sentait comme un personnage qu'on a enlevé à son histoire, découpé dans son livre familier, pour le coller négligemment sur les pages d'un autre récit.

Quand ils eurent atteint les faubourgs maculés de suie et sortirent enfin de la forêt d'immeubles, Eliza aperçut le ciel – orageux et de mauvais augure. Les chevaux faisaient de leur mieux pour aller plus vite que ses nuages gris fer, mais quelles chances avaient-ils face au courroux divin ? Les premières gouttes de pluie frappèrent le toit de la calèche, vindicatives. Le monde extérieur parut se draper de blanc et une averse torrentielle s'abattit contre les vitres avant de s'infiltrer dans la voiture par les mince fentes en haut et sur les côtés des portières.

Ils roulèrent des heures. Eliza trouva refuge dans ses pensées. Soudain, à la faveur d'un virage, un filet d'eau glacée tomba droit sur sa tête. Elle cilla pour chasser l'eau dégoulinant dans ses yeux puis les baissa sur la tache sombre qui s'était formée sur sa chemise. Tout à coup, elle était au bord des larmes. Pourquoi, après tout ce qui lui était arrivé dans la journée, avait-elle envie de pleurer à cause d'un peu d'eau ? C'était étrange. Mais pas question de se laisser aller devant le méchant homme. Ce fut dur, mais elle ravala ses larmes.

Sans ouvrir les yeux – crut-elle –, Mansell tira un mouchoir de sa poche de poitrine et le lui tendit avec insistance.

Elle s'épongea le visage avec.

— Que d'histoires, dit-il d'une voix si ténue que ce fut à peine si ses lèvres s'entrouvrirent. Vraiment, que d'histoires...

Eliza crut d'abord qu'il parlait d'elle, ce qui lui parut très injuste, car justement, elle n'avait pas fait d'histoires. Mais elle ne pipa mot.

— Tant d'années consacrées à une même mission pour une si maigre récompense, enchaîna-t-il.

Il rouvrit les yeux ; son regard était froid, impitoyable. Elle se crispa.

— Mais un homme brisé ne regarde pas à la dépense.

Elle se demanda à qui il faisait allusion. Peut-être allait-il clarifier son propos ? Mais non, il s'en tint là. Il se contenta de récupérer son mouchoir, pincé entre deux doigts blancs, avant de le lâcher sur la banquette à côté de lui.

Puis la calèche fit une brusque embardée et Eliza s'agrippa à son siège. Les chevaux changeaient d'allure. On ralentissait. Finalement, on s'arrêta.

On était peut-être arrivés ? Eliza regarda par la vitre mais ne vit pas de maison. Rien qu'un immense champ détrempé et, non loin, un petit édifice en pierre de taille surmonté d'une enseigne battue par le vent : *Auberge MacCleary, Guildford*.

— J'ai à faire ici, déclara Mansell. Newton te déposera.

Il ouvrit la portière et la phrase suivante – criée à l'intention dudit Newton – faillit se perdre dans le fracas de la pluie :

— Déposez la petite à Blackhurst.

La voiture vira à angle droit et Eliza fut projetée contre la paroi dure et froide. Brutalement arrachée à son sommeil, elle ne se rappela pas tout de suite où elle était, pourquoi on l'emmenait de force, en calèche, vers un destin dont elle ignorait tout. Puis les événements lui revinrent par bribes. Elle essuya la buée de la vitre et regarda dehors. Il faisait presque nuit. Elle avait dû dormir un bon moment. Mais impossible de savoir combien de temps. Il ne pleuvait plus, et entre les nuages bas, on apercevait quelques rares étoiles. Les phares de la calèche, qui oscillaient au rythme des secousses, ne pouvaient pas grand-chose contre l'épaisse obscurité de la campagne. Ils lui permirent tout juste de distinguer des arbres, des branchages noirs qui griffaient l'horizon, puis une grande grille à deux battants. La voiture pénétra dans un tunnel formé par d'immenses buissons, et ses roues rebondirent d'un fossé à l'autre en projetant des gerbes d'eau boueuse contre la vitre.

La végétation était si dense, inextricable même, qu'elle arrêtait la faible lumière du crépuscule. Eliza retint son souffle, sentant qu'on n'allait pas tarder à la déposer. Bientôt, elle entreverrait ce qui l'attendait. Blackhurst. Elle entendait battre son cœur. Ce n'était plus un moineau prisonnier mais un gros corbeau aux ailes puissantes qui battaient dans sa poitrine.

Alors, d'un coup, ils sortirent du tunnel végétal.

Une immense maison en pierre de taille. Jamais elle n'en avait vu d'aussi grande. Elle dépassait même les hôtels pour riches qu'elle avait vus à Londres. Elle était enveloppée de brume grise, sur fond de grands arbres et de branches entrelacées. Une lumière jaune palpitait aux fenêtres du premier étage.

Un mouvement furtif ; son regard fut attiré vers une fenêtre à l'étage le plus élevé. Une personne au visage brouillé par la lueur de la bougie regardait de loin arriver la voiture. Eliza se rapprocha de la vitre pour mieux voir, mais déjà elle avait disparu.

La calèche dépassa le château, cependant ses roues de métal continuèrent à claquer sur les pavés. Elle passa sous une arche et s'arrêta enfin.

Eliza attendit, sur le qui-vive. Devait-elle trouver par elle-même son chemin pour entrer dans la maison ?

Mais la portière s'ouvrit et Newton, trempé malgré son trench-coat, lui tendit le bras.

— Allons petite, viens vite, on est déjà assez en retard comme ça.

Eliza prit la main qu'on lui offrait et descendit tant bien que mal le marchepied. Pendant son sommeil, ils avaient battu la pluie de vitesse, mais le ciel laissait entendre qu'elle finirait par les rattraper. Des nuages gris foncé planaient bas, chargés de funestes intentions, et le brouillard épaississait l'air – sauf que ce n'était pas le même qu'à Londres. Ici, il était plus froid, moins visqueux ; il sentait le sel, les feuilles mortes, l'eau. Et puis on entendait un bruit qu'Eliza ne connaissait pas. Comme un train qui passerait et repasserait sans cesse. *Wousshhh... woussshhh... woussshhh...*

— Vous êtes en retard. Madame attendait la petite à quatre heures.

Un homme se tenait sur le seuil. Il s'exprimait et était habillé un peu comme un monsieur. Pourtant, Eliza devina que ce n'en était pas un. Il était trahi par sa raideur et son air supérieur affirmé. Quand on était bien né, on n'avait pas besoin d'en faire autant.

— Bien obligés, monsieur Thomas, répondit Newton. Il a fait un temps épouvantable pendant tout le trajet. On a déjà de la chance d'être arrivés, parce que la Tamar monte drôlement.

L'homme ne s'en émut guère. Il referma sa montre de gousset avec un claquement sec.

— Madame est très contrariée. Je ne serais pas autrement surpris qu'elle vous convoque demain matin.

Le cocher répondit avec une aigreur nouvelle :

— Bien, monsieur. C'est très possible, en effet. Monsieur.

Thomas se tourna ensuite vers Eliza afin de l'examiner. Son mécontentement avait du mal à passer, comme une arête de poisson en travers de la gorge, mais il finit par le ravaler. Puis :

— Qu'est-ce que c'est que ça ?

— La fillette, monsieur. Celle qu'on m'a dit d'aller chercher.

— Vous appelez ça une fillette ?

— C'est bien elle, monsieur.

— Mais enfin... Vous avez vu les cheveux... les vêtements de cette... chose ?

— Moi, je ne fais qu'obéir aux ordres, monsieur. Si vous avez des questions, je vous suggère de les poser à M. Mansell. Il était avec moi quand je l'ai embarquée.

La nouvelle parut radoucir quelque peu M. Thomas, qui laissa filtrer un soupir entre ses lèvres pincées.

— Bien. Je suppose que si M. Mansell a donné son accord...

— Ce sera tout, monsieur ? Il faut que je mette les chevaux à l'écurie.

Eliza songea un instant à courir après Newton et ses bêtes, se réfugier à l'écurie, se cacher dans une voiture et regagner Londres d'une façon ou d'une autre, mais le brouillard avait déjà englouti l'homme. Elle était sans recours.

— Par ici, fit Thomas.

Eliza obéit.

Dedans, il faisait froid et humide aussi, mais moins que dehors. Elle suivit Thomas dans un couloir qui ne lui parut pas très long, en s'efforçant de ne pas faire sonner ses bottes sur les dalles. Une forte odeur de rôti embaumait, et son estomac se mit à gargouiller. La dernière fois qu'elle avait mangé, c'était la veille au soir, le brouet maigre de la Swindell... Elle fut tellement affamée, tout d'un coup, qu'elle eut la bouche sèche.

Le fumet s'accentua à mesure qu'ils approchaient de leur but : une immense cuisine pleine de vapeur. Quelques servantes et une cuisinière bien en chair cessèrent de bavarder pour regarder qui venait. Dès qu'ils se furent éloignés, elles échangèrent toutes en même temps des murmures excités. Songeant qu'elle était passée tout près de la nourriture, Eliza eut les larmes aux yeux et saliva comme si elle avait avalé une poignée de sel.

Au bout du couloir, une femme très maigre, à la taille indiscernable et aux traits figés par la rigueur, sortit d'une pièce adjacente.

— Est-ce là la fameuse nièce, monsieur Thomas ?

— Oui, Madame Hopkins.

— Et vous êtes sûr qu'il n'y a pas eu erreur sur la personne ?

— Oui, Madame, malheureusement j'en suis sûr.

— En tout cas, on voit qu'elle vient de Londres.

Eliza crut comprendre que ce n'était pas un compliment.

— Ça oui ! J'avais dans l'idée de lui faire prendre un bain avant de la présenter à Madame.

La femme pinça les lèvres, puis poussa un bref soupir résolu.

— J'ai beau être d'accord avec vous, je crains que nous n'en ayons pas le temps. Madame nous a déjà fait savoir son mécontentement d'avoir eu à attendre si longtemps.

Encore « Madame »... Eliza se demanda qui cela pouvait bien être.

Une certaine agitation s'emparait de Mme Hopkins chaque fois que le mot était prononcé ; elle accomplissait certains gestes, affectait certaines expressions. Elle reprit en lissant nerveusement sa jupe pourtant impeccablement repassée :

— Il faut faire passer la petite au salon. Madame ne va pas tarder. Entre-temps, je vais lui faire couler un bain, qu'on la débarrasse de la souillure de Londres avant le dîner.

Donc, on allait lui donner à manger. Et sous peu. Le soulagement la submergea.

Entendant glousser derrière elle, Eliza se retourna juste à temps pour voir une servante aux cheveux bouclés filer vers la cuisine.

— Mary ! dit Mme Hopkins en lui emboîtant le pas. Un de ces jours vous allez vous prendre les pieds dans vos propres oreilles si vous continuez à les laisser traîner partout.

Tout au bout du couloir montait un étroit escalier en coude qui s'achevait par une porte en bois nu. Thomas l'escalada d'un pas vif et Eliza le suivit. Ils débouchèrent dans un vaste hall.

Le sol était recouvert de dalles rectangulaires claires ; au centre s'élevait un majestueux escalier. Au plafond – très haut —, un lustre à pendeloques dont les bougies projetaient des voiles de lumière douce.

Thomas le traversa puis s'arrêta devant une porte toute brillante de peinture rouge. Il pencha la tête sur le côté et Eliza comprit qu'elle devait le rejoindre.

Il la contempla d'un air désapprobateur.

— Madame votre tante sera là dans un instant. Soignez votre prononciation et appelez-la « madame », sauf si elle vous en dispense.

Eliza acquiesça. Madame était donc sa tante.

Thomas continuait à la regarder. Il secoua lentement la tête.

— Oui, dit-il très vite d'une voix contenue. Vous ressemblez un peu à votre mère. Évidemment, vous êtes surtout une gamine des rues en haillons, mais je la retrouve un peu à travers vous.

Eliza n'eut pas le temps d'apprécier qu'on la vouvoie et qu'on lui trouve une ressemblance avec mère : un bruit retentit en haut de l'escalier monumental. Thomas se redressa et donna un coup de coude à la petite, qui faillit perdre l'équilibre en franchissant le seuil pour se retrouver dans une autre pièce, immense et tendue de papier mural bordeaux. Un grand feu ronflait dans la cheminée.

Des lampes à gaz palpitaient çà et là sur des guéridons mais, malgré leurs efforts, elles ne pouvaient éclairer dignement ce salon aux proportions gigantesques ; aussi les ténèbres murmuraient-elles dans les angles, tandis que les ombres, elles, respiraient le long des murs en une perpétuelle oscillation.

La porte se rouvrit. Une rafale d'air froid fit crépiter le feu dans l'âtre et projeta d'autres ombres irrégulières contre les murs bordeaux. Eliza se retourna.

Une grande femme mince se tenait sur le seuil ; elle avait la forme d'un sablier à taille humaine. Sa longue robe de soie bleu nuit moulait sa silhouette.

Un chien énorme – un vrai monstre – l'accompagnait ; il allait et venait, nerveux, sur ses longues pattes, en suivant l'ourlet de sa robe et en levant de temps en temps sa tête bosselée pour la frotter contre la main de la dame.

— Mademoiselle Eliza, annonça Thomas, qui s'était empressé d'entrer à sa suite pour se tenir bien droit devant elle.

Sans répondre, la dame dévisagea lentement Eliza. Au bout d'un long moment, ses lèvres s'entrouvrirent et une voix cassante s'en échappa.

— Il faudra que je m'entretienne avec Newton demain. Elle est en retard.

Elle s'exprimait si posément, avec une telle assurance, que ses paroles semblaient taillées dans une pierre aux arêtes tranchantes.

— Bien, Madame, répondit Thomas, dont les joues s'empourprèrent. Voulez-vous que je serve le thé ? Mme Hopkins l'a préparé, il est...

— Pas maintenant, voyons, dit-elle sans se retourner, en se contentant d'agiter vaguement sa main pâle. Il est beaucoup trop tard. Ce ne serait pas convenable, vous devriez vous en rendre compte.

— Oui, Madame.

— Si on apprenait qu'on sert le thé après cinq heures au château de Blackhurst !

Un petit rire aigu, à briser le cristal.

— Non, nous attendrons le dîner.

— Dans la salle à manger, Madame ?

— À votre avis ?

— Dois-je mettre le couvert pour deux ?

— Je dînerai seule.

— Et pour mademoiselle Eliza, Madame ?

— Un plateau.

L'estomac de la petite fille protesta. Pourvu qu'il y ait de la viande chaude dessus !

— Très bien, Madame, dit Thomas en s'inclinant avant de sortir.

La porte se referma derrière lui, sinistre.

La tante inspira profondément, puis contempla Eliza en battant des cils.

— Eh bien, approche, petite, que je te regarde.

La fillette s'exécuta en s'efforçant de réprimer sa respiration, qui s'accélérait sans qu'elle sût pourquoi.

De près, sa tante était belle. Le genre de beauté qui se manifeste dans chaque trait du visage mais qui, paradoxalement, considérée dans son ensemble, en paraît diminuée. Elle rappelait un portrait peint. Le teint de lait, les lèvres rouge sang, les yeux d'un bleu très clair... Quand on regardait ses prunelles, on avait l'impression de se trouver face à un miroir vers lequel on braque une lumière. Ses cheveux noirs étaient lisses et brillants ; tirés en arrière pour dégager son visage, ils étaient joliment coiffés en chignon bouclé.

En scrutant Eliza, la dame broncha imperceptiblement. Du bout de ses doigts froids, elle lui fit lever le menton pour mieux l'observer. La petite ne savait pas où poser les yeux, alors elle contempla en retour le visage impassible de sa tante. Au côté de sa maîtresse, le chien monstrueux soufflait son haleine tiède sur les bras de la fillette.

— En effeeeet... dit-elle enfin.

Elle fit traîner ce son et un tic nerveux agita les commissures de ses lèvres. On aurait dit qu'elle répondait à une question que personne n'avait posée.

— Oui, tu es bien sa fille. Toutes proportions gardées, évidemment, mais tu lui ressembles, c'est vrai.

Une bourrasque s'abattit sur la fenêtre et la tante frissonna. La tempête les avait enfin rattrapés.

— Reste à espérer que vous n'avez pas le même caractère, et qu'en intervenant à temps on saura tuer dans l'œuf toute tendance similaire.

Quelles tendances ?

— Ma mère... commença-t-elle.

— Non, coupa la tante en l'arrêtant du geste. Non.

Elle éleva ses mains devant sa bouche en joignant le bout de ses doigts et imprima un mince sourire à ses lèvres.

— Ta mère a déshonoré le nom de sa famille. Elle a offensé tous ceux qui vivent ici. Dans cette maison, nous ne parlons pas d'elle. Jamais. Et ceci est la condition première de ton séjour au château. Est-ce que je me fais bien comprendre ?

Eliza se mordit la lèvre sans répondre.

— Alors ?

Un tremblement inattendu perçait tout à coup dans son ton.

Eliza hocha imperceptiblement la tête, plus par surprise que pour exprimer son assentiment.

— Ton oncle est quelqu'un de bien. Un gentleman qui assume ses responsabilités.

La dame reporta son regard sur un portrait accroché près de la porte. Un homme d'âge moyen, aux cheveux blond-roux, et affichant un air de renard. À part sa chevelure rousse, il ne ressemblait pas du tout à la mère d'Eliza.

— N'oublie jamais quelle chance tu as. Ne ménage pas tes efforts pour mériter un jour la générosité dont il fait preuve à ton égard.

— Bien madame, répondit Eliza en se remémorant les instructions de Thomas.

La tante se détourna et actionna un petit levier mural. Eliza déglutit, puis elle osa prendre la parole.

— Excusez-moi, madame, dit-elle tout doucement, mais est-ce que je vais faire la connaissance de mon oncle ?

La dame haussa un sourcil et de fines rides apparurent fugitivement sur son front – qui reprit vite la lisse blancheur de l'albâtre.

— Mon époux est en Écosse, où il photographie la cathédrale de Brechin. Ton oncle a proposé que nous te prenions chez nous, ajouta-t-elle en s'approchant tout près de la fillette, qui sentit toute la tension qui émanait de cette femme, mais il n'en reste pas moins quelqu'un de très occupé, un monsieur important qui n'apprécie pas d'être dérangé par les enfants.

Elle comprima si fort les lèvres que celles-ci devinrent toutes blanches.

— Il faudra veiller à ne jamais te trouver sur son chemin. Il a déjà montré suffisamment de bonté en te faisant venir, ne cherche pas à obtenir davantage de lui, tu m'entends ? Tu m'entends ? répéta-t-elle, visiblement agitée.

Eliza hocha vivement la tête.

Heureusement, à ce moment-là, la porte s'ouvrit et Thomas apparut.

— Vous avez sonné, Madame ?

— Oui, répondit-elle sans quitter Eliza des yeux. Cette enfant a besoin d'un bain.

— Oui, Madame. Mme Hopkins s'en occupe en ce moment même.

— Dites-lui de mettre dans l'eau du savon au crésol. En quantité. Qu'on ne sente plus cette crasse londonienne. Si seulement cela pouvait ôter en même temps ce dont je crains qu'elle ait été souillée... acheva-t-elle dans un souffle.

Propre comme un sou neuf, Eliza suivait la lueur mouvante de la lanterne que Mme Hopkins tenait bien haut ; elles gravirent un escalier recouvert d'un tapis et longèrent un couloir. Des messieurs depuis longtemps défunts les regardèrent passer d'un air mauvais depuis leur cadre massif tout en dorures. Ce devait être affreux de poser des heures devant un peintre, pour finir sur une toile dans un couloir obscur.

Elle ralentit : elle reconnaissait le sujet du dernier portrait. Il différait sensiblement du tableau du salon. Plus jeune, son visage avait encore quelques rondeurs ; on n'y distinguait pas encore le renard qui, bientôt, en rongerait les chairs. Et dans ce jeune homme-là, oui, Eliza vit la ressemblance avec sa mère.

— C'est votre oncle, annonça Mme Hopkins. Vous le verrez bientôt en chair et en os.

Le mot « chair » attira l'attention de la fillette sur les mouchetures de peinture rose et crème marquant dans leurs fins sillons les ultimes coups de pinceau de l'artiste. Elle frissonna en repensant aux doigts minces et moites de Mansell.

Mme Hopkins s'arrêta devant une porte au bout du couloir. Serrant les hardes de Sammy contre sa poitrine, Eliza pressa le pas pour la rattraper. La gouvernante tira une grande clef des plis de sa robe et l'introduisit dans la serrure. Puis elle franchit le seuil en tenant sa lanterne au-dessus de sa tête.

Une pièce plongée dans l'obscurité. La lampe ne projetait qu'une faible lueur à l'entrée. Au milieu, Eliza entrevit un lit en bois noir et luisant, avec quatre montants ornés de sculptures en forme de personnages qui s'élançaient jusqu'au plafond.

Sur la table de chevet, un plateau ; un morceau de pain et un bol de soupe qui ne fumait plus. Pas de viande en vue, mais à cheval donné on ne regarde pas les dents, comme disait sa mère. Eliza se précipita sur le bol et avala cuillerée sur cuillerée à une telle vitesse qu'elle en eut le hoquet. Elle le réprima, puis sauça le reste avec le pain pour être sûre de ne rien perdre.

Mme Hopkins, qui avait observé toute la scène d'un air quelque peu ahuri, n'émit aucun commentaire. Elle poursuivit sa mission avec raideur, posant la lampe sur un coffre au pied du lit avant de rabattre l'épaisse couverture.

— Bien, vous pouvez vous coucher maintenant. J'ai autre chose à faire, moi.

Eliza obéit. Les draps étaient humides et froids.

La gouvernante reprit la lanterne et la porte se referma derrière elle. Eliza se retrouva seule dans les ténèbres absolues. Elle écouta les vieux os las du château craquer et grincer sous son manteau trompeur.

Eliza avait le sentiment que cette obscurité totale produisait un son, une espèce de grondement lointain, omniprésent, constamment menaçant, qui ne se rapprochait jamais assez pour se révéler inoffensif.

Puis, brusquement, une pluie violente se mit à tomber. Un éclair fendit le ciel en deux moitiés aux contours irréguliers et, du même coup, répandit sa clarté sur le monde. En ces instants d'illumination, invariablement suivis par un coup de tonnerre qui secouait la vaste demeure, Eliza scrutait les murs de sa chambre dans l'espoir d'en distinguer les détails.

Un éclair... un coup de tonnerre... Une armoire en bois sombre non loin du lit.

Un éclair... un coup de tonnerre... Une cheminée dans le mur d'en face.

Un éclair... un coup de tonnerre... Une antique chaise à bascule près de la fenêtre.

Un éclair... un coup de tonnerre... Un appui de fenêtre aménagé en siège, avec un coussin.

Eliza se leva et posa les pieds sur le sol glacial. Le vent s'insinuait par les fissures de la charpente et courait le long des poutres. Elle grimpa sur l'appui de la fenêtre, dans le renfoncement, et contempla le domaine plongé dans l'obscurité. Des nuages inquiétants voilaient la lune et un trouble manteau de nuit recouvrait le jardin. La pluie battante perçait de mille aiguilles le sol détrempé.

Nouvel éclair, qui illumina une nouvelle fois la chambre. Au dernier moment, Eliza entraperçut son propre reflet dans la vitre. Son visage. Le visage de Sammy.

Elle tendit la main, mais l'image n'était déjà plus là et ses doigts ne firent qu'effleurer le carreau froid. Plus que jamais, elle sentit qu'elle n'était pas chez elle ici.

Elle retourna se coucher entre ces draps au contact peu familier, posa la tête sur la chemise de Sammy, ferma les yeux et se laissa divaguer sur les rives du sommeil.

Tout à coup, elle s'assit toute droite dans son lit, l'estomac noué et le cœur battant à se rompre.

La broche ! Comment avait-elle pu oublier la broche ! Les événements s'étaient précipités et elle l'avait laissée là-bas ! Le trésor de sa mère gisait, abandonné, dans le conduit de la cheminée des Swindell...

22

Cornouailles, 2005

Cassandra mit un sachet de thé dans sa tasse et alluma la bouilloire. Pendant que l'eau chauffait, elle regarda par la fenêtre. Sa chambre donnait sur l'arrière de l'hôtel Blackhurst, vers la mer ; malgré l'obscurité, elle distinguait les jardins. Une pelouse taillée au millimètre descendait en pente douce à partir de la terrasse, en direction d'une rangée d'arbres que le clair de lune argenté teintait en bleu pâle. Cassandra savait qu'ils marquaient le bord de la falaise : l'ultime ligne de défense de la terre...

Quelque part au-delà de la crique se trouvait le bourg. Cassandra n'en avait pas encore vu grand-chose, car le voyage en train lui avait pris presque toute la journée, et quand son taxi avait traversé les collines de l'arrière-pays pour rejoindre Tregenna, le crépuscule touchait à sa fin. À un moment, depuis une hauteur, elle avait aperçu un cercle de petites lumières, en bas, le long de l'anse que formait la côte ; un village de conte de fées qui se serait soudain matérialisé avec la tombée du soir...

Cassandra caressa du pouce le cahier de Nell et le bord de ses pages cornées. Elle l'avait tenu en main pendant le plus clair du trajet, pensant mettre ce temps mort à profit pour décrypter l'étape suivante du périple de sa grand-mère, mais en vain. Elle était perdue dans ses pensées depuis le dîner avec Ruby et Grey. Bien sûr, Nick et Leo n'étaient jamais bien loin, dans sa vie ; mais l'évocation si directe, si inopinée de leur décès lui avait cruellement remis en mémoire le moment fatal.

C'était arrivé tellement vite... Comme tout drame, sans doute. En une fraction de seconde, l'épouse et mère s'était retrouvée veuve, seule et sans enfant. Et tout cela pour pouvoir dessiner une heure tranquille. En effet, ce jour-là, elle avait collé Leo, qui suçait encore son pouce, dans les bras de Nick et les avait envoyés faire des courses dont la petite famille n'avait pas réellement besoin. Nick lui avait souri en s'éloignant dans l'allée à bord de sa voiture, et Leo avait agité sa petite main potelée sans lâcher la taie d'oreiller en soie qu'il trimballait partout. Cassandra avait répondu d'un geste distrait ; elle avait déjà la tête ailleurs, à savoir dans son atelier.

Le pire, c'était qu'elle avait savouré cette heure et demie de liberté, jusqu'à ce qu'on frappe à sa porte. Elle n'avait pas vu le temps passer...

Encore une fois, c'était Nell qui l'avait sauvée. Elle était venue tout de suite, et elle avait amené Ben. Il lui avait expliqué ce qui s'était passé, la succession d'événements qui, débitée par le policier, lui était passée complètement au-dessus de la tête : un accident, un camion qui avait fait une embardée, une collision. Un enchaînement de circonstances atroce mais si banal, si courant, qu'elle ne parvenait pas à croire que cela lui arrivait à elle.

Nell n'avait pas dit « Tu verras, ça passera ». Elle savait bien, elle, que jamais ça ne passait. Au lieu de cela, elle lui avait apporté des médicaments pour dormir. Histoire de porter un coup salutaire à son esprit pris de folie, pour que Cassandra oublie tout – ne serait-ce que quelques heures. Après quoi, elle l'avait installée chez elle.

C'était mieux ainsi. Les spectres étaient moins à leur aise dans la maison de Nell. Comme sa grand-mère avait déjà les siens, ceux de Cassandra avaient moins de place.

Le temps avait passé comme dans une brume. Une brume de chagrin, d'horreur et de cauchemars qui persistaient au matin. Elle ne savait ce qui était le pire : les nuits où Nick emplissait ses pensées, où son spectre lui demandait sans relâche : *Pourquoi nous as-tu demandé de partir ? Pourquoi m'as-tu dit de prendre Leo avec moi ?* ou celles où il ne venait pas, où il refusait de venir, et où elle restait seule dans le noir pendant des heures qui s'étiraient, interminables, à regarder le salut relatif de l'aube fuir devant elle, si vite qu'elle ne pouvait espérer le rattraper. Et puis il y avait ce rêve. Ce maudit champ renfermant la promesse de les retrouver.

La journée, c'était Leo qui la suivait partout – le bruit de ses jouets, un cri, une petite main suppliante attrapant l'ourlet de sa jupe pour que Cassandra le prenne, le serre dans ses bras. Ah, cette étincelle de joie sans mélange dans son cœur – une joie éphémère, fragmentaire, mais bien réelle ! Cette fraction de seconde pendant laquelle elle oubliait... Ensuite venait la gifle brutale de la réalité, lorsqu'elle se retournait pour le soulever de terre et qu'il n'était pas là.

Elle avait essayé de sortir, dans l'espoir de leur échapper, mais ça n'avait pas marché. Partout où elle allait, il y avait des foules d'enfants. Les jardins publics, les écoles, les magasins... Est-ce qu'il y en avait toujours eu autant ? Alors elle était restée à la maison, ou plutôt dans le jardin de Nell, allongée sur le dos sous le vieux manguier, à regarder passer les nuages. À contempler le ciel d'un bleu parfait derrière les feuilles du frangipanier, le léger mouvement des palmes, ou les minuscules graines en forme d'étoile qui pleuvaient dans l'allée, délogées par la brise.

À ne penser à rien. À essayer de ne penser à rien. À penser à tout.

C'était là que Nell était venue la trouver, un après-midi d'avril. La saison touchait à sa fin. L'été et ses grosses chaleurs venaient de tirer leur révérence, il y avait un soupçon d'automne dans l'air. Cassandra avait les yeux clos.

Elle sut tout de suite que Nell se tenait à ses côtés parce qu'elle lui cachait le soleil ; elle sentit la différence de température sur ses bras et vit s'assombrir la face interne de ses paupières.

Puis Nell parla.

« Je me doutais bien que je te trouverais là ».

Cassandra ne répondit pas.

« Tu sais, il serait peut-être temps de faire quelque chose, Cass.

— S'il te plaît, Nell. Fiche-moi la paix ».

Alors Nell avait repris plus lentement, en articulant bien :

« Il faut que tu commences à faire quelque chose.

— Je t'en prie... »

L'idée même de saisir un crayon la rendait malade. Quant à ouvrir un carnet de croquis... Comment prendre le risque d'entrevoir le courbe d'une joue dodue, un bout de nez retroussé, le dessin de lèvres enfantines qu'on avait tant envie d'embrasser ?

« Il faut que tu fasses quelque chose ».

Nell s'efforçait de l'aider. Pourtant, au fond d'elle-même, Cassandra avait envie de hurler, de secouer sa grand-mère, de la punir de n'avoir rien compris. Mais elle se contenta de soupirer. Ses paupières frémirent insensiblement.

« Tu crois que je n'entends pas ça assez souvent chez le psy ? Je n'ai pas besoin que tu t'y mettes aussi.

— Ah, mais je ne parlais pas sur un plan thérapeutique, Cass. Ce que je veux dire... reprit Nell en marquant une hésitation, c'est qu'il faut que tu apportes ta contribution ».

Cassandra ouvrit les yeux et plaça sa main en visière pour se protéger de l'éblouissante luminosité.

« Hein ?

— Je ne suis plus toute jeune, ma grande. J'ai besoin d'aide. À la maison, à la boutique, financièrement... »

Ces phrases blessantes restèrent à miroiter entre elles dans la vive clarté ambiante ; leurs arêtes aiguës refusaient de se dissiper. Comment Nell pouvait-elle être aussi insensible, prononcer des paroles aussi déplacées ?

« Je te signale que j'ai perdu mon mari et mon fils, réussit-elle enfin à articuler, bien que cela lui fît mal à la gorge. Je suis en deuil.

— Mais je sais bien, répondit Nell en s'asseyant avec précaution à côté de Cassandra. Je sais bien, ma chérie, dit-elle en lui prenant la main. Seulement, ça fait six mois maintenant. Et tu n'es pas morte, toi ».

Cassandra pleurait pour de bon, à présent. Le fait de dire et d'entendre prononcer ces mots à voix haute...

« Tu es là, reprit Nell en lui étreignant doucement la main, et moi, j'ai besoin d'aide.

— Je ne peux pas.

— Mais si.

— Non ».

Elle avait mal à la tête. Et elle était lasse... tellement lasse.

« Puisque je te dis que je ne peux pas ! Je n'ai rien à donner.

— Je ne t'ai pas demandé de donner quoi que ce soit. J'ai juste besoin que tu m'accompagnes et que tu exécutes. Tu sais tenir une peau de chamois, non ? »

Nell détacha quelques mèches de cheveux collés par les larmes sur les joues de Cassandra. Elle enchaîna d'une voix grave mais étonnamment ferme :

« Tu t'en sortiras. Je sais que tu n'y crois pas, mais moi j'en suis sûre. Tu es de ceux qui survivent à tout.

— Je ne veux pas survivre à ça.

« — Ça aussi je le sais. Et c'est bien compréhensible. Seulement, il arrive qu'on n'ait pas le choix ».

La bouilloire de l'hôtel s'éteignit toute seule avec un déclic triomphant et Cassandra versa de l'eau sur son sachet d'une main qui tremblait. Elle attendit un peu que le thé infuse. En fait, Nell avait très bien compris ; elle connaissait trop bien le vide soudain, aveuglant, qui se creuse en nous lorsque les liens sont cruellement coupés.

Elle remua son thé en soupirant doucement tandis que Nick et Leo s'éloignaient à nouveau, et s'obligea à penser au présent. Elle était à l'hôtel Blackhurst, à Tregenna, en Cornouailles, à écouter les vagues d'un océan qui n'était pas le sien s'écraser sur le sable d'une plage inconnue.

Derrière la cime sombre des plus hauts arbres, le clair de lune ondulait à la surface de l'océan, au loin. Quelques lumières se détachaient sur fond de nuit. Des bateaux, sans doute. Après tout, Tregenna était un village de pêcheurs. Étrange que dans ce monde moderne on trouve encore des endroits où l'on faisait les choses à l'ancienne, à petite échelle, depuis des générations.

Cassandra but une gorgée de thé. Elle se retrouvait en Cornouailles, comme Nell avant elle – et, avant Nell, Rose, Nathaniel et Eliza Makepeace. Le fait de prononcer leurs noms à voix basse lui procurait une drôle de sensation. Comme si on tirait sur mille fils ténus sous sa peau. Il y avait une raison à sa présence ici, et il ne s'agissait pas de se complaire dans son propre passé.

— Je suis là, Nell, murmura-t-elle. C'est bien ce que tu voulais ?

23

Château de Blackhurst, 1900

C'était le matin. Eliza crut s'éveiller dans un grand traîneau en bois surmonté d'une toile bleu marine. Elle portait une chemise de nuit que la Swindell aurait contemplée en se frottant les mains de joie, et les habits sales de Sammy étaient roulés en boule à côté de sa tête. Puis tout lui revint. Elle était chez son oncle et sa tante. Les éclairs, le tonnerre et la pluie. Le visage de Sammy dans la vitre.

Elle grimpa vite sur l'appui de la fenêtre pour regarder dehors. Le jour nouveau avait chassé l'orage en le repoussant comme on roule un tapis, et nettoyé l'atmosphère en même temps que la lumière. La pelouse était jonchée de feuilles et de branchages, et, juste sous sa fenêtre, un banc de jardin avait été renversé.

Son attention fut attirée par un mouvement dans un coin éloigné. Un homme avançait entre les massifs. Barbe noire, bleu de travail, drôle de petit chapeau vert et sabots.

Un bruit derrière elle. Elle se retourna. La porte était ouverte et une jeune servante aux cheveux tout frisés déposait un plateau sur la table de chevet.

C'était celle qui s'était fait réprimander la veille à la cuisine.

— Bonjour, mademoiselle. Je m'appelle Mary et j'apporte le petit déjeuner ; Mme Hopkins dit que vous pouvez le prendre dans votre chambre aujourd'hui, à cause du long voyage que vous avez fait hier.

Eliza alla prestement s'asseoir devant la petite table et ouvrit de grands yeux : petits pains chauds abondamment beurrés, pots en faïence pleins de confiture – jamais elle n'avait vu autant de morceaux de fruits ! –, harengs saurs, œufs brouillés et, pour couronner le tout, une saucisse bien dodue et grasse. Son cœur éclata de joie dans sa poitrine.

— Vous nous avez apporté un sacré orage hier soir, commenta Mary en tirant les rideaux. J'ai failli ne pas pouvoir rentrer chez moi ! J'ai cru que j'allais devoir passer la nuit ici.

Eliza avala une grosse bouchée de pain.

— Vous ne dormez pas là-haut, vous ?

— Ça non ! fit Mary en riant. C'est peut-être bien pour les autres, mais moi je n'aimerais pas habiter...

Elle s'interrompit, regarda Eliza et rosit.

— Enfin... Moi, je vis au village. Chez mes parents, avec mes frères et sœurs.

— Ah, vous avez des frères ?

Eliza songea à Sammy et, de nouveau, le même grand vide se creusa en elle.

— Oui, trois ! Deux plus âgés et un plus jeune, encore que l'aîné, Patrick, n'habite plus chez nous. Ça ne l'empêche pas de travailler avec le père sur les bateaux. Avec Will, ils sortent en mer tous les jours quel que soit le temps. Le plus jeune, Roly, n'a que trois ans ; il reste à la maison avec maman et la petite

May. Nous autres, les Martin, on a toujours vécu de la mer ; mon arrière-grand-père faisait partie des pirates de Tregenna.

— Des quoi ?

— Les pirates de Tregenna, voyons ! Vous n'en avez jamais entendu parler ? s'étonna Mary.

Devant les dénégations de la fillette, elle enchaîna :

— C'était une bande de flibustiers qui faisaient régner la terreur ; ils rapportaient du whisky et des épices au foyer quand les familles ne pouvaient pas s'en procurer autrement. Mais attention : ils ne volaient que les riches. Comme l'autre, là, je ne me rappelle plus son nom, mais pas dans la forêt – en mer. Toutes les collines environnantes sont creusées de passages tortueux, dont un ou deux qui descendent jusqu'à la mer.

— Où est-elle la mer, Mary ? Tout près d'ici ?

Mary posa à nouveau sur elle un regard étonné.

— Mais bien sûr, mon petit ! Vous ne l'entendez donc pas ?

Eliza tendit l'oreille. Est-ce qu'elle l'entendait ?

— Écoutez, reprit Mary. *Wousshhh... woussshhh... woussshhh...* C'est ça, la mer. C'est le flux et le reflux. Vraiment, vous ne l'aviez pas entendue ?

— Si, mais je ne savais pas que c'était la mer.

— Ça alors ! s'exclama Mary, hilare. Mais que croyiez-vous donc que c'était, alors ?

— Un train qui passait sans arrêt.

— Un train ! Vous êtes un sacré numéro, vous ! répondit-elle en éclatant franchement de rire. La gare est très loin ! Un train, vraiment... Ha ha ! Quand je vais dire ça à mes frères !

Eliza repensa aux rares allusions de sa mère au sable, aux galets argentés, au vent salin...

— Est-ce que je pourrais aller voir la mer, Mary ?

— Je suppose que oui. Du moment que vous êtes rentrée quand la cuisinière sonne la cloche du déjeuner. Madame est sortie, ce matin. En visite. Elle n'en saura rien. Seulement...

Un nuage passa sur son visage dès qu'elle aborda le sujet de sa maîtresse.

— Promettez-moi de revenir avant elle, vous m'entendez ? Elle est très à cheval sur le protocole, et il ne faut jamais la contrarier.

— Comment je fais pour aller à la mer ?

Mary l'attira vers la fenêtre.

— Venez, je vais vous montrer.

L'air n'était pas le même, ici. Le ciel non plus. Il lui paraissait plus haut et plus lumineux. Rien à voir avec l'éternel plafond bas de Londres, qui menaçait constamment de s'abattre sur la ville. Ici, le ciel était comme chassé dans les hauteurs par la brise marine tel un grand drap blanc un jour de lessive ; par-dessous, l'air le faisait gonfler, de plus en plus haut...

Eliza se posta au bord de la falaise et, au-delà de la crique, contempla le bleu profond de la mer. La mer même où son père avait navigué, la plage même que sa mère avait connue enfant.

L'orage de la veille avait laissé des détritus tout au long du rivage de sable clair. Celui-ci était piqueté de galets et hérissé çà et là de branches nues et blanches aux formes élégantes, modelées et polies par le temps, qui évoquaient de grands bois de cerfs fantomatiques.

Mary avait dit vrai : Eliza goûtait le sel sur la langue. Loin du château où elle se sentait enfermée, tout à coup, elle eut une impression de légèreté, de liberté. Elle emplit ses poumons, puis elle descendit les marches, de plus en plus vite, dans son impatience d'atteindre la plage.

En posant le pied sur le sable, elle s'assit sur un rocher lisse puis délaça ses bottes avec une telle hâte que ses doigts s'emmêlèrent. Puis elle roula le bas du pantalon de Sammy au-dessus du genou et se dirigea en zigzag vers le rivage. Les galets doux et les cailloux pointus étaient tièdes sous ses pieds. Elle s'immobilisa un instant pour contempler l'immense étendue d'eau qui enflait puis refluait sans relâche.

Pour finir, elle inspira une grande bouffée d'air salin puis s'élança en sautillant jusqu'à se mouiller les orteils, puis les chevilles, et enfin les genoux. Elle longea le bord de l'eau en riant des bulles fraîches qui se formaient entre ses doigts de pied, en ramassant les coquillages qui lui plaisaient et même un morceau de bois flotté en forme d'étoile.

La crique était petite et sa courbe resserrée ; il ne lui fallut pas longtemps pour en faire le tour. Quand elle arriva au bout, la tache noire aperçue de loin prit une autre dimension. En fait, c'était une énorme saillie rocheuse qui se détachait de la falaise pour s'avancer hardiment dans la mer. Elle avait la forme d'un imposant jet de fumée noire qui se serait brusquement figé dans le temps, voué par un mauvais sort à la compacité éternelle.

La roche noire était glissante mais Eliza trouva, juste au bord, une arête assez large pour qu'on s'y tienne. À partir de là elle repéra tous les creux inégaux où l'on pouvait poser le pied et escalada la saillie jusqu'en haut sans s'arrêter une seule fois. Elle avait atteint une telle altitude qu'elle ne pouvait regarder en bas sans avoir la sensation que sa tête s'emplissait de bulles. Alors elle avança à quatre pattes vers la pointe, en forme de poing dressé, et rit à perdre haleine.

C'était comme être perchée en haut d'un grand navire. Sous ses pieds, l'écume des vagues qui s'écrasaient contre la roche. Face à elle, le large. Le soleil allumait à la surface de la mer des centaines, des milliers d'éclats miroitants qui se ridaient et se soulevaient au gré du vent et se succédaient jusqu'à l'horizon, parfaitement dégagé. De l'autre côté, c'était la France, elle le savait. Et après, l'Europe, et puis les Indes, l'Égypte, la Perse et tous les lieux exotiques dont elle avait entendu vibrer le nom sur les lèvres des marins de la Tamise. Plus loin encore se trouvait l'Extrême-Orient, à l'autre bout du monde. En contemplant l'océan infini et le chatoiement du soleil, en songeant à ces contrées si lointaines, Eliza fut submergée par une sensation inédite. Une tiédeur intérieure, une absence de méfiance...

Puis elle se pencha en plissant les yeux. Tout à coup, l'horizon n'était plus pur. Un grand bateau noir venait d'apparaître, toutes voiles dehors, en équilibre sur la ligne où la mer rejoignait le ciel, comme sur le point de basculer au bord du monde. Elle battit des paupières et le navire disparut. Sans doute s'était-il trop éloigné. Mus par la puissance de leurs grandes voiles blanches, les navires devaient se déplacer très rapidement, au large. C'était sur l'un d'eux que son père avait dû naviguer...

Elle laissa son regard errer dans le ciel. Bien camouflée par sa couleur même, une mouette tournoyait en criant. Eliza la suivit des yeux jusqu'à ce que, sur la falaise, quelque chose d'autre retienne son attention. Une chaumière presque entièrement dissimulée par les arbres mais dont elle distingua le toit, avec une drôle de petite fenêtre. Que devait-on ressentir à vivre dans un endroit pareil, à la lisière entre mer et terre ferme ? Avait-on l'impression d'être constamment sur le point de culbuter et de glisser dans l'océan ?

Une gerbe d'embruns la frappa au visage. Elle sursauta et baissa les yeux sur les flots tourbillon-nants. La marée montait, le niveau de l'eau s'élevait rapidement. La saillie qui lui avait servi de marche-pied pour escalader son promontoire était déjà sous l'eau.

Elle rebroussa chemin à quatre pattes puis redes-cendit en restant du côté le plus large de la saillie, pour pouvoir en agripper des deux mains le rebord dentelé.

Quand elle eut presque atteint le niveau de l'eau, elle marqua une pause. Et s'aperçut que le promon-toire était partiellement creux, comme si on y avait pratiqué une excavation.

Eliza repensa aux pirates de Tregenna et à leurs tunnels. Cette « grotte » en faisait partie, elle en était sûre.

Elle fit le tour du promontoire, plaquée contre la roche, et grimpa sur une espèce de plate-forme assez lisse qui formait l'entrée de la grotte. Puis elle se risqua à l'intérieur.

— Hou-hou-ou ! lança-t-elle.

Elle apprécia l'écho qui se répercuta contre les parois avant de s'évanouir dans le néant.

Elle n'y voyait pas très loin, mais cela ne l'empêcha pas de ressentir un frisson d'excitation. Elle avait sa grotte à elle ! Elle décida d'y revenir avec une lanterne.

Soudain retentit une série de chocs sourds, assez lointains, mais qui se rapprochaient. *Boum... Boum... Boum...*

Elle crut d'abord que cela venait du fond de la grotte. La peur la figea sur place. Quel monstre marin allait la dévorer ?

Boum... Boum... Boum... Le bruit était de plus en plus fort.

Elle recula lentement et revint sur ses pas.

Alors elle découvrit deux chevaux noirs qui tiraient une calèche le long de la corniche. Ce n'était donc pas un monstre marin, mais Newton et son équipage ; le vacarme des roues ferraillant à vive allure sur le chemin de terre était amplifié par les parois rocheuses encadrant la crique.

L'injonction de Mary lui revint en mémoire. La tante était partie en visite, mais on l'attendait pour déjeuner. Eliza ne devait surtout pas être en retard.

Elle acheva de contourner la pointe rocheuse et sauta sur le sable plein de galets avant de traverser la lagune puis la plage en courant. Elle remit ses bottes et gravit les marches. Le bas de son pantalon mouillé lui battait les chevilles. Elle reprit le chemin qui sinuait entre les arbres. Le soleil s'était déplacé dans le ciel ; le bosquet était plongé dans la pénombre et il y faisait frais. Elle avait l'impression de se retrouver dans un terrier secret, creusé au milieu des ronces, qui abritait elfes et gobelins ; ceux-ci étaient justement en train de l'observer, tandis qu'elle passait sur la pointe des pieds à travers leur petit monde. Au passage, elle scruta le sous-bois en se retenant de cligner des yeux, dans l'espoir d'en surprendre un. Tout le monde savait, en effet, que si on entrevoyait une fée, elle était obligée de vous accorder un vœu.

Entendant un bruit, elle s'immobilisa et retint son souffle. Devant elle, dans la clairière, se tenait un homme – un homme bien réel. Le barbu aperçu le matin par la fenêtre. Assis sur un tronc tombé, il déballait un paquet enveloppé dans un tissu à carreaux : une part de tourte à la viande.

Eliza se déporta sur le côté du sentier pour le regarder faire. Puis, afin de mieux l'observer, elle grimpa prudemment sur une branche basse dont les brindilles se prirent dans ses cheveux courts. À côté de l'inconnu, une brouette pleine de terre. Enfin, en apparence... Car en fait, c'était une ruse, Eliza le savait bien. Sous la terre était caché un trésor. Et cet homme était le roi des pirates. Un des flibustiers de Tregenna, ou son fantôme. Un marin mort-vivant attendant de venger ses camarades. Un spectre ayant encore des comptes à régler ici-bas. Il guettait dans sa tanière le moment de capturer les petites filles, qu'il ramenait ensuite chez lui pour que sa femme les fasse cuire et confectionne des tourtes. C'était cela, le grand navire noir qu'elle avait entrevu au large et qui avait disparu le temps qu'elle cligne des yeux. Le vaisseau fantôme... Il s'apprêtait à...

Tout à coup, la branche où elle était assise craqua et Eliza fit la culbute pour atterrir dans un tas de feuilles mortes humides.

Le barbu ne broncha pas. Son œil droit pivota imperceptiblement vers la fillette, mais il continua à manger. Eliza se remit sur pied, se frotta les genoux, puis elle se redressa de toute sa hauteur et ôta une feuille morte de ses cheveux.

— Vous êtes la nouvelle petite demoiselle, énonça-t-il lentement.

Son repas à demi mastiqué se muait en pâte collante dans sa bouche.

— J'ai entendu dire que vous étiez arrivée. Enfin, cela dit, si je puis me permettre, vous ne ressemblez guère à une demoiselle, avec ces habits de garçon et ces cheveux coupés n'importe comment.

— Oui, je suis arrivée hier. Et j'ai apporté l'orage avec moi.

— Vous en avez des pouvoirs, pour une si petite personne.

— Avec de la volonté, même les faibles peuvent beaucoup.

Il haussa un sourcil qui ressemblait à une chenille.

— Qui t'a appris cet adage ?

— Ma mère.

Elle se rappela trop tard qu'elle n'était pas censée aborder ce sujet. Le cœur lui manqua. Qu'allait répondre le barbu ?

Il se contenta de mâchonner sans hâte, en la regardant.

— Ma foi, en voilà une qui savait ce qu'elle disait ; d'ailleurs les mères ont raison, en général.

Une bouffée de soulagement.

— Ma mère est morte.

— La mienne aussi.

— J'habite ici, maintenant.

— Ma foi, j'crois bien, oui, acquiesça-t-il.

— Je m'appelle Eliza.

— Et moi Davies.

— Vous êtes drôlement vieux.

— Aussi vieux que mon petit doigt, et un peu plus que mes dents.

— Est-ce que vous êtes un pirate ? osa la petite.

Il lâcha un rire rauque qui rappelait une cheminée encrassée crachant un jet de fumée noire.

— Désolé de te décevoir, petite, mais je suis jardinier, comme mon père avant moi. Gardien du labyrinthe, pour être exact.

— Qu'est-ce que ça veut dire ?

— Eh bien... J'entretiens le labyrinthe.

Voyant qu'Eliza n'était pas plus éclairée, Davies désigna les hautes haies jumelles qui se dressaient derrière lui, avec entre elles une grille.

— Un dédale végétal. Comme un puzzle. Le but c'est d'arriver au bout sans se perdre en route.

Un puzzle qui pouvait contenir des gens ? Eliza n'avait jamais entendu parler de ça.

— Et où ça conduit ?

— Oh, en fait ce sont des allées qui font des tours et des détours. Si on trouve le bon chemin, on ressort de l'autre côté. Sinon... on meurt de faim le temps que les gens se rendent compte qu'on a disparu, acheva-t-il en écarquillant les yeux d'un air pas rassurant. Souvent, je tombe sur les ossements des malheureux qui n'ont pas eu de chance, reprit-il tout bas en se penchant vers elle.

Tout excitée, Eliza demanda dans un souffle :

— Et moi, si je réussis à le traverser ? Qu'est-ce que je vais trouver de l'autre côté ?

— Un autre jardin. Un jardin pas comme les autres, et une chaumière, aussi. Tout au bord de la falaise.

— Ah oui, je l'ai vue depuis la plage.

— Oui, c'est bien possible.

— À qui elle appartient ? Qui y habite ?

— Plus personne. C'est lord Archibald Mountrachet – ton arrière-grand-père, si je ne me trompe pas – qui l'a fait construire. Certains disent qu'elle servait de poste d'observation et qu'on y émettait des signaux.

— À l'intention des contrebandiers ? Des pirates de Tregenna ?

— Je vois que la jeune Mary Martin est passée par là, dit-il en souriant.

— Est-ce que je peux aller voir ?

— Tu ne trouveras jamais.

— Vous pariez ?

Il joua le jeu, malicieux.

— Jamais tu ne sauras traverser le labyrinthe ! Et même si tu réussis, jamais tu ne trouveras comment passer le portail secret qui donne dans le jardin de la chaumière.

— Si ! S'il vous plaît, Davies, je voudrais bien essayer.

— Malheureusement, ce n'est pas possible, mademoiselle Eliza, répondit-il en reprenant son sérieux. Personne ne l'a traversé depuis un sacré bout de temps. Je l'entretiens comme je peux mais je ne dépasse pas la limite autorisée. Après, la nature a forcément repris ses droits, ça doit être impraticable.

— Pourquoi personne ne passe plus par là ?

— C'est ton oncle qui a fait fermer le chemin je ne sais plus quand ; il y a longtemps. Depuis, on n'entre plus. Ta mère, reprit-il en se penchant vers la petite, elle le connaissait comme sa poche. Presque aussi bien que moi.

Une cloche sonna au loin.

Davies enleva son chapeau et épongea son front couvert de sueur.

— Vous avez intérêt à filer dare-dare, mademoiselle. C'est la cloche du déjeuner.

— Vous ne venez pas ?

— Le personnel ne « déjeune » pas. Ce ne serait pas convenable. Il « mange ».

— Bon, eh bien, vous ne venez pas manger ?

— Je ne prends plus mes repas dans la maison. Depuis très longtemps.

— Pourquoi ?

— Je ne m'y plais pas.

— Mais pourquoi ?

Décidément, Eliza ne comprenait rien. Davies caressa sa barbe.

— Je suis plus heureux avec mes plantes. Y a des gens qui sont faits pour la compagnie des hommes et d'autres non. Je fais partie de ceux-là : je me contente de mon tas de fumier.

— Mais pourquoi ?

Il poussa un long soupir, comme un géant las.

— Y a des endroits qui font dresser les cheveux sur la tête ; des maisons avec lesquelles on ne s'entend pas. Vous voyez ce que je veux dire ?

Eliza repensa à sa tante, dans le salon bordeaux, la veille, avec le grand chien, les ombres dansantes, la lueur des chandelles qui projetait des ombres menaçantes sur les murs. Elle hocha la tête.

— La jeune Mary, par contre, est gentille. C'est une bonne fille. Elle veillera sur vous, au château. Un conseil, mademoiselle : ne faites pas trop confiance aux gens, reprit-il en se rembrunissant. Soyez prudente de ce côté-là, vous m'entendez ? insista-t-il en la regardant dans les yeux.

Eliza opina solennellement, car la solennité lui paraissait de mise.

— Et maintenant, filez, jeune demoiselle. Sinon vous allez être en retard pour *déjeuner* et madame fera servir votre cœur pour dîner. Elle n'aime pas qu'on enfreigne le règlement – mais alors pas du tout.

Eliza sourit, mais elle remarqua que Davies était sérieux. Comme elle se détournait, elle revit, derrière une fenêtre de l'étage, la même chose que la veille : un petit visage attentif.

— Qui est-ce, là-haut ? s'enquit-elle.

Davies se retourna à son tour et regarda le château en plissant les yeux. Il serra sa pipe entre ses dents, émit quelques bouffées puis répondit sans l'ôter de sa bouche :

— Ça doit être mademoiselle Rose.

— Et qui est mademoiselle Rose ?

— Votre cousine, la fille de votre oncle et de votre tante.

Elle ouvrit de grands yeux. Sa cousine ?

— On la voyait souvent çà et là dans le domaine, avant ; une petite fille vive et alerte. Mais il y a quelques années elle est tombée malade et on ne l'a plus vue du tout. Madame consacre tout son temps et un sacré paquet d'argent à la soigner, et le jeune docteur du bourg vient tout le temps la voir.

Eliza regardait toujours la fenêtre. Elle leva lentement la main, en écartant les doigts pour faire comme les étoiles de mer sur la plage. Puis elle l'agita, mais le petit visage disparut bien vite dans l'ombre.

Le visage d'Eliza s'éclaira un peu.

— Rose... énonça-t-elle en savourant la suavité de ce prénom.

Un prénom de princesse de conte de fées.

24

Cliff Cottage, 2005

Le vent fouettait les cheveux de Cassandra en faisant tournoyer sa queue de cheval en tous sens. Elle resserra son cardigan autour de ses épaules et marqua une pause le temps de reprendre son souffle ; elle en profita pour se retourner et contempler, à ses pieds, l'étroite route côtière menant au village, tout en bas. Un groupe de petits cottages blancs étaient tapis contre la falaise tels des pucerons sur une branche ; dans le port, des bateaux de pêche rouge et bleu dansaient sur les vaguelettes tandis que les mouettes tournoyaient dans le ciel et piquaient vers les poissons pris dans les filets. Même à cette altitude, l'air sentait le sel que le vent avait cueilli du bout de la langue à la surface de la mer.

Le chemin creux longeant la corniche était étroit et proche de l'abîme ; comment osait-on l'emprunter en voiture ? Les pâles herbes marines qui poussaient de chaque côté frémissaient sous la caresse du vent. Plus Cassandra progressait vers le sommet, plus il y avait d'embruns.

Elle consulta sa montre. Elle avait sous-estimé le temps nécessaire, et surtout la fatigue : à mi-chemin elle avait déjà les jambes en coton. Le décalage horaire, plus un manque de sommeil très classique...

Car elle avait très mal dormi la veille. Sa chambre, son lit étaient confortables, mais des rêves étranges étaient venus la hanter – de ces cauchemars qui subsistent au matin tout en refusant de se laisser appréhender, et ne laissent derrière eux que des traînées de malaise.

À un moment, elle avait été réveillée par quelque chose de plus concret. Un bruit de clef qui tournait dans sa serrure, comme si on s'efforçait d'entrer. Elle en était sûre.

En sortant, elle en avait parlé à la réceptionniste ; un client s'était peut-être trompé de chambre. La jeune fille l'avait regardée bizarrement avant de lui rappeler que les portes s'ouvraient grâce à des cartes magnétiques, et non des clefs. Elle avait dû entendre le vent bousculer les appliques en cuivre, qui étaient d'époque.

Elle rangea ce souvenir dans un coin de sa mémoire et reprit son escalade. Le sommet ne devait plus être loin, maintenant ; la dame de l'épicerie, au village, lui avait dit que la montée représentait une vingtaine de minutes de marche ; or, elle grimpait depuis une demi-heure.

En sortant d'un virage, Cassandra découvrit une voiture rouge arrêtée sur le gravier. Un homme et une femme la regardaient approcher ; lui grand et mince, elle petite et trapue. Elle les prit un instant pour des touristes admirant le panorama, mais, en les voyant lever la main à l'unisson pour la saluer, elle devina de qui il s'agissait.

— Bonjour, fit l'homme en venant vers elle.

Malgré ses cheveux et sa barbe, blancs comme du sucre glace, il devait avoir à peine cinquante ans.

— Vous êtes sans doute Cassandra. Je suis Henry Jameson, et voici mon épouse Robyn, ajouta-t-il en indiquant sa compagne, qui rayonnait littéralement.

— Ravie de faire votre connaissance, déclara cette dernière, qui suivait sur les talons de son mari.

Ses cheveux grisonnants, impeccablement coupés au carré, venaient chatouiller ses joues bien roses, luisantes et rebondies comme des pommes.

— Merci d'avoir accepté de me voir un dimanche, dit aimablement Cassandra. Je vous en suis très reconnaissante.

— Je vous en prie, ce n'est rien, répliqua Henry en tentant de remettre un peu d'ordre dans ses cheveux fins décoiffés par le vent. Tout le plaisir est pour nous. J'espère que vous ne voyez pas d'inconvénient à ce que Robyn soit présente...

— Mais non, voyons, pourquoi veux-tu qu'elle y trouve à redire ? coupa l'intéressée. N'est-ce pas ? demanda-t-elle à Cassandra.

Cette dernière fit non de la tête.

— Qu'est-ce que je te disais ? De toute façon, enchaîna-t-elle en serrant le poignet de Cassandra, je ne vois pas comment il aurait pu m'en empêcher ; ç'aurait été un cas de divorce.

— Mon épouse est secrétaire de l'Association d'Histoire locale, expliqua Henry sur un ton où perçait la contrition.

— J'ai publié un certain nombre d'opuscules consacrés à notre région. Principalement sur l'histoire des grandes familles, des monuments historiques, des châteaux... Le plus récent traite de la contrebande, et nous sommes en train de mettre les articles en ligne sur un site Web qui...

— Elle s'est juré de prendre le thé dans toutes les demeures historiques du comté.

— ... mais moi qui ai vécu ici toute ma vie, je n'ai jamais mis les pieds dans cette vieille chaumière, figurez-vous. Alors je vous prie de croire, ajouta Robyn avec un sourire radieux, que je suis curieuse comme une chatte.

— On ne s'en serait jamais doutés, ma chérie, répondit Henry avec lassitude avant de désigner le sommet de la falaise. À partir d'ici il faut continuer à pied ; la route ne va pas plus loin.

Robyn ouvrit la marche. Elle avançait à grands pas déterminés entre les hautes herbes balayées par le vent. Peu à peu, Cassandra prit conscience des oiseaux. Une multitude d'hirondelles qui allaient et venaient furtivement entre les branches frêles et nues, en échangeant des appels. Elle eut la curieuse sensation d'être observée, comme si elles se bousculaient pour tenir constamment à l'œil ces humains importuns. Elle frissonna, puis elle s'admonesta : puérile, elle inventait des choses mystérieuses là où il n'y avait qu'une atmosphère particulière...

— C'est mon père qui a vendu la maison à votre grand-mère, annonça Henry en ralentissant l'allure pour se laisser rattraper par Cassandra. En 1975. Je venais juste d'entrer à l'étude comme clerc, mais je m'en souviens bien.

— Tout le monde s'en souvient ! lança Robyn. C'était le dernier bout du domaine qui partait. Au village, certains prétendaient que le cottage ne se vendrait jamais.

— Pourquoi ? s'enquit Cassandra en regardant vers la mer. On doit avoir une vue magnifique, de là-haut.

Henry lança un coup d'œil à Robyn, qui s'était arrêtée pour reprendre son souffle, une main posée sur la poitrine.

— Certes, mais...

— De vilaines histoires circulaient au bourg, coupa Robyn entre deux halètements. Des rumeurs, vous voyez le genre... À propos de son passé.

— Quel genre d'histoires ?

— Des bêtises, affirma Henry. Un tas d'insanités comme on en entend dans tous les villages d'Angleterre.

— On disait que la chaumière était hantée, continua Robyn sotto voce.

— Montre-moi une seule maison qui ne le soit pas, en Cornouailles ! fit son mari en riant.

Robyn leva les yeux au ciel.

— Mon mari est du genre pragmatique.

— Et ma femme du genre romantique. Ce cottage est en brique et en mortier comme toutes les maisons de Tregenna, et pas plus hanté que moi.

— Et tu te dis cornouaillais... railla Robyn en glissant une mèche rebelle derrière son oreille. Et vous, Cassandra, vous y croyez, aux revenants ?

— Je ne pense pas. En tout cas, pas au sens courant du terme. Les fantômes, tout ça...

— Enfin quelqu'un de raisonnable, commenta Henry. Le seul mouvement qu'ait connu cette maison depuis trente ans, ce sont les allées et venues des gamins du coin qui décident de s'offrir une petite frayeur.

Henry sortit de sa poche un mouchoir à monogramme qu'il plia en deux avant de s'en tamponner le front.

— Tu viens, ma chérie ? Si on ne se remue pas un peu, ça va nous prendre toute la journée et le soleil tape dur. L'été s'attarde, on dirait.

La déclivité et l'étroitesse du chemin les réduisirent au silence pendant les cent derniers mètres. Des brins d'herbe d'une finesse presque immatérielle chatoyaient au soleil tandis que le vent s'insinuait entre eux en soupirant insensiblement.

Enfin, après avoir franchi un bouquet de végétation côtière, ils se retrouvèrent devant un mur de pierre. Avec ses deux mètres de haut, et après tout ce chemin sans trace de présence humaine, il avait quelque chose d'incongru. La grille d'entrée était surmontée d'une arche également métallique où des plantes grimpantes étaient venues se tresser ; le passage du temps les avait « fossilisées » sous un dépôt de calcaire. Une pancarte qui avait dû être vissée au portail pendait par un coin. Une croûte de lichen vert pâle envahissait la quasi-totalité de sa surface en colonisant avidement les lettres gravées.

Cassandra pencha la tête de côté et lut : *Entrez à vos risques et périls.*

— Le mur est un ajout récent, précisa Robyn.

— Par « récent », mon épouse veut dire qu'il date seulement d'une centaine d'années, c'est-à-dire trois fois moins que le cottage lui-même. Vous vous rendez compte, j'espère, reprit-il après s'être éclairci la voix, qu'il est en mauvais état ?

— J'ai une photo, dit Cassandra en tirant celle-ci de son sac.

Henry l'examina en haussant les sourcils.

— Elle a dû être prise avant la vente. La maison a changé, depuis. Il n'y avait personne pour s'en occuper, vous comprenez.

Il poussa du bras gauche le portail aux volutes métalliques envahies par la végétation et, d'un mouvement de tête, fit signe aux femmes d'entrer.

Une allée de pierres plates sous une voûte d'antiques rosiers grimpants aux articulations noueuses. Dès qu'ils eurent pénétré dans le jardin, ils sentirent la différence de température. Il en émanait une impression générale de pénombre peu engageante. Un calme bizarre, avec quelque chose de statique. Ici, même le bruit omniprésent de la mer semblait atténué. Comme si, derrière ces murs de pierre, tout était endormi. En attente de l'événement, ou de la personne, qui provoquerait le réveil.

— Et voici Cliff Cottage, commenta Henry comme ils atteignaient le bout de l'allée.

Cassandra en resta bouche bée. Devant elle s'étalait une énorme masse de ronciers entrelacés ; le lierre avait tout investi, y compris l'emplacement probable des fenêtres. Si elle en avait ignoré l'existence, elle aurait eu bien du mal à distinguer la construction cachée sous les plantes grimpantes.

Henry toussota ; ses joues s'empourprèrent tant il craignait qu'elle ne soit déçue.

— Évidemment, la maison est livrée à elle-même depuis longtemps.

— Bah ! Un bon nettoyage et il n'y paraîtra plus, contra Robyn avec une gaieté forcée qui aurait ressuscité un naufragé. Aucune raison de désespérer. Vous avez vu ce qu'ils font, dans les émissions de télé où on rénove les maisons ? Vous avez ça aussi en Australie ?

Cassandra hocha la tête d'un air absent, les yeux tournés vers le toit.

Henry lui tendit la clef.

— À vous l'honneur…

C'était une grosse clef à l'ancienne terminée par une superbe volute en cuivre, étonnamment lourde. Dès qu'elle l'eut en main, Cassandra eut une impression de déjà-vu. Elle avait déjà tenu une clef similaire. Mais quand ? À la boutique d'antiquités ? Alors que l'empreinte était tenace, le souvenir lui-même refusait de se préciser.

Elle posa le pied sur une marche devant l'entrée. On distinguait la poignée mais des guirlandes de lierre pendaient en travers de la porte.

— Avec ça, on devrait y arriver, déclara Robyn en exhibant un sécateur.

Henry prit l'air surpris.

— Ne me regarde pas comme ça, mon chéri. Je suis une fille de la campagne, moi ; j'ai toujours ce qu'il faut sous la main.

Cassandra accepta l'outil et coupa les branches une par une. Puis elle prit le temps d'effleurer le bois rongé par le sel. D'un côté, elle répugnait à entrer, préférant s'attarder au seuil de la découverte ; mais en lançant un regard par-dessus son épaule, elle vit ses compagnons qui lui faisaient signe de poursuivre d'un air encourageant. Alors elle introduisit sa clef dans la serrure ; il lui fallut les deux mains pour la tourner.

Sa première impression fut olfactive : l'odeur d'humidité rehaussée d'excréments d'animaux lui évoqua les forêts tropicales d'Australie, dont la canopée cachait tout un monde de fertilité moite, un écosystème fermé, méfiant à l'égard des intrus.

Elle osa faire un pas dans l'entrée. La porte laissait pénétrer juste assez de lumière pour révéler des particules de mousse flottant paresseusement dans l'air – trop légères, trop lasses pour tomber. Elle avança encore et le parquet émit sous ses pas un son doux, comme à regret.

Cassandra risqua un œil dans la première pièce. Elle était plongée dans l'obscurité, les vitres opacifiées par des décennies de saleté. Petit à petit, elle distingua les détails d'une cuisine. Au centre se dressait une table en bois clair aux pieds effilés, avec deux chaises en osier docilement rangées contre elle. Dans un renfoncement, un fourneau noir devant lequel les toiles d'araignée formaient une espèce de voilage pelucheux. Un vaisselier équipé d'ustensiles de cuisine désuets et, dans un coin, un rouet où l'on voyait encore un brin de laine noire.

— On se croirait dans un musée, souffla Robyn, en plus poussiéreux.

— Je ne suis pas près de vous inviter à boire le thé, déclara Cassandra.

Henry se dirigea vers le rouet, qu'il dépassa avant de désigner un autre renfoncement, celui-ci encadré de montants et de poutres.

— Il y a un escalier ici.

En effet, une étroite volée de marches montait tout droit avant de virer abruptement au niveau d'un petit palier. Cassandra éprouva sa solidité en posant le pied sur la première marche. Elle lui parut assez solide. Prudemment, elle entama son ascension.

— Faites attention, dit Henry en lui emboîtant le pas, les mains levées à la hauteur du dos de la jeune femme comme pour la protéger – de manière illusoire, certes, mais pleine de prévenance.

Cassandra s'immobilisa sur le palier.

— Qu'est-ce qu'il y a ? s'enquit Henry.

— Une branche énorme, qui bouche complètement le passage. Elle a traversé le toit en tombant.

— Je ne crois pas que le sécateur de Robyn nous soit d'une grande utilité, cette fois-ci, ironisa-t-il. Il faudrait une tronçonneuse. Robyn, tu as une idée ? lança-t-il. Qui appellerais-tu, toi, pour dégager un arbre tombé ?

Pendant que Cassandra redescendait, l'interpellée répondit :

— Le jeune qui travaille pour Bobby Blake devrait faire l'affaire.

— Un gars du coin, reprit Henry à l'intention de Cassandra, qui s'est installé comme paysagiste. C'est aussi lui qui entretient le parc de l'hôtel, et ça, c'est une sacrée recommandation.

— Si vous voulez, je l'appelle et je lui demande s'il lui reste de la place dans la semaine ? proposa Robyn. Je ressors parce que dans le cottage, je n'ai pas de réseau.

— Il y a à peine plus d'un siècle que Marconi a reçu son premier signal, et regardez où nous en sommes avec la technologie. Vous savez que ça s'est passé pas loin d'ici, sur la côte, à Poldhu Cove ?

— Ah bon ?

À mesure qu'elle prenait conscience de la décrépitude du cottage, Cassandra se sentait de plus en plus dépassée par les événements. Elle était reconnaissante à Henry d'être venu au rendez-vous, mais elle ne se sentait pas capable de feindre un intérêt quelconque pour les origines des télécommunications. Toutefois, elle répondit par un sourire d'encouragement poli et s'appuya contre un mur, non sans repousser préalablement un pan épais de toiles d'araignée formant comme un châle tissé.

Mais sa réaction n'échappa pas à Henry, qui se borna à dire :

— Je suis navré que vous trouviez le cottage dans cet état. Je me sens un peu responsable, puisque notre étude était dépositaire des clefs...

— Mais non, vous ne pouviez rien faire, de toute façon. Surtout que Nell avait prié votre père de ne pas intervenir. De toute façon, ajouta-t-elle avec un sourire, vous seriez entré « à vos risques et périls », la pancarte le précise bien.

— C'est vrai, et votre grand-mère s'est montrée inflexible : nous ne devions pas entreprendre de travaux. Cette maison avait beaucoup d'importance à ses yeux et elle voulait superviser en personne sa restauration.

— Oui, je crois qu'elle avait l'intention de venir s'y installer.

— C'est vrai. J'ai consulté nos anciens dossiers avant de vous rencontrer, et dans toute sa correspondance, elle dit qu'elle viendra s'en occuper – jusqu'à une lettre datée de début 1976, où elle explique que les circonstances ont changé et qu'elle ne reviendra pas – en tout cas pas avant un certain temps. Et elle confie les clefs à mon père, pour savoir où les récupérer le moment venu.

Il promena son regard dans la pièce.

— Mais le moment n'est jamais venu.

— Eh non.

— Enfin, vous êtes là, vous, fit Henry avec un regain d'optimisme.

— Oui.

Un bruit au niveau de la porte leur fit dresser l'oreille.

— J'ai appelé Michael, dit Robyn en rangeant son téléphone portable. Il viendra faire un tour mercredi matin pour estimer l'ampleur des travaux. Et maintenant, mon chéri, ajouta-t-elle en se tournant vers son mari, il faut y aller. Marcia nous attend pour déjeuner et tu sais dans quel état elle se met quand on est en retard.

— Notre fille a bien des qualités, ironisa Henry, mais la patience n'en fait pas partie.

— Merci pour tout, leur dit Cassandra, souriante.

— Et n'allez pas vous mettre en tête de déplacer cette branche toute seule, hein ! Même si vous êtes impatiente de monter à l'étage.

— Promis.

Tandis qu'ils se dirigeaient vers le portail, Robyn se retourna vers la jeune femme.

— Vous lui ressemblez, vous savez. À votre grand-mère. Vous avez les mêmes yeux.

— Vous l'avez connue ?

— Bien sûr ! Avant même qu'elle achète le cottage. Un après-midi, elle est venue au musée où je travaillais poser des questions sur l'histoire locale. Notamment sur les vieilles familles du coin.

— Dépêche-toi, Robyn ! lança Henry depuis le bord de la falaise. Si le rôti brûle, Marcia ne nous le pardonnera jamais.

— Sur la famille Mountrachet ?

Robyn fit signe à Henry puis répondit :

— Exactement. Les gens du château. Et aussi sur les Walker. Le peintre et sa femme, ainsi que la dame qui écrivait des contes de fées.

— Robyn !

— Oui, oui, j'arrive ! Vraiment... aucune patience, celui-là !

Elle se hâta de le rejoindre et la brise marine apporta aux oreilles de Cassandra une invitation à venir leur rendre visite quand elle voudrait.

25

Tregenna, Cornouailles, 1975

Le musée de la Pêche et de la Contrebande était niché sur le port, dans un petit bâtiment aux murs blanchis à la chaux, face à la mer. Un panneau dans la vitrine précisait les horaires d'ouverture, toutefois c'était la première fois en trois jours que Nell voyait de la lumière à l'intérieur.

Elle poussa la petite porte d'entrée, toute voilée de dentelles.

À la réception se tenait une jeune fille tirée à quatre épingles, aux cheveux châtains mi-longs. Plus jeune que Lesley, songea-t-elle, mais infiniment plus vieille par l'allure et le maintien. Elle se leva en voyant entrer la visiteuse, entraînant le napperon en dentelle qui recouvrait le bureau ainsi qu'un tas de paperasse. On aurait dit une petite fille prise le doigt dans un pot de confiture.

— Excusez-moi, je... Je ne m'attendais pas à... bredouilla-t-elle en regardant Nell par-dessus la monture de ses grandes lunettes.

Elle n'avait pas l'air enchantée d'avoir de la visite. Nell lui tendit tout de même la main.

— Je m'appelle Nell Andrews. Et vous, vous devez être Robyn Martin ? ajouta-t-elle en lisant la plaque posée sur le bureau.

— Nous n'avons pas beaucoup de visiteurs en cette saison. Je vais chercher la clef.

Elle fit mine de ranger les papiers qui encombraient le bureau et glissa une mèche de cheveux derrière son oreille.

— Les vitrines sont un peu poussiéreuses, dit-elle comme pour s'excuser. C'est par ici.

Nell suivit du regard la direction qu'elle indiquait. Derrière une porte vitrée, une petite pièce abritait filets, hameçons et cannes à pêche. Aux murs, des photographies en noir et blanc représentant des bateaux et leurs équipages ainsi que les criques de la région.

— En fait, intervint Nell, je cherche des renseignements, et le monsieur de la poste m'a conseillé de venir vous trouver.

— Mon père ?

— Eh bien, je ne sais pas...

— Il n'y a que lui, à la poste.

— Quoi qu'il soit, il a dit que vous pourriez m'aider. Ce que je cherche ne concerne ni la pêche ni la contrebande, mais l'histoire locale, et plus précisément celle des grandes familles de la région.

Le changement d'attitude fut immédiat.

— Vous auriez dû le dire plus tôt ! Je travaille ici pour apporter ma modeste contribution à la commune, mais l'histoire de Tregenna, c'est toute ma vie ! Tenez, ajouta-t-elle en feuilletant les papiers devant elle avant de fourrer une feuille entre les mains de Nell. Voici le texte que je suis en train de rédiger pour un dépliant touristique. Par ailleurs, je mets la touche finale à un modeste article sur les grandes maisons, justement. Un éditeur de Falmouth est intéressé.

Elle consulta sa jolie montre en argent dont le bracelet était une simple chaînette.

— Je serais ravie de répondre à vos questions, seulement j'ai un rendez-vous à l'extérieur et...

— Je vous en prie, insista Nell. Je viens de très loin. Je ne vous retiendrai pas longtemps. Accordez-moi quelques minutes.

Robyn pinça les lèvres et riva ses petits yeux sur Nell.

— Je vais faire mieux que ça : vous emmener avec moi.

Un brouillard de plus en plus épais, charrié par le vent marin au rythme de la marée montante, s'alliait au crépuscule pour priver le bourg de toutes ses couleurs. Les deux femmes empruntèrent une succession de ruelles ; à mesure qu'elles gagnaient de la hauteur, la grisaille envahit tout ce qui les entourait. Depuis que la météo faisait des siennes, Robyn paraissait agitée. Elle avançait à vive allure, au point que Nell – qui avait pourtant une belle foulée – devait faire un effort pour ne pas se laisser distancer. Elle se demandait où elle l'emmenait à ce train d'enfer, mais son allure même interdisait la conversation.

Parvenues en haut de la rue, elles se retrouvèrent devant une petite maison blanche qu'une pancarte annonçait comme étant *Pilchard Cottage*. Robyn frappa. Pas de lumière aux fenêtres. Elle regarda à nouveau sa montre, en l'approchant de ses yeux cette fois.

— Pas encore rentré... On lui a pourtant bien dit de rentrer tôt en cas de brouillard.

— Qui ça ?

Robyn la regarda comme si elle avait momentanément oublié sa présence.

— Gump, mon grand-père. Tous les jours, il descend regarder les bateaux. Il a été pêcheur lui-même, vous comprenez. Ça fait vingt ans qu'il a pris sa retraite, mais il faut qu'il sache qui est sorti en mer, qui a attrapé quoi...

Sa voix se brisa sous le coup de l'inquiétude.

— Combien de fois on lui a dit de ne pas traîner dans le brouillard ! Mais il ne veut rien savoir...

Tout à coup, elle reporta son regard sur un point situé à quelque distance.

Nell vit une tache se préciser peu à peu. Une silhouette qui venait vers eux se profilait, indistincte.

— Gump ! lança Robyn.

— Pas d'histoires pour rien, mon petit, répondit une voix.

L'homme se matérialisa dans la pénombre et monta les trois marches de son perron avant de tourner la clef dans la serrure.

— Eh bien, ne restez pas là à grelotter comme une paire de grives, lança-t-il par-dessus son épaule. Entrez, entrez, on va se réchauffer comme il faut.

Dans l'entrée exiguë, Robyn aida le vieux monsieur à ôter son pardessus encroûté de sel marin, puis ses grandes bottes en plastique noir, et déposa le tout sur un banc en bois.

— Gump, tu es tout humide, lui reprocha-t-elle, inquiète, en empoignant le tissu de sa chemise à carreaux. Allez, il faut te changer.

— Bah ! dit-il en tapotant d'un air rassurant la main de sa petite-fille. Je vais m'asseoir devant le feu, le temps que tu m'apportes une bonne tasse de thé, je serai sec.

Il pénétra dans le salon. Robyn prit Cassandra à témoin en lui jetant un regard impatient : Vous voyez ce qu'il me fait subir ?

— Gump a presque quatre-vingt-dix ans, mais il refuse obstinément de quitter sa maison, dit-elle tout bas. À nous tous, on se débrouille pour qu'il ait toujours quelqu'un avec qui dîner. Je fais les lundis, mardis et mercredis.

— Il est drôlement bien conservé, pour son âge.

— Il a la vue qui baisse et il devient un peu sourd, mais peu importe son état de santé, il faut qu'il aille tous les soirs vérifier que ses « jeunes » sont bien rentrés de la pêche. Pourvu qu'il ne lui arrive rien pendant que je suis de service !

En regardant à travers la vitre de la porte, elle vit son grand-père se prendre les pieds dans le tapis et manquer tomber. Elle fit la grimace.

— Ça vous dérangerait beaucoup de... Enfin, si vous pouviez lui tenir compagnie le temps que je mette l'eau à bouillir... Je serai plus rassurée quand il sera sec.

Mue par la séduisante perspective d'apprendre enfin quelque chose sur sa famille, Nell était prête à tout. Elle acquiesça, et Robyn sourit, soulagée, avant d'emboîter prestement le pas à son grand-père.

Ce dernier avait pris place dans un fauteuil en cuir fauve, et posé sur ses genoux un couvre-pied en patchwork d'aspect douillet. Nell songea un instant aux patchworks que Lil avait confectionnés pour elle et ses sœurs. Qu'aurait-elle pensé de sa quête ? Aurait-elle compris pourquoi il était aussi vital pour elle de reconstituer les quatre premières années de sa vie ? Elle en doutait. Lil croyait fermement que chaque personne avait le devoir de s'en sortir au mieux avec ce qui lui était donné au départ. À quoi bon se perdre en conjectures ? disait-elle toujours. Ce qui compte, c'est ce qui existe. Seulement, elle avait beau jeu de tenir ce discours ; elle savait d'où elle venait, elle...

Robyn se releva ; derrière le pare-feu, les flammes qu'elle venait de raviver bondissaient avidement d'une boule de papier à l'autre.

— Gump, je vais faire le thé et préparer à dîner tant que j'y suis. Pendant ce temps, mon amie... euh... ?

— Nell. Nell Andrews.

— ... Nell va rester avec toi. Elle est en visite à Tregenna et s'intéresse aux grandes familles de la région. Tu peux peut-être lui parler un peu de l'histoire du bourg ?

Le vieux monsieur ouvrit les mains, révélant des paumes marquées par une vie entière à tirer sur des cordages et amorcer des hameçons.

— Demandez-moi ce que vous voudrez. Je vous dirai tout ce que je sais.

Robyn retourna à la cuisine et Nell chercha où s'asseoir. Elle avisa un fauteuil à oreillettes près du feu, et apprécia la brusque langue de chaleur que répandirent aussitôt les flammes sur tout un côté de son corps.

Ayant fini de bourrer sa pipe, Gump interrogea Nell du regard. Manifestement, la balle était dans son camp.

Elle s'éclaircit la voix et remua un peu les pieds sur le tapis en se demandant par où commencer ; elle décida de ne pas tourner autour du pot.

— C'est à la famille Mountrachet que je m'intéresse.

L'allumette de Gump s'éteignit en crépitant. Il aspira vigoureusement pour amorcer sa pipe.

— J'ai posé des questions à droite et à gauche au village mais, apparemment, personne ne sait rien.

— Tu parles ! dit-il en exhalant une bouffée de fumée. Ils savent très bien. Seulement, ils ne veulent pas parler.

— Et pourquoi donc ? s'étonna Nell.

— À Tregenna, on aime bien écouter et raconter des histoires, mais on est superstitieux. Toujours prêts à causer, sauf de ce qui s'est passé là-haut ; sur ce sujet, les gens la bouclent.

— J'avais remarqué. Est-ce parce que les Mountrachet étaient des aristocrates titrés ? Qu'ils appartenaient à la haute société, la classe supérieure ?

— Ils étaient riches, ça oui, fit-il avec un petit reniflement de mépris, mais de la classe, on ne peut pas dire qu'ils en avaient. Leur titre, c'est à du sang d'innocents qu'ils le doivent. Ça remonte à 1724. Un jour, en fin d'après-midi, une violente tempête s'est levée ; on n'avait pas vu ça depuis des années. Le phare y a laissé son toit et la lentille neuve qu'on y avait mise, et le feu – une lampe à huile – a été soufflé comme une vulgaire bougie. C'était une nuit sans lune, en plus : il faisait noir comme dans mes bottes.

Ses lèvres décolorées pincèrent le tuyau de sa pipe. Il aspirait de longues bouffées, peu à peu pris par son propre récit.

— Les chalutiers étaient presque tous rentrés en avance mais il restait un sloop dans le détroit, un deux-mâts avec un équipage de corsaires. Les gars étaient condamnés. On dit que les vagues montaient à mi-hauteur des falaises de Sharpstone et bousculaient la goélette comme un jouet d'enfant. Elle a été jetée contre les rochers ; elle était déjà en mille morceaux avant de s'échouer dans la crique. On en a parlé dans les journaux, et les autorités ont diligenté une enquête, mais on n'a jamais rien retrouvé à part quelques planches de cèdre rouge qui provenaient de la coque. Évidemment, on a tout mis sur le dos des *free traders*.

— C'est-à-dire ?

— Les contrebandiers, expliqua Robyn qui revenait avec le thé.

— Mais ce ne sont pas les contrebandiers qui se sont emparés de toute la cargaison de ce bateau, reprit Gump. Les coupables, ce sont les Mountrachet.

Nell prit la tasse que lui tendait Robyn.

— Les Mountrachet étaient eux-mêmes des contrebandiers ?

Gump émit un petit rire râpeux et but une gorgée de thé.

— Même pas. Les contrebandiers avaient au moins le mérite de récupérer les marchandises surtaxées sur les navires en détresse et de porter secours aux équipages. Non, ce qui s'est passé cette nuit-là dans la crique de Blackhurst fut l'œuvre de pillards, purement et simplement ; de pillards et d'assassins. Ils ont massacré les membres d'équipage jusqu'au dernier et mis la main sur la cargaison. Sur ce, le lendemain matin à l'aube, personne n'ayant encore eu vent de la tragédie, ils ont remorqué vers le large les restes du bateau ainsi que les cadavres et les y ont coulé. C'est de là que vient leur fortune ; il y avait à bord des coffres pleins de perles, de l'ivoire, des éventails venus de Chine, des bijoux d'Espagne...

— En quelques années, le château a été complètement rénové, enchaîna Robyn en se posant sur le tabouret tendu de velours fané où son grand-père posait les pieds. Je viens justement d'évoquer cet épisode dans ma brochure sur les grandes demeures de Cornouailles. C'est à ce moment-là qu'ils ont ajouté le second étage, ainsi que les folies qui parsèment le domaine. Sur quoi le sieur Mountrachet a été anobli par le roi.

— Étonnant, ce qu'on accomplit moyennant quelques cadeaux bien choisis.

Nell hocha la tête d'un air compréhensif mais changea de position sur son fauteuil, mal à l'aise, car le moment était venu d'avouer que ces assassins, ces pillards, étaient aussi ses ancêtres.

— Et ils s'en sont tirés en toute impunité... risqua-t-elle.

Robyn lança un coup d'œil à Gump, qui se racla la gorge.

— Je n'irais pas jusque-là, marmonna-t-il.

Nell les regarda sans comprendre.

— Il y a pire châtiment que les peines prévues par la loi, je vous le dis, moi. Bien pire. Car, après ça, la famille a été maudite, et aucun de ses membres n'a échappé à la malédiction.

Nell se laissa aller contre son dossier, déçue. Un mauvais sort frappant toute une famille. Alors qu'elle s'attendait à recueillir des informations factuelles...

— Dis-lui, pour le bateau, insista Robyn, pressentant sans doute la déconvenue de Nell. Le bateau noir, tu sais bien.

Trop heureux de s'exécuter, le vieux monsieur reprit un ton plus haut pour bien montrer à quel point il s'impliquait dans son récit :

— Ils ont coulé le bateau, mais ce n'est pas pour autant qu'ils ont réussi à s'en débarrasser. Il n'a pas tardé à réapparaître. Aujourd'hui encore, il se montre de temps en temps, à l'horizon. Le plus souvent avant ou après une tempête. Un grand sloop noir, un vaisseau fantôme qui rôde à jamais face à la crique, pour hanter les descendants des coupables.

— Vous l'avez vu, vous, ce navire ? interrogea Nell.

— J'ai cru, un jour, mais je m'étais trompé, Dieu merci. Parce que le vent qui l'amène, ajouta-t-il en se penchant en avant, est un vent mauvais. On prétend que quiconque voit le vaisseau fantôme doit payer pour son sort funeste. Car si vous le voyez, lui aussi vous voit. Moi, tout ce que je sais, c'est que ceux qui affirment l'avoir vu ont eu plus de malheurs que la moyenne, dans leur vie. De son vrai nom, le sloop s'appelait le *Jacquard,* mais dans le coin, on l'appelle le *Black Hearse* – le corbillard noir.

— Ce qui sonne étrangement comme « Blackhurst » ; je suppose que ça n'a rien d'une coïncidence ?

— Pas bête, ton amie, constata Gump. En effet, certains soutiennent que le nom de la propriété vient de là.

— Mais pas vous ?

— Moi, j'ai toujours pensé que c'était à cause du gros rocher noir qui s'avance comme un cap dans la crique. Il y a un passage à l'intérieur, vous savez. Jadis, on pouvait l'emprunter jusqu'à je ne sais quel endroit de la propriété, et après ça jusqu'au village. Une bénédiction pour les contrebandiers, mais peu fiable. C'est dû à la forme du tunnel, aux virages qu'il décrit : si la mer monte plus haut que d'habitude, et qu'on se trouve coincé dans les grottes, on n'a aucune chance de s'en sortir. Ce rocher a été le corbillard de plus d'un brave, au fil des ans. Vous avez dû le voir si vous avez regardé la plage depuis la falaise. Un monstre aux contours biscornus.

— Non, je ne suis pas encore allée jusque-là. J'ai voulu visiter le château hier, mais la grille était fermée à clef. Demain, je glisserai une lettre dans la boîte. J'espère que les propriétaires me laisseront y jeter un œil. Vous savez de qui il s'agit ?

— Ce sont des nouveaux venus, commenta Robyn. Des étrangers à la région, qui parlent d'en faire un hôtel. On dit que la jeune femme écrit des sortes de romances en livre de poche. Elle est très chic, et ses livres un peu osés. Enfin, s'empressa-t-elle en rougissant et en lançant un bref regard à son grand-père, je ne sais pas, je ne les ai pas lus, bien sûr.

— J'ai vu dans une agence immobilière du bourg qu'une partie de la propriété était à vendre, reprit Nell. Une chaumière du nom de « Cliff Cottage ».

Gump émit un nouveau petit rire rauque.

— Elle est à vendre, et elle le restera. Personne ne serait assez bête pour l'acheter. Pour dissimuler toutes les indignités qui s'y sont déroulées, il faudrait plus qu'une couche de peinture.

— À savoir ?

Gump, qui jusque-là savourait visiblement son propre récit, ne répondit pas tout de suite. Il médita un instant en mâchonnant le tuyau de sa pipe, et Nell crut voir une étincelle s'allumer brièvement dans ses yeux.

— Il y a longtemps qu'on aurait dû y mettre le feu. Il s'y est passé des choses pas bien.

— Quel genre de choses ?

— Ne vous occupez donc pas de ça, lâcha-t-il, les lèvres frémissantes. Croyez-moi sur parole ; il y a des maisons qu'on ne rénove pas si facilement.

— Mais je n'avais pas l'intention de l'acheter, rétorqua Nell, surprise par sa véhémence. Je me suis simplement dit que ce serait un bon moyen de visiter la propriété.

— Nul besoin de passer par Blackhurst pour regarder la crique. On la voit du haut de la falaise. Empruntez le chemin qui part du village pour monter vers Sharpstone en contournant le promontoire, dit-il en pointant sa pipe en direction de la côte. Vous n'aurez qu'à baisser les yeux. S'il n'y avait pas cette brute de rocher, ce serait la plus jolie crique de Cornouailles. Et le sang qui y a été répandu jadis a été lavé il y a longtemps.

Un fumet de bœuf au romarin emplissait le salon. Robyn alla chercher des assiettes creuses et des cuillères dans le buffet.

— Vous resterez bien dîner, n'est-ce pas, Nell ?

— Évidemment, qu'elle reste, conclut Gump en s'installant plus confortablement dans son fauteuil. On ne va tout de même pas la mettre dehors par un brouillard pareil. Vous avez vu cette purée de pois ? Et il fait noir comme dans un four dehors.

Le ragoût était délicieux ; Nell se laissa aisément convaincre d'en reprendre. Après dîner, Robyn annonça qu'elle allait faire la vaisselle. Gump et Nell se retrouvèrent une nouvelle fois en tête à tête. Il régnait une bonne chaleur dans la pièce et le vieux monsieur avait les joues toutes rouges. Sentant le poids de son regard, il acquiesça obligeamment.

D'ailleurs, on se sentait à l'aise en compagnie de William Martin ; comme protégé du monde extérieur. Comme si un sortilège avait annihilé la scansion normale du temps. Tel était, songea Nell, le pouvoir des conteurs. Ils avaient tant de talent pour planter le décor que le reste s'estompait. Or, William Martin était un conteur-né. En filant la laine, il savait tisser de l'or ; et non seulement cela, mais il était sans doute la seule personne à avoir vécu l'époque qui intéressait Nell. Tandis que le feu lui prodiguait sa chaleur jusqu'à faire naître d'agréables picotements sur tout le côté de son corps exposé, elle aborda franchement le sujet :

— Je me demandais si, dans votre jeunesse, vous aviez connu Eliza Makepeace. Elle écrivait des contes de fées ; Linus et Adeline Mountrachet s'en étaient vu confier la garde dans son enfance.

Un silence lourd de sous-entendus. Puis Gump répondit d'une voix comme assourdie par sa moustache :

— Tout le monde connaissait l'existence d'Eliza Makepeace.

Enfin !

— Et vous savez ce qu'elle est devenue ? enchaîna Nell en toute hâte. Je veux dire, comment elle est morte, et où ?

— Non, ça je l'ignore.

Tout à coup, son attitude exprimait une réticence, une réserve nouvelles. D'une certaine manière, cela redonna de l'espoir à Nell, mais elle sentit qu'elle devait procéder avec doigté. Il ne fallait surtout pas qu'il se renferme dans sa coquille !

— Et avant, quand elle habitait Blackhurst ? Vous pourriez me dire ce que vous savez d'elle à cette période de sa vie ?

— J'ai dit que je connaissais son existence ; mais je n'ai jamais eu l'occasion de la fréquenter personnellement. Je n'étais pas le bienvenu au château. Les propriétaires m'auraient regardé d'un sale œil.

— À ce que j'ai cru comprendre, insista Nell, Eliza a été vue pour la dernière fois à Londres en 1913. Elle était en compagnie d'une petite fille de quatre ans appelée Ivory Walker. La fille de Rose Mountrachet. Avez-vous une idée, si ténue soit-elle, de ce qui aurait pu la pousser à vouloir gagner l'Australie avec une enfant qui n'était pas la sienne ?

— Non.

— Vous ne savez pas non plus pourquoi les Mountrachet ont prétendu que leur petite-fille était décédée alors qu'elle était tout ce qu'il y a de plus vivante ?

— Non, dit le vieil homme d'une voix cassée.

— Mais vous savez qu'Ivory était en vie, bien qu'on ait officiellement annoncé le contraire à l'époque ?

Un silence. On n'entendait que le feu qui crépitait.

— Je ne peux pas le savoir, puisque c'est faux. La petite est morte de la scarlatine.

— Oui, je sais, c'est ce qu'on a affirmé, admit Nell dont les joues étaient en feu et la tête pleine d'une pulsation douloureuse. Mais c'est faux.

— Qu'est-ce qui vous permet d'avancer une chose pareille ?

— Cette enfant, c'était moi, lâcha Nell. J'ai débarqué en Australie à l'âge de quatre ans après qu'Eliza Makepeace m'eut fait monter à bord d'un navire, alors que tous me croyaient morte. Et personne ne peut me dire pourquoi.

William afficha une expression indéchiffrable. L'espace d'une seconde, il parut sur le point de répondre, puis il se ravisa.

Au lieu de cela, il se leva et s'étira, de telle manière que son ventre fut projeté en avant.

— Je suis fatigué maintenant, déclara-t-il d'un ton bourru. Il est temps de ferler les voiles, pour moi. Robyn ! s'écria-t-il.

Puis, un ton plus haut :

— ROBYN !

— Oui, Gump ? fit cette dernière en revenant de la cuisine, torchon à la main. Qu'est-ce qu'il y a ?

— Je vais me coucher.

Il se dirigea vers le petit escalier qui montait en s'incurvant dans un angle de la pièce.

— Tu ne veux pas une autre tasse de thé ? On était bien, là...

En passant devant sa petite-fille, William lui posa une main sur l'épaule :

— Referme bien la porte en t'en allant, ma grande. Il ne faudrait pas que le brouillard entre.

Sous le regard stupéfait de Robyn, Nell alla récupérer son manteau.

— Il vaut mieux que je m'en aille.

— Je suis navrée. Je ne sais pas ce qui lui a pris. Il est âgé, il se fatigue facilement.

— Ne vous en faites pas, la rassura Nell en achevant de boutonner son vêtement.

Elle aurait dû s'excuser, c'était de sa faute si le vieux monsieur avait pris la mouche ; et pourtant, elle s'en sentait incapable. La déception lui laissait un goût amer dans la bouche.

— Merci de m'avoir consacré du temps, réussit-elle à articuler sur le pas de la porte avant de s'enfoncer dans l'oppressante humidité ambiante.

En bas de la rue en pente, Nell se retourna. Robyn la regardait partir ; elle la salua d'un geste. Nell lui rendit la pareille.

William Martin avait beau être vieux et fatigué, il y avait autre chose, une autre raison à son départ précipité. Elle avait vécu longtemps avec un secret lourd à porter ; elle savait reconnaître ceux qui souffraient du même mal. Il en savait plus long qu'il ne voulait le montrer. Mais son désir de découvrir le pot aux roses dépassait le respect qu'elle éprouvait pour la vie privée de William Martin.

Elle rentra la tête dans les épaules afin de se protéger du froid, bien déterminée à lui faire avouer ce qu'il cachait, d'une manière ou d'une autre.

26

Château de Blackhurst, 1900

Eliza avait vu juste : le prénom Rose était fait pour les princesses de contes de fées, et sa petite cousine Mountrachet jouissait à la fois du statut privilégié et de la beauté qui convenaient au rôle. Malheureusement pour elle, les douze premières années de sa vie n'avaient rien eu de merveilleux.

— Ouvrez grand.

Le Dr Matthews sortit un abaisse-langue en balsa de sa sacoche en cuir et examina la gorge de Rose en se penchant si près qu'en échange, elle eut l'occasion de mener une inspection détaillée de ses fosses nasales velues.

— Hmmm... dit-il, ce qui fit frémir les poils.

Il fit tousser la petite fille en retirant l'abaisse-langue, qui lui racla la gorge au passage.

— Alors, docteur ?

Maman sortit de l'ombre. Le bleu marine de sa robe faisait ressortir la blancheur de ses doigts effilés.

Le médecin se redressa de toute sa hauteur.

— Vous avez bien fait de m'appeler, lady Mountrachet. Il y a effectivement une inflammation.

— C'est bien ce que je pensais, soupira maman. Vous aurez une préparation, docteur ?

Tandis que ce dernier résumait sa proposition de traitement, Rose détourna la tête et ferma les yeux. Puis elle bâilla discrètement. Aussi loin que remontaient ses souvenirs, elle avait toujours su que, de toute façon, elle ne serait pas longtemps de ce monde. Dans les pires moments de faiblesse, elle se laissait aller à imaginer ce qu'aurait pu être la vie sans cette épée de Damoclès, si elle avait pu voir l'existence se dérouler à l'infini devant elle sous la forme d'une longue route pleine de tours et détours imprévisibles. Une route bordée de jalons tels que son entrée dans le monde, un mari, des enfants... Une belle demeure à elle, qui impressionnerait les autres dames de la bonne société. Car cette vie-là, quand elle était

314

honnête avec elle-même, elle y aspirait de tout son cœur.

Mais elle ne cédait pas trop souvent à ces fantasmes. À quoi bon se lamenter ? Mieux valait patienter, se remettre comme elle pouvait, compléter son album. Lire, quand elle pouvait, des histoires qui se passaient dans des lieux qu'elle ne verrait jamais, apprendre des faits qui ne lui seraient jamais d'aucune utilité : jamais, en effet, elle ne pourrait les placer dans aucune conversation... Elle attendait la crise qui, inéluctable, la rapprocherait de la Fin, dans l'espoir que cette fois la maladie serait plus intéressante que la précédente. Moins douloureuse, aussi ; et qu'elle lui vaudrait quelque compensation. Comme la fois où elle avait avalé le dé à coudre de maman.

Naturellement, elle ne l'avait pas fait exprès. S'il n'avait pas été si brillant, si joli dans son étui d'argent en forme de gland de chêne, elle n'aurait pas eu l'idée d'y toucher. Mais elle n'avait pas pu résister. Aucune petite fille de huit ans n'aurait pu résister. Elle avait tenté de le poser en équilibre sur le bout de sa langue, un peu comme le clown de son livre animé, *Le Grand Cirque International* de Lothar Meggendorfer, qui, lui, faisait tenir un ballon rouge sur son nez pointu. Pas très raisonnable, certes – mais elle était encore une enfant ; et elle s'entraînait depuis des mois sans anicroche.

Heureusement, l'incident avait connu une conclusion heureuse sur tous les plans. Le docteur était arrivé tout de suite – un jeune qui venait de reprendre le cabinet du bourg. Il l'avait tâtée, palpée... bref, tout ce que faisaient les médecins, avant de proposer d'une voix mal assurée un nouvel outil diagnostique : en exposant Rose à une espèce d'appareil photographique spécial, il pourrait regarder dans son abdomen sans un seul coup de scalpel. Tout le monde s'était montré ravi : père parce que ses aptitudes dans ce domaine lui valurent d'être appelé à la rescousse, le Dr Matthews parce qu'il publia les photographies en question dans une revue savante nommée *The Lancet,* et maman parce que cela fit sensation dans la bonne société.

Quant à Rose, elle se débarrassa du dé à coudre de manière naturelle, mais fort peu avouable, quarante-huit heures plus tard, et put savourer à satiété la certitude d'avoir enfin réussi à plaire à son père, fût-ce brièvement. Bien sûr, il n'alla pas jusqu'à le dire – ce n'était pas son genre. Mais Rose était douée pour détecter l'humeur de ses parents (sinon la cause de ces humeurs...). Puisque son père était content, le moral de Rose était monté aussi haut que les soufflés légers de la cuisinière.

— Avec votre permission, lady Mountrachet, je vais terminer d'ausculter votre fille, maintenant.

Le docteur souleva la chemise de nuit de la petite afin de dévoiler son abdomen. Elle soupira. Puis, en sentant le froid de ses doigts sur sa peau, elle ferma bien fort les yeux et pensa à son album. Maman avait souscrit un abonnement à un magazine londonien comportant des dessins de robes de mariée à la dernière mode, auxquelles Rose ajoutait de la dentelle et des rubans prélevés dans son fourre-tout ; elle était en train de décorer une page de l'album et le résultat était superbe. La mariée serait très belle avec son voile en dentelle de Bruges semé de minuscules perles, et des fleurs séchées en guise de bouquet. Quant au marié, c'était une autre paire de manches, car Rose ne connaissait pas grand-chose aux messieurs. (Et c'était très bien ainsi : ça n'aurait pas été convenable, pour une jeune personne.) De toute manière, les détails du fiancé avaient peu d'importance, du moment que la mariée était pure et belle.

— L'état général semble satisfaisant, déclara le Dr Matthews en donnant de petites tapes sur la chemise de nuit de Rose pour la remettre en place. Fort heureusement, l'infection reste localisée. Cependant, madame, puis-je solliciter un entretien en privé afin d'envisager le meilleur traitement possible ?

Rose rouvrit les yeux à temps pour surprendre le regard obséquieux qu'il posait sur maman. Qu'il était assommant, avec ses efforts visibles pour se faire inviter et recommander auprès des autres représentants de l'aristocratie terrienne... Les photos de Rose et de son dé à coudre in situ lui avaient valu auprès des nantis du comté un certain prestige qu'il s'était empressé de faire fructifier. En le voyant ranger soigneusement son stéthoscope dans sa sacoche noire puis le tapoter de ses petits doigts proprets, Rose sentit sa lassitude virer à l'agacement.

— Alors, docteur, je ne suis pas encore aux portes du paradis ? dit-elle en battant des cils tandis que le médecin s'empourprait. Parce que je travaille sur une page de mon album et ce serait dommage qu'il reste inachevé.

Le médecin gloussa comme une gamine puis lança un coup d'œil à maman.

— Voyons, mon petit... bredouilla-t-il. Aucune raison de s'en faire. Le moment venu, nous serons tous conviés à la table du Seigneur, mais...

Il se lança dans une tirade boiteuse sur la vie et la mort. Au bout d'un moment, Rose tourna la tête afin de dissimuler un petit sourire sans joie.

La perspective de mourir prématurément n'avait pas le même effet selon les individus qui devaient vivre avec. À certains, elle faisait don d'une maturité sans rapport avec leur âge et leur vécu : à ceux-là, le renoncement donnait une belle nature et une conduite pleine de douceur. Chez d'autres, elle créait au cœur de l'être un petit morceau de glace dure qui, s'il ne se manifestait pas en permanence, ne fondait jamais tout à fait.

Rose aurait préféré entrer dans la première catégorie, mais au fond d'elle-même, elle savait bien qu'elle entrait plutôt dans la seconde. Elle n'était pas méchante, non ; disons qu'elle avait acquis la faculté de poser sur les choses un regard dépassionné, de prendre du recul en adoptant un point de vue extérieur à elle-même, sans se laisser distraire par les sentiments.

— Docteur, coupa maman, arrêtant net une description de plus en plus catastrophique des petits anges entourant le bon Dieu. Descendez donc m'attendre au salon. Thomas nous y servira le thé.

— Bien, madame, dit-il, soulagé d'être arraché au terrain mouvant où il s'engluait, avant de quitter la chambre en évitant le regard de Rose.

— Rose, qu'est-ce que c'est que ces manières ? fit maman d'un ton impérieux.

Mais la remontrance était adoucie par l'inquiétude ; Rose ne serait pas punie. D'ailleurs, elle n'était jamais punie. Comment s'emporter contre une petite fille qui attendait la mort ? Elle soupira.

— Oui, maman, je sais, et je le regrette. Mais j'ai un peu la tête qui tourne, et quand j'entends parler le Dr Matthews, ça empire.

— Une constitution fragile, c'est une terrible croix à porter, dit maman en lui prenant la main, mais tu es une Mountrachet, et la maladie n'est pas une excuse – tu te dois d'avoir des manières impeccables.

— Oui, maman.

— Il faut que j'aille m'entretenir avec M. Matthews, maintenant, conclut-elle en posant le bout de ses doigts frais sur la joue de sa fille. Je reviendrai prendre de tes nouvelles quand Mary t'apportera ton plateau.

Elle se dirigea vers la porte dans un bruissement de jupes balayant tapis et parquet.

— Maman ? appela la petite.

— Oui ? répondit lady Mountrachet en se retournant.

— Je voudrais te poser une question.

Rose hésita, ne sachant comment s'y prendre et consciente de la bizarrerie de sa requête.

— J'ai vu un garçon dans le jardin, caché derrière un massif de rhododendrons.

Cela provoqua un bref haussement de sourcils chez sa mère.

— Un garçon ?

— Oui, ce matin, par la fenêtre, pendant que Mary m'aidait à m'asseoir dans mon fauteuil. Il parlait avec Davies. Une espèce de garnement aux cheveux roux et aux manières insolentes.

Maman pressa sa main contre la peau livide de sa nuque, puis elle poussa un long soupir délibéré qui éveilla la curiosité de la petite.

— Ce n'était pas un garçon, Rose, mais ta cousine Eliza.

Rose en resta interdite. Voilà qui était inattendu. Avant tout parce que ça ne se pouvait pas. Maman n'avait ni frères ni sœurs, et depuis que grand-maman s'était éteinte, ses parents et elle restaient les seuls Mountrachet.

— Mais je n'ai pas de cousine, voyons.

Maman se redressa, puis répondit avec une précipitation inaccoutumée :

— Malheureusement si. Et elle va habiter au château.

— Combien de temps ?

— Pour toujours, je le crains.

— Mais maman...

Rose avait plus que jamais le vertige. Comment ce galopin en guenilles pouvait-il être sa cousine à elle ?

— ... ces cheveux... ces manières... Ses habits étaient tout sales, mouillés, tout en désordre ! Elle avait des feuilles mortes partout, conclut-elle, saisie d'un frisson.

Maman porta un doigt à ses lèvres, puis elle se tourna vers la fenêtre ; sur sa nuque, une boucle noire frémit.

— Elle n'avait pas d'autre endroit où aller. Ton père et moi avons donc accepté de la prendre chez nous. Un acte de charité chrétienne dont je pense qu'elle n'appréciera jamais la valeur, et qu'elle ne mérite certainement pas. Mais il faut toujours montrer qu'on sait se comporter généreusement.

— Mais qu'est-ce qu'elle va faire, chez nous ?

— Nous causer des soucis sans fin, selon toute probabilité. Mais nous ne pouvions pas refuser de l'accueillir. Si nous n'étions pas intervenus, nous aurions fait très mauvaise impression ; aussi nous faut-il à présent faire de nécessité vertu.

Ses paroles résonnaient comme si on forçait ses sentiments à passer à travers un tamis. Elle-même parut prendre conscience de leur vacuité, et n'alla pas plus loin.

— Maman ? insista prudemment Rose face au silence de sa mère.

— Tu voulais savoir ce qu'elle allait faire ici ? Eh bien...

Maman se tourna vers Rose et sa voix reprit un peu de sa fermeté habituelle.

— ... je te la donne.

— Comment cela ?

— Ce sera un peu comme un devoir à faire. Elle sera ta petite protégée. Quand tu seras remise, tu auras la responsabilité de veiller à sa bonne éducation. Ce n'est qu'une petite sauvage sans une once de grâce ni de charme. Une orpheline à qui on n'a pas appris à vivre au sein de la bonne société. Son avenir, son bonheur même dépendront de tes efforts dans ce sens. Naturellement, reprit-elle avec un nouveau soupir, je ne me fais guère d'illusions ; je ne m'attends pas à ce que tu fasses des miracles.

— Bien, maman.

— Tu ne peux pas savoir, mon petit, à quelles influences a été confrontée cette orpheline, durant son enfance londonienne de péché et d'affreuse décadence.

Alors Rose comprit de qui il s'agissait. Cette Eliza était la fille de la sœur de papa, la mystérieuse Georgiana dont maman avait fait monter le portrait au grenier, et dont nul n'osait dire mot.

Sauf grand-maman.

Dans les derniers mois de sa vie, quand la vieille dame était revenue à Blackhurst telle une ourse blessée pour attendre la mort dans sa chambre, là-haut dans la tourelle, elle avait des moments de lucidité durant lesquels elle évoquait deux enfants appelés Linus et Georgiana. Linus, c'était papa – cela, Rose le savait ; donc, Georgiana devait être la sœur de son père. Celle qui avait disparu avant sa naissance à elle.

Par un matin d'été, Rose était dans le fauteuil près de la fenêtre de la tour, où un petit vent marin lui chatouillait le bas de la nuque. Elle aimait bien regarder sa grand-mère dormir, en se disant que chaque inspiration était peut-être la dernière, et observer les perles de sueur sur le front de la vieille dame.

Soudain, grand-maman ouvrit les yeux. Ses prunelles sans âge étaient claires, délavées par toute une vie d'amertume. Elle examina un instant la fillette mais, dans son regard, pas la moindre lueur n'indiqua qu'elle l'avait reconnue. Ses yeux poursuivirent leur course et parurent fascinés par les voilages douce-ment gonflés par la brise. Le premier mouvement de Rose fut de sonner pour qu'on prévienne maman – il y avait des heures que grand-maman dormait – mais alors qu'elle allait tirer le cordon, la vieille dame poussa un long soupir plein de lassitude qui parut la dégonfler comme un ballon au point que sa peau s'enfonça dans les creux entre ses os.

Soudain, surgie de nulle part, une main décharnée agrippa le poignet de Rose.

« Très jolie jeune fille, dit la mourante d'une voix si basse que Rose dut se pencher pour entendre la suite. Trop. Malédiction. Elle faisait tourner les têtes. Il ne pouvait pas s'en empêcher, il la suivait partout, et nous n'en savions rien. Elle s'est enfuie, et n'est jamais revenue. Plus un mot de ma petite Georgiana... »

Rose Mountrachet était une petite fille sage, qui connaissait les us et coutumes. Elle qui avait passé toute sa vie alitée, captive des leçons épisodiques de sa mère sur les lois et l'essence même de la bonne société, savait pertinemment qu'une vraie dame ne portait ni perles ni diamants le matin, ne devait « snober » personne, et surtout, ne jamais – sous aucun prétexte – rendre visite à un monsieur sans être accompagnée. Mais par-dessus tout, elle savait qu'il fallait à tout prix éviter le scandale, cette entité maléfique à laquelle il suffisait de faire allusion pour causer instantanément la ruine d'une dame. Ou, du moins, pour entacher définitivement son nom.

Pourtant, cette référence à la brebis égarée qu'était sa tante Georgiana et le parfum de scandale – si tentateur ! – qui planait dans son sillage ne provoquèrent aucune réaction négative chez Rose. Bien au contraire, cela fit courir un frisson d'excitation le long de sa colonne vertébrale. Pour la première fois depuis des années, elle avait le bout des doigts qui la chatouillait tant elle était impatiente d'en savoir davantage. Elle s'approcha encore. Pourvu que grand-maman continue ! Elle était avide de se laisser emporter par le flot de ses paroles du moment qu'il allait, tourbillonnant, se jeter dans des eaux aussi noires qu'inexplorées.

« De qui parlez-vous, grand-maman ? aiguillonna Rose. Qui est-ce qui la suivait partout ? Avec qui a-t-elle fui ? »

Malheureusement, grand-maman ne répondit pas. Quelles que fussent les histoires qui s'échafaudaient dans sa tête, de toute évidence, elles ne se prêteraient pas à la manipulation. Rose insista, mais en vain. À force de ressasser ses interrogations, le prénom de Georgiana en vint à symboliser pour elle les moments pénibles, éprouvants. Et tout ce qu'il y avait d'injuste et de méchant au monde...

— Rose ?

Maman fronça légèrement les sourcils. C'était une expression qu'elle s'efforçait de réprimer mais que la petite avait fini par apprendre à reconnaître.

— Que dis-tu, mon enfant ? Tu parlais tout bas. Comment te sens-tu ? s'enquit-elle en posant la main sur le front de sa fille afin d'estimer sa température.

— Bien, maman. J'étais perdue dans mes pensées, voilà tout.

— Je te trouve les joues un peu rouges.

Rose appuya à son tour sa main sur son front. Maman disait-elle vrai ? Elle-même ne pouvait se prononcer.

— Je vais demander au Dr Matthews de remonter une dernière fois avant de s'en aller, décida maman. Mieux vaut prévenir que guérir.

Rose ferma les yeux. Encore une visite du Dr Matthews... deux fois dans la même journée. C'était plus qu'elle n'en pouvait supporter.

— Aujourd'hui tu es trop faible pour faire la connaissance de ta pupille. Je vais m'entretenir avec le docteur et, s'il juge la chose envisageable, tu la rencontreras demain. Eliza ! Quand je pense qu'on a donné le nom des Mountrachet à une fille de matelot !

Un pêcheur ? C'était nouveau ! Rose rouvrit les yeux d'un coup.

— Que dites-vous, maman ?

Au tour de sa mère de s'empourprer, en évitant soigneusement le regard de la petite. Elle en avait trop dit ; un défaut inhabituel s'ouvrait dans la cuirasse des convenances auxquelles elle tenait tant.

— Le père de ta cousine était marin. Nous ne parlons jamais de lui.

— Mon oncle était marin ?

Maman s'étrangla et sa main fine se porta vivement à sa bouche.

— Ce n'était pas ton oncle, Rose. Il n'avait aucun lien de parenté ni avec toi ni avec moi. Et il n'était pas marié à ta tante Georgiana.

— Mais maman... !

C'était beaucoup plus scandaleux que tous ses fantasmes.

— Je ne vois vraiment pas ce que tu veux dire !

Maman reprit à voix basse :

— Eliza est ta cousine, et nous n'avons d'autre choix que de la prendre chez nous. Mais ne t'y trompe pas : elle demeure de basse extraction. Elle a de la chance que la disparition de sa mère l'ait ramenée à

Blackhurst malgré l'ignominie qu'elle a infligée à sa famille. Quand elle est partie, reprit-elle en secouant la tête, ton père a failli en mourir. Je n'ose imaginer ce qui serait arrivé si je n'avais pas été là pour le soutenir pendant ce scandale.

Elle regarda Rose droit dans les yeux et poursuivit d'une voix au tremblement à peine maîtrisé :

— Au-delà d'un certain degré d'indignité, mon petit, une famille ne peut plus sauver l'honneur attaché à son nom. Voilà pourquoi il est si important que nous menions une existence sans tache, toi et moi. Or, la présence de ta cousine va représenter un défi sur ce plan, tu peux en être sûre. Elle ne sera jamais des nôtres, mais si nous ne ménageons pas nos efforts, nous saurons au minimum l'élever au-dessus du ruisseau londonien qui l'a vue naître.

Rose feignit de s'absorber dans la contemplation des volants ornant la manche de sa chemise de nuit.

— Une fille de basse extraction ne peut donc jamais apprendre à passer pour une dame, maman ?

— Non, mon petit.

— Même si elle entre dans le giron d'une famille noble ? insista Rose en regardant sa mère par en dessous. En épousant un gentilhomme, par exemple ?

Maman darda sur elle un regard perçant, hésita, puis répondit lentement, en choisissant ses termes :

— Il est toujours possible, naturellement, qu'une jeune fille exceptionnelle, d'origine modeste mais élevée dans une famille décente, s'élève au-dessus de sa condition, pourvu qu'elle s'efforce sans relâche de se perfectionner.

Un soupir bref le temps de reprendre contenance.

— Mais je crains que ta cousine n'y parvienne pas. Nous ne devons pas trop en attendre, Rose.

— Je comprends, maman.

La véritable cause du malaise de maman flottait dans l'air entre elles, informulée ; si Adeline avait su que sa fille était au courant de ses origines, elle en aurait été mortifiée. Encore un secret de famille que Rose avait arraché bribe par bribe à sa grand-mère mourante et qui expliquait bien des choses – l'animosité entre les deux femmes, et, au-delà, cette obsession des bonnes manières chez sa mère, son adhésion totale aux usages consacrés par la bonne société, son inflexible volonté de se présenter en toute circonstance comme un modèle de bienséance.

Lady Adeline Mountrachet avait tenté d'interdire toute mention de la vérité des années plus tôt en terrifiant ceux qui la connaissaient jusqu'à ce qu'ils l'effacent de leur mémoire (ceux qui l'ignoraient craignaient trop pour leur place pour oser seulement aborder le sujet). Mais grand-maman, elle, n'avait pas eu ces scrupules. Au contraire, elle était trop heureuse de se remémorer la jeune fille originaire du Yorkshire dont les pieux parents, après un revers de fortune, avaient été fort soulagés de l'envoyer à Blackhurst servir de dame de compagnie à la prestigieuse Georgiana Mountrachet.

En sortant, Adeline marqua une pause sur le seuil.

— Une dernière chose, Rose. La plus importante de toutes.

— Oui maman ?

— La petite ne doit *en aucun cas* croiser le chemin de ton père.

Voilà une tâche qui ne présenterait guère de difficultés. Rose pouvait compter sur les doigts d'une main le nombre de fois où elle-même avait vu son père en un an. Toutefois, la véhémence de la requête l'intrigua.

— Pourquoi, maman ?

Il y eut un silence que Rose mesura avec un intérêt croissant, puis une réponse qui soulevait plus d'énigmes qu'elle n'en résolvait :

— Il faut me croire ; si Eliza venait à approcher ton père, tous les occupants de cette maison en pâtiraient.

Adeline pressa doucement le bout de son doigt et regarda le sang perler. C'était la troisième fois qu'elle se piquait avec son aiguille en trois minutes. D'habitude, la broderie l'aidait à se calmer, mais ce jour-là ses nerfs à vif la lâchaient. Elle mit donc de côté son ouvrage. C'était sa conversation avec Rose qui l'avait mise dans cet état, plus le thé en compagnie du Dr Matthews ; elle n'arrivait pas à se concentrer. Mais la véritable raison était bien sûr la fille de Georgiana. C'était une gamine de rien du tout, mais elle avait apporté quelque chose avec elle. Une chose invisible, comparable à l'indéfinissable variation atmosphérique qui se fait sentir juste avant l'orage. Et cette chose, qui menaçait d'anéantir tout ce qu'Adeline s'était acharnée à construire, avait d'ores et déjà entamé son processus insidieux. En effet, toute la journée, ses souvenirs de sa propre arrivée au château étaient revenus la hanter alors qu'elle les avait depuis longtemps enfouis. Elle avait même mis toute son énergie à oublier, et à s'assurer que le reste du monde l'imite...

Quand elle avait débarqué à Blackhurst, en 1886, Adeline avait trouvé la maison vide. Et quelle maison ! C'était la première fois qu'elle mettait les pieds dans une demeure aussi vaste. Le cocher avait emporté ses bagages et elle avait attendu au moins dix minutes qu'on lui dise où aller, qu'on vienne l'accueillir. Finalement, un jeune homme en tenue stricte, à l'expression hautaine, avait fait son apparition dans le grand hall. Il s'était immobilisé, l'air stupéfait, puis avait sorti sa montre de gousset.

« Vous êtes en avance, avait-il lâché sur un ton qui ne laissait aucun doute quant à son opinion sur les individus qui se présentaient avant l'heure. Nous ne vous attendions pas avant le thé ».

Ne sachant ce qu'on attendait d'elle, Adeline n'avait pas répondu.

Il avait repris après un petit soupir excédé :

« Restez là, je vais chercher quelqu'un qui vous montrera votre chambre ».

Elle s'était rendu compte qu'elle dérangeait.

« Si vous préférez, je peux aller me promener un moment dans le jardin », avait-elle dit, penaude, plus consciente que jamais de son accent du Nord – amplifié, en quelque sorte, par la beauté et les dimensions du hall en marbre blanc.

« Ce serait très bien », avait répondu l'homme avec un bref hochement de tête.

Elle était ressortie du château soulagée. Le révérend Lambert avait souvent évoqué la richesse et le rang des Mountrachet lors de ses visites, l'après-midi, chez les parents d'Adeline, répétant avec un grand

329

sérieux que c'était un honneur pour le diocèse entier qu'une de ses représentantes ait été choisie pour accomplir un devoir aussi important. Son équivalent cornouaillais avait cherché partout, sous les ordres directs de la châtelaine, la candidate idéale ; à Adeline de démontrer, à présent, qu'elle était digne d'un aussi grand honneur. Pour ne rien dire de la somme généreuse qui serait allouée à ses parents pour les dédommager de leur perte. Et la jeune femme était bien décidée à se montrer à la hauteur. Pendant tout le trajet depuis son Yorkshire natal, elle s'était administré des petits sermons sévères sur le thème « L'habit fait le moine » ou « On est une dame quand on se comporte comme telle ». Mais, une fois au château, ses belles certitudes s'étaient évanouies.

Un bruit dans les hauteurs attira son attention sur une famille de corbeaux qui exécutait dans les airs une chorégraphie complexe. Soudain, un des volatiles descendit en piqué avant de suivre ses congénères vers une rangée de grands arbres qui se dressaient dans le lointain. N'ayant rien de mieux à faire, la jeune femme partit dans cette direction en se morigénant. Elle était tellement occupée à se dire qu'il fallait « partir du bon pied » qu'elle ne vit même pas les merveilleux jardins de Blackhurst : elle n'était pas d'humeur contemplative. Ayant pris de fermes résolutions quant aux notions d'aristocratie et de rang à tenir, elle ressortit bientôt du bois sombre et frais, et se retrouva au bord de la falaise. Tout autour d'elle bruissaient des herbes sèches. À ses pieds, tel un lé de velours jeté face à elle, s'étendait le bleu profond de l'océan.

Adeline s'agrippa à une branche toute proche. Elle était sujette au vertige. Néanmoins, son regard fut irrésistiblement attiré vers la plage par un mouvement surpris du coin de l'œil. Un jeune garçon et une jeune fille dans une petite embarcation ; il ramait, elle faisait tanguer le bateau, debout. Adeline s'étrangla en voyant sa robe de mousseline blanche – trempée de la taille à l'ourlet – coller à ses jambes.

Elle aurait dû se détourner, mais ce spectacle l'hypnotisait. La jeune fille avait les cheveux roux, d'un roux flamboyant ; elle les avait défaits, et le bout de ses longues mèches ondulées était lui aussi humide. Le jeune homme portait un canotier et une espèce d'appareil noir et carré pendu autour du cou. Hilare, il s'amusait à éclabousser sa compagne. Puis il fit mine de se rapprocher d'elle à croupetons et de l'attraper par les jambes. Le petit bateau tanguait de plus en plus. Adeline crut avec horreur qu'il allait réussir à la toucher mais, à ce moment précis, la jeune fille en blanc se détourna et plongea dans la mer d'un seul et unique mouvement fluide et étiré.

Scandalisée, Adeline retint son souffle. Rien de ce qu'elle avait pu vivre ne l'avait préparée à cette façon de se comporter. Cette jeune femme... qu'est-ce qui lui avait pris de faire une chose pareille ? Et où était-elle passé, d'abord ? Adeline tendit le cou et scruta la surface miroitante de l'eau. Finalement, une silhouette blanche réapparut près du gros rocher. La jeune fille émergea, dégoulinante, le corps entièrement moulé par sa robe et, sans se retourner, escalada le promontoire avant de disparaître au détour d'un sentier escarpé qui remontait, invisible, à flanc de falaise, en direction d'une chaumière bâtie tout en haut.

Adeline s'efforça de maîtriser sa respiration haletante. Puis elle reporta son attention vers le jeune homme ; lui aussi devait être choqué ! Il regagna la plage à la rame, tira l'embarcation sur les galets puis il ramassa ses souliers et entama l'ascension des marches. Adeline nota qu'il boitait. D'ailleurs, il s'aidait à présent d'une canne.

Il passa tout près d'elle sans la voir. Il sifflotait un air qu'elle ne connaissait pas, une mélodie enjouée, pleine de soleil et de sel marin. L'antithèse parfaite du sinistre Yorkshire qu'elle avait tant aspiré à quitter. Ce jeune homme lui parut deux fois plus grand que les gars de son pays, et deux fois plus futé, aussi.

Brusquement, plantée là sur son bord de falaise, elle prit conscience de la chaleur et du poids de sa tenue de voyage. L'eau avait l'air si fraîche... Cette pensée indécente lui vint malgré elle. Qu'est-ce que ça faisait de plonger sous la surface et d'en ressortir toute mouillée comme... comme Georgiana ?

Bien des années plus tard, sur son lit de mort, la mère de Linus, cette vieille sorcière, lui avouerait pourquoi elle l'avait choisie, elle, Adeline, comme dame de compagnie pour sa fille.

« Je cherchais la petite souris la plus terne possible – plus elle serait pieuse et mieux ce serait – dans l'espoir que cela déteindrait un peu sur ma fille. L'idée ne m'a pas effleurée un instant que mon oiseau rare s'envolerait et que la petite souris prendrait sa place. Sans doute devrais-je vous féliciter. Car vous êtes arrivée à vos fins, n'est-ce pas, lady Mountrachet ? »

Et c'était vrai. Malgré ses origines modestes, en faisant preuve d'une détermination de fer et en ne ménageant pas ses efforts, Adeline s'était élevée au-dessus de sa condition, bien au-delà de ce qu'avaient pu espérer ses parents quand ils l'avaient laissée partir pour cette bourgade inconnue de Cornouailles.

Même après son mariage et son accession au titre de lady Mountrachet, elle avait poursuivi ses efforts. Elle avait paré à toutes les éventualités afin que jamais personne ne puisse jeter l'opprobre sur sa famille, sur son auguste domaine. Et elle ferait tout son possible pour que rien ne change. Certes, la fille de Georgiana était là à présent, mais on n'y pouvait rien. Adeline avait pour mission sacrée de veiller à ce que la vie à Blackhurst suive son cours sans accroc.

Il fallait simplement qu'elle se défasse d'une hantise : celle que Rose pâtisse, d'une manière ou d'une autre, de la présence d'Eliza...

Elle chassa ces appréhensions et se reprit. Elle avait toujours été très sensible quand il s'agissait de Rose. C'était à prévoir quand on avait une enfant de santé fragile. À ses pieds, le chien – Askrigg – poussa un gémissement. Elle caressa sa tête bosselée. Lui aussi avait été perturbé toute la journée.

— Chut, lui dit-elle. Tout ira bien. J'y veillerai, ajouta-t-elle en grattant le front plissé du dogue.

Il n'y avait rien à craindre. En effet, quel risque cette intruse maigrichonne, aux cheveux courts et au teint cireux, conséquence d'une existence d'indigence à Londres, pouvait-elle raisonnablement représenter pour Adeline et sa famille ? Il suffisait d'un coup d'œil pour constater qu'Eliza n'était pas de la trempe de Georgiana – Dieu merci. Auquel cas le trouble qu'Adeline ressentait n'était peut-être pas de l'appréhension mais une forme de soulagement... L'arrivée d'Eliza s'accompagnait de la certitude que jamais, jamais Georgiana ne reviendrait. À sa place, une gamine chez qui on ne trouvait pas trace du curieux pouvoir de sa mère, cette faculté de plier tout le monde à sa volonté sans le moindre effort.

La porte s'ouvrit ; un courant d'air ébouriffa les flammes dans l'âtre.

— Le dîner est servi, Madame.

Adeline méprisait Thomas comme elle méprisait tous les serviteurs. Car en dépit de leurs « bien, Madame », « non, Madame », « le dîner est servi, Madame », elle n'ignorait pas ce qu'ils pensaient réellement d'elle, ce qu'ils en avaient toujours pensé.

— Et Monsieur ?

— Lord Mountrachet sort à l'instant de sa chambre noire, Madame.

Cette maudite chambre noire... C'était encore là-dedans qu'il était, bien sûr. Elle avait entendu arriver la voiture pendant qu'elle endurait le calvaire du thé avec le Dr Matthews, et prêté l'oreille pour surprendre la démarche si particulière de son mari dans le hall d'entrée – un pas pesant, un pas léger, un pas pesant, un pas léger. Mais en vain. Elle aurait dû se douter qu'il se dirigerait tout droit vers son maudit laboratoire.

Comme Thomas restait là à l'observer, Adeline se montra plus que jamais ferme et résolue. Elle aurait préféré souffrir mille maux aux mains de Lucifer que de procurer au majordome la satisfaction d'entrevoir une possible mésentente conjugale.

— Vous pouvez disposer, dit-elle en agitant la main. Et veillez personnellement à ce qu'on débarrasse les bottes de monsieur de cette épouvantable boue écossaise.

Quand Adeline entra dans la salle à manger, Linus était déjà attablé. Il avait entamé son potage. Il ne leva même pas les yeux, trop occupé à observer les tirages photographiques disposés devant lui, au bout de la table : mousses, papillons, briques... La moisson de son récent voyage.

Adeline eut une bouffée de chaleur en le découvrant. Que diraient les gens s'ils savaient qu'on se comportait ainsi à table à Blackhurst ? Elle coula un regard de côté à Thomas et au valet de pied. Tous deux regardaient fixement le mur d'en face mais elle savait bien que derrière leur expression figée, ils ne cessaient de noter ceci et cela, de juger et préparer ce qu'ils raconteraient à leurs semblables des autres grandes maisons quant au laisser-aller qui régnait au château.

Adeline s'assit avec raideur et attendit que le valet dépose son potage devant elle. Elle en prit une petite cuillerée et se brûla la langue. Tout cela en regardant Linus inspecter ses photographies, tête baissée. Le sommet de son crâne commençait à se dégarnir. On aurait dit qu'un moineau avait déposé à même le cuir chevelu quelques fines brindilles pour y faire son nid.

— La petite est arrivée ? s'enquit-il sans lever la tête.

Cette maudite gamine... Adeline en eut une nouvelle fois la chair de poule.

— Oui, elle est là.

— Vous l'avez vue ?

— Naturellement. On l'a mise dans une chambre à l'étage.

Il finit par lever la tête, but une gorgée de vin. Puis une autre.

— Et... est-ce qu'elle ressemble à... ?

— Non, coupa froidement Adeline. Pas du tout.

Sur ses genoux, ses poings se contractèrent.

Linus poussa un bref soupir, rompit un morceau de pain et mordit dedans. Il reprit la bouche pleine, rien que pour agacer Adeline :

— Mansell me l'avait dit.

S'il y avait un homme à qui l'on pouvait reprocher l'intrusion d'Eliza, c'était bien Henry Mansell. Certes, Linus avait souhaité le retour de Georgiana, mais Mansell n'avait cessé de le conforter dans ses espoirs. Avec son pince-nez et sa fine moustache cirée, ce détective privé avait envoyé – moyennant finances – de fréquents rapports à Linus. Tous les soirs, Adeline priait pour qu'il échoue, que Georgiana reste où elle était, que Linus accepte enfin de lâcher prise.

— Votre voyage s'est bien passé ? demanda-t-elle.

Pas de réponse. Il était retourné à ses photographies.

Par orgueil, Adeline se retint de glisser un regard à Thomas. Elle se composa un masque de contentement tranquille et fit une nouvelle tentative pour prendre une cuillerée de potage, qui avait eu le temps de refroidir un peu. Que Linus la rejette, c'était une chose ; il s'était très vite éloigné d'elle après leur mariage. Mais qu'il nie totalement l'existence de Rose, c'était une autre affaire. Sa propre fille ! C'était son sang qui courait dans les veines de cette enfant,

336

le sang noble de sa famille. Comment pouvait-il témoigner un tel détachement à son égard ? Adeline ne comprenait pas.

— Le Dr Matthews est revenu aujourd'hui, annonça-t-elle. Encore une infection.

Linus posa sur elle un regard voilé d'indifférence, comme à l'accoutumée. Puis il prit une autre bouchée de pain.

— Rien de très grave, heureusement, enchaîna Adeline, encouragée par le simple fait qu'il ait levé la tête. Aucune raison de se faire du souci.

Linus avala son pain.

— Je pars demain pour la France, déclara-t-il d'un ton neutre. Un des portails de Notre-Dame...

Il n'acheva pas sa phrase. Quand il daignait informer Adeline de ses déplacements, il n'entrait jamais dans le détail.

Elle réprima en hâte un haussement de sourcil et son front crayeux redevint lisse.

— Excellent, dit-elle en se forçant à sourire tandis que remontait à sa mémoire l'image de Linus à bord de la barque, pointant son appareil vers une silhouette vêtue de blanc.

27

Tregenna, 1975

Le gros rocher noir dont avait parlé William Martin se dressait devant elle. Du haut de la falaise, Nell regarda l'écume des vagues tourbillonner au pied du promontoire avant de s'engouffrer dans la grotte, puis être à nouveau aspirée par le large. Pas besoin d'avoir beaucoup d'imagination pour se représenter la crique battue par les tempêtes, recueillant des navires échoués ou cachant de nocturnes expéditions de contrebandiers.

Une rangée d'arbres qui semblaient se tenir au garde-à-vous lui masquait le château de Blackhurst, maison natale de sa mère.

Elle enfonça profondément les mains dans les poches de son manteau. Le vent était très fort en ce point élevé, et elle devait lutter de toutes ses forces pour garder son équilibre. Son cou était engourdi, ses joues à la fois échauffées par la violence du vent qui les fouettait et refroidies par sa température. Elle se détourna dans l'intention de reprendre le sentier d'herbe tassée qui partait du bord de l'abîme en direction de la route. Il était étroit, et Nell avança prudemment : elle s'était blessée au genou la veille en essayant, mue par une impulsion, d'entrer par effraction dans le domaine. Elle était venue avec l'idée de déposer dans la boîte aux lettres un petit mot disant qu'elle était antiquaire, qu'elle venait d'Australie et qu'elle aurait aimé visiter la demeure au moment qui conviendrait le mieux à ses propriétaires. Mais quand elle s'était retrouvée devant la grille, une irrépressible impulsion s'était emparée d'elle ; renonçant à toute dignité, elle n'avait fait ni une ni deux et escaladé le portail de manière fort disgracieuse, en posant les pieds dans les volutes du métal.

Ce comportement était peut-être ridicule chez une femme de son âge, mais tant pis. Se retrouver si près de la maison familiale, sa maison natale, et ne pas même l'entrevoir, c'était intolérable. Dommage que son agilité ne soit pas à la hauteur de sa ténacité... Quand Julia Bennett l'avait surprise en pleine tentative d'effraction, elle avait éprouvé autant d'embarras que de reconnaissance. Par chance, la nouvelle propriétaire de Blackhurst avait gobé ses explications avant de l'inviter à entrer.

Elle avait eu une sensation très étrange en visitant la maison. Mais pas dans le sens qu'elle avait escompté. L'impatience l'avait rendue incapable de proférer un mot. Elle avait traversé le hall, gravi l'escalier, regardé les différentes pièces depuis le seuil, tout cela en se répétant : Ta mère s'est assise ici, elle a arpenté ces parquets, elle a aimé ici... Elle s'attendait à un déferlement de souvenirs profondément enfouis qui lui donnerait l'impression de rentrer chez elle. Mais rien de tout cela n'était advenu. Elle avait été bien bête d'y croire, et d'ailleurs ça ne lui ressemblait pas. Mais, tôt ou tard, les gens les plus pragmatiques aspiraient à autre chose dans la vie. Et maintenant, au moins, elle pouvait plaquer une texture tangible sur les souvenirs qu'elle s'efforçait de reconstituer ; dorénavant, les conversations qu'elle imaginait pouvaient se dérouler dans des pièces bien réelles.

Nell repéra dans les hautes herbes chatoyantes un bâton qui mesurait juste la bonne longueur. Il y avait quelque chose d'incommensurablement plaisant à marcher à l'aide d'une canne de ce genre ; cela ajoutait quelque chose d'industrieux au trajet à accomplir. Et bien sûr, cela soulagerait un peu son genou enflé. Elle le ramassa et continua à descendre la pente, laissant derrière elle le haut mur d'enceinte en pierre de taille. Une pancarte était accrochée à la grille, juste au-dessus de l'avertissement adressé à d'éventuels intrus. On pouvait y lire *À vendre,* plus un numéro de téléphone.

C'était donc là le cottage rattaché à la propriété, celui que William Martin aurait voulu voir dévoré par les flammes, et qui avait été témoin d'événements « pas bien ». Lesquels ? Mystère... Nell s'appuya au portail. La chaumière ne comportait pourtant rien de très menaçant au premier abord. La nature avait envahi le jardin et la nuit tombante se déversait dans tous les coins en s'installant dans des poches d'ombre fraîche. Un étroit sentier partait en direction de la maison, pour bifurquer furtivement devant la porte d'entrée et sinuer à travers le jardin. Au fond se dressait une statue solitaire, maculée de lichen verdâtre. Elle représentait un chérubin nu au milieu d'un parterre ; ses grands yeux étaient de toute éternité tournés vers la chaumière.

Non, pas un parterre ; un bassin ornemental.

Nell rectifia mentalement à une telle vitesse et avec une telle certitude qu'elle vacilla et dut se retenir à la grille. Comment pouvait-elle savoir ça ?

Alors le jardin se mit à changer sous ses yeux. Les mauvaises herbes qui s'y accumulaient depuis des décennies régressèrent, les feuilles mortes se soulevèrent pour révéler des sentiers, des plates-bandes fleuries, un banc... Le soleil fut à nouveau autorisé à y pénétrer ; il fit aussitôt miroiter la surface du bassin. Et Nell se retrouva dans deux endroits à la fois : elle était en même temps une dame de soixante-cinq ans au genou meurtri, agrippée à un portail rouillé, et une petite fille aux longs cheveux tressés qui, assise sur l'herbe fraîche et moelleuse, remuait ses doigts de pied dans l'eau...

Le gros poisson émerge à nouveau ; son ventre doré brille de mille feux et la fillette éclate de rire en le voyant ouvrir la bouche et feindre de lui grignoter le gros orteil. Elle adore ce bassin ; elle en voudrait un chez elle mais maman a trop peur qu'elle tombe dedans et se noie. Maman a souvent peur, surtout quand il s'agit d'elle. Si maman savait où elle est en ce moment, elle serait très en colère. Mais elle ne sait rien, elle n'est pas bien aujourd'hui, comme souvent ; elle est allongée dans la pénombre de son boudoir avec un gant de toilette humide sur le front.

Tout à coup, un bruit. La petite fille lève la tête. Papa et la dame sont ressortis de la maison. Ils restent un instant sur le seuil ; papa dit à la dame quelque chose que la fillette n'entend pas. Puis il lui effleure le bras, et elle s'approche lentement du bassin en la dévisageant bizarrement ; le regard de la dame lui rappelle la statue du petit garçon qui reste debout toute la journée dans la mare sans même cligner des yeux. La dame sourit, et son sourire est magique ; alors la petite fille retire ses pieds du bassin et attend, patiente, de savoir ce qu'elle va lui dire...

Un corbeau volant bas au-dessus de sa tête la ramena d'un coup dans le présent. Les ronciers et les plantes grimpantes se reformèrent sur place, les feuilles mortes retombèrent et le jardin redevint un fouillis humide à la merci du soir. Comme il se devait, le petit garçon de pierre était à nouveau verdi par l'âge.

Nell prit conscience d'une douleur dans ses doigts. Elle desserra son étreinte sur la grille et suivit du regard le corbeau qui prenait son essor vers le bois de Blackhurst en battant l'air de ses grandes ailes. À l'ouest, le soleil couchant nimbait de rose vif une cohorte de nuages qui trouaient le ciel assombri.

Nell contempla, sidérée, le jardin du cottage. La petite fille avait disparu. Mais était-ce bien sûr ?

Elle redescendit au village en prenant appui sur sa canne improvisée ; l'impression – pas désagréable – d'être deux personnes en une l'accompagna tout au long du chemin.

28

Château de Blackhurst, 1900

Le lendemain matin, une pâle lumière hivernale semblait faire onduler les vitres de la nursery. Rose lissait les pointes de sa longue chevelure noire, que Mme Hopkins venait de brosser jusqu'à ce qu'elle brille, comme elle aimait. Elle tombait à merveille sur ses épaules et sur le devant de sa plus belle robe – celle que maman avait fait venir de Paris. Rose était lasse et légèrement irritable, mais cela n'avait rien d'inhabituel. Les petites filles de constitution fragile n'étaient pas censées être tout le temps de bonne humeur, et elle n'avait pas l'intention de jouer un rôle de composition. À vrai dire, elle ne détestait pas qu'on l'entoure de mille précautions ; voir les autres ainsi brimés la consolait de son sort, dans une certaine mesure. Et de toute façon, elle avait de bonnes raisons d'être fatiguée. Elle avait passé une nuit blanche à se retourner dans son lit telle la princesse sur un pois, sauf que, si elle avait cherché le sommeil en vain, ce n'était pas à cause d'une bosse dans le matelas, mais de l'ahurissante nouvelle que lui avait apprise maman.

Après leur entrevue à ce sujet, Rose avait longuement médité sur la faute qui entachait la réputation de la famille et la tragédie qui s'était abattue sur elle avec la fugue de Georgiana. Toute la nuit, elle s'était interrogée sur cette vilaine tante, et ses pensées ne s'étaient pas évaporées avec l'aube. Elle y réfléchit encore au petit déjeuner, puis pendant que Mme Hopkins l'habillait, et y songeait encore alors qu'elle attendait dans la nursery, en regardant les flammes osciller dans la cheminée sur fond de briques claires. Ces ombres orange foncé ressemblaient-elles aux portes de l'enfer que sa tante avait dû franchir ?

Tout à coup, des pas retentirent dans le couloir.

Rose sursauta dans son fauteuil, lissa le plaid en mohair qui recouvrait ses jambes et adopta un air impassible – la perfection incarnée – emprunté à sa mère, non sans savourer le petit frisson d'excitation qui courait le long de sa colonne vertébrale. Elle se sentait pénétrée de sa propre importance. Pensez donc ! Se voir confier une protégée ! Une orpheline égarée à remodeler à son image... Rose n'avait jamais eu d'amie ; on ne lui avait même pas permis un animal de compagnie (maman avait peur de la rage). Et malgré les mises en garde de sa mère, elle nourrissait de grands espoirs envers cette fameuse cousine. Elle allait en faire une dame, mais aussi une dame... de compagnie bien à elle, qui lui épongerait le front quand elle aurait de la fièvre, lui caresserait la main les jours où elle serait de mauvaise humeur et lui brosserait les cheveux pour l'apaiser si quelque chose l'avait perturbée. De plus, sa cousine lui serait reconnaissante de ses enseignements, elle se réjouirait d'avoir entrevu le monde des grandes dames ; alors elle lui obéirait au doigt et à l'œil. Elle serait l'amie idéale – celle qui ne contestait jamais les décisions, ne se montrait jamais contrariante et ne se risquait en aucun cas à contredire.

La porte s'ouvrit et le feu crachota de déplaisir face à cette perturbation. Maman entra dans un froufrou de jupes bleues, en proie à une agitation qui intrigua Rose ; à sa façon de porter le menton haut, la fillette devina que ses craintes étaient plus sérieuses et plus nombreuses qu'elle ne l'avait laissé voir.

— Bonjour, Rose, dit-elle sans chaleur.

— Bonjour, maman.

— Je te présente ta cousine...

Une pause imperceptible.

— ... Eliza.

Elle extirpa alors de derrière ses jupes la frêle jeune pousse qu'était la nouvelle venue, la petite silhouette aperçue la veille par la fenêtre.

Rose ne put retenir un mouvement de recul et se blottit entre les accoudoirs de son fauteuil, rassurants comme des bras. Elle contempla sa cousine de la tête aux pieds – les cheveux coupés n'importe comment, la tenue innommable – elle portait des culottes, Seigneur ! –, les genoux cagneux, les bottes éraflées... De plus, la cousine en question ne pipa mot ; elle ne dit même pas bonjour. Elle se borna à la regarder en ouvrant de grands yeux, ce que Rose trouva très mal élevé. Maman avait raison. On n'avait même pas dispensé à cette... fille – il ne fallait pas espérer qu'elle la considère comme sa cousine ! – les rudiments des bonnes manières.

Néanmoins, Rose se reprit.

— Ravie de faire votre connaissance.

Son ton était peu convaincant mais, d'un bref hochement de tête, maman lui fit savoir qu'elle avait dit ce qu'il fallait. Elle attendit qu'elle la salue en retour, mais rien ne vint. Rose consulta sa mère du regard ; celle-ci lui fit comprendre qu'elle devait poursuivre sans se formaliser.

— Eh bien, cousine Eliza, appréciez-vous votre séjour chez nous ?

Eliza se contenta de battre des paupières comme un animal bizarre, un pensionnaire du zoo de Londres, puis elle hocha enfin la tête.

Un nouveau bruit de pas dans le couloir ; contrainte de trouver de menus propos à échanger avec cette étrange cousine muette, Rose se vit accorder un court répit.

— Veuillez m'excuser de vous déranger, Madame, fit la voix de Mme Hopkins sur le seuil, mais le Dr Matthews est au petit salon. Il dit qu'il apporte la décoction que vous avez demandée.

— Demandez-lui de me la laisser, s'il vous plaît. Je suis occupée.

— C'est ce que j'ai expliqué au docteur, mais il a lourdement insisté pour vous la remettre en main propre.

Les cils de maman frémirent insensiblement. Le mouvement était subtil ; pour le remarquer, il fallait être habituée depuis longtemps à observer ses humeurs.

— Merci, répondit-elle d'un ton sévère. Veuillez aviser le Dr Matthews que je descends.

Les pas de Mme Hopkins s'éloignèrent dans le couloir. Maman se tourna vers la cousine Eliza et articula d'une voix claire et autoritaire :

— Reste assise sans rien dire sur le tapis et écoute bien les instructions de Rose. Ne fais pas un geste, ne prononce pas une parole, ne touche à rien.

— Mais maman...

Rose ne s'était pas attendue à ce qu'on l'abandonne si tôt.

— Peut-être pourrais-tu, en guise de première leçon, apprendre à ta cousine à s'habiller décemment ?

— Bien, maman.

Sur ces mots, Adeline s'en alla dans un envol de jupes bleues, la porte se referma et le feu cessa de crachoter. Rose regarda sa cousine dans les yeux. Elles étaient seules. Son œuvre pouvait commencer.

— Pose ça ! Pose ça tout de suite !

Ça ne se passait pas du tout comme Rose l'avait imaginé. La cousine n'écoutait rien, n'obéissait pas et ne revenait même pas dans le droit chemin quand elle brandissait la menace du courroux maternel. Il y avait cinq bonnes minutes qu'elle se promenait tranquillement dans la nursery, ramassant ceci, inspectant cela, puis remettant les choses à leur place – sans doute en laissant partout des traces de doigts poisseuses. Voilà qu'elle secouait le kaléidoscope qu'une grand-tante ou une autre avait envoyé à Rose pour un de ses anniversaires.

— C'est un objet de valeur, insista-t-elle avec aigreur. Je ne veux pas que tu y touches. Tu ne le tiens même pas dans le bon sens.

Rose se rendit compte trop tard qu'elle aurait mieux fait de ne rien dire. Car maintenant, la cousine venait vers elle en lui tendant le kaléidoscope. Elle s'approcha si près que Rose vit la crasse sous ses ongles – cette saleté tant redoutée dont maman jurait qu'elle rendait malade.

Horrifiée, en proie au vertige, elle se tassa dans son fauteuil.

— Non, réussit-elle à proférer. Va-t'en, ne reste pas près de moi.

Eliza s'immobilisa à la hauteur de l'accoudoir tendu de velours. Elle semblait sur le point de s'y jucher.

— Va-t'en de là, je te dis ! s'exclama Rose en agitant faiblement une petite main pâle. Tu ne parles donc pas notre langue ? Il ne faut pas t'asseoir à côté de moi.

— Pourquoi ?

Ainsi, la créature savait parler.

— Parce que tu viens du dehors, tu n'es pas propre. À cause de toi, je pourrais attraper une maladie, expliqua Rose en s'affalant contre le dossier rembourré. Voilà, maintenant j'ai la tête qui tourne et c'est de ta faute.

— Ce n'est pas vrai, protesta Eliza.

Il n'y avait pas la moindre nuance de supplication dans sa voix, comme il aurait été convenable.

— Moi aussi j'ai la tête qui tourne. C'est parce qu'il fait chaud comme dans une fournaise, ici.

Elle aussi avait la tête qui tournait ? Rose en resta muette. Parce que le vertige, c'était son arme secrète. Et qu'est-ce qu'elle fabriquait maintenant, la cousine ? La voilà qui se dirigeait vers la fenêtre. Rose écarquilla les yeux de frayeur. Elle n'allait tout de même pas... ?

— Il suffit que j'ouvre, déclara Eliza en s'y reprenant à deux fois pour soulever le premier loquet, et on ira mieux toutes les deux.

— Non ! s'écria Rose, submergée par la terreur. Surtout pas !

— Tu te sentiras beaucoup mieux.

— Mais on est en hiver ! Et puis, il fait sombre tout à coup, le ciel est nuageux. Je risque d'attraper froid !

— Ou alors tu ne risques rien du tout, contra Eliza en haussant les épaules.

Rose fut choquée par cette insolence au point d'en oublier sa peur. Elle reprit sur le même ton que sa mère :

— Je t'ordonne d'arrêter.

Eliza digéra l'interdiction, mais en faisant la grimace. Tandis que Rose retenait son souffle, elle lâcha l'espagnolette. Elle haussa à nouveau les épaules, mais cette fois son attitude avait quelque chose de moins insolent. Rose lui trouva, comme elle revenait les épaules basses, un air abattu qui ne lui déplut pas. La cousine s'arrêta au milieu du tapis et désigna le kaléidoscope.

— Tu peux me montrer comment ça marche, ce télescope ? Je ne vois rien, moi, si je regarde à travers...

Rose respira enfin, à la fois méfiante, soulagée et de plus en plus perplexe face à cette créature incompréhensible. Elle n'en revenait pas que sa cousine s'intéresse à nouveau à ce jouet ! Enfin... au moins faisait-elle preuve d'obéissance, cette fois, ce qui méritait sans doute quelques encouragements.

— D'abord, dit-elle, ce n'est pas un télescope mais un kaléidoscope. Et on n'est pas censé regarder à travers, mais dedans. On le tourne et les dessins à l'intérieur changent.

Elle porta l'objet à son œil, puis le posa par terre et le fit rouler vers sa cousine.

Eliza regarda dedans et fit tourner le cylindre. Les morceaux de verre coloré changèrent de place avec une série de petits bruits secs, ce qui amena un sourire sur ses lèvres. Et tout à coup, elle éclata de rire.

Rose n'en croyait pas ses oreilles. Elle n'avait pas souvent entendu rire, dans sa vie, à part les domestiques quand ils n'avaient pas conscience de sa présence. C'était un son charmant. Heureux, léger, tout à fait à sa place chez une petite fille... bien qu'il jure avec l'apparence bizarre de sa cousine.

— Pourquoi portes-tu ces drôles de vêtements ? interrogea Rose.

— Parce qu'ils sont à moi, répondit Eliza au bout d'un moment sans cesser de regarder dans le kaléidoscope.

— Ils ont plutôt l'air d'appartenir à un garçon.

— Autrefois, oui. Maintenant ils sont à moi.

Ça c'était nouveau. D'ailleurs, Rose allait de surprise en surprise.

— De quel garçon s'agissait-il ?

Pas de réponse. On n'entendait que le bruit du jouet.

— J'ai dit : de quel garçon s'agissait-il ? insista Rose d'une voix un peu plus ferme.

Eliza baissa lentement le bras.

— C'est très mal élevé de faire comme si on n'avait pas entendu une question, tu sais.

— Je ne fais pas semblant.

— Dans ce cas, pourquoi ne réponds-tu pas ?

Eliza se borna à hausser les épaules, une fois de plus.

— Ça aussi c'est mal élevé, ce que tu viens de faire. Quand quelqu'un te parle, il faut répondre. Allez, dis-moi pourquoi tu n'as pas voulu me dire de quel garçon il s'agissait.

Eliza soutint quelques secondes le regard de Rose, qui vit l'expression de sa cousine s'altérer subtilement. Une lueur nouvelle s'allumait dans ses prunelles.

— Je n'ai rien dit parce que je ne voulais pas qu'elle sache où j'étais.

— Qui ça, elle ?

Lentement, prudemment, Eliza se rapprocha un peu.

— L'Autre Cousine.

— Quelle autre cousine ?

Vraiment, cette fille déraisonnait. Rose commençait à croire qu'elle était simplette.

— Il n'y a pas d'autre cousine, voyons.

— C'est un secret, répondit Eliza – précipitamment, cette fois. Elle vit enfermée à l'étage au-dessus.

— Tu racontes des histoires. Pourquoi garderait-on le secret sur une cousine ?

— C'est bien ce qu'on a fait dans mon cas, non ?

— Mais on ne t'a pas enfermée en haut.

— Parce que moi, je ne représentais aucun danger.

Eliza gagna la porte de la nursery sur la pointe des pieds, l'entrouvrit et glissa un œil dans le couloir. Elle lâcha un hoquet.

— Quoi ? fit Rose.

— Chut ! Elle ne doit pas savoir qu'on est là, répliqua tout bas Eliza.

— Mais pourquoi ? demanda Rose en ouvrant de grands yeux.

Eliza revint tout aussi furtivement devant le fauteuil. La lumière palpitante du feu de cheminée colorait son visage d'une étrange luminosité orangée.

— Notre Autre Cousine, dit-elle, a perdu la tête.

— Tu veux dire qu'elle est folle ?

— Complètement.

Eliza reprit tout bas – si bien que Rose dut se pencher pour entendre :

— Elle est enfermée au grenier depuis qu'elle est toute petite, mais quelqu'un a dû la laisser s'échapper.

— Mais qui ?

— Un des fantômes. Le fantôme d'une vieille dame très grosse.

— Grand-maman ! souffla Rose, fascinée.

— Chut ! Écoute ! Des pas !

Rose sentit son pauvre cœur bondir comme une grenouille dans sa poitrine.

Soudain, Eliza grimpa sur l'accoudoir.

— C'est elle !

La porte s'ouvrit. Rose hurla. Eliza fit un grand sourire. Et maman s'étrangla.

— Que fais-tu perchée là, vilaine fille ? dit-elle entre ses dents, en dévisageant tour à tour les deux gamines. Une jeune personne bien élevée ne se juche pas sur les meubles. De plus, je t'avais ordonné de

351

ne pas bouger, ajouta-t-elle, le souffle court. Rose, mon enfant, tu n'as rien j'espère ?

— Non, maman.

L'espace d'un bref instant, maman parut perdue, ce qui était très rare. Rose craignit de la voir fondre en larmes. Puis elle attrapa Eliza par le bras et l'entraîna à grands pas vers la porte.

— Petite peste ! Tu seras privée de dîner. D'ailleurs, acheva-t-elle d'une voix qui avait retrouvé sa dureté d'acier, tu en seras privée tous les soirs jusqu'à ce que tu apprennes à faire ce qu'on te dit. Ici c'est moi qui commande, et je te garantis que tu vas m'obéir.

La porte se referma et, une fois de plus, Rose se retrouva seule, à méditer sur le cours insolite que prenaient les événements et sur l'excitation due à l'histoire d'Eliza, cette frayeur curieusement agréable qu'elle avait sentie remonter le long de son épine dorsale à l'idée du spectre à la fois épouvantable et merveilleux de cette « autre cousine » démente. Mais ce qui éveillait sa curiosité, c'était d'abord et avant tout la fêlure entrevue dans la carapace habituelle de sa mère. En cet instant fugace, les frontières bien délimitées de son petit monde s'étaient brouillées.

Quelque chose avait changé. Et Rose en avait le cœur battant – plus de faiblesse de ce côté-là ! –, tant cette perspective éveillait en elle une joie inopinée, inexpliquée – une joie sans mélange.

29

Hôtel Blackhurst, 2005

Les couleurs étaient différentes, ici. Cassandra se rendait compte, à présent qu'elle connaissait la douce lumière de Cornouailles, qu'en Australie la luminosité était impitoyable. Voyons, comment s'y prendrait-elle pour reproduire le soleil d'ici avec sa palette ? Elle s'étonna aussitôt de s'être posé la question. Elle mâcha pensivement son toast beurré en contemplant la rangée d'arbres qui se dressaient au bord de la falaise, puis ferma un œil et, du bout de l'index, traça en l'air le contour des cimes.

Une ombre tomba sur sa table puis une voix s'éleva auprès d'elle.

— Cassandra ? Cassandra Ryan ?

Une belle femme d'une soixantaine d'années aux cheveux blond cendré qui, en se maquillant les yeux ce matin-là, avait exploré toutes les nuances de sa palette à elle.

— Je m'appelle Julia Bennett. Je suis la propriétaire de l'hôtel.

Cassandra essuya avec sa serviette de table un doigt enduit de beurre et serra la main qu'elle lui tendait.

— Enchantée.

— Je peux... ? dit Julia en indiquant la chaise en face d'elle.

— Je vous en prie.

Une fois Julia assise, Cassandra attendit, hésitante ; cela faisait-il partie du « service personnalisé » brandi comme une menace dans le dépliant de l'hôtel ?

— J'espère que vous passez un agréable séjour.

— L'endroit est superbe.

Julia la regarda en souriant, et ses yeux bleus se mirent à briller.

— Je revois votre grand-mère à travers vous. Mais je suppose qu'on doit vous le répéter sans arrêt.

Derrière le sourire poli de Cassandra se pressait une meute de questions qui refusait de se laisser dompter. Comment cette inconnue savait-elle qui elle était ? Comment avait-elle connu Nell ? Comment avait-elle opéré le rapprochement entre elles deux ?

Julia rit et se pencha en avant avec des airs de conspiratrice.

— Mon petit doigt m'a dit que venait d'arriver chez nous la jeune Australienne héritière du cottage. Tregenna est un petit bourg, vous savez ; quand on éternue sur la falaise de Sharpstone, les gens du port sont tout de suite au courant.

Cassandra devina qui se cachait derrière ce « petit doigt ».

— Robyn Jameson...

— Elle est venue hier pour m'embringuer dans le comité des fêtes... et n'a pu résister à l'envie de me donner des nouvelles des uns et des autres, tant qu'elle y était. De mon côté, j'ai fait le rapport avec la dame qui, venue me trouver il y a près de trente ans, m'a sauvé la mise en me débarrassant du cottage. J'ai attendu longtemps son retour ; je l'ai même guetté, par périodes. Votre grand-mère m'avait plu. Le genre à aller droit au but, hein ?

354

Le portrait était fidèle, en effet. Qu'avait pu faire Nell pour le mériter ?

— La première fois que je l'ai vue, elle était accrochée à une grosse branche de glycine, au bout de l'allée.

— Ah bon ? s'étonna Cassandra.

— Après avoir escaladé le mur d'enceinte, elle a eu un peu de mal à remettre pied à terre de l'autre côté. Heureusement pour elle, je venais de me disputer avec mon mari pour la quatre-vingt-dix-septième fois de la journée, alors j'arpentais la propriété pour tenter de me calmer. Si je n'étais pas passée par là, je ne sais pas combien de temps elle serait restée suspendue.

— Elle voulait visiter ?

— Oui, elle s'est présentée comme étant antiquaire, spécialisée dans l'époque victorienne, et a demandé si elle pouvait jeter un coup d'œil à l'intérieur.

Cassandra brûlait d'affection pour Nell en l'imaginant en train d'escalader des murs, de raconter des demi-vérités et de s'acharner si on lui refusait quelque chose.

— Je lui ai dit qu'elle était la bienvenue du moment qu'elle cessait de se balancer à ma glycine ! fit Julia en riant. Le château était en piteux état ; à l'époque, il était à l'abandon depuis des dizaines d'années. De plus, Daniel et moi avions démonté des tas de choses – l'ensemble semblait plus dégradé qu'au départ, mais manifestement elle n'y attachait pas d'importance. Elle est passée de pièce en pièce en s'arrêtant çà et là, comme pour mémoriser ce qu'elle voyait.

Ou plutôt pour faire remonter les souvenirs, songea Cassandra. Nell avait-elle expliqué à Julia son intérêt pour cette maison ?

— Vous lui avez aussi fait visiter le cottage ?

— Non, mais vous pouvez être sûre que je lui en ai parlé. En croisant les doigts – et tout ce que je pouvais croiser d'autre ! ajouta-t-elle en riant. On désespérait de trouver un acheteur. On allait à la faillite aussi sûrement que si on avait creusé un trou sous la maison et jeté dedans nos derniers sous. Le cottage était à vendre depuis un moment, vous comprenez. Deux fois, on a failli le refiler à des Londoniens qui cherchaient une maison de vacances, mais en vain. La faute à pas de chance. On a essayé de baisser le prix, mais pour rien au monde les gens du coin n'en auraient voulu, à cause d'une vieille rumeur stupide ! Alors qu'on a une vue à couper le souffle, de là-haut !

— Oui, Robyn m'a raconté.

— Pour moi, en Cornouailles, si vous habitez une maison qui n'est pas hantée, c'est qu'il y a quelque chose d'anormal ! enchaîna gaiement Julia. Nous-mêmes, ici, à l'hôtel, nous avons notre propre fantôme, alors... Mais vous êtes déjà au courant, n'est-ce pas ? On me dit que vous avez fait sa connaissance l'autre nuit ?

Elle dut lire la stupéfaction sur le visage de Cassandra, car elle s'expliqua :

— Samantha, la réceptionniste, m'a rapporté que vous aviez entendu tourner une clef dans votre serrure.

— Ah ! Oui, répondit Cassandra. J'ai cru qu'un client s'était trompé de chambre, mais en fait, ce devait être le vent. Je m'excuse si j'ai causé un quelconque problème...

— Non, c'était bien elle, notre spectre maison ! Oh, mais ne vous en faites pas, la rassura-t-elle promptement en voyant son air perplexe. Elle ne vous fera aucun mal. Ce n'est pas un méchant fantôme. Je ne le tolérerais pas !

Julia la faisait sûrement marcher. N'empêche, elle n'avait jamais autant entendu parler de fantômes que depuis son arrivée en Cornouailles ; même les nuits chez les copines, quand elle avait douze ans et qu'elles jouaient à se faire peur, n'étaient pas à la hauteur.

— Bon, je suppose que toutes les maisons anciennes doivent en avoir un, hasarda-t-elle.

— Tout juste. Sinon les gens seraient déçus. Je serais obligée d'en inventer un. Dans un hôtel historique comme celui-ci, un fantôme est aussi important que des serviettes de toilette propres. Le nôtre – ou plutôt *la* nôtre – a même un nom : Rose Mountrachet. Elle et les siens habitaient ici dans les années 1900. Enfin, même avant ça, si on considère que la famille existait depuis des siècles. Vous avez vu le portrait près de la bibliothèque, dans le hall ? Une jeune femme au teint pâle et aux cheveux noirs ? Eh bien, c'est elle.

Cassandra fit signe que non.

— Il faut aller voir ! Il est de Sargent, vous savez. Il l'a peint quelques années après son célèbre portrait des sœurs Wyndham. Une beauté, notre Rose. Et quel destin tragique ! Une enfant de santé fragile qui a vaincu la maladie... pour périr dans un terrible accident à l'âge de vingt-quatre ans !

Elle poussa un soupir empreint de romantisme.

— Vous avez fini votre petit déjeuner ? Venez, je vais vous montrer.

À dix-huit ans, Rose était, en effet, une beauté : la peau très blanche, une masse de cheveux bruns coiffés en tresse souple sur la nuque, et une de ces poitrines généreuses tant appréciées à l'époque. Sargent était connu pour discerner et restituer la personnalité de ses modèles. Il avait donné à Rose un regard expressif, vigilant, rivé sur l'artiste, alors que ses lèvres rouges n'étaient pas du tout crispées. Son air sérieux correspondait bien à l'idée qu'on pouvait se faire d'une enfance entière prisonnière de la maladie.

Cassandra s'approcha. La composition du portrait était intéressante. Un livre sur les genoux, Rose était assise sur un sofa disposé légèrement à l'oblique, au premier plan sur la droite ; on apercevait derrière elle un mur tendu de papier peint vert... et pas grand-chose d'autre. Le peintre avait rendu ce mur sous l'aspect d'une surface claire et duveteuse, étrangement impressionniste au vu du réalisme qui avait fait sa réputation. On savait qu'il avait eu recours, dans certains cas, aux mêmes techniques que les impressionnistes, mais ce portrait-ci avait quelque chose de plus léger que les autres.

— Elle était belle, n'est-ce pas ? fit Julia en quittant la réception de sa démarche chaloupée.

Cassandra acquiesça sans détacher ses yeux du tableau.

— Je vois que vous êtes à votre tour tombée sous le charme. Vous comprenez maintenant pourquoi j'étais si désireuse de l'embaucher comme fantôme.

Elle éclata de rire puis, comme Cassandra demeurait de marbre :

— Ça va ? Vous avez l'air toute retournée. Vous voulez un verre d'eau ?

— Non, non, merci, ça ira. C'est à cause de ce portrait...

Elle pinça les lèvres, puis s'entendit ajouter :

— Rose Mountrachet était mon arrière-grand-mère.

Julia ne cacha pas son étonnement.

— Je ne l'ai appris que tout récemment, poursuivit Cassandra en souriant.

Elle avait beau dire l'exacte vérité, elle se sentait dans la peau d'une actrice débitant un texte digne d'un feuilleton à l'eau de rose.

— Veuillez m'excuser, mais c'est le premier portrait que je vois d'elle, et tout à coup, tout me paraît si réel...

— Mon petit, je suis désolée de vous l'apprendre, mais ce que vous me dites là n'est pas possible. Rose n'a pas pu être votre arrière-grand-mère pour la bonne raison que sa fille unique est décédée dans sa petite enfance.

— De la scarlatine.

— Oui, la pauvre petite chérie. Quatre ans à peine...

Puis elle coula un regard de biais à Cassandra.

— Mais si vous êtes au courant, pour l'épidémie, vous devez bien savoir que la fille de Rose y a succombé.

— C'est ce que tout le monde croit, mais moi je connais la vérité. Ça ne s'est pas passé comme ça. Ce n'est pas possible.

— J'ai vu sa pierre tombale dans le cimetière de la propriété, fit Julia avec douceur. Il y a un très joli poème dessus, très triste. Je peux vous montrer si vous voulez.

Les joues de Cassandra s'enflammèrent, comme toujours quand elle sentait venir l'affrontement.

— Il y a peut-être une tombe, mais pas de petite fille dedans. En tout cas, pas Ivory Mountrachet.

Julia semblait hésiter entre inquiétude et intérêt naissant.

— À vingt et un ans, ma grand-mère a appris qu'elle n'était pas la fille de ses parents.

— Elle avait été adoptée ?

— En quelque sorte. On l'a trouvée sur les docks d'un port australien, toute seule, avec une petite valise. Elle avait quatre ans. C'est seulement à l'âge de soixante-cinq ans qu'elle a hérité de cette valise, conservée par son père pendant tout ce temps, et qu'elle a donc pu entreprendre des recherches sur son passé. Elle est venue en Angleterre, elle a posé des questions, rencontré des gens, compulsé des archives – et tout cela en tenant un journal.

— Dont vous disposez aujourd'hui, acheva Julia avec un sourire entendu.

— Tout juste. C'est par lui que je sais que la petite n'a pas succombé à la scarlatine.

Julia la dévisageait. Elle aussi avait les joues roses, subitement.

— Mais si elle avait été kidnappée, on aurait entrepris des recherches, non ? On en aurait parlé dans tous les journaux, comme pour le fils de Lindbergh.

— Sauf si la famille a étouffé l'affaire.

— Pour quelle raison ? Il me semble qu'au contraire ils auraient dû souhaiter que tout le monde soit au courant.

— Pas s'ils préféraient éviter le scandale. Car la femme qui a enlevé la petite était la pupille de lord et lady Mountrachet, la cousine de Rose.

— C'est Eliza qui a enlevé la fille de Rose ? s'étrangla Julia.

Au tour de Cassandra de prendre l'air surpris.

— Vous connaissez l'existence d'Eliza ?

— Naturellement. Comme tout le monde par ici. Mais attendez... Si j'ai bien compris, d'après vous, Eliza aurait emmené Ivory en Australie ?

— Elle l'a fait monter à bord, mais elle n'est pas partie. Elle a disparu quelque part entre Londres et Maryborough, port de destination du navire. Quand mon arrière-grand-père l'a trouvée, Nell était seule. C'est pourquoi il l'a prise chez lui. Il ne pouvait tout de même pas laisser là une enfant de quatre ans.

— Quand je pense à cette pauvre petite abandonnée, commenta Julia d'un ton réprobateur. Je plains votre grand-mère – c'est terrible de ne pas savoir d'où on vient. En tout cas, ça explique son envie dévorante de visiter la maison.

— Et c'est pour cela qu'elle a acheté le cottage. Lorsqu'elle a appris qui elle était, elle a voulu s'approprier une partie de son passé.

— Je comprends. Ça se tient. Mais pour le reste, j'ai quand même des doutes.

— C'est-à-dire ?

— Eh bien, même si ce que vous affirmez est authentique, si la fille de Rose a effectivement survécu et qu'elle a été enlevée avant d'échouer en Australie, je ne comprends pas comment Eliza a pu être mêlée à l'affaire. Rose et elle étaient très proches. Sœurs plus que cousines ; les meilleures amies du monde.

Elle marqua une pause, parut vérifier mentalement toutes les données, puis lâcha un soupir décidé.

— Non, vraiment, je ne crois pas Eliza capable d'une pareille trahison.

Comme sa foi en l'innocence d'Eliza ne ressemblait pas à un commentaire d'observatrice impartiale inspiré d'une hypothèse historique, Cassandra lui demanda d'où elle tirait ses certitudes.

Julia désigna alors deux fauteuils en rotin devant la baie vitrée.

— Venez vous asseoir un moment. Samantha va nous apporter du thé.

Cassandra consulta furtivement sa montre. Elle avait rendez-vous avec le jardinier, mais la force de conviction de Julia l'intriguait. Elle prit donc place dans un des fauteuils pendant que Julia articulait silencieusement le mot « thé » en regardant de loin sa réceptionniste.

Cette dernière s'éclipsa. Alors Julia reprit :

— Quand nous l'avons acheté, le château était dans un état déplorable. Nous avions toujours rêvé de créer un hôtel dans un endroit pareil mais le rêve a vite tourné au cauchemar. Vous ne pouvez pas imaginer le nombre de choses qui peuvent aller de travers dans une demeure de cette taille. Rien que pour mettre le chantier en route, il a fallu trois ans.

Pourtant, nous avons travaillé d'arrache-pied, et notre couple a bien failli y rester. Rien de tel que l'humidité qui monte du sol et des tas de trous dans le toit pour ruiner un mariage.

— J'imagine, en effet, dit Cassandra, amusée.

— En un sens, c'est triste, cette maison habitée et aimée par une famille pendant des siècles et qui, après la Seconde Guerre mondiale, se retrouve à l'abandon... On avait fermé des pièces en barrant les portes avec des planches, bouché des cheminées... Sans parler des dégâts commis par les soldats cantonnés ici.

« Nous avons investi jusqu'à notre dernier penny dans cette maison. En ce temps-là, dans les années soixante, j'étais romancière – j'ai écrit une série de bluettes sentimentales. Rien de comparable avec Jackie Collins, mais je m'en sortais pas mal. Mon mari, lui, était dans la banque ; nous nous sentions capables de mener à bien notre projet d'hôtel, nous avions confiance. Mais nous nous étions surestimés, ajouta-t-elle en riant. Beaucoup surestimés, même. Le troisième Noël venu, nous n'avions presque plus d'argent et notre couple ne tenait que par un fil. Nous avions vendu la propriété petit bout par petit bout, et à Noël 1974 nous étions prêts à jeter l'éponge et à rentrer à Londres la queue entre les jambes.

Samantha revint avec un plateau très encombré qu'elle posa sur la table basse. Elle tendit une main hésitante vers l'anse de la théière.

— Non merci, ça ira, Sam, dit Julia en riant. Je ne suis pas la reine – pas encore ! Je peux servir le thé moi-même ! ajouta-t-elle avec un clin d'œil pour Cassandra. Vous prenez du sucre ?

— Oui, merci.

Julia lui tendit une tasse de thé, prit une gorgée du sien puis poursuivit son récit :

— Il faisait un froid de canard, cet hiver-là. Une tempête était venue de la mer et toute la côte était terrorisée. Il n'y avait plus d'électricité, la dinde s'abîmait dans le frigo et on ne savait plus où on avait rangé les bougies d'appoint. Pendant qu'on fouillait une des chambres du premier étage, un éclair a tout illuminé et on a tous les deux remarqué la même chose sur un mur...

Elle se frotta les mains en pensant à la chute de son histoire.

— Un trou !

— Un trou de souris ?

— Non, un trou carré. Une petite cavité dans la brique, expliqua-t-elle devant l'air interrogateur de Cassandra. Le genre de cachette dont je rêvais quand j'étais petite, quand mon frère me piquait mon journal intime. Ce trou était resté caché derrière une tapisserie que les peintres avaient ôtée au début de la semaine.

« Je sais, reprit-elle après avoir bu une gorgée, ça a l'air bête comme ça, mais cette trouvaille a été un porte-bonheur pour nous ; comme si la maison nous disait : Bon, d'accord, depuis le temps que vous êtes là à taper et casser dans tous les coins, vous avez prouvé que vos intentions étaient sérieuses ; vous pouvez rester. Et je vous assure qu'à partir de là, on a eu la partie facile. Tout d'abord, votre grand-mère est arrivée, disposée à nous acheter Cliff Cottage ; puis un certain Bobby Blake a restauré les jardins, et deux ou trois voyagistes nous ont amené des touristes pour le thé.

Ce souvenir fit éclore un sourire sur ses lèvres et Cassandra s'en voulut presque d'interrompre sa rêverie :

— Mais qu'est-ce que vous aviez trouvé ? Qu'est-ce qu'il y avait dans la cachette ?

Julia la regarda en battant des paupières.

— Un objet appartenant à Rose ?

— Oui, confirma Julia en réprimant un sourire d'excitation. C'est ça. Un ensemble d'albums noués avec un ruban. Un par an, couvrant toute la période 1900-1913.

— Comment ça, des albums ?

— En ce temps-là, beaucoup de fillettes et de jeunes filles tenaient des albums personnels – un des très rares passe-temps qui aient eu l'entière bénédiction de leurs aînés ! Une forme d'expression où on les laissait penser un peu à elles-mêmes sans trop redouter que le diable s'empare de leur âme ! Les albums de Rose ne diffèrent guère de ceux qu'on trouve dans les musées ou les greniers aux quatre coins du pays. Ils regorgent de bouts de tissu, de dessins, d'images de toutes sortes, d'invitations, d'anecdotes insignifiantes... Mais je me suis tellement identifiée à cette jeune femme d'il y a presque un siècle, qui y mettait ses espoirs, ses rêves et ses désillusions, que depuis, j'ai un faible pour elle. J'y vois un ange qui veille sur nous.

— Vous les avez toujours, ces albums ?

Julia acquiesça d'un air coupable.

— Je sais, j'aurais dû en faire don à un musée ou une société d'histoire locale, mais je suis superstitieuse, je n'arrive pas à m'en séparer. Pendant quelque temps, je les ai exposés dans le hall, protégés par une vitrine, mais chaque fois que je les voyais j'avais honte, comme si j'avais rendue publique une chose destinée à rester privée. Maintenant ils sont dans un carton, dans ma chambre, faute de mieux.

— J'aimerais beaucoup les voir.

— Et je comprends ça, mon petit. Vous les verrez, ne vous en faites pas, ajouta Julia avec un sourire radieux. J'attends un groupe d'ici une demi-heure, et grâce à Robyn, je suis prise jusqu'à la fin de la semaine par les préparatifs des fêtes. Si on disait vendredi soir pour dîner, là-haut, chez moi ? Danny sera en déplacement à Londres, on se fera une soirée entre filles. On s'absorbera dans la contemplation des albums de Rose et on pleurera un bon coup. Qu'est-ce que vous en dites ?

— Formidable, répondit Cassandra avec un sourire un peu incertain.

C'était la première fois qu'on l'invitait à venir pleurer un soir.

30

Château de Blackhurst, 1907

Tout en veillant à ne pas changer de position sur son ottomane, ce qui aurait à coup sûr avivé le courroux du peintre, Rose baissa les yeux pour contempler la plus récente page de son album. Elle y avait travaillé toute la semaine – chaque fois que M. Sargent lui permettait de se détendre un peu entre deux séances de pose. Elle y avait collé un bout du lé de satin rose clair où l'on avait coupé sa robe d'anniversaire, et aussi un ruban prélevé dans ses cheveux ; en bas, elle avait calligraphié de sa plus belle écriture ces vers de Tennyson :

Mais qui l'a jamais vue saluer du geste ?
Ou à la croisée se montrer, du reste ?
Qui connaît, au pays dont elle est l'hôte,
La gente dame de Shalott [3] *?*

Rose s'identifiait à la dame de Shalott, condamnée à vivre pour l'éternité dans sa chambre et à ne faire qu'indirectement l'expérience du monde ! Elle-même n'avait-elle pas passé le plus clair de son existence enfermée ?

Mais tout cela, c'était du passé. Rose avait pris sa décision : elle ne s'encombrerait plus des morbides pronostics du Dr Matthews, ni de l'inquiétude permanente, étouffante, de sa mère. Elle demeurait fragile, mais elle avait appris que la faiblesse engendrait la débilité, que pour avoir le vertige il n'y avait rien de tel que de rester jour après jour asphyxiée par la claustration. Désormais, elle ouvrirait les fenêtres lorsqu'elle aurait trop chaud, et tant pis si elle attrapait un refroidissement – ce qui n'était même pas certain. Et elle attendrait tout de la vie : mariage, enfants, vieillesse... Enfin, pour son dix-huitième

3. Version de 1842 de « La Dame de Shalott », dont il n'existe pas de traduction intégrale en français. (*N.d.T.*)

anniversaire, la dame de Shalott allait pouvoir regarder par la fenêtre, en direction de Camelot, comme dans le poème. Mieux, elle irait à Camelot. Car après cinq années de supplications, maman avait fini par céder : Rose accompagnerait Eliza à la crique de Blackhurst.

Depuis son arrivée au château, sa cousine allait à la crique et lui en rapportait des histoires. Tandis qu'elle gisait dans sa chambre tiède et obscure, dans l'odeur de renfermé liée à la maladie, Eliza entrait en coup de vent et Rose flairait presque la mer sur sa peau. Elle grimpait sur le lit à côté de sa cousine dolente et lui fourrait dans la main tantôt un coquillage, tantôt un os de seiche poudreux, ou bien encore un petit galet. Puis elle se mettait à raconter. Et Rose imaginait le bleu de l'océan, la chaleur de la brise marine sur sa peau et celle du sable sous la plante de ses pieds.

Certaines histoires étaient pure invention, mais d'autres venaient d'ailleurs. Mary la servante avait des frères pêcheurs ; Rose la soupçonnait de jacasser au lieu de travailler. À elle, elle ne racontait rien, évidemment ; mais à Eliza si. Les domestiques lui réservaient tous un traitement à part. Pas très convenable, d'ailleurs, car parfois, on aurait dit qu'ils la traitaient en amie.

Depuis quelque temps, Rose pressentait que sa cousine s'aventurait hors des limites du domaine, et qu'elle avait dû, à l'occasion, s'entretenir avec les pêcheurs du village, car ses contes changeaient insensiblement. À présent, ils regorgeaient de détails dans les descriptions de bateaux et de sorties au large, ils parlaient de sirènes, de trésors, d'aventures en mer...

le tout avec une éloquence pittoresque dont Rose se régalait en secret. Elle avait aussi remarqué quelque chose de plus expansif dans le regard de la petite conteuse, comme si cette dernière avait goûté en personne aux joies interdites qu'elle lui révélait.

Une chose était sûre : maman aurait été atterrée d'apprendre qu'Eliza s'était rendue au bourg et avait frayé avec les gens du commun, elle qui s'irritait déjà que la jeune fille converse avec la domesticité – c'était d'ailleurs pour cette seule raison que Rose tolérait la complicité unissant Eliza et Mary. S'il prenait l'envie à maman de lui demander où elle allait, Eliza ne mentait jamais ; mais de toute façon, que pouvait faire maman pour l'en empêcher ? En sept ans, elle n'avait pas trouvé de punition à même de la dissuader.

La perspective d'être considérée comme « inconvenante » ne lui faisait ni chaud ni froid. Si on la confinait dans le réduit sous l'escalier, cela ne faisait que lui procurer du temps et du calme pour inventer de nouvelles histoires. Si on lui refusait une robe neuve – ce qui, pour Rose, constituait le châtiment suprême –, elle ne poussait pas même un soupir ; elle se contentait allègrement des habits dont sa cousine ne voulait plus. Non, décidément, en matière de punitions, elle était pareille aux héroïnes de ses fables : protégée par une bonne fée.

Rose retirait un plaisir coupable des vaines tentatives de sa mère pour punir Eliza. Toutes ses menaces étaient accueillies par un clignement d'yeux inexpressif, un haussement d'épaules insouciant et un « Bien, ma tante » indifférent. Comme si Eliza ne comprenait pas que son comportement puisse offenser les autres. C'était surtout son haussement d'épaules qui mettait maman en fureur. Elle avait depuis longtemps déchargé Rose de sa responsabilité – former Eliza et en faire une vraie dame –, trop contente que sa fille ait réussi à convaincre la sauvageonne de s'habiller correctement. Rose avait accepté les louanges de maman et fait taire la petite voix lui disant que si sa cousine avait renoncé à son pantalon en loques, c'était seulement parce qu'elle ne rentrait plus dedans. Maman disait qu'il y avait quelque chose de brisé en Eliza, comme un morceau de verre interdisant à un télescope de fonctionner correctement, qui l'empêchait de saisir la notion de déshonneur.

Comme si elle lisait dans les pensées de Rose, Eliza remua sur l'ottomane, à ses côtés. Elles posaient depuis près d'une heure et une résistance physique palpable émanait de tout son corps. Cent fois M. Sargent avait dû lui intimer l'ordre de ne pas froncer les sourcils, de tenir la pose, pendant qu'il rectifiait son ébauche. Rose l'avait entendu dire à maman, la veille, que sans cette jeune personne aux cheveux de feu qui ne voulait pas rester tranquille le temps qu'il saisisse son expression, il aurait fini depuis longtemps.

En entendant cela, maman avait frémi de dégoût. Elle aurait préféré que Rose fût l'unique sujet du portrait, mais cette dernière était fermement intervenue. Eliza était sa cousine, sa seule amie ; elle devait évidemment figurer sur le tableau. Pour faire bonne mesure, elle avait ajouté un petit toussotement en regardant sa mère par en dessous et l'affaire avait été vite conclue.

Certes, le petit cristal de glace qui se maintenait au tréfonds de Rose s'était réjoui du déplaisir de maman ; pourtant, si elle avait insisté pour inclure Eliza dans le portrait, c'était de bon cœur. Avant Eliza, Rose n'avait jamais eu d'amie. L'occasion ne s'était pas présentée, et de toute façon, quand on est condamnée à ne faire qu'un court passage en ce bas monde, qu'a-t-on besoin d'amis ? Comme tous les enfants que la vie a habitués à la souffrance, Rose s'était trouvé peu de points communs avec les filles de son âge. Elle se moquait bien de faire tourner des cerceaux ou de ranger interminablement des maisons de poupée, et se lassait vite des conversations imposées où on lui demandait sa couleur, son chiffre ou sa chanson préférés.

Mais la cousine Eliza n'était pas comme les autres. Rose l'avait compris au premier abord. Elle avait une vision du monde étonnante, et une façon bien à elle d'agir de manière inattendue.

Le plus intéressant chez elle – plus encore que sa capacité à exaspérer maman –, c'étaient ses récits. Elle en connaissait de merveilleux, tels que Rose n'en avait jamais entendu. Des tas d'histoires à faire peur, qui lui donnaient la chair de poule et des sueurs froides, où il était question de l'Autre Cousine, du fleuve qui coulait à Londres, d'un Méchant Homme armé d'un couteau brillant et, bien sûr, du vaisseau noir qui hantait la crique de Blackhurst. Rose avait beau savoir que c'était une invention, elle adorait cette histoire-là – le navire qui surgissait à l'horizon, celui qu'Eliza affirmait avoir vu, et qu'elle guettait encore pendant les longues journées d'été, sur la plage, dans l'espoir qu'il réapparaîtrait.

Le seul sujet dont Rose n'avait jamais réussi à la faire parler, c'était son frère Sammy. Le nom lui avait échappé une seule fois et par la suite, elle n'avait plus voulu l'évoquer. C'était par Adeline que Rose avait appris la vérité : Eliza avait eu un jumeau, un frère taillé dans la même étoffe qu'elle, en quelque sorte, et il était mort tragiquement.

Au fil des ans, seule dans son lit, Rose s'était complu à imaginer le décès du petit garçon, cette perte terrible qui avait su accomplir l'impensable : priver de mots la petite conteuse. « La mort de Sammy » avait remplacé « La fugue de Georgiana » dans les rêveries éveillées de Rose. Elle l'avait imaginé se noyant, faisant une chute fatale ou dépérissant peu à peu, le pauvre cher ange qui l'avait précédée dans le cœur d'Eliza.

— On ne bouge pas, s'il vous plaît, fit le peintre en pointant son pinceau sur Eliza. Cessez donc de vous tortiller. Vous êtes pire que le chien de lady Asquith.

Rose cilla mais resta impassible en voyant son père entrer. Il vint se planter derrière le chevalet de M. Sargent et observa intensément l'artiste, en fronçant les sourcils ou en penchant la tête pour mieux suivre ses coups de pinceau. Rose s'étonna ; elle ignorait chez lui cet intérêt pour l'art pictural. La seule chose qui l'intéressât, pour autant qu'elle sût, c'était la photographie, et même dans cet exercice il se débrouillait pour être ennuyeux au possible. En effet, il ne prenait jamais en photo les gens, seulement des insectes, des plantes, des briques. Et pourtant, ce jour-là, il était comme envoûté par le portrait de sa fille. Laquelle se redressa légèrement.

Pendant toute son enfance, en deux occasions seulement Rose avait pu voir son père de près ; la première fois, c'était quand elle avait avalé le fameux dé à coudre et qu'on l'avait convié à prendre une photographie pour le Dr Matthews. La seconde rencontre avait été moins glorieuse.

L'année de ses neuf ans, un jour où le docteur devait venir, elle avait décidé qu'elle n'avait pas envie de le voir. Alors elle s'était cachée. Et elle avait arrêté son choix sur le seul endroit où maman n'aurait jamais l'idée de la chercher : la chambre noire.

Le dessous du bureau faisait une bonne cachette, et elle y avait même disposé un oreiller pour être plus à son aise. D'ailleurs, elle y avait passé un moment agréable, n'était l'odeur épouvantable qui régnait dans la pièce, comparable aux détergents qu'utilisaient les domestiques pour le grand nettoyage de printemps.

Elle était là depuis un quart d'heure quand la porte s'ouvrit. Un rai de lumière s'insinua par un petit trou au centre d'un nœud dans le bois, dans la partie arrière du meuble. Rose retint sa respiration et y posa son œil, redoutant de découvrir maman et le Dr Matthews.

Toutefois, ce n'était ni l'un ni l'autre qui tenait la porte ouverte mais père, vêtu de son long manteau de voyage. La gorge de Rose se serra. Sans qu'on le lui ait jamais expressément interdit, elle savait très bien que sous aucun prétexte on ne devait franchir le seuil du laboratoire de père.

Celui-ci resta un instant immobile ; sa silhouette se découpait à contre-jour dans l'encadrement de la porte. Puis il entra, ôta son manteau noir et le lança sur un fauteuil. Juste à ce moment-là, Thomas fit son apparition.

« Monsieur, dit-il, tout essoufflé, nous ne vous attendions pas avant plusieurs...

— Il y a eu des changements.

— La cuisinière prépare à déjeuner, Monsieur, reprit Thomas en allumant les appliques murales. Je vais mettre le couvert pour deux et informer lady Mountrachet de votre retour.

— Non ».

La brusquerie de cette injonction coupa le souffle à la petite. Thomas, lui, se retourna vers père ; entre ses doigts, l'allumette s'éteignit, victime du soudain refroidissement de l'atmosphère.

« Non, réitéra père. Le voyage a été long. Il faut que je me repose.

— Voulez-vous que je vous apporte un plateau, dans ce cas ?

— Oui, et une carafe de xérès ».

Thomas acquiesça, puis disparut dans le couloir, où l'on entendit décroître le bruit de ses pas.

Rose perçut des coups sourds. Peut-être un mystérieux objet appartenant à père, caché dans un tiroir du bureau, émettait-il une série de déclics ? Elle appuya son oreille contre le bois. Puis elle comprit : c'était son cœur qui battait à se rompre. Comme pour lui communiquer un avertissement. Ou bondir hors de sa poitrine dans l'espoir d'assurer sa propre survie.

Mais elle n'avait aucun moyen de s'échapper. Assis dans son fauteuil, père lui barrait le chemin de la porte.

Alors elle resta assise, elle aussi, les genoux remontés contre ce cœur traître qui menaçait à tout instant de révéler sa présence.

Aussi loin que remontait sa mémoire, c'était la première fois qu'elle se trouvait seule en compagnie de son père. Sa présence emplissait toute la pièce – ce laboratoire naguère accueillant qui semblait à présent chargé d'émotions que Rose ne comprenait pas.

Des pas assourdis par le tapis, puis un profond soupir masculin qui lui donna la chair de poule.

« Où es-tu ? souffla père, avant de répéter, cette fois entre ses dents serrées : Mais où es-tu donc ? »

Nouveau soupir – de chagrin ? d'amour ? de lassitude ? –, puis le mot *poupée*. Prononcé tout bas, avec beaucoup de douceur ; un mot accablé d'homme brisé.

« Ma *poupée* », répéta père.

Rose, qui apprenait le français avec Mlle Tranton, savait ce que *poupée* voulait dire. Alors père dit encore :

« Où es-tu, ma Georgiana ? »

Rose respira : il n'avait pas remarqué sa présence. Mais elle était aussi chagrinée parce que ce ton si doux ne faisait pas référence à elle. Alors, la joue appuyée contre le bois, Rose se promit qu'un jour, quelqu'un prononcerait son prénom sur ce ton-là...

— Baissez la main ! protesta M. Sargent, exaspéré. Si vous continuez à la bouger, je vous peins avec trois bras et c'est ainsi qu'on se souviendra de vous pour l'éternité.

Eliza poussa un gros soupir et noua ses mains dans son dos.

À force de tenir la pose, Rose avait le regard vitreux. Elle reprit ses esprits. Père n'était plus là. Mais sa présence s'attardait dans le salon – ce sillage de malheur qu'il traînait partout derrière lui.

Elle posa les yeux sur son album. Ce tissu était vraiment d'un joli rose qui irait parfaitement avec ses cheveux noirs.

Pendant toutes ses années d'incessantes indispositions, Rose n'avait tendu que vers une chose : devenir grande, échapper aux contraintes de l'enfance et vivre, vivre enfin, « fût-ce brièvement et par instants seulement », comme disait la Milly Theale de Henry James dans *Les Ailes de la colombe*. Elle aspirait tant à tomber amoureuse, se marier, avoir des enfants ! Quitter Blackhurst et entamer sa vie à elle ! Loin de ce château, du sofa où maman exigeait qu'elle s'étende à longueur de temps même quand elle se sentait très bien ! Le « sofa de Rose », disait-elle. « Mettez un jeté de lit neuf sur le sofa de Rose. D'une couleur qui fasse ressortir la blancheur de son teint et briller ses cheveux ».

Or, le grand jour approchait, Rose le sentait. Enfin, enfin maman avait reconnu qu'elle était en assez bonne santé pour recevoir des prétendants. Depuis quelques mois, elle organisait des déjeuners d'apparat avec des jeunes gens de son rang – et parfois de moins jeunes ! Rose les avait tous trouvés idiots. Eliza avait fait la joie de sa cousine après chacune de ces visites en les imitant ou en reproduisant les conversations pendant des heures. Mais au moins, cela lui donnait de l'expérience en la matière. Car le parfait gentleman existait quelque part, et il l'attendait, elle en était sûre. Il n'aurait rien de commun avec père. Ce serait un artiste, et en tant que tel il aurait le sens du beau, le sens de tous les possibles ; il se soucierait comme d'une guigne des briques et des insectes. Il serait franc et sincère, elle lirait en lui comme dans un livre ouvert, et ses passions, ses rêves brilleraient dans ses yeux. Et puis il l'aimerait, elle, et personne d'autre.

À ses côtés, Eliza poussa un soupir d'impatience.

— Vraiment, monsieur, moi-même je peindrais plus vite que vous.

Mon mari sera comme Eliza, songea tout à coup Rose, que cette idée dérida. Oui, l'homme qu'elle cherchait serait le pendant masculin de sa cousine.

Leur geôlier finit par les libérer. Tennyson avait bien raison, dans son *Ulysse* : comme il était ennuyeux de « rouiller sans avoir jamais lui » ! Eliza s'empressa d'enlever la robe ridicule que tante Adeline l'avait forcée à porter pour poser. Elle avait appartenu à Rose mais datait de la saison passée ; les dentelles la démangeaient, le satin collait à sa peau et cette teinte rouge lui donnait l'impression d'être une fraise écrasée. Quelle perte de temps, cette matinée passée face à un vieux grincheux déterminé à restituer leur image sur la toile pour qu'elles aussi puissent être accrochées, solitaires et statiques, sur un mur glacial !

D'un bond, Eliza se mit à quatre pattes et regarda sous son lit. Puis elle souleva le coin d'une latte de parquet qu'elle avait descellée des années plus tôt, passa la main dans le trou et en retira son conte intitulé *L'Oiseau enchanté*. Elle passa sa paume sur la couverture noir et blanc et sentit sous le bout de ses doigts les ondulations de sa propre écriture.

C'était Davies qui lui avait suggéré de consigner ses histoires sur le papier, un jour où elle l'aidait à planter des roses et où un oiseau gris et blanc à la

377

queue striée était venu se poser sur un massif tout proche.

« Un coucou, commenta le jardinier. Ça passe l'hiver en Afrique, ces oiseaux-là, et ça revient ici au printemps.

— J'aimerais bien être un oiseau, commenta Eliza. Je pourrais m'élancer du haut de la falaise et prendre mon essor vers l'Afrique, l'Inde, l'Australie...

— L'Australie ? »

C'était la destination qui nourrissait son imagination à ce moment-là. Le frère aîné de Mary, Patrick, y avait récemment émigré avec toute sa famille, dans un port appelé Maryborough, où sa tante Eleanor était déjà partie s'installer quelques années plus tôt. Outre ces liens familiaux avec le lieu, Mary aimait à croire que le nom lui-même avait influencé son choix, et elle répondait sans se faire prier aux questions précises et pressantes sur cette contrée exotique posée sur un océan lointain, à l'autre bout de la terre. Eliza avait localisé l'Australie sur une carte ; c'était un étrange et énorme continent des mers du Sud pourvu de deux oreilles, une pointée, l'autre cassée.

« Je connais un gars qui s'en est allé là-bas, enchaîna Davies en interrompant un instant son labeur. Il s'est dégoté une ferme avec quatre cents hectares de terrain et il a pas réussi à y faire pousser une seule plante ».

Eliza ne se tenait plus de joie. Cette démesure coïncidait bien avec l'idée qu'elle se faisait de l'endroit.

« Mary prétend qu'il y a une espèce de lapin géant, là-bas. Des kangourous, ça s'appelle. Ils ont le bout des pattes grand comme une jambe d'homme adulte !

— Je ne sais pas ce que vous iriez faire dans un endroit pareil, mademoiselle Eliza. Ni en Afrique, ni en Inde, d'ailleurs ».

Eliza, au contraire, le savait très bien.

« Collecter des histoires. Des histoires très anciennes, que personne n'a jamais entendues ici. Je serais comme ces frères Grimm dont je vous ai déjà parlé.

— Ce qui m'échappe, c'est pourquoi vous voulez faire comme ces Allemands qui se griment... Vous devriez écrire vos propres histoires au lieu de celles qui appartiennent à d'autres gens ».

Alors elle s'était attelée à la tâche. Elle avait commencé par un conte destiné à Rose en guise de cadeau d'anniversaire – l'histoire d'une princesse changée en oiseau. C'était le tout premier qu'elle emprisonnait dans le papier, et ça faisait une drôle d'impression de voir ses pensées, ses idées devenir concrètes. Elle se sentait plus sensible, plus vulnérable, plus fragile, tout à coup. Le vent lui paraissait plus froid, le soleil plus chaud. Et elle n'arrivait pas à savoir si elle aimait ou détestait cette sensation.

Mais comme Rose adorait ses contes et qu'elle n'avait rien de plus précieux à lui offrir, elle avait persévéré.

Car au fil des ans, depuis qu'on avait arraché la fillette à la solitude de son existence londonienne pour la transplanter dans le majestueux et mystérieux château de Blackhurst, Rose et Eliza étaient devenues inséparables. Rose riait des mêmes choses, avait les mêmes aspirations qu'elle ; peu à peu, elle avait comblé le vide laissé par la disparition de Sammy, ce sombre abîme intérieur que seuls connaissent les jumeaux privés de leur alter ego. De son côté, Eliza aurait fait n'importe quoi pour Rose ; elle lui aurait tout donné. Elle aurait tout écrit pour elle.

L'Oiseau enchanté
par Eliza Makepeace

Il était une fois, en des temps très reculés où régnait la magie, une reine dont le rêve ardent était d'avoir un enfant. Elle était malheureuse car le roi, qui partait souvent au loin, la laissait seule dans son grand château sans d'autre occupation que ressasser sa solitude et se demander pourquoi, alors qu'elle l'aimait tant, il supportait d'être si fréquemment et si longtemps séparé d'elle.

Or, bien des années plus tôt, le roi avait usurpé son trône à celle qui en avait hérité de droit, la reine des fées, et le beau pays des fées, si paisible, était devenu du jour au lendemain une terre désolée où la magie ne s'épanouissait plus et d'où le rire était banni. Le roi en était si courroucé qu'il décida de capturer la reine des fées et de la contraindre à revenir en son royaume. On prépara tout spécialement une cage dorée, car le roi prévoyait de l'emprisonner afin qu'elle lui prodigue sa magie pour son seul plaisir.

Par un jour d'hiver, comme le roi était une nouvelle fois absent, la reine cousait près de la fenêtre ouverte, laissant de temps en temps courir son regard sur la terre alourdie de neige. Elle pleurait, car la tristesse des mois d'hiver avait le don d'accentuer sa solitude. En contemplant le paysage stérile, elle pensa à son ventre, qui l'était tout autant : en effet, il restait vide malgré son vif désir que lui vienne un enfant.

— Oh, comme je voudrais avoir une jolie petite fille au cœur pur et vrai et aux yeux qui jamais ne s'emplissent de larmes ! Alors je ne serais plus jamais seule.

L'hiver passa, le monde s'éveilla peu à peu. Les oiseaux revinrent et se mirent à confectionner leur nid, on vit à nouveau des biches paître à la lisière des champs et des bois, des bourgeons éclore sur les branches. Lorsque, avec le printemps, les alouettes prirent leur essor dans le ciel, la reine constata avec surprise que sa jupe la serrait à la taille ; elle comprit bientôt qu'elle attendait un enfant. Or, le roi n'était pas revenu de tout l'hiver ; elle sut donc qu'une fée malicieuse, cachée tout là-bas dans le jardin d'hiver, avait dû l'entendre pleurer de loin et user de sa magie pour exaucer son vœu.

Le ventre de la reine s'arrondissait toujours ; puis l'hiver revint et, le soir de Noël, comme la neige tombait dru sur le pays, elle éprouva les premières douleurs de l'enfantement. Le travail dura toute la soirée et, au dernier coup de minuit, la petite fille était née et la reine put enfin contempler son visage. Dire que cette belle enfant à la peau d'une blancheur sans défaut, aux cheveux noirs et aux lèvres rouges comme un bouton de rose était toute à elle !

— Rosalinde, déclara la reine. Je l'appellerai Rosalinde.

La reine se prit instantanément de passion pour la princesse Rosalinde, refusant de la quitter des yeux. La solitude l'avait rendue amère, l'amertume l'avait rendue égoïste, et l'égoïsme l'avait rendue soupçonneuse. Elle redoutait à chaque instant qu'on ne lui enlève son enfant. Elle est mienne, songeait-elle, elle est mon salut ; aussi dois-je la garder pour moi seule.

Au matin du baptême de la princesse, on pria les femmes les plus sages du royaume de venir lui prodiguer leur bénédiction. Toute la journée, sous le regard vigilant de la reine, des vœux de grâce, de prudence et de discernement plurent sur la tête de la petite. Enfin, lorsque la nuit s'insinua peu à peu dans le royaume, la reine souhaita le bonsoir aux invitées. Elle ne se détourna qu'un bref instant, mais quand son regard se reporta sur l'enfant, elle vit qu'une des dames était toujours là. Une invitée venue de loin, à en juger par sa longue cape, était debout près du berceau.

— Il est tard, gente dame, dit la reine. La princesse a reçu ses bénédictions ; il faut la laisser dormir à présent.

La voyageuse repoussa alors sa capuche et la reine lâcha un hoquet de stupeur, car le visage qu'elle découvrit n'était point celui d'une docte femme mais d'une vieille édentée.

— J'apporte un message de la reine des fées, fit la vieille. Cette petite est des nôtres, elle doit repartir avec moi.

— Non ! cria la reine en se ruant vers le berceau. C'est ma fille. Cette précieuse enfant est à moi !

— À toi ? railla l'aïeule avant de pousser un horrible caquètement qui incita la reine à reculer d'un pas, épouvantée. À toi, cette ravissante enfant ? Elle t'a appartenu aussi longtemps que nous l'avons voulu, voilà tout. Au fond de ton cœur, tu as toujours su qu'elle était née d'un peu de poudre magique ; eh bien, le jour est venu de la restituer.

Alors la reine fondit en larmes, car le message de la vieille exprimait tout ce qu'elle avait toujours redouté.

— Je ne puis y renoncer, dit-elle. Ayez pitié de moi, l'aïeule, laissez-la-moi encore.

Or, la vieille était rouée. À ces mots, un grand sourire s'épanouit sur son visage.

— Je te laisse le choix. Laisse-la partir aujourd'hui et elle mènera une longue et heureuse vie, au côté de la reine des fées.

— Sinon ?

— Sinon, tu peux la garder, mais uniquement jusqu'au matin de son dix-huitième anniversaire. Ce jour-là, son véritable destin s'accomplira et elle te quittera à jamais. Réfléchis bien, car plus elle restera à tes côtés, plus ton amour s'épanouira.

— Je n'ai nul besoin de réfléchir, répliqua la reine. Je choisis la seconde solution.

— Alors elle est à toi… mais seulement jusqu'au matin de son dix-huitième anniversaire !

À cet instant précis, le bébé se mit à pleurer pour la première fois. La reine se pencha pour le prendre dans ses bras et, lorsqu'elle se retourna, la vieille avait disparu.

En grandissant, la princesse devint une très jolie petite fille pleine de joie et de lumière qui déridait tous ceux qu'elle rencontrait, et ce dans tout le pays. À l'exception toutefois de la reine elle-même, trop dévorée par la peur pour profiter pleinement de son enfant. Quand la petite chantait, la reine ne l'entendait pas, quand elle dansait, la reine ne la voyait pas, pas plus qu'elle ne ressentait d'élan lorsqu'elle lui tendait les bras, tant elle était occupée à calculer le temps qu'il restait avant qu'on ne la lui enlève.

À mesure que les ans passaient, la reine craignait de plus en plus la sombre et glaciale perspective de la date maudite. Sa bouche ne sut bientôt plus sourire, et son front se creusa de rides. Sur ce, une nuit, la vieille lui apparut en rêve.

— Ta fille a presque dix ans. N'oublie pas que son destin sera scellé le jour de son dix-huitième anniversaire.

— J'ai changé d'avis, dit la reine. Je ne peux ni ne veux la laisser partir.

— Tu as pourtant promis, et cette promesse, tu dois l'honorer.

Le lendemain matin, après s'être assurée que la princesse était sous bonne garde, la reine revêtit son habit de cavalière et fit seller son cheval. La magie avait été bannie du château, mais il restait un unique lieu où l'on pouvait encore recourir aux charmes et aux sorts. Dans une grotte obscure au bord de la mer enchantée vivait une fée qui n'était ni bonne ni méchante. Punie par la reine des fées pour avoir fait mauvais usage de la magie, elle s'était réfugiée là tandis que le petit peuple magique fuyait le royaume. La reine savait qu'il n'était pas sans risque de quémander son aide, mais elle était son seul espoir.

Elle chevaucha trois jours et trois nuits ; quand elle atteignit la grotte, elle trouva la fée qui l'attendait.

— Entrez, dit la fée. Et révélez-moi l'objet de votre quête.

La reine lui conta l'histoire de l'aïeule, qui avait juré de revenir chercher la princesse pour son dix-huitième anniversaire ; la fée l'écouta, puis elle hocha pensivement la tête. Enfin, elle déclara :

— Je ne saurais conjurer le sort lancé par l'aïeule, mais peut-être puis-je tout de même vous aider.

— Je vous l'ordonne.

— Je dois cependant vous prévenir, Votre Majesté : quand vous saurez ce que je propose, vous ne me remercierez peut-être pas.

Alors la fée se pencha à l'oreille de la reine et lui souffla quelques mots.

La souveraine n'eut pas un instant d'hésitation : tout était préférable à la perte de son enfant.

— Il faut que cela soit.

— Les désirs de Votre Majesté sont des ordres, acquiesça la fée en lui tendant une potion. Donnez-en trois gouttes tous les soirs à la princesse. Tout se passera comme je vous l'ai dit. La vieille ne viendra plus vous importuner, car désormais seul pourra s'accomplir le vrai destin de la princesse.

La reine se hâta de rentrer au château, le cœur léger pour la première fois depuis le baptême de sa fille. Trois soirs durant, elle déposa subrepticement trois gouttes de potion dans le verre de lait de sa fille. Le troisième soir, la princesse s'étrangla en buvant, tomba de sa chaise et se transforma en magnifique oiseau, conformément aux prédictions de la fée. Comme l'oiseau voletait dans la pièce, la reine fit apporter la cage dorée qui attendait dans les appartements du roi. On y fit entrer l'oiseau, on referma la porte d'or, et la reine poussa un soupir de soulagement. Car le roi avait fait preuve d'ingéniosité : une fois close, jamais la cage ne pouvait se rouvrir.

— Te voilà sauvée, ma jolie, dit la reine. Tu ne risques plus rien à présent, et personne ne t'enlèvera à moi.

Sur ces mots, elle suspendit la cage à un crochet dans la plus haute chambre de la tour.

Mais voici que tout à coup, aux quatre coins du royaume, la lumière s'évanouit ! Les habitants furent plongés dans un éternel hiver qui fit dépérir champs et récoltes, et rendit la terre inféconde. La seule chose qui retint le peuple de sombrer dans le désespoir était le chant de la princesse-oiseau – aussi beau que triste – qui s'échappait par la fenêtre pour se répandre sur la terre stérile.

Le temps passa, comme le veut sa nature, et des princes de sang, mus par la cupidité, affluèrent des quatre points cardinaux pour libérer la princesse : on racontait que le royaume infertile abritait une cage en or si précieuse que, par comparaison, leur propre fortune n'était rien, et que celle-ci renfermait un oiseau captif au chant si beau que du ciel il faisait choir des pièces d'or. Malheureusement, on ajoutait que quiconque tentait d'ouvrir la cage mourait aussitôt. La reine, qui trônait jour et nuit dans son fauteuil à bascule, veillait sur la cage afin que nul ne lui dérobe son bien précieux, et riait de voir périr les princes, car le soupçon et l'effroi conjugués avaient fini par lui faire perdre la raison.

Au bout de quelques années, un fils de bûcheron venu d'une lointaine contrée entendit, en entrant dans la forêt, un chant si beau qu'il cessa de travailler et, pétrifié, prêta l'oreille à chaque note. Puis, n'y tenant plus, il posa sa hache et partit à la recherche de cet oiseau au merveilleux chant triste. En se frayant un chemin à travers bois, il tomba sur nombre d'animaux qui lui vinrent en aide ; il veilla à les remercier, car ce fils de bûcheron, plein de bonté d'âme, savait communiquer avec les créatures de la nature. Il franchit les buissons de ronces, traversa des champs au pas de course, gravit des montagnes, dormit la nuit dans des arbres creux, ne se nourrit que de baies et de fruits secs, et parvint enfin au pied du mur d'enceinte.

— Comment es-tu arrivé jusque dans ces provinces désolées ? lui demanda le garde posté à l'entrée.

— J'ai suivi le chant de votre bel oiseau.

— Alors si tu tiens à la vie, tourne les talons : tout est maudit en ce royaume, et quiconque touche à la cage de l'oiseau triste est perdu.

— Je suis seul et sans armes, et je n'ai rien à perdre, répondit le fils du bûcheron ; mais je dois voir de mes yeux la source de ce chant sublime.

À cet instant précis, la princesse atteignit sa dix-huitième année ; elle entonna son chant le plus triste et le plus beau, car elle pleurait son enfance et sa liberté perdues.

Le garde s'écarta pour laisser passer le jeune homme, qui pénétra dans le château et monta jusqu'à la plus haute tour.

Quand il découvrit l'oiseau en cage, son cœur se serra ; il n'aimait guère voir les animaux emprisonnés, quels qu'ils soient. De la cage, il ne vit pas l'or, mais seulement l'oiseau. Alors il tendit la main vers la porte, qui s'ouvrit dès qu'il l'effleura. L'oiseau était libre.

Aussitôt, il se transforma en belle jeune fille aux longs cheveux ondulant sur ses épaules, couronnée d'un diadème d'étoiles en argent étincelant. Des oiseaux quittèrent leurs arbres lointains et vinrent déposer sur elle une pièce d'or qu'ils tenaient dans leur bec, si bien qu'elle en fut bientôt revêtue. Toutes les bêtes regagnèrent le royaume, et les blés et les fleurs surgirent du sol jadis ingrat.

Le lendemain, comme le soleil se levait sur la mer, on entendit un roulement de tonnerre ; six chevaux blancs se présentèrent aux portes du château, tirant une voiture dorée. La reine des fées en descendit, et tous ses sujets s'inclinèrent devant elle. Derrière elle se tenait la fée de la grotte, qui avait fait la preuve de sa bonté en exécutant la véritable volonté de sa reine et en veillant à ce que la princesse Rosalinde soit prête pour le jour où son destin viendrait à sa rencontre.

Sous l'œil vigilant de la reine des fées, la princesse épousa le fils du bûcheron ; la joie du jeune couple était si grande que la magie se répandit à nouveau dans le royaume et que tous les habitants furent à nouveau libres et heureux.

À l'exception, naturellement, de la reine, qui avait disparu. À sa place, on retrouva un oiseau

énorme et très laid dont le cri glaçait le sang de quiconque l'entendait. On le chassa du pays et il s'envola vers une forêt lointaine, où il fut tué et mangé par le roi, que sa maléfique et infructueuse quête de la reine des fées avait conduit au désespoir et à la folie.

31

Château de Blackhurst, 1907

Un coup frappé à la porte. Eliza cacha *L'Oiseau enchanté* dans son dos. Elle sentit qu'elle s'empourprait d'excitation.

Mary entra. Ses boucles folles étaient plus indisciplinées que jamais. Comme l'état de sa chevelure révélait invariablement la nature de son humeur, Eliza devina qu'à la cuisine, on s'affairait activement aux préparatifs de l'anniversaire.

— Mary ? J'attendais Rose.

— Mademoiselle, fit Mary avant de pincer les lèvres, ce qui était si inhabituel chez elle que cela fit rire Eliza. Monsieur désire vous voir.

— Hein ? Mon oncle ?

Bien qu'en sept ans de présence à Blackhurst elle n'ait cessé de sillonner la propriété en tous sens, Eliza n'était jamais tombée sur son oncle, ce personnage imprécis qui passait la plus grande partie de son temps sur le continent à chercher des insectes dont il volait l'image pour la restituer dans son laboratoire.

— Il faut venir tout de suite, Mademoiselle, insista Mary. Et mettez de l'ordre dans votre tenue.

Elle n'avait jamais vu la servante aussi sérieuse. Mary l'entraîna dans la pénombre du couloir et lui fit descendre l'escalier donnant sur l'arrière de la demeure. En bas, au lieu de prendre à gauche pour gagner le hall et les autres pièces, elle tourna à droite et s'engagea d'un pas vif dans un étroit passage

391

– moins éclairé que le reste de la maison, car les lampes y étaient plus espacées. Il n'y avait pas de tableaux aux murs. On avait fait peu d'efforts pour décorer ce couloir, où la température était plus fraîche qu'ailleurs.

Mary s'arrêta devant la dernière porte. Avant de l'ouvrir, elle se retourna pour serrer brièvement la main de la jeune fille. Ce geste aussi était inattendu de sa part.

Mais Eliza n'eut pas le temps de demander ce qui se passait, car déjà la porte s'ouvrait et Mary l'annonçait :

— Mademoiselle Eliza, Monsieur.

Puis elle s'en fut et la fillette se retrouva seule sur le seuil de la tanière de son oncle, d'où émanait une odeur singulière.

Linus Mountrachet était assis derrière un grand bureau en bois plein de nœuds, au fond de la pièce.

— Vous avez demandé à me voir, mon oncle ?

La porte se referma derrière Eliza.

Linus la regarda par-dessus ses verres. Une fois de plus elle se demanda comment ce vieux bonhomme au teint marbré pouvait être apparenté à sa mère, qui avait été si belle. Le bout d'une langue rose apparut entre ses lèvres.

— On me dit que tu as de bons résultats scolaires, déclara-t-il.

— Oui, monsieur.

— Et si j'en crois mon jardinier Davies, tu te plais dans les jardins.

— Oui, mon oncle.

De fait, le jour même où elle avait mis le pied à Blackhurst, Eliza était tombée amoureuse du domaine. Outre les tunnels sous les falaises, elle connaissait la partie dégagée du labyrinthe, ainsi bien sûr que les jardins eux-mêmes, aussi bien qu'elle avait connu jadis les rues brumeuses de Londres. Mais elle avait beau les explorer, puisqu'ils se transformaient sans cesse au gré des saisons, il y avait toujours de nouvelles choses à découvrir.

— C'est dans la famille. Ta mère...

Sa voix se brisa.

— ... ta mère, quand elle était petite, aimait passionnément ces jardins.

Eliza s'efforça de concilier cette information avec ses souvenirs de sa mère. Des images fragmentaires lui revinrent à travers le corridor du temps : mère dans la chambrette sans fenêtre, et un petit pot contenant une herbe aromatique qui n'avait pas tenu longtemps – rien ne pouvait survivre dans des conditions pareilles.

— Viens un peu par là, mon enfant, dit l'oncle en lui faisant signe d'approcher. Viens dans la lumière, que je te voie.

Eliza contourna le bureau. L'odeur qui imprégnait la pièce, et qui lui rappelait le désherbant que Davies répandait dans le jardin, s'accrut comme si elle provenait de l'oncle lui-même.

Tremblant, celui-ci caressa l'extrémité de sa longue chevelure rousse avec une douceur infinie. Puis il retira sa main comme s'il venait de se brûler.

Il frissonna.

— Mon oncle, vous ne vous sentez pas bien ? Voulez-vous que j'aille chercher de l'aide ?

— Non, s'empressa-t-il. Non.

Il caressa une fois de plus ses cheveux. Ses paupières fanées se fermèrent, et elle devina dessous le mouvement de ses globes oculaires.

— Nous l'avons cherchée si longtemps, et si loin, ta mère... tant nous voulions ramener à la maison notre Georgiana...

— Oui, monsieur.

Elle savait tout cela par Mary. L'affection que l'oncle Linus vouait à sa sœur cadette, son chagrin immense lors de sa fugue, ses fréquents séjours à Londres... La quête qui avait consumé sa jeunesse, son impatience chaque fois qu'il quittait Blackhurst pour reprendre ses recherches, et l'inévitable abattement qui se lisait sur ses traits quand il rentrait bredouille. Alors il s'enfermait dans son laboratoire, à boire du xérès, et refusait tous les avis, même ceux de tante Adeline, jusqu'à ce que M. Mansell revienne avec, peut-être, une nouvelle piste.

— Nous sommes arrivés trop tard.

Ses caresses se faisaient insistantes ; il enroulait des mèches de cheveux roux autour de ses doigts, dans un sens puis dans l'autre, comme s'il jouait avec un ruban. Ce faisant, il l'attirait à lui, et elle dut se retenir au bord du bureau pour ne pas basculer en avant. Elle était fascinée par son visage ; c'était celui, dans les contes de fées, du roi blessé que ses sujets ont tous abandonné.

— Je suis arrivé trop tard. Mais tu es là, toi. Par la grâce de Dieu, on m'offre une seconde chance.

— Que voulez-vous dire, mon oncle ?

Il laissa retomber sa main sur ses genoux, et ses paupières se rouvrirent lentement, révélant des prunelles délavées. Il désigna un petit banc contre le mur opposé. Il était recouvert d'un jeté en mousse-line blanche.

— Assieds-toi.

Eliza le regarda sans comprendre.

— Assieds-toi, je te dis, insista-t-il avant de se diriger en boitant vers un trépied dressé près du mur. Je désire te prendre en photo.

Eliza ne s'était jamais fait prendre en photo, et cela ne lui disait rien. Elle ouvrit la bouche pour émettre une protestation, mais juste à ce moment-là, la porte s'ouvrit.

— Le dîner d'anniversaire est serv...

La phrase de la tante s'acheva sur une inflexion aiguë. Elle porta vivement sa main à sa poitrine.

— Eliza !

Ce prénom chevaucha passagèrement une exhalaison désespérée.

— Mais qu'as-tu donc dans la tête ? Monte tout de suite. Rose te demande.

Eliza acquiesça et s'empressa de gagner la porte.

— Et ne viens plus jamais ennuyer ton oncle, fit la tante entre ses dents serrées quand la petite passa devant elle. Tu ne vois donc pas que ses voyages l'ont épuisé ?

Ainsi donc, le jour était venu. Adeline s'était demandé quelle forme prendrait le danger qui avait toujours été là, tapi dans l'ombre, si bien qu'on ne pouvait jamais se tranquilliser tout à fait. Elle grinça des dents, canalisa sa colère noire dans son port de tête et chassa de son esprit l'image de la fille de Georgiana, les cheveux dénoués, fantôme surgi du passé, et l'expression de Linus, vieilli et tout à coup abêti par un désir de jeune homme. Dire qu'il s'apprêtait à prendre la petite en photo ! Alors qu'il ne l'avait jamais fait ni pour elle ni pour Rose !

— Fermez les yeux, s'il vous plaît, Madame, demanda la femme de chambre.

Adeline obéit. Le souffle tiède de cette fille qui lui peignait les sourcils avait quelque chose d'étrangement réconfortant. Si seulement elle pouvait rester assise là pour toujours, sous l'haleine suave de cette fille aussi nigaude que rieuse, sans ces idées noires qui la hantaient sans cesse...

— Vous pouvez les rouvrir, Madame, pendant que je vais chercher vos perles.

La camériste s'éloigna d'un pas pressé. Adeline resta seule avec elle-même. Elle se pencha pour s'observer. Ses sourcils étaient bien lisses, ses cheveux impeccablement tirés. Elle se pinça les joues – peut-être un peu plus que nécessaire – puis se laissa aller en arrière pour observer l'ensemble. Ah, que l'âge était cruel ! Ces infimes altérations qui passaient inaperçues sur le moment mais dont rien, jamais, ne stoppait la progression... Le nectar de la jeunesse coulait à travers un tamis indifférent dont les trous ne cessaient de s'agrandir...

— Et voilà comment un allié devient l'ennemi, murmura Adeline au miroir sans merci.

— Voilà, Madame, fit la femme de chambre en revenant. J'ai pris le collier avec le fermoir en rubis. Ce sera joli, pour fêter ce grand jour. Un déjeuner d'anniversaire pour les dix-huit ans de Mademoiselle Rose ! Qui l'eût cru ? Vous verrez que le mariage ne va pas tarder !

Tandis que la jeune femme jacassait, Adeline détourna les yeux, incapable de contempler plus longtemps son propre déclin.

La photographie était accrochée là où elle l'avait toujours été, à côté de la coiffeuse. Comme elle avait l'air convenable, dans sa robe de mariée ! Quelle perfection dans la bienséance ! Qui aurait pu imaginer la vigueur avec laquelle elle s'était morigénée pour affecter cette sérénité ? De son côté, en marié, Linus avait tout à fait la tête de l'emploi. Un peu sinistre, certes, mais c'était la coutume.

Ils s'étaient mariés un an après la disparition de Georgiana. Dès le jour de leurs fiançailles, Adeline Langley s'était attelée à une tâche unique : devenir une dame digne de porter le noble et ancien nom des Mountrachet en se défaisant de son accent du Nord et de ses goûts de provinciale ; elle avait dévoré les ouvrages de Mme Beeton, reine incontestée des arts ménagers, tout en s'inculquant les principes jumeaux de la vanité et de la grande bourgeoisie terrienne. Adeline ne l'ignorait pas : elle devrait déployer deux fois plus d'efforts que les autres dans le registre de l'élégance et des bonnes manières si elle voulait faire oublier à tous la vérité sur ses origines.

— Mettrez-vous votre bonnet vert, Madame ? reprit la domestique. Je dis ça parce qu'il va très bien avec cette robe et que si vous allez jusqu'à la crique, vous aurez besoin de quelque chose sur la tête.

La nuit de noces n'avait en rien correspondu aux attentes d'Adeline. Linus lui parut déçu aussi, mais le moyen de le savoir ? De toute façon, elle ne connaissait pas les mots nécessaires. Après cela, ils ne partagèrent que rarement le lit conjugal, surtout quand

Linus se lança dans ses incessantes errances. Il prétendait prendre des photos, mais Adeline savait ce qu'il en était vraiment. Et elle s'était sentie infiniment dévalorisée. Elle avait échoué aussi bien en tant qu'épouse qu'en tant que femme. Pis, en tant que dame de la bonne société. En dépit de ses efforts, ils n'étaient presque jamais invités nulle part. Et quand il était là, Linus était une piètre compagnie ; la plupart du temps, il restait dans son coin, ne répondait aux questions que si c'était strictement nécessaire, et encore, sur un ton belliqueux. Peu à peu, Adeline commença à se sentir mal, à perdre ses couleurs et ses forces ; elle mit tout d'abord ces symptômes sur le compte du désespoir. Puis sa taille s'épaissit et elle comprit qu'elle attendait un enfant.

— Nous y sommes, lady Mountrachet ! Vous voilà prête pour la fête !

— Merci, Poppy, dit Adeline en se forçant à sourire. Ce sera tout.

Dès que la porte se referma, elle laissa son sourire s'effacer et se regarda à nouveau dans la glace, droit dans les yeux.

L'héritière en droit de la grandeur des Mountrachet, c'était Rose, et non cette gamine, ce coucou renvoyé au nid pour y supplanter la fille d'Adeline.

Pendant un temps, elle avait réussi à préserver l'ordre ancien. Elle veillait à ce que Rose ne manque jamais de belles robes neuves, qu'elle ait une ottomane à elle, pendant qu'Eliza s'habillait à la mode de la saison passée. Rose avait des manières impeccables, elle était féminine à souhait, alors qu'Eliza restait rebelle à tout enseignement. Adeline était encore sereine.

Mais, à mesure que les deux filles avançaient vers l'âge adulte, la situation avait évolué, menaçant d'échapper à son contrôle. Qu'Eliza fût brillante en classe, c'était tolérable – les femmes trop intelligentes étaient mal vues. Seulement, à force de passer du temps au grand air, elle avait acquis un teint lumineux ; ses cheveux – ces maudits cheveux roux ! – avaient beaucoup poussé, et elle commençait à avoir des formes.

Un jour, Adeline avait surpris une conversation entre domestiques sur la beauté d'Eliza, qui « dépassait celle de Georgiana ». Elle s'était figée sur place. Après toutes ces années de silence, ce prénom tant haï la guettait à chaque pas, railleur, toujours à lui rappeler sa propre infériorité, son incapacité à se hisser au niveau des Mountrachet alors qu'elle faisait plus d'efforts que n'avait jamais eu à en faire cette maudite Georgiana.

Adeline ressentit une pulsation sourde au niveau de la tempe. Elle y porta la main et appuya légèrement. Rose... quelque chose n'allait pas... Cet endroit précis, sur sa tempe, était le siège d'un sixième sens qui anticipait les malaises de sa fille depuis son plus jeune âge. C'était un lien entre elles – un lien mère-fille que rien ne pouvait trancher.

Une idée commençait à germer dans la tête d'Adeline. Elle ne pouvait éloigner Eliza – Linus ne l'aurait pas permis, et Rose en aurait eu trop de chagrin ; par ailleurs, il valait toujours mieux tenir ses ennemis à l'œil. En revanche, elle pouvait inventer un quelconque motif pour emmener Rose à l'étranger... À Paris ? Ou bien à New York ? Cela lui permettrait de luire de tout son éclat sans être éclipsée par Eliza, qui attirait de manière imprévue l'attention de tous et ne lui laissait aucune chance.

Adeline lissa ses jupes et se dirigea vers la porte. Une chose était sûre, on n'irait pas visiter la crique aujourd'hui. C'était une promesse en l'air, une erreur, un moment de faiblesse de sa part. Heureusement, il était encore temps de se rattraper. Elle ne laisserait pas la perversité d'Eliza contaminer Rose.

Adeline referma la porte derrière elle et s'engagea dans le couloir en balançant ses longues jupes. Quant à Linus, on veillerait à ce qu'il soit occupé ailleurs. Elle était son épouse ; son devoir était de veiller à ce qu'il n'ait jamais l'occasion de pâtir de ses propres pulsions. On l'expédierait à Londres ; elle implorerait des épouses de ministres afin que ceux-ci requièrent ses services, lui proposent de lointaines expéditions photographiques, l'éloignent un certain temps. L'oisiveté ne serait pas à Blackhurst la mère de tous les vices.

Linus se laissa aller contre le dossier du banc et accrocha l'extrémité recourbée de sa canne sous l'accoudoir en métal chantourné. Le soir tombait et un crépuscule tout en teintes roses et orangées se déversait sur les confins ouest du domaine. Il avait plu abondamment tout le mois ; le jardin resplendissait.

Mais Linus ne s'en souciait guère.

Les Mountrachet étaient experts en horticulture depuis des siècles. Les uns après les autres, ses ancêtres s'étaient rendus aux quatre coins du monde en quête de spécimens exotiques à ajouter à leurs plantations. Mais Linus, lui, n'avait pas reçu la main verte en héritage. Cela, c'était le legs de sa sœur...

Quoique... Ce n'était pas tout à fait exact.

Il avait eu une période jardinage. Enfant, il suivait Davies partout en s'émerveillant devant les fleurs à piquants du jardin des Antipodes, les ananas de la serre, les jeunes pousses qui apparaissaient comme par miracle, du jour au lendemain, à la place des graines qu'il avait aidé à semer...

Mais le vrai miracle, c'était qu'au jardin la honte s'envolait. Plantes, arbres et fleurs se moquaient bien que sa jambe gauche mesure dix centimètres de moins que l'autre, que son pied soit un appendice inutile, inachevé, ratatiné, monstrueux. Dans les jardins de Blackhurst, il y avait de la place pour toutes les espèces végétales et toutes les sortes d'individus.

Et puis un jour, à sept ans, il s'était perdu dans le labyrinthe. Davies l'avait pourtant mis en garde : il ne devait en aucun cas y entrer seul, le parcours était sombre, interminable et plein d'obstacles ; mais Linus était fier d'avoir sept ans, fier jusqu'au vertige. Alors il s'était laissé tenter par le labyrinthe, ses épaisses parois de végétation luxuriante et la promesse d'aventure qu'il renfermait. Tout à coup, il était un preux chevalier partant en guerre contre un cruel dragon et qui sortirait vainqueur du combat. De l'autre côté du labyrinthe.

Dans ce dédale d'allées, l'ombre se répandait plus tôt ; Linus n'avait pas prévu qu'il ferait aussi noir. Et à la tombée de la nuit, les statues avaient tendance à s'animer, à le regarder passer d'un air ironique depuis leur invisible piédestal, tandis que les plus hautes haies se muaient en monstres affamés et que les plus basses lui jouaient de mauvais tours : elles lui faisaient croire qu'il était dans la bonne direction alors qu'en réalité, il revenait sur ses pas. À moins que...

Il arriva tout de même au centre du labyrinthe ; là, il céda au désespoir. Pour ajouter la douleur physique à la douleur mentale, un anneau en cuivre soudé à une trappe dans le sol jaillit traîtreusement du sol pour le faire trébucher et le projeter à terre, si bien que sa cheville valide plia comme une de ces marionnettes où l'on glisse la main. Il eut mal et des larmes de rage coulèrent, brûlantes, sur ses joues.

Il attendit une éternité. La nuit tomba, il se mit à faire froid pour de bon, et ses larmes séchèrent. Son père avait interdit qu'on parte à sa recherche, il l'apprit plus tard. C'était un garçon, et, boiteux ou pas, tout garçon digne de ce nom devait trouver seul la sortie du labyrinthe. Lui-même, St John Luke, s'en était sorti sans aide à l'âge de quatre ans. Décidément, cet enfant devait s'endurcir un peu.

Mère avait fini par le persuader d'envoyer Davies, mais Linus avait tout de même tremblé de froid toute la nuit.

Sa cheville foulée avait mis une semaine à guérir, mais par la suite, quinze jours durant, son père le traîna quotidiennement au labyrinthe afin qu'il y trouve son chemin par lui-même – pour mieux lui reprocher vertement son inévitable échec. Linus commença à rêver la nuit du dédale et à en dresser des plans quand il se réveillait. Il s'y attaqua comme on aborde un problème de mathématiques, car il y avait forcément une solution. Et s'il était un « garçon digne de ce nom », il la trouverait.

Au bout de quinze jours, père renonça. Quand Linus se présenta pour son épreuve quotidienne, il ne leva même pas les yeux de son journal.

— Tu me déçois beaucoup, dit-il. Tu es un âne qui ne fera jamais rien de bon.

Puis il avait donné une chiquenaude sur le papier, tourné la page et parcouru les gros titres.

— Ôte-toi de ma vue.

Linus ne s'était plus jamais approché du labyrinthe. Incapable de reprocher à ses parents – lesquels avaient raison : un garçon digne de ce nom devait trouver son chemin dans un labyrinthe – les carences qui lui faisaient horreur, il s'en prit au jardin lui-même et se mit à casser des tiges par-ci, arracher des fleurs par-là, et écraser les pousses sous ses semelles.

Tous les êtres étaient façonnés par des phénomènes échappant à leur contrôle, des particularités qu'ils avaient soit reçues en héritage, soit acquises en grandissant. Chez Linus, un pied n'avait pas voulu se développer. Au fil du temps, le petit boiteux devint un grand timide et, à son tour, la timidité le rendit bègue ; ce fut bientôt un garçonnet ingrat qui ne tarda pas à saisir l'évidence : on lui ne lui prêtait attention que s'il faisait des bêtises. Comme il refusait de sortir, son teint pâlit et sa jambe valide maigrit. Il se mit à glisser des insectes dans le thé de sa mère, des épines dans les pantoufles de son père, et les punitions étaient toujours les bienvenues. Ainsi se déroula l'existence de Linus, on ne peut plus prévisible... jusqu'à sa dixième année.

Et là, tout à coup, une petite sœur naquit.

Linus la méprisa dès le premier coup d'œil. Trop douce, trop mignonne, trop parfaite. Sans difformité, elle – ainsi qu'il s'en assura en soulevant sa robe en dentelle. Ses jambes étaient de la même longueur. Deux jolis petits pieds au lieu d'un bout de chair racorni et parfaitement inutile.

Plus insupportable encore, elle était tout le temps gaie. Le sourire que dessinaient ses lèvres roses, son rire mélodieux... Comment osait-elle être aussi joyeuse alors que lui, Linus, était malheureux comme les pierres ?

Cela ne pouvait plus durer. Échappant à sa gouvernante, il filait discrètement à la nursery et se mettait à genoux à côté de son couffin. Quand elle dormait, il la réveillait par surprise en faisant un grand bruit. Quand elle essayait d'attraper un jouet, il le plaçait hors de sa portée. Quand elle lui tendait les bras, il croisait les siens. Quand elle souriait, il affectait une expression effrayante.

Mais la petite résistait. Il n'arrivait jamais à la faire pleurer, rien ne pouvait entamer sa perpétuelle bonne humeur. Cela le laissait perplexe et l'incitait à lui concocter des châtiments perfides et très particuliers.

En entrant dans l'adolescence, Linus gagna en gaucherie, avec ses longs bras grêles et les rares poils blond-roux qui piquetaient son menton boutonneux, tandis que Georgiana, elle, s'épanouissait ; ravissante, elle était adulée de tous. Les métayers les plus endurcis souriaient en la voyant, et des fermiers qui maudissaient la famille Mountrachet depuis des années faisaient porter des paniers de pommes à la cuisine pour la petite demoiselle.

Et un jour, comme Linus se servait de sa précieuse loupe neuve pour mettre le feu à une colonie de fourmis depuis l'appui de la fenêtre où il s'était juché, il perdit l'équilibre et tomba. Il ne se fit pas mal, mais sa chère loupe, elle, se brisa en mille morceaux. Il tenait tellement à ce jouet que, malgré ses treize ans, il versa des larmes de rage et pleura même à gros sanglots. Il s'en voulait d'être si maladroit, si bête, de ne pas avoir d'amis, de ne pas être attachant, d'être né difforme.

Aveuglé par ses pleurs, il ne vit pas que sa chute avait eu un témoin. Tout à coup, il sentit qu'on lui tapotait le bras. C'était sa petite sœur, qui lui tendait quelque chose. Claudine, sa poupée préférée.

— Linus triste, dit-elle. Pauvre Linus. Avec Claudine, Linus plus pleurer.

Il en resta bouche bée. Il prit la poupée et regarda fixement sa sœur s'asseoir par terre à côté de lui.

Puis, ricanant sans grande conviction, il enfonça une des paupières de Claudine jusqu'à ce qu'elle se cabosse. Histoire de voir quel effet aurait sur Georgiana ce petit acte de vandalisme.

Elle le dévisageait en suçant son pouce et ses grands yeux bleus étaient pleins de compassion. Puis, au bout d'un moment, elle reprit Claudine et enfonça l'autre paupière.

À compter de ce jour, rien ne put les séparer ; elle supporta sans broncher, sans se plaindre, les colères de son frère, son humour cruel et tout ce que la déréliction avait imprimé en lui. Elle se laissa battre, houspiller et, plus tard, câliner.

Si seulement on les avait laissés tranquilles, tout se serait bien passé. Mais père et mère n'avaient pas supporté que quelqu'un aime Linus. Il les avait entendus s'entretenir à voix basse. Selon eux, frère et sœur passaient trop de temps ensemble, ce n'était pas convenable, pas sain. Quelques mois plus tard, on expédiait Linus en pension.

Il s'arrangea pour avoir des notes catastrophiques, mais comme père avait chassé jadis avec le principal de Balliol College, on l'admit quand même à Oxford. La seule conséquence positive de son passage à l'université fut qu'il y découvrit la photographie. Un jeune répétiteur de lettres lui prêta son appareil, puis le conseilla utilement quand il voulut en acquérir un.

Enfin, à l'âge de vingt-trois ans, Linus revint à Blackhurst. Sa *poupée* avait beaucoup grandi ! À treize ans, elle atteignait déjà une taille respectable. Et ses cheveux roux ! Jamais il n'en avait vu d'aussi longs ! Pendant un temps, elle l'intimida. Elle avait tellement changé qu'il dut en quelque sorte la « réapprendre ». Mais un jour où il prenait des photos près de la crique, il l'avait vue dans son viseur : assise sur le rocher noir, elle faisait face à la mer. Le vent s'insinuait dans ses cheveux, elle avait noué ses bras autour de ses genoux, et ses jambes... ses jambes étaient nues.

Linus en eut le souffle coupé. Il cligna des yeux, puis elle tourna lentement la tête, droit vers lui. D'habitude, on sentait à leur regard que les sujets se savaient photographiés ; mais Georgiana, elle, n'éprouvait pas le moindre trouble. On aurait dit qu'elle le regardait dans les yeux, à travers l'appareil. Et ses yeux à elle, empreints de compassion, étaient les mêmes que le jour où il avait pleuré, dix ans plus tôt. Sans réfléchir, il appuya sur le déclencheur. Ce visage, ce visage sans défaut, c'était à lui de le saisir sur le vif.

Linus sortit précautionneusement le tirage photographique de sa poche. La douceur était de mise, car il n'était plus tout jeune ; les bords en étaient abîmés. Les derniers rayons du soleil allaient s'éteindre, mais, s'il tenait la photo selon un angle bien précis...

Combien de fois s'était-il ainsi absorbé dans la contemplation de ce portrait depuis qu'elle avait disparu ? C'était le seul qui lui restât, car après le départ de Georgiana « on » s'était introduit dans sa chambre noire – mère ? Adeline ? une de leurs âmes damnées ? – pour lui voler ses négatifs. S'il avait pu conserver cette photo-là, c'était parce qu'il l'avait en permanence sur lui.

Mais aujourd'hui une nouvelle chance se présentait, et cette fois, il ne la laisserait pas passer. Il n'était plus un enfant, à présent ; il était le maître de Blackhurst. Père et mère étaient dans la tombe. Il ne restait que son exaspérante épouse et sa fille éternellement souffrante, et qui étaient-elles pour s'opposer à lui, Linus Mountrachet ? S'il avait courtisé Adeline, c'était uniquement pour punir ses parents après la fugue de Georgiana. Ces fiançailles leur avaient porté un coup brutal, définitif ; aussi la présence continuelle de cette femme chez lui représentait-elle un inconvénient mineur, en fin de compte. Et les choses s'étaient toujours passées ainsi, entre eux. Adeline se faisait oublier. Il était maître en sa demeure, et ce qu'il voulait, on ne le lui enlèverait pas.

Eliza... Il s'autorisa à prononcer furtivement ce prénom, qui s'échappa de ses lèvres tremblantes et alla se loger dans les boucles de sa barbe.

Il allait lui faire un cadeau. Un cadeau d'anniversaire dont elle lui serait reconnaissante. Elle en serait folle, c'était certain, puisque sa mère, et sa grand-mère avant elle, en avaient été folles aussi...

32

Cliff Cottage, 2005

Cassandra franchit la grille et fut une nouvelle fois frappée par le silence étrange et pesant qui entourait la chaumière. Mais il y avait autre chose, elle n'aurait su dire quoi. Une curieuse sensation de connivence. Comme si, en passant le portail, elle concluait un pacte dont elle ne connaissait pas les termes.

Il était plus tôt dans la journée que lors de sa dernière visite, et des taches de soleil mouchetaient le jardin. Comme elle avait un quart d'heure d'avance pour son rendez-vous avec le jardinier, elle remit la clef dans sa poche et décida de partir en exploration.

Une étroite allée dallée, presque entièrement couverte de lichen, serpentait à l'avant puis tournait à l'angle de la maisonnette. Là, les fourrés étaient plus épais : elle dut les écarter du mur pour pouvoir passer.

Ce jardin avait un je-ne-sais-quoi qui lui rappelait celui de Nell. Non par la végétation elle-même, mais par l'atmosphère. Dans son souvenir, le jardin de Brisbane avait toujours présenté une incohérente accumulation de plantes domestiques et d'herbes aromatiques, le tout côtoyant pétunias, zinnias et autres variétés annuelles, et sillonné de petites allées sinueuses en ciment. Rien à voir avec les jardins classiques des lotissements ou des quartiers résidentiels, avec leurs pelouses grillées par le soleil et leurs rosiers assoiffés, disséminés entre des pneus peints en blanc...

En achevant de contourner le cottage, Cassandra s'immobilisa. Un impénétrable enchevêtrement de broussailles d'au moins trois mètres de haut avait envahi l'allée. Elle s'approcha et tendit le cou pour essayer de voir par-dessus. Le fourré était d'aspect uniforme, linéaire, un peu comme si la végétation elle-même avait décidé d'ériger un mur.

Elle longea tant bien que mal la haie en laissant courir ses doigts sur les feuilles dentelées du lierre. Elle progressait lentement, car la végétation qui lui arrivait aux genoux menaçait à chaque pas de la faire trébucher. À mi-chemin elle repéra une trouée, pas très large mais assez pour révéler que derrière, un obstacle barrait le passage à la lumière du jour. Attentive à ne pas s'égratigner, Cassandra y passa la main jusqu'à ce que la haie lui dévore le bras tout entier. Ses doigts rencontrèrent une surface dure et froide.

Un mur. Un mur de pierre moussu, s'il fallait en croire les traces vertes au bout de ses doigts. Elle les essuya sur son jean puis tira de sa poche arrière son titre de propriété et examina le plan. Le cottage y figurait très clairement : un petit carré à l'avant du lot, assez loin du fond du terrain. Mais d'après le plan, ce mur ne marquait pas la limite de la propriété de Nell : il en faisait partie. Il était rattaché à Cliff Cottage ainsi que tout ce qui se trouvait de l'autre côté.

Cassandra poursuivit le long du mur invisible en espérant y trouver un quelconque point de passage. Le soleil continuait son ascension vers le zénith, et le chant des oiseaux s'était un peu calmé. Le parfum entêtant d'un rosier grimpant envahissait tout. On était en automne, et pourtant, Cassandra avait trop chaud ; elle qui, naguère, imaginait l'Angleterre comme un pays froid où le soleil était rare ! Elle s'arrêta pour s'éponger le front et se cogna la tête contre un nouvel obstacle, à peu près à sa hauteur.

Une branche noueuse se tendait tel un bras par-dessus la haie. Une branche de pommier, constata Cassandra en découvrant ses beaux fruits luisants et dorés. Des pommes bien mûres qui répandaient un arôme irrésistible... Elle céda à la tentation d'en cueillir une.

Puis elle consulta sa montre et, avec un regard plein de regrets vers la haie redevenue sauvage, revint sur ses pas. Elle se remettrait en quête d'une porte plus tard ; il ne fallait pas risquer de manquer le jardinier. L'impression d'isolement et d'étouffement était telle, ici, autour du cottage, qu'elle craignait de ne pas l'entendre arriver, même s'il appelait.

Arrivée à la porte de la chaumière, elle ouvrit avec sa clef et entra.

On aurait dit que la maison prêtait l'oreille, attendait de voir ce qu'elle allait faire. Elle effleura le mur.

— Chez moi, murmura-t-elle. Je suis ici chez moi.

Ces paroles allèrent se coller aux murs en rendant un son mat. Quelle situation bizarre, tellement inattendue... Cassandra passa dans la cuisine, laissa le rouet derrière elle et entra au salon, une petite pièce donnant sur l'avant. La maison ne lui procurait pas la même sensation maintenant qu'elle y était seule. Elle avait quelque chose de familier, comme si Cassandra y était déjà venue dans un lointain passé.

Elle s'assit avec précaution dans un vieux fauteuil à bascule. Elle connaissait suffisamment les meubles anciens pour savoir que celui-ci n'allait pas s'écrouler; pourtant, elle n'était pas tranquille. Comme si le ou la véritable propriétaire du siège pouvait revenir à tout moment et surprendre une étrangère à sa place.

Tout en frottant la pomme contre sa manche, Cassandra tourna la tête vers la fenêtre poussiéreuse. Les plantes grimpantes s'étaient tressées sur les carreaux mais on y voyait assez pour distinguer le jardin en friche. Et notamment une petite statue qu'elle n'avait pas encore vue, un enfant – un petit garçon – juché sur une pierre et qui regardait la maison en ouvrant de grands yeux.

Cassandra porta la pomme à sa bouche. Son parfum ensoleillé était puissant. Elle mordit dedans. Une pomme qui avait poussé sur son pommier à elle, dans son jardin – un pommier planté il y avait des lustres et qui donnait encore des fruits, bon an mal an. C'était sucré. Les pommes étaient-elles toujours aussi sucrées ?

Elle bâilla. Le soleil l'avait rendue somnolente. Elle décida de rester là le temps que le jardinier s'annonce. Elle mordit à nouveau dans sa pomme. Elle avait l'impression qu'il faisait plus chaud dans le salon qu'à son arrivée. Comme si le fourneau s'était soudain mis en marche, qu'une autre personne l'avait rejointe et préparait à déjeuner à côté. Ses paupières étaient lourdes ; elle ferma les yeux. Quelque part, un oiseau chantait, et sa chanson était ravissante. Un petit vent chahutait des feuilles qui frôlaient la fenêtre avec un bruit sec, et dans le lointain l'océan faisait entendre sa respiration régulière. Affluant, puis refluant...

... tout au long de la journée dans ses pensées. Elle se remit à faire les cent pas dans la cuisine, s'arrêta devant la fenêtre mais s'interdit de lancer un nouveau regard dehors. Elle consulta sa minuscule montre. Il était en retard. Il avait dit la demie. Ce délai prêtait-il à conséquence ? Avait-il été retenu ? S'était-il ravisé à la dernière minute ?

Elle avait le feu aux joues. C'est qu'il faisait très chaud ici. Elle retourna au fourneau et tourna la manette pour réduire la température. Peut-être aurait-elle dû prévoir quelque chose à manger ?

Un bruit devant la maison.

Elle perdit toute contenance.

Il était là.

Elle lui ouvrit la porte et, sans un mot, il entra.

Comme il paraissait grand dans cette entrée exiguë ! Elle qui le connaissait bien était tout à coup timide, incapable de le regarder dans les yeux.

Il était nerveux aussi. Elle s'en rendit compte, bien qu'il fît de son mieux pour ne pas le montrer.

Ils s'assirent face à face à la table de la cuisine ; la lueur de la lampe oscillait entre eux. Ce n'était pas là qu'ils auraient dû s'installer par une soirée pareille, mais ce fut ainsi. Elle regarda ses mains en se demandant comment s'y prendre. Dans sa tête, le plan lui avait paru simple ; maintenant, elle sentait s'entre-croiser sur le chemin mille fils prêts à les faire trébu-cher. Mais peut-être était-ce toujours ainsi dans ces moments-là ?

Ce fut lui qui tendit la main.

Il saisit entre deux doigts une mèche de sa longue chevelure et la contempla – pendant une éternité, lui sembla-t-il. Comme s'il ne regardait pas tant ses cheveux que leur présence étrange entre ses doigts à lui.

Enfin il leva la tête, la regarda dans les yeux, puis posa doucement la main sur sa joue. Il sourit, et elle fit de même. Elle poussa un soupir de soulagement et de... de quoi d'autre ? Elle ne savait pas. Alors il ouvrit la bouche et dit...

— Hé ho ?

Des coups frappés.

— Hé ho ? Il y a quelqu'un ?

Cassandra rouvrit les yeux d'un coup. Elle lâcha la pomme, qui roula par terre.

On entendit un pas lourd et un homme s'encadra sur le seuil de la porte. Un homme grand, bien bâti, dans les quarante-cinq ans. Cheveux noirs, yeux noirs, grand sourire.

— Bonjour, dit-il. Vous en faites une tête ! On dirait que vous venez de voir un fantôme !

— Vous m'avez fait peur, se défendit Cassandra en se levant péniblement de son fauteuil.

— Désolé, dit-il en s'avançant, mais la porte était ouverte. Je n'avais pas vu que vous faisiez un somme.

— Non, non, je ne dormais pas... Enfin si, mais... Mais ce n'était pas voulu.

Ses tentatives de justification se tarirent : en pensée, elle retourna dans le rêve qu'elle venait de faire. Il y avait bien longtemps que ses rêves n'étaient plus teintés du moindre soupçon d'érotisme. Quant à la réalité, n'en parlons pas... Rien depuis Nick. Enfin, rien d'important, rien dont elle ait envie de se souvenir. Alors d'où sortait ce rêve-là ?

Le nouveau venu lui tendit la main, souriant.

— Michael Blake, paysagiste de grand talent. Et vous devez être Cassandra.

— Elle-même.

Il enferma ses mains dans ses grosses pattes tièdes, et cela la fit rougir.

Il secoua imperceptiblement la tête sans cesser de sourire.

— J'ai un ami qui prétend que les Australiennes sont les plus belles, mais jusqu'ici je ne le croyais pas.

Cassandra évita son regard. Ce genre de propos la mettait toujours mal à l'aise, mais ce jour-là elle était doublement déstabilisée, à cause du rêve dont elle sentait encore la présence quasi palpable, aux quatre coins de la pièce.

— Alors, il paraît que vous avez un problème avec un arbre ?

— En effet. Oui, répéta-t-elle en chassant résolument les dernières traces de son rêve. Merci d'être venu voir.

— Jamais pu résister à une damoiselle en détresse.

Elle eut à nouveau droit à son grand sourire. Elle resserra son gilet autour de sa taille et s'efforça de lui rendre son sourire, mais ne réussit qu'à se trouver prude.

— C'est par là. Dans l'escalier.

Elle le conduisit au bout du couloir ; il se pencha pour regarder vers le haut des marches, puis lâcha un sifflement impressionné.

— C'est un des anciens pins. Ça doit faire un moment qu'il est là, le vieux grigou. Probablement depuis la tempête de 1995.

— Vous pourrez l'enlever, vous croyez ?

— Bien sûr. Chris, tu vas chercher la tronçonneuse ?

Cassandra se retourna, surprise. Elle n'avait pas senti la présence d'une troisième personne dans la pièce. Un homme un peu plus jeune et un peu plus mince que Michael Blake, avec des cheveux châtain clair qui bouclaient en désordre dans son cou, des yeux noisette et le teint mat. Il la regarda dans les yeux et la salua brièvement de la tête.

— Christian, se présenta-t-il.

Il commença à tendre la main, puis l'essuya sur son jean avant d'achever son geste.

— Allez, Chris, la tronçonneuse ! intervint Michael. Tu te dépêches un peu, oui ?

Christian ressortit et Michael s'expliqua :

— Il faut que je sois à l'hôtel dans une demi-heure, mais n'ayez crainte, je vais faire le plus gros du travail et laisser le reste à mon meilleur apprenti, déclarat-il en braquant sur Cassandra un de ces regards qu'elle se sentait incapable de soutenir.

415

— Alors comme ça, vous êtes ici chez vous ? Dire que j'ai vécu toute ma vie au village sans savoir que la maison appartenait à quelqu'un...

— Moi-même, je ne me suis pas encore tout à fait habituée à cette idée.

Il contempla d'un air entendu l'intérieur laissé à l'abandon.

— Et qu'est-ce qu'une gentille Australienne comme vous fait dans une baraque pareille ?

— Ma grand-mère me l'a laissée en héritage.

— Elle était anglaise ?

— Australienne, mais elle l'a achetée lors d'un séjour ici dans les années soixante-dix.

— Tu parles d'un souvenir... Elle n'aurait pas pu acheter un foulard aux couleurs du village, plutôt ?

Christian revint avec une grosse tronçonneuse.

— C'est celle-là que tu veux ?

— Ma foi, je vois des lames, une chaîne et un moteur... Ça m'a l'air capable de tronçonner, oui.

Comme le couloir était étroit, Cassandra se tourna pour laisser passer Christian. Fuyant son regard, elle feignit de s'intéresser à une planche disjointe sous ses pieds. Les manières de Michael vis-à-vis de son ouvrier la mettaient mal à l'aise.

— Chris est nouveau dans le métier, déclara-t-il sans voir l'embarras de la jeune femme. Il n'y connaît pas encore grand-chose – par exemple, il ne sait pas encore faire la différence entre une scie égoïne et une scie circulaire... C'est un bleu, mais vous verrez qu'on en fera un vrai bûcheron, à la longue. C'est un Blake, et bon sang ne saurait mentir, ajouta-t-il en souriant.

Il donna un petit coup de poing moqueur à son frère et les deux hommes s'attaquèrent à leur besogne.

Cassandra entendit avec soulagement la tronçonneuse démarrer : elle put fuir dans le jardin. Elle
aurait mieux fait d'ôter les plantes grimpantes à l'intérieur du cottage, elle le savait, mais le mur qu'elle
venait de découvrir avait éveillé sa curiosité et elle
tenait absolument à y trouver un accès, même si elle
devait y passer la journée.

Le soleil était haut dans le ciel et l'ombre se faisait
rare. Cassandra ôta son gilet et le déposa sur une
grosse pierre. L'astre du jour dessinait de toutes
petites traces dansantes sur ses bras, et le dessus de
sa tête était si brûlant qu'elle ne pouvait y laisser la
main. Si seulement elle avait pensé à prendre un
chapeau !

Tout en fouillant dans les ronces, en introduisant
çà et là une main prudente dans les trouées et en
esquivant les épines, elle repensa malgré elle à son
rêve. Il avait été particulièrement réaliste, et elle s'en
remémorait tous les détails, qu'ils soient visuels ou
olfactifs, ainsi que cette atmosphère insistante,
indéniablement érotique, imprégnée de désir
coupable.

Cassandra secoua la tête pour se défaire de ces
sensations importunes, préférant se concentrer sur
le mystère du passé de Nell. La veille, elle avait lu
son cahier jusque tard dans la nuit. Tâche qui se
révélait plus facile à dire qu'à faire, entre les plaques
de moisissure et l'écriture déplorable de sa grand-
mère, qui s'était encore détériorée à son arrivée en
Cornouailles. Certainement, songea Cassandra, parce
que Nell écrivait plus vite.

Petit à petit, elle déchiffrait quand même. Et elle était fascinée par le récit des souvenirs qui revenaient à Nell, sa certitude d'être venue petite dans ce cottage... Cassandra avait terriblement hâte de consulter les albums retrouvés par Julia, ces journaux intimes que la mère de Nell avait tenus jadis en leur confiant ses pensées les plus intimes. Elle était sûre qu'ils apporteraient un éclairage nouveau sur l'enfance de Nell, voire qu'ils contiendraient des amorces d'explications quant à sa disparition en compagnie d'Eliza Makepeace.

Tout à coup retentit un sifflet. Cassandra leva la tête, croyant à un cri d'oiseau, mais c'était Michael qui, à l'angle de la maison, la regardait à l'œuvre. Il désigna de loin les mûriers.

— Impressionnante, la moisson !

— Bah, une bonne séance de débroussaillage et il n'y paraîtra plus.

Elle se releva gauchement. Depuis combien de temps l'observait-il ?

— Un bonne année, vous voulez dire... et une bonne tronçonneuse ! ajouta-t-il en riant. Je dois passer à l'hôtel, maintenant. Mais on a bien avancé, dit-il en inclinant la tête vers la chaumière. Chris s'occupera des finitions. Il devrait s'en sortir sans problème, mais demandez-lui de tout laisser comme ça vous arrange vous, d'accord ?

Il marqua une pause et sourit à nouveau.

— De toute façon, vous avez mon numéro. Appelez-moi, je vous ferai visiter les sites touristiques de la région avant que vous repartiez.

Ce n'était pas une question. Cassandra esquissa un sourire et le regretta aussitôt. Ce type devait être du genre à tout interpréter comme un assentiment. D'ailleurs, il lui fit un clin d'œil avant de regagner l'avant de la maison.

Cassandra poussa un soupir et se retourna vers son mur. Elle vit que Christian était sorti sur le toit par le trou qu'y avait percé l'arbre, et qu'il sciait les branches à la main. Contrairement à l'aisance naturelle de son frère, il émanait de Christian une intensité qui semblait contaminer tout ce qu'il faisait, tout ce qu'il touchait. Cassandra se détourna bien vite, feignant de s'intéresser passionnément à son mur.

Chacun continua à travailler dans son coin ; le silence entre eux amplifiait tous les bruits : la scie de Christian qui allait et venait, le léger son des pattes des oiseaux sur les tuiles, et puis un ruissellement, quelque part. En temps normal, Cassandra aimait travailler sans parler ; habituée à la solitude, c'était même ce qu'elle préférait. Mais elle n'était pas seule, en l'occurrence, et plus ils feignaient de ne pas se voir, plus le silence se chargeait de parasites.

Cassandra finit par le rompre :

— Il y a un mur là-derrière, lança-t-elle d'une voix trop forte, trop stridente. Je l'ai découvert tout à l'heure.

Christian délaissa un instant son tas de bûches et la regarda comme si elle venait de lui réciter la table périodique des éléments.

— En revanche, je ne sais pas ce qu'il y a de l'autre côté, ajouta-t-elle précipitamment. Je ne trouve pas de portail et le plan qu'on a remis à ma grand-mère au moment de la vente ne donne aucune indication à ce sujet. Je sais bien qu'il y a une énorme quantité de ronces, de branches et de plantes grimpantes, mais peut-être que de là-haut, vous voyez quelque chose ?

Christian regarda ses mains et parut sur le point de répondre.

Une pensée naquit dans la tête de Cassandra : Il a de belles mains. Elle la renvoya illico d'où elle venait.

— Alors ? Vous voyez par-dessus le mur ?

Il s'épousseta les mains sur son jean et hocha la tête.

— C'est vrai ?

En fait, elle n'y avait pas trop compté.

— Et vous voulez bien me dire ce que c'est ?

— Je peux faire mieux, répondit-il en se retenant d'une main au pignon pour repasser par le trou dans le toit. Venez, je vais vous montrer.

La trouée était toute petite, au bas du mur, si bien cachée que Cassandra aurait pu la chercher un an sans la trouver. À quatre pattes, Christian écarta les broussailles.

— Honneur aux dames, dit-il en se redressant.

— Mais… je pensais qu'il y aurait un portail, s'étonna Cassandra.

— Si vous en dénichez un, je le franchirai sur vos talons !

Elle observa à nouveau le trou.

— Et vous voudriez que je… Écoutez, je ne sais même pas si je suis capable de…

— À plat ventre. Ce n'est pas aussi étroit qu'il y paraît.

Cassandra en doutait. L'ouverture lui paraissait très exiguë. En même temps, ses longues et infructueuses recherches n'avaient fait que renforcer sa détermination : il fallait qu'elle sache ce qui se trouvait de l'autre côté. Elle s'accroupit pour se mettre au niveau du trou puis coula un regard à Christian.

— Vous êtes sûr que ça ne risque rien ? Vous êtes déjà passé par là ?

— Au moins cent fois, répondit-il en se grattant le cou. Bon, évidemment, j'étais plus jeune et plus petit, mais...

Il esquissa un sourire moqueur.

— Je plaisante. Excusez-moi. Vous ne risquez rien, je vous assure.

Elle se sentit un peu plus tranquille une fois la tête ressortie de l'autre côté : au moins elle ne périrait pas le crâne coincé sous un mur de brique. En tout cas, pas dans ce sens-là. Elle se tortilla pour extraire le reste de son corps – le plus vite possible – et se remit sur pied. Ensuite elle frotta ses mains l'une contre l'autre pour les débarrasser de la terre et regarda autour d'elle en ouvrant des yeux incrédules.

Elle se trouvait dans un jardin. Un jardin clos. Bien sûr, là aussi la nature avait repris ses droits, mais on en distinguait encore le dessin, qui avait dû être très beau. Deux allées à peine visibles serpentaient en s'entrecroisant. Contre les murs, on avait planté des arbres fruitiers en espalier, et des fils de fer zigzaguaient encore d'un faîte de mur à l'autre. Une glycine formait comme un toit végétal au-dessus du jardin.

Contre le mur côté sud poussait un arbre antique et noueux. Cassandra s'en approcha. C'était le pommier dont l'une des branches passait par-dessus l'enceinte. Elle effleura un fruit. L'arbre mesurait cinq bons mètres de hauteur mais évoquait par la forme le bonsaï que Nell lui avait offert pour son douzième anniversaire. Le tronc court avait dévié au fil du temps. Quelqu'un avait pris la peine de planter un étai sous une grosse branche afin de soutenir l'ensemble. Une trace noire à mi-hauteur suggérait que l'arbre avait été frappé par la foudre bien des années plus tôt. Cassandra effleura aussi la marque de brûlure.

— C'est un endroit magique, n'est-ce pas ? commenta Christian, debout au milieu du jardin près d'un banc rouillé. Tout petit, déjà, je m'en rendais compte.

— Ah bon, vous veniez ici ?

— Tout le temps. C'était mon refuge secret, rien qu'à moi. Personne d'autre ne le connaissait. Enfin, presque.

Derrière lui, au fond du jardin clos, Cassandra vit quelque chose briller sur le mur envahi de lierre. Elle alla voir. C'était du métal qui reflétait le soleil. Une grille ! Entièrement drapée de plantes grimpantes aux branches épaisses et tressées comme des cordes, telle une toile géante obstruant l'entrée de l'antre de l'araignée.

Christian vint la rejoindre, et à eux deux ils purent repousser un pan de végétation, dévoilant une poignée de cuivre noircie par le temps. Cassandra la secoua un peu. Le portail était verrouillé.

— Je me demande où il mène.

— De l'autre côté se trouve un labyrinthe qui débouche tout au fond de la propriété, non loin de l'hôtel. Depuis quelques mois, Michael le remet en état.

Mais bien sûr ! Le labyrinthe ! Elle le savait, pourtant ! Où avait-elle appris son existence, déjà ? Dans le cahier de Nell ? Dans un dépliant de l'hôtel ?

Une libellule frémissante plana quelques instants sur place avant de filer. Cassandra et Christian revinrent au milieu du jardin.

— Pourquoi votre grand-mère a-t-elle acheté le cottage ? demanda brusquement Christian en chassant une feuille morte de son épaule.

— Elle est née dans le coin.

— Au village ?

Cassandra hésita. Jusqu'où devait-elle se confier ?

— Au château, en fait. Mais elle ne l'a appris qu'à la mort de son père adoptif, quand elle était âgée d'une soixantaine d'années. Elle a découvert que ses parents étaient Rose et Nathaniel Walker. Lui était...

— ... dessinateur, oui, je sais, dit Christian en s'arrêtant pour ramasser un bâton. J'ai un recueil de contes illustré par lui.

— *Contes magiques pour filles et garçons* ?

— Mais oui, fit-il, surpris.

— Moi aussi.

— Il n'a pas été tiré à beaucoup d'exemplaires, vous savez. Par rapport aux chiffres d'aujourd'hui en tout cas. Vous saviez qu'Eliza Makepeace avait vécu ici même, dans ce cottage ?

Cassandra secoua la tête.

— Je savais qu'elle avait vécu sur la propriété de Blackhurst mais...

— La plupart de ses œuvres ont été écrites ici, dans ce jardin.

— Vous savez beaucoup de choses sur elle ?

— Je relis justement ses contes, ces temps-ci. Je les aimais beaucoup quand j'étais petit. J'avais trouvé le livre dans un magasin qui revendait des vieilleries pour une œuvre de charité. Ils avaient quelque chose d'ensorcelant – une espèce de sens caché. C'est un peu triste, poursuivit-il en grattant le sol du bout de sa botte, de lire des contes pour enfants quand on est adulte, vous ne trouvez pas ?

— Non.

Elle nota qu'il haussait à plusieurs reprises les épaules, les mains enfoncées dans ses poches, comme s'il se sentait mal à l'aise.

— Quelle est votre histoire préférée ?

Il pencha la tête et le soleil lui fit légèrement plisser les yeux.

— *Les Yeux de l'aïeule*.

— Ah bon, pourquoi ?

— Je l'ai toujours trouvée différente. Plus chargée de sens, d'une certaine manière. En plus, quand j'avais huit ans, j'étais fou amoureux de la princesse... On ne peut que l'aimer, ajouta-t-il avec un sourire timide, cette princesse dont le château est saccagé, les sujets vaincus, le royaume en ruine, et qui pourtant trouve le courage d'entreprendre une quête et de retrouver les yeux de l'aïeule, non ?

Cassandra sourit à son tour. *Les Yeux de l'aïeule* était le premier conte d'Eliza qu'elle avait lu. Le jour où elle avait désobéi à sa grand-mère et fui le soleil brûlant de Brisbane dans la chambrette où elle avait déniché le recueil sous le lit.

Christian cassa son bâtonnet et en lança les deux bouts.

— Je suppose que vous allez mettre le cottage en vente ?

— Pourquoi ? Il vous intéresse ?

Leurs regards se croisèrent brièvement.

— Avec le salaire que Mike me verse ? Ça m'étonnerait.

— Je ne sais pas comment je vais le rendre habitable, répondit-elle. J'ignorais qu'il y avait tant de travaux à faire. Que ce soit dans le jardin ou la maison proprement dite… et voilà que maintenant, il y a un trou dans le toit !

— Vous restez combien de temps ?

— J'ai réservé à l'hôtel pour encore trois semaines.

— Ça devrait suffire, fit-il en hochant la tête.

— Ah bon, vous croyez ?

— Pas de problème.

— Vous avez la foi ! Vous ne m'avez pas encore vue manier le marteau.

Il remit en place un brin de glycine qui pendait au-dessus de leur tête.

— Je vous donnerai un coup de main.

Cassandra rougit : il avait dû croire à une allusion à peine voilée.

— Ce n'est pas ce que je voulais dire… Je n'ai… Enfin, il n'y a pas de budget pour les travaux.

Il lui adressa son premier vrai sourire depuis leur rencontre.

— De toute façon je gagne des nèfles. Alors autant ne rien gagner du tout, mais remettre en état une maison que j'aime !

33

Tregenna, 1975

Nell contempla l'océan déchaîné. Depuis son arrivée en Cornouailles, c'était la première fois que le ciel était couvert, et tout paraissait trembler de froid, depuis les cottages blancs nichés contre leurs failles glacées jusqu'aux mouettes argentées, en passant par le ciel gris fer où se miraient de grosses vagues.

— La plus belle vue de toute la Cornouailles, déclara la dame de l'agence immobilière.

Nell ne daigna pas commenter ce poncif. Elle continua à observer la houle depuis la petite fenêtre, au premier étage du cottage.

— Il y a une autre pièce à côté. Plus petite, mais qui peut servir de chambre.

— Il me faut plus de temps pour inspecter l'étage. Je vous retrouve en bas.

La dame ne parut pas fâchée de se faire congédier : une minute plus tard, Nell la vit réapparaître dans le jardin, au niveau du portail, emmitouflée dans son manteau, et essayer tant bien que mal d'allumer une cigarette malgré le vent.

À cause de la tapisserie effrangée que le lierre tissait devant la vitre, Nell n'y voyait pas très bien ; elle distingua tout de même la tête de la petite statue.

Elle prit appui contre l'encadrement poussiéreux de la fenêtre et sentit sous ses paumes le bois rongé par le sel. Elle laissa courir son regard dans le jardin. Elle était venue ici enfant, elle en était sûre. Elle avait

426

regardé la mer depuis cette même croisée. Elle ferma les yeux et tenta de préciser ses souvenirs.

À l'endroit où elle se tenait, il y avait autrefois un lit – étroit, simple, avec des montants en cuivre coiffés de boules qui auraient eu besoin d'un coup de chiffon. Un fin tissu au maillage serré, suspendu au plafond, tombait tout autour en formant un cône ; il ressemblait à la brume blanche qui planait à l'horizon quand la tempête faisait rage en haute mer. Elle sentit aussi un couvre-lit en patchwork, frais sous ses genoux nus, revit des bateaux de pêche ballotter au gré de la marée montante et des pétales de fleurs flotter sur le bassin ornemental...

Être assise là, sur l'appui de cette fenêtre en surplomb de la façade, c'était un peu se suspendre au-dessus de la falaise, telle la princesse d'un de ses contes préférés qui, transformée en oiseau, se morfond dans sa cage dorée...

Des voix, en bas, qui haussaient le ton. Son papa et la Conteuse.

Et puis son propre prénom, Ivory, tranchant comme une étoile découpée dans du carton avec des ciseaux pointus. Son prénom était une arme.

Encore des phrases criées à tue-tête. Pourquoi papa grondait-il la Conteuse ? Lui qui ne prononçait jamais un mot plus haut que l'autre ?

La petite avait peur, elle ne voulait pas entendre.

Nell ferma les yeux de toutes ses forces, pour, au contraire, essayer d'entendre.

La fillette se bouchait les oreilles, se chantait des chansons dans sa tête, se racontait des histoires, pensait à la cage dorée, à la princesse-oiseau qui s'y balançait en patientant éternellement...

De son côté, Nell voulait chasser la chanson de l'enfant, l'image de la cage... Car dans les froides profondeurs de sa mémoire gisait la vérité, qui attendait qu'elle l'attrape et la remonte à la surface...

Mais ce ne serait pas pour aujourd'hui. Elle rouvrit les yeux. Les filaments du souvenir étaient trop insaisissables, et l'eau qui les entourait trop fangeuse.

Nell se força à redescendre l'escalier étroit.

La femme de l'agence referma le portail à clef et toutes deux reprirent en silence le sentier menant à la voiture.

— Eh bien ? s'enquit-elle pour la forme, comme si elle se résignait d'ores et déjà à la réponse.

— J'achète.

— Parce que je peux peut-être vous montrer...

Elle s'interrompit et lâcha la poignée de la portière.

— C'est vrai ?

Nell reporta une dernière fois son regard sur la mer tempétueuse, l'horizon embrumé. Un peu de gros temps, voilà qui n'était pas pour lui déplaire. Quand le plafond était bas et que la pluie menaçait, elle se sentait revigorée. Elle respirait plus profondément et avait les idées plus claires.

Où trouver la somme nécessaire ? Que vendre pour payer ce cottage ? Elle ne le savait pas encore. Mais il fallait qu'il lui appartienne, aussi sûr que deux et deux font quatre. Elle l'avait su dès qu'elle s'était rappelé la petite fille au bord du bassin – celle qui, dans une autre vie, n'était autre qu'elle-même.

La femme de l'agence la reconduisit à l'auberge de Tregenna en lui promettant pendant tout le trajet de lui apporter le contrat de vente dès qu'il serait dactylographié. Elle connaissait aussi un bon notaire. Nell referma la portière, puis elle gravit les marches de l'hôtel en s'absorbant dans le calcul du décalage horaire – il fallait ajouter trois heures et changer « du matin » en « du soir », non ? Elle devait appeler son banquier et tenter de lui expliquer sa soudaine intention d'acquérir une chaumière en Cornouailles. Plongée dans ces réflexions, elle faillit percuter de plein fouet la personne qui venait à sa rencontre.

— Excusez-moi, dit-elle avec un haut-le-corps.

Robyn Martin la regardait en cillant derrière ses lunettes.

— Vous m'attendiez ? interrogea l'Australienne.

— Je vous avais apporté quelque chose.

Robyn lui tendit une liasse de feuillets maintenus par un trombone.

— Les recherches pour mon article sur les Mountrachet. J'ai entendu que vous interrogiez Gump à leur sujet, reprit-elle, mal à l'aise, et comme je sais qu'il n'a pas pu... Enfin, qu'il ne vous a pas été d'un grand secours... C'est un peu disparate, commenta-t-elle en lissant ses cheveux, mais j'ai pensé que ça pourrait vous intéresser.

— Merci, répondit Nell avec reconnaissance. Et veuillez m'excuser si j'ai perturbé votre...

Robyn l'interrompit d'un hochement de tête.

— Est-ce qu'il se porte bien... ?

— Beaucoup mieux, merci. En fait, je me proposais de vous réinviter à dîner un soir de la semaine prochaine. Chez lui.

— J'apprécie votre invitation, mais je ne suis pas sûre que votre grand-père soit d'accord.

— Oh non ! s'exclama Robyn, dont les cheveux se balancèrent au gré de ses mouvements de tête sans être le moins du monde décoiffés. Vous m'avez mal comprise ! C'est de lui que vient l'idée. Il prétend avoir quelque chose à vous dire, ajouta-t-elle en voyant l'étonnement de Nell. À propos du cottage et d'Eliza Makepeace.

34

New York et Tregenna, 1907

Mlle Rose Mountrachet
Lusitania, *paquebot de la Cunard*

> *Mlle Eliza Mountrachet*
> *Château de Blackhurst*
> *Cornouailles, Angleterre*

> *9 septembre 1907*

Mon Eliza,
Quelle merveille que ce Lusitania *! Sache, ma cousine, que je t'écris cette lettre sur le pont supérieur, à une petite table très chic du Café Véranda qui donne sur l'immensité bleue de l'Atlantique, tandis que notre immense « hôtel flottant » nous emmène à vive allure vers New York.*

Il règne à bord une formidable ambiance de fête : chacun fait assaut de propos optimistes, car le Lusitania veut ravir le Ruban bleu aux Allemands. Sur le quai de Liverpool, comme le majestueux navire s'éloignait lentement de son point d'ancrage pour entamer son voyage inaugural, les gens chantaient « Rule Britannia » en agitant des drapeaux si nombreux – & avec une telle vigueur – que je les voyais encore osciller alors que les badauds eux-mêmes n'étaient plus que des points noirs. Les autres bateaux nous ont souhaité une bonne traversée en faisant donner la corne de brume & j'avoue que j'en ai eu la chair de poule, sans parler du sentiment de fierté qui s'enflait dans mon cœur. C'est une grande joie que de participer à un événement aussi retentissant ! Je me demande si nous resterons dans l'histoire ? J'espère bien ! Quand je pense qu'on peut commettre telle action, être concerné par tel phénomène, & par là transcender les limites de son humble passage sur terre !

Je me doute de ce que tu penses du Ruban bleu : une absurdité inventée par des hommes absurdes, déterminés à prouver – & rien d'autre – que leur navire peut en battre un autre appartenant à des hommes encore plus absurdes ! Mais tu sais, mon Eliza, quand on est ici, qu'on respire l'esprit même de la conquête... ma foi, tout ce que je peux dire, c'est que cela redonne de la vigueur. Je me sens vivante comme jamais ou presque ! Tu vas lever les yeux au ciel, mais permets-moi s'il te plaît d'exprimer mon vœu le plus cher : que nous accomplissions effectivement la traversée à une vitesse record &

regagnions la place qui nous revient de droit – la première.

Le navire est conçu de telle manière que parfois, on oublie qu'on est en mer. Maman & moi avons une des deux seules « Suites royales » ; elle comprend deux chambres, un salon, une salle à manger, une salle de bains, un cabinet d'aisances & un garde-manger. La décoration, superbe, me rappelle les images de Versailles dans le livre de Mme Tranton – tu te souviens ? C'était il y a si longtemps...

J'ai surpris les propos d'une dame très bien habillée : de tous les navires sur lesquels elle a voyagé, c'est celui-ci qui ressemble le plus à un hôtel. Je ne sais pas qui est cette dame, mais elle doit être « Très Importante », car le jour où nous nous sommes trouvées dans ses parages, maman en est restée bouche bée, ce qui lui arrive rarement, tu en conviendras. Rassure-toi, ça n'a pas duré : maman ne saurait être longtemps réduite au silence. Elle a vite retrouvé sa langue &, depuis, elle s'efforce de rattraper le temps perdu. Les autres passagers sont tout droit sortis du Who's Who – toute la bonne société londonienne est là, à en croire maman ; il faut donc les « charmer ». J'ai reçu de strictes instructions : je dois être sur mon trente et un en toute occasion (heureusement, j'ai avec moi deux malles-cabines pleines d'armures à revêtir pour aller au combat). D'ailleurs, pour une fois maman & moi sommes d'un même avis, si nous n'avons pas les mêmes goûts ! Elle ne cesse de me désigner des beaux partis, & chaque fois ou presque je suis consternée. Mais assez parlé de cela – si je m'attarde, l'attention de ma très chère cousine va bientôt s'égarer, je le sens.

Revenons à notre paquebot. J'ai osé quelques explorations qui auraient fait la fierté de mon Eliza. Hier matin, par exemple, j'ai réussi à échapper brièvement à la surveillance de maman pour passer une heure charmante dans le jardin suspendu. J'ai pensé à toi, ma chérie, & à ta surprise : oui, on peut faire pousser des plantes à bord d'un bateau ! Il y a partout des jardinières pleines d'arbustes & de fleurs magnifiques. Je me suis sentie très à mon aise au milieu de toute cette végétation (nul ne connaît mieux que moi les vertus roboratives des jardins) & me suis adonnée à toutes sortes de rêveries éveillées toutes plus extravagantes les unes que les autres. (Tu imagines sans peine les voies qu'ont suivies ces divagations fantaisistes...)

Ah ! Comme je regrette que tu n'aies pas voulu nous accompagner ! Je prends ici le temps de te réprimander, car je ne comprends tout simplement pas ta décision. C'est tout de même toi qui, la première, as émis l'idée que nous puissions un jour, toutes les deux, nous rendre en Amérique, voir de nos yeux les gratte-ciel de New York & la statue de la Liberté ! Je ne saisis point ce qui t'a convaincue de renoncer à cette formidable occasion, & de rester à Blackhurst avec papa pour seule compagnie. Comme toujours, tu restes pour moi un mystère, chère & obstinée cousine, mais je sais bien qu'il est inutile de discuter avec toi quand tu as une idée dans le crâne. Je me bornerai à dire que tu me manques & que je me surprends fréquemment à imaginer quelles bêtises nous commettrions si tu étais ici avec moi. (Dans quel état nous mettrions les nerfs de cette pauvre maman !) J'ai du mal à me représenter l'époque où tu m'étais encore inconnue ; j'ai l'impression que nous avons toujours fait la paire, toi & moi, & qu'avant ton arrivée à Blackhurst, ma vie n'était qu'une interminable & infernale attente.

Mais voici que maman m'appelle. Il semble que nous soyons une nouvelle fois attendues à la salle à manger. (Si tu voyais ces repas ! Je suis obligée de me promener en permanence sur le pont entre déjeuner & dîner si je veux faire honneur au repas suivant !) Maman s'est sûrement arrangée pour inviter à notre table le comte de Ceci ou Cela, voire le fils de je ne sais quel riche industriel. On n'en a jamais fini d'être la « fille de », c'est un métier à temps plein – mais elle a au moins raison sur un point : ce n'est pas en restant enfermée dans ma cabine que je rencontrerai mon Destin.

Je dois donc te dire au revoir, mon Eliza, & conclure en disant que si tu n'es pas en chair & en os à mes côtés, tu l'es par la pensée. Quand je découvrirai la fameuse Dame de la Liberté veillant consciencieusement sur son port, c'est la voix de ma cousine que j'entendrai, & elle me dira : « Imagine tout ce qu'elle a dû voir ! »

Ta cousine qui t'aime,
Rose

Les doigts d'Eliza se contractèrent sur le papier d'emballage du paquet. Elle marqua une halte sur le seuil du magasin général de Tregenna, le temps de contempler l'épais matelas nuageux gris fer qui s'inclinait mollement vers le miroir de la mer. L'horizon brumeux évoquait des tempêtes au large, et au bourg l'air vacillait sous les assauts de grosses gouttes impatientes. Eliza n'avait pas pris de sac, car, au départ, elle n'avait pas prévu de se rendre au village. Mais, dans la matinée, un conte lui était venu à l'esprit qui exigeait transcription immédiate. Or, les cinq pages restantes de son cahier étaient d'une insuffisance criante ; le besoin urgent d'en acheter un autre s'était fait sentir et elle s'était embarquée dans cette expédition imprévue.

Après un ultime coup d'œil au ciel maussade, Eliza se mit en marche d'un bon pas en direction du port. En arrivant à l'embranchement, elle tourna délibérément le dos à la route pour emprunter un sentier escarpé : Davies lui avait parlé un jour d'un raccourci entre le village et la propriété... La pente était très raide et les herbes hautes, mais elle progressait régulièrement et ne s'arrêta qu'une fois, pour regarder la mer plate, couleur de granit, où toute une flottille de bateaux s'empressait de rentrer au port. Cela la fit sourire. On aurait dit une myriade de bébés moineaux regagnant le nid après une journée passée à explorer le bord du vaste monde.

Un jour, elle aussi traverserait cet océan, jusqu'à l'autre bout, comme son père avant elle. Tant de mondes attendaient derrière l'horizon ! L'Afrique, l'Inde, le Proche-Orient, les Antipodes... Et dans ces contrées lointaines, elle apprendrait de nouvelles histoires, des fables issues de temps immémoriaux...

Quand Davies lui avait suggéré de coucher sur le papier les contes nés de son imagination, Eliza ne s'était pas fait prier. Elle en avait rempli douze cahiers et ne s'était plus jamais arrêtée. D'ailleurs, plus elle écrivait, plus les histoires tourbillonnaient dans sa tête en résonnant haut et clair, pressées d'en être libérées. Avaient-elles une quelconque valeur ? Pour tout dire, elle s'en moquait. Elles lui appartenaient, et quand elle les mettait noir sur blanc, c'était comme si elles devenaient réelles. Les personnages qui lui trottaient dans la tête devenaient hardis une fois sur la page. Ils acquéraient des signes distinctifs qu'elle n'avait pas imaginés, exprimaient des pensées dont elle-même ignorait l'existence, et se comportaient tout à coup de manière imprévisible.

Ces contes avaient un public réduit, mais réceptif. Tous les soirs après dîner, Eliza se glissait dans le lit de Rose comme quand elles étaient petites et lui lisait sa dernière production.

C'est Rose qui, à force de compliments enjôleurs, avait convaincu Eliza d'envoyer quelques contes au *Children's Storytime,* à Londres.

« Tu n'as donc pas envie de les voir imprimés ? Ce seraient de vraies histoires, et toi un écrivain pour de vrai !

— Mais ce sont déjà de vraies histoires.

— Oui, avait répliqué Rose, matoise, mais si elles sont publiées, elles te rapporteront quelque argent ».

Des revenus à elle ! Voilà qui intéressait Eliza, et Rose ne l'ignorait pas. Jusque-là sa cousine dépendait entièrement de la générosité de son oncle et de sa tante. Mais ces temps-ci, elle se demandait comment financer les voyages et aventures qu'à n'en point douter l'avenir lui réservait.

« En plus, cela déplaira souverainement à maman, avait renchéri Rose en posant le menton sur ses mains jointes et en réprimant un sourire. Une Mountra-chet qui gagne sa vie ! »

Comme toujours, Eliza accordait peu d'importance à l'opinion de sa tante ; mais tout de même, l'idée que d'autres gens puissent lire ses histoires... Depuis qu'elle avait découvert ce recueil de contes de fées, chez les Swindell, et qu'elle s'était immergée dans ses pages fanées, elle savait que les histoires avaient le pouvoir magique de combler les manques et de soigner les plaies.

La bruine se mua en crachin ; Eliza se mit à courir en serrant le cahier contre sa poitrine. Les brins d'herbe trempés caressaient sa jupe humide. Comment Rose allait-elle réagir quand elle lui annoncerait que ce périodique pour enfants allait bel et bien publier *L'Oiseau enchanté,* et que ses éditeurs avaient demandé à lire d'autres histoires de sa plume ? Eliza sourit toute seule, sans ralentir l'allure.

Encore une semaine, et sa cousine rentrerait enfin ; elle mourait d'impatience. Rose n'avait pas été très assidue en matière de correspondance : il y avait eu une lettre, écrite pendant la traversée, puis plus rien. Eliza avait hâte de savoir ce qui s'était passé dans la métropole américaine. Elle aurait tant aimé voir cela de ses propres yeux ! Mais tante Adeline avait été très claire sur ce point.

« Gâche ta vie si tu veux, lui avait-elle lancé un soir où Rose était déjà couchée. Mais je ne te laisserai pas gâcher celle de ma fille avec tes manières de sauvage. Si on ne lui fournit pas l'occasion de briller, jamais elle ne rencontrera sa Destinée. J'ai réservé deux billets pour New York, avait-elle conclu en se redressant de toute sa hauteur. Un pour Rose et un pour moi. Et comme je souhaite éviter les scènes pénibles, je te prie de lui dire que la décision vient de toi.

— Pourquoi mentirais-je à Rose ? »

Tante Adeline prit son souffle et ses joues se creusèrent. Un courant d'air venu d'on ne sait où inclina la flamme des chandeliers.

« Mais parce que tu veux son bonheur, évidemment. Tu lui souhaites de trouver un mari, de vivre tout ce qu'elle appelle de ses vœux ? Rose ne mérite-t-elle pas d'être heureuse après ce qu'elle a subi ? »

Le premier coup de tonnerre retentit au moment où Eliza atteignait le haut de la colline. Le ciel s'assombrit encore et la pluie tomba plus dru. Au milieu d'une clairière se trouvait une maisonnette. C'était, comprit-elle, le cottage situé de l'autre côté du jardin clos qu'oncle Linus lui avait donné pour qu'elle y fasse des plantations. Elle courut s'abriter sous le porche et se plaqua contre la porte tandis que la pluie cascadait, de plus en plus forte, par-dessus les pignons.

Deux mois s'étaient écoulés depuis le départ de Rose et Adeline ; au début, le temps avait passé vite – c'était l'été, et de belles idées de contes lui venaient en tête. Eliza partageait ses journées entre ses deux endroits préférés : d'une part, le rocher noir de la crique, au faîte duquel des millénaires avaient aplani une aire juste assez grande pour qu'on s'y assoie, et d'autre part le jardin secret, son jardin à elle, au bout du labyrinthe. Quelle joie d'avoir un lieu rien qu'à soi, un jardin clos où on pouvait enfin Être… Parfois, elle se contentait de s'asseoir sur le banc et, sans bouger, de prêter l'oreille à tout ce qui l'entourait. Les frondaisons chahutées par la brise qui frottaient contre le mur ; le souffle assourdi de l'océan qui s'avançait puis se retirait sans relâche, les oiseaux qui gazouillaient leurs histoires à eux... Certains jours, pour peu qu'elle demeure parfaitement immobile, elle s'imaginait presque surprendre le chant que les fleurs reconnaissantes élevaient vers le soleil.

Mais ce n'était pas le cas ce jour-là. Le soleil était parti et, au-delà de la falaise, ciel et mer turbulents fusionnaient dans la grisaille. La pluie tombait toujours. Eliza soupira. Inutile de chercher à regagner les jardins en passant par le labyrinthe, tant elle était sûre d'en ressortir trempée, avec un cahier neuf inutilisable. Si seulement elle pouvait s'abriter dans un arbre creux ! Une idée de conte effleura la lisière de son imagination ; elle l'attrapa au vol et s'y cramponna : il lui poussait peu à peu des bras, des jambes et un but bien défini, à cette histoire !

Elle pêcha dans son corsage le crayon à papier qu'elle gardait en permanence sur elle, puis arracha l'emballage du cahier et se mit à griffonner en prenant appui sur son genou.

Le vent soufflait plus fort, au faîte de la colline, dans le royaume des oiseaux ; il chassait la pluie jusque dans le refuge qu'Eliza s'était trouvé, et des taches maculaient les pages neuves. Elle se retourna vers la porte, mais là encore la pluie la rattrapa.

Ça n'allait pas du tout ! Où s'installerait-elle pour écrire à la saison des pluies ? Elle ne pourrait plus se réfugier dans la crique ou dans le jardin. Bien sûr, il y avait les cent pièces du château, mais elle avait du mal à écrire à proximité d'autres personnes. On se croyait seule, puis on se rendait compte qu'une femme de chambre agenouillée devant la cheminée tisonnait le feu depuis un temps indéterminé. Quand ce n'était pas l'oncle, qui venait s'asseoir dans un coin sombre sans rien dire.

Un paquet de pluie lui éclaboussa les pieds, noyant le sol du porche. Elle referma son cahier et tapa impatiemment du talon contre la pierre. Il lui fallait un abri plus sûr. Elle lança un coup d'œil à la porte peinte en rouge. Une grosse clef en cuivre était glissée dans la serrure. Comment avait-elle pu ne pas la remarquer ? Sans hésiter, Eliza la tourna vers la gauche. Le mécanisme joua avec un déclic sonore. Elle posa la main sur le bouton de la porte, lisse et inexplicablement tiède, puis le tourna. Il y eut un nouveau déclic et le battant s'ouvrit comme par magie.

Eliza franchit le seuil et se retrouva au sec dans la pénombre.

Sous son parapluie noir, Linus patientait. Il n'avait pas aperçu Eliza de la journée, et toute son attitude trahissait son agitation. Mais elle viendrait, il le savait : Davies lui avait dit qu'elle avait l'intention de se rendre au jardin ce jour-là, et il n'y avait qu'un chemin pour en revenir. Il ferma les yeux et se replongea dans le passé, à l'époque où Georgiana partait tous les jours se perdre dans les jardins. Souvent, elle le priait de l'accompagner, de venir voir ses plantations, mais toujours il refusait. Pourtant, il montait la garde jusqu'à ce que sa *poupée* réapparaisse entre les haies du labyrinthe. Parfois lui revenait le souvenir de sa mésaventure enfantine. Il éprouvait alors une exquise sensation, un mélange de honte ancienne et de joie pure en voyant sa sœur émerger du labyrinthe.

Au moment de rouvrir les yeux, il prit une courte inspiration : l'espace d'un instant, il avait cru être victime d'une hallucination inespérée. Mais non, c'était Eliza, et non Georgiana, qui venait vers lui, pensive. Elle ne l'avait pas vu. Ses lèvres sèches articulèrent en silence le mot qu'il aurait voulu prononcer ; mais, à la place, il lança :

— Petite !

Elle releva la tête, surprise.

— Mon oncle !

Un sourire éclaira progressivement son visage. Elle écarta les bras. Elle tenait à la main un paquet marron.

— La pluie s'est mise à tomber d'un coup !

Sa jupe était toute mouillée et le bas, transparent, adhérait à ses mollets. Linus était hypnotisé.

— Je... je craignais que tu n'aies perdu ton chemin à cause du mauvais temps.

— J'ai bien failli ! Mais je me suis abritée dans le cottage – je veux dire la maisonnette à l'autre bout du labyrinthe.

Cheveux mouillés, chevilles trempées, jupe à tordre... Linus avala péniblement sa salive, planta sa canne dans la terre gorgée de pluie et se remit péniblement debout.

— Dites, mon oncle, est-ce que quelqu'un se sert du cottage ? s'enquit Eliza en s'approchant. Il m'a paru inhabité.

Cette odeur de pluie, de vent salin, de terre... Il faillit en perdre l'équilibre et dut prendre appui sur sa canne. Elle le rattrapa.

— Le jardin, mon petit. Parle-moi du jardin.

— Oh, mon oncle ! Si vous saviez comme ça pousse ! Il faut absolument venir vous asseoir parmi mes fleurs, un jour, et constater par vous-même !

Tièdes, les mains d'Eliza sur son bras, ferme son étreinte... Il aurait donné le restant de ses jours pour arrêter le temps et demeurer éternellement dans l'instant, seul avec sa Georgiana...

— Monsieur !

Thomas accourait, dans tous ses états.

— Monsieur aurait dû me dire qu'il avait besoin d'aide !

Et voilà. Eliza ne le tenait plus par le bras : Thomas l'avait remplacée. Une fois rentré au château, Linus dut la regarder en silence gravir les marches de la terrasse pour pénétrer dans le hall, marquer une brève pause afin de prendre le courrier et être aussitôt engloutie par la maison de lord Mountrachet.

Mlle Rose Mountrachet
À bord du Lusitania
Paquebot de la Cunard

   Mlle Eliza Mountrachet
   Château de Blackhurst
   Cornouailles, Angleterre

   7 novembre 1907

Si tu savais ! Il s'est passé tellement de choses depuis qu'on ne s'est vues que je ne sais par où commencer. Tout d'abord, je dois te présenter mes excuses pour mon silence de ces dernières semaines.

Ce mois à New York a été un véritable tourbillon. De plus, quand j'ai entrepris de t'écrire cette lettre, tandis que nous quittions le port de la grande Amérique, nous avons essuyé une telle tempête que je me croyais en Cornouailles ! Il y avait de ces coups de tonnerre & de ces bourrasques ! J'ai dû rester deux jours allongée dans ma cabine, & la pauvre maman était verte ! Il a fallu que je m'occupe d'elle en permanence – drôle de renversement de situation, Rose, l'Éternelle Malade, devenant tout à coup l'infirmière de sa mère incommodée !

La tempête s'est enfin calmée, mais nous sommes restés plusieurs jours dans le brouillard ; on aurait dit un énorme monstre marin planant autour du navire. Cela m'a fait penser à toi, mon Eliza, & aux histoires à dormir debout que tu racontais quand nous étions petites, avec leurs sirènes & leurs vaisseaux perdus en mer.

Enfin, les cieux sont plus cléments, à présent que nous approchons des côtes anglaises...

Mais voyons, pourquoi suis-je en train de te parler du temps qu'il fait alors que j'ai tant d'autres choses à te dire ? Je crois que je connais la réponse à cette question : je tourne autour du pot, j'hésite à formuler la grande nouvelle, car je ne sais comment m'y prendre...

Mon Eliza, tu te souviens de ma dernière lettre, dans laquelle je t'annonçais que maman & moi avions fait la connaissance de certaines « Personnes Très Importantes » ? Eh bien, l'une d'elles, lady Dudmore, s'est en effet révélée très importante ; de plus, il semble qu'elle se soit prise d'affection pour moi, car maman & moi avons reçu d'elle maintes lettres d'introduction qui nous ont fait admettre dans les meilleurs cercles de la haute société new-yorkaise. Nous avons voleté d'une soirée à l'autre tels des papillons chatoyants...

Mais voilà que je digresse encore – car naturellement, tu n'as nul besoin de lire le récit de toutes ces réceptions, toutes ces parties de bridge ! Alors mon Eliza, je te l'annonce sans autre forme de procès... quoiqu'en retenant mon souffle : je suis fiancée ! Je vais me marier ! & tu sais, mon Eliza, je me sens constamment sur le point d'éclater tant sont immenses ma joie & mon émerveillement ; c'est tout juste si j'ose ouvrir la bouche – j'ai trop peur de ne pouvoir parler que de mon Grand Amour sans plus jamais m'arrêter ! Car il n'en est pas question, pas avec toi, & pas maintenant. Je refuse de schématiser ces sentiments si beaux en essayant vainement de les traduire en mots. Je préfère attendre que nous soyons réunies, & alors je te raconterai tout. Qu'il me suffise, chère cousine, de te dire que je plane sur un nuage de bonheur éclatant.

Je ne me suis jamais sentie aussi bien, & cela, c'est à toi que je le dois, mon Eliza – car depuis la Cornouailles tu as brandi ta baguette magique pour m'accorder mon vœu le plus cher ! De fait, mon fiancé (je tressaille d'excitation rien que d'écrire ce mot !) n'est peut-être pas tel que tu te l'imagines. Bien sûr, c'est en tout point un être supérieur (beau, intelligent & plein de bonté) mais figure-toi qu'il est pauvre ! (Tu commences à deviner pourquoi je te soupçonne d'avoir le don de prophétie...) Tout à fait le compagnon que tu m'avais inventé dans L'Oiseau enchanté ! *Comment as-tu su, mon Eliza, que ce serait un tel homme qui me ferait tourner la tête ?*

La pauvre maman est en état de choc (enfin, elle s'est un peu remise, avec le temps) ; quand je l'ai informée de mes fiançailles, elle ne m'a pas adressé la parole pendant des jours ! Évidemment, de son côté, elle avait jeté son dévolu sur un meilleur parti, & refuse de comprendre que je me moque bien de l'argent & des titres de noblesse. Cela, ce sont ses aspirations à elle, & si j'avoue que je les ai un temps épousées, ce n'est plus le cas aujourd'hui ! Comment le pourrais-je, en effet, alors que mon Prince est venu ouvrir la porte de ma cage dorée ?

Je meurs d'impatience de te revoir, Eliza, & de partager ma joie avec toi. Tu m'as énormément manqué.

Je reste éternellement ton affectionnée,
Rose

Pour être honnête avec elle-même, Adeline devait admettre que tout était de sa faute. Elle avait assisté aux côtés de Rose à tous ces événements mondains plus éblouissants les uns que les autres, s'était instaurée chaperon de sa fille au bal des Irving, dans leur magnifique demeure de la Cinquième Avenue et, pis que tout, elle lui avait adressé un signe d'encouragement lorsqu'un beau jeune homme aux cheveux noirs et aux lèvres charnues l'avait invitée à danser en y mettant les formes.

Depuis son fauteuil à dorures, Adeline avait regardé, non sans une certaine satisfaction – maudit soit son orgueil ! – le jeune couple évoluer sur la piste de danse ; avec la robe rose confectionnée pour l'occasion, ses boucles noires savamment relevées en chignon et ses joues enflammées par la chaleur de la salle de bal, Rose était plus jolie que jamais.

« Votre fille est une beauté, lui avait d'ailleurs glissé à l'oreille Mme Frank Hastings. Elle éclipse toutes les autres, ce soir ».

Dans son fauteuil, Adeline s'était... oui, rengorgée. C'était peut-être à cet instant précis, par sa fierté démesurée, qu'elle avait précipité sa chute. Peut-être s'était-elle attiré le courroux du Seigneur ?

« Sa beauté n'a d'égale que la pureté de son cœur.

— Oui, et Nathaniel Walker est bel homme ».

Nathaniel Walker. Elle entendait ce nom pour la toute première fois.

« Walker... » avait-elle répété, pensive.

Ce patronyme lui disait quelque chose. Sans doute lui avait-on parlé de Walker ayant fait fortune dans le pétrole, quelque chose dans ce genre ; des nouveaux riches, évidemment, mais les temps changeaient, on n'avait plus honte de sceller une alliance entre le rang et l'argent.

« Et que sait-on de sa famille ? »

Adeline avait-elle imaginé l'imperceptible soupçon de jubilation qui, l'espace d'un instant, avait égayé le visage imperturbable de Mme Hastings ?

« Oh, ces gens ne font pas partie de notre milieu, avait répondu cette dernière en haussant ce qui lui tenait lieu de sourcils. C'est un peintre, vous voyez le genre. Un des jeunes fils Irving s'en est ridiculement entiché ».

Le sourire d'Adeline avait perdu de sa superbe, mais elle avait tenu bon. La peinture était un passe-temps fort honorable, après tout...

« On prétend, avait poursuivi Mme Hastings en lui portant le coup de grâce, que ce petit polisson l'aurait rencontré dans la rue ! Ce serait un fils d'immigrés – et polonais en plus ! Ce Walker est peut-être peintre comme il le prétend, mais je doute que sa carte d'immigré mentionne ce nom-là. J'ai entendu dire qu'il gagnait sa vie en faisant des dessins !

— Vous voulez sans doute dire des portraits, des peintures à l'huile ?

— Pensez-vous ! Rien d'aussi respectable. Des sortes d'esquisses au fusain assez approximatives, d'après ce que j'ai compris. On peut dire qu'il s'est joliment élevé dans l'échelle sociale, avait-elle ajouté en s'efforçant visiblement de réprimer son exultation. Les parents sont catholiques, le père travaille sur les docks ».

Adeline avait lutté de toutes ses forces contre une envie de hurler. Mme Hastings s'était à nouveau laissée aller contre le dossier de son fauteuil doré avec une joie mauvaise.

« Enfin... Il n'y a pas de mal à permettre à une jeune fille de danser avec un beau garçon, n'est-ce pas ? »

Adeline avait masqué son affolement derrière un sourire suave.

« En effet ».

Mais comment aurait-elle pu y croire, alors que déjà sa mémoire exhumait l'image d'une autre jeune fille qui, debout au faîte d'une falaise de Cornouailles, le cœur prêt à tout, regardait un beau garçon aux dehors prometteurs ? Au contraire, il y avait grand mal à permettre qu'un jeune homme charmant flatte une jeune fille comme il faut en lui accordant ses attentions passagères.

La semaine avait passé. Tous les soirs, Adeline avait exhibé Rose devant un public composé de beaux partis en priant pour qu'une étincelle d'intérêt éclaire tout à coup les prunelles de sa fille face à l'un ou l'autre de ces jeunes gens. Et tous les soirs elle était rentrée déçue. Rose n'avait d'yeux que pour Nathaniel, et réciproquement. La jeune fille était prise au piège, hors de portée – comme ces êtres en proie à une dangereuse flambée d'hystérie. Adeline réprimait son envie d'administrer une bonne paire de claques sur ces joues qui rosissaient avec une ferveur indue chez une jeune personne de santé aussi délicate.

Mais Adeline était tout aussi obsédée par le visage de Nathaniel Walker. Qu'elle se rende avec sa fille dans un dîner, un bal ou une lecture, elle fouillait la pièce du regard pour savoir s'il était là. La peur avait plaqué sur son champ de vision une espèce de filtre qui gommait tous les visages sauf le sien. Bientôt, elle le vit même là où il n'était pas. La nuit, elle rêvait de docks, de bateaux et de familles indigentes. Parfois, ces cauchemars se déroulaient dans son Yorkshire natal, avec ses propres parents dans le rôle de ceux de Nathaniel. Elle en avait la tête à l'envers. À quoi en était-elle réduite, vraiment !

Et puis un soir, le pire arriva. Au retour d'un bal, Rose observa un mutisme obstiné pendant tout le trajet en voiture. On sentait chez elle une détermination, une lucidité nouvelles. Visiblement, elle chérissait un secret, lui prêtait l'oreille, se le rejouait intérieurement et le gardait sous la main, en quelque sorte, en attendant le moment de le lâcher dans le monde extérieur avec son cortège de désastres.

Vint l'instant affreux où, se préparant pour la nuit, Rose déclara de but en blanc, en se brossant les cheveux :

« Maman, j'ai quelque chose à vous dire ».

Avaient suivi les mots tant redoutés. Les sentiments partagés, le destin, l'amour toujours...

« Tu es jeune, l'interrompit très vite Adeline. Il est bien naturel que tu confondes l'affection avec les sentiments d'une autre nature.

— Ce que j'éprouve ne relève pas que de la simple affection, maman ».

Adeline sentit le feu couver sous sa peau.

« Ce serait une catastrophe. Il n'est rien...

— Il est lui-même, et je n'en demande pas davantage ».

Cette insistance, cette insupportable assurance...

« C'est la preuve de ta naïveté, mon petit, et de ton extrême jeunesse.

— Je suis assez grande pour savoir ce que je ressens. J'ai dix-neuf ans. Et puis, vous m'avez bien amenée ici, à New York, afin que j'y rencontre mon Destin, non ?

— Cet homme-là ne saurait être ton Destin, répliqua faiblement Adeline.

— Qu'en savez-vous ?

— Je suis ta mère ».

L'argument était inconsistant, elle s'en rendait compte.

« Tu pourrais épouser n'importe quel beau parti. Tu es belle, tu viens d'une grande famille... et tu te contenterais de si peu ? »

Rose poussa un petit soupir qui, d'une certaine manière, mettait fin à la discussion.

« Je l'aime, maman ».

Adeline ferma les yeux. Ah, la jeunesse ! Les arguments les plus rationnels n'avaient aucune chance face à l'arrogant pouvoir de ces quelques mots. Et voilà que sa fille, son précieux trophée, les prononçait avec une facilité déconcertante, et à propos d'un homme pareil !

« Et lui aussi m'aime, maman, il me l'a dit ».

Le cœur d'Adeline se serra. C'était effrayant, cette pauvre petite aveuglée par ce qu'elle prenait naïvement pour de l'amour. Comment lui expliquer qu'on ne conquérait pas si facilement le cœur des hommes, et que même si on y réussissait, il était bien rare qu'on le garde ?

« Vous verrez, ajouta Rose. Je vivrai heureuse "jusqu'à la fin de mes jours", comme dans le conte d'Eliza. Elle avait déjà écrit toute l'histoire, vous savez, comme si elle savait ce qui allait arriver ! »

Adeline fulminait. Maudite Eliza qui les poursuivait jusqu'ici et qui, malgré la distance, continuait à représenter une menace pour elles deux ! Son influence néfaste s'étendait par-delà l'océan, ses vils racontars gâtaient l'avenir de Rose, l'incitaient à commettre la plus grosse erreur de sa vie.

Si elle avait veillé Rose tout au long de ses maux innombrables, ce n'était certainement pas pour la laisser gâcher sa vie par un mariage ignoble.

« Il faut rompre. Il comprendra. Il aurait dû saisir dès le début que rien n'était possible entre vous.

— Mais nous sommes fiancés, maman. Il m'a demandée en mariage, et j'ai accepté.

— Tu dois rompre ces fiançailles.

— Je n'en ferai rien.

— La bonne société te tournera le dos ; tu ne seras plus la bienvenue dans la maison de ton propre père.

— Dans ce cas, je vivrai là où on voudra de moi, à savoir chez Nathaniel ».

Un vertige s'empara d'Adeline. Comment en était-on arrivé là ? Comment sa petite Rose pouvait-elle lui lancer au visage des choses pareilles ? Elle aurait dû savoir, pourtant, qu'elle brisait le cœur de sa mère.

« Je regrette, maman, reprit la jeune fille, mais je ne changerai pas d'avis. Aussi ne me le demandez pas ».

Pendant plusieurs jours, elles ne s'adressèrent pas la parole – à l'exception, bien sûr, des amabilités de pure convenance que ni l'une ni l'autre n'aurait eu l'idée de négliger. Rose croyait à tort qu'Adeline boudait. En réalité, elle réfléchissait. Elle avait toujours su soumettre l'affectif à la logique.

L'équation étant tout simplement impossible, un des facteurs devait être modifié. Si l'on ne pouvait espérer que Rose se ravise, ce qui semblait de moins en moins probable, on devait étudier la probabilité que le fiancé, lui, puisse changer. Devenir digne de sa fille, le genre d'hommes dont le nom inspirait le respect et, oui, l'envie.

Dans le cœur de tout homme se trouvait une faille cachée. Un abîme de noirceur, un vide intérieur, un manque qu'il était prêt à tout pour combler. Le talon d'Achille de Nathaniel Walker devait forcément être l'orgueil – sous sa forme la plus dangereuse, c'est-à-dire l'orgueil des sans-le-sou. Le besoin irrépressible de démontrer sa valeur aux yeux du monde, de s'élever au-dessus de sa condition, de surpasser son père. Même sans le contexte fourni avec gourmandise par cette chère Mme Hastings, plus Adeline côtoyait Nathaniel Walker et plus elle en était convaincue. Elle décelait cette faiblesse dans sa démarche, ses souliers impeccablement cirés, son sourire empressé, son rire un peu trop haut perché. C'était typique des hommes de peu qui entrevoyaient une sphère supérieure. Ces hommes qui, sous leurs beaux atours, n'avaient qu'une peau de miséreux.

Adeline était bien placée pour connaître cette faiblesse-là. Aussi sut-elle ce qui lui restait à faire pour retourner la situation à son avantage : veiller à ce que cet homme soit traité comme un prince, devenir sa plus grande admiratrice, vanter les mérites de ses œuvres dans la bonne société, faire en sorte que son nom devienne indissociable de la tradition du portrait dans les milieux aisés. Fort de la vibrante caution que lui apporterait Adeline, de son charme indéniable et, bien sûr, de l'atout que représenterait sa jeune épouse, il ne pourrait que faire sensation.

Et jamais Adeline ne lui permettrait d'oublier à qui il devait sa bonne fortune.

Eliza laissa tomber la lettre sur son lit, à côté d'elle. Rose était fiancée. Rose allait se marier. Ce n'était pas très étonnant, après tout : elle lui avait souvent confié ses espoirs d'union et de maternité, avec à la clef une belle maison et une voiture pour elle seule. Pourtant, Eliza éprouva une sensation étrange.

Elle ouvrit son cahier neuf et en effleura la première page, toute gondolée par la pluie.

Elle y traça un trait au crayon et le regarda distraitement passer du clair au foncé selon que la mine traversait une zone sèche ou humide.

Elle commença un conte, griffonna et raya quelques lignes, puis repoussa le cahier.

Elle finit par s'adosser à son oreiller. Le cœur n'y était pas, et elle se sentait dans un drôle d'état – comme si elle avait une boule pesante et amère dans le ventre. Était-elle malade ? C'était peut-être la pluie. Mary lui avait souvent dit qu'il ne fallait pas rester trop longtemps sous l'averse.

Elle regardait dans le vide. Rose, la cousine qu'elle avait pour tâche de distraire, sa complice consentante, allait se marier. Comment un avenir imaginé avec autant d'ardeur – ces années de voyages, d'aventures et d'écriture avec, comme toujours, Rose à ses côtés – pouvait-il se muer aussi subitement, aussi spectaculairement en chimère ? Avec qui allait-elle partager le jardin clos, maintenant ? Ses histoires ? Sa vie ?

Elle tourna la tête et ses yeux tombèrent sur le pan de verre froid qui surmontait sa coiffeuse. Eliza ne se mirait pas souvent dans la glace, mais depuis la dernière fois où elle avait contemplé son reflet, quelque chose avait disparu. Elle s'examina de plus près.

La révélation vint d'un coup. Elle sut immédiatement ce qui manquait. Ce qu'elle avait perdu en route. Ce reflet était celui d'une femme adulte ; il ne comportait plus d'arêtes où puissent encore se tapir les traits de Sammy. Sammy était parti.

Et voilà que Rose s'en allait à son tour. Quel pouvait bien être l'homme qui, en un clin d'œil, lui avait volé sa tendre amie ?

Elle en fut malade. Pire que si elle avait avalé une des boules de Noël que confectionnait Mary à partir d'oranges piquetées de clous de girofle.

Ce poids dans son ventre avait nom « envie ». Elle enviait l'homme qui avait su guérir Rose, qui avait atteint si facilement le but qu'elle s'était donné et avait détourné à son profit toute l'affection de sa cousine, tout cela en quelques jours... Envie... Eliza murmura ce mot dur dont elle crut sentir les angles venimeux se ficher dans sa bouche.

Elle se détourna du miroir, ferma les yeux et s'efforça d'oublier la lettre et la terrible nouvelle qu'elle renfermait. Elle ne voulait pas ressentir cette envie, abriter en elle cette boule hérissée de pointes empoisonnées. Car les contes lui avaient appris qu'un triste sort attendait toujours les méchantes sœurs prisonnières de la jalousie.

35

Hôtel Blackhurst, 2005

L'appartement de Julia était situé tout en haut du château ; on y accédait par un escalier incroyablement étroit. Quand Cassandra était sortie de sa chambre, le soleil fondait déjà à l'horizon ; il régnait dans le couloir une obscurité quasi totale. Elle frappa, puis attendit en serrant bien fort le goulot de la bouteille qu'elle avait apportée. Une initiative de dernière minute, tandis qu'elle traversait le village avec Christian pour rentrer à l'hôtel.

Julia lui ouvrit, vêtue d'un kimono rose vif.

— Entrez, entrez donc !

Elle lui fit signe de la suivre et retraversa la pièce en coup de vent.

— Je mets la dernière main à notre petit dîner. J'espère que vous aimez la cuisine italienne !

— Beaucoup, répondit Cassandra en lui emboîtant le pas.

On avait abattu les cloisons qui, jadis, séparaient un dédale de chambres de bonne pour dégager un grand loft. De jour, les fenêtres en saillie qui ponctuaient les deux longs murs parallèles devaient offrir une vue à couper le souffle sur la propriété.

Cassandra s'immobilisa sur le seuil de la cuisine. Toutes les surfaces étaient recouvertes de saladiers, de verres mesureurs, de boîtes de tomates entières au couvercle pendant, de flaques d'huile d'olive ou de jus de citron, entre autres ingrédients mystérieux. Ne sachant où poser sa bouteille, elle la tendit à son hôtesse.

— Comme c'est gentil ! Merci.

Julia fit sauter le bouchon et attrapa une unique timbale posée sur un râtelier au-dessus de la paillasse. Puis elle y versa le shiraz depuis une hauteur spectaculaire et se lécha l'index.

— Personnellement, je ne bois que du gin, dit-elle avec un clin d'œil. Ça conserve. C'est un alcool très pur, vous savez.

Elle tendit la timbale de breuvage impur à Cassandra et ressortit de la cuisine d'un pas sautillant.

— Venez, installez-vous confortablement.

Julia lui désigna un fauteuil au centre de la pièce. Cassandra y prit place. Devant elle, un coffre de marine faisant office de table basse, sur lequel elle repéra tout de suite une pile d'albums anciens à la jaquette en cuir fané.

L'enthousiasme envahit Cassandra ; elle avait envie de se jeter dessus.

— Allez-y, feuilletez-les pendant que je mets la touche finale au festin, dit Julia.

Cassandra ne se le fit pas dire deux fois. Elle prit l'album du dessus et le caressa doucement. Le cuir assombri par des années de manipulation avait perdu tout son grain ; il était lisse et doux comme du velours.

Elle retint son excitation et l'ouvrit. La première page arborait, joliment calligraphiée, la mention « *Rose Elizabeth Mountrachet Walker, 1909* ». Elle y passa le bout de ses doigts et sentit l'indentation dans le papier. Imaginant la plume mordillée qui avait tracé ces mots, elle tourna soigneusement les pages jusqu'au premier texte.

Une nouvelle année qui commence. Et quelle année ! Que de grands événements en perspective ! Depuis que le Dr Matthews m'a livré son verdict, je n'arrive plus à me concentrer. Je l'avoue, je me suis fait beaucoup de souci après mes récents évanouissements, et je ne suis pas la seule. Je n'avais qu'à jeter un coup d'œil à maman pour lire toute son anxiété sur ses traits. Pendant que le docteur m'examinait, je suis restée immobile, les yeux rivés au plafond, m'efforçant de chasser la peur en me rappelant les meilleurs moments de ma vie. À commencer par le jour de mon mariage, naturellement ; mais aussi le voyage à New York, l'été où Eliza est arrivée à Blackhurst... Autant de souvenirs qui reviennent avec force et netteté quand la vie est en danger...

Après, maman et moi sommes restées assises côte à côte sur le canapé à attendre le diagnostic, et elle m'a pris la main. Elle était froide. Je me suis tournée vers elle, mais elle a fui mon regard. C'est là que j'ai commencé à m'inquiéter sérieusement. Lors de mes maladies enfantines, maman a toujours été la plus optimiste des deux. Je me suis demandé pourquoi sa belle assurance s'était envolée, ce qu'elle avait pu pressentir pour s'inquiéter à ce point. M. Matthews s'est éclairci la voix avant de prendre la parole et j'ai serré la main de maman. Mais ce qu'il nous a annoncé a provoqué en moi un choc sans commune mesure avec ce que j'avais pu imaginer.

« Vous attendez un enfant. Vous êtes enceinte de deux mois. Si Dieu le veut, vous lui donnerez le jour en août ».

Ah ! Il n'y a pas de mots pour exprimer la joie que j'ai ressentie. Après tant d'espoirs déçus, tous ces mois qui, les uns après les autres, n'apportaient que de terribles déconvenues ! Un bébé à aimer... Un héritier, ou une héritière, pour Nathaniel, un petit-fils pour maman, un filleul pour Eliza...

Cassandra en était toute retournée. Dire que le bébé dont Rose célébrait la conception était Nell ! Que cet enfant à naître, si ardemment désiré, était sa chère grand-mère, morte à l'autre bout du monde !

L'émotion de Rose était d'autant plus poignante qu'elle ignorait, bien sûr, le sort qui l'attendait.

Elle tourna plus rapidement les pages, où étaient épinglés des bouts de dentelle ou de ruban entre deux comptes rendus d'examen par le Dr Matthews – plus des invitations à des dîners et des bals dans tout le comté –, jusqu'à trouver ce qu'elle cherchait, en novembre 1909.

Elle est là. Je rapporte ici son arrivée un peu plus tard que prévu. Ces derniers mois ont été plus difficiles que je ne le pensais, mais cela en valait largement la peine. Après avoir attendu tant d'années la bonne nouvelle, après de longs mois de maladie, d'angoisse et de réclusion, je tiens enfin dans mes bras mon enfant chérie. Et tout le reste s'envole. Elle est la perfection même, avec son teint crémeux, ses lèvres roses et charnues, ses yeux d'un bleu chatoyant (mais le docteur dit qu'il en est toujours ainsi à la naissance, que peut-être ils changeront de couleur avec le temps. J'espère secrètement que non). Je souhaite à ce bébé la complexion des Mountrachet, celle de père et d'Eliza : yeux bleus, cheveux blond vénitien. Nous avons décidé de la prénommer Ivory. Car telle est la couleur de sa peau, ivoire – et, assurément, comme le temps le prouvera, celle de son âme.

— Et voilà !

Julia apportait tant bien que mal deux grands bols de pâtes, plus un gros moulin à poivre sous le bras.

— Raviolis aux pignons et au gorgonzola !

Elle en tendit un à Cassandra.

— Attention, c'est chaud.

Cassandra posa l'album de côté.

— Ça sent délicieusement bon.

— Si je n'avais pas été romancière, puis restauratrice de château, et enfin gérante d'hôtel, je serais devenue chef cuisinière. À la vôtre !

Julia leva son verre de gin, but une gorgée et soupira.

— Parfois, j'ai l'impression que ma vie entière n'est qu'une longue succession de hasards et d'accidents. Oh, je ne me plains pas – on peut être très heureux en ayant renoncé à exercer un quelconque contrôle sur son existence. Mais assez parlé de moi. Comment ça se passe, au cottage ? enchaîna-t-elle avant d'embrocher un ravioli sur sa fourchette.

— Pas mal du tout, sauf que plus j'avance, plus je prends conscience de tout ce qui reste à faire. Le jardin est retourné à l'état sauvage, la maison est dans un état lamentable et je ne suis même pas sûre que la structure soit saine. Il faudrait sans doute que je fasse venir une entreprise de travaux pour évaluer la situation, mais je n'ai pas encore trouvé le temps, avec tout ce que j'ai eu à faire… Je me sens un peu…

— … dépassée ?

— Oui, mais en même temps pleine d'enthousiasme.

Cassandra savoura une bouchée de pâtes aromatisées à l'huile d'olive et à l'ail.

— Vous savez, j'ai trouvé quelque chose, là-bas, au cottage.

— Ah bon ? Un trésor caché ?

— Quand on aime les trésors verts et luxuriants, oui, répondit Cassandra en souriant. Un jardin clos, en fait – muré à l'arrière de la maison. J'ai l'impression que personne n'y est entré depuis des dizaines d'années, ce qui n'est guère étonnant d'ailleurs, car les murs sont très hauts et recouverts de plantes grimpantes inextricables et pleines d'épines. Jamais on ne se douterait qu'il est là.

— Et vous, comment l'avez-vous découvert ?

— Par accident.

— Ça n'existe pas, les accidents, dit Julia en secouant la tête.

— Je vous assure que j'en ignorais totalement l'existence.

— Ce n'est pas ce que je sous-entendais. Mais peut-être que ce jardin se cache seulement de ceux qu'il ne veut pas voir ?

— Quoi qu'il en soit, je me réjouis qu'il se soit révélé à moi. Il est étonnant. Bien sûr, les ronces ont tout envahi, mais au-dessous toutes sortes de plantes ont survécu. On devine des sentiers, des sièges de jardin, des mangeoires à oiseaux...

— Ça me rappelle la Belle au bois dormant qui se réveille quand le charme est rompu.

— Justement, je crois qu'il n'était pas endormi. Les arbres ont continué à pousser et à porter des fruits, bien qu'il n'y ait eu personne pour en profiter. Si vous voyiez le pommier... il a l'air centenaire !

— Il l'est, déclara soudain Julia en se redressant avant d'écarter son bol. Ou peu s'en faut.

Elle passa rapidement en revue les différents albums en laissant courir le bout de son index de haut en bas des pages, jusqu'à s'écrier enfin :

— Ah ! Nous y sommes ! Juste avant le dix-huitième anniversaire de Rose, quand elle s'apprête à partir pour New York.

Julia jucha au bout de son nez une paire de lunettes à monture couleur nacre et turquoise.

« Vingt et un mai 1907. Mon Dieu, quelle journée ! Dire que ce matin je croyais devoir subir encore une interminable réclusion ! Le Dr Matthews a mentionné quelques cas de rhume banal au village, et maman est terrifiée à l'idée que je puisse l'attraper – compromettant ainsi la petite villégiature mondaine prévue pour le mois prochain. Mais, bien sûr, Eliza ne l'entendait pas de cette oreille. Aussitôt maman partie déjeuner chez lady Philimore, elle est venue frapper à ma porte, les joues roses (comme je l'envie de passer autant de temps en plein air !) en exigeant que je range mon album (oui, car je travaillais à te compléter, cher journal) pour l'accompagner dans le labyrinthe : elle tenait absolument à me montrer quelque chose.

Mon premier mouvement a été de refuser, craignant qu'un domestique ne me dénonce à maman – et Dieu sait que je préférerais éviter les disputes, surtout si près du départ pour New York – mais les yeux d'Eliza avaient l'éclat des grands jours ; quand elle a échafaudé un plan, elle ne tolère pas la moindre hésitation. Cet éclat m'a valu bien des ennuis, ces six dernières années...

L'enthousiasme de mon Eliza était communicatif ; je n'ai pas résisté longtemps. Elle a de la vitalité pour deux, et tant mieux, car souvent, j'en manque. Nous nous sommes vite retrouvées bras dessus bras dessous dans le jardin, pouffant de rire. Davies nous attendait à l'entrée du labyrinthe, en vacillant sous le poids d'une énorme plante en pot ; pendant tout le trajet, Eliza est régulièrement revenue sur ses pas pour lui offrir son aide (qu'il a chaque fois refusée) avant de me rattraper d'un bond et de m'entraîner par la main. Nous avons poursuivi notre chemin à travers le dédale d'allées (qu'Eliza connaît comme sa poche), puis traversé la clairière centrale où se trouvent les bancs et la trappe à l'anneau de cuivre qui, d'après elle, débouche dans cet horrible tunnel étroit. Enfin, nous avons atteint une porte métallique pourvue d'un grand fermoir, également en cuivre. Avec un geste plein d'emphase, Eliza a sorti une clef de la poche de sa jupe, et je n'ai pas eu le temps de lui demander où elle avait bien pu la trouver que déjà elle l'introduisait dans la serrure. Puis elle l'a tournée en forçant et la porte s'est ouverte.

Derrière, un jardin. À la fois semblable aux autres jardins de la propriété et pourvu d'un je-ne-sais-quoi de différent. D'abord, il était clos. Ceint sur quatre côtés de hauts murs en pierre, percés de deux portes face à face, une au nord, l'autre au sud...

— Ah bon, il y a un autre portail ? s'étonna Cassandra. Je ne l'ai pas vu.

— On a entrepris des travaux de rénovation aux alentours de 1912-1913... Notamment au niveau du mur côté maison ; peut-être l'a-t-on enlevé à ce moment-là ? Mais écoutez la suite.

Le jardin proprement dit était soigné mais sous-exploité : on aurait dit un champ en jachère attendant qu'on y importe des boutures, une fois passés les mois d'hiver. Au milieu, une vasque flanquée d'un joli banc en métal ; sur le sol, plusieurs caisses pleines de petites plantes en pot.

Eliza s'est élancée avec la grâce d'un collégien turbulent.

— Où sommes-nous donc ? ai-je demandé, ébahie.

— Dans un jardin dont je m'occupe depuis quelque temps. Si tu avais vu les mauvaises herbes, quand j'ai commencé ! C'est qu'on n'a pas chômé, n'est-ce pas, Davies ?

— Oh que non, mademoiselle Eliza, a-t-il répondu en déposant son fardeau à terre, côté sud.

— Ce sera notre jardin, Rose. Rien qu'à toi et moi. Un jardin secret où on pourra venir se cacher toutes les deux, comme dans nos rêves de petites filles. Quatre murs, deux portails fermés à clef, notre petit paradis à nous. Tu pourras y venir même si tu ne te sens pas bien, tu sais. On y est protégé du vent de la mer, aussi tu pourras écouter les oiseaux, respirer les fleurs, sentir le soleil te réchauffer les joues.

Son exaltation, sa ferveur étaient telles qu'à mon tour, je me suis prise d'envie pour un jardin semblable. En contemplant ces bordures bien entretenues, ces plantes qui commençaient à peine à bourgeonner dans leur pot, je me suis imaginé le paradis qu'elle évoquait.

— J'ai entendu parler d'un jardin clos caché quelque part quand j'étais petite, mais j'ai cru à une légende.

— Mais non ! Il est on ne peut plus réel ! s'est exclamée Eliza, les yeux brillants. Et nous allons le ramener à la vie !

Le fait est que Davies et elle avaient travaillé d'arrache-pied. Si le jardin était bel et bien resté en

friche pendant tout ce temps, c'est-à-dire depuis...
Voyons...

Peu à peu, des bribes de conversations entendues dans mon enfance me sont revenues. Je savais à qui ce jardin avait appartenu.

— Liza, Liza... ai-je dit précipitamment. Tu dois faire très attention – *non*, nous devons faire attention. Il faut partir d'ici et ne jamais revenir. Si jamais père l'apprenait...

— Il est déjà au courant.

Je n'ai pas réussi à dissimuler entièrement ma surprise et ma brusque curiosité.

— Comment cela ?

— C'est justement lui qui a demandé à Davies de me confier ce jardin, de dégager l'extrémité du labyrinthe pour que nous puissions lui redonner vie !

— Pourtant, il a toujours interdit à quiconque de pénétrer dans le jardin clos !

Eliza a haussé les épaules (elle est coutumière du fait, ce qui lui vaut le mépris de maman).

— Il a dû changer d'avis, que veux-tu que je te dise ? Il devait le porter dans son cœur.

L'idée que mon père puisse porter quelque chose dans son cœur me paraissait absurde. À part le jour où, cachée sous son bureau, je l'avais entendu pleurer sur sa sœur – sa poupée —, je n'avais même jamais eu la preuve qu'il en eût un. Oui, d'un seul coup tout m'apparaissait clairement, et c'est mon cœur à moi qui s'est curieusement serré.

— C'est parce que tu es sa fille à elle...

Mais Eliza, qui s'était déjà éloignée, ne m'a pas entendue. Déjà elle traînait le bac de bouturage vers un grand trou dans le mur.

— Je te présente notre premier arbre à planter ! s'est-elle écriée. Il faut une cérémonie ! Voilà pourquoi il fallait que tu sois là aujourd'hui. Cet arbre va pousser, et que la vie nous emporte ici ou là, toujours il se souviendra de nous, Rose et Eliza.

Davies m'a tendu une petite pelle.

— Mademoiselle Eliza désire que vous jetiez la première pelletée de terre sur les racines, mademoiselle.

"Mademoiselle Eliza désire..." Qui étais-je pour discuter face à une volonté pareille ?

— Quel genre d'arbre est-ce ?

— Un pommier.

J'aurais dû m'en douter. Eliza avait toujours eu un penchant pour les symboles, et la pomme est le premier de tous les fruits. »

Julia releva la tête, la larme à l'œil. Elle renifla un peu, puis sourit.

— Je l'aime tellement, notre Rose ! Vous ne sentez pas sa présence avec nous dans cette pièce ?

Cassandra lui rendit son sourire. Elle avait mangé une pomme de l'arbre que son arrière-grand-mère avait contribué à planter près de cent ans plus tôt. Elle rougit légèrement, car cette pensée lui rappela des bribes de son rêve étrange. Toute la semaine, tandis qu'elle travaillait auprès de Christian, elle avait réussi à le maintenir à distance ; elle croyait même s'en être débarrassée. Mais non, il était toujours là.

— Dire que vous vous retrouvez à nettoyer le même jardin ! Jolie symétrie... Que dirait Rose, si elle savait ça ?

Julia extirpa un mouchoir en papier d'une boîte posée sur la table basse et se moucha.

— Excusez-moi, fit-elle en se tamponnant le dessous des yeux. C'est tellement romantique ! Dommage que vous n'ayez pas de Davies pour vous aider, vous...

— Ce n'est pas un « Davies », mais j'ai quand même quelqu'un pour me donner un coup de main. Il est venu tous les après-midi, cette semaine. J'ai fait sa connaissance et celle de son frère Michael le jour où ils sont venus dégager l'arbre tombé sur la maison. Mais vous les connaissez, je crois ; Robyn Jameson m'a dit qu'ils entretenaient vos jardins.

— Ah, les frères Blake ! En effet, et je dois dire que j'aime bien les regarder travailler. Ce Michael est plutôt bel homme, vous ne trouvez pas ? Et puis, c'est un charmeur, hein ! Si j'étais encore romancière, c'est lui que j'aurais en tête pour décrire mon séducteur.

— Et Christian ?

Cassandra eut beau feindre la nonchalance, ses joues s'empourprèrent.

— Eh bien, ce serait le jeune frère plus intelligent, moins bavard, qui, à la surprise générale, sauverait la situation et remporterait le cœur de l'héroïne.

Cassandra sourit.

— Inutile de demander quel rôle je jouerais dans l'histoire...

— Ni moi, soupira Julia. La beauté fanée qui, n'ayant aucune chance de séduire le héros, met toute son énergie à aider l'héroïne à réaliser son destin.

— La vie serait plus simple si tout se passait comme dans les contes de fées, où les personnages répondent à des stéréotypes précis.

— Oh, mais c'est le cas, vous savez ! Les gens croient qu'ils ne sont pas stéréotypés, mais ils se trompent ; même ceux qui affirment bien haut que « ça n'existe pas » sont des clichés. Vous savez, le fâcheux pédant qui se pose en individu unique au monde...

Cassandra but une gorgée de vin.

— Pour vous, il n'existe donc pas d'individu unique au monde ?

— Si, nous sommes tous uniques – mais pas comme nous l'imaginons, c'est tout.

Julia sourit, puis agita les mains en faisant tinter ses bracelets.

— Mais je déraille. Je suis une affreuse absolutiste. Si, bien sûr, il existe des caractères différents. Prenez Christian Blake, par exemple : à la base, il n'est pas du tout jardinier ! Il est médecin à l'hôpital d'Oxford. Enfin, *était*. Je ne sais plus quelle était sa spécialité – ces dénominations sont tellement compliquées, on s'y perd un peu, non ?

Cassandra ne cacha pas sa surprise.

— Un médecin qui abat des arbres ? Comment ça se fait ?

— Comment ça se fait ?... répéta Julia d'un ton lourd de sous-entendus. C'est ce que je me demande aussi. Quand Michael m'a appris que son frère allait débuter à ses côtés, je n'ai pas posé de questions, pour ne pas être indiscrète, mais depuis je suis curieuse comme une pie, pour reprendre l'expression consacrée. Qu'est-ce qui peut bien pousser un homme encore jeune à changer aussi radicalement de vocation ?

— Si ça se trouve, ça lui « tenait à cœur », à lui aussi ?

— C'est quand même un sacré revirement, remarqua Julia, pensive.

— Il s'est peut-être rendu compte que ce métier ne lui plaisait pas, finalement.

— Possible, mais il aurait pu s'en apercevoir plus tôt, pendant ses études, non ? glissa Julia d'un air énigmatique. Pour moi, il y a là-dessous quelque chose de plus intéressant, mais, d'un autre côté, j'ai été écrivain, on ne se défait pas comme ça de ses vieilles habitudes. Rien n'arrête mon imagination. Car c'est ça, ma chère, reprit-elle en pointant son index vers Cassandra, qui rend les personnages attachants : leurs secrets.

Cassandra songea à Nell et aux secrets qu'elle avait gardés toute sa vie. Comment avait-elle pu découvrir le pot aux roses sans en dire un mot à personne ?

— Quel dommage que ma grand-mère n'ait pu voir ces albums inestimables ! Ils représentent tout ce qui reste de sa mère – la voix de sa mère.

— J'ai pensé à elle toute la semaine – votre grand-mère, je veux dire. Depuis que vous m'avez tout raconté, je me demande ce qui a pu pousser Eliza à l'enlever.

— Et … vous êtes parvenue à une conclusion ?

— L'envie, lâcha Julia. J'en reviens toujours à ça. C'est un ressort puissant, vous savez, et Dieu sait que Rose avait de quoi susciter l'envie, avec sa beauté, son talentueux époux, sa haute naissance… Pendant toute son enfance à ses côtés, Eliza a dû voir en elle la fillette comblée, dotée de tout ce dont elle-même avait été privée : des parents, une belle maison, une bonne nature que tout le monde admirait. Ensuite, une fois adulte, elle voit Rose se marier très vite, avec un beau parti, tomber enceinte, donner naissance à une ravissante petite fille... Même moi je suis jalouse de Rose ! Alors imaginez ce que ça a dû être pour Eliza – qui était manifestement un drôle d'oiseau !

Elle vida son verre et le reposa avec un geste théâtral.

— Notez que je ne lui cherche pas d'excuses, loin de là. Je dis seulement que ça ne m'étonne pas.

— C'est l'hypothèse la plus plausible...

— Et c'est souvent la bonne. Tout est dans les albums, quand on sait ce qu'on cherche. Dès que Rose apprend qu'elle est enceinte, Eliza prend de la distance. En fait, il n'est pratiquement plus question d'elle à partir de la naissance d'Ivory. Rose a dû avoir beaucoup de peine, étant donné qu'Eliza était comme une sœur pour elle. Et voilà que tout à coup, à un moment important de sa vie, cette quasi-sœur disparaît ! Elle fiche le camp de Blackhurst, purement et simplement !

— Pour aller où ? s'étonna Cassandra.

— À l'étranger, je crois. Maintenant que vous me posez la question, reprit Julia en fronçant les sourcils, je ne suis pas sûre que Rose le mentionne explicitement... Mais c'est hors de propos, de toute façon, acheva-t-elle en agitant la main pour évacuer la question. Reste qu'elle est partie pendant la grossesse de Rose, pour revenir seulement après la naissance. Et après cela, leurs relations n'ont plus jamais été les mêmes.

Cassandra retapa son oreiller en bâillant. Elle avait mal aux yeux, mais comme elle arrivait à la fin de l'année 1907, elle trouvait dommage de ne pas aller au bout. Il ne lui restait que quelques pages. Julia avait eu la gentillesse de lui confier les albums. Heureusement, contrairement à Nell, Rose formait ses phrases avec soin et régularité. Cassandra prit une gorgée de thé tiède et passa rapidement sur les pages couvertes de bouts de ruban, d'échantillons de tissu, de tulle pour robe de mariée et d'essais de signature (*Mme Rose Mountrachet Walker, Mme Walker, Mme Rose Walker*). Cela la fit sourire ; certaines choses ne changeaient pas d'une époque à l'autre. Puis elle aborda la dernière page.

Je viens de finir de relire Tess d'Urberville, *de Thomas Hardy. Ce roman me laisse perplexe, et je ne saurais dire que je l'apprécie. Il y a trop de brutalité chez cet auteur. Trop de sauvagerie à mon goût. Je suis bien la digne fille de ma mère, malgré tous mes efforts... La conversion d'Angel au christianisme, son mariage avec Liza-Lu, la mort du pauvre bébé qu'elle a baptisé Sorrow – « Peine »... Tout cela est un peu trop pour moi. Pourquoi priver Sorrow de funérailles chrétiennes ? Il est absurde de reprocher aux nouveau-nés les fautes de leurs parents ! L'auteur cautionne-t-il la conversion d'Angel, ou est-il à ranger parmi les sceptiques ? Et comment expliquer qu'Angel cesse aussi facilement d'aimer Tess pour reporter sa passion sur la sœur de celle-ci ?*

Enfin... de plus grands esprits que le mien se sont penchés sur la question, et de toute façon si je me suis tournée une fois de plus vers la triste histoire de cette Tess, ce n'était pas pour me livrer à un exercice de critique littéraire : je l'avoue, j'ai consulté Thomas Hardy dans l'espoir qu'il me livrerait quelque aperçu de ce qui m'attend quand Nathaniel et moi serons mariés. Ou plutôt, ce qu'on peut bien attendre de moi... Mais quelles sont donc ces idées qui me viennent ! Ma foi, j'en ai le feu aux joues ! Je suis sûre que jamais je ne saurais les traduire en mots. (Et j'imagine la tête de maman !)

Hélas, M. Hardy n'a point apporté de réponses à mes questions, contrairement à ce que j'espérais. Ma mémoire m'avait trahie : l'outrage dont Tess est victime n'est pas évoqué en détail. Alors voilà. À moins de trouver une autre source d'information (je doute que messieurs Henry James ou Charles Dickens me soient d'un grand secours en la matière), je me verrai dans l'obligation d'entrer à l'aveuglette dans ces contrées où règne pour moi la plus grande obscurité. Je redoute par-dessus tout que Nathaniel pose les yeux sur mon abdomen. Oh, pourvu que non ! La vanité est un grave défaut, je le sais ; malheureusement, je ne peux pas m'en empêcher. Ces marques sont vraiment laides... Et il est si attiré par la blancheur de ma peau !

Cassandra relut ces dernières phrases. Quelles étaient donc ces marques ? Des taches de naissance, une sorte de nævus ? Des cicatrices ? Elle eut beau fouiller dans sa mémoire, il ne lui semblait pas avoir vu passer, au fil des albums, un quelconque élément d'explication. De toute manière, il se faisait tard, elle était fatiguée ; sa vision se troublait et ses idées n'étaient pas très claires non plus.

Elle bâilla à nouveau, se frotta les yeux et referma l'album. Elle ne saurait probablement jamais la vérité ; d'ailleurs, quelle importance ? Elle caressa encore la jaquette en cuir usée, comme Rose avait dû le faire maintes fois avant elle, puis posa l'album sur sa table de chevet et glissa dans un rêve familier où elle voyait de hautes herbes, un champ qui s'étendait à perte de vue et, tout à coup, sans qu'elle s'y attende, un cottage au bord d'une falaise, surplombant l'océan.

36

Pilchard Cottage, Tregenna, 1975

Fallait-il frapper une fois de plus ? Nell, qui attendait devant la porte depuis plus de cinq minutes, commençait à croire que William Martin ignorait complètement qu'elle fût attendue pour dîner chez lui, et que cette invitation était une ruse de Robyn pour arrondir les angles après leur première confrontation. Elle devait détester les brouilles et les malentendus, quelles qu'en fussent les causes et les conséquences.

Elle décida de tenter à nouveau sa chance, en arborant une expression à la fois digne et enjouée au cas où les voisins s'étonneraient de voir une inconnue prête à taper toute la soirée.

Mais le vieux monsieur vint enfin lui ouvrir. Torchon sur l'épaule, cuillère en bois à la main, il lâcha d'emblée :

— Alors, comme ça, vous avez acheté le cottage ?

— Je vois que les bonnes nouvelles vont vite.

Il la regarda un moment d'un air pincé, puis :

— Vous êtes têtue comme une mule, ça se voit à des kilomètres.

— Ma foi, je suis comme le bon Dieu m'a faite.

Il hocha la tête, poussa un petit grognement et finit par la laisser entrer.

— Ne restez pas là. Vous allez attraper froid.

Nell se débarrassa de son imperméable, le suspendit à une patère et pénétra dans la salle de séjour sur les talons de William.

L'air était chargé d'une vapeur à la fois écœurante et appétissante. Ça sentait le poisson très salé et quelque chose d'autre – mais quoi ?

— J'ai fait mon ragoût de poisson, il est sur le feu, annonça le vieil homme en regagnant la cuisine d'un pas traînant. Ça bouillonne tellement là-dedans que je ne vous ai pas entendue frapper. Ça gicle de tous les côtés.

Un bruit de casseroles, un juron maugréé.

— Robyn ne va pas tarder.

Nouveau tintement métallique.

— Elle a été retenue par son type, là, expliqua-t-il sans cacher son dédain.

Nell entra à son tour et le regarda remuer sa matelote.

— Il ne vous plaît pas ? Le fiancé de Robyn ?

Il posa sa louche sur la paillasse, remit le couvercle en place, ramassa sa pipe et ôta un brin de tabac qui dépassait du fourneau.

— Je n'ai rien contre lui. Sauf qu'il n'est pas idéal.

Une main calée au creux de ses reins, il retourna s'asseoir au salon.

— Vous avez des enfants ? Des petits-enfants ?

— Un de chaque – ou plutôt une.

— Alors vous me comprenez.

Nell eut un sourire sans joie. Il y avait douze jours qu'elle était partie d'Australie ; Lesley avait-elle au moins conscience de son absence ? C'était peu probable. Il faudrait tout de même qu'elle lui envoie une carte postale. Ça ferait plaisir à la petite.

— Eh bien, venez par ici, fit la voix de William depuis le salon. Venez tenir compagnie au vieux bonhomme.

Nell, qui aimait bien les habitudes, reprit le même fauteuil. Elle regarda son hôte en hochant la tête.

Il fit de même.

Ils observèrent quelques secondes de silence complice. Dehors, le vent se levait ; les carreaux vibraient à intervalles réguliers, comme pour faire ressortir l'absence criante de conversation dans la maison.

Enfin Nell désigna le tableau au-dessus de la cheminée : un bateau de pêche à coque rayée rouge et blanc, dont on distinguait le nom peint en noir : *The Piskie Queen* [4].

4. Personnage de la mythologie populaire de Cornouailles, sorte de reine des farfadets dont elle est l'unique représentante du sexe féminin ; également connue sous le nom de Joan the Wad, elle est censée porter chance. (*N.d.T.*)

— C'est votre bateau ? interrogea-t-elle.

— En effet. Le grand amour de ma vie, comme je me dis parfois. C'est qu'on en a essuyé des tempêtes, cette barcasse et moi !

— Et vous l'avez toujours ?

— Non, plus depuis quelques années.

Le silence retomba. William tapota sa poche de poitrine, puis en sortit sa blague à tabac et entreprit de bourrer sa pipe.

— Mon père était capitaine d'un port, déclara Nell. J'ai grandi au milieu des bateaux.

Elle revit soudain Hugh sur les docks de Brisbane, après la guerre ; il était à contre-jour, on aurait dit qu'il éclipsait partiellement le soleil, derrière lui, avec ses grandes jambes d'Irlandais et ses grosses mains puissantes.

— On finit par avoir ça dans le sang, hein ?

— C'est bien vrai.

Les carreaux tremblèrent. Nell soupira. Ça avait assez duré. Trop, c'était trop. C'était maintenant ou jamais, et autres clichés de circonstance. Il fallait dissiper les malentendus, et ce devoir lui échoyait ; elle n'allait pas passer la soirée à parler de tout et de rien.

— William, commença-t-elle en se penchant en avant pour poser les coudes sur ses genoux, vous savez, pour ce que je vous ai dit, l'autre soir… Je ne voulais surtout pas vous…

Il l'arrêta du geste. Sa paume était calleuse et agitée d'un léger tremblement.

— Peu importe.

— Tout de même, je n'aurais pas dû…

— C'est déjà oublié.

Il serra le tuyau de sa pipe entre ses dents ; l'affaire était classée. Puis il craqua une allumette.

Nell se laissa aller contre son dossier ; très bien, si c'était ce qu'il voulait... Mais cette fois, elle ne repartirait pas sans au moins une pièce du puzzle.

— D'après Robyn, vous avez quelque chose à me dire ?

William tira une ou deux bouffées et l'arôme suave du tabac frais se répandit dans la pièce. Il acquiesça.

— J'aurais dû vous en parler l'autre jour, seulement...

Il fixa un point situé derrière Nell qui, tout à coup, brûla d'envie de se retourner.

— ... vous m'avez pris au dépourvu. Il y avait longtemps que je n'avais pas entendu ce nom-là.

Eliza Makepeace. La sifflante sous-entendue battait comme une aile argentée dans l'espace qui séparait Nell du vieillard. Il ferma les yeux.

— Plus de soixante ans ont passé depuis la dernière fois que je l'ai aperçue, mais je la revois comme si c'était hier descendre à grands pas de son cottage par le sentier de la falaise, les cheveux dans le dos.

Il rouvrit les yeux et dévisagea Nell.

— Ça ne vous dit sans doute pas grand-chose, mais en ce temps-là... les habitants du château ne s'abaissaient pas à se mêler aux villageois. Par contre, Eliza...

Il s'éclaircit la voix, puis reprit :

— Eliza, elle, se comportait comme s'il n'y avait rien de plus naturel au monde. Elle n'était pas comme eux.

— Vous l'avez donc connue ?

— Assez bien, oui – pour autant qu'on puisse connaître ces êtres-là. J'ai fait sa connaissance quand elle avait à peine dix-sept ans. Ma petite sœur Mary travaillait au château ; un après-midi où elle avait congé, elle nous l'a ramenée.

Nell s'efforça de contenir son excitation. Enfin, elle parlait à quelqu'un qui avait côtoyé Eliza ! Mieux, ce vieux monsieur confirmait le vague parfum d'interdit qui entourait ses propres ébauches de souvenirs.

— Parlez-moi d'elle, William.

Il se tut un instant en se grattant le menton. À son tour, Nell fut prise au dépourvu : ce son râpeux lui rappela brusquement son enfance ; l'espace d'une fraction de seconde, elle se retrouva, âgée de cinq ans, sur les genoux de Hugh, la tête posée contre sa joue hérissée de barbe naissante.

Avec un grand sourire qui dévoila ses dents fortes mais jaunies par le tabac, William répondit :

— Elle était unique en son genre – une originale, quoi. Dans le coin, on aime bien raconter des histoires ; mais les siennes, c'était quelque chose ! Et puis elle était drôle, courageuse, surprenante.

— Belle ?

— Oui, aussi.

Leurs regards se croisèrent fugitivement.

— Elle avait de ces cheveux roux ! Ils lui tombaient jusqu'à la taille. Elle aimait surtout monter sur le rocher noir, dans la crique, pour contempler le large. Quand il faisait beau, on la voyait en rentrant au port. Elle nous saluait en agitant la main – on aurait vraiment dit la reine des Piskies.

Nell sourit. *The Piskie Queen...*

— Comme votre bateau.

William feignit de s'absorber dans la contemplation de son pantalon en velours côtelé, puis bougonna un peu. Non, décidément, ce n'était pas une coïncidence...

— Robyn devrait arriver d'un instant à l'autre, reprit-il sans regarder vers la porte. On va bientôt passer à table.

— C'est en son honneur que vous avez baptisé votre bateau ?

William fit mine de répondre, puis poussa un soupir de jeune homme.

— Vous étiez amoureux d'elle.

Ses épaules s'affaissèrent.

— Évidemment, répondit-il avec simplicité. Comme tous les gars qui ont posé ne serait-ce qu'une fois les yeux sur elle. Je vous l'ai dit, elle n'était pas comme les autres. Mais alors pas du tout. Les choses qui nous gouvernent, nous, ne lui faisaient ni chaud ni froid. Elle n'obéissait qu'à ses propres sentiments, et ce n'était pas ce qui lui manquait.

— Et est-ce que... Enfin, est-ce qu'elle et vous, euh... ?

— J'étais fiancé.

Il tourna les yeux vers une photographie accrochée au mur : un jeune couple endimanché, elle assise, lui debout, manifestement le jour de leur mariage.

— On se fréquentait depuis deux ans, avec Cecily ; ça se passe comme ça, dans les villages. Les voisins ont une fille, on joue à lancer des cailloux du haut de la falaise avec elle et en un rien de temps, on se retrouve marié et père de famille.

Il soupira à nouveau, mais cette fois sa poitrine se creusa et son pull jacquard parut soudain trop grand.

— Quand j'ai rencontré Eliza, le monde a tremblé, pour moi. C'est la meilleure description que je puisse donner. Comme si on m'avait jeté un sort. Je ne pensais plus qu'à elle. J'aimais beaucoup Cecily, mon affection était sincère, ajouta-t-il en secouant la tête, et pourtant, un mot d'Eliza et je l'aurais quittée. Vous savez, précisa-t-il en regardant Nell dans les yeux avant de détourner la tête, je n'en suis pas fier. On pourrait y voir une trahison ; et on n'aurait pas tort. Mais peut-on en vouloir à un jeune qui éprouve des sentiments véritables ?

Son regard devint inquisiteur et elle en fut émue : cet homme quêtait l'absolution depuis très, très longtemps.

— Non, répondit-elle. Bien sûr que non.

Il poussa un petit soupir puis reprit d'une voix si douce que Nell dut tendre l'oreille :

— Il arrive que le corps aspire à des choses que la tête ne sait ni expliquer, ni même s'avouer. Je ne pensais plus qu'à elle, imbécile que j'étais ! J'étais comme...

— ... dépendant d'elle ?

— Exactement. Je croyais que je ne pourrais jamais être heureux qu'avec elle.

— Et c'était réciproque ?

— Ma foi, fit-il avec un sourire nostalgique, pendant un temps j'y ai cru. C'est qu'elle avait quelque chose de spécial, une certaine intensité en tout... Une façon de vous faire croire que si elle était là, avec vous, c'est qu'il n'y avait aucun autre endroit au monde où elle aurait préféré être, pas une seule personne dont elle aurait préféré la compagnie. Mais je me suis vite rendu compte de mon erreur, compléta-t-il avec un petit rire amer.

Il se tut, et pendant quelques secondes Nell craignit qu'il n'aille pas plus loin. Mais il reprit la parole et elle en fut immensément soulagée.

— C'était un soir de printemps. En 1908 ou 1909, je ne sais plus. La pêche avait été excellente et je fêtais ça avec les autres gars. Comme la bouteille m'avait donné des ailes, en rentrant j'ai fait le détour par la falaise ; ce n'était pas prudent, d'ailleurs : à l'époque il n'y avait qu'un sentier à chèvres. Mais je n'en avais cure. Je m'étais mis en tête de la demander en mariage. Seulement, poursuivit-il d'une voix mal assurée, en approchant du cottage, j'ai vu par la fenêtre...

Nell se pencha en avant, fascinée. De son côté, il eut un mouvement inverse.

— Bah, la suite est d'une banalité affligeante.

— Elle était avec quelqu'un d'autre ?

— Oui, mais pas n'importe qui. Un... membre de sa famille, poursuivit-il non sans difficulté.

William se frotta un œil, puis examina le bout de son index, à la recherche de la poussière – purement imaginaire – qui avait pu l'irriter.

— Ils étaient en train de... enfin, vous voyez, quoi.

Un bruit retentit au-dehors, suivi d'une bouffée d'air frais. La voix de Robyn s'éleva dans l'entrée.

— Eh, c'est qu'il ne fait pas chaud dehors ! Excusez mon retard, enchaîna-t-elle en entrant au salon.

Elle les dévisagea tout en passant ses doigts dans ses cheveux humidifiés par la brume.

— Tout va bien ?

— Très bien, mon petit, répondit le vieux monsieur en lançant un bref coup d'œil à Nell.

Celle-ci répondit d'un imperceptible hochement de tête. Non, elle ne révélerait pas son secret...

— J'allais servir la matelote. Viens un peu par là, que ton vieux grand-père te regarde un bon coup.

— Gump ! Je t'avais pourtant dit que je ferais à manger. J'ai tout apporté, moi !

Il se leva en grommelant, pas très solide sur ses jambes.

— Quand vous vous y mettez, ton petit ami et toi, on ne peut jamais savoir si tu vas te rappeler le vieux Gump ; un jour tu l'oublieras purement et simplement. Je me suis dit que si je ne prenais pas les choses en main, j'avais toutes les chances de mourir de faim.

— Vraiment, Gump... rétorqua Robyn en allant poser ses sacs de courses dans la cuisine, tu dépasses les bornes. Est-ce que je t'ai oublié une seule fois ?

— Ce n'est pas après toi que j'en ai, mon petit, mais après ton Henry, là. Une outre pleine de vent, comme tous les hommes de loi.

Pendant qu'ils se disputaient – ils en avaient visiblement l'habitude – pour savoir si Henry était ou non un bon fiancé et si la préparation d'une matelote était au-dessus des forces de Gump, Nell se repassa mentalement le récit de ce dernier. Elle comprenait, maintenant, pourquoi le cottage était maudit, poursuivi par le malheur, selon lui ; en ce qui le concernait, c'était vrai. Mais il s'était embarqué dans une digression en se livrant à cet aveu ; à présent, il fallait le remettre sur les rails. Certes, elle aurait bien voulu savoir avec qui était Eliza ce soir-là, mais c'était hors sujet, et en aiguillonnant William, elle craignait qu'il se mure à nouveau dans le silence. Or, elle ne pouvait prendre ce risque avant d'avoir compris pourquoi Eliza l'avait enlevée à Rose et Nathaniel Walker, pourquoi on l'avait expédiée en Australie.

— C'est prêt, lança Robyn en revenant avec trois bols fumants.

William suivait sur ses talons, penaud. Il reprit sa place.

— Je maintiens qu'aujourd'hui encore, ma matelote est la meilleure de toute la région.

Robyn regarda Nell d'un air excédé.

— Personne ne dit le contraire, Gump, dit-elle en lui tendant son bol par-dessus la table basse.

— Non, mais on doute que je puisse la transporter de la cuisine au salon !

Après un soupir exagéré, Robyn lui répliqua :

— Tout ce qu'on te demande, c'est d'accepter qu'on te donne un coup de main.

Nell s'impatientait. Elle ne pouvait se permettre de laisser la querelle s'envenimer ; Gump pouvait se vexer une fois de plus et se réfugier dans le mutisme.

— Délicieux, déclara-t-elle d'une voix sonore après avoir pris une cuillerée. Il y a juste la bonne dose de Worcestershire Sauce.

William et Robyn rivèrent sur elle le même regard interloqué, la cuillère suspendue à mi-chemin de la bouche.

— Eh bien quoi ? Qu'est-ce que j'ai dit ?

— C'est notre ingrédient secret, l'informa William. On se le transmet de génération en génération.

Nell prit l'air contrit.

— Ma mère faisait de la matelote, comme sa mère avant elle. Et elles en mettaient toujours. Moi aussi je croyais que c'était un secret de famille !

William inspira lentement, les narines évasées, et Robyn se mordit la lèvre.

— Mais j'insiste, la vôtre est délicieuse, reprit Nell avant de replonger sa cuillère dans son bol. Trouver la juste mesure, c'est le plus difficile.

— Dites-moi, Nell, entama Robyn en évitant soigneusement le regard de son grand-père. Ces papiers que je vous ai prêtés, vous les avez trouvés utiles ?

Nell lui sourit avec gratitude. Elle venait à son secours !

— Oui, très intéressants. Surtout l'article sur le voyage inaugural du *Lusitania*.

— Un bateau pareil, c'était quelque chose ! fit la jeune femme, rayonnante. Dire qu'il a si mal fini...

— Maudits Allemands, commenta Gump, la bouche pleine. Un sacrilège ! Un acte de barbarie !

Nell faillit répliquer que les Allemands évoquaient sûrement dans les mêmes termes le bombardement de Dresde, mais ce n'était ni le lieu ni l'heure – ni l'interlocuteur idéal... Elle se contenta donc de menus propos, sans jamais s'éloigner de l'histoire du village et du château. Enfin, Robyn se leva pour débarrasser et aller chercher le pudding.

Nell attendit qu'elle gagne la cuisine de son éternel pas affairé. C'était peut-être sa dernière chance de parler seule à seul avec William. Alors elle se jeta à l'eau :

— Il faut que je vous pose une question.

— Allez-y.

483

— Vous qui avez connu Eliza...

Il suça sa pipe et hocha la tête.

— ... pourquoi m'a-t-elle enlevée, à votre avis ? Elle voulait un enfant, vous croyez ?

William souffla un nuage de fumée. Puis il répondit sans retirer de sa bouche sa pipe, qu'il tenait coincée entre ses dents :

— Ça ne me paraît pas plausible. C'était un esprit libre, indépendant. Pas le genre à désirer une vie de femme au foyer – et encore moins par des moyens coupables.

— Il n'y a pas eu de rumeurs au village ? Les gens n'avaient pas leur petite idée sur la question ?

— On a tous cru que la fillette – c'est-à-dire vous – était morte de la scarlatine. Personne n'a contesté cette version des faits. Quant à la disparition d'Eliza, reprit-il après une pause, elle n'a pas non plus inspiré beaucoup de commentaires. Ce n'était pas nouveau.

— Ah bon ?

— Elle avait déjà disparu une fois, quelques années plus tôt.

Il reprit un ton plus bas, sans regarder Nell :

— J'ai toujours cru que c'était de ma faute. C'était peu après... ce que je vous ai raconté. Je suis allé la trouver, et je lui ai dit ce que j'avais vu. Je l'ai traitée de tous les noms. Elle m'a fait jurer de n'en parler à personne. Elle a dit que je ne pouvais pas comprendre, que je ne devais pas me fier aux apparences. Bref, lâcha-t-il avec un petit rire amer, tout ce que disent les femmes quand elles se font surprendre dans ce genre de situation.

Nell acquiesça en silence.

— Pourtant, j'ai obéi. Je n'ai révélé son secret à personne. Et peu de temps après, j'ai appris au village qu'elle était partie.

— Où ça, vous savez ?

— Quand elle est revenue, au bout d'un an, je le lui ai demandé cent fois, mais elle n'a jamais rien voulu dire.

— Voilà le pudding ! lança Robyn depuis la cuisine.

William se pencha en avant.

— C'est pour ça que j'ai demandé à ma petite-fille de vous inviter ce soir. Pour vous conseiller ceci : trouvez où elle est allée, et je parie que ça vous fera avancer dans vos recherches. Parce que je vais vous dire une chose, moi : je ne sais pas où elle était passée, mais quand elle est revenue, elle n'était plus la même.

— Comment ça ?

— Je ne sais pas, elle avait changé, c'est tout. Elle était moins elle-même, si vous voyez ce que je veux dire. Il manquait quelque chose, et je n'ai jamais retrouvé mon Eliza d'avant.

Troisième Partie

37

Château de Blackhurst, 1907

Le jour du retour de Rose, Eliza se rendit de bonne heure au jardin clos. Le soleil de novembre ne s'était pas encore tout à fait extirpé des brumes matinales – on distinguait à peine l'herbe nacrée par la rosée. Elle avança d'un pas vif, les bras resserrés autour d'elle pour se protéger tant bien que mal du froid. Il avait plu pendant la nuit, et des flaques s'étaient formées un peu partout. Elle les évita comme elle put, poussa la grille grinçante du labyrinthe et s'engagea entre les haies épaisses ; il y faisait encore plus sombre, mais Eliza aurait pu s'y retrouver les yeux fermés.

D'habitude, elle savourait ce moment paradoxalement crépusculaire où la nuit semblait appeler l'aube, mais ce jour-là elle avait la tête ailleurs. Depuis la lettre annonçant les fiançailles de Rose, elle se débattait avec des émotions contradictoires. L'aiguillon de la jalousie qui s'était logé dans sa chair ne lui accordait plus de repos. La peur la torturait chaque fois qu'elle pensait à Rose, relisait sa lettre ou imaginait compulsivement l'avenir. Elle était contaminée par son redoutable poison.

Car depuis cette lettre, son petit monde avait changé de couleur. Comme dans le kaléidoscope qui lui avait tant plu à son arrivée à Blackhurst, et dont les morceaux de verre coloré composaient un motif tout différent quand on tournait le cylindre. Une semaine plus tôt, elle se sentait encore en sécurité, baignant dans la certitude que Rose et elle étaient liées à jamais ; mais maintenant, elle craignait de se retrouver seule.

Lorsqu'elle entra dans le jardin clos, les premières lueurs de l'aube s'infiltraient entre les frondaisons dénudées par l'automne. Elle prit une profonde inspiration. Elle était venue chercher la sérénité, comme toujours, et ce matin-là plus que jamais il fallait qu'opère sur elle la magie du jardin. Qu'il pénètre son âme et lui apporte une indispensable quiétude.

Elle passa la main sur le banc emperlé de rosée et s'assit au bord. Le pommier était chargé de fruits rose orangé. Elle pouvait cueillir des pommes pour la cuisinière, arracher les mauvaises herbes, mettre des tuteurs aux pois de senteur... bref, s'absorber dans une tâche qui détourne ses pensées de Rose, de son retour, et de la crainte que sa cousine ne soit plus la même.

Car depuis la lettre, aux prises avec sa jalousie, Eliza s'était peu à peu rendu compte que ce qu'elle redoutait, ce n'était pas Nathaniel Walker, mais l'amour que Rose lui vouait. Elle pouvait supporter l'idée du mariage, mais que Rose l'oublie pour lui... c'était trop. L'idée que sa cousine, sa principale source d'affection, lui ait trouvé un remplaçant et n'ait plus besoin d'elle...

Elle s'obligea à se promener, feignant d'admirer les plantations. La glycine perdait ses feuilles et le jasmin ses fleurs, mais l'automne avait été doux et les roses étaient encore en fleur. Eliza saisit délicatement entre ses doigts un bourgeon à peine ouvert ; une goutte de rosée, la perfection même, s'était déposée entre les pétales de son cœur, et ce spectacle la fit sourire.

Une idée lui vint toute formée. Elle devait confectionner un bouquet, un cadeau de bienvenue pour sa cousine. Rose aimait les fleurs, mais surtout, Eliza les choisirait de manière à représenter le lien qui les unissait. Il y aurait des géraniums à feuille de chêne, qui symbolisaient l'amitié, des roses roses pour le bonheur, et du myosotis pour le souvenir...

Elle sélectionna chaque fleur avec soin, sélectionnant les tiges les plus fines et les plus belles corolles, puis noua autour un ruban en satin rose prélevé dans la ganse de sa robe. Juste à ce moment-là, elle entendit les roues tinter sur les dalles de l'allée.

Ils étaient arrivés.

Rose était de retour.

Le cœur serré, Eliza remonta ses jupes humides de rosée, agrippa fermement son bouquet et s'élança. Dans sa hâte, elle traversa tout le labyrinthe au pas de course, sans se préoccuper des flaques d'eau. Son cœur battait au rythme des sabots des chevaux.

Elle arriva au portail juste à temps pour voir la voiture s'arrêter sur l'esplanade devant la maison. Elle fit halte afin de reprendre son souffle. Comme toujours, l'oncle Linus l'attendait sur sa chaise de jardin, à l'entrée du labyrinthe, avec son appareil photographique. Il l'appela, mais elle feignit de ne pas entendre.

Elle atteignit l'allée à l'instant où Newton ouvrait la portière. Il lui lança un clin d'œil et elle le salua du geste. Puis elle attendit.

Depuis qu'elle avait reçu la lettre, les jours et les nuits s'étaient succédé, interminables. Enfin, le moment était arrivé. Le temps ralentit ; elle prit conscience de sa respiration précipitée, de son pouls qui battait dans ses oreilles.

Était-ce un effet de son imagination, cette expression nouvelle sur le visage de Rose, cette attitude qu'elle ne connaissait pas ?

Le bouquet lui échappa ; elle se baissa pour le ramasser.

Son mouvement dut attirer l'attention à la fois de Rose et de tante Adeline, car toutes deux se retournèrent. L'une sourit, l'autre non.

Eliza leva lentement la main, l'agita, puis la laissa retomber.

Rose haussa un sourcil amusé.

— Eh bien, tu ne viens pas me souhaiter la bienvenue, cousine ?

Le soulagement d'Eliza fut tel qu'une vague de chaleur l'envahit. Sa Rose était de retour, tout allait rentrer dans l'ordre. Elle fit un pas en avant, puis s'élança, les bras tendus, et serra bien fort sa cousine contre elle.

— Arrière, s'interposa tante Adeline. Tu es crottée jusqu'au cou. Tu vas salir la robe de Rose.

Cette dernière sourit et Eliza sentit refluer son inquiétude. Mais non, voyons, Rose n'avait pas changé. Elle n'était partie que deux mois et demi, tout de même ! La crainte, alliée à l'absence, avait engendré malgré elle une illusion de transformation.

— Eliza, que je suis contente de te voir !

— Et moi donc ! Tiens, dit-elle en lui tendant le bouquet. Je l'ai confectionné pour toi.

— Magnifique ! s'exclama la jeune femme en l'élevant jusqu'à ses narines. Elles viennent de ton jardin ?

— C'est du myosotis pour le souvenir, du géranium pour l'amitié et des...

— ... roses, oui, oui, je vois. Comme c'est gentil de ta part, Eliza.

Rose tendit brusquement le bouquet à Newton.

— Tenez, dites à Mme Hopkins de leur trouver un vase, vous voulez bien ?

— J'ai tellement de choses à te raconter, Rose ! Tu ne devineras jamais ce qui s'est passé ! Un de mes contes a été...

— Seigneur ! fit Rose en riant. Je n'ai pas encore passé la porte que déjà mon Eliza me parle contes de fées !

— Cesse d'importuner ta cousine, fit sèchement tante Adeline. Il faut que Rose se repose.

Elle jeta un regard à sa fille et suggéra avec une nuance d'hésitation :

— Tu devrais peut-être t'allonger un peu.

— Mais bien sûr, maman. J'ai la ferme l'intention de me retirer tout de suite dans mes appartements.

Le changement était subtil, mais il n'échappa pas à Eliza. Le ton d'Adeline était inhabituellement circonspect, et celui de Rose moins docile.

Elle médita sur cette légère altération. Profitant de ce qu'Adeline se dirigeait vers l'entrée du château, Rose lui murmura à l'oreille :

— Monte vite, mon Eliza, que moi je te raconte tout ce qui m'est arrivé.

Et côté récit, Rose ne fut pas en reste. Elle lui relata en détail tous les moments passés en compagnie de Nathaniel Walker, mais aussi, de façon plus ennuyeuse, tout ceux, douloureux, passés loin de lui. L'épopée commença l'après-midi même, occupa la soirée entière, et se poursuivit toute la journée du lendemain ainsi que les jours suivants. Au début, Eliza réussit à feindre une certaine dose d'intérêt – à vrai dire, au tout début elle fut même intriguée, car elle n'avait jamais éprouvé de sentiments du même ordre que ceux de sa cousine pour son fiancé – mais le temps passa, et en fin de compte, l'inlassable narration dura des semaines... Alors Eliza commença à faiblir. Elle tenta bien de détourner l'attention de Rose en lui proposant de visiter le jardin, de lire son dernier conte, voire de descendre jusqu'à la crique, mais la jeune femme n'avait d'intérêt que pour les histoires d'amour, du moment que c'étaient les siennes...

C'est ainsi que, l'hiver avançant, Eliza prit de plus en plus souvent le chemin de la crique, du jardin clos ou du cottage. Autant d'endroits où elle pouvait disparaître, et où les domestiques réfléchissaient à deux fois avant de l'ennuyer avec leur message tant redouté, toujours le même : Mademoiselle Rose désire que Mademoiselle Eliza vienne la retrouver pour un motif de la plus haute importance. Car Eliza avait beau signifier ouvertement que les mérites de telle ou telle robe de mariée l'indifféraient, sa cousine ne laissait pas de la tourmenter. Combien de fois tomba-t-elle dans le piège, attirée par la perspective d'un moment d'intimité, pour se retrouver nez à nez avec Adeline, une armée de couturières et une profusion de dentelles qui avaient dû épuiser les réserves de tout le pays.

Les choses allaient peut-être se calmer, c'était sans doute une excitation passagère... Rose avait toujours aimé la mode, les fanfreluches ; elle tenait enfin une occasion de jouer les princesses. Il suffisait d'être patiente et tout redeviendrait comme avant.

Puis le printemps revint, et avec lui une nouvelle année. Les oiseaux rentrèrent des pays plus lumineux où ils étaient partis hiverner, Nathaniel débarqua de New York, le mariage eut lieu, et voilà qu'Eliza regardait s'éloigner l'attelage en agitant la main : déjà l'heureux couple s'en allait pour Londres, d'où il prendrait un bateau pour le continent.

Tard ce soir-là, dans son lit, consciente du château triste et morne autour d'elle, Eliza ressentit cruellement l'absence de Rose. C'était simple, et elle avait fini par comprendre : jamais plus elles ne se rendraient visite dans leurs chambres respectives à la faveur de la nuit, jamais plus elles ne se glisseraient dans le lit l'une de l'autre pour se raconter des histoires en pouffant. On avait aménagé une chambre pour les jeunes mariés dans une autre aile du château.

Une grande pièce avec vue sur la crique, bien plus digne d'accueillir un couple.

Eliza se tourna sur le côté et, en cet instant, dans le noir, elle sut qu'il lui serait odieux de savoir Rose sous le même toit qu'elle sans pouvoir la rejoindre.

Le lendemain matin, elle alla trouver sa tante, qui rédigeait sa correspondance sur l'écritoire du petit salon. Adeline fit mine de ne pas la voir mais Eliza prit tout de même la parole.

— Ma tante... Envisageriez-vous de me céder certains meubles entreposés au grenier ?

Sans lever la tête, Adeline répondit :

— Et quel usage en ferais-tu ?

— J'ai pensé rendre le cottage habitable, ne serait-ce qu'en y installant un lit, une table et une chaise.

— Un lit ?

Les yeux sombres d'Adeline se plissèrent. Elle daigna enfin tourner la tête.

Pendant son accès de lucidité nocturne, Eliza avait compris qu'il valait mieux provoquer le changement que s'éreinter à réparer les accrocs causés par les décisions d'autrui.

— Maintenant que Rose est mariée, ma présence est moins utile au château. Je pourrais donc m'établir au cottage.

Eliza ne nourrissait pas de grands espoirs ; elle savait depuis longtemps que sa tante prenait plaisir à tout lui interdire. Sous ses yeux, Adeline apposa soigneusement sa signature au bas d'une lettre, puis elle gratta la tête de son grand chien du bout de ses ongles pointus. Ses lèvres dessinèrent un imperceptible sourire – ce fut en tout cas ce que crut Eliza –

puis elle se leva et tira le cordon de la sonnette. Thomas se présenta sur-le-champ.

— Descendez du grenier ce que Mademoiselle Eliza vous indiquera, et faites immédiatement porter les meubles au cottage.

Pour son premier soir dans sa nouvelle demeure, Eliza se posta à la fenêtre de l'étage et observa les mouvements des vagues sous le miroitement de la lune. Rose était quelque part outre-mer. Elle avait encore embarqué à bord d'un navire en la laissant seule. Mais un jour, elle aussi partirait en voyage, se promit-elle. Elle repensa à la réclame parue dans le journal, la semaine précédente. *Personnes requises pour traversée vers le Queensland. Venez démarrer une nouvelle vie !* Et Mary lui racontait sans cesse les aventures de son frère dans la bonne ville de Maryborough. À l'en croire, l'Australie n'était que grands espaces et soleil aveuglant – une terre où les gens faisaient fi des convenances et se voyaient offrir une chance de recommencer à zéro. Eliza s'était toujours imaginé que Rose et elle s'en iraient ensemble – elles en avaient tant parlé ! Quoique... Rétrospectivement, sa cousine avait plutôt tendance à se taire quand la conversation tournait autour de ces expéditions imaginaires.

Bientôt, elle passa toutes ses nuits au cottage. Elle faisait ses courses au marché du village ; son ami pêcheur, William, veillait à ce qu'elle ait toujours du merlan frais, et Mary faisait un saut au cottage tous les jours après son travail pour lui apporter un bol de soupe, un peu de rôti froid, et des nouvelles du château.

À part ces visites, elle était seule pour la première fois de sa vie. Au début, elle fut dérangée par les bruits nouveaux, les bruits de la nuit. Mais elle apprit vite à les connaître : les pattes des animaux sur le toit, le cliquetis du poêle, le grincement du parquet... Par ailleurs, cette vie d'ermite avait des aspects positifs imprévus : depuis qu'elle écrivait seule dans sa chaumière, ses personnages prenaient de la substance. Elle surprenait des fées batifolant dans les toiles d'araignée, des insectes échangeant à voix basse des incantations secrètes sur les appuis de fenêtre, et, dans le fourneau, des esprits qui vivaient dans le feu et passaient leur temps à émettre des sifflements et des crachotements. Parfois, l'après-midi, elle s'installait dans son fauteuil à bascule pour les écouter. Et tard le soir, quand les créatures étaient endormies, elle narrait leur histoire au fil de contes qui n'appartenaient qu'à elle.

Au bout d'un mois, un matin, elle emporta son cahier au jardin et s'assit à sa place préférée, dans l'herbe tendre sous le pommier. Une idée de nouvelle lui était venue. Elle se mit à la coucher sur le papier. Une courageuse princesse renonçait aux prérogatives de son rang pour accompagner sa chambrière tout au long d'un interminable périple qui l'amenait dans des contrées sauvages et hostiles où les périls abondaient. Comme elle s'apprêtait à enfermer son héroïne dans une grotte pleine de toiles d'araignée appartenant à un *piskie* malveillant, un oiseau vint se percher sur une branche au-dessus de sa tête et se mit à chanter.

— Ah bon ? lui dit-elle en posant sa plume.

L'oiseau chanta à nouveau.

— Vous avez raison, monsieur l'Oiseau. J'ai moi-même un petit creux.

Elle cueillit une pomme sur une branche basse, la frotta contre sa robe et mordit dedans.

— Délicieuse, commenta-t-elle tandis que l'oiseau s'envolait. Je vous en prie, monsieur, servez-vous.

— J'ai bien envie de vous prendre au mot.

Elle se figea, la bouche pleine, et regarda fixement la branche que le volatile venait de quitter.

— D'ailleurs, j'aurais dû apporter de quoi manger ; mais je ne savais pas que je resterais aussi longtemps.

Elle découvrit avec stupeur un homme sur le siège de jardin. Sa présence était tellement inattendue qu'elle ne le reconnut pas tout de suite. Cheveux noirs, yeux sombres, sourire plein d'aisance... C'était Nathaniel Walker. Et il était là, dans son jardin à elle.

— Je n'apprécie pas qu'on m'épie.

— Dans ce cas, je détournerai les yeux, répliqua-t-il en souriant.

— Que faites-vous ici, je vous prie ?

Nathaniel lui montra un livre neuf.

— *Le Petit Lord Fauntleroy*. Vous l'avez lu ?

Elle secoua négativement la tête.

— Eh bien, moi non plus, et pourtant, il y a des heures que j'essaie. Je vous en tiens pour partie responsable, cousine Eliza. Je suis sans cesse distrait par votre jardin. J'y ai passé toute la matinée, et je n'en suis encore qu'au chapitre premier.

— Je vous croyais en Italie.

— Nous sommes rentrés avec une semaine d'avance.

Un frisson glacé s'empara d'Eliza.

— Rose est au château ?

— Naturellement ! Vous ne pensez tout de même pas, ajouta-t-il avec un grand sourire, que j'abandonnerais ma femme aux Italiens !

— Mais... depuis quand...

Eliza chassa les mèches folles qui lui retombaient sur le front, essayant de comprendre.

— Quand êtes-vous rentrés ?

— Lundi après-midi. La traversée a été agitée.

Trois jours. Ils étaient là depuis trois jours et Rose ne le lui avait même pas fait savoir. Son cœur se serra.

— Est-ce que... est-ce que Rose va bien ?

— Elle ne s'est jamais si bien portée. Le climat méditerranéen lui sied à merveille. Nous serions bien restés jusqu'à la fin de la semaine, mais elle n'a pas voulu manquer les préparatifs de la garden-party. À entendre parler Rose et sa mère, ajouta-t-il d'un air tendrement moqueur, je crains qu'elle ne soit d'un luxe inouï.

Eliza cacha sa perplexité en mordant dans sa pomme avant de jeter le trognon. Elle avait entendu parler d'une garden-party, en effet, mais elle croyait qu'il s'agissait encore d'une réception mondaine comme Adeline aimait à en organiser, sans rapport avec Rose.

Nathaniel lui montra à nouveau son livre.

— D'où mon choix de lecture. L'auteur, Mme Hodgson Burnett, est invitée. Elle a aussi écrit *La Petite Princesse* et *Le Jardin secret*. Tiens ! Mais vous devez brûler de faire sa connaissance ! J'imagine qu'il doit être agréable de s'entretenir avec une autre conteuse.

Eliza cornait sa page entre le pouce et l'index, évitant soigneusement le regard de l'intrus.

— Ma foi… sans doute, oui.

— Vous êtes invitée, n'est-ce pas ? s'enquit-il d'une voix aux accents contrits. Je suis sûr d'avoir entendu Rose le dire. La fête aura lieu samedi sur la pelouse ovale, à partir de deux heures.

Eliza dessinait vaguement une bordure de vigne vierge dans la marge de son cahier. Rose savait qu'elle n'aimait pas les réceptions, voilà tout. C'était là l'explication. Délicate attention de sa part que de lui épargner les fréquentations mondaines de tante Adeline.

— Rose parle souvent de vous, cousine Eliza, reprit Nathaniel avec douceur. À tel point que j'ai l'impression de vous connaître. C'est elle qui m'a appris l'existence de votre jardin. C'est la raison de ma présence aujourd'hui. Il fallait que je voie s'il était vraiment aussi beau que dans ses descriptions.

— Et ? interrogea Eliza en croisant brièvement son regard.

— Il l'est encore plus. Je vous l'ai dit, il m'a même empêché de lire. La lumière y tombe selon un angle particulier qui me donne envie de dessiner. J'ai recouvert de gribouillis la première page du *Petit Lord*. Il ne faudra pas le dire à Mme Hodgson Burnett, acheva-t-il en souriant.

— J'ai planté ce jardin pour Rose et pour moi, déclara Eliza d'une voix qui rendit un son étrange à ses propres oreilles, tant elle était accoutumée à être seule.

En même temps, elle avait un peu honte des sentiments qui transparaissaient dans ses paroles.

— C'était un endroit secret, rien qu'à nous, où personne ne pouvait nous trouver. Où elle pouvait prendre l'air même quand elle était souffrante.

— Rose a bien de la chance d'avoir une cousine aussi attentionnée. Je vous dois une reconnaissance éternelle pour avoir pris soin de sa santé, et m'avoir donc permis de la rencontrer. Cela fait de nous des complices, non ?

Non, songea-t-elle. Ici, les complices sont Rose et moi. Vous, vous êtes une pièce rapportée. Temporaire.

Il se leva, épousseta son pantalon et dit en plaquant son livre contre sa poitrine :

— Pour le moment, je dois prendre congé, chère cousine. La mère de Rose, qui ne souffre pas le moindre écart, n'apprécierait pas que je sois en retard pour déjeuner.

Eliza le raccompagna au portail et le suivit du regard. Puis elle retourna s'asseoir au bord de son siège, en prenant soin de ne pas toucher les endroits tiédis par le contact de Nathaniel Walker. Celui-ci, qui n'avait rien de fondamentalement déplaisant, lui déplaisait pour cette raison même. La rencontre lui laissait comme un poids dans la poitrine. Parce qu'il avait mentionné cette garden-party, parce qu'il avait dit avec une belle assurance combien Rose tenait à sa chère cousine Eliza. Face à la gratitude qu'il lui avait témoignée – avec une amabilité irréprochable –, elle avait eu la certitude qu'il la considérait comme accessoire, secondaire. Et en plus, il avait pénétré dans son jardin et percé si facilement l'énigme du labyrinthe !

Elle chassa ces pensées, préférant retourner à son conte de fées. La princesse s'apprêtait à suivre sa fidèle dame de compagnie dans la caverne du *piskie*.

Mais elle eut beau faire, l'enthousiasme s'était envolé, et avec lui l'inspiration. L'histoire qui, au départ, l'emplissait d'allégresse, lui semblait désormais ténue, transparente. Elle raya tout ce qu'elle avait écrit. Malgré tous ses efforts pour remanier l'intrigue, ça ne marchait pas : jamais une princesse n'aurait préféré sa cameriste à son prince charmant...

Il faisait un soleil magnifique, comme si Adeline avait passé commande auprès du bon Dieu Lui-même. Les lis arrivèrent à temps et Davies écuma les jardins pour dénicher des spécimens rares à piquer dans les bouquets et les arrangements floraux. L'averse qui avait empêché Adeline de dormir une partie de la nuit n'avait fait que rehausser l'éclat de la nature, si bien que chaque feuille semblait astiquée de frais. De part et d'autre de la grande pelouse impeccable, on avait disposé avec art des chaises d'extérieur agrémentées de coussins. Alignés au pied de l'escalier, les extras engagés pour l'occasion étaient l'image même du flegme et de la compétence professionnelle, tandis qu'en cuisine, loin des regards, c'était le coup de feu.

Depuis un quart d'heure, les voitures se succédaient devant le château, où Adeline accueillait les invités avant de les orienter vers la pelouse. Que de beaux chapeaux ! Mais le plus beau restait celui de Rose, rapporté spécialement de Milan.

De son poste d'observation derrière les rhododendrons géants, Adeline observait les allées et venues. Lord et lady Ashfield avaient pris place au côté de lord Irving-Brown, tandis que sir Arthur Mornington buvait son thé à petites gorgées près du terrain de croquet ; les enfants Churchill, eux, s'ébattaient en riant non loin de lady Susan Heuser, en grande conversation avec lady Caroline Aspley.

Adeline sourit toute seule. Elle avait réussi son coup. Non seulement sa garden-party était parfaite pour accueillir les jeunes mariés, mais en plus, sa liste d'invités – une sélection mûrement réfléchie de connaisseurs, de colporteurs de commérages et d'arrivistes en tout genre – composerait un carnet de commandes idéal pour Nathaniel Walker et son talent de portraitiste. Elle avait ordonné à Thomas d'accrocher dans le hall les œuvres qu'elle-même jugeait les plus intéressantes, et avait la ferme intention, à l'heure du thé, d'y escorter quelques invités triés sur le volet. Elle allait offrir son gendre sur un plateau aux critiques d'art qui affûtaient déjà leur plume, et aux colporteurs de potins dont raffolaient les piliers de la bonne société.

Il ne restait plus à l'artiste qu'à séduire les invités aussi efficacement qu'il avait emporté le cœur de Rose. Adeline repéra sa fille et Nathaniel en compagnie de l'Américaine, Mme Hodgson Burnett. Adeline avait hésité à l'inviter, car un divorce, c'était malheureux, mais deux, cela devenait impie. Cependant, la romancière avait beaucoup de relations sur le Continent ; Adeline avait donc décidé que son appui éventuel éclipserait son aura d'infamie.

Rose rit d'une remarque lancée par l'Américaine, et le contentement réchauffa le cœur d'Adeline. Rose était d'une beauté spectaculaire – aussi radieuse que la roseraie qui, en toile de fond, faisait ressortir la perfection de son teint, de même que l'incarnat clair de sa robe à laquelle son chapeau était miraculeusement assorti. Elle avait l'air joyeux des femmes qui viennent de dire oui pour la vie et découvrent le mariage.

Rose rit à nouveau et Nathaniel tendit l'index en direction du labyrinthe. Ils n'allaient tout de même pas gâcher cette précieuse occasion de séduire la Hodgson Burnett en évoquant le jardin clos ou toute autre absurdité en rapport avec Eliza ! C'était des tableaux de Nathaniel qu'il fallait parler !

À ce propos, quel bonheur qu'elle ait décidé de se retirer au cottage ! Pendant les semaines de préparatifs, Adeline s'était justement demandé comment l'empêcher de perturber les festivités. Qu'Eliza soit partie d'elle-même s'installer dans son perchoir, voilà qui l'arrangeait au-delà de toutes ses espérances ; de plus, elle avait complètement évacué les lieux : Adeline ne l'avait plus revue depuis son départ, et du coup la maison lui paraissait plus claire, plus spacieuse. Enfin, au bout de huit longues années, elle était libérée de cette fille qui, en gravitant autour d'elle comme une planète, lui imposait une suffocante pesanteur.

Le plus délicat avait été de persuader Rose du bien-fondé de cet éloignement. La pauvre petite avait toujours manqué de lucidité à propos de sa cousine ; jamais elle n'avait perçu la menace que représentait sa présence même à ses côtés. De fait, son premier mouvement en rentrant de son voyage de noces avait été de s'enquérir d'elle. Adeline lui avait fourni de judicieuses explications sur son exil volontaire et Rose avait tiqué – cette décision était bien soudaine, avait-elle commenté. Elle avait résolu de lui rendre visite dès le lendemain. Mais bien sûr, si Adeline voulait que sa combine fonctionne, c'était absolument exclu. Le lendemain matin, après le petit déjeuner, elle était donc allée trouver Rose dans sa nouvelle chambre, où elle était occupée à composer un délicat bouquet de fleurs. Comme sa fille choisissait une clématite couleur crème, Adeline lui avait demandé l'air de rien :

« Juges-tu souhaitable qu'Eliza soit invitée à la garden-party ? »

Rose avait fait volte-face. La clématite gouttait au bout de sa tige.

« Mais bien sûr, voyons ! Eliza est ma meilleure amie, maman ! »

Adeline avait anticipé cette réaction ; elle avait une réponse toute prête. L'apparence de la capitulation représentait toujours un risque calculé, qu'Adeline avait pris en toute connaissance de cause sous forme de phrases préparées, maintes fois répétées à voix basse afin qu'elles semblent couler naturellement :

« Je comprends bien, ma chérie. Et si tu veux qu'elle soit là, nous l'y convierons. N'en parlons plus ».

Après une concession aussi généreuse, aussi considérable, et après cela seulement, elle s'était permis un soupir de regret.

Rose lui tournait à nouveau le dos, un brin de jasmin à la main.

« Qu'y a-t-il, maman ?

— Mais rien, rien, mon petit.

— Allons, maman... »

Alors, avec mille précautions :

« C'est juste que... je pensais à Nathaniel, vois-tu ».

La jeune femme avait tourné la tête. Ce simple prénom lui faisait monter le rose aux joues.

« Comment cela ? »

Adeline avait lissé le devant de sa jupe, puis regardé sa fille avec un grand sourire.

« Non, ce n'est rien, vraiment. Je suis sûre que tout se passera bien pour lui, même si Eliza est là.

— Mais naturellement, enfin... »

Rose avait marqué une hésitation avant de replacer le jasmin dans son bouquet. Elle ne regardait plus Adeline, mais ce n'était pas nécessaire. Cette dernière se représentait très bien son doute, qui devait se traduire par un pli soucieux sur son joli visage. Et comme elle s'y attendait, sa fille avait demandé :

« En quoi Nathaniel pourrait-il bien profiter de l'absence d'Eliza ?

— Ma foi, j'espérais que lui et ses œuvres seraient au centre de l'attention. Et tu sais comme ta chère cousine a le don d'attirer les regards. Je préférerais que cette journée vous soit entièrement consacrée, à Nathaniel et à toi. Mais naturellement, si tu le juges bon, nous inviterons Eliza ».

Elle avait émis un petit gloussement léger, gai, auquel elle s'était entraînée jusqu'à la perfection, et ajouté :

« De plus, j'imagine que si elle apprend que tu es rentrée plus tôt que prévu, elle va passer tout son temps au château ; or, il est inévitable qu'un domestique laisse échapper une allusion à la garden-party. Et malgré son peu de goût pour les réceptions, elle t'est si dévouée, ma chérie, qu'elle tiendra à tout prix à y assister ».

Adeline avait pris congé sur ces mots, non sans sourire discrètement en voyant les épaules de Rose se contracter, signe incontestable qu'elle avait atteint son but.

Et en effet, comme prévu, Rose s'était présentée un peu plus tard dans le boudoir de sa mère ; à vrai dire, Eliza n'avait jamais aimé les mondanités, et il était préférable de lui épargner celles-ci. De son côté, elle attendrait un peu pour aller voir sa cousine ; après la garden-party elle serait plus calme, plus disponible, et pourrait passer plus de temps avec elle.

Comme Adeline approchait du sofa, Mme Hodgson Burnett se leva et déploya une ombrelle blanche. Elle salua Rose et Nathaniel d'un signe de tête et partit – apparemment – en direction du labyrinthe. Elle n'avait tout de même pas l'intention d'y pénétrer ? On en avait justement barré l'accès pour décourager ce genre d'initiative ! Mais ces Américains n'en faisaient qu'à leur tête. Adeline pressa le pas et l'intercepta à temps. Elle lui décocha son plus gracieux sourire.

— Bonjour, madame.

— Bonjour, lady Mountrachet. C'est effectivement une bien belle journée.

Mon Dieu, cet accent... Adeline eut un sourire indulgent.

— Nous n'aurions pu rêver mieux, c'est un fait. J'ai vu que vous aviez fait la connaissance de nos jeunes mariés ?

— Dites plutôt que je les ai monopolisés ! Votre fille est d'une beauté rare.

— Merci, j'ai moi-même tendance à le penser.

Rires polis de part et d'autre.

— Quant à son époux, il en est manifestement très épris. Qu'y a-t-il de plus beau que les jeunes amoureux, je vous le demande.

— Je suis ravie de ce mariage, répondit Adeline sans cesser de sourire. Ce jeune homme a tellement de talent ! Nathaniel vous a parlé de ses portraits, naturellement ?

— Pas du tout. Il faut dire que je ne lui en ai guère laissé l'occasion tant je les pressais de questions sur le jardin secret qui, me disent-ils, se niche quelque part sur votre admirable propriété.

— Bah, ce n'est pas grand-chose, répliqua Adeline avec un sourire moins chaleureux, tout à coup. Quelques fleurs et un mur autour. Il y en a un dans tous les domaines d'Angleterre.

— Mais celui-ci a son lot de légendes romanesques ! Pensez, un jardin relevé de ses ruines pour rendre la santé à une jeune fille délicate !

Adeline partit d'un petit rire qui sonna faux.

— Ciel ! Je vois que ma fille et mon gendre vous ont conté des sornettes ! Rose doit sa guérison aux efforts d'un excellent médecin, et je vous assure que ce jardin n'a rien que de très banal. Contrairement aux portraits de Nathaniel, qui, eux...

— N'empêche, j'aimerais bien le voir. Le jardin, je veux dire. Ces jeunes ont éveillé ma curiosité.

Adeline ne pouvait guère trouver à redire à cela. Elle acquiesça donc avec toute la grâce dont elle se sentait capable mais, derrière son sourire, guettaient les imprécations qu'elle aurait voulu proférer.

Comme elle s'apprêtait à sermonner vertement Rose et Nathaniel, elle surprit du coin de l'œil un envol de jupes blanches au niveau du portail du labyrinthe. Elle se retourna juste à temps pour voir Eliza ouvrir la grille.

Adeline porta vivement sa main à sa bouche et réprima un cri. Il fallait que cette fille choisisse justement ce jour, ce moment précis pour faire son apparition ! Maudite Eliza aux manières grossières et à l'accoutrement déplorable, avec sa bonne santé, ses joues empourprées, ses cheveux emmêlés, son chapeau disgracieux et – horreur ! – son absence de gants ! Encore heureux qu'elle ait mis des souliers !

Un rictus déforma les lèvres d'Adeline ; on aurait dit le sourire forcé d'une marionnette. Elle inspecta rapidement les alentours afin d'évaluer les dégâts. Un domestique conduisait la romancière vers un siège disposé à proximité. Le calme semblait régner par ailleurs ; tout n'était pas perdu – pas encore. En fait, seul Linus – qui, assis sous l'érable, ne prêtait pas la moindre attention aux propos que lui tenait lord Appleby – avait remarqué cette irruption intempestive : il leva son appareil photographique et le braqua sur Eliza. Laquelle, de son côté, regardait fixement Rose. L'image même de la consternation. Sans doute était-elle étonnée de découvrir que sa cousine était rentrée plus tôt que prévu du Continent.

Adeline se détourna vivement, bien décidée à épargner à sa fille tout incident déplaisant. Mais, trop occupés l'un par l'autre, Rose et son mari n'avaient rien remarqué. Nathaniel était assis tout au bord de sa chaise de manière que ses genoux touchent – presque ? À cette distance Adeline n'aurait su le dire – ceux de son épouse. Il tenait une fraise par la tige et la faisait tourner entre deux doigts devant la bouche de la jeune femme en l'approchant et l'éloignant tour à tour. Chaque fois, Rose éclatait de rire, et le soleil mouchetait sa gorge nue, profitant de ce qu'elle renversait la tête en arrière.

Adeline rougit et se cacha derrière son éventail. Ces effusions n'étaient pas convenables. Qu'allaient dire les gens ? Elle voyait déjà cette commère de Caroline Aspley prendre la plume dès qu'elle serait rentrée chez elle.

Son devoir était de faire cesser ces dévergondages ; et pourtant... Elle ne put s'empêcher de contempler, par-dessus son éventail, le spectacle de cet épanouissement évident, de cette fraîcheur fascinante. Elle avait beau savoir que derrière elle, Eliza s'apprêtait à tout gâcher, et que son époux faisait fi des convenances, le temps semblait s'être ralenti, et elle se tenait au centre du monde, exclusivement consciente du battement de son cœur. Les jambes en coton, le souffle court, elle n'eut pas le temps de chasser la question qui se présenta à son esprit : Que ressent-on lorsqu'on est aimée à ce point ?

Les vapeurs de mercure emplirent ses narines ; il inspira à fond et retint son souffle. Son esprit s'ouvrit, il avait les tympans en feu. Il exhala enfin. Seul dans sa chambre noire, Linus mesurait un mètre quatre-vingts et avait deux jambes de longueur et de vigueur égales. À l'aide d'une pince en argent, il fit aller et venir la feuille de papier photographique dans le bac en surveillant de près l'image qui se matérialisait peu à peu.

Jamais elle ne voulait poser. Au début il l'avait suppliée, puis le lui avait ordonné ; mais avec le temps il avait compris à quel jeu elle jouait. Elle prenait plaisir à la traque, et c'était à lui de repenser sa stratégie.

Il avait donc changé son fusil d'épaule. Mansell était allé à Londres acheter un des « Brownies » de chez Eastman Kodak – un petit appareil fort laid, destiné aux photographes amateurs, dont le rendu n'avait rien de comparable avec sa « chambre » à lui. Mais il avait l'avantage d'être portable. Et tant qu'Eliza persisterait à le taquiner, ce serait le seul moyen de capturer son image.

Il avait jugé un peu radicale son installation au cottage, mais finalement il ne l'en estimait que plus. S'il lui avait fait cadeau de ce jardin, c'était pour qu'elle l'aime autant que sa mère avant elle – rien n'avait fait briller les yeux de sa *poupée* comme ce jardin clos ; mais il n'avait pas vu venir ce déménagement. Elle n'était pas revenue au château depuis des semaines. Il l'attendait tous les jours près du portail du labyrinthe, mais c'était par son absence, à présent, qu'elle le tourmentait.

Et voilà que pour compliquer les choses, il avait un rival ! Trois jours plus tôt, en effet, comme il montait la garde comme tous les matins, il avait assisté à un spectacle fort déplaisant : il guettait sa précieuse Eliza, sa récompense, mais c'était... le peintre qu'il avait vu sortir du dédale ! Cela l'avait atterré. Quel droit avait cet homme de franchir ce portail, d'avancer à grands pas là où lui-même ne se sentirait jamais le courage d'aller ? Linus était assailli d'interrogations. Est-ce qu'il l'avait vue, elle ? Est-ce qu'il l'avait regardée dans les yeux ? L'idée que ce peintre aille flairer les parages de sa précieuse Eliza le mettait à la torture.

Mais, pour finir, Linus avait remporté la partie. Aujourd'hui enfin, sa patience avait porté ses fruits.

Il inhala à nouveau. L'image se précisait. Avec pour seul éclairage la lueur rouge de sa lampe inactinique, il se pencha et distingua bientôt le décor : des taches sombres correspondant aux haies du labyrinthe et, au milieu, une zone plus claire, là où elle était entrée dans le cadre avec sa vivacité habituelle. Elle l'avait vu tout de suite et une chaleur subite s'était répandue dans son cou tandis qu'il contemplait ses yeux écarquillés, ses lèvres entrouvertes... Ah, on aurait dit un animal pris au piège !

Linus s'absorba dans la contemplation du bac à révélateur. Elle apparaissait enfin. Le blanc de sa robe, sa taille mince... Il rêvait d'y poser ses doigts écartés, de sentir son souffle haletant, apeuré, sous ses côtes... Et cette gorge ! Cette gorge si blanche où l'on voyait battre une veine, comme jadis sur le cou de sa mère... Linus ferma brièvement les yeux, le temps d'imaginer le cou blanc de sa *poupée*, barré d'un trait rouge. Elle aussi avait voulu le quitter.

Quand elle était venue le voir pour la dernière fois, il était dans sa chambre noire, occupé à découper des maries-louises afin de monter ses derniers tirages : une série de sauterelles photographiées lors de son séjour dans les autres comtés formant la pointe sud-ouest du pays. Ces photographies lui plaisaient beaucoup, et il avait même songé à demander à son père la permission d'organiser une petite exposition ; aussi, ce jour-là, n'aurait-il pas permis qu'on le dérange. Mais Georgiana faisait exception à la plupart des règles en vigueur dans son petit monde.

Campée sur le seuil de sa porte, les traits avivés par la lueur de la bougie, elle lui était apparue nimbée d'une perfection éthérée. Elle avait posé un index sur ses lèvres pour lui intimer le silence, puis refermé la porte derrière elle. Elle s'était avancée lentement, avec un petit sourire. Il aimait par-dessus tout, chez elle, l'aura de mystère qui l'entourait en permanence, et le seul fait d'être en tête à tête avec sa *poupée* faisait naître dans son cœur un rare sentiment de complicité, lui qui ne s'intéressait guère à autrui. Et qui n'intéressait guère les autres non plus.

« Tu m'aideras, Linus, n'est-ce pas ? » lui avait-elle demandé en ouvrant tout grand ses yeux limpides.

Sans se rendre compte une seconde de la souffrance qu'elle lui causait. Alors elle avait parlé de cet homme qu'elle avait rencontré, un marin dont elle était amoureuse ; le marin aussi l'aimait, ils allaient fuir ensemble mais il ne fallait rien dire aux parents, et il l'aiderait, n'est-ce pas ? Le temps s'était étiré, le silence s'était installé entre eux deux ; ses paroles tournoyaient follement dans la tête de Linus, prenaient de l'ampleur, devenaient stridentes, à la fois sonores et plus douces, et en l'espace d'une seconde, une existence entière de solitude à venir lui était apparue.

Sans réfléchir, il avait levé la main qui tenait encore le couteau à biseauter et, d'un geste, l'avait pressé contre la gorge laiteuse de sa Georgiana afin de lui faire partager sa souffrance...

Linus approcha de la lumière le tirage qu'il tenait toujours dans sa pince. Il plissa les yeux... Damnation ! À la place du visage d'Eliza on ne voyait qu'une tache blanche piquetée de gris. Elle avait bougé au moment précis où il appuyait sur le déclencheur. Il n'avait pas été assez rapide, et voilà : elle s'était effacée sous le bout de son doigt. Il serra le poing de rage. Et se remémora, comme toujours quand il était contrarié, la petite fille assise par terre à côté de lui dans la bibliothèque et qui lui tendait sa poupée, promettant par là même, en quelque sorte, de lui faire don d'elle-même. Mais cela, c'était avant qu'elle ne le déçoive...

Bah, qu'importe ! Ce n'était qu'un contretemps mineur, un retournement de situation temporaire dans le jeu auquel ils se livraient tous les deux – ce jeu auquel, déjà, il jouait avec sa mère. Ce jour-là, il avait perdu – après le malheureux incident du couteau, sa Georgiana s'était envolée à jamais. Mais cette fois-ci, il serait plus prudent. Il y mettrait le prix qu'il faudrait, le temps qu'il faudrait, mais il finirait par l'emporter.

Rose arracha les pétales d'une marguerite jusqu'à ce qu'il n'en reste plus en se répétant : garçon, fille, garçon, fille, garçon, fille... Puis elle serra entre ses doigts le cœur de la fleur et sourit. Une fille pour Nathaniel et pour elle, et puis peut-être un fils, et ensuite encore un de chaque.

Aussi loin que remontaient ses souvenirs, elle avait toujours voulu un mari et des enfants. Une famille très différente de la triade solitaire et froide qu'elle avait connue à Blackhurst avant l'arrivée d'Eliza. L'intimité et, oui, l'amour régneraient entre les parents, et de nombreux frères et sœurs veilleraient éternellement les uns sur les autres.

Si tel était son vœu, toutefois, Rose avait suffisamment entendu de conversations entre dames pour glaner certains faits : les enfants étaient une bénédiction, mais l'acte par lequel on les engendrait, lui, représentait une épreuve. Aussi, le soir de ses noces, s'était-elle attendue au pire. Quand Nathaniel lui ôta doucement sa robe en défaisant les dentelles commandées spécialement par maman, elle retint son souffle et observa, inquiète, le visage de son époux. La peur de l'inconnu se mêlait à la crainte qu'il réagisse mal à ses marques. Muette, elle attendait et redoutait à la fois qu'il dise quelque chose. Mais il dégrafa sa robe, puis sa guipure, sans prononcer un mot ni la regarder en face. Il la détaillait comme une œuvre d'art qu'on a longtemps admirée de loin, le regard fixe, les lèvres entrouvertes. Puis il leva la main et Rose frémit par anticipation ; le bout de son index suivit avec légèreté le contour de la plus grande marque. Un frisson se répandit dans son ventre et à l'intérieur de ses cuisses...

Ils firent l'amour et Rose sut que les dames avaient dit vrai : c'était douloureux. Mais elle avait l'habitude de souffrir ; elle pouvait prendre de la hauteur, se poser en observatrice des moments pénibles plutôt que d'en ressentir les effets. Elle préféra contempler le spectacle étonnant de son mari, sa proximité immédiate, ses yeux clos, ses paupières lisses et sombres, son rictus. Son souffle était à la fois court et fort. Alors elle avait compris qu'elle détenait un pouvoir. Durant sa jeunesse maladive, elle ne s'était jamais considérée comme investie d'une quelconque puissance, elle, la pauvre petite Rose, si fragile et si faible. Mais sur les traits de Nathaniel elle lisait du désir, et ce désir lui donnait une emprise sur lui.

En Italie, elle n'avait pas vu passer le temps. Foin des minutes et des heures ; il n'y avait plus que les jours et les nuits, le soleil et la lune. Elle éprouva un choc en rentrant en Angleterre, où l'attendaient les heures et les minutes classiques du temps mesuré. Quant à reprendre sa vie à Blackhurst... Pendant sa lune de miel, elle s'était habituée à l'intimité. Ici, la présence d'autrui la gênait. Les domestiques, maman, et même Eliza... Il y avait toujours dans un coin quelqu'un pour chercher à la détourner de Nathaniel. Rose aurait voulu une maison à elle, où nul ne les dérange ; mais ce moment viendrait, elle le savait. Maman avait raison : Nathaniel avait plus de chances de rencontrer les gens qu'il fallait à Blackhurst, et le château était assez grand pour que vingt personnes y vivent à leur aise.

Oui, c'était aussi bien comme cela. Rose posa doucement la main sur son ventre. On aurait besoin d'une chambre d'enfant avant longtemps. Toute la matinée elle s'était sentie bizarre, comme si elle détenait un secret unique. Un événement pareil entraînait forcément ce genre de sensation ; les femmes devaient avoir une conscience immédiate du miracle qui se produisait dans leur corps.

Sans lâcher le cœur d'or de la marguerite, Rose reprit le chemin du château en jouissant du soleil qui lui chauffait délicieusement le dos. Fallait-il révéler le secret à Nathaniel ? L'idée la fit sourire. Il serait fou de joie ! Car dès qu'ils auraient un enfant, ils seraient une entité complète.

38

Cliff Cottage, 2005

Finalement, l'automne parut se rendre compte qu'on était en septembre. Il repoussa dans les coulisses les derniers beaux jours de l'été tardif et, dans le jardin clos, de longues ombres s'étirèrent en direction de l'hiver. La terre était jonchée de feuilles orange et vert pâle, et au bout des branches froides, les marrons pendaient fièrement dans leur manteau de piquants.

Christian et Cassandra avaient travaillé toute la semaine dans la maisonnette, à démêler la vigne vierge, récurer les murs constellés de moisissure et réparer des lattes de parquet vermoulues. Mais comme on était vendredi, et qu'ils en mouraient d'envie l'un et l'autre, ils décidèrent de s'occuper du jardin.

Tandis que Christian creusait à l'emplacement du portail sud, Cassandra, de son côté, arrachait depuis deux heures les fougères qui avaient envahi une jardinière de belle taille, le long du mur nord. Cela lui rappelait son enfance, les week-ends passés à désherber le jardin de Paddington avec Nell, qui lui procuraient un sentiment de familiarité rassurant. Elle avait entassé derrière elle quantité de feuilles et de racines, mais son ardeur diminuait. Il était difficile de ne pas se laisser distraire, dans ce jardin clos. Avancer peu à peu le long de ce mur, c'était pénétrer dans un lieu hors du temps. Sans doute à cause des murs eux-mêmes, bien que la sensation d'enfermement ne soit pas seulement matérielle. Ici, les sons étaient différents ; les oiseaux chantaient plus fort, les feuilles bruissaient sous la caresse du vent. Les odeurs étaient entêtantes – une moiteur féconde, l'arôme douceâtre des pommes – et l'air plus pur. Plus Cassandra passait de temps dans ce jardin, plus se renforçait en elle la certitude d'avoir vu juste. Ce lieu n'était pas endormi mais tout ce qu'il y avait de plus vivant.

Le soleil dardait ses rayons à travers les plantes grimpantes, au-dessus de sa tête, et une pluie de minuscules confettis végétaux tombait d'un arbre proche. En les regardant voleter, dorés dans les festons de lumière, Cassandra fut saisie d'un besoin impérieux de dessiner le contraste magique entre pénombre et clarté. Tandis qu'elle imaginait les coups de crayon nécessaires pour rendre la linéarité des rais de soleil et les ombrages chargés de traduire les transparences, ses doigts se contractèrent tout seuls. Ce désir de dessiner la prit totalement par surprise.

— On fait une pause thé ?

À l'autre bout du jardin, Christian reposa sa pelle contre le mur et s'épongea le front avec le bas de son vieux tee-shirt.

— Bonne idée.

De ses mains gantées, Cassandra donna de petites tapes sur son jean pour se débarrasser de la terre et des morceaux de fougère en détournant pudiquement les yeux.

— Lequel des deux s'y colle ?

— Moi.

Il s'agenouilla sur l'aire qu'ils avaient dégagée au milieu du jardin et versa dans une casserole ce qui restait de sa bouteille d'eau.

Cassandra s'assit avec précaution. Au bout d'une semaine de jardinage intensif, elle avait les mollets et les cuisses raides. Mais cela ne la gênait pas. En fait, elle prenait un plaisir pervers à souffrir physiquement. C'était la preuve qu'au moins son corps existait, qu'elle avait dans les jambes des muscles endoloris par l'effort. Elle ne se sentait plus invisible et vulnérable comme avant, mais lestée, moins susceptible de s'envoler au moindre souffle. Et le soir, elle sombrait d'un coup à travers les strates successives du sommeil, pour se réveiller au matin avec la sensation de laisser derrière elle une torpeur ininterrompue que n'avait perturbée aucun rêve.

— Ça avance, ce labyrinthe ? demanda-t-elle tandis que Christian posait la casserole sur le réchaud de camping qu'il avait apporté.

— Oui, Mike pense qu'on aura fini au début de l'hiver.

— Avec tout le temps que vous passez ici à m'aider ?

— Comme on pouvait le prévoir, Mike rouspète.

Il vida dans l'herbe le fond de thé qui restait dans les tasses depuis le matin et posa un sachet neuf au bord de chacune.

— N'allez pas vous attirer d'ennuis à cause de moi, surtout.

— Ça va, j'assure.

— J'apprécie beaucoup votre geste, vous savez.

— Bah… J'avais promis de donner un coup de main, et j'étais sincère.

— Je sais bien, et je m'en réjouis. Cela dit, je comprendrais que vous soyez trop pris par ailleurs, répondit-elle en enlevant ses gants.

— Par mon vrai travail, vous voulez dire ? s'esclaffa-t-il. Ne vous en faites pas, Mike n'y perd pas.

Son vrai travail… On se rapprochait du sujet qui la préoccupait mais qu'elle n'avait pas encore osé aborder. Mais ce jour-là, dans ce jardin, elle se sentait d'humeur à prendre des risques. Comme si elle héritait de la force de caractère de Nell. Elle traça un arc de cercle dans la terre avec son talon.

— Christian ?

— Oui, Cassandra ?

Elle traça un deuxième arc par-dessus le premier, puis ajouta une réplique à côté.

— Je voulais vous demander… Julia Bennet m'a dit que… Pourquoi faites-vous le jardinier à Tregenna au lieu d'exercer la médecine à Oxford ?

Comme il ne répondait pas, elle se risqua à le regarder en face. Son expression était indéchiffrable. Il haussa les épaules avec un petit sourire.

— Et vous, qu'est-ce que vous faites à Tregenna, à rénover une autre maison que la vôtre, sans votre mari ?

Cassandra lâcha un hoquet, plus stupéfaite que blessée. Sans réfléchir, elle se mit à tripoter son alliance, comme à son habitude.

— Je... je ne...

Toutes sortes de pirouettes lui vinrent à l'esprit et faillirent éclater sur ses lèvres comme des bulles. Puis une voix qu'elle ne reconnut pas répondit :

— Je ne suis plus mariée. Nick, mon mari, a été tué dans un accident.

— Pardon. Je suis navré. Je ne voulais pas...

— Ce n'est pas grave, je...

— Si. Excusez-moi, coupa Christian en prévenant du geste toute explication potentielle.

Ce fut elle qui insista :

— Non, je vous en prie, ne vous en faites pas pour ça. Après tout, c'est moi qui ai commencé à poser des questions.

Elle était contente d'avoir parlé, au fond. C'était bizarre, mais elle se sentait soulagée d'avoir prononcé le nom de son mari, et moins coupable d'être encore de ce monde alors que Nick l'avait quitté. D'être là, en cet instant, avec Christian.

La casserole tressauta sur le réchaud et quelques gouttes en jaillirent. Christian remplit les tasses, y déposa un sucre et remua vivement. Il en tendit une à Cassandra.

— Merci, dit-elle en la prenant à deux mains avant de souffler doucement sur le thé.

Christian prit une gorgée, se brûla la langue et fit la grimace.

Un silence assourdissant s'étira interminablement entre eux. Cassandra essaya de se raccrocher à divers sujets de conversation inoffensifs, mais n'en trouva pas d'appropriés.

Pour finir, ce fut lui qui prit la parole.

— Votre grand-mère a eu de la chance de ne pas connaître son passé.

Du bout de son petit doigt, Cassandra ôta un fragment de feuille morte à la surface de son thé.

— Vous ne trouvez pas préférable de pouvoir se tourner vers l'avenir ? C'est un don du ciel, non ?

Elle feignit de s'intéresser à sa parcelle de feuille morte.

— Par certains côtés, peut-être.

— Je dirais plutôt sur tous les plans.

— Pourtant, c'est affreux d'oublier le passé.

— Pourquoi donc ?

Elle lui jeta un regard en biais pour voir s'il était sérieux. Manifestement, il ne plaisantait pas.

— Eh bien, parce que si on l'oubliait, ce serait comme s'il n'avait jamais existé.

— Mais il a existé, et ça, personne n'y peut rien.

— Certes, mais on ne s'en souviendrait pas.

— Et alors ?

— Et alors...

D'une pichenette, elle se débarrassa de son morceau de feuille.

— On a besoin des souvenirs pour maintenir en vie les événements du passé.

— C'est bien ce que je dis. Sans les souvenirs, on continuerait à avancer comme si de rien n'était. On passerait à autre chose.

Sentant le rouge lui monter aux joues, Cassandra se cacha derrière sa tasse et but une gorgée. Puis une autre. Lui faisait-il la leçon sur l'importance de tourner la page ? De la part de Nell et de Ben, elle l'avait accepté parce que c'était inévitable, et quand ses vieilles tantes exprimaient des sentences du même ordre, elle avait appris à acquiescer d'un air grave ; mais là c'était différent. Alors que, justement, depuis quelque temps, elle sortait un peu du flou de son existence, retrouvait un peu d'optimisme, prenait plaisir à ce qu'elle faisait, cet homme la classait dans la catégorie des cas désespérés ! Elle était gênée, mais surtout très déçue.

Occupé à piquer des feuilles mortes sur un bâtonnet, il n'avait rien remarqué. Elle en profita pour l'observer. Il avait l'air préoccupé, mais surtout distrait, distant, solitaire.

— Christian...

— J'ai rencontré Nell, vous savez.

— Ma grand-mère ? s'exclama-t-elle, prise au dépourvu.

— Je présume, oui. Je ne vois pas qui ç'aurait pu être d'autre. Et les dates correspondent. J'avais onze ans, ce devait donc être en 1975. J'étais monté jusqu'ici pour être un peu seul. Au moment où je me faufilais sous le mur, j'ai senti qu'on m'attrapait par la cheville. Au début j'ai eu peur – et si mes frères avaient dit vrai, si le cottage était hanté ? Un fantôme ou une sorcière allait peut-être me changer en crapaud...

Il esquissa un sourire et émietta une feuille, dont les débris tombèrent en pluie.

— Mais non, c'était une vieille dame au visage triste et à l'accent bizarre.

Cassandra se remémora Nell. Triste ? Intimidante, certes, et peu portée sur les démonstrations, mais triste, vraiment ? Peut-être. Son visage lui était trop familier. Elle ne pouvait se prononcer.

— Elle avait des cheveux gris coiffés en chignon.

— Serré, le chignon.

Il acquiesça, sourit à peine puis renversa les dernières gouttes de son thé par terre. Enfin, il jeta son bâton plein de feuilles enfilées.

— Vous avancez vers la solution de son énigme ? s'enquit-il.

Décidément, il n'était pas dans son assiette aujourd'hui. Il lui rappelait les rais de lumière filtrant entre les plantes grimpantes : insaisissable, instable... un reflet changeant.

— Pas vraiment. Les albums de Rose ne contiennent pas la révélation que j'espérais.

— Vous n'avez pas trouvé de page intitulée « Pourquoi il se peut qu'un jour Eliza enlève mon enfant ? » se moqua-t-il gentiment.

— Malheureusement non.

— Au moins, ça vous a fait de la lecture intéressante le soir avant de dormir.

— De toute façon, je m'endors dès que j'ai posé la tête sur l'oreiller.

— C'est l'air de la mer, dit-il en se relevant pour aller récupérer sa pelle. Il est bon pour l'âme.

Voilà qui sonnait juste. À son tour, Cassandra se remit sur pied.

— Christian... commença-t-elle en secouant ses gants. À propos de ces albums...

— Oui ?

— J'aurais voulu vous demander votre aide sur un point. Pour résoudre un mystère.

— Ah bon ?

Elle s'inquiétait, car il avait promptement esquivé le sujet au début de la conversation.

— C'est une question d'ordre médical.

— Allez-y.

Cassandra prit son élan.

— Rose mentionne des marques sur son ventre. À ce que j'ai cru comprendre, elles étaient assez étendues, assez visibles pour qu'elle en ait honte, et dans sa prime jeunesse, elle a consulté à ce propos le Dr Ebenezer Matthews, son médecin particulier.

— Je n'étais pas dermato.

— Quelle était votre spécialité ?

— La cancérologie. Rose donne-t-elle d'autres indications ? La couleur, la taille, le type, le nombre de ces marques ?

— La plupart du temps, malheureusement, elle en parle de manière elliptique.

— Une pudibonderie bien caractéristique de l'époque victorienne.

Il réfléchit tout en promenant sa pelle sur le sol.

— Ça peut être tout et n'importe quoi. Des cicatrices, des plaques de pigmentation... Elle mentionne une opération ?

— Pas que je me souvienne, non. Quel genre ?

— Ma foi, je pense à l'appendicite, à moins qu'on l'ait opérée des reins ou des poumons. Le ténia, peut-être. Elle a pu évoluer dans les parages d'une ferme ?

— Il y en avait sur les terres de Blackhurst.

— C'était l'indication chirurgicale la plus fréquente chez les enfants à cette époque.

— De quoi s'agit-il au juste ?

— D'un parasite intestinal, communément appelé « ver solitaire ». On le trouve chez les chiens, mais une partie de son cycle biologique se déroule dans le système digestif des êtres humains ou des moutons. Le plus souvent, il s'installe dans le rein ou le foie, mais on le retrouve parfois dans le poumon. Ça collerait, mais faute de pouvoir lui poser la question ou de trouver plus de détails dans ses albums, je crains malheureusement qu'on n'en sache jamais plus.

— Je vérifierai cet après-midi. Il se peut qu'un détail m'ait échappé.

— J'y réfléchirai de mon côté.

— Merci. Mais ne vous mettez pas martel en tête, je suis curieuse, c'est tout…

Elle enfila ses gants et croisa les doigts pour les ajuster confortablement sur ses mains.

Après quelques pelletées, Christian lâcha tout à coup :

— Il y avait trop de morts.

Cassandra l'interrogea du regard.

— Dans mon métier. J'évoluais dans une tension permanente, entre les malades, les familles, le deuil… J'ai cru que je tiendrais le coup, mais ça s'accumule, vous comprenez ? Avec le temps.

Cassandra repensa aux derniers jours de Nell, à l'affreuse odeur stérile de l'hôpital, au regard fixe et glacial des murs.

— En réalité, je n'étais pas fait pour ça. D'ailleurs, je m'en suis rendu compte en fac.

— Vous ne pouviez pas vous réorienter ?

— Je ne voulais pas décevoir ma mère.

— Elle voulait que vous soyez médecin ?

— Je ne sais pas, répliqua-t-il en la regardant bien en face. Elle est morte quand j'étais tout petit.

Cassandra comprit tout à coup.

— D'un cancer.

Elle comprit aussi pourquoi il tenait tant à faire table rase du passé.

— Je suis navrée.

Il hocha la tête, puis la leva pour suivre des yeux un oiseau noir.

— On va avoir la pluie. Quand les corbeaux volent bas comme ça, c'est qu'il va pleuvoir.

Il sourit timidement, comme pour s'excuser d'avoir changé de sujet.

— La météorologie ne vaut pas l'ancestrale sagesse de Cornouailles.

Cassandra reprit son outil à désherber.

— Alors travaillons encore une demi-heure et déclarons forfait pour la journée !

Brusquement, Christian baissa les yeux et, du bout de sa botte, donna de petits coups sur le sol.

— En rentrant, je m'arrêterais bien boire un verre au pub. Ça vous dirait ?

— D'accord, s'entendit-elle répondre. Pourquoi pas ?

Il sourit et se détendit.

— Ah, très bien. J'en suis ravi.

Une bouffée de brise marine, fraîche et chargée d'humidité, apporta une grande feuille d'érable qui atterrit sur la tête de Cassandra. Elle la chassa et reporta son attention sur ses fougères. Elle enfonça les trois branches de sa petite fourche à main sous une longue et fine racine qu'elle tenta d'arracher. Et sourit toute seule sans savoir pourquoi.

Comme un groupe jouait au pub, ils décidèrent de rester dîner. Ils commandèrent des tourtes et des frites. Christian raconta des anecdotes sur son père et sa belle-mère, chez qui il était revenu habiter – à son âge ! –, en se peignant sous des couleurs peu flatteuses, et Cassandra évoqua les excentricités de Nell : son refus de se servir d'un couteau éplucheur pour les pommes de terre parce qu'elle « en laissait moins » avec un couteau normal, sa tendance à adopter les chats des autres, le pendentif en argent qu'elle avait fait confectionner pour enfermer les dents de sagesse de sa petite-fille... Christian avait ri et cela avait tant fait plaisir à Cassandra qu'elle s'était surprise à l'imiter.

Quand il la déposa à l'hôtel, il faisait nuit et le brouillard était si épais que la lumière des phares y dessinait un cône jaune.

— Merci, dit Cassandra en sautant à terre. J'ai passé une très bonne soirée.

Et c'était vrai. Contrairement à toute attente. Ses fantômes ne l'avaient pas quittée, comme d'habitude, mais ils étaient restés à distance.

— Je suis contente que vous soyez venue.

— Moi aussi.

Cassandra sourit discrètement, marqua une pause, puis referma la portière et salua Christian en agitant le bras tandis que sa voiture s'éloignait dans la purée de pois.

— Vous avez un message téléphonique, lui annonça Samantha en brandissant un papier lorsqu'elle entra dans le hall. Alors comme ça, vous êtes sortie, ce soir ?

— J'ai fait un tour au pub, oui, répondit Cassandra en prenant le message sans se soucier des mimiques de la réceptionniste.

Ruby Davies. Arrive lundi. A réservé ici, espère un rapport sur les derniers développements !

Cassandra se réjouit. Elle allait pouvoir montrer le cottage, les albums et le jardin clos à Ruby. Celle-ci comprendrait l'importance que tout cela revêtait à ses yeux. Et Christian lui plairait.

— Alors comme ça, on vous a ramenée en voiture, hein ? On aurait dit celle de Christian Blake...

— Merci pour le message, répondit Cassandra avec un sourire.

— Mais je n'ai pas bien regardé, vous savez ! J'étais pas à vous espionner, hein !

Une fois dans sa chambre, la jeune femme se fit couler un bain chaud et y mit des sels parfumés à la lavande – prétendument bons pour les courbatures – fournis par Julia. Elle prit les albums et les étala par terre sur une serviette de bain.

Elle entra doucement dans la baignoire et, prenant soin de garder une main sèche pour tourner les pages, poussa un soupir d'aise en sentant l'eau soyeuse se refermer sur elle. Puis elle s'appuya contre la porcelaine et ouvrit le premier album ; qu'étaient donc les marques de Rose ?

Au bout d'un moment, l'eau tiédit et ses pieds se ridèrent ; elle n'avait toujours rien trouvé. Seulement des allusions voilées à ces taches dont elle avait honte.

En revanche, un autre élément la frappa. Sans rapport, mais curieux tout de même. Cela tenait moins aux termes eux-mêmes qu'au ton employé, un jour, dans une notation précise. Les phrases lui parurent plus lourdes de sens qu'il n'y paraissait au premier abord.

Avril 1909. Les travaux d'édification du mur ont commencé au cottage. Maman a pensé, et à juste titre, qu'il valait mieux les entreprendre en l'absence d'Eliza. Cette chaumière n'est pas assez bien protégée. Peu importait qu'elle fût visible au temps où l'on en faisait un méprisable usage, mais maintenant qu'elle n'a plus besoin d'émettre des signaux vers la mer, nul ne souhaite qu'elle soit exposée à tous les regards, bien au contraire. Et l'on n'est jamais assez prudent, car là où il y a fort à gagner, toujours il y a fort à perdre.

39

Château de Blackhurst, 1909

Rose pleurait. Sa joue était chaude, son oreiller trempé, et elle pleurait encore. Les yeux clos pour ne pas voir la lumière hivernale s'infiltrer traîtreusement par la fenêtre, elle versait des larmes amères, comme cela ne lui était plus arrivé depuis sa petite enfance. Méchant, méchant matin qui se levait quand même ! Comment le soleil osait-il se montrer, se pavaner ainsi malgré son immense chagrin ? Comment les gens avaient-ils l'audace de vaquer à leurs occupations habituelles comme si de rien n'était alors que Rose, en se réveillant, avait lu en lettres de sang la mort de tous ses espoirs ?

C'était affreux, mais d'une certaine manière, elle préférait savoir. Le pire, c'était la période intermédiaire, ces journées interminables où elle se laissait aller à imaginer, rêver, espérer...

Elle en était venue à haïr le mot même d'espoir, cette graine insidieuse plantée dans l'âme, qui croissait toute seule pour fleurir enfin, spectaculaire et séduisante. C'était encore l'espoir qui empêchait l'être humain de tirer les leçons de ce qu'il avait déjà vécu. Car tous les mois, après ses règles, Rose éprouvait un regain d'espérance – cette créature immonde –, et l'ardoise de l'expérience était à nouveau effacée. Elle avait beau se jurer que cette fois elle ne se laisserait pas berner ni ne céderait à la petite voix enjôleuse, elle n'y parvenait jamais. Les désespérés se raccrochent à l'espoir comme les naufragés à l'épave.

En un an, elle n'avait connu qu'un court répit dans ce cycle infernal. Elle n'avait pas eu ses règles, le Dr Matthews avait été dûment convoqué et, après auscultation, avait prononcé les paroles tant attendues : Vous êtes enceinte. Elle avait appris avec une joie sans mélange que son vœu le plus cher allait être exaucé, d'autant plus que l'annonce avait été faite le plus calmement et le plus fermement du monde : le processus allait suivre son cours normal. Son ventre grossirait, un bébé en naîtrait. Pendant huit jours elle avait choyé cette merveilleuse nouvelle comme on cajole un nouveau-né, murmurant des mots d'amour à son ventre encore plat, marchant, parlant, rêvant différemment. Et puis le neuvième jour...

On frappa à la porte, mais Rose ne broncha pas. Allez-vous-en, songea-t-elle, laissez-moi tranquille.

La porte grinça et on entra tout de même, en prenant d'exaspérantes précautions pour ne pas faire de bruit. On posa quelque chose sur sa table de chevet. Une voix douce chuchota à son oreille :

— Je vous apporte le petit déjeuner.

Encore cette Mary ! Comme s'il ne suffisait pas qu'elle ait vu les draps souillés par un reproche sanglant !

— Il faut garder le moral, Madame Walker.

Madame Walker... Rose en eut la nausée. Elle avait tant aspiré à devenir « madame Walker » après sa rencontre avec Nathaniel, au temps où elle scrutait les salles de bal jusqu'à l'apercevoir enfin, et retenait son souffle en attendant que leurs regards se croisent et qu'il ébauche un sourire à elle seule destiné ! À présent qu'elle le portait, ce nom, elle s'en montrait indigne. Elle était incapable de remplir son devoir d'épouse : offrir à son mari des enfants joyeux et en bonne santé qui gambadent dans la propriété, fassent la roue sur le sable de la crique et cherchent à échapper à leur gouvernante.

— Il ne faut pas pleurer comme ça. Ça viendra en temps voulu, allez.

Chaque mot pétri de bonnes intentions était comme un coup de poignard.

— Vous croyez, Mary ?

— Mais oui, Madame.

— Qu'est-ce qui vous permet de l'affirmer ?

533

— Ma foi, c'est inévitable ! Quand on fait tout c'qu'y faut pour... Et le plus souvent, ça prend pas longtemps. J'en connais qui s'raient bien contentes d'y échapper, si elles pouvaient.

— Ce sont de misérables ingrates, répliqua Rose, le feu aux joues. Ces femmes-là ne méritent pas le bonheur d'avoir des enfants.

Le regard de la jeune servante se voila et Rose prit cela pour de la pitié. Au lieu de la gifler, avec ses joues rebondies, éclatantes de bonne santé, elle se détourna et se recroquevilla sous les couvertures. Couvant sa peine tout au fond de son ventre, elle se perdit dans le nuage noir et solitaire du deuil.

Nathaniel connaissait si bien le visage de sa femme qu'il aurait pu le dessiner en dormant. Il le connaissait mieux que tout au monde, peut-être. Il acheva sa ligne et l'estompa légèrement du bout du pouce. Puis il pencha la tête de côté en plissant les yeux. Elle était très belle ; cela, il l'avait bien traduit. La peau claire, les cheveux sombres, la jolie bouche... Et pourtant, il n'était pas content de ce portrait.

Il rangea l'esquisse dans son carton à dessin. Elle ferait plaisir à Rose, comme toujours. Ses demandes de portraits, sans cesse renouvelées, étaient si déchirantes qu'il ne pouvait refuser. S'il ne lui en fournissait pas un nouveau tous les trois jours, elle fondait en larmes et le suppliait de lui donner des preuves d'amour. À présent, il la dessinait de mémoire, sans la faire poser. C'était trop douloureux. Sa Rose avait disparu à l'intérieur de son chagrin. La jeune femme qu'il avait connue à New York avait été peu à peu rongée, érodée. Avec ses yeux creusés par le manque de sommeil, son teint auquel l'angoisse avait fait perdre tout éclat et l'agitation qui s'emparait d'elle en permanence, elle était devenue l'ombre d'elle-même. Quel poète avait su décrire la misérable laideur de l'être aimé retourné comme un gant par une peine immense ?

Toutes les nuits elle s'offrait à lui et il s'exécutait, mais il n'éprouvait plus aucun désir pour elle. Ce qui l'excitait jadis l'emplissait d'appréhension, pis, de culpabilité. Il se sentait fautif de ne plus pouvoir la regarder pendant l'amour, de ne pas pouvoir lui donner ce qu'elle désirait tant. Coupable de ne pas vouloir cet enfant autant qu'elle. Ce que, d'ailleurs, elle refusait de croire. Il avait beau lui répéter qu'elle lui suffisait, jamais elle ne se laissait convaincre.

Puis, mortification suprême, la mère était venue le voir dans son atelier. Elle avait passé ses portraits en revue d'un air indifférent avant de prendre place dans le fauteuil à côté du chevalet et de se lancer dans une harangue. Rose était fragile, et l'avait toujours été ; or, les hommes avaient des instincts animaux très dangereux pour elle. Il était donc préférable qu'il se tienne quelque temps à distance. Nathaniel fut si troublé par le discours de sa belle-mère qu'il ne trouva pas les mots pour exprimer son point de vue, et n'en eut même pas envie.

Il préféra acquiescer et aller chercher la solitude dans les jardins plutôt que dans son atelier. Il établit son quartier général dans la gloriette. On était en mars, il ne faisait pas chaud, mais Nathaniel avait volontiers renoncé au confort. À cause du froid, il était peu probable qu'on vienne le chercher jusqu'ici.

Il pouvait enfin prendre ses aises. À rester enfermé au château avec les parents de sa femme et les perpétuelles et oppressantes demandes de celle-ci, il étouffait littéralement. Le chagrin et la déception de Rose avaient fini par imprégner les murs, les rideaux, les tapis. Ce château était un véritable tombeau, avec Linus claquemuré dans son laboratoire, Rose qui se terrait dans sa chambre et Adeline rôdant dans les couloirs.

Attiré par un rai de soleil timide entre des branches de rhododendrons, Nathaniel se pencha en avant ; ses doigts frémirent, aspirant à saisir les jeux d'ombre et de lumière. Mais il n'avait pas le temps. Lord Mackelby attendait sur le chevalet, avec son teint congestionné, sa barbe, son front ridé... Il ne manquait plus que les yeux. Avec les portraits à l'huile, c'étaient toujours les yeux qui posaient problème.

Il choisit un pinceau et en ôta une soie mal alignée. Au moment où il allait l'appliquer sur la toile, un sixième sens l'avertit qu'il n'était plus seul. Il regarda par-dessus son épaule. Un domestique se tenait derrière lui. Cela le hérissa.

— Enfin, mon ami, s'emporta-t-il, il ne faut pas me prendre par surprise comme cela. Si vous avez quelque chose à m'annoncer, venez vous poster devant moi et dites-le ! Je ne vois pas l'utilité de ce manège.

— Monsieur, lady Mountrachet vous fait dire que le déjeuner sera servi en avance, car la voiture partira pour Tremayne Hall à deux heures.

Nathaniel jura in petto. Il avait complètement oublié Tremayne Hall. Encore une riche relation d'Adeline désireuse de s'afficher sur ses murs. Avec un peu de chance, son modèle exigerait d'être représentée flanquée de ses trois chiens miniatures !

Dire qu'à une époque, il avait accueilli avec plaisir ces invitations qui l'élevaient dans le monde telle la voile que l'on hisse au mât pour la première traversée d'un navire ! Quel aveuglement ! Il avait été bien bête de ne pas entrevoir la contrepartie ! Certes, ses tarifs avaient augmenté, mais sa créativité en avait pâti. Il débitait du portrait avec la même sûreté d'exécution que ces nouvelles usines dont les hommes d'affaires parlaient en se frottant les mains. Plus le temps de souffler, de se perfectionner, de varier les styles. Ses tableaux n'étaient plus l'œuvre d'un artiste ; il n'y avait plus ni dignité ni humanité dans son coup de pinceau.

Plus grave encore, pendant qu'il s'échinait à expédier du portrait à la chaîne, il n'avait plus le temps de se consacrer au dessin, sa véritable passion. Depuis son arrivée à Blackhurst, il n'avait achevé qu'un seul croquis, plus quelques crayonnés du château et de ses occupants. Son coup de main, son savoir-faire, son inspiration... tout cela s'était tari.

Il n'avait pas fait le bon choix. S'il avait écouté Rose et cherché un foyer pour eux seuls, après leur mariage, il n'en serait pas là. Si ça se trouvait, à l'heure actuelle ils seraient heureux comme des rois, entourés d'enfants, et il déborderait de créativité.

Mais peut-être Rose et lui en seraient-ils au même point. Soumis à la même torture, avec moins d'argent. C'était là tout le problème. On ne pouvait attendre d'un garçon comme lui, qui avait connu la misère, qu'il embrasse une vie de privations.

Et voilà qu'Adeline, qui se prenait pour Ève, lui suggérait comme modèle le roi en personne ! Nathaniel avait beau être las du portrait, se maudire de renoncer à sa vraie passion, il ne pouvait retenir un frisson d'excitation.

Il reposa son pinceau et frotta une tache de peinture sur son pouce. Il s'apprêtait à aller déjeuner quand son carton à dessin retint son attention. L'air coupable, il en sortit ses croquis secrets. Il y travaillait par intermittence depuis une quinzaine de jours – depuis qu'il était tombé sur les contes de fées de la cousine Eliza, dans les affaires de Rose. Bien que destinées aux enfants, ces histoires pleines de magie, de bravoure et de haute moralité lui étaient allées droit au cœur. Les personnages le hantaient, prenaient vie dans son imagination ; leur simplicité agissait comme un baume sur son esprit enfiévré et ses hideux problèmes d'adulte. À ses moments perdus, il se surprenait à ébaucher une vieille à son rouet, la reine des fées et sa longue tresse ou la princesse-oiseau dans sa cage dorée.

Ces ébauches commençaient à prendre tournure. C'étaient de véritables dessins à présent. Il accentuait les ombres, affirmait le trait, précisait les visages. En les contemplant, ce jour-là, il s'efforça d'oublier que ce parchemin gaufré lui avait été offert par Rose dans les tout premiers temps de leur mariage – d'oublier les jours heureux.

Les esquisses n'étaient pas finies, mais il en était satisfait. En fait, c'était la seule chose qui lui procurât encore quelque plaisir, en lui permettant de fuir le calvaire qu'était devenue sa vie. Le cœur battant, Nathaniel fixa les feuilles de parchemin sur son chevalet. Après déjeuner, il prendrait le temps de revenir dessus, de dessiner sans but précis, comme quand il était enfant. Les yeux tristes de lord Mackelby attendraient.

Avec l'aide de Mary, Rose finit de s'habiller. Après avoir passé la matinée dans son fauteuil de convalescente, elle avait décidé de quitter sa chambre pour la première fois depuis... combien de jours ? Deux ? Trois ? En se levant, elle faillit tomber. Le vertige, la nausée, tout cela lui rappelait ses jeunes années. En ce temps-là, Eliza venait lui remonter le moral avec ses contes de fées et les récits qu'elle rapportait de la crique. Malheureusement, les remèdes aux maux des adultes n'étaient pas aussi simples...

Rose n'avait pas vu sa cousine depuis un certain temps. À l'occasion, elle l'apercevait par la fenêtre dans les jardins ou sur la falaise, au loin, ses longs cheveux roux flottant derrière elle. Une fois ou deux, Mary lui avait annoncé que mademoiselle Eliza demandait à la voir, mais Rose répondait invariablement par la négative. Elle aimait sa cousine, mais le combat qu'elle menait contre le chagrin et l'espoir requérait toute son énergie. Et puis, Eliza était éclatante de santé, pleine d'allant, de vitalité... C'était plus que Rose n'en pouvait supporter.

Frêle comme un spectre, presque immatérielle, elle posa le pied sur le tapis du couloir en se retenant au mur pour ne pas perdre l'équilibre. Tout à l'heure, quand Nathaniel rentrerait de Tremayne Hall, elle irait le rejoindre à la gloriette. Il ferait froid, bien sûr, mais elle demanderait à Mary de l'habiller chaudement. Et Thomas lui installerait un lit de repos où elle s'allongerait sous une couverture. Nathaniel devait se sentir seul dehors ; il serait content de l'avoir à nouveau à ses côtés. Il pourrait la dessiner couchée. Il aimait tant la dessiner ! Et son devoir d'épouse était d'apporter tout le réconfort possible à son mari.

En approchant de l'escalier, Rose entendit des voix dans le couloir parcouru de courants d'air.

— Elle prétend qu'elle dira rien, que ça regarde qu'elle.

Une phrase ponctuée de coups de balai.

— Madame va pas être contente.

— Madame n'en saura rien.

— Elle a des yeux, non ? Quand une fille est grosse, ça se voit !

Rose pressa sa main glacée sur sa bouche, puis s'avança sans bruit dans l'espoir d'en entendre davantage.

— Elle dit que dans sa famille ça se voit presque pas, qu'elle cachera son ventre sous son uniforme.

— Eh ben, espérons qu'elle a raison parce que sinon, elle peut dire adieu à sa place.

Rose arriva en haut des marches juste à temps pour voir Daisy disparaître dans l'office. Mais Sally n'eut pas cette chance.

La servante lâcha un hoquet et ses joues se couvrirent de vilaines marbrures rouges.

— Je vous demande bien pardon, Madame.

Elle fit une révérence maladroite et son balai s'empêtra dans ses jupes.

— Je ne vous avais pas vue.

— Sally, j'exige une réponse. Laquelle d'entre vous attend un enfant ?

— Mary, Madame, dit-elle dans un souffle.

— Mary ?

— Oui, Madame.

— Mary est enceinte ?

La fille hocha rapidement la tête. Toute son expression criait son désir ardent de filer au plus vite.

— Je vois.

Un vide sans fond s'ouvrit dans la poitrine de Rose. Un puits d'abîme qui menaçait de l'aspirer dans sa noirceur infinie. Cette petite sotte de Mary affichait devant tout le monde son abjecte et vulgaire fécondité tout en lui prodiguant des paroles doucereuses, pour aller aussitôt se moquer d'elle dans son dos ! Sans même être mariée ! Ça ne se passerait pas comme ça ! Blackhurst était une maison à la réputation irréprochable. À Rose de veiller à ce que la morale y soit respectée.

Adeline se brossait lentement, inlassablement les cheveux. Mary était partie, ce qui posait un problème de personnel pour le week-end ; mais il faudrait bien composer avec son absence. En temps ordinaire, elle n'était pas favorable à ce que Rose prenne seule des décisions concernant la domesticité, mais les circonstances étaient exceptionnelles, et Mary, une sale hypocrite. Et une hypocrite pas mariée, ce qui rendait la chose encore plus abjecte. Décidément, Rose avait fait preuve d'un instinct très sûr, même si la méthode laissait à désirer.

Pauvre petite Rose... Le Dr Matthews était venu trouver Adeline au début de la semaine. Assis en face d'elle au petit salon, il avait pris sa voix grave des mauvais jours. Rose n'allait pas bien – comme si sa mère ne s'en était pas rendu compte ! –, et il était très inquiet.

« Malheureusement, madame, mes craintes ne se limitent pas à l'apparent déclin de ses forces. Il y a... autre chose, avait-il achevé après avoir toussoté discrètement derrière son poing fermé.

— À quoi faites-vous allusion, docteur ? avait demandé Adeline en lui tendant une tasse de thé.

— Des problèmes d'ordre affectif, lady Mountrachet ».

Il avait eu un petit sourire guindé et avait bu un peu de thé.

« Quand on l'interroge sur les aspects, disons, charnels du mariage, Mme Walker avoue une tendance à la volupté que, d'un point de vue médical, on pourrait qualifier de malsaine ».

Adeline avait cru que ses poumons allaient éclater dans sa poitrine, mais elle s'était exhortée au calme. Ne sachant quoi dire ni quoi faire, elle avait ajouté un sucre dans son thé et avait tourné sa cuillère dans sa tasse. Puis, sans lever les yeux, elle avait prié le médecin de poursuivre.

« Rassurez-vous, madame. Son état est assez grave mais elle n'est pas seule dans ce cas. Je constate une proportion assez élevée de sensualité exacerbée chez les jeunes femmes, en ce moment. Ce n'est qu'une passade, j'en suis certain. Ce qui me préoccupe davantage, c'est l'idée que ces penchants contribuent sans doute à ses échecs répétés ».

Adeline s'était éclairci la voix.

« Continuez.

— En toute sincérité, il serait bon que votre fille cesse toute relation physique le temps que son organisme chétif se reconstitue. Car tout est lié, madame, tout est lié ».

Adeline avait porté sa tasse à ses lèvres et senti sur sa langue l'amertume de la porcelaine fine. Elle avait hoché imperceptiblement la tête.

« Les voies du Seigneur sont impénétrables. Et Il a voulu que le corps humain soit tout aussi mystérieux. Il n'est pas déraisonnable de supposer qu'une jeune femme aux... appétits excessifs, avait formulé Matthews avec un sourire embarrassé, manque à ses devoirs de mère. Et le corps sait ces choses-là, lady Mountrachet.

— Vous pensez donc qu'en espaçant les tentatives, ma fille mettrait davantage de chances de son côté ?

— En tout cas, c'est une hypothèse qui mérite considération. Sans parler de l'effet bénéfique global de cette abstinence sur sa santé et son bien-être. Si vous le voulez bien, lady Mountrachet, imaginez une manche à air... »

Adeline avait arqué les sourcils en se demandant – et ce n'était pas la première fois – pourquoi elle restait fidèle au Dr Matthews.

« Si on laisse cette manche à air suspendue pendant des années en haut de son mât sans lui accorder de repos ni de réparations, le vent finira par en déchirer le tissu. De la même manière, madame, il faut que votre fille prenne le temps de récupérer. Elle doit donc se mettre à l'abri des vents puissants qui menacent de la lacérer ».

Si l'on fermait les yeux sur l'exemple de la manche à air, ces paroles n'étaient pas dénuées de bon sens.

Rose était de constitution et de santé fragiles, et si on ne lui accordait pas le temps nécessaire pour se rétablir, comment pouvait-on espérer une guérison complète ? Malheureusement, elle était consumée par son désir d'enfant. Adeline s'était maintes fois torturé l'esprit pour trouver les mots adéquats, la persuader de faire passer sa santé en premier. Elle avait fini par comprendre que Nathaniel devait jouer un rôle dans l'affaire. L'entretien promettait d'être embarrassant, mais elle était parvenue à ses fins en obtenant son consentement. En un an, Nathaniel avait appris à respecter scrupuleusement les injonctions d'Adeline ; et maintenant qu'elle lui faisait miroiter la possibilité de peindre le roi d'Angleterre, il saurait voir les choses comme elle.

Bien sûr, elle maintenait en toute circonstance une façade sereine ; mais intérieurement, elle bouillait de rage. Pourquoi la maternité était-elle offerte à d'autres jeunes femmes alors que sa propre fille en était cruellement privée ? Pourquoi était-elle brisée alors que d'autres prospéraient ? Quels outrages son pauvre corps devrait-il encore endurer ? Dans les moments d'abattement, Adeline se demandait si, d'une manière ou d'une autre, elle-même était responsable de la situation. Peut-être le Seigneur la punissait-Il ? Elle avait peut-être été trop fière de sa fille, et vanté une fois de trop sa beauté, sa grâce, sa charmante nature. Et il n'y avait de pire châtiment que de voir souffrir son enfant bien-aimée.

Elle repensa à Mary, cette traînée pleine de santé avec sa grosse figure rayonnante, sa crinière mal tenue, qui attendait un enfant ! Un enfant non désiré, alors que d'autres, qui désespéraient d'en avoir, étaient condamnées à une perpétuelle déception. Il n'y avait pas de justice. Pas étonnant que les nerfs de Rose aient lâché. Normalement, c'était son tour à elle ! La bonne nouvelle, l'enfant, c'était à elle que tout cela devait arriver, et non à Mary.

Si seulement il y avait moyen de donner un enfant à Rose en lui épargnant l'épreuve physique... Mais naturellement, c'était impossible. Si la solution existait, les femmes formeraient aussitôt une file d'attente interminable...

Adeline marqua une brusque halte dans ses réflexions. Elle se regarda dans la glace sans se voir. Tout à coup ses pensées se tournèrent vers l'image de certaine jeune fille en bonne santé mais dépourvue d'instinct maternel, y juxtaposaient celle d'une jeune femme délicate dont le corps ne pouvait satisfaire le cœur...

Elle reposa sa brosse à cheveux et joignit ses mains froides sur ses genoux.

Cette contradiction, on pouvait peut-être la résoudre.

Ce ne serait pas facile. Il faudrait d'abord convaincre Rose. Ensuite, il y avait la fille. Il faudrait lui faire sentir que tel était son devoir. Elle devait bien cela à la famille qui lui faisait la charité depuis tant d'années.

Pas facile, non. Mais pas impossible non plus.

Adeline se leva lentement. Sans cesser de réfléchir à cette possibilité nouvelle, elle sortit dans le couloir et se dirigea vers la chambre de Rose.

Le secret du bouturage des roses, c'était le couteau. Davies disait qu'il devait être affûté comme un rasoir. Eliza l'avait trouvé dans la serre, et il s'était déclaré prêt à l'aider à créer l'hybride qu'elle voulait pour son jardin. Il lui avait montré où pratiquer la coupe en s'assurant de ne laisser ni échardes ni bosses, pas la moindre imperfection susceptible d'empêcher la greffe de prendre. Pour finir, elle avait passé toute la matinée avec lui, à donner un coup de main pour le rempotage de printemps. Quel plaisir de plonger les mains dans la terre tiède, de sentir sous ses doigts toutes les possibilités que renfermait la saison nouvelle !

Elle rentra à pied en faisant un grand détour. Il ne faisait pas chaud, de fins nuages filaient haut dans le ciel, et après la moiteur de la serre, elle savoura la fraîcheur de la brise sur son visage. Comme toujours quand elle passait à proximité du château, ses pensées se tournèrent vers sa cousine. Mary lui avait rapporté que Rose était très déprimée depuis quelque temps ; Eliza ne put s'empêcher d'aller frapper, sans espoir d'être reçue.

— Bonjour Sally, je viens voir Rose.

— C'est impossible, Mademoiselle, répondit la servante d'un air maussade. Mme Walker est occupée, elle ne reçoit pas d'invités.

On aurait dit qu'elle récitait une leçon apprise par cœur.

— Allons, Sally, insista Eliza en se forçant à sourire. Je ne suis pas à proprement parler une invitée. Si vous informez Rose de ma présence, je suis sûre que...

— Sally a raison, coupa la voix d'Adeline, cachée dans l'ombre. Mme Walker est occupée.

Sa sombre silhouette en forme de sablier se révéla enfin.

— Nous allons passer à table. Laisse une carte de visite, et Sally veillera à ce que Mme Walker sache que tu as demandé audience.

Sally baissait la tête, les joues rouges. Il devait y avoir des histoires entre domestiques. Mary les lui raconterait bientôt. Sans elle, Eliza aurait tout ignoré de ce qui se passait au château.

— Je n'ai pas de cartes de visite, déclara-t-elle. S'il vous plaît, Sally, faites savoir à Rose que je suis passée, d'accord ? Elle sait où me trouver.

Après avoir incliné la tête pour saluer sa tante, elle s'en alla en traversant la pelouse, s'arrêtant seulement pour regarder la fenêtre de la nouvelle chambre de Rose, que la lumière printanière baignait de blanc. Elle repensa en frissonnant au couteau à bouturer de Davies ; il suffisait d'une lame acérée pour que nul lien ne subsiste entre la plante et la tige dont on la privait.

Après avoir contourné le cadran solaire, Eliza parvint à la gloriette. Le matériel de Nathaniel y était entreposé, comme souvent depuis quelque temps. Pas trace du peintre, qui devait être en train de déjeuner. En revanche, il avait laissé, maintenues par une pince sur son chevalet, ses derniers dessins...

Eliza se sentit tout à coup la tête vide.

Les esquisses visibles étaient parfaitement identifiables.

Elle éprouva la curieuse sensation de voir ses propres créations abstraites prendre vie sur le papier. Nathaniel avait transmué en images, comme par magie, les personnages qui peuplaient son paysage

intérieur. Elle en eut des sueurs froides, immédiatement suivies d'une vague de chaleur.

Elle monta les marches de la gloriette pour
examiner les dessins de plus près. C'était comme si
l'ami imaginaire que s'inventent parfois les enfants
devenait soudain réel, tangible. Les protagonistes
ressemblaient assez à ce qu'elle avait imaginé pour
être immédiatement reconnaissables... En même
temps, ils avaient quelque chose de différent. Le coup
de crayon du peintre était plus sombre que son imagination à elle, et cela ne lui déplaisait pas. Sans réfléchir, elle ôta la pince et prit les dessins.

Elle se hâta de traverser le labyrinthe, puis son
jardin, sans cesser de méditer sur les esquisses. Quand
les avait-il faites ? Pourquoi ? Dans quel but ? Ce fut
seulement en suspendant son manteau et son chapeau
dans l'entrée de son cottage qu'elle repensa à la lettre
que lui avait adressée récemment un éditeur londonien. Ce M. Hobbins commençait par la compli-
menter pour ses contes. Sa propre fille attendait
fébrilement les histoires signées Eliza Makepeace !
Il lui suggérait ensuite de composer un recueil de
contes illustrés, et le cas échéant de penser à lui.

Eliza avait été flattée, mais l'idée d'un recueil était
restée abstraite pour elle. À présent, elle imaginait
mieux le résultat. Elle sentait presque le poids du
livre dans ses mains. Une édition reliée contenant
ses contes préférés, illustrés par Nathaniel, où les
enfants pourraient se plonger à loisir. Comme le
recueil qu'elle-même avait déniché chez les Swindell
quand elle était petite.

M. Hobbins n'évoquait pas la question de la
rémunération, mais elle pouvait sûrement demander

plus que d'habitude. Un ouvrage entier, cela devait coûter cher ! Sans commune mesure avec une histoire par-ci, par-là. Et si elle rassemblait enfin l'argent nécessaire pour partir sur les mers ?

Un violent coup fut frappé à sa porte.

Elle chassa l'idée irrationnelle qui lui était venue : en ouvrant, elle trouverait sur le seuil Nathaniel, venu récupérer ses dessins. Mais c'était impossible. Il ne venait jamais chez elle, et de toute façon, il s'écoulerait plusieurs heures avant qu'il s'aperçoive de leur disparition.

Elle roula les dessins et les fourra dans la poche de son manteau avant d'ouvrir... pour découvrir une Mary en larmes.

— Je vous en prie, Mademoiselle, aidez-moi !

— Mary, mais qu'est-ce qui se passe ?

Elle fit entrer la jeune servante, non sans jeter un regard dehors avant de refermer la porte.

— Vous avez mal quelque part ?

— Non, Mademoiselle, répondit Mary en ravalant un sanglot. C'est pas ça.

— Alors racontez-moi.

— C'est Mme Walker.

— Rose ?

Eliza eut un coup au cœur.

— Elle m'a renvoyée ! Sans même me donner mes huit jours !

Eliza fut soulagée d'apprendre qu'il n'était rien arrivé de fâcheux à Rose, et en même temps très étonnée.

— Mais enfin, pourquoi ?

Mary se laissa tomber sur une chaise et s'essuya les yeux avec le dos de la main.

— Je ne sais pas comment vous le dire.

— Le plus simplement possible, s'il vous plaît, que je sache enfin ce qui vous arrive.

Ses larmes se remirent à couler.

— J'attends un bébé, Mademoiselle. Je croyais avoir réussi à le cacher, mais Madame s'en est aperçue je ne sais comment. Elle dit que ma présence est indésirable sous son toit, maintenant.

— Oh, Mary...

Eliza s'assit sur l'autre chaise et prit la main de la jeune fille.

— Vous êtes sûre d'être enceinte ?

— Aucun doute là-dessus, Mademoiselle. Je ne voulais pas, mais c'est arrivé quand même.

— Et qui est le père ?

— Un voisin. Vous savez, ce n'est pas un mauvais bougre. Il dit qu'il veut m'épouser, mais d'abord il faut que je gagne de quoi le nourrir et l'habiller, cet enfant. Je ne peux pas me permettre de perdre ma place, il est trop tôt, vous comprenez ? Je suis tout à fait capable de travailler comme avant !

Son visage exprimait un tel désespoir qu'Eliza fut obligée de répondre :

— Je vais voir ce que je peux faire.

— Vous parlerez à Madame ?

Eliza lui servit un verre d'eau.

— Je ferai mon possible. Mais vous savez aussi bien que moi qu'il est très difficile d'être reçue par Rose.

— Je vous en supplie, vous êtes mon seul espoir.

Eliza sourit avec une assurance qu'elle ne ressentait nullement.

— Je vais lui laisser quelques jours, le temps de se calmer ; puis j'irai lui dire un mot en votre faveur. Je suis certaine que je lui ferai entendre raison.

— Oh, merci, Mademoiselle Eliza ! Vous savez bien, vous, que je n'ai pas voulu ça. Et voilà que j'ai tout gâché ! Ah si je pouvais revenir en arrière, défaire ce qui a été fait...

— Il nous est tous arrivé, tôt ou tard, d'aspirer à ce pouvoir. Et maintenant, rentrez chez vous, Mary, et essayez de ne pas trop vous faire de souci. Tout va s'arranger, vous verrez. Quand j'aurai vu Rose, je vous le ferai savoir.

Adeline frappa doucement à la porte de la chambre de Rose et entra. Assise sur l'appui de la fenêtre, sa fille regardait fixement en bas. Ses bras étaient chétifs, ses traits émaciés. À l'instar de son occupante, la chambre semblait sans énergie ; les coussins étaient aplatis, les rideaux pendaient lamentablement. L'air lui-même avait quelque chose de stérile, entre les rais de soleil pâle.

Comme Rose ne réagissait pas à sa présence, Adeline vint se placer à ses côtés et suivit son regard.

Assis devant son chevalet, dans la gloriette, Nathaniel passait en revue le contenu de son carton à dessin relié cuir avec agitation, comme s'il avait égaré un objet indispensable.

— Il va s'en aller, maman, dit Rose d'une voix aussi blanche que la lumière du soleil. Pour quelle raison resterait-il ?

Alors elle se retourna, et Adeline eut le plus grand mal à rester impassible devant le teint gris de sa fille. Elle posa la main sur son épaule osseuse.

— Tout finira bien, ma Rose.

— Vous croyez ? répliqua la jeune femme d'un ton si amer qu'Adeline grimaça.

— Mais oui, bien sûr.

— Je ne vois pas par quel miracle, puisque je ne suis pas capable de faire de lui un vrai homme. Je ne peux pas lui donner un héritier, un enfant bien à lui. Alors évidemment, il va s'en aller, poursuivit-elle en se retournant vers la fenêtre. Et sans lui, je ne serai plus rien. Je m'évanouirai jusqu'à disparaître complètement.

— Rose, je suis allée lui parler.

— Oh, maman...

Adeline posa l'index sur les lèvres de sa fille.

— Je lui ai parlé et j'ai la conviction que, comme moi, il ne souhaite rien d'autre que ta guérison. Les enfants viendront quand tu seras à nouveau bien portante, et pour cela, il faut être patiente. T'accorder le temps de récupérer.

Rose secoua la tête ; son cou était si fin qu'Adeline eut envie de l'en empêcher, de peur qu'elle ne se blesse.

— Je ne peux pas attendre, maman. Je ferais n'importe quoi pour avoir un enfant, fût-ce à mes propres dépens. Je préfère mourir plutôt que continuer ainsi.

Adeline s'assit à côté d'elle et prit sa main pâle.

— Nul besoin d'en arriver là.

Rose riva sur sa mère de grands yeux où vacillait une faible lueur d'espoir. L'espoir que les enfants placent dans la faculté de leurs parents à tout arranger, et qu'ils ne perdent jamais tout à fait.

— Je suis ta mère, je dois veiller sur ta santé, même si tu la négliges. Aussi j'ai beaucoup réfléchi à ton malheur. Je crois avoir trouvé un moyen pour que tu aies un enfant sans te mettre toi-même en danger.

— Comment cela ?

— L'idée ne te plaira sans doute pas au premier abord, mais je t'implore de chasser tes doutes. Écoute-moi bien, maintenant, reprit Adeline un ton plus bas. Écoute bien ce que j'ai à te dire.

En fin de compte, ce fut Rose qui fit appeler Eliza. Cinq jours après la visite de Mary, on lui signifia que sa cousine désirait la voir. Plus étonnant encore, le billet de Rose laissait entendre qu'elles pourraient se rencontrer dans le jardin clos.

En se retrouvant face à sa cousine, Eliza se félicita d'avoir apporté des coussins pour le banc métallique. La pauvre était maigre à faire peur. Mary avait bien fait allusion à sa santé déclinante, mais jamais Eliza n'aurait imaginé pareil étiolement. Elle s'efforça de dissimuler son saisissement, en vain.

— Tu t'étonnes de mon apparence, ma cousine, constata Rose en souriant.

Ses pommettes transparurent telles des arêtes sous sa peau.

— Non, non, pas du tout, je... Bien sûr que non, bafouilla Eliza. C'est juste...

— Je te connais bien, mon Eliza. Je lis dans tes pensées comme si elles étaient miennes. Je ne t'en veux pas. J'ai été malade. Je suis affaiblie. Mais je m'en remettrai, comme toujours.

Eliza acquiesça. Ses yeux picotaient.

Rose eut un sourire d'autant plus triste qu'elle le voulait assuré.

— Approche, dit-elle, viens t'asseoir à côté de moi, Eliza. Que j'aie ma chère cousine à mes côtés. Tu te rappelles le jour où tu m'as invitée ici pour la première fois, et où nous avons planté le pommier ?

— Bien sûr, répondit Eliza en prenant la main glacée de sa cousine. Tu as vu comme il a grandi, notre arbre ?

Le tronc atteignait presque le haut du mur, à présent. Des branches graciles se projetaient de chaque côté, et de minces rameaux pointaient vers le ciel.

— Comme c'est beau, fit Rose d'un ton plein de regret. Et dire qu'il nous a suffi de le planter ! Il savait ce qui lui restait à faire.

— Il a fait ce que la nature attendait de lui, rien de plus, répondit Eliza avec un sourire plein de bonté.

Rose se mordit si fort la lèvre qu'elle y laissa une marque rouge.

— Tout à coup, j'ai l'impression d'avoir à nouveau dix-huit ans, et de m'apprêter à partir pour New York... Il y a une éternité que nous n'avons pas passé un moment assises l'une près de l'autre, comme autrefois, quand nous étions petites, n'est-ce pas ?

Eliza ressentit une bouffée de nostalgie qui effaça une année entière d'envie et de désillusions. Elle serra bien fort la main de Rose.

— En effet, cousine, c'est vrai.

Rose toussa, et son corps frêle en fut secoué de la tête aux pieds. Comme Eliza allait lui proposer un châle à jeter sur ses épaules, elle reprit la parole.

— As-tu des nouvelles récentes du château ?

— J'ai vu Mary, répondit prudemment Eliza en s'interrogeant sur ce brusque changement de sujet.

— Alors tu es au courant.

Rose soutint un instant le regard d'Eliza, puis secoua tristement la tête.

— Elle ne m'a pas laissé le choix, tu sais. Elle a été imprudente. Je sais que vous vous aimez bien toutes les deux, mais il était impensable qu'elle demeure à Blackhurst dans son état. Il faut que tu le comprennes.

— C'est une bonne fille, Rose ; elle est loyale. Elle a fait une bêtise, je te le concède, mais tu vas revenir sur ta décision, n'est-ce pas ? Elle est désormais privée de ressources, elle ne pourra pas faire face aux dépenses inévitables à la naissance de l'enfant. Pense à ce qu'elle endure, Rose. Imagine un peu sa situation...

— Je te prie de croire que je n'ai pas pensé à grand-chose d'autre ces derniers temps.

— Donc, tu dois comprendre que...

— Eliza, as-tu déjà aspiré de toutes tes forces à quelque chose ? Une chose qui te paraisse essentielle au point que tu n'imagines pas vivre sans ?

Eliza songea à ses voyages imaginaires en mer. À son amour pour Sammy. Et à Rose, dont elle avait tant besoin.

— Eliza, je veux un enfant plus que tout au monde. Mon cœur saigne, mes bras l'appellent. Parfois je sens même le poids de ce bébé que j'aspire tant à bercer. Je sens sa petite tête au creux de mon coude.

— Eh bien, un jour sûrement...

— Oui, oui, un jour.

Le sourire de Rose contredisait ces paroles optimistes.

— Sauf que je me débats sans depuis douze longs mois... Douze mois, Eliza – un chemin pavé de déni et de déceptions. Et maintenant, voilà que le Dr Matthews m'informe que ma santé risque de me trahir. Essaie de comprendre l'effet qu'a pu avoir sur moi le vilain secret de Mary. Qu'elle ait reçu par accident ce qui me manque à en mourir ! Que cette fille qui n'a rien à offrir ait ce qui m'est refusé, à moi qui ai tant à offrir au contraire ! Conviens que ce n'est pas juste ! Comment le Seigneur pourrait-Il souhaiter cette fâcheuse coïncidence ?

Le chagrin de Rose était si dévastateur, et son apparence chétive formait une tel contraste avec la violence de son désir d'enfant que tout à coup, Eliza oublia complètement la mauvaise fortune de Mary.

— Que puis-je faire, Rose ? Dis-moi comment t'aider.

— Mon Eliza. J'ai besoin de toi. Il faut que tu m'aides, que tu fasses quelque chose pour moi. Et par la même occasion tu aideras Mary.

Enfin ! Comme Eliza l'avait toujours su, Rose s'apercevait enfin qu'elle avait besoin de sa cousine. Qu'elle seule pouvait l'aider.

— Mais bien sûr, Rose. Tout ce que tu voudras. Dis-moi ce dont tu as besoin et je veillerai à ce que tu l'obtiennes.

40

Tregenna, 2005

Le temps changea le vendredi en fin de journée, et un brouillard d'un gris maussade se répandit uniformément dans le village. Cela dura tout le week-end. Devant cet acte de malveillance caractérisé, Cassandra décida que sa carcasse durement éprouvée méritait un peu de repos ; elle s'abstint donc de se rendre au cottage. Elle passa toute la journée du samedi roulée en boule dans sa chambre d'hôtel, à boire du thé et relire les carnets de Nell. En particulier, elle fut intriguée par le compte rendu de sa rencontre avec un détective de Truro, un dénommé Ned Morrish qu'elle avait trouvé dans l'annuaire après que William Martin lui eut suggéré que la clef de l'énigme résidait dans l'absence d'Eliza, en 1909.

Le dimanche après-midi, Cassandra prit le thé avec Julia. Il avait plu sans discontinuer toute la matinée, mais vers quatre heures, le déluge s'était mué en crachin et le brouillard en avait profité pour s'installer. Cassandra ne distinguait par les fenêtres à meneaux que le vert sobre des pelouses détrempées ; le reste n'était que brume, avec de temps en temps une branche nue telle une fissure ténue dans un mur tout blanc. Nell avait beaucoup aimé ce type de temps. Cassandra sourit en se remémorant son enthousiasme chaque fois qu'elle devait enfiler un imperméable et des bottes en caoutchouc. Quelque part au fond d'elle-même, c'étaient peut-être ses origines qui s'exprimaient.

Cassandra se cala contre les coussins de son fauteuil et regarda les flammes osciller dans l'âtre. Aux quatre coins du salon de l'hôtel, de petits groupes de clients jouaient à des jeux de société, lisaient ou prenaient le goûter en emplissant la salle du murmure réconfortant de ceux qui sont au chaud et au sec.

Julia déposa une cuillerée de crème fraîche sur un scone tartiné de confiture.

— Alors, quel est cet intérêt soudain pour le mur du cottage ?

Cassandra referma les doigts autour de sa tasse chaude.

— Nell pensait que la solution de l'énigme résidait dans la disparition temporaire d'Eliza, en 1909.

— Quel rapport avec le mur ?

— Je ne sais pas. Aucun, peut-être. Mais un élément trouvé dans un des albums de Rose m'a donné à réfléchir.

— De quoi s'agit-il ?

— En avril de cette année-là, elle semble établir un lien entre le départ d'Eliza et la construction du mur.

— Oui, fit Julia en léchant un peu de crème au bout de son doigt. Elle écrit qu'il faut prendre garde, car là où il y a beaucoup à gagner, il y a aussi beaucoup à perdre.

— C'est ça. Si seulement je comprenais ce qu'elle entend par là !

— Vraiment, elle exagère de ne pas développer son raisonnement au profit des générations futures, qui liront ses confidences par-dessus son épaule quelque quatre-vingt-dix ans plus tard !

Cassandra sourit distraitement en tiraillant un fil qui dépassait de son accoudoir.

— Quand même, qu'est-ce qui a pu lui faire écrire ça ? Qu'y avait-il à gagner, et pourquoi craignait-elle tant de perdre cette chose ? Et qu'est-ce que le fait d'assurer la sécurité du cottage avait à voir avec tout ça ?

Julia mâcha pensivement son gâteau, puis elle tamponna ses lèvres avec une serviette portant l'emblème de l'hôtel.

— Rose était enceinte à ce moment-là, non ?

— Si l'on en croit ladite notation dans son album, oui.

— Alors c'étaient peut-être les hormones. Ça arrive, non ? Les femmes deviennent plus émotives. Si ça se trouve, Eliza lui manquait et elle craignait que le cottage ne soit cambriolé ou saccagé. Elle se sentait peut-être responsable. À ce moment-là, les deux jeunes femmes étaient encore proches.

Cassandra médita sur ces propos. Une femme enceinte pouvait être sujette à des sautes d'humeur spectaculaires, mais était-ce une réponse satisfaisante en l'occurrence ? Même en admettant que la narratrice soit sous l'empire de ses hormones, cette notation n'en demeurait pas moins étrange. Il se passait au cottage une chose face à laquelle Rose se sentait vulnérable. Mais quoi ?

— On dit que le temps va se lever demain, déclara Julia en reposant son couteau sur une assiette jonchée de miettes.

Elle se laissa aller en arrière dans son fauteuil et souleva un coin de rideau pour contempler le jour brumeux derrière les carreaux.

— Vous allez retourner travailler au cottage, je suppose ?

— En fait, non. J'attends une amie.

— Elle descend ici, à l'hôtel ?

Cassandra acquiesça.

— Formidable ! Faites-moi signe si vous avez besoin d'un coup de main.

Julia avait vu juste : le lundi après-midi, la brume se leva enfin et un soleil timide se décida à percer. Quand Ruby entra dans le parking de l'hôtel au volant de sa petite cinq portes blanche, Cassandra l'attendait déjà au salon. Elle empila les albums en souriant et s'empressa d'aller à sa rencontre dans le hall.

— Ouf ! s'exclama Ruby en lâchant ses bagages avant d'ôter son chapeau imperméable et de secouer la tête. Si c'est comme ça qu'on souhaite la bienvenue aux visiteurs, en Cornouailles ! Il n'a pas plu une goutte et je suis quand même trempée !

Puis elle tomba en arrêt devant Cassandra.

— Ça alors ! Tu t'es vue ?

— Quoi, qu'est-ce que j'ai ? fit la jeune femme en se tapotant les cheveux. Qu'est-ce qui ne va pas ?

Ruby sourit et de petites pattes-d'oie se déployèrent au coin de ses yeux.

— Mais rien, au contraire... justement ! Ce que je veux dire, et tu peux me croire, c'est que tu es absolument superbe !

— Ah... Merci.

— L'air du pays doit te convenir, parce que je ne reconnais presque pas la fille que je suis allée chercher à l'aéroport !

Cassandra se mit à rire, ce qui surprit beaucoup Samantha, laquelle écoutait tout depuis la réception.

— Je suis très contente que tu sois là, Ruby. Allez, débarrassons-nous de tes bagages et allons faire une petite balade jusqu'à la crique maintenant qu'il ne pleut plus.

Cassandra ferma les yeux, tourna son visage vers le ciel et laissa le petit vent venu de la mer lui chatouiller les paupières. Des mouettes parlementaient un peu plus loin sur la plage de galets, un insecte lui bourdonna à l'oreille, les vagues se succédaient doucement sur le rivage. Elle régla sa respiration sur leur rythme et sentit un calme immense l'envahir. Les pluies récentes avaient fouetté les embruns, dont le vent charriait les puissants effluves. Puis elle rouvrit les yeux et examina lentement la crique, la rangée d'arbres séculaires sur la crête, le rocher noir qui s'avançait dans la mer, au bout de l'anse, les hautes dunes constellées d'herbes qui lui cachaient son cottage.

— J'ai l'impression d'être tombée dans *Le Club des Cinq en vacances,* lança Ruby, à quelque distance d'elle. À tout moment, je m'attends à ce que le chien Dagobert déboule avec dans la gueule une bouteille rejetée par la mer, contenant un message ou... un os humain, inventa-t-elle en écarquillant les yeux. En tout cas, un truc infâme.

Cassandra sourit.

— Petite, j'adorais ce livre.

Elle alla rejoindre Ruby près du promontoire.

— Quand je le lisais, dans la fournaise de Brisbane, je rêvais d'habiter près d'une côte toujours perdue dans la brume, avec des grottes pleines de contre-bandiers.

Au bout de la plage, où l'herbe remplaçait les galets, elles se retrouvèrent face à la falaise escarpée qui ceignait la crique.

— Bon sang, fit Ruby en penchant la tête en arrière. Tu n'as quand même pas l'intention d'escalader ça, si ?

— C'est moins raide que ça en a l'air, tu verras.

Avec le temps et les allées et venues, un étroit sentier à peine visible s'était tracé entre les hautes herbes argentées et les petites fleurs jaunes ; elles progressèrent lentement, en s'arrêtant de temps en temps pour que Ruby reprenne son souffle.

Cassandra savourait l'air limpide, lavé par la pluie. Plus elles montaient, plus il faisait frais. Les coups de vent tourbillonnant étaient piquetés d'embruns qui, arrachés à la mer, venaient leur saupoudrer le visage. Juste avant d'atteindre le sommet, Cassandra agrippa une poignée de longues herbes pâles qui lui glissèrent entre les doigts.

— On y est presque, cria-t-elle à Ruby. C'est juste derrière cette crête, là.

— J'ai l'impression d'être un des enfants von Trapp, dans *La Mélodie du bonheur,* à part l'envie de chanter un air de comédie musicale – ça, je ne m'en sens pas l'énergie. Enfin, en plus grosse et en plus vieille...

Enfin, Cassandra arriva en haut. Il n'y avait plus au-dessus d'elle que les nuages qui filaient à toute allure dans le ciel, poussés par les vents forts de l'automne. Elle se rapprocha du bord de la falaise pour contempler le vaste océan aux humeurs changeantes.

— Dieu merci, je suis encore en vie, fit la voix de son amie dans son dos.

Courbée en deux, les mains sur les genoux, elle peinait à reprendre sa respiration.

— Je vais te confier un secret. Je n'étais pas sûre d'y arriver.

Elle se redressa, posa ses mains au creux de ses reins et vint rejoindre Cassandra. Elle parcourut l'horizon du regard et son visage s'éclaira.

— C'est beau, n'est-ce pas ? dit Cassandra.

— Stupéfiant, répondit Ruby. C'est ce que doivent éprouver les oiseaux dans leur nid. Avec peut-être une sensation de sécurité supplémentaire, quand même, ajouta-t-elle en faisant un pas en arrière. Eux, au moins, ils ont des ailes en cas de chute.

— Autrefois, le cottage était un poste de guet. Au temps des contrebandiers.

— Ça ne m'étonne pas. On devait voir absolument tout, d'ici.

Elle se retourna, pensant apercevoir le cottage. Mais ce qu'elle découvrit lui fit froncer les sourcils.

— Quel dommage, ce grand mur, là... Il doit cacher une bonne partie de la vue.

— Depuis le rez-de-chaussée, oui. Mais il n'a pas toujours été là, tu sais. On l'a édifié en 1909.

— Pourquoi ? demanda Ruby en se dirigeant vers le portail.

— Pour des raisons de sécurité.

— De quoi voulait-on se protéger ?

— Crois-moi, dit Cassandra en lui emboîtant le pas, j'aimerais bien le savoir.

Elle poussa le portail, qui s'ouvrit en grinçant.

— Quel accueil ! fit Ruby en désignant le panneau *Entrez à vos risques et périls*.

Cassandra sourit pensivement. Au cours des semaines qui venaient de s'écouler, elle était passée si souvent devant qu'elle ne le voyait plus. Mais, mis en parallèle avec le fameux commentaire trouvé dans l'album de Rose, ces mots revêtaient un sens nouveau.

— Dis donc, Cass, lança Ruby dansant d'un pied sur l'autre. Jusqu'ici j'ai crapahuté presque sans me plaindre, mais tu ne crois tout de même pas que je vais grimper au mur et entrer par une fenêtre, si ?

Cassandra lui montra la grosse clef en cuivre.

— Ne crains rien. Fini, l'exercice – pour aujourd'hui, du moins. On gardera le jardin clos pour demain.

Elle tourna la clef dans la serrure, qui céda avec un bruit métallique, et poussa le battant.

Ruby longea le couloir jusqu'à la porte de la cuisine. Il faisait bien plus clair dans la maison à présent que Cassandra et Christian avaient arraché le lierre qui bouchait les fenêtres et débarrassé les carreaux d'une couche de crasse vieille d'au moins un siècle.

— Incroyable, souffla Ruby, admirative. Tout est d'époque.

— C'est une façon de voir les choses.

— Je veux dire qu'on n'a rien détruit sous prétexte de moderniser la cuisine. Il s'en dégage quelque chose de très plaisant, tu ne trouves pas ? Quelque chose d'enveloppant, de chaleureux. On sentirait presque les fantômes du passé évoluer autour de nous.

Cassandra était ravie. Elle était sûre que Ruby partagerait son sentiment.

— Tu sais, je suis drôlement contente que tu sois là.

— Je n'aurais manqué ça pour rien au monde, rétorqua son amie en traversant la pièce. Grey va finir par mettre des boules Quies, tellement il en a marre que je lui casse les oreilles avec ton cottage en Cornouailles. Et de toute façon, j'avais à faire à Polperro. Donc, ça ne pouvait pas mieux tomber.

Elle s'appuya contre le fauteuil à bascule pour regarder par la fenêtre donnant sur l'avant.

— C'est un bassin que j'aperçois, là-bas ?

— Oui.

— La statue est mignonne. Il doit avoir froid !

En s'écartant du rocking-chair, elle le mit légèrement en branle. Les patins grincèrent doucement sur le parquet. Elle poursuivit son inspection en laissant courir le bout de ses doigts sur le dessus du fourneau.

— Qu'est-ce que tu as à faire à Polperro ? s'enquit Cassandra en s'asseyant sur la table.

— Mon exposition ayant pris fin la semaine dernière, je rapporte ses dessins à leur propriétaire. Ça me brise le cœur de m'en séparer, tu sais.

— Pas moyen de lui suggérer un prêt permanent au musée ?

— Ce serait chouette, répondit Ruby d'une voix assourdie, car elle avait passé la tête dans le renfoncement aménagé pour contenir le fourneau. Tu sauras peut-être l'embobiner ?

— Moi ? Mais je ne la connais pas !

— Non, bien sûr, pas encore ; mais je lui ai parlé de toi. Je lui ai dit que ta grand-mère appartenait à la famille Mountrachet, qu'elle était née à Blackhurst et qu'elle était revenue dans les années soixante-dix acheter le cottage. Clara s'est montrée très intéressée.

— Ah bon ? Qu'est-ce que ça peut lui faire, pourtant ?

En se redressant, Ruby se cogna la tête contre la voûte de la niche.

— Ah, zut, lâcha-t-elle en se frottant vigoureusement le cuir chevelu. C'est toujours ce maudit crâne qui prend.

— Ça ira ?

— Oui, oui, ne t'en fais pas. J'ai un seuil de douleur élevé. N'oublie pas, reprit-elle, que la mère de Clara travaillait au château comme domestique. Mary, celle qui a fini par confectionner du boudin toute sa vie avec son boucher de mari.

— Ah oui, c'est vrai. Mais comment as-tu su que Clara s'intéressait à Nell ? Qu'est-ce qu'elle t'a dit ?

Ruby reprit son inspection du fourneau, allant jusqu'à ouvrir la porte du four.

— Elle m'a dit qu'elle avait quelque chose à te raconter. Une confidence que sa mère lui aurait faite sur son lit de mort.

Cassandra en eut des fourmillements dans le cou.

— Mais quoi ? Elle t'en a dit davantage ?

— À moi elle n'a rien voulu dire, et ne t'emballe pas trop. Vu la vénération qu'elle vouait à sa vieille mère, tout ce qu'elle a à te dire, c'est peut-être que Mary a passé les meilleures années de sa vie au service de cette grande maison. Ou qu'un jour Rose l'a complimentée sur son talent pour faire briller l'argenterie.

Ruby referma le four et se retourna vers Cassandra.

— Je suppose que le fourneau n'est plus en état de marche ?

— Eh bien si, figure-toi. On n'en revenait pas.

— Qui ça « on » ?

— Christian et moi.

— Et qui est Christian ?

Cassandra passa les doigts sur le bord de la table.

— Oh, un ami. Quelqu'un qui m'a aidée à tout déblayer.

— Un ami, hein ? fit Ruby en haussant les sourcils.

— Oui, répondit Cassandra en affectant la nonchalance.

Ruby eut un sourire entendu.

— C'est bien, ça, d'avoir des amis.

Elle dépassa la croisée au carreau cassé pour aller se planter devant le rouet.

— Et bien sûr, tu ne me présenteras pas ?

Elle fit tourner la roue.

— Attention, prévint Cassandra, ne te pique pas le doigt !

— En effet, je ne voudrais pas que par ma faute, on s'endorme toutes les deux pour cent ans, répondit Ruby en n'effleurant que la partie supérieure de la roue. Cela dit, reprit-elle avec une lueur malicieuse dans le regard, ça donnerait à ton « ami » l'occasion de voler à notre secours.

Cassandra rougit. Pendant que Ruby considérait les poutres apparentes, le carrelage bleu et blanc au pied du fourneau et les lattes du parquet, elle feignit la désinvolture.

— Alors, qu'est-ce que tu en penses ?

— Tu le sais très bien, Cass. Je suis folle de jalousie ; cette maison est fabuleuse ! Tu comptes toujours la vendre ?

— Probablement, oui.

— Tu as bien plus de force que moi. Personnellement, je serais incapable de m'en séparer.

Cassandra ressentit une bouffée d'orgueil liée à l'instinct de possession. Elle la réprima.

— J'y suis obligée. Je ne peux pas la laisser dans cet état. L'entretien serait trop onéreux pour moi, surtout en vivant à l'autre bout du monde.

— Tu pourrais en faire une maison de vacances et la louer le reste de l'année. Comme ça, on aurait toujours un point de chute au bord de la mer. Enfin, se reprit-elle en riant, tu aurais un point de chute. Allez, enchaîna-t-elle en lui donnant un petit coup d'épaule, montre-moi l'étage. Je parie que de là-haut la vue est époustouflante.

Cassandra s'engagea la première dans l'étroit escalier. Quand elles arrivèrent dans la chambre, Ruby s'exclama à la vue des vaguelettes que le vent couronnait d'écume blanche :

— Oh, Cass, les gens vont se bousculer pour passer leurs vacances ici ! La maison respire l'authenticité, à la fois assez proche du village pour qu'on puisse y faire ses courses et suffisamment isolée pour qu'on y soit tranquille. Au coucher du soleil, ça doit être magnifique ! Et la nuit aussi... Les lumières des bateaux de pêche doivent scintiller comme autant de petites étoiles.

Les commentaires de Ruby provoquèrent chez Cassandra un mélange d'excitation et d'effroi : son amie exprimait à voix haute un sentiment dont elle n'avait pas pris conscience avant de l'entendre formuler par une autre. Elle avait envie de garder le cottage, tout en sachant qu'il aurait été plus raisonnable de le vendre. Elle s'était laissé pénétrer par l'atmosphère du lieu. Évidemment, celui-ci était lié à Nell, mais il y avait autre chose. L'impression que tout allait bien dès qu'elle se trouvait dans la maison ou son jardin. En paix avec le monde, et avec elle-même. Elle s'y sentait complète pour la première fois en dix ans. Comme si la boucle était enfin bouclée.

— Ciel ! s'exclama Ruby en saisissant Cassandra par le poignet.

— Quoi ? Qu'est-ce qu'il y a ? s'affola cette dernière.

— Je viens d'avoir une idée géniale ! On dort toutes les deux ici ce soir !

Cassandra sortait de la quincaillerie après un passage à la supérette, portant un carton plein de bougies, d'allumettes et autres objets de première nécessité, quand elle tomba par hasard sur Christian. Leur dîner au pub remontait à trois jours – il avait beaucoup trop plu pour qu'on puisse envisager de travailler au jardin pendant le week-end – et, depuis, elle ne l'avait pas revu. Curieusement affectée par cette rencontre, elle se sentit rougir.

— Vous partez camper ou quoi ?

— En un sens, oui. Une amie de passage veut qu'on passe la nuit au cottage.

— Gare aux fantômes !

— Je ferai attention.

— Et aux rats, ajouta Christian avec un sourire en coin.

Son sourire était contagieux. Mais elle se reprit. Le silence s'étira entre eux comme un élastique qui menace de se rompre. Cassandra hasarda timidement :

— Euh... Si vous voulez, vous pouvez... venir dîner avec nous ? Ce ne sera pas de la grande cuisine, mais ça peut être sympa. Enfin, si vous êtes libre, bien sûr. Ruby serait ravie de faire votre connaissance.

Elle s'empourpra carrément et maudit ses inflexions implorantes.

— Oui, ce serait sympa, répéta-t-elle.

Il hocha la tête, l'air de réfléchir à sa proposition.

— O.K., parfait. Ça me va !

— Formidable.

Cassandra en eut des frissons.

— Sept heures ? Et pas la peine d'apporter quoi que ce soit. Comme vous pouvez le constater, j'ai tout ce qu'il faut !

— Oh, pardon ! Donnez-moi vite ce carton !

Elle déplaça sur son avant-bras son sac en plastique plein de courses et frotta les marques rouges que les poignées y avaient laissées.

— Je vous reconduis en voiture.

— Je ne voudrais pas vous retarder.

— Vous ne me retardez pas. De toute façon je montais vous voir, à propos de Rose et de ses marques.

— Ah ? De mon côté, je n'ai rien trouvé d'autre dans les alb...

— Peu importe, car j'ai la réponse. Je connais leur origine. Venez, ajouta-t-il en désignant sa voiture, on en parlera pendant le trajet.

Il manœuvra habilement pour sortir du parking situé tout près du rivage et s'engagea dans la grand-rue.

— Alors ? le pressa Cassandra. Qu'est-ce que vous avez trouvé ?

Christian essuya la buée du pare-brise avec sa main.

— Quand vous m'avez parlé de Rose, l'autre jour, un élément m'a paru vaguement familier. En fait, c'était le nom de son médecin, Ebenezer Matthews. Impossible de me rappeler où je l'avais déjà entendu ; mais samedi matin, ça m'est revenu. Pendant mes études de médecine, j'ai suivi un séminaire d'éthique, et l'examen final comportait une dissertation sur l'emploi des techniques nouvelles à travers l'histoire.

Il ralentit à un carrefour et tripota quelques boutons sous le tableau de bord.

— Désolé, mais de temps en temps le chauffage fait des siennes... Ça devrait s'arranger d'ici quelques minutes.

Il tourna le cadran vers le rouge, mit son clignotant à gauche et entama l'ascension de la route menant à la falaise.

— Quand on retourne habiter chez ses parents, un des avantages est qu'on y retrouve toutes ses vieilles affaires. Moi, j'ai récupéré toute ma vie en cartons quand ma belle-mère a transformé ma chambre en salle de gym.

Cassandra se remémora avec un sourire les cartons entiers de souvenirs de lycée qu'elle avait redécouverts en emménageant chez Nell après l'accident.

— Ça m'a pris du temps, mais j'ai fini par remettre la main sur la dissertation en question. Le nom d'Ebenezer Matthews figurait bien dedans. Je m'étais intéressé à lui parce qu'il était originaire du même village que moi.

— Il était question de Rose dans votre devoir ?

— Non, mais sachant qui était le médecin de Rose, j'ai envoyé un mail à une amie qui travaille à la bibliothèque médicale de l'université d'Oxford. Elle me devait un service. Elle a accepté de m'envoyer tout ce qu'elle trouverait sur les patients de notre bon toubib entre 1889 et 1913, c'est-à-dire du vivant de Rose.

Une amie... Cassandra réprima une pointe de jalousie inattendue.

— C'est qu'il ne chômait pas, l'ami Matthews. Sauf au début ; pour quelqu'un qui a su se hisser à un tel rang dans la société, il avait des origines plutôt modestes. Médecin de bourgade au fin fond de la Cornouailles, il prodiguait le même genre de soins que tous ses confrères de province. Mais, d'après ce que j'ai cru comprendre, sa rencontre avec Adeline Mountrachet a joué un rôle déterminant dans son ascension. Je ne comprends pas pourquoi elle a choisi un jeune médecin quand sa fille est tombée malade encore petite. Dans ces cas-là, les aristocrates de l'époque avaient plutôt tendance à s'adresser au vénérable vieillard qui soignait déjà le grand-oncle Kernow dans son enfance. Quoi qu'il en soit, c'est à Ebenezer Matthews qu'on a fait appel. Adeline et lui ont dû bien s'entendre, car il est resté le médecin attitré de Rose durant toute son enfance, et même après son mariage.

— Où votre amie a-t-elle déniché des informations aussi précises ?

— Beaucoup de médecins tenaient un journal, un registre des patients qu'ils avaient vus, de ceux qui leur devaient de l'argent, des traitements qu'ils avaient prescrits, des articles qu'ils avaient publiés, et ainsi de suite. Ces journaux ont souvent atterri dans les bibliothèques locales, légués ou vendus par la famille du médecin.

Ils étaient arrivés au bout du chemin gravillonné. Christian gara sa voiture en bordure de l'herbe, sur la petite aire de stationnement aménagée à l'intention des touristes désireux d'admirer la vue. Le vent chahutait la falaise et les petits oiseaux qui y nichaient se blottissaient les uns contre les autres, moroses. Christian coupa le contact et se tourna vers Cassandra.

— Durant les dernières années du XIXe siècle, le Dr Matthews a fait parler de lui, figurez-vous. Manifestement insatisfait de sa condition de médecin de campagne, même si la liste de ses patients commençait à ressembler au *Who's Who* de la bonne société locale, il s'est mis à publier sur divers sujets relatifs à la médecine. Il n'a pas été très difficile, en comparant ces articles et son journal, de déduire que « Mlle R.M. » désignait Rose Mountrachet. Elle est fréquemment mentionnée à partir de 1897.

— Pourquoi ? Que s'est-il passé cette année-là ?

Cassandra retint son souffle.

— À l'âge de huit ans, Rose a avalé un dé à coudre.

— Pourquoi ?

— C'était sans doute un accident ; de toute façon, ce n'est pas ce qui nous intéresse ici. Et ça n'avait rien de grave – la moitié des pièces de monnaie en circulation dans notre pays a séjourné dans l'estomac d'un enfant à un moment ou à un autre. Si on ne fait rien, elles sont expulsées sans trop de mal par les voies naturelles.

— Mais lui n'a pas voulu laisser faire la nature ! Il l'a opérée !

— Non, rétorqua Christian en secouant la tête. C'est pire.

Le cœur de Cassandra se serra.

— Qu'est-ce qu'il a fait ?

— Il a fait prendre des radios qu'il a publiées dans *The Lancet*.

Il se retourna pour prendre sur la banquette arrière une photocopie qu'il tendit à la jeune femme.

Celle-ci parcourut l'article, puis haussa les épaules.

— Je ne vois pas ce qu'il y a de si grave.

— Ce qui est grave, ce n'est pas la radiographie elle-même, mais le temps d'exposition aux rayons.

Il indiqua une ligne en haut de la page.

— Le Dr Matthews a ordonné un temps de pose de soixante minutes au photographe. Il tenait vraiment à l'avoir, son image.

Cassandra sentit le froid extérieur se communiquer à sa joue à travers la vitre.

— Mais qu'est-ce que ça signifie ?

— Les rayons X provoquent une irradiation, naturellement. Vous avez remarqué à quelle vitesse votre dentiste sort du cabinet quand il prend une radio de vos dents ? Un temps de pose de soixante minutes, ça veut dire qu'à eux deux, Matthews et le photographe ont irrémédiablement grillé les ovaires de Rose et tout ce qu'ils contenaient.

— Ses ovaires ? Mais alors, comment a-t-elle pu avoir un enfant ? s'enquit Cassandra en le dévisageant intensément.

— C'est ce que j'essaie de vous dire : il est impossible qu'elle ait eu un enfant. Jamais elle n'aurait pu mener une grossesse normale à terme. À partir de 1897, on peut considérer Rose Mountrachet comme complètement stérile.

41

Cliff Cottage, 1975

Hormis le délai légal de dix jours avant que les deux parties puissent signer le contrat de vente, la jeune Julia Bennett se montra très obligeante. Quand Nell lui demanda si elle pouvait avoir quand même la clef du cottage, elle la lui donna avec un geste qui mit en valeur tous les bracelets dont était chargé son poignet.

— Ça ne me dérange pas du tout, dit-elle dans une série de tintements métalliques. Faites comme chez vous. La clef est tellement lourde que je ne suis pas fâchée de m'en débarrasser !

Elle ne mentait pas. C'était une grosse clef en cuivre, ornée de volutes élaborées côté main et tout émoussée côté serrure. Nell la contempla. Elle mesurait presque toute la longueur de sa paume.

Puis elle la posa sur la table de la cuisine. La cuisine de son cottage. Enfin presque. Dix jours encore et elle aurait signé.

Nell ne serait plus là pour la signature. Son avion décollait trois jours avant, et en voulant changer son billet, elle avait appris que ces revirements de dernière minute n'étaient possibles que moyennant un coût prohibitif. Elle avait donc dû se résoudre à rentrer en Australie à la date prévue. Le notaire ne voyait pas d'inconvénient à garder la clef du cottage jusqu'à son retour. Elle lui avait affirmé qu'elle reviendrait dès qu'elle aurait mis toutes ses affaires en ordre. Pour de bon.

Car Nell avait décidé que Brisbane, c'était fini pour elle. Rien ne la retenait là-bas, à part quelques rares amis, une fille qui n'avait nullement besoin d'elle et des sœurs qui ne la comprenaient pas. Son magasin d'antiquités allait lui manquer, mais pourquoi n'en ouvrirait-elle pas un ici, en Cornouailles ? Et une fois installée à Tregenna, elle aurait plus de temps à consacrer au mystère de ses origines. Elle saurait pourquoi Eliza l'avait enlevée. Tout le monde avait besoin d'un but dans la vie ; tel serait le sien. Sinon, comment pouvait-elle espérer savoir un jour qui elle était ?

Nell parcourut lentement la cuisine en dressant une liste. La première chose à faire à son retour serait de nettoyer la maison de fond en comble. Crasse et poussière régnaient depuis trop longtemps en maîtres ; toutes les surfaces en étaient recouvertes. Il faudrait aussi envisager quelques réparations : la plupart des plinthes devraient être remplacées, elle trouverait certainement des boiseries pourries et il faudrait remettre la cuisine en état de marche...

Dans un bourg comme Tregenna, on trouvait forcément des artisans, mais Nell n'avait pas envie de voir des inconnus travailler chez elle. Cliff Cottage était une maison de pierre et de bois comme les autres, et en même temps, à ses yeux, c'était plus qu'une maison. De la même manière qu'elle avait soigné Lil mourante en refusant de la confier à des inconnus, fussent-ils animés des meilleures intentions, elle sentait qu'elle devait s'occuper elle-même du cottage. Elle mettrait à l'œuvre les savoir-faire que lui avait enseignés Hugh quand, petite, elle regardait son papa avec de grands yeux énamourés.

Nell fit halte devant le fauteuil à bascule. Dans l'angle de la pièce, un renfoncement attira son attention. Elle alla y regarder de plus près. Une bouteille à moitié vide, un paquet de biscuits, une bande dessinée humoristique... Rien de tout ça n'était là quand elle avait visité la maison avant de l'acheter, elle en était sûre. Donc, on était entré depuis. Un gamin, probablement.

Sentant sur son visage un courant d'air humide, elle vit qu'il manquait un carreau à la fenêtre au fond de la cuisine. Il faudrait apporter du plastique et du ruban adhésif avant son départ. Elle regarda dehors. Une haie courait parallèlement à la maison, si homogène qu'on aurait presque dit un mur. Tout à coup elle surprit un mouvement du coin de l'œil, comme un éclair de couleur ; mais quand elle se tourna, elle ne vit rien. Sans doute un oiseau ou un écureuil.

Sur le plan fourni par le notaire, elle avait vu que le terrain s'étendait assez loin derrière la maison. Cela signifiait sans doute que ce qui se trouvait derrière cette haie lui appartenait aussi. Elle décida d'aller y jeter un œil.

L'allée qui contournait la maison était étroite et ne voyait guère le soleil. Nell avança prudemment, en écartant les herbes folles. Derrière le cottage, les mûriers avaient envahi tout l'espace entre le mur et la haie ; Nell dut s'y frayer un passage.

À mi-chemin, elle perçut à nouveau un mouvement, tout près d'elle cette fois. Deux chaussures et deux jambes maigres dépassaient au bas du mur. Soit ce dernier était tombé du ciel, comme dans *Le Magicien d'Oz,* en écrabouillant sur place un infortuné nain, soit elle tenait la petite personne qui s'était permis d'entrer chez elle.

Elle attrapa une cheville osseuse. Les deux jambes s'immobilisèrent.

— Allez, dit-elle. Sors de là.

Les jambes restèrent encore un instant immobiles, puis reculèrent. Le garçon à qui elles appartenaient devait avoir une dizaine d'années – Nell ne savait pas très bien estimer l'âge des enfants. Maigrichon, il avait des cheveux châtain clair, des genoux cagneux et des tibias couverts de bleus.

— C'est toi le garnement qui se croit chez lui dans mon cottage ?

Le petit cilla, puis leva des yeux noisette sur Nell avant de regarder obstinément ses pieds.

— Comment tu t'appelles ?

Un murmure à peine audible.

— Christian.

— Christian comment ?

— Blake. Mais je ne faisais rien de mal, madame. Mon papa travaille au château et des fois, j'aime bien venir faire un tour dans le... dans votre jardin clos.

Nell se retourna vers le mur tapissé de ronces.

— Alors comme ça, c'est un jardin qu'il y a là derrière ? Je me demandais justement... Dis-moi, Christian, ta maman sait où tu es ?

Les épaules du jeune garçon s'affaissèrent.

— Je n'ai pas de maman.

Nell l'interrogea du regard.

— L'été dernier, elle est partie à l'hôpital, et puis...

Autant l'intrusion du gamin avait échauffé Nell, autant cet aveu la refroidit. Elle soupira.

— Je vois. Bon. Et quel âge as-tu, toi ? Neuf, dix ans ?

— Presque onze ! protesta-t-il.

Sous le coup d'une saine indignation, il plongea les mains dans ses poches, les coudes écartés.

— Bien sûr, je m'en rends compte, maintenant que tu me le dis. J'ai une petite-fille de ton âge.

— Elle aussi, elle aime les jardins ?

— Ça, je ne pourrais pas te le dire, dit Nell après un temps.

Cette réponse désarçonna Christian, qui fronça les sourcils.

— Enfin, oui, sûrement, rectifia Nell.

Elle n'avait pas besoin de s'excuser. De s'en vouloir. Ce n'était pas sa faute si elle ne connaissait pas les goûts de la fille de Lesley.

— Je ne la vois pas souvent, tu comprends.

— Pourquoi, elle habite loin de chez vous ?

— Pas tant que ça.

— Alors pourquoi ?

Nell le dévisagea en essayant de savoir si son impertinence était ou non désarmante.

— Ce sont des choses qui arrivent.

Elle vit bien que cette réponse le satisfaisait aussi peu qu'elle-même, mais certaines choses devaient se passer d'explications, surtout quand on avait affaire à un petit garçon bizarre entré par effraction.

Elle se rappela que le garnement venait de perdre sa mère. Quant on voyait s'écrouler toutes ses certitudes, on n'était jamais à l'abri d'une erreur de jugement – Nell était bien placée pour le savoir. Que la vie était cruelle, parfois... Pourquoi fallait-il que ce gamin grandisse sans mère ? Pourquoi cette pauvre femme avait-elle péri prématurément en laissant son petit garçon faire tout seul son chemin dans le monde ? En le voyant si maigrelet, elle en eut le cœur serré. Elle reprit d'un ton bourru mais non dénué de bonté :

— Et puis d'abord, qu'est-ce que tu y fais, dans mon jardin ?

— Rien de mal, j'vous jure. J'aime bien venir m'y asseoir, c'est tout.

— Et c'est par là-dessous que tu entres ?

Il fit signe que oui.

— Moi je crois que je ne pourrais pas passer. Où est l'entrée normale ?

— Il n'y en a pas. Pas dans ce mur-ci en tout cas.

— Tu veux dire que j'ai acheté un jardin sans entrée ?

Il hocha à nouveau la tête.

— Il y en a eu une ; de l'intérieur, on voit qu'elle a été bouchée.

— Quelle idée ? Pourquoi faire une chose pareille ?

Le garçon avoua son ignorance et Nell ajouta un article à sa liste de rénovations à entreprendre.

— Dans ce cas, tu veux bien me dire à côté de quoi je passe, puisque je ne peux pas m'en rendre compte par moi-même ? Qu'est-ce qui te pousse à faire tout ce chemin et à grimper jusqu'ici ?

— C'est l'endroit que je préfère – y en a pas deux comme ça au monde. J'aime bien m'asseoir là-dedans et parler à ma maman, poursuivit le petit garçon au regard sérieux. Elle aimait beaucoup les jardins – surtout le vôtre, en fait. C'est même elle qui m'a montré le passage sous le mur ; on devait essayer de dégager l'entrée. Et puis elle est tombée malade.

— Tu sais, il faut que je retourne en Australie dans quelques jours, mais je reviendrai dans un mois ou deux. D'ici là, tu veux bien veiller sur mon jardin, Christian ? Tu ferais ça pour moi ?

Il acquiesça d'un air grave.

— Oui, pas de problème.

— Ça me rassurerait de le savoir entre de bonnes mains.

Christian se redressa de toute sa petite taille.

— Et quand vous reviendrez, je vous aiderai à tout remettre en état. Comme fait mon papa à l'hôtel.

— Je te prends au mot, répliqua Nell en souriant. En général je n'accepte pas l'aide de n'importe qui, mais j'ai l'impression que dans ce cas précis, tu es l'homme qu'il me faut.

42

Château de Blackhurst, 1913

Rose s'enveloppa dans son châle et croisa les bras pour se protéger d'une sensation de froid qui ne voulait plus la quitter. Quand elle était allée chercher un peu de soleil dans les jardins, elle ne s'était pas attendue à tomber sur Eliza. Elle s'était installée pour écrire dans son album, levant de temps en temps les yeux pour surveiller Ivory, qui s'ébattait dans les parterres, et rien ne laissait supposer qu'en ce jour fatal, la sérénité ambiante serait brutalement réduite à néant. Un sixième sens inexplicable l'avait incitée à se tourner vers le portail du labyrinthe, et ce qu'elle avait découvert lui avait glacé le sang. Comment Eliza avait-elle pu savoir qu'elle trouverait Rose et Ivory seules dans le jardin ? Les avait-elle observées en attendant le moment de prendre sa cousine au dépourvu ? Et pourquoi ce jour-là, en ce moment précis ? Au bout de trois ans, comment expliquer qu'elle fasse subitement son apparition ? Tel un spectre cauchemardesque, elle avançait sur le gazon, un méchant paquet à la main...

Rose regarda de travers le maudit objet qui essayait de se faire passer pour inoffensif alors qu'au contraire – cela, elle le ressentait au plus profond d'elle-même – il représentait sous le papier d'emballage un lieu, un moment, une union qu'elle aurait voulu chasser de sa mémoire.

Un vol d'hirondelles prit son essor ; Rose dirigea son regard vers la pelouse et vit que maman venait vers elle, flanquée de son nouveau dogue, Helmsley, qui ne la quittait pas. Elle en conçut un immense soulagement. La présence de maman l'ancrait dans le présent, un monde sans risque où chaque chose était telle qu'elle devait être. Quand Adeline fut toute proche, Rose ne put plus contenir son anxiété.

— Oh, maman ! Elle est venue ! Eliza est venue jusqu'ici !

— J'ai tout vu par la fenêtre. Qu'a-t-elle dit ? L'enfant a-t-elle entendu des choses qui n'étaient pas pour ses oreilles ?

Rose se repassa mentalement la confrontation, mais l'inquiétude mêlée à la crainte effilochait le souvenir qu'elle en gardait, et elle se trouva incapable d'en extraire les termes précis qui avaient été employés. Elle secoua piteusement la tête.

— Je ne sais plus.

Adeline prit le paquet posé sur le banc avec précaution, comme si elle redoutait de se brûler.

— Ne l'ouvrez pas, maman, je vous en prie. Je ne supporterais pas de voir ce qu'il contient, supplia Rose d'une voix à peine audible.

— Est-ce... ?

— Oh, je n'en doute pas. Elle a dit que c'était pour Ivory. Mais pourquoi a-t-elle ressenti le besoin de me l'apporter, maman ? demanda-t-elle tandis qu'une bouffée de panique s'emparait d'elle. Pourquoi ?

Maman pinça les lèvres sans répondre.

— Qu'est-ce qu'elle a voulu me faire comprendre par là ?

— Il me semble que le moment est venu de mettre de la distance entre ta cousine et toi.

583

Adeline prit place à côté de sa fille et posa le paquet sur ses genoux.

— Comment cela ? Vous ne croyez tout de même pas qu'elle pourrait... ?

Glacée d'effroi, Rose acheva dans un souffle :

— ... qu'elle pourrait revenir ?

— Elle a prouvé aujourd'hui qu'elle ne respectait pas les règles que nous avions instaurées.

— Mais vous ne croyez quand même pas qu'elle... ?

— Ce que je crois, c'est que ton bonheur est ma seule préoccupation.

Tandis que la fille de Rose papillonnait dans la lumière ocellée, Adeline se pencha si près de sa fille que celle-ci sentit la douceur de sa lèvre supérieure tout contre son oreille.

— Il ne faut pas oublier, ma chérie, que les secrets ne sont jamais en sécurité tant qu'ils sont connus d'un tiers.

Rose hocha imperceptiblement la tête. Maman avait raison. Ils avaient été insensés de croire que cela continuerait indéfiniment.

Adeline se leva et fit un geste de la main à l'intention de Helmsley qui signifiait « au pied ».

— Thomas est sur le point de servir le déjeuner. Ne tarde pas trop. Inutile d'ajouter un refroidissement à ce déplorable incident.

Elle reposa le paquet sur le banc et reprit à voix basse :

— Et charge Nathaniel de nous débarrasser de ceci.

584

Des petits pieds couraient en tous sens au-dessus de sa tête. Adeline fit la grimace. Elle avait beau lui seriner sa sempiternelle diatribe sur la bonne façon de se comporter quand on était une petite fille bien élevée, Ivory n'en tenait aucun compte. Il fallait s'y attendre, évidemment ; malgré les atours dont Rose la parait, cette enfant était de basse extraction, tout bien considéré. Et on n'y pouvait rien. Ses joues rosissaient trop vivement, son rire se répercutait dans les couloirs, ses boucles refusaient de se laisser emprisonner par les rubans... bref, elle ressemblait aussi peu que possible à Rose.

Ce qui n'empêchait pas cette dernière de l'aduler. Alors Adeline avait bien été obligée de l'accepter ; elle s'était entraînée à lui sourire, elle soutenait son regard effronté et supportait son tapage. Que n'aurait-elle pas fait pour Rose ? D'ailleurs, elle avait déjà tant fait... Mais Adeline savait aussi que son devoir était de veiller au grain, de rétablir un peu de sévérité dans tout cela, car si elle voulait se libérer de la fange où sa naissance l'avait plongée, cette petite aurait besoin d'une main ferme pour la guider.

Le cercle de personnes dans la confidence était étroit, et il ne fallait surtout pas qu'il s'élargisse. Sinon, c'était inviter le spectre hideux du scandale à pénétrer dans leur logis. Il avait donc fallu manœuvrer Mary et Eliza.

Au début, Adeline avait craint que Rose ne comprenne pas, et qu'en toute innocence elle s'attende à ce que tout continue comme avant. Mais de ce côté-là, elle avait été agréablement surprise. Dès l'instant où l'on avait posé la petite Ivory dans ses bras, la jeune femme avait été littéralement transfigurée.

Animée par un vif désir maternel de protéger son enfant, Rose avait accepté, comme le proposait sa mère, que Mary et Eliza soient maintenues à distance – une distance soigneusement étudiée pour qu'on n'ait pas à supporter leur présence mais qu'elles restent tout de même dans la sphère d'influence d'Adeline. C'était la seule solution pour qu'elles n'aillent pas raconter ce qu'elles savaient sur la nouvelle héritière de Blackhurst. Adeline avait donc aidé Mary à acquérir une petite maison à Polperro, et Eliza avait été autorisée à demeurer dans son cottage. D'un côté, elle déplorait ce voisinage constant, mais c'était un moindre mal, et le bonheur de Rose passait avant tout.

Chère petite Rose, si pâle sur son banc de jardin... elle avait à peine touché à son déjeuner, après l'incident. Elle s'était bornée à déplacer les aliments dans son assiette. À présent elle se reposait pour tenter de prévenir une résurgence de la migraine qui l'avait torturée toute la semaine.

Adeline se força à desserrer le poing qu'elle avait machinalement crispé sur ses genoux et assouplit pensivement ses doigts. Elle s'était montrée très claire : ni l'une ni l'autre des deux jeunes femmes ne devait remettre les pieds au château. C'était une convention simple, et jusqu'ici elles l'avaient respectée. Une chape protectrice s'était abattue sur leur secret, et la vie à Blackhurst s'était poursuivie selon un rythme bien réglé.

Mais alors, cette visite d'Eliza ? Qu'est-ce qui lui avait pris de revenir aujourd'hui sur la parole donnée ?

Nathaniel attendit que Rose soit allée se coucher pour calmer ses nerfs et Adeline partie en visite. Ainsi, raisonna-t-il, elles n'apprendraient jamais comment il comptait s'y prendre pour s'assurer de la disparition totale d'Eliza. Depuis qu'on l'avait mis au courant de la visite de celle-ci, il réfléchissait à la meilleure façon de régler le problème. Le fait de voir sa femme dans cet état lui rappelait douloureusement que, malgré le chemin parcouru et le changement radical qui s'était opéré après la naissance d'Ivory, l'autre Rose – celle qui, tendue, instable, se laissait consumer par l'anxiété – n'était jamais bien loin sous la surface. Il avait tout de suite su qu'il devait s'entretenir avec Eliza, trouver le moyen de lui faire comprendre qu'elle ne devait jamais, *jamais* revenir.

Il s'était écoulé un bon moment depuis sa dernière expédition à travers le labyrinthe ; il avait oublié à quel point il faisait sombre entre ses haies d'épineux où le soleil n'avait que rarement le droit de pénétrer. Il avança avec précaution, en se remémorant au fur et à mesure les coins où il fallait tourner. On était loin du jour où, quatre ans plus tôt, il avait foncé comme un fou jusqu'au bout du dédale afin de récupérer ses dessins... Il était arrivé au cottage hors d'haleine et les tempes battantes – il n'avait pas l'habitude de l'effort physique. Et il avait exigé qu'elle lui rende ses esquisses. Elles étaient à lui, elles étaient importantes à ses yeux, il en avait besoin. À court d'arguments, il était resté planté là, à essayer de reprendre son souffle. Il ne savait pas à quoi s'attendre de la part d'Eliza : à un aveu ? à des excuses ? à ce qu'elle lui rende ses œuvres ? Tout cela à la fois, peut-être... Mais non, elle ne lui avait rien donné du tout.

Au lieu de cela, elle l'avait pris par surprise. Après l'avoir contemplé comme on se penche sur une curiosité d'importance toute relative, elle avait rivé sur lui ces yeux clairs et changeants qu'il brûlait de dessiner avant de lui demander si ça lui dirait d'illustrer un recueil de contes de fées !

Un bruit. Le souvenir se dissipa. Le rythme cardiaque de Nathaniel s'accéléra. Il se retourna pour scruter la pénombre derrière lui. Un rouge-gorge solitaire le regarda avant de prendre son envol.

Il était nerveux... pourquoi ? Il était sur les nerfs, comme s'il se sentait coupable de quelque chose ; pourtant, il ne commettait rien de répréhensible. Il avait seulement l'intention de parler à Eliza, pour la prier de résister à l'envie de revenir, de franchir le portail du labyrinthe. Et s'il agissait ainsi, c'était pour le compte de Rose. La santé et la sérénité de son épouse lui importaient avant tout.

Il hâta le pas en se disant pour se rassurer qu'il inventait des périls là où il n'en existait point. Sa mission était secrète, mais non pas illicite. Nuance.

Il avait accepté d'illustrer le livre. Comment résister, et, d'ailleurs, pour quelle raison ? Le dessin était son moyen d'expression préféré, et en s'inspirant de ces contes, il s'introduisait dans un monde qui ignorait les regrets peuplant sa vraie vie. Ce travail lui avait redonné goût à l'existence, comme une quête intime qui rendait supportables toutes ces journées à peindre des portraits – une corvée dont il ne voyait pas le bout. Pendant qu'Adeline le jetait dans les bras de raseurs riches et titrés en nombre infini, auxquels il était obligé de sourire avant de faire ce qu'on attendait de lui, comme un bon chien bien dressé, il berçait en lui la perspective secrète de pouvoir bientôt donner vie au monde magique d'Eliza.

Il n'avait jamais possédé d'exemplaire du recueil. La publication fut retardée pour on ne sait quelle raison et quand il parut enfin, à cause de ce qui s'était passé entre-temps, il sentit que le livre ne serait pas bien accueilli à Blackhurst. Il avait commis une grave erreur en en parlant à Rose, pensant qu'elle se réjouirait de voir ainsi réunis son mari et sa chère cousine ; mais non. Il n'oublierait jamais son expression – un mélange de stupéfaction, de colère et de désespoir. Il l'avait trahie, il ne l'aimait pas, il voulait la quitter ! Voilà ce qu'elle avait dit. Malgré tous ses efforts, Nathaniel n'avait pas réussi à comprendre. Il s'était comporté comme toujours dans ces cas-là : il l'avait rassurée et priée de poser pour lui, afin qu'il complète sa collection de portraits d'elle. Et dès lors, il avait gardé l'idée du recueil pour lui. Cependant, il n'y avait pas renoncé. Il s'en sentait incapable.

Après la naissance d'Ivory, une fois Rose rétablie, lui-même avait vu la trame de sa vie se reconstituer progressivement. Curieux, comme un si petit bébé pouvait rendre la vie à une maison morte et ôter le linceul funèbre qui jusque-là recouvrait tout – Rose, leur couple, et jusqu'à son âme elle-même. Au début, Nathaniel avait fait preuve de circonspection, adaptant son comportement aux réactions de Rose, sans jamais oublier que le problème des origines de l'enfant pouvait à tout moment se révéler insurmontable. Mais quand il vit qu'elle aimait cette petite comme si c'était sa propre fille, et non comme un œuf de coucou déposé dans un autre nid, à son tour il avait laissé son cœur s'attendrir, et la divine innocence du nourrisson avait agi comme un baume sur son énergie qui avait bien failli s'épuiser. Il s'était jeté à corps perdu dans la vie de famille, jouissant du sentiment de complétude qu'elle lui procurait, de la vigueur que son couple avait acquise en s'adjoignant une tierce personne.

Peu à peu, il oublia le livre et la joie que lui avaient procurée ses illustrations. Il s'abandonna à la discipline de la famille Mountrachet, fit comme si Eliza n'existait plus et obéit docilement, sinon de bon cœur, quand Adeline lui demanda de reprendre le portrait de Sargent – quelle indignité que de toucher à l'œuvre du grand homme ! Mais à ce stade, il avait déjà bafoué tant de principes personnels qu'un de plus ou de moins n'y changerait pas grand-chose...

Quand il atteignit la clairière au centre du labyrinthe, un couple de paons le jaugea brièvement du regard avant de poursuivre son chemin. Veillant à ne pas se prendre les pieds dans l'anneau en cuivre, il s'engagea dans le passage exigu qui menait à l'entrée du jardin clos.

Tout à coup il se figea. Des brindilles craquaient, un pas léger, mais plus sonore que celui des paons, se fit entendre. Il se retourna vivement. Un fugitif envol de tissu blanc... Il était suivi.

— Qui est là ? lâcha-t-il d'une voix plus rauque que prévu. Montrez-vous, je l'exige, reprit-il d'un ton raffermi.

Au bout d'un instant, son mystérieux poursuivant sortit de sa cachette.

— Ivory !

Le soulagement céda vite la place à la consternation.

— Qu'est-ce que tu fais là ? Tu sais pourtant que tu n'as pas le droit de passer le portail du labyrinthe.

— S'il te plaît, papa. Emmène-moi avec toi. Davies dit qu'il y a un jardin, au bout du labyrinthe, où commencent tous les arcs-en-ciel du monde.

Nathaniel ne put s'empêcher d'apprécier cette image.

— Ah bon, il t'a dit ça ?

Ivory acquiesça avec ce sérieux enfantin qui fascinait toujours Nathaniel. Il consulta sa montre de gousset. Adeline serait de retour d'ici une heure, impatiente de voir si le portrait commandé par lord Haymarket avait bien avancé. Il n'avait pas le temps de ramener Ivory au château et de revenir. Et Dieu sait quand l'occasion se représenterait ! Il se gratta l'oreille et soupira.

— Bon, allez, viens.

Elle lui emboîta le pas en fredonnant un air que Nathaniel reconnut : une comptine rimée qui faisait parler les cloches de six églises londoniennes, « Oranges and Lemons[5] ». Où avait-elle bien pu l'entendre ? En tout cas, ce n'était pas Rose qui la lui avait apprise : elle avait une très mauvaise mémoire pour les chansons, qu'il s'agisse des paroles ou de la mélodie. Ni Adeline, pour qui la musique n'avait

---

5. « *Oranges and lemons* », *say the bells of St. Clement's/« You owe me three farthings* », *say the bells of St. Martin's/« When will you pay me ? » say the bells of Old Bailey/« When I grow rich », say the bells of Shoreditch/« When will that be ? » say the bells of Stepney/« I do not know », says the great bell of Bow/Here comes a candle to light you to bed/And here comes a chopper to chop off your head !/ Chip chop chip chop – The last man's dead* ». (*N.d.T.*)

guère de sens. Un des domestiques, donc. Faute de nurse digne de ce nom, la petite passait le plus clair de son temps avec le personnel de Blackhurst. Allez savoir quelles autres compétences discutables elle allait acquérir à son contact !

— Papa ?

— Oui ?

— J'ai encore fait une image dans ma tête.

— Ah bon ?

Nathaniel écarta une branche hérissée d'épines pour lui livrer passage.

— C'était le bateau du capitaine Achab. Avec la baleine qui nageait juste à côté.

— De quelle couleur était la voile ?

— Blanche, bien sûr.

— Et la baleine ?

— Grise comme un nuage d'orage.

— Et qu'est-ce que ça sentait, sur ton bateau ?

— L'eau salée, et comme les bottes de Davies.

Amusé, Nathaniel haussa les sourcils.

— Oui, ça ne m'étonne pas.

C'était un de leurs jeux préférés ; ils y jouaient souvent, l'après-midi, car Ivory passait de plus en plus de temps dans son atelier. À sa grande surprise, Nathaniel s'était aperçu qu'il appréciait sa compagnie. Grâce à elle il voyait les choses autrement, plus simplement, et cela rendait ses portraits plus vivants. Ses questions incessantes sur ce qu'il faisait et pourquoi l'amenaient à expliquer des choses qu'il ne savait plus apprécier depuis longtemps : on doit dessiner ce qu'on voit, et non ce qu'on imagine avoir sous les yeux ; toute image peut se réduire à un ensemble de lignes et de formes ; la couleur doit à la fois révéler et dissimuler.

— Papa, pourquoi on traverse le labyrinthe ?

— Parce qu'il y a à l'autre bout quelqu'un que je dois voir.

Ivory digéra l'information.

— Une personne ?

— Évidemment. Tu crois que ton papa irait à la rencontre d'une bête sauvage ?

Ils obliquèrent deux fois en quelques secondes, et Nathaniel se représenta une bille circulant dans les tortueux couloirs miniatures du jeu qu'Ivory avait fabriqué elle-même dans la nursery. Une bille qui négociait virages et passages rectilignes sans presque aucun contrôle sur son destin. C'était une comparaison absurde, d'ailleurs... Car l'initiative qu'il avait prise ce jour-là était, au contraire, celle d'un homme décidé à maîtriser sa destinée.

Après un ultime tournant, ils parvinrent devant la porte du jardin clos. Nathaniel mit un genou en terre et enveloppa doucement les épaules pointues de sa fille dans ses paumes.

— Écoute, Ivory... Aujourd'hui, je t'ai fait traverser le labyrinthe. Mais il ne faudra jamais y revenir, et surtout pas toute seule. Et puis, je crois qu'il serait préférable que... que cette petite promenade...

— Ne t'en fais pas, papa. Je ne dirai rien à maman.

Au fond de lui Nathaniel se sentit à la fois rassuré et légèrement contrarié de conspirer ainsi avec son enfant contre sa propre épouse.

— Et à grand-maman non plus, je ne le dirai pas.

Nathaniel acquiesça avec un petit sourire.

— C'est mieux comme ça.

— C'est un secret.

— Oui, un secret.

Il poussa le portail et fit entrer Ivory. Il s'attendait à demi à trouver Eliza assise dans l'herbe telle la reine des fées, sous le pommier, mais le jardin était silencieux et désert. Seul bougeait un rouge-gorge – le même ? – qui les regarda avancer dans l'allée sinueuse d'un air de propriétaire, la tête penchée sur le côté.

— Ça alors ! s'exclama Ivory, émerveillée par le spectacle du jardin, dont elle admira les plantes grimpantes qui serpentaient d'un mur à l'autre. C'est un jardin magique !

Nathaniel s'étonna qu'une enfant de cet âge perçoive une chose pareille. Qu'avait donc ce jardin pour laisser croire à ses visiteurs que sa splendeur ne pouvait être entièrement naturelle, qu'on avait dû conclure un pacte avec le monde surnaturel pour y faire pousser une telle profusion végétale ?

Ils franchirent le portail sud et empruntèrent l'allée latérale qui épousait étroitement le côté de la maisonnette. C'était l'heure la plus chaude de la journée, et pourtant, il faisait sombre et frais dans le jardin, grâce au mur qu'avait fait élever Adeline. Nathaniel posa la main entre les omoplates d'Ivory – ses petites ailes de fée.

— Écoute-moi bien maintenant. Papa va entrer dans le cottage, mais toi, il faut que tu attendes dans le jardin.

Une hésitation.

— Et surtout, ne t'éloigne pas !

— Oh non, papa, répondit la fillette d'un ton candide, comme si c'était vraiment la dernière chose qui pût lui venir à l'esprit.

Nathaniel hocha la tête, puis se dirigea vers la porte. Après avoir frappé, il attendit en tirant sur ses manchettes qu'Eliza vienne lui ouvrir.

Et tout à coup elle fut là. Comme s'il s'était écoulé un jour à peine depuis leur dernière rencontre, et non quatre longues années.

Nathaniel prit place sur une chaise tandis qu'Eliza restait debout en face de lui, les doigts posés sur le bord de la table. Elle avait cet air qui n'appartenait qu'à elle, sans trace des conventions sociales qui auraient voulu qu'elle affecte d'être contente de le voir. Était-ce par vanité qu'il avait espéré une réaction positive de sa part ? La lumière intérieure du cottage s'ingéniait à faire paraître sa chevelure plus rousse encore. Des éclats de soleil jouaient dans ses boucles emmêlées, qui semblaient bel et bien provenir du rouet des fées. Nathaniel se moqua de lui-même : voilà qu'il laissait les contes imprégner sa perception de leur créatrice !

Une curieuse atmosphère planait entre eux deux. Il y avait beaucoup à dire, et pourtant, rien ne lui venait. C'était la première fois qu'il la revoyait depuis l'accord qu'ils avaient conclu. Il s'éclaircit la voix et fit mine de lui prendre la main. Il ne put pas s'en empêcher. Mais elle s'écarta subitement et alla s'affairer devant le fourneau.

Nathaniel se radossa à sa chaise. Par où commencer ? De quelles précautions oratoires envelopper son message ?

— Vous devinez pourquoi je suis là, lâcha-t-il enfin.

— Naturellement, fit-elle sans se retourner.

Tandis qu'elle posait la bouilloire sur le brûleur, il contempla ses doigts si fins.

— Alors vous savez aussi ce que j'ai à vous dire.

— Oui.

À cet instant, la brise qui entrait par la fenêtre apporta la plus charmante des petites voix :

— « *Oranges and Lemons, say the bells of St. Clement's...* »

Eliza raidit le dos et Nathaniel vit saillir les vertèbres sur sa nuque dégagée qui faisait penser à celle d'une petite fille, justement. Elle se retourna d'un coup.

— L'enfant est là ?

Nathaniel ressentit une joie perverse devant son expression de bête traquée. Il aurait voulu la traduire sur le papier – yeux écarquillés, joues blêmissantes, lèvres pincées... D'ailleurs, il tenterait de le faire dès qu'il regagnerait son atelier.

— Vous l'avez amenée ici ?

— C'est elle qui m'a suivie. Quand je m'en suis rendu compte, il était trop tard.

L'air écœuré d'Eliza céda la place à un petit sourire.

— Elle est maligne.

— On pourrait même dire franchement espiègle.

Eliza se rassit avec légèreté.

— Je me réjouis qu'elle aime jouer.

— Je ne crois pas que sa mère apprécie tellement son côté aventureux.

Un sourire indéchiffrable.

— Quant à sa grand-mère, elle ne l'apprécie pas du tout.

Le sourire d'Eliza s'affirma. Nathaniel y répondit brièvement, puis il détourna les yeux et prononça son prénom dans un souffle – *Eliza* – avant de secouer la tête. Il aborda enfin le sujet dont il était venu l'entretenir.

— L'autre jour, vous avez...

— J'ai été ravie de voir que l'enfant se portait bien, coupa-t-elle en toute hâte, manifestement décidée à l'empêcher de parler.

— Pas étonnant ; elle ne manque de rien.

— L'apparence de la santé est parfois trompeuse. Demandez donc à votre femme.

— Vous êtes inutilement méchante.

Un bref hochement de tête – un acquiescement dénué de regret. Cette femme n'avait peut-être aucune moralité ? Mais Nathaniel savait qu'il n'en était rien.

Elle le regardait sans ciller.

— Si vous êtes venu, c'est à cause de mon cadeau.

— C'était une initiative insensée. Vous connaissez pourtant le sentiment de Rose à ce sujet.

— Certainement. Mais je ne voyais pas quel mal il y avait à ce que j'apporte ce cadeau.

— Vous savez très bien quel mal vous faisiez à Rose. Or, au nom de ce qui vous lie, je suis sûr que vous n'aviez pas l'intention de la mettre dans tous ses états. Et au nom de ce qui *nous* lie...

Brusquement, il se sentit bête ; il regarda fixement le plancher comme pour y chercher un soutien.

— ... je dois vous demander de ne jamais revenir, Eliza. Rose a terriblement souffert de votre visite.

Elle n'aime pas qu'on lui remette certaines choses en mémoire.

— La mémoire est une cruelle maîtresse avec qui il nous faut tous apprendre à valser.

Nathaniel n'eut pas le temps d'élaborer une réponse qu'elle se retournait déjà vers le fourneau.

— Vous prendrez bien une tasse de thé ?

— Non merci, répondit-il, ayant l'impression d'avoir été vaincu sans réellement savoir comment. Il faut que je rentre.

— Rose ne sait pas que vous êtes là.

— Je vais m'en aller maintenant.

Il remit son chapeau et marcha vers la porte.

— Vous l'avez regardé ? Il est réussi, non ?

Nathaniel marqua une halte, mais sans se retourner.

— Adieu, Eliza. Nous ne nous reverrons plus.

Il enfila les manches de sa veste en repoussant énergiquement les doutes indéfinissables qui le taraudaient.

Il avait presque atteint la porte d'entrée quand il entendit Eliza venir derrière lui dans le couloir.

— Attendez, dit-elle d'un ton où perçait à présent une certaine fragilité. Laissez-moi la voir de plus près, cette petite – la fille de Rose.

Nathaniel serra entre ses doigts le métal froid de la poignée. Les mâchoires contractées, il réfléchit.

— Ce sera la dernière fois.

Comment refuser une requête aussi simple ?

— Vous pouvez la regarder un court instant. Ensuite, il faut que je la ramène chez nous.

Ils sortirent dans le jardin. Assise au bord du petit bassin ornemental, Ivory effleurait à peine la surface de l'eau de ses orteils nus. Elle chantonnait toute seule en poussant une feuille sur l'eau.

Puis elle leva les yeux et Nathaniel posa doucement la main sur le bras d'Eliza pour l'inciter à avancer.

Le vent s'était levé, Linus dut prendre appui sur sa canne pour ne pas perdre l'équilibre. En bas, dans la crique, la mer d'ordinaire plutôt calme était ce jour-là agitée ; des vaguelettes couronnées de blanc se ruaient vers le rivage. Le soleil avait disparu derrière un épais matelas nuageux. On était loin des journées d'été parfaites, passées sur la plage avec sa *poupée*.

Leur petite embarcation appartenait théoriquement à Georgiana – c'était père qui la lui avait offerte – mais elle la partageait de bon cœur avec son frère. Il ne lui était jamais venu à l'idée qu'il puisse être moins homme à cause de sa jambe invalide, quoi qu'en dise leur père. Quand l'air était doux et suave, l'après-midi, ils ramaient jusqu'au milieu de la crique et restaient là, tandis que de petites vagues léchaient doucement le fond du bateau, à se préoccuper exclusivement l'un de l'autre. Du moins, c'était ce que Linus avait cru.

En partant, Georgiana avait emporté le fragile sentiment de solidarité qu'il avait bercé en lui pendant des années. L'impression d'avoir quelque chose à offrir, même si père et mère ne voyaient en lui qu'un jeune sot sans intérêt ni utilité quelconque. Sans Georgiana, il se retrouvait une fois de plus vain et sans but. Aussi avait-il décidé qu'elle devait revenir.

Alors il avait loué les services d'un dénommé Henrik Mansell, un personnage sombre et mystérieux dont on parlait à voix basse dans les auberges de Cornouailles, et qui lui avait été désigné par le valet de pied d'un comte de la région. On racontait qu'il savait régler certaines affaires.

Linus l'entretint de Georgiana et du tort que lui avait causé à lui l'individu qui l'avait enlevée, précisant qu'il travaillait sur les navires qui partaient de Londres ou y débarquaient.

En moins de temps qu'il n'en fallait pour le dire, le matelot était mort. Un accident, lui rapporta Mansell d'un air parfaitement neutre ; un regrettable accident.

Linus éprouva une sensation étrange, cet après-midi-là. La vie d'un homme avait pris fin à cause d'un ordre qu'il avait donné. Il détenait un pouvoir ; il avait la capacité d'imposer ses décisions à autrui. Il avait eu envie de chanter.

Il avait remis une somme généreuse à Mansell, lequel avait pris congé avec pour mission de localiser Georgiana. Linus était plein d'espoir : il lui semblait que les aptitudes de Mansell étaient sans limites. Sa *poupée* allait bientôt rentrer, éperdue de reconnaissance parce qu'il l'avait sauvée. Et tout recommencerait comme avant...

Le rocher noir semblait de mauvaise humeur ce jour-là. Linus revit Georgiana assise tout en haut et son cœur chavira. Il prit dans sa poche la photographie, qu'il lissa doucement du pouce.

— Ma *poupée*...

Il avait pensé à voix haute. Mansell avait eu beau chercher, il ne l'avait pas retrouvée. Il avait écumé le continent, suivi de multiples pistes à travers Londres, mais en vain. Linus n'avait eu de ses nouvelles que fin 1900, quand on lui avait parlé d'une enfant à Londres. Une enfant aux cheveux roux qui avait les yeux de sa mère.

Linus quitta l'océan du regard pour contempler le sommet de la falaise formant le côté gauche de l'anse. Il distinguait tout juste l'angle du nouveau mur.

Il s'était fort réjoui d'apprendre l'existence de l'enfant. Il était arrivé trop tard pour récupérer sa Georgiana, mais il la retrouverait à travers sa fille.

Malheureusement, les choses n'avaient pas tourné comme il l'escomptait. Eliza lui avait résisté ; elle n'avait jamais compris qu'il l'avait fait venir pour lui signifier qu'elle lui appartenait.

Et maintenant, sa présence – là-haut, dans ce maudit cottage – le mettait à la torture. Elle était à la fois toute proche et inaccessible. Quatre ans... Quatre ans s'étaient écoulés depuis qu'elle n'avait plus retraversé le labyrinthe. Pourquoi était-elle si cruelle avec lui ? Pourquoi se refusait-elle obstiné-ment ?

Une soudaine rafale souleva le bord de son chapeau. Il le retint machinalement et, dans sa hâte, lâcha la photographie.

Emportée par le vent qui soufflait sur la crête, Linus vit sa *poupée* s'envoler, hors de sa portée. Elle voltigea, chassée tantôt vers le haut, tantôt vers le bas, au gré du souffle changeant, blanche et brillante sous la lumière crue qui tombait des nuages, puis resta un moment sur place, comme pour le narguer, avant d'être définitivement balayée et de tomber dans la mer, qui l'entraîna vers le large.

Loin de Linus, à qui elle échappait une fois de plus.

Rose se rongeait les sangs depuis la visite inopinée d'Eliza. En cherchant une issue à son dilemme, elle tournait en rond dans sa propre tête. Quand elle avait vu sa cousine surgir devant le portail du labyrinthe, Rose avait reçu un choc, comme une personne qui s'avise brusquement qu'elle est en danger. Pis, qu'elle l'était déjà depuis quelque temps sans le savoir. Vertige et affolement s'étaient emparés d'elle. Elle était à la fois soulagée que rien de fâcheux ne soit arrivé jusque-là, et atrocement certaine que cela ne pouvait pas durer. Car elle avait eu beau peser le pour et le contre, une seule chose était sûre : maman avait raison, il fallait mettre de la distance entre elle et Eliza.

Rose tira l'aiguille à broder puis, sans quitter des yeux son ouvrage, déclara avec une nonchalance étudiée :

— J'ai réfléchi au retour de la Conteuse, l'autre jour.

Nathaniel abandonna provisoirement la lettre qu'il calligraphiait avec soin et chassa toute inquiétude de son regard.

— Comme je te l'ai dit, ma chère, il ne faut plus y penser. Cela ne se reproduira pas.

— Comment peux-tu en être sûr ? Lequel d'entre nous aurait pu prévoir cette visite ?

— Elle ne reviendra pas, réaffirma Nathaniel d'un ton plus sévère.

— Qu'en sais-tu donc ?

Nathaniel s'empourpra. Ce fut discret, mais Rose s'en aperçut néanmoins.

— Qu'y a-t-il ?

— Je suis allé lui parler.

— Tu l'as vue ? s'enquit Rose, le cœur battant à grands coups dans sa poitrine.

— Il le fallait bien. Je l'ai fait pour toi, ma chérie. Son irruption t'a bouleversée à un tel point que j'ai dû m'assurer que cela n'arriverait plus jamais.

— Mais... je ne voulais pas que tu la voies !

C'était pire que ce qu'elle avait imaginé. Elle en eut une bouffée de chaleur. En même temps, elle acquit la certitude qu'ils devaient s'en aller. Tous. Eliza devait être éradiquée de leur vie. À jamais. Mais elle maîtrisa sa respiration et obligea ses traits à se détendre. Il ne fallait pas que Nathaniel la croie indisposée, incapable de prendre des décisions rationnelles.

— Il ne suffit plus d'aller lui parler, Nat. Plus maintenant.

— Que suggères-tu d'autre ? Tu ne veux tout de même pas qu'on l'enferme à double tour dans son cottage ?

C'était une boutade destinée à la faire rire, mais elle ne broncha pas.

— Je pensais que nous pourrions retourner à New York.

Nathaniel prit l'air étonné.

— Nous avons déjà émis l'idée d'un séjour de l'autre côté de l'Atlantique. Je crois le moment venu de mettre nos plans à exécution.

— Quitter l'Angleterre ?

Rose hocha la tête, légèrement mais fermement.

— Mais... j'ai des commandes. Et nous avons parlé d'engager une gouvernante pour Ivory.

— C'est vrai, je sais tout cela, s'impatienta Rose. Mais nous ne sommes plus en sécurité.

Nathaniel ne répliqua pas, mais son expression traduisait sa pensée. Le cristal de glace niché au fond du cœur de Rose se durcit encore. Il finirait par se ranger à son avis, comme toujours. Surtout quand il craignait qu'elle ne bascule dans le désespoir. Il était regrettable de retourner contre lui la dévotion qu'elle lui inspirait, mais Rose n'avait pas le choix. La maternité, la vie de famille, elle n'avait jamais rien souhaité d'autre. Et elle n'avait pas l'intention de tout perdre maintenant. Quand Ivory était née, qu'on l'avait placée dans ses bras, c'était comme si on leur avait permis de prendre un nouveau départ. Rose et Nathaniel étaient à nouveau heureux, et ils n'évoquaient jamais le passé. Celui-ci n'existait plus – tant qu'Eliza restait à distance.

— Je me suis engagé à peindre un portrait à Carlisle, fit remarquer Nathaniel. Je l'ai d'ailleurs commencé.

Rose perçut dans sa voix les fissures qu'elle s'emploierait à élargir jusqu'à vaincre sa résistance.

— Bien sûr, il faut que tu l'achèves. Nous allons donc avancer notre départ pour Carlisle, puis nous embarquerons dès notre retour. J'ai pris trois billets à bord du *Carmania*.

— Tu as déjà réservé...

Plus qu'une question, une constatation.

Rose se radoucit :

— C'est mieux comme cela, mon chéri. Essaie de le comprendre. Sinon, nous ne serons jamais en sécurité. Et puis, songe à ta carrière. Si ça se trouve, on parlera même de toi dans le *New York Times*. Le retour de l'enfant du pays, devenu un des plus dignes représentants de la ville...

Tassée sous le fauteuil en cuir préféré de grand-maman, Ivory se répétait à voix basse les mots magiques : *New York*... Elle savait où était York, parce qu'elle s'y était arrêtée un jour avec ses parents en allant en Écosse, chez une amie de grand-maman, justement. Une très vieille dame aux yeux perpétuellement larmoyants derrière des lunettes à monture métallique très fine. Mais ce n'était pas de York que maman parlait, Ivory avait bien entendu *New* York ; on allait bientôt partir pour New York. Or, Ivory savait aussi où se trouvait cette ville-là : tout au bout de la mer. C'était là qu'était né papa, et il lui avait raconté des tas d'histoires pleines de gratte-ciel, de musique et d'automobiles. C'était une ville où tout était brillant.

Une touffe de poils de chien lui chatouilla le nez et elle réprima un éternuement. C'était d'ailleurs un de ses plus grands talents : stopper net les éternuements. Cela lui permettait de se cacher sans qu'on la trouve jamais. Au château, elle se cachait pour le seul plaisir de savoir que la pièce elle-même avait oublié sa présence.

Mais ce jour-là, Ivory s'était cachée dans un but précis. Grand-papa était d'humeur bizarre. D'habitude, il restait dans son coin mais, depuis quelque temps, il surgissait partout où elle allait en l'appelant sa petite fille et en la traquant avec son appareil photo marron, pour qu'elle pose avec une drôle de poupée cassée. Ivory trouvait la poupée affreuse, avec ses paupières enfoncées. Maman lui avait dit d'obéir à son grand-père, parce que c'était un grand honneur que de se faire prendre en photo, mais Ivory préférait disparaître.

Comme le souvenir de la poupée lui donnait le frisson, elle essaya de penser à autre chose. Une chose plaisante, telle son aventure avec papa dans le labyrinthe. Elle jouait dehors quand elle l'avait vu sortir par la porte latérale et partir d'un bon pas vers le jardin. Elle avait pensé qu'il s'en allait en voiture pour faire encore le portrait de quelqu'un, mais il n'avait pas son matériel, et puis il n'était pas habillé comme quand il allait rencontrer des gens importants. Mais, voyant qu'il s'approchait du labyrinthe, elle avait tout compris. D'ailleurs, il n'était pas doué pour faire semblant.

Sans y réfléchir à deux fois, elle s'était précipitée à sa suite dans les tunnels sombres et étroits du labyrinthe. Car elle savait bien que la dame aux cheveux roux, celle qui lui avait apporté le paquet, habitait à l'autre bout.

Et maintenant qu'elle lui avait rendu visite en compagnie de papa, elle savait qui était cette dame rousse. Elle s'appelait la Conteuse, et même si papa disait que c'était une personne, Ivory, elle, avait son idée sur la question. Elle avait déjà entrevu la vérité le jour où la Conteuse était sortie du labyrinthe, mais en la regardant bien en face, dans le jardin du cottage, Ivory avait acquis une certitude.

La Conteuse était une créature magique. Fée ou sorcière, elle ne savait pas très bien, mais en tout cas, elle en était sûre, pas une personne comme les autres.

43

Cliff Cottage, 2005

Dehors, le vent bousculait la cime des arbres et l'océan soufflait dans la crique une haleine laborieuse. Le clair de lune entrait à flots par les carreaux qui le découpaient en quatre carrés argentés sur le parquet, et un tiède fumet de soupe à la tomate imprégnait tout, des murs au plancher, en passant par l'air lui-même. Cassandra, Ruby et Christian étaient attablés dans la cuisine ; d'un côté rougeoyait le fourneau, de l'autre un radiateur au kérosène. Il y avait des bougies sur la table et un peu partout dans la pièce, mais elles laissaient des coins d'ombre solitaires que la lumière ne parvenait pas à atteindre.

— Je ne comprends toujours pas, déclara Ruby. Comment pouvez-vous déduire de cette publication que Rose était stérile ?

— À cause de l'exposition aux rayons X, répondit Christian après avoir avalé une cuillerée de soupe. Ses ovules n'ont pas pu survivre à ce traitement, c'est impossible.

— Et elle ne s'en est pas rendu compte ? Elle a bien dû constater, à certains signes, que quelque chose clochait, non ?

— C'est-à-dire ?

— Eh bien, je veux dire... est-ce qu'elle avait quand même ses règles ?

— Sûrement. Son appareil reproductif devait être intact, sauf que l'ovule produit chaque mois était endommagé.

— Au point de l'empêcher de concevoir ?

— Peut-être pas, mais dans ce cas, elle devait faire une fausse couche à chaque fois. Ou donner naissance à un enfant affecté de graves infirmités.

Cassandra repoussa le reste de son bol de soupe.

— C'est affreux. Pourquoi Matthews a-t-il fait une chose pareille ?

— Sans doute voulait-il figurer parmi les premiers à expérimenter cette nouvelle technique et à recevoir tous les honneurs après publication. En tout cas, il n'y avait certainement pas d'indication radiologique pour une gamine qui a avalé un dé à coudre.

— Oui, ça arrive à tous les gosses, commenta Ruby en sauçant son bol déjà impeccablement nettoyé.

— Mais pourquoi soixante minutes d'exposition ? Il fallait vraiment si longtemps que ça ?

— Bien sûr que non. Seulement, à l'époque on l'ignorait, et c'était une pratique courante.

— Les gens devaient se dire que si on obtenait une bonne image en un quart d'heure, on ne pouvait qu'en obtenir une meilleure en une heure, imagina Ruby.

— Et c'était avant qu'on prenne conscience des dangers de l'irradiation. On n'a découvert les rayons X qu'en 1895 ; aussi le Dr Matthews utilisait-il des techniques de pointe. Au début, on croyait même qu'ils étaient bénéfiques, susceptibles de guérir le cancer et les lésions cutanées, entre autres affections.

Les brûlures locales se voyaient, mais il a fallu des années pour qu'on mette au jour les effets indésirables.

— C'était donc ça les fameuses marques de Rose. Des brûlures consécutives à l'irradiation.

— Oui, confirma Christian. En plus de lui bousiller les ovaires, l'exposition aux rayons a dû laisser des nécroses ou des fibroses cutanées.

Sous l'impulsion d'une rafale de vent, de minces rameaux tracèrent des griffures perceptibles à l'oreille sur les vitres, et un filet d'air froid fit vaciller la flamme des bougies en s'infiltrant sous les plinthes. Ruby posa son bol sur celui de Cassandra et s'essuya la bouche avec une serviette en papier.

— Bon, alors si Rose était stérile, qui était la mère de Nell ?

— Je crois que je détiens la réponse à cette question, dit Cassandra.

— Ah bon ?

— Oui, en fait tout est dans les albums. Et c'est sans doute ce que Clara veut me dire.

— Qui est Clara ? s'enquit Christian.

Ruby prit une brusque inspiration.

— Tu crois que Nell était la fille de Mary ?

— Qui est Mary ? reprit Christian en regardant tour à tour les deux femmes.

— Une amie d'Eliza, mère de la Clara en question. Une domestique de Blackhurst, congédiée en 1909 quand Rose a su qu'elle était enceinte.

— C'est Rose qui l'a renvoyée ?

— Oui, elle dit dans un album qu'elle ne peut supporter l'idée qu'une femme aussi peu méritante ait un bébé alors qu'elle se voit continuellement refuser cette joie.

Ruby but une gorgée de vin – assez bruyamment.

— Mais pourquoi Mary aurait-elle donné son enfant à Rose ?

— Je doute qu'elle le lui ait donné.

— Tu crois que Rose lui a acheté la petite ?

— Ce n'est pas impossible. Certains ont fait pire que ça pour s'offrir un enfant.

— Et tu crois qu'Eliza était au courant ?

— Pire. Je crois qu'elle a servi d'intermédiaire dans l'affaire. Et que c'est là la cause de son absence.

— Elle se sentait coupable ?

— Tout juste. User de sa position dominante pour persuader une femme dans le besoin de céder son enfant... Voilà qui n'a pas dû être facile à vivre. Rose dit que Mary et elle étaient proches.

— Tu pars du principe que Mary voulait garder cet enfant, intervint Ruby, qu'elle n'était pas disposée à y renoncer.

— Je présume surtout que la décision d'abandonner son bébé n'est jamais dénuée d'ambiguïté. Mary avait peut-être besoin d'argent, et cette enfant tombait peut-être très mal – elle a même pu penser qu'ainsi elle grandirait dans de meilleures conditions matérielles. Mais, à mon avis, elle a quand même dû souffrir terriblement.

— Et Eliza l'aurait aidée ? fit Ruby en haussant les sourcils.

— Oui. Et sur ce, elle est partie. C'est ce qui me fait croire que la mère n'a pas renoncé de gaieté de cœur à son enfant. À mon avis, Eliza s'en est allée parce qu'elle ne supportait plus de voir Rose élever l'enfant de Mary. La séparation mère-enfant a dû représenter un traumatisme qui a pesé lourd sur sa conscience.

Ruby hocha lentement la tête.

— Ça expliquerait que Rose et elle se soient éloignées après la naissance d'Ivory. Sachant ce que ressentait sa cousine, Rose devait redouter qu'elle ne vienne perturber son bonheur tout récent.

— En lui reprenant Ivory, par exemple, intervint Christian.

— Ce qu'elle a fini par faire.

— Eh oui, conclut Ruby. Au fait, quand vas-tu voir Clara ? demanda-t-elle à Cassandra.

— Elle m'a invitée demain matin à onze heures.

— Zut, je dois décoller vers neuf heures. Le boulot... quelle galère. J'aurais bien aimé venir. Et puis, j'aurais pu t'y conduire.

— Je vous y conduirai, moi, dit Christian, qui tripotait les boutons du radiateur pour augmenter la flamme, renforçant l'odeur de kérosène.

— C'est vrai ? Vous êtes sûr ? dit Cassandra en évitant le sourire railleur de Ruby.

Il soutint un instant son regard, souriant, puis il détourna les yeux et répondit :

— Vous me connaissez. Toujours content de donner un coup de main.

Cassandra lui répondit également par un sourire avant de baisser les yeux sur la table, cramoisie. Face à Christian, elle avait à nouveau treize ans. Et en la ramenant à une époque de sa vie où tout était encore à faire, cette sensation l'emplissait d'une telle juvénilité, d'une telle nostalgie qu'elle n'avait qu'une envie : s'y raccrocher, repousser son sentiment de culpabilité, l'impression de trahir Nick et Leo en appréciant la compagnie de Christian.

— Mais pourquoi, d'après vous, Eliza a-t-elle attendu 1913 pour reprendre Ivory ? voulut savoir ce dernier. Pourquoi pas avant ?

Cassandra passa sa paume sur le dessus de la table, puis regarda les taches mouvantes que la lueur des bougies déposait sur sa peau.

— Parce que Rose et Nathaniel venaient d'être tués dans cet accident de chemin de fer, à mon avis. J'imagine qu'elle acceptait de rester en retrait tant que cela faisait le bonheur de Rose.

— Mais une fois celle-ci décédée...

Leurs regards se croisèrent à nouveau. L'expression de Christian était si sérieuse qu'elle en eut des frissons dans le dos.

— Après la disparition de Rose, elle n'a pas dû supporter de voir plus longtemps Ivory à Blackhurst. Elle a dû l'enlever pour la rendre à Mary.

— Dans ce cas, pourquoi ne l'a-t-elle pas fait ? Pourquoi l'avoir mise sur un bateau à destination de l'Australie ?

Cassandra poussa un soupir qui fit osciller la flamme de la bougie la plus proche.

— Je n'ai pas encore résolu cette énigme-là.

Elle n'avait pas non plus découvert ce que savait William Martin quand il s'était entretenu avec Nell en 1975. Mary était sa sœur. Si elle avait attendu un bébé, il l'avait forcément su. Et si elle l'avait mis au monde sans pour autant l'élever elle-même, aussi. Donc, s'il avait été au courant de cette grossesse et du rôle qu'Eliza avait joué dans cette très officieuse adoption, en aurait-il parlé à Nell ? Après tout, si

Mary était la mère de Nell, William devenait tout à coup son oncle ! Comment croire qu'il ait gardé le silence alors que venait frapper à sa porte une nièce qu'il croyait perdue ?

Pourtant, Nell ne mentionnait rien de tel dans son cahier. Cassandra l'avait relu page après page au cas où elle serait passée à côté d'un indice. Mais non. William n'avait rien dit qui puisse laisser croire à un lien de parenté.

Bien sûr, on pouvait supposer qu'il n'ait pas eu connaissance de la grossesse de sa sœur. Dans les magazines, ou à la télévision, Cassandra avait entendu parler de jeunes filles qui réussissaient à cacher jusqu'au bout qu'elles étaient enceintes. Et, de la part de Mary, la démarche aurait été compréhensible. Pour que l'échange puisse avoir lieu, Rose avait dû exiger sa discrétion. Pas question que tout le village apprenne que son enfant n'était pas vraiment le sien.

Mais était-il plausible qu'une jeune fille tombe enceinte, se fiance, perde son travail, renonce à son bébé et vive sa vie sans que personne s'aperçoive de rien ? Non, il manquait forcément une pièce du puzzle.

— On dirait un peu un des contes d'Eliza, non ?

— Que voulez-vous dire ? demanda Cassandra à Christian.

— Eh bien... Rose, Eliza, Mary, le bébé... Ça ne vous rappelle pas *L'Œuf d'or* ?

Ce titre ne disait rien à Cassandra.

— Mais si, dans *Contes magiques pour filles et garçons*.

— Nous devons posséder des éditions différentes. Ce conte ne figure pas dans la mienne.

— Il n'y en a eu qu'une. C'est bien pour ça qu'elle est si rare.

— Je n'ai jamais vu cette histoire.

— Bah, intervint Ruby en agitant la main, qu'est-ce que ça peut faire, qu'il y ait eu une ou plusieurs éditions ? Racontez-nous l'histoire, Christian. Quel rapport avec Mary et le bébé ?

— En fait, c'est un conte qui se distingue un peu des autres. J'ai toujours eu cette impression, en tout cas. *L'Œuf d'or* est plus triste, et moins moral. Il raconte l'histoire d'une méchante reine qui oblige une jeune fille à lui remettre un œuf d'or magique afin qu'il guérisse la princesse souffrante. Au début, la jeune fille résiste, parce que son devoir est de veiller sur l'œuf tout au long de sa vie – je crois qu'elle appelle cela son « droit d'aînesse » ou « droit de naissance », je ne sais plus. Mais la reine insiste, tant et si bien qu'elle finit par consentir, convaincue que sinon, la princesse connaîtra le chagrin éternel, et le royaume un hiver sans fin. Un personnage joue les intermédiaires – la dame de compagnie. Celle-ci est au service à la fois de la reine et de la princesse, mais, le moment venu, elle tente de convaincre la jeune fille qu'elle ne doit pas se séparer de l'œuf. Comme si elle se rendait compte que cet œuf fait partie d'elle, et que sans lui, elle n'aura plus de raison d'être. Et c'est exactement ce qui se produit : en remettant l'œuf à la princesse, la jeune fille gâche sa vie.

— Vous croyez que la dame de compagnie représente Eliza ?

— Ça collerait, non ?

Ruby reposa son menton sur son poing.

— Voyons voir si j'ai bien compris. Selon vous, l'œuf représente l'enfant ? C'est-à-dire Nell ?

— Oui.

— Et Eliza aurait écrit cette histoire afin de soulager un peu sa conscience ?

— Non, fit Christian. On ne sent pas de culpabilité dans le conte. Plutôt de la tristesse. Pour elle-même et pour Mary. Et, en un sens, pour Rose aussi. Tous les personnages croient bien faire ; seulement, l'histoire ne peut pas bien finir pour tout le monde.

Cassandra enchaîna, pensive :

— Vous pensez vraiment qu'on peut voir un récit autobiographique dans un conte pour enfants ?

— Peut-être pas autobiographique au sens propre... ou alors Eliza a vécu des choses vraiment pas banales ! À mon avis, elle a recyclé des fragments de son existence au moyen de la fiction ; c'est bien ça, la littérature, non ?

— Je ne sais pas. Vous croyez ?

— Demain, je vous apporterai *L'Œuf d'or,* ainsi vous pourrez juger par vous-même.

La chaleureuse teinte ocre des bougies soulignait les pommettes de Christian et donnait de l'éclat à son teint. Il sourit timidement.

— Ces contes sont tout ce qui reste de la voix d'Eliza. Comment savoir ce qu'elle essaie de nous dire d'autre ?

Christian rentra au village, et les deux amies étalèrent leur sac de couchage sur le matelas en mousse qu'il leur avait apporté. Elles décidèrent de rester au rez-de-chaussée pour profiter de la chaleur qui émanait encore du fourneau et poussèrent la table pour faire de la place. Le vent de la mer s'insinuait doucement sous les portes et entre les lattes du parquet. De nuit, la maison sentait encore plus la terre mouillée.

— Normalement, c'est là qu'on se raconte des histoires de fantômes, chuchota Ruby en roulant pesamment sur elle-même pour regarder Cassandra. Qu'est-ce que c'est drôle ! ajouta-t-elle avec un grand sourire à peine visible à la lumière vacillante des bougies. Je ne sais plus si je t'ai dit que tu avais une chance terrible d'avoir un cottage hanté au bord d'une falaise ?

— Une ou deux fois, oui...

Ruby s'enhardit.

— Et maintenant, je peux te dire que tu as drôlement de la chance d'avoir un « ami » comme Christian, à la fois bel homme, gentil et intelligent.

Cassandra se concentra sur la fermeture à glissière de son sac de couchage, la remontant avec une précision, une attention portée aux détails sans rapport avec la difficulté réelle de la tâche.

— Et qui, en plus, n'a d'yeux que pour toi, insista Ruby.

— Mais non, voyons. Ça lui fait plaisir de donner un coup de main au jardin, c'est tout.

— Certes, il l'aime, ce jardin, rétorqua Ruby, amusée. Au point d'y passer presque quinze jours à travailler pour pas un sou.

— Mais c'est vrai !

— Bien sûr.

Cassandra affecta un ton indigné en réprimant un sourire.

— Crois-le ou non, mais le jardin clos a une grande importance pour lui. Il y jouait quand il était petit.

— Et c'est aussi cette passion pour ton jardin qui l'incite à t'emmener demain à Polperro.

— Il le fait par gentillesse. Ça n'a rien à voir avec moi, ou ce qu'il pense de moi. En tout cas, je suis sûre que je ne lui « plais » pas.

— C'est clair, acquiesça Ruby. C'est vrai, quoi, je ne vois vraiment pas ce qui pourrait lui plaire en toi.

Cette fois, Cassandra ne put s'empêcher de sourire en lui lançant un coup d'œil.

— Alors toi, tu le trouves bel homme ?

— Fais de beaux rêves, Cassandra, conclut Ruby, hilare.

— Bonne nuit.

Cassandra souffla la bougie mais, à cause de la pleine lune, la pièce n'était pas entièrement plongée dans le noir. Une pellicule argentée recouvrait tout, lisse et un peu terne, comme de la cire refroidie. Elle se mit à déplacer mentalement les pièces du puzzle : Eliza, Mary, Rose... Mais de temps en temps Christian revenait, sans avoir rien à faire là, et, de nouveau, croisait fugitivement son regard.

Au bout de deux minutes, Ruby ronflait doucement, ce qui amusa Cassandra – elle aurait dû se douter que son amie était du genre à s'endormir tout de suite. Elle-même ferma les yeux et ses paupières devinrent de plus en plus lourdes.

Tandis que la mer tourbillonnait au pied de la falaise et que, tout là-haut, les arbres murmuraient dans le vent de minuit, Cassandra sombra à son tour dans le sommeil...

Elle était dans le jardin, le jardin clos, assise dans l'herbe tendre, sous le pommier. Il faisait chaud et une abeille tournait en bourdonnant autour des fleurs de l'arbre, tantôt toute proche, tantôt repoussée par la brise.

Cassandra avait soif ; elle rêvait d'une gorgée d'eau, mais il n'y en avait nulle part à proximité. Elle tendit la main pour tenter de se relever, en vain. Son ventre était énorme, tout rond, et sa peau tendue la démangeait sous sa robe.

Elle était enceinte.

Dès qu'elle l'eut compris, la sensation devint familière. Elle sentait son cœur battre à grands coups, sa peau était toute chaude... Et subitement, le bébé se mit à lui donner des coups de pied.

— Cass !

Ses yeux se rouvrirent. Le clair de lune sur les murs. Les cliquetis du fourneau.

Appuyée sur un coude, Ruby lui secouait l'épaule.

— Ça va ? Tu poussais des gémissements.

— Oui, ça va.

Cassandra s'assit d'un coup et posa les mains sur son ventre.

— Ça alors ! J'ai fait un rêve très bizarre. J'étais enceinte. Tout était tellement criant de vérité, ajouta-t-elle en se frottant les yeux. Je me trouvais dans le jardin muré et le bébé me donnait des coups de pied.

— C'est parce qu'on a parlé du bébé de Mary, de Rose, d'œufs dorés... Tout ça s'est mélangé.

— Oui, et tu oublies le vin, répliqua Cassandra en bâillant. Seulement, ça me paraissait tellement réel ! Exactement comme dans la vie. Je ne savais pas dans quelle position me mettre, j'avais trop chaud, et les coups de pied me faisaient très mal.

— Charmant tableau. On a vraiment envie d'être enceinte, après ça ; je me réjouis de n'avoir jamais essayé.

— Les derniers mois, ce n'est pas une partie de plaisir, mais en fin de compte le jeu en vaut la chandelle. Quand on finit par tenir dans ses bras cette toute petite personne qui vient juste de faire son entrée dans le monde...

À la maternité, Nick avait pleuré alors qu'elle non. Pour pleurer, il aurait fallu qu'elle s'élève au-dessus de la scène et la contemple en prenant du recul. Or, Cassandra était trop *dans* l'événement pour cela. Une espèce de feu jubilatoire et vertigineux la consumait de l'intérieur. Comme si ses sens étaient tout à coup exacerbés. Jamais elle n'avait si bien vu, entendu. Elle percevait son propre pouls, la légère vibration du plafonnier, le souffle de son nouveau-né.

— En fait, j'ai été enceinte, une fois. Mais ça n'a pas duré plus de cinq minutes.

— Ah bon ! compatit Cassandra. Tu as fait une fausse couche ?

— Si on peut dire. J'étais jeune, c'était une erreur ; on est tombés d'accord sur le fait qu'il valait mieux s'en tenir là. Je me suis dit que j'aurais tout le temps plus tard. Malheureusement, reprit-elle en lissant son sac de couchage, quand je me suis sentie prête, je n'avais plus sous la main les ingrédients nécessaires.

— C'est-à-dire ?

— Ma foi, du sperme, ma chère. Je ne sais pas pourquoi, mais entre trente et quarante ans, je n'étais

619

jamais en accord avec la population masculine que je pouvais croiser. Et quand j'ai rencontré un type que je supportais, l'heure était passée. On a essayé quelque temps, mais... Enfin, c'est la nature qui décide !

— Je suis navrée.

— Pas la peine. Je m'en sors bien comme ça. J'adore mon boulot, j'ai des amis très chers. Et puis, ajouta-t-elle avec un clin d'œil, tu as vu mon appartement. L'occase du siècle. On a à peine la place de se retourner, là-dedans, mais bon... On fait sa vie avec ce qu'on a, pas avec ce qui nous manque, conclut-elle en se rallongeant avant de remonter son sac de couchage jusqu'au menton. Dors bien !

Cassandra resta assise un moment à regarder les ombres danser sur les murs, repensant à ce que venait de dire son amie. Elle-même avait construit sa vie autour des choses et des êtres qui lui manquaient. Était-ce aussi ce qu'avait fait Nell ? Avait-elle tourné le dos à la vie et à la famille qui lui avait été donnée pour se focaliser entièrement sur celle dont elle avait été privée ? Cassandra se recoucha à son tour et ferma les yeux, laissant les bruits de la nuit noyer ces idées dérangeantes. Les vagues s'écrasaient contre le rocher noir, les arbres bruissaient dans le vent...

Ce cottage était un lieu solitaire – isolé le jour, mais encore plus une fois la nuit tombée. Le chemin ne montait pas jusqu'à lui, l'entrée du jardin clos avait été murée, et de l'autre côté s'étendait un labyrinthe où on avait évidemment du mal à se repérer. C'était tout à fait le genre de maison où on pouvait habiter sans jamais voir âme qui vive.

Brusquement, une idée lui vint. Elle lâcha un hoquet et, une fois de plus, se redressa vivement en position assise.

— Ruby ? dit-elle.

Puis, n'obtenant pas de réponse :

— Ruby ? répéta-t-elle en haussant le ton.

— Je dors, fit cette dernière d'une voix pâteuse.

— Ça y est, j'ai compris !

— Je dors quand même.

— Je sais pourquoi on a fait construire ce mur, et pourquoi Eliza est partie plusieurs mois. C'est de là que vient mon rêve : mon inconscient avait déjà compris, lui ; il essayait de me souffler la réponse.

Un soupir. Ruby se retourna et prit appui sur son coude.

— Tu as gagné. Je suis réveillée. Plus ou moins.

— C'est ici que Mary est venue s'installer quand elle attendait Ivory, ou Nell. Dans cette maison. Voilà pourquoi William n'a pas su qu'elle était enceinte. Voilà pourquoi Eliza s'en est allée, renchérit-elle en se rapprochant de Ruby : pour laisser la place à Mary. Ils l'ont cachée ici et ont construit un mur pour qu'on ne risque pas de l'apercevoir par hasard.

Ruby se frotta les yeux et s'assit.

— Ils ont transformé le cottage en cage jusqu'à ce que le bébé naisse et que Rose puisse devenir mère.

44

Tregenna, 1975

La veille de son départ, dans l'après-midi, Nell retourna une dernière fois à Cliff Cottage. Elle emporta la petite valise blanche, qui contenait tous les papiers, toutes les informations collectées pendant son séjour. Elle voulait compulser une dernière fois ses notes, et l'endroit lui paraissait convenir aussi bien qu'un autre. Du moins, c'est ce qu'elle se dit en entreprenant l'ascension du raidillon. Mais bien sûr, ce n'était pas tout à fait exact. La vérité, c'était qu'elle ne pouvait pas s'empêcher d'y remonter.

Elle déverrouilla la porte et entra. L'hiver approchait, il ne faisait pas chaud dans l'entrée qui sentait le renfermé. Nell monta dans la chambre. Elle prenait plaisir à contempler la mer argentée et, lors de sa dernière visite, elle avait repéré une petite chaise en bois qui conviendrait parfaitement. Le cannage du dossier était abîmé, mais cela ne l'arrêta pas. Elle la plaça devant la fenêtre, s'assit prudemment et ouvrit la valise.

Elle en feuilleta le contenu : les notes de Robyn sur la famille Mountrachet, les coordonnées du détective privé dont elle avait loué les services pour tenter de localiser Eliza, les rapports et courriers du notaire concernant l'acquisition du cottage... Elle trouva enfin la lettre relative aux dimensions exactes du terrain et la retourna pour examiner l'extrait du cadastre qui y était reproduit. On y distinguait la partie dont le petit Christian disait qu'elle contenait un jardin. Qui avait bien pu en murer l'entrée, et pourquoi ?

Tandis qu'elle méditait sur la question, la feuille de papier lui glissa des mains. Lorsqu'elle se baissa pour la ramasser, quelque chose attira son regard. L'humidité avait gondolé la plinthe jusqu'à ce qu'elle se détache du mur. Derrière, un bout de papier. Nell l'attrapa par un coin.

Un morceau de papier cartonné, piqueté de taches rousses, où l'on avait dessiné un visage féminin encadré par une arche de plantes grimpantes. Nell reconnut la jeune femme grâce au portrait vu au musée. C'était Eliza Makepeace, mais ce dessin avait quelque chose de différent. Contrairement au portrait de Londres, signé de Nathaniel Walker, où elle avait l'air inaccessible, on sentait là quelque chose de plus intime. Au tracé des yeux, on devinait que cet artiste-ci était plus proche de son modèle. Le trait et les courbes affirmées, l'expression globale... Il y avait dans ces yeux-là quelque chose qui intriguait et fascinait Nell.

Elle lissa la partie supérieure du papier. Dire qu'il attendait là depuis si longtemps... Elle sortit alors le recueil de contes de la valise. Elle ne savait pas très bien pourquoi elle l'avait pris avec elle, hormis qu'elle avait l'impression de rétablir l'équilibre des choses en rapportant ces histoires dans la maison qui les avait vues naître sous la plume d'Eliza Makepeace. Un comportement irrationnel, elle en convenait, témoignant d'une sensiblerie dont elle avait un peu honte, mais c'était comme ça. Maintenant, elle s'en réjouissait. Elle glissa le dessin à l'intérieur. Il y serait en sécurité.

Puis elle se laissa aller contre sa chaise en caressant la couverture lisse de l'ouvrage, avec sa partie centrale en cuir repoussé représentant une jeune fille et un faon. C'était un très beau livre, plus beau que tous ceux qui lui étaient passés entre les mains pendant sa carrière d'antiquaire. Et parfaitement conservé au fil des décennies par les bons soins de Hugh.

Alors qu'elle aurait voulu se souvenir des temps plus anciens, Nell ne pouvait s'empêcher de repenser sans cesse à Hugh. Surtout à l'époque où il lui lisait ces histoires, le soir, pour l'endormir. Lil craignait qu'elles ne lui fassent peur, que Nell soit encore trop petite, mais Hugh, lui, comprenait. Le soir après dîner, pendant que Lil rangeait la maison, il se laissait tomber dans son fauteuil en osier et elle montait se blottir sur ses genoux. Elle se rappelait avec plaisir le poids de ses bras autour de son petit corps tandis qu'il tenait les deux moitiés du livre, la légère odeur de tabac qui émanait de sa chemise, la chaleur de sa joue et sa moustache qui s'accrochait dans sa chevelure rousse.

Elle poussa un gros soupir. Hugh avait bien agi avec elle, et Lil aussi. Elle les chassa tout de même de ses pensées, s'efforçant de remonter plus loin dans le temps. Car il y avait eu un temps avant Hugh, avant le voyage en bateau ; le temps de Blackhurst, du cottage et de la Conteuse.

Elle y était presque... Un fauteuil de jardin en osier blanc, le soleil, les papillons... Nell ferma les yeux et se raccrocha à cette bribe de souvenir, se laissant entraîner vers une certaine douce journée d'été et vers un jardin où l'ombre déversait sa fraîcheur sur une grande pelouse. Les fleurs brûlées par le soleil répandaient leur parfum...

La petite fille jouait à être un papillon. Une couronne de fleurs tressées sur la tête, elle écartait les bras et courait en rond en faisant semblant de battre des ailes et de virevolter dans la chaleur du soleil. Celui-ci transformait en argent le coton blanc de sa robe et elle se sentait grandiose.

« Ivory ! »

Tout d'abord la fillette n'entendit pas, car les papillons ne parlaient pas le langage des hommes. Ils chantaient de jolies chansons aux paroles si belles que les grandes personnes ne les entendaient pas non plus. Seuls les enfants percevaient leur appel.

« Ivory, viens ici tout de suite ».

Maman avait pris une voix sévère ; il valait mieux virevolter et battre des ailes en se dirigeant vers le fauteuil où elle était assise.

« Allons, viens », répéta maman, les bras tendus, en lui faisant signe du bout de ses doigts recourbés.

Toute contente, la petite grimpa sur les genoux de maman, qui lui enserra la taille et posa ses lèvres froides derrière son oreille.

« Je suis un papillon ! annonça-t-elle, ce fauteuil sera mon cocon, et...

— Chut ! Tais-toi maintenant ».

Maman avait toujours son visage tout près du sien, et la petite fille se rendit compte qu'elle regardait quelque chose, à une certaine distance d'elles. Elle se retourna pour voir ce qui intéressait tellement maman.

Une dame venait vers elles. La fillette plissa les yeux face au soleil pour essayer de donner un sens au mirage. Car cette dame ne ressemblait pas à celles qui venaient rendre visite à maman et grand-maman et restaient jouer au bridge ou prendre le thé. On aurait plutôt dit une petite fille étirée en longueur. Elle portait une robe en coton blanc et ses cheveux roux n'étaient pas très bien coiffés.

La petite chercha des yeux la voiture dans laquelle cette inconnue avait forcément dû arriver, mais en vain. On aurait dit qu'elle était apparue comme par magie.

Là-dessus, elle comprit ce qui s'était passé. Émerveillée, elle retint son souffle. La dame ne venait pas de l'entrée ; elle était sortie du labyrinthe.

Or, elle-même n'avait pas le droit d'y entrer. C'était une interdiction formelle ; maman comme grand-maman ne cessaient de lui rappeler qu'il faisait tout noir là-dedans, et que c'était plein de dangers inconnus. L'interdit était si sévère que même papa n'osait pas l'enfreindre.

La dame venait droit sur elles d'un pas presque dansant. Elle portait sous le bras un paquet marron.

Les bras de Maman serraient de plus en plus fort sa taille, et la sensation devint désagréable.

L'inconnue s'arrêta devant elles.

« Bonjour, Rose ».

C'était le prénom de maman ; pourtant, elle ne répondit pas.

« Je sais, je ne suis pas censée être là ».

Sa voix était chatoyante comme une toile d'araignée dont la fillette aurait bien voulu tenir les fils entre ses doigts.

« Dans ce cas, pourquoi es-tu venue ? »

Pour toute réponse, la dame tendit son paquet, mais maman refusa de le prendre. Elle serra encore plus fort la petite contre elle.

« Je ne veux rien qui vienne de toi.

— Ce n'est pas pour toi que je l'ai apporté, déclara la dame en posant le paquet sur le siège. Mais pour ta petite fille ».

Le paquet contenait le recueil de contes, Nell s'en souvenait à présent. Son père et sa mère avaient eu une discussion animée après cela ; elle exigeait qu'on se débarrasse tout de suite du livre, et il avait fini par céder. Il l'avait emporté avec lui. Mais il ne l'avait pas jeté. Il l'avait rangé dans son atelier à côté de *Moby Dick*. Et il le lui avait lu quand elle venait le voir, parfois, à l'insu de sa mère, souffrante.

Ravie de se rappeler tout cela, Nell recommença à caresser la couverture en cuir. Ce livre était donc, à l'origine, un cadeau d'Eliza. Elle l'ouvrit avec soin à la page marquée par un ruban qui n'avait pas été déplacé depuis soixante ans. Un ruban couleur prune, à peine effrangé au bout, et qui marquait le début d'un conte intitulé *Les Yeux de l'aïeule*. Nell se mit à lire cette histoire de princesse qui s'ignorait et qui partait pour un long voyage sur la terre et les mers afin de rapporter du pays des Choses perdues les yeux d'une vieille dame. Elle lui était vaguement familière, comme tous les contes lus et relus dans l'enfance. Elle inséra ensuite le marque-page à son nouvel emplacement, ferma le livre et le posa sur l'appui de la fenêtre.

Puis elle se rapprocha en fronçant les sourcils. Il y avait un espace vide contre la reliure, là où elle avait trouvé le signet.

Elle rouvrit le volume, qui lui présenta automatiquement la première page des *Yeux de l'aïeule*. Elle passa le doigt à l'intérieur de la reliure.

Il manquait des pages. Pas beaucoup, peut-être cinq ou six. C'était à peine visible. Mais incontestable.

L'amputation avait été pratiquée proprement. Sans doute s'était-on servi d'un canif affûté.

Nell vérifia les numéros de page. Ils passaient directement de cinquante-quatre à soixante et un.

Il manquait un conte entier.

L'Œuf d'or
par Eliza Makepeace

Il était une fois, il y a très, très longtemps – au temps où l'on trouvait ce que l'on cherchait – au cœur d'un royaume vaste et prospère, dans une chaumière au bord d'une falaise, une jeune fille qui vivait de peu, si bien cachée au fond de la forêt sombre qu'elle échappait à tous les regards. D'aucuns avaient, jadis, connu l'existence de cette petite chaumière, avec cheminée tout en pierre, mais ceux-là avaient depuis longtemps disparu et le Père Temps avait drapé tout autour un voile d'oubli. Hormis les oiseaux qui venaient chanter sur l'appui de sa fenêtre et les bêtes des bois qui recherchaient la chaleur de son foyer, la jeune fille de la chaumière vivait en solitaire. Pourtant, elle ne se sentait jamais seule, car elle était trop occupée pour soupirer après une compagnie qu'elle n'avait jamais eue.

Au cœur de la chaumière, derrière une porte différente des autres pourvue d'une serrure brillante, se trouvait un très précieux objet, un œuf en or dont l'éclat était réputé si vif et si beau qu'il frappait instantanément de cécité tous ceux qui posaient les yeux sur lui. L'Œuf d'or était si ancien que nul ne pouvait réellement dire son âge, et la famille de la jeune fille était chargée de le garder en lieu sûr depuis d'innombrables générations.

La jeune fille ne remettait point en cause cette responsabilité, car elle savait que telle était sa destinée. Il lui fallait cacher et protéger l'œuf. Mais, par-dessus tout, elle devait veiller à ce que son existence même reste secrète. Bien des années plus tôt, quand le royaume était encore jeune, de terribles guerres avaient éclaté à cause de l'Œuf d'or, car une légende prétendait qu'il détenait des pouvoirs magiques, en ceci qu'il était à même d'accorder à son possesseur l'objet de ses désirs.

Ainsi donc la jeune fille montait fidèlement la garde. Le jour, elle restait à son rouet près de la fenêtre et chantait joyeusement avec les oiseaux qui s'assemblaient là pour la regarder filer. Le soir, elle donnait refuge aux animaux ses amis et, la nuit, dormait dans la tiédeur de la chaumière, réchauffée de l'intérieur par la lumière de l'Œuf d'or. Et toujours elle se remémorait que rien n'était plus important au monde que de veiller sur son « héritage ».

Pendant ce temps, à l'autre bout du pays, dans le majestueux château de la reine, vivait une jeune princesse aussi belle que bonne, mais très malheureuse. Elle était de santé fragile, et la reine sa mère avait eu beau sillonner tout le royaume pour trouver quelque remède ou formule magique, rien n'avait encore su guérir la princesse. Certains prétendaient qu'un méchant apothicaire l'avait définitivement condamnée à la maladie quand elle était encore au berceau, mais nul n'osait exprimer cette opinion à voix haute. Car la reine était une souveraine cruelle dont les sujets redoutaient le courroux, à juste raison.

Toutefois, la reine aimait tendrement la princesse et tenait à elle comme à la prunelle de ses yeux. Tous les matins, elle se rendait à son chevet, mais hélas ! tous les matins elle la trouvait dans le même état : pâle, lasse et affaiblie.

— Tout ce que je souhaite, mère, lui soufflait alors la princesse, c'est d'avoir la force de me promener dans les jardins du château, de danser aux bals donnés au château, de nager dans les bassins du château. Guérir, voilà tout ce que mon cœur désire.

La reine possédait un miroir magique qui lui montrait tout ce qui se passait en son royaume ; tous les jours elle lui demandait :

— Miroir, miroir, mon ami, montre-moi celui qui saura mettre fin à cette abomination.

Mais chaque jour le miroir lui répondait :

— Nul être en ce royaume ne saurait guérir votre fille en la soignant de sa main, ma reine.

Or, il advint qu'un jour la reine fut si chagrinée par le sort de sa fille qu'elle en oublia de poser au miroir sa question habituelle. Au lieu de cela elle se mit à pleurer et, au milieu de ses sanglots, dit :

— Miroir, miroir, mon ami que j'admire tant, montre-moi comment accorder à ma fille ce que son cœur désire.

Le miroir ne répondit pas, mais au bout d'un moment se forma en son centre l'image d'une petite chaumière au milieu d'une sombre forêt ; un filet de fumée montait de sa cheminée en pierre. À la fenêtre, on voyait une jeune fille qui filait la laine en chantant avec les oiseaux.

— Que me montres-tu là ? s'étrangla la reine. Cette jeune femme est-elle guérisseuse ?

Le miroir répondit d'une voix grave :

— Dans les bois obscurs, à la lisière du royaume, se trouve une chaumière. À l'intérieur est caché un œuf en or doté du pouvoir d'exaucer le vœu le plus cher de celui qui s'en empare. La jeune fille que vous voyez là, ma reine, est la gardienne de l'Œuf d'or.

— Comment puis-je obtenir d'elle cet Œuf d'or ?

— La mission qu'elle accomplit assure la pérennité du royaume ; elle n'y consentira point aisément.

— Mais, alors, que dois-je faire ?

Malheureusement, le miroir magique ne possédait pas la réponse à cette question, et l'image de la chaumière s'effaça. Mais la reine releva la tête et, d'un air supérieur, s'observa longuement dans la surface réfléchissante en soutenant son propre regard jusqu'à ce que ses lèvres dessinent un mince sourire.

Le lendemain matin de bonne heure, la reine fit venir la dame de compagnie de la princesse, sa plus fidèle camériste, une jeune fille qui avait toujours vécu dans ce royaume et qui avait à cœur le bonheur et la santé de sa maîtresse. La reine lui ordonna d'aller chercher l'Œuf d'or.

La dame de compagnie se mit en chemin et traversa tout le royaume en direction de la forêt noire. Trois jours et trois nuits durant, elle marcha vers l'est, et, comme le soleil se couchait au soir du troisième jour, elle parvint à la lisière des bois. Elle enjamba des branches tombées, se fraya un passage dans les feuillages, et déboucha enfin dans une clairière où se trouvait une petite maison dont la cheminée laissait échapper une fumée à l'odeur suave.

La dame de compagnie frappa à la porte. Vint lui ouvrir une jeune fille qui, malgré sa surprise de découvrir une visiteuse sur le pas de la porte, lui adressa un large et généreux sourire. Puis elle s'effaça pour la laisser entrer.

— Vous devez être bien fatiguée. Vous avez fait un long voyage. Venez donc vous réchauffer devant mon âtre.

La dame de compagnie la suivit jusque devant le feu, où elle s'assit sur un coussin. La jeune occupante de la chaumière lui apporta un bol de soupe chaude et se remit à tisser sans rien dire pendant que la camériste mangeait. Le feu crépitait dans la cheminée, et la chaleur de la pièce lui donna sommeil. Son envie de dormir était si forte qu'elle en aurait oublié sa mission si la jeune fille de la chaumière ne lui avait dit alors :

— Étrangère, vous êtes la bienvenue, mais pardonnez-moi… Puis-je vous demander quel est le but de votre visite ?

— C'est la reine qui m'envoie. Sa Majesté requiert votre concours afin de remédier à la mauvaise santé de sa fille.

À travers leurs chants, les oiseaux de la forêt apportaient parfois des nouvelles de ce qui se passait dans le royaume, aussi la jeune fille avait-elle entendu parler de la belle et bonne princesse qui vivait emmurée au château.

— Je ferai ce que je peux, dit-elle, mais je ne vois pas pourquoi la reine m'envoie quérir, car je ne sais point soigner.

— La reine m'a chargée de lui rapporter un objet qui se trouve en votre possession – un objet capable d'accorder à son possesseur ce que son cœur désire.

Alors la jeune fille de la chaumière comprit qu'elle parlait de l'Œuf d'or et elle secoua tristement la tête.

— Je ferais tout pour venir au secours de la princesse, excepté ce que vous attendez de moi. Le devoir de protéger l'Œuf d'or est mon droit de naissance, et rien au monde n'a plus d'importance. Restez ici cette nuit, à l'abri du froid et des bois solitaires, mais demain il faudra retourner au palais informer la reine que je ne puis céder l'Œuf d'or.

Le lendemain, la dame de compagnie se remit donc en route pour le château, où elle parvint au bout de trois jours et trois nuits. La reine l'attendait.

— Où est l'Œuf d'or ? s'enquit-elle en constatant que la jeune fille revenait les mains vides.

— J'ai échoué, Votre Majesté, car hélas ! la jeune fille de la chaumière n'a point voulu se départir de son droit de naissance.

La reine se redressa de toute sa haute taille et son visage s'empourpra.

— Vous devez y retourner, ordonna-t-elle en pointant sur la cameriste un long doigt crochu comme une serre d'aigle, et dire à cette jeune fille que son devoir est de servir le royaume. Faute de quoi elle sera changée en pierre et dressée dans la cour du palais pour l'éternité.

La dame de compagnie prit à nouveau le chemin de l'est et marcha trois jours et trois nuits jusqu'à la porte de la chaumière secrète. Dès qu'elle frappa, elle fut accueillie avec joie par son occupante, qui la fit entrer et là encore lui servit un bol de soupe. Puis elle s'assit à son rouet pendant que la cameriste dînait, et finit par lui dire :

— Vous êtes la bienvenue chez moi, étrangère, mais veuillez me pardonner… Quel est le but de votre visite ?

— Je viens à nouveau de la part de la reine, qui requiert votre concours afin de soigner la

635

princesse, laquelle est fort malade. Votre devoir est de servir le royaume. Si vous refusez, la reine dit que vous serez changée en pierre et dressée dans la cour du palais pour l'éternité.

La jeune fille de la chaumière sourit avec tristesse.

— Le devoir de protéger l'Œuf d'or est mon droit de naissance, et je ne saurais vous le céder.

— Voulez-vous donc être changée en pierre ?

— Certes non, et cela ne sera point. Car en veillant sur l'Œuf d'or, c'est le royaume que je sers.

La dame de compagnie ne discuta pas, car elle vit bien que la jeune fille disait vrai. Aussi, le lendemain, se remit-elle en route vers le château, où là aussi la reine l'attendait devant les murailles.

— Où est l'Œuf d'or ? s'enquit la reine en la voyant arriver les mains vides.

— Ma mission a de nouveau échoué, car hélas ! la jeune fille de la chaumière n'a pas voulu se séparer de son héritage.

— Ne lui avez-vous donc point fait valoir que tel était son devoir envers le royaume ?

— Si fait, Votre Majesté, mais elle a répondu qu'en veillant sur l'Œuf d'or, c'est justement le royaume qu'elle servait.

Les yeux de la reine lancèrent des éclairs et son teint devint grisâtre. Des nuages s'amoncelèrent dans le ciel, et tous les corbeaux du royaume s'en furent à tire-d'aile se mettre à couvert.

La reine se rappela alors les paroles du miroir magique – « La mission qu'elle accomplit assure la pérennité du royaume » – et ses lèvres formèrent un sourire.

— Il faut y retourner ; mais cette fois vous lui direz que si elle refuse de céder l'Œuf d'or, elle portera la responsabilité du chagrin éternel de la princesse, ce qui plongera le royaume tout entier dans un interminable hiver de douleur.

Alors la dame de compagnie reprit pour la troisième fois le chemin de l'est et marcha trois jours et trois nuits jusqu'à se retrouver encore à la porte de la chaumière. Dès qu'elle eut frappé, elle fut chaleureusement accueillie par la jeune fille, qui la fit entrer, alla lui chercher un bol de soupe et se remit à filer la laine pendant que la voyageuse mangeait, puis lui dit enfin :

— Vous êtes la bienvenue chez moi, étrangère, mais pardonnez-moi… Quel est le but de votre visite ?

— Je viens une fois de plus de la part de la reine, qui requiert votre concours afin de soigner la princesse souffrante. Il est de votre devoir de servir le royaume. Si vous refusez de céder l'œuf, la reine dit que vous serez responsable du chagrin éternel de la princesse et que le royaume sera précipité dans un interminable hiver de douleur.

La jeune fille de la chaumière garda un long moment le silence, puis hocha lentement la tête.

— Pour sauver la princesse et le royaume, je veux bien céder l'Œuf d'or.

La dame de compagnie frémit. Le silence s'était fait dans les bois obscurs et un méchant vent s'infiltrait sous la porte pour aller chahuter le feu dans l'âtre.

— Pourtant, il n'y a rien de plus important au monde que de protéger votre héritage, fit-elle remarquer. Tel est votre devoir envers le royaume.

— Certes, répliqua la jeune fille de la chaumière en souriant, mais à quoi ce devoir est-il bon si par mes actes je précipite le royaume dans un hiver sans fin ? Car le gel s'emparerait de la terre, il n'y aurait plus d'oiseaux, plus de bêtes dans les bois, plus de blé ni d'orge. En vérité, c'est en raison même de ce devoir que je cède aujourd'hui mon Œuf d'or.

La camériste la regarda d'un air peiné.

— Mais rien ne compte davantage que de protéger votre héritage ! L'œuf fait partie de vous, il vous revient de veiller sur lui.

Mais déjà la jeune fille avait pris à son cou une grosse clef dorée qu'elle inséra dans la serrure de la porte différente des autres. Au moment où elle la tournait, on entendit un gémissement au cœur même de la chaumière, comme si les pierres de l'âtre se tassaient et qu'au plafond les poutres laissaient échapper un soupir. La lumière décrut et une lueur apparut dans la chambre secrète. La jeune fille entra puis ressortit avec dans les mains un objet enveloppé dans une étoffe — un objet si précieux que l'air qui l'entourait semblait émettre une vibration.

Elle entraîna la cameriste vers la porte, et lorsque toutes deux eurent atteint l'orée de la clairière, elle lui remit son inestimable héritage. Quand elle se retourna vers la chaumière, elle vit que la pénombre y régnait. Soudain incapable de pénétrer l'épaisse forêt environnante, la lumière avait disparu. Les pièces étaient glaciales, car le rayonnement de l'Œuf d'or n'était plus là pour les réchauffer.

Peu à peu les animaux cessèrent de venir, les oiseaux s'envolèrent, et la jeune fille se rendit compte qu'elle n'avait plus de but dans la vie. Elle oublia le maniement du rouet, sa voix ne fut bientôt plus qu'un murmure et, pour finir, ses bras et ses jambes devinrent rigides, pesants, paralysés. Puis un jour, elle s'aperçut qu'une couche de poussière s'était déposée sur la chaumière ainsi que sur son propre corps immobile. Alors elle laissa ses yeux se fermer et sentit qu'elle sombrait dans le silence et le froid.

Plusieurs saisons après ces événements, il arriva qu'un jour la princesse longeât à cheval avec sa dame de compagnie la lisière des bois obscurs. Après sa guérison miraculeuse, elle avait épousé un beau prince et menait une existence aussi heureuse que bien remplie : elle se promenait, dansait, chantait et jouissait des immenses ressources de la bonne santé. Elle avait une adorable petite fille qui recevait tout l'amour du monde, se nourrissait de miel, buvait la rosée recueillie à même les roses et avait pour jouets les plus beaux papillons.

Comme elle chevauchait le long de la forêt noire, flanquée de sa dame de compagnie, la princesse ressentit le besoin irrépressible de pénétrer dans les bois. Sans tenir compte des protestations de sa camériste, qu'elle entraîna à sa suite, elle dirigea son cheval vers la lisière et entra sous les arbres froids et inhospitaliers. Le silence régnait, nul oiseau, nul animal sauvage ne perturbait l'atmosphère immobile et glacée. On n'entendait que les sabots des chevaux.

Bientôt elles atteignirent une clairière au centre de laquelle une chaumière disparaissait sous les feuillages.

— Oh, quelle jolie maisonnette ! s'exclama la princesse. Je me demande qui y vit.

La dame de compagnie détourna la tête. L'étrange froid qui régnait dans la clairière la fit frissonner.

— Personne, princesse. Plus personne n'y vit, maintenant. Le royaume prospère, mais il n'y a plus rien de vivant dans les bois obscurs.

45

Cliff Cottage, 1913

Quand elle s'en irait, cette côte, cette mer allaient lui manquer. Elle en découvrirait une autre, mais ce ne serait pas pareil. Il y aurait des oiseaux et des végétaux différents, des vagues qui murmureraient leurs histoires à elles dans une autre langue. Mais tant pis. Il était temps de partir. Elle avait attendu assez longtemps, et sans raison valable. Ce qui était fait était fait ; et malgré le remords qui la gagnait à la nuit tombée, lorsqu'elle maudissait le rôle qu'elle avait joué dans cette duperie – tandis qu'elle ne cessait de se retourner dans son lit sans trouver le sommeil –, elle n'avait guère d'autre choix que d'aller de l'avant.

Eliza descendit jusqu'au pied de la jetée par les marches taillées dans la roche. Un pêcheur entassait encore dans son bateau les paniers tressés et les cordages enroulés qui lui serviraient tout au long de sa journée de travail. À mesure qu'elle se rapprochait, les bras et les jambes de l'homme, aussi sveltes que musclés, se précisèrent, ainsi que son visage hâlé.

Elle vit que c'était William, le frère de Mary. Cadet d'une longue lignée de pêcheurs cornouaillais, il s'était souvent distingué par sa bravoure et sa témérité, si bien que les récits de ses hauts faits se répandaient d'un village à l'autre telles les herbes des dunes.

Autrefois, ils avaient été amis ; les histoires qu'il lui contait sur la vie en mer la fascinaient. Mais, ces dernières années, une distance s'était installée entre eux, depuis que William avait vu ce qu'il n'aurait jamais dû voir, depuis qu'il avait exigé des explications quant à l'inexplicable. Ils ne s'étaient plus parlé depuis longtemps, et Eliza regrettait sa compagnie. La certitude de quitter bientôt Tregenna l'emplit d'une détermination nouvelle : il fallait tourner la page ; aussi fut-ce d'un pas posé qu'elle s'approcha de lui et, après avoir vidé ses poumons, lui lança :

— Vous êtes en retard ce matin, Will !

Il leva la tête, puis redressa sa casquette de marin. Une rougeur envahit ses joues burinées et il répondit avec raideur :

— Et vous, vous êtes bien matinale.

— Je prends de l'avance sur la journée.

Elle se tenait à présent tout près du bateau. On entendait le clapotis des vaguelettes contre la coque, et l'air était chargé d'embruns.

— Quelles nouvelles de Mary ?

— Rien depuis la semaine dernière. Elle est toujours contente, là-bas, à Polperro. Et elle s'est bien faite à la vie de bouchère.

Eliza sourit. Ça lui faisait sincèrement plaisir d'apprendre que tout allait bien pour Mary. Elle le méritait amplement, après tout ce qu'elle avait vécu.

— Ça c'est une bonne nouvelle, Will. Je vais lui écrire dès cet après-midi.

William se rembrunit et baissa les yeux sur ses bottes en donnant de petits coups de pied dans la roche du môle.

— Qu'est-ce qu'il y a ? J'ai dit quelque chose d'inconvenant ?

William chassa une paire de mouettes goulues qui descendaient en piqué vers ses appâts.

— Will ?

Il lui décocha un regard en biais.

— Non, rien d'inconvenant, mademoiselle Eliza. C'est juste que... Enfin... Je suis content de vous voir, mais un peu surpris, aussi.

— Ah bon ? Et pourquoi ça ?

— Eh bien, on a tous eu de la peine en apprenant la nouvelle.

Il leva la tête et gratta les favoris qui descendaient le long de sa mâchoire saillante.

— Quand on a su que M. et Mme Walker nous quittaient, je veux dire.

— Ah oui, New York... En effet, ils partent dans un mois.

C'est Nathaniel qui lui avait annoncé la nouvelle. Il était revenu la voir au cottage un après-midi, Ivory sur les talons, là encore. Comme il pleuvait, on avait fait entrer la petite, cette fois. Elle était allée attendre dans la chambre d'Eliza, à l'étage. Heureusement. Car en apprenant que Rose et lui désiraient s'installer de l'autre côté de l'Atlantique, recommencer leur vie là-bas, elle s'était mise en colère. On s'était servi d'elle, puis on l'abandonnait. Elle se sentait plus exploitée que jamais. Elle imagina Rose et

Nathaniel à New York, et tout à coup, sa maison-nette devint l'endroit le plus triste au monde. Comme sa vie elle-même... Nul ne pouvait mener une existence aussi triste que la sienne.

Puis Nathaniel avait pris congé, et presque tout de suite Eliza s'était remémoré le conseil de sa mère : elle ne devait jamais attendre son salut d'autrui. Alors elle prit sa décision. Le moment était venu. Elle avait réservé une place sur un bateau qui l'emmènerait vers l'aventure, loin de Blackhurst et de la vie qu'elle menait ici. Elle avait aussi écrit à Mme Swindell pour dire qu'elle serait de passage à Londres le mois suivant, et demander si elle pouvait lui rendre visite. Naturellement, pas un mot de la broche qui, avec un peu de chance, était toujours en sécurité dans son petit pot en terre cuite, dans le conduit de cheminée condamné. Mais elle avait la ferme intention de la récupérer.

Alors, grâce au legs de sa mère, elle aussi recommencerait à zéro.

William se racla la gorge.

— Qu'est-ce qui se passe, Will ? Vous en faites une tête ! On dirait que vous avez vu un fantôme.

— Rien de tout ça, mademoiselle Eliza. Seule-ment...

Ses yeux bleus la dévisagèrent curieusement. Le soleil était levé, à présent ; Will ferma les paupières à demi pour se protéger de ses rayons impitoyables.

— Ça s'peut donc que vous n'soyez pas au courant ?

— Au courant de quoi ?

— Pour M. et Mme Walker... Le train pour Carlisle...

— Oui, ils sont partis quelques jours à Carlisle et doivent rentrer demain. Et alors ?

Les lèvres de William dessinèrent un pli amer.

— Ils rentreront bien demain, mademoiselle, mais pas au sens où vous l'entendez. La nouvelle s'est répandue dans tout le village, poursuivit-il en soupirant, et c'était même dans le journal. Et dire que personne ne vous a mise au courant... Je serais bien venu vous l'apprendre moi-même, mais...

Il lui prit les mains, et ce geste inattendu affola les battements de son cœur, comme avaient tendance à le faire toutes les démonstrations de familiarité auxquelles elle ne s'attendait pas.

— Ils ont eu un accident, mademoiselle Eliza. Un train en a percuté un autre. Il y a eu des victimes, et... je suis désolé, mais M. et Mme Walker ont tous les deux été tués.

Il continua à parler, mentionna un endroit appelé Ais Gill, mais elle ne l'écoutait plus. Dans sa tête, une violente lumière teintait toute chose de sa clameur pourpre, figeant toutes les sensations, tous les sons, toutes ses pensées. Elle ferma les yeux et tomba, aveuglée comme par un bandeau sur les yeux, dans un puits sans fond.

C'était tout juste si Adeline parvenait à respirer. Sa douleur était une épaisse mélasse noire qui obstruait ses poumons. La nouvelle leur avait été annoncée par téléphone, tard dans la soirée du mardi. Comme Linus s'était enfermé dans sa chambre noire, on avait envoyé Daisy chercher lady Mountrachet. Au bout du fil, un policier dont la voix se perdit dans

645

les crépitements des lignes – car bien des lieues séparaient la Cornouailles du Cumberland – lui avait asséné le coup terrible.

Elle s'était évanouie. Ce fut du moins ce qu'elle supposa, car elle se réveilla dans son lit, avec un poids écrasant sur la poitrine. Pendant un quart de seconde, elle ne sut plus ce qui s'était passé, puis tout lui revint d'un coup. L'horreur était ressuscitée.

Heureusement, il fallait organiser les funérailles, accomplir une série de démarches ; sans cela, peut-être n'aurait-elle jamais refait surface. Car son cœur avait été brutalement évidé, et il n'en restait plus qu'une coque sèche, mais on attendait certaines choses d'elle. En tant que mère éplorée, elle ne pouvait se dérober à ses responsabilités au vu et au su de tous. Tel était son devoir envers Rose. Sa chère et tendre enfant.

— Daisy, appela-t-elle d'une voix blanche. Allez me chercher de quoi écrire. Il faut que je dresse une liste.

Tandis que la femme de chambre quittait précipitamment la pénombre de sa chambre, Adeline entreprit de recenser mentalement une série de noms. Il faudrait inviter les Churchill, évidemment... ainsi que lord et lady Huxley. Les Astor, les Heuser... Quant à la famille de Nathaniel, elle l'informerait dans un deuxième temps. Elle n'aurait pas la force d'inclure ces gens-là dans les obsèques de Rose.

L'enfant n'y assisterait pas non plus. Ces événements solennels ne convenaient pas à sa nature. Si seulement elle s'était trouvée à bord de ce train avec ses parents, au lieu de rester clouée au lit par un début de grippe ! Qu'allait-on en faire, maintenant ?

Hors de question que sa présence lui rappelle en permanence que sa chère fille n'était plus.

Elle regarda par la fenêtre, en direction de la crique. La rangée d'arbres, et puis derrière, la mer, à l'infini...

De là, Adeline s'interdit de laisser son regard se déporter vers la gauche. Le cottage n'était pas visible, mais il lui suffisait de savoir qu'il était là. Il exerçait une attraction affreuse qui lui glaça les sangs.

Une chose était sûre. Eliza ne serait informée qu'après les funérailles. Adeline ne supporterait jamais de voir cette fille vivante alors que Rose l'avait quittée à jamais.

Trois jours plus tard, comme Adeline, Linus et les domestiques étaient rassemblés dans le petit cimetière, tout au fond de la propriété, Eliza fit une dernière fois le tour de son cottage. Elle avait déjà expédié une malle au port ; il ne lui restait qu'un modeste bagage à porter. Son cahier, quelques affaires personnelles. Le train partait de Tregenna à midi, et Davies, qui allait à la gare prendre livraison de plantes arrivant par le train de Londres, avait offert de l'y conduire. Il était le seul à qui elle ait annoncé son départ.

Elle consulta sa petite montre de poche. Elle avait le temps de rendre une ultime visite à son jardin clos. Elle l'avait gardé pour le tout dernier moment, limitant délibérément le temps qu'elle pourrait y passer de peur de ne pouvoir s'en arracher si elle y prolongeait son séjour.

Mais elle en sortirait. Il le fallait.

Elle prit l'allée menant à l'entrée. À la place du portail sud se trouvaient à présent une plaie béante, un trou dans la terre et un tas de gros blocs de grès attendant là qu'on s'en serve.

C'était arrivé pendant la semaine. Alors qu'elle arrachait les mauvaises herbes, Eliza avait eu la surprise de voir débarquer dans son jardin deux costauds à l'allure d'ouvriers. Son premier mouvement avait été de croire qu'ils s'étaient égarés mais elle s'était bien vite rendu compte que cela ne tenait pas debout. Personne ne tombait par hasard sur le cottage.

« On vient de la part de lady Mountrachet », avait dit le plus grand des deux.

Eliza avait essuyé ses mains sur sa jupe sans rien dire, attendant qu'il s'explique.

« Elle dit que ce portail-ci a besoin d'être condamné.

— Tiens donc. C'est drôle, il ne m'en a pas touché mot, à moi ».

L'autre homme avait gloussé, et celui qui avait parlé avait pris l'air penaud.

« Et pourquoi condamnerait-on ce portail, s'il vous plaît ? avait demandé Eliza. Qu'a-t-il fait pour mériter cela ?

— On est censés le murer. Lady Mountrachet dit qu'on n'aura plus besoin d'accéder au cottage par là, qu'on doit creuser et poser de nouvelles fondations ».

Naturellement. Eliza aurait dû s'attendre à des représailles après son équipée à travers le labyrinthe, quinze jours plus tôt. Quand ils s'étaient tous entendus sur la marche à suivre, quatre ans plus tôt, les consignes avaient été clairement édictées : Mary avait reçu de l'argent pour recommencer sa vie à Polperro et Eliza ne devait en aucun cas traverser le labyrinthe bordant son jardin clos. Mais, au bout de tout ce temps, elle avait été incapable de résister.

Son départ tombait donc très bien. Si elle n'avait plus accès au jardin, la vie à Blackhurst deviendrait vite insupportable. Surtout maintenant que Rose n'était plus là.

Elle contourna les gravats, à l'emplacement du portail qu'on avait ôté, puis le trou proprement dit, et entra dans le jardin clos. Le jasmin embaumait toujours autant, et le pommier donnait tous ses fruits. Les plantes grimpantes s'étaient rejointes par-dessus le mur pour se tresser étroitement et former une canopée feuillue au-dessus du jardin.

Davies s'occuperait de celui-ci, bien sûr, mais ce ne serait pas pareil. Il avait déjà beaucoup de travail au château, alors qu'Eliza avait consacré à son jardin tout son temps et tout son amour.

— Que vas-tu devenir ? fit-elle à voix basse.

Quand elle posa les yeux sur le pommier, une douleur aiguë lui transperça la poitrine, comme si on lui ôtait un morceau de son cœur. Elle se remémora le jour où Rose et elle l'avaient planté. Elles nourrissaient de grands espoirs, en ce temps-là ; elles croyaient sincèrement que tout finirait bien pour elles. Eliza n'arrivait même pas à imaginer que Rose ne fût plus de ce monde.

Quelque chose attira son regard. Un morceau de tissu qui dépassait sous les feuilles du pommier. Avait-elle laissé tomber un mouchoir la dernière fois qu'elle était venue jusque-là ? Elle se mit à genoux et regarda à travers les feuillages.

Une petite fille, la fille de Rose, dormait à poings fermés dans l'herbe.

Comme si un sortilège était soudainement levé, elle bougea un peu, battit des paupières, puis fixa ses grands yeux sur Eliza.

Elle ne bondit pas sur ses pieds, ne sursauta même pas – comme on aurait pu s'y attendre de la part d'un enfant pris au dépourvu par un adulte peu familier. Non, elle sourit, très à l'aise, bâilla, puis sortit enfin de sous les branches.

— Bonjour, dit-elle en se mettant debout devant Eliza.

Celle-ci la regarda, agréablement surprise par cette indifférence manifeste envers l'étouffante tyrannie des bonnes manières.

— Qu'est-ce que tu fais là ?

— Je lis.

Eliza s'étonna. La petite n'avait pas quatre ans.

— Tu sais lire ?

Une brève hésitation, suivie d'un hochement de tête.

— Montre-moi.

La petite se mit à quatre pattes et disparut sous sa branche de pommier. Elle en ressortit avec le recueil de contes d'Eliza. Celui-là même que la Conteuse avait apporté au château en passant par le labyrinthe. Elle l'ouvrit et se lança dans une interprétation impeccable des *Yeux de l'aïeule* en suivant les lignes du doigt avec le plus grand sérieux.

Constatant que les mots prononcés et ceux soulignés par le bout de l'index ne concordaient pas, Eliza dissimula un sourire. Elle se rappela que, petite, elle aussi mémorisait facilement ses histoires préférées.

— Et on peut savoir ce que tu fais là ?

La petite interrompit sa « lecture ».

— Tout le monde est parti. Je les ai vus par la fenêtre, ils sont montés dans des voitures toutes noires et toutes brillantes qui avançaient dans l'allée comme une colonne de fourmis en plein travail. Comme je ne voulais pas rester toute seule au château, je suis venue ici. J'aime bien, c'est mon endroit préféré, votre jardin.

Elle baissa fugitivement les yeux : elle savait qu'elle avait fait quelque chose de défendu.

— Sais-tu qui je suis ? demanda Eliza.

— Oui, vous êtes la Conteuse.

Cela fit sourire la jeune femme. La petite s'enhardit. Elle pencha la tête de côté de telle manière que sa longue tresse se drapa sur son épaule et demanda :

— Pourquoi vous êtes triste ?

— Parce que je suis en train de dire au revoir.

— À quoi ?

— À mon jardin, ma vie d'avant.

Le regard de la fillette avait une intensité qu'Eliza trouva ensorcelante.

— Je pars vivre une aventure. Tu aimes les aventures ?

— Oui, acquiesça l'enfant. D'ailleurs je vais bientôt en vivre une, moi aussi, parce que je vais partir avec mon papa et ma maman. On va aller à New York sur un très grand navire – encore plus grand que celui du capitaine Achab.

— À New York ? répéta Eliza d'une voix mal assurée.

Se pouvait-il que la petite ne soit au courant de rien ?

— Oui, on va traverser la mer, mais grand-maman et grand-papa ne viendront pas avec nous. Ni l'affreuse poupée aux yeux cassés.

C'était peut-être à ce moment précis qu'elle atteignit le point de non-retour. Quand elle regarda dans les yeux cette petite fille sérieuse qui ne savait pas que ses parents étaient morts, et qui avait pour toute perspective une vie sous la tutelle de tante Adeline et d'oncle Linus.

Eliza se dit plus tard qu'elle n'avait pas pris de décision, mais que la décision avait en quelque sorte été prise pour elle. Par un étrange processus alchimique, Eliza avait su instantanément et avec une certitude totale qu'on ne pouvait pas laisser la petite seule à Blackhurst.

Elle lui tendit la main en observant avec curiosité sa paume ouverte, comme si cette dernière savait exactement ce qu'elle faisait et agissait de sa propre initiative. Puis elle retrouva sa voix.

— J'ai entendu parler de ton aventure. En fait, on m'a chargée de m'occuper de toi.

Les mots lui venaient sans peine, comme s'ils faisaient partie d'un plan concocté longtemps auparavant – comme s'ils exprimaient la vérité.

— C'est moi qui vais te faire faire une partie du voyage.

La petite eut l'air perplexe.

— Tout va bien, reprit Eliza. Viens, prends ma main. Nous allons suivre un chemin pas comme les autres, un chemin secret que nous serons les seules à connaître, toutes les deux.

— Mais quand on arrivera là où on va, est-ce que ma maman sera là ?

— Oui, répondit Eliza sans broncher. Elle sera là.

La petite fille réfléchit. Puis elle eut un hochement de tête approbateur. Son petit menton pointu était creusé d'une fossette.

— Il faut que j'emporte mon livre.

Adeline sentait la brume se dissiper à la périphérie de son champ de conscience. On n'avait donné l'alarme qu'en milieu d'après-midi. Cette idiote de Daisy était venue frapper à la porte de son boudoir ; elle se dandinait sur place en cherchant ses mots, l'air piteux. Madame avait-elle par hasard vu Mademoiselle Ivory ?

Comme sa petite-fille avait l'habitude de partir seule de son côté, sa première réaction avait été l'agacement. C'était tout à fait le genre de cette petite peste que de choisir un moment pareil. Alors qu'on venait d'enterrer sa fille bien-aimée, voilà qu'il fallait organiser une battue. Adeline se retint à grand-peine de pousser un cri de rage et même de jurer.

On avait requis les services des domestiques pour fouiller toute la maison et les cachettes préférées d'Ivory, mais en vain. Au bout d'une heure de recherches, Adeline fut obligée d'envisager que la petite fille se soit aventurée dans le reste de la propriété. Elle l'avait pourtant maintes fois mise en garde, contre les dangers de la crique, entre autres, et sa mère avait renchéri. Mais l'obéissance ne lui venait pas aussi facilement qu'à Rose jadis. Elle était entêtée, tenace, et Rose avait encouragé malgré elle ce trait de caractère détestable en lui épargnant les punitions. Adeline n'était pas aussi indulgente, et quand on l'aurait retrouvée, elle ferait comprendre à cette enfant qu'on ne se comportait pas ainsi ; ce serait la dernière fois qu'elle ferait preuve d'une telle impudence.

— Veuillez m'excuser, Madame...

Adeline se retourna vivement et les plis de sa robe bruissèrent en frottant les uns contre les autres. Daisy était enfin rentrée de la crique.

— Eh bien ? Où est-elle ?

— Je ne l'ai pas trouvée, Madame.

— Vous avez bien regardé dans tous les coins ? Le rocher noir ? Les dunes ?

— Oh non, Madame. Je ne me suis pas approchée du rocher.

— Et pourquoi donc ?

— Il est tellement gros, et puis glissant... En plus, ajouta la petite sotte en rougissant comme une pêche mûre, on dit qu'il est hanté.

Adeline mourait d'envie de la gifler à tour de bras. Si elle avait obéi à ses instructions et veillé à ce que l'enfant garde le lit, on n'en serait pas là ! Au lieu de cela, elle avait dû descendre à la cuisine bavarder avec le nouveau valet. Mais il ne convenait pas de punir Daisy. Pas encore. On aurait pu croire qu'elle avait perdu le sens des priorités.

Elle fit à nouveau volte-face en chassant ses jupes derrière elle et se replia vers la fenêtre. En contemplant la pelouse assombrie par la proximité du crépuscule, elle se sentit tout à coup dépassée. D'ordinaire, Adeline se trouvait très compétente dans l'art de se comporter en société, mais, ce jour-là, le rôle de

grand-mère inquiète trahissait sa débâcle personnelle. Si seulement on retrouvait l'enfant, morte ou
vive, indemne ou blessée, et qu'on la lui ramenait !
Alors elle pourrait tourner la page, oublier ce déplorable épisode et continuer à porter le deuil de Rose
avec la même ardeur visible.

Par malheur, il n'y aurait pas pour elle de solution
aussi simple. Le soir allait tomber dans une heure et
toujours pas de nouvelles de l'enfant. Or, Adeline ne
pouvait interrompre la battue tant qu'on n'avait pas
épuisé toutes les solutions possibles. Les domestiques observaient ses réactions, qui devaient être
rapportées et disséquées à l'office ; non, il ne fallait
pas renoncer. Mais Daisy était une incapable et les
autres ne valaient guère mieux. Celui qu'il lui fallait,
c'était Davies. Jamais là quand on avait besoin de
lui, ce mal dégrossi...

« C'est son après-midi de congé, Madame », l'avait
informée Daisy lorsqu'elle lui avait posé la question.

Naturellement. Ces serviteurs qui étaient toujours
dans vos pattes s'avéraient introuvables en cas de
besoin.

« Il doit être chez lui ou bien au village, Madame.
Il me semble qu'il devait aller chercher quelque chose
à la gare ».

Bien. Une seule personne au monde connaissait
la propriété aussi bien que Davies.

« Allez me chercher Mademoiselle Eliza, articula
Adeline avec un goût amer dans la bouche. Sur-le-
champ ».

Eliza contempla la fillette endormie. Ses longs cils ombrageaient légèrement ses joues lisses, ses petites lèvres charnues faisaient la moue et ses poings miniatures étaient serrés contre ses cuisses. Fallait-il qu'elle soit confiante pour s'endormir dans un moment pareil ! Et face à cette confiance aveugle, cette vulnérabilité aussi, Eliza eut envie de pleurer.

Qu'est-ce qui lui avait pris ? Que faisait-elle dans le train pour Londres avec l'enfant de Rose ?

Elle n'avait pas réfléchi, elle avait agi instinctivement – sinon elle n'aurait jamais fait une chose pareille. Car réfléchir, c'était plonger le pinceau du doute tout enduit de peinture dans l'eau claire de la certitude. Elle avait su que l'enfant ne pouvait tout simplement pas être confiée à Linus et Adeline ; alors elle était passée à l'acte. Elle qui n'avait su sauver Sammy n'avait pas le droit d'échouer, cette fois-ci.

Mais que faire d'Ivory ? Car elle ne pouvait pas la garder avec elle. L'enfant méritait mieux. De vrais parents, des frères et sœurs, un foyer heureux et plein d'amour qui lui laisserait des souvenirs pour toute une vie.

Cela dit, elle ne voyait pas d'autre éventualité. Il ne fallait plus qu'Ivory s'approche de la Cornouailles sous peine d'être reconnue et ramenée tout droit à Blackhurst.

Non, décidément, jusqu'à ce qu'elle trouve une autre solution, elle devait la garder. Pour le moment du moins. Il restait cinq jours avant que le navire n'appareille pour Maryborough, en Australie, où habitaient le frère de Mary et sa tante Eleanor. Mary lui avait donné l'adresse, et Eliza comptait bien s'y rendre en arrivant. Naturellement, elle écrirait à Mary pour lui raconter ce qu'elle avait fait.

Eliza avait déjà son billet, acheté sous un faux nom. C'était peut-être irrationnel mais, au moment de réserver, elle avait éprouvé la brusque conviction que, pour refaire sa vie, il fallait changer d'identité. Elle n'avait voulu laisser à l'agence maritime aucune trace de son passage, aucune attache reliant les deux mondes. D'où le pseudonyme. Et il s'avérait finalement que c'était une excellente initiative...

Car on la ferait infailliblement rechercher. Eliza en savait trop sur la véritable naissance de l'enfant de Rose ; jamais Adeline ne la laisserait s'échapper sans au moins tenter de l'en empêcher. Il fallait qu'elle se prépare à se cacher. Elle trouverait près du port une auberge disposée à louer une chambre à une pauvre veuve et à sa fille partant rejoindre leur famille à New York. Était-il encore possible, si peu de temps avant le départ, d'acheter un billet pour l'enfant ? Ou bien valait-il mieux se débrouiller pour la faire monter à bord sans attirer l'attention sur elle-même ?

Eliza regarda la toute petite fille endormie dans le coin du wagon de chemin de fer. Si frêle, si fragile... Elle lui caressa doucement la joue, puis retira vivement sa main en voyant que la fillette bronchait, fronçait son petit nez et enfouissait plus profondément sa tête dans l'angle. C'était absurde, mais elle lui trouvait une certaine ressemblance avec Rose enfant.

Elle poserait des questions sur la disparition de ses parents, et un jour Eliza lui dirait la vérité. Pour l'instant, elle ne savait pas du tout comment elle lui présenterait la chose. Elle remarqua alors que, dans son recueil de contes, celui qui aurait pu se substituer à ses explications avait justement été découpé. Sans doute par Nathaniel. Adeline comme Rose se seraient contentées de jeter ou de brûler le livre ; lui seul était susceptible d'avoir détaché la seule histoire où il jouât un rôle, en préservant le reste.

Elle attendrait le tout dernier moment pour aller trouver les Swindell : elle ne voyait pas quelle menace ils pouvaient représenter, mais elle savait trop bien qu'on ne pouvait pas leur faire confiance. S'ils entrevoyaient une quelconque source de profit, ils sauteraient sur l'occasion. Elle avait même envisagé d'y renoncer, songeant que le risque était trop grand, même comparé au bénéfice potentiel. Mais elle avait finalement décidé de braver le danger. Elle aurait besoin de la broche pour payer son voyage vers le Nouveau Monde, et le fragment de tresse était précieux. Il représentait sa famille, son passé, un lien avec elle-même.

Adeline attendait le retour de Daisy. Le temps se traînait, inerte et pesant comme un enfant qui s'accrocherait à ses jupes. C'était la faute d'Eliza si Rose était morte. Sa coupable traversée du labyrinthe avait précipité les événements, le projet de départ pour New York, donc le court voyage à Carlisle. Si Eliza était restée de son côté comme promis, Rose ne serait jamais montée dans ce train.

La porte s'ouvrit. Adeline retint son souffle. Enfin la servante était de retour, des feuilles dans les cheveux et la jupe toute crottée. Mais elle était seule.

— Eh bien, où est-elle ?

Peut-être Eliza s'était-elle déjà mise en quête de la petite si Daisy – faisant pour une fois preuve d'intelligence – l'avait envoyée tout droit à la crique.

— Je ne sais pas, Madame.

— Comment cela, vous ne savez pas ?

— J'ai trouvé le cottage fermé à clef. J'ai regardé par les fenêtres mais je n'ai rien vu.

— Vous auriez dû attendre. Peut-être était-elle au village, auquel cas elle n'aurait pas tardé à rentrer.

L'insolente secouait négativement la tête.

— Je ne crois pas, madame. On a ratissé les cendres de la cheminée et les étagères sont toutes vides. Madame, reprit-elle en cillant avec cet air bovin qui lui était propre, je crois qu'elle est partie.

Alors Adeline comprit. Une rage brûlante se répandit aussitôt sous sa peau, lui monta à la tête et y ficha de cruelles lances de douleur cramoisie.

— Madame, vous ne vous sentez pas bien ? Vous voulez vous asseoir ?

Non, Adeline ne voulait pas s'asseoir. Bien au contraire. Elle devait constater par elle-même l'ingratitude de cette fille.

— Daisy, faites-moi franchir le labyrinthe.

— Je ne connais pas le chemin, Madame. Personne ne le connaît à part Davies. J'ai fait le tour par la route qui monte le long de la falaise.

— Dans ce cas, faites appeler Newton et préparer la voiture.

— Mais il va bientôt faire nuit, Madame.

Adeline répéta alors, les yeux étrécis, les épaules raides :

— Allez chercher Newton et apportez-moi une lanterne.

Le cottage était en ordre, mais on ne l'avait pas vidé. Si la table était propre et nue, il restait des ustensiles de cuisine. Un manteau solitaire était suspendu dans l'entrée. Adeline eut une brusque nausée et sentit ses poumons manquer d'air. C'était dû à la présence encore perceptible de cette fille, qui s'attardait dans la maison, dense et oppressante. Elle prit sa lanterne et monta l'escalier. Deux chambres : l'une spartiate mais propre où l'on reconnaissait le lit provenant des greniers de Blackhurst, recouvert d'un édredon bien tiré, l'autre contenant un bureau et une chaise ainsi qu'une étagère chargée de livres. Les objets posés sur le bureau avaient été empilés. Adeline prit appui du bout des doigts sur le dessus en bois et se pencha pour apercevoir l'extérieur.

Les dernières couleurs du jour s'étaient éparpillées sur la mer, dont les eaux lointaines, de pourpre et d'or, s'enflaient sans relâche.

Rose n'est plus.

Une pensée soudaine, aux contours imprécis.

Ici, dans ce lieu où, enfin, elle était sans témoins, Adeline s'autorisa brièvement à cesser de simuler. Elle ferma les yeux et les muscles perpétuellement contractés de ses épaules se dénouèrent.

Elle aurait voulu se recroqueviller à même les lattes lisses et froides du plancher pour ne plus jamais se relever. Dormir cent ans. Ne plus avoir à se donner en exemple. Pouvoir enfin respirer...

— Madame ? La nuit va bientôt tomber, fit la voix de Newton au pied de l'escalier. Les chevaux vont avoir du mal à redescendre si nous ne partons pas tout de suite.

Adeline prit une brusque inspiration. Ses épaules retrouvèrent leur fermeté habituelle.

— Un instant.

Elle rouvrit les yeux et pressa sa paume contre son front. Rose n'était plus et elle ne s'en remettrait jamais, mais il y avait un autre risque à prendre en compte, à présent. D'un côté elle avait envie de laisser Eliza et la petite disparaître à jamais de sa vie, mais les choses étaient plus compliquées que cela. Maintenant qu'elles s'étaient évanouies dans la nature, ensemble selon toute probabilité, Adeline courait le risque que la vérité s'ébruite, qu'Eliza raconte ce qu'ils avaient fait. Et cela devait être évité à tout prix. Pour Rose, pour la mémoire de Rose, pour la réputation des Mountrachet, il fallait retrouver Eliza, la ramener et la réduire au silence.

Le regard d'Adeline parcourut une dernière fois le bureau et s'arrêta sur le coin d'une feuille de papier qui dépassait sous une pile de livres. Un mot qu'elle reconnut, bien que de prime abord elle ne pût le situer précisément. Elle délogea la feuille. C'était une liste de choses à faire qu'Eliza avait dressée avant de partir. En bas, le mot *Swindell*. Un nom de famille, songea-t-elle sans trop savoir pourquoi.

Le cœur battant, elle plia le bout de papier et le rangea dans sa poche. Elle avait trouvé une piste. Cette fille ne pouvait espérer s'éclipser incognito. On la retrouverait, et avec elle l'enfant – l'enfant de Rose, qu'on ramènerait là où était sa place.

Et Adeline savait exactement à qui s'adresser pour s'acquitter de cette tâche.

46

Polperro, 2005

La maison de Clara, petite et blanche, était accrochée au bord d'une falaise, à quelques minutes à pied d'un pub baptisé « Le Boucanier ».

— À vous l'honneur, dit Christian.

Cassandra acquiesça mais ne frappa pas à la porte pour autant. Une impatience mêlée d'inquiétude s'était brusquement emparée d'elle. Derrière la porte attendait la propre sœur de sa grand-mère, qu'elle n'avait bien sûr jamais connue. Encore quelques instants et l'énigme qui avait hanté Nell toute sa vie serait résolue. Elle lança un coup d'œil à Christian et se réjouit une fois de plus qu'il soit venu avec elle.

Après le départ de Ruby pour Londres, ce matin-là, elle avait attendu Christian devant l'hôtel en serrant contre elle le recueil de contes d'Eliza. Lui aussi avait apporté le sien, ce qui lui avait permis de découvrir l'histoire manquante. La coupure était si nette et le nombre de pages si faible qu'elle n'avait jamais rien remarqué. Même pas l'hiatus dans la numérotation. D'ailleurs, les numéros de page étaient si tarabiscotés et ornés de fioritures qu'il aurait fallu un diplôme en calligraphie pour distinguer le 54 du 61.

Pendant le trajet, Cassandra avait lu *L'Œuf d'or* à voix haute, de plus en plus persuadée que Christian avait raison : le conte était une allégorie des circonstances dans lesquelles Rose s'était procuré un enfant. Aussi était-elle plus sûre que jamais de ce que Clara voulait lui révéler.

Pauvre Mary, contrainte de céder son premier enfant et de garder à jamais le secret... Pas étonnant qu'elle se soit délivrée de son fardeau sur son lit de mort en se confiant à sa fille.

Une enfant perdue qui avait consacré presque toute sa vie à retrouver sa mère...

Leo, lui, aurait presque douze ans, maintenant.

— Ça va ? demanda Christian, qui l'observait, l'air soucieux.

— Oui, oui, ça va, répondit Cassandra en rangeant soigneusement ses souvenirs à leur place.

Elle lui sourit. Elle avait moins l'impression de mentir que d'habitude.

Comme elle s'apprêtait à actionner le heurtoir, la porte étroite et basse s'ouvrit d'un coup. Une vieille dame dodue se tenait sur le seuil ; avec son tablier noué à la taille, on aurait dit un personnage façonné à partir de deux boules de pâte à tarte.

— En vous voyant là, dit-elle avec un grand sourire, j'ai bien pensé que ça devait être mes invités ! Entrez, entrez donc, je vais vous faire une bonne tasse de thé.

Christian prit place à côté de Cassandra sur un canapé à motif floral ; il dut jongler avec les coussins en patchwork pour s'y faire de la place. On aurait dit un éléphant dans un magasin de porcelaine et Cassandra dut se retenir de rire.

Une théière jaune dans son cocon tricoté en forme de poule trônait en bonne place sur la malle-cabine du salon. Cassandra lui trouva une ressemblance frappante avec Clara elle-même, à cause des petits yeux vifs, des formes rebondies et de la petite bouche bien dessinée.

Leur hôtesse alla chercher une troisième tasse et les remplit toutes de feuilles de thé infusées.

— Je confectionne mon propre mélange : trois quarts de « Breakfast », un quart d'« Earl Grey ». « *English* Breakfast », naturellement, précisa-t-elle en les regardant par-dessus ses lunettes.

Une fois le lait versé, elle s'installa dans le fauteuil près de la cheminée.

— Pas trop tôt, lâcha-t-elle. J'ai les pieds en compote. J'ai passé toute la journée debout à m'occuper des stands pour la fête du port.

— Merci de nous recevoir, dit Cassandra. Je vous présente mon ami Christian.

Il se pencha par-dessus la malle qui faisait office de table basse pour serrer la main de Clara, et Cassandra rougit de le sentir si près d'elle.

— Ravie de faire votre connaissance. C'est la dame du musée, Ruby, reprit-elle à l'intention de Cassandra après avoir goûté à son thé, qui m'a parlé de votre grand-mère. Celle qui ne savait pas qui étaient ses parents.

— Elle s'appelait Nell. Mon arrière-grand-père l'a trouvée sur un quai du port de Maryborough, dont il était capitaine, quand elle était toute petite.

— Maryborough, vous dites ? Quelle coïncidence ! J'ai de la famille là-bas. C'est dans le Queensland, hein ?

— Oui. Quelle branche de la famille ? interrogea Cassandra, intéressée.

— Le frère de ma mère est parti s'y installer quand il était tout jeune. Il a eu des enfants, qui sont donc

664

mes cousins. Ma mère disait qu'ils avaient choisi l'endroit à cause de son prénom, précisa-t-elle avec un rire qui ressemblait à un caquètement.

Cassandra lança un regard à Christian. Était-ce pour cela qu'Eliza avait embarqué la petite à bord de ce navire précis ? Pour la rendre à la famille de Mary, donc la sienne ? Au lieu d'emmener Nell à Polperro, au risque qu'on la reconnaisse, elle aurait opté pour ce frère du bout du monde ? Clara devait avoir la réponse, il suffisait de l'orienter dans la bonne direction.

— Votre mère, Mary, a travaillé au château de Blackhurst, n'est-ce pas ?

Clara but une longue gorgée de thé.

— Jusqu'à ce qu'on la fiche à la porte, oui – en 1909, c'était. Elle y était depuis près de dix ans. Ils l'ont renvoyée parce qu'elle attendait un bébé. Vous comprenez, reprit-elle tout bas, elle n'était pas mariée, et en ce temps-là, ça ne se faisait pas du tout. Pourtant, elle était bien brave, ma mère. La droiture même. Elle a fini par épouser mon père dans les règles. Ils se seraient même mariés tout de suite, mais malheureusement, il a attrapé une pneumonie. Il a failli pas être à son propre mariage ! C'est là qu'ils sont venus s'installer à Polperro, où ils ont ouvert une boucherie.

Elle prit un petit livre de forme allongée, posé à côté du plateau à thé. La couverture était décorée de papier d'emballage, de morceaux de tissu et de boutons. Quand elle l'ouvrit, Cassandra comprit que c'était un album de photos. Clara choisit une page marquée par un ruban et le lui tendit par-dessus la malle-cabine.

— Voilà ma maman.

Cassandra contempla la jeune femme aux boucles folles et aux formes rebondies en essayant de déceler la ressemblance avec Nell. Peut-être dans le dessin de la bouche, dans les rares occasions où Nell avait souri involontairement. Mais c'était toujours ainsi avec les photos, et plus Cassandra la regardait, plus elle y retrouvait la tante Phyllis dans la forme du nez ou des yeux !

Elle tendit l'album à Christian et sourit à Clara.

— Elle était très jolie, n'est-ce pas ?

— Ça oui, répondit Clara avec un clin d'œil coquin. Une beauté, ma mère. Trop pour rester domestique.

— Savez-vous si elle aimait travailler à Blackhurst ? Si elle a été triste de devoir partir ?

— Elle était contente de quitter la maison, mais ça lui faisait de la peine de laisser sa maîtresse.

Ça, c'était nouveau.

— Pourquoi, Rose et elle étaient proches ?

Clara secoua la tête.

— Elle ne parlait jamais de Rose mais d'Eliza. Mademoiselle Eliza par-ci, Mademoiselle Eliza par-là, y en avait que pour elle.

— Pourtant, Eliza n'était pas la maîtresse, au château.

— Officiellement non, bien sûr, mais ma mère l'adorait. Elle disait que c'était la seule étincelle de vie dans une maison où tout était mort.

— Pourquoi disait-elle ça, d'après vous ?

— Parce que ceux qui y vivaient étaient comme des morts, d'après elle. Ils étaient tous sinistres pour une raison ou pour une autre. Tous à vouloir ce qu'ils ne devaient ou ne pouvaient pas avoir.

Cassandra médita sur cet aperçu de la vie au château. Ce n'était pas l'idée qu'elle s'en était faite d'après les albums de Rose, encore qu'évidemment, avec son intérêt pour les jolies robes neuves et les aventures de sa cousine, cette dernière ne fournisse qu'un son de cloche dans une demeure qui devait en contenir bien d'autres. Telle était la nature de l'Histoire avec un grand H : hypothétique, subjective, partiale, inconnaissable – une somme d'histoires rapportées par les seuls vainqueurs.

— Elle disait que ses patrons, le lord et sa femme, étaient aussi méchants l'un que l'autre. Cela dit, ils l'ont bien payé, hein !

— C'est-à-dire ? Qui ça ?

— Lord et lady Mountrachet. Elle est morte un mois après sa fille, d'une septicémie. Une fin horrible, les informa-t-elle sur un ton de conspiratrice, mais avec un soupçon de jubilation. Maman a su par les autres domestiques que les derniers jours, elle avait une tête à faire peur. Toute crispée, déformée par un rictus de goule. Elle sortait de son lit en échappant à la surveillance de ceux qui la soignaient pour errer dans les couloirs, un gros trousseau de clefs à la main, en bouclant toutes les portes et en parlant dans son délire d'un secret que personne ne devait apprendre. Sur la fin, elle est devenue complètement dingue, et lui ne valait guère mieux, d'après ce que j'ai compris.

— Pourquoi, lord Mountrachet a aussi attrapé une septicémie ?

— Non, non. Lui, il a dilapidé sa fortune en voyages à l'étranger. Il allait dans des pays où on pratiquait le vaudou, précisa-t-elle en baissant encore la voix. On dit qu'il en a rapporté des choses à vous faire dresser les cheveux sur la tête. Les domestiques sont partis ; il n'est resté qu'une fille de cuisine et le jardinier, qui avait vécu toute sa vie au domaine. D'après maman, quand le vieux est mort, on ne l'a trouvé qu'au bout de plusieurs jours.

Clara sourit et ses paupières se plissèrent en accordéon.

— Heureusement, Eliza s'en est tirée, elle, et c'est le plus important. Il paraît qu'elle a traversé l'Océan. Ma mère s'en réjouissait.

— En tout cas, ce n'est pas en Australie qu'elle est allée.

— Ça, je ne sais pas. Je ne fais que répéter ce que m'a raconté ma mère, à savoir qu'Eliza avait réussi à fuir cet horrible château à temps. Elle est partie comme elle l'avait prévu depuis toujours, et on ne l'a plus jamais revue. Vous savez, ajouta-t-elle en dressant l'index, c'est de là que viennent les dessins qui ont tant plu à la dame du musée. Ils appartenaient à Eliza. Ils étaient dans ses affaires.

Cassandra brûlait de demander si c'était Mary qui les lui avait pris, mais elle tint sa langue : Clara pouvait s'offusquer si elle laissait entendre que sa défunte mère, à qui elle vouait manifestement une véritable adoration, avait dérobé à sa maîtresse des œuvres d'art de grande valeur.

— Quelles affaires ?

— Les cartons que ma mère a achetés.

Cassandra ne comprenait plus rien.

— Elle lui a racheté des affaires qui se trouvaient dans des cartons ?

668

— Je n'ai pas dit que maman les tenait d'elle, mais qu'elles lui avaient appartenu. Elle les a achetées après le départ d'Eliza.

— Mais à qui ?

— Il y a eu une grande vente. Même moi je m'en souviens. Maman m'y a emmenée. C'était en 35, j'avais quinze ans. Quand le vieux lord a fini par mourir, un lointain membre de la famille, originaire d'Écosse, a décidé de vendre la propriété, sûrement pour compenser les effets de la Grande Dépression. Quoi qu'il en soit, ma mère l'a appris en lisant le journal et a vu qu'on vendait aussi les objets, les meubles. Ça lui faisait plaisir, je crois, d'imaginer qu'elle puisse posséder un petit bout de la maison où on l'avait si mal traitée. Elle m'a emmenée avec elle en disant que ça me ferait du bien de voir où elle avait commencé à travailler. Histoire que je remercie le ciel de ne pas être domestique, et que je travaille bien à l'école pour m'en sortir mieux qu'elle. On ne peut pas dire que ça ait marché, mais ça a quand même été un choc pour moi. J'avais jamais rien vu de pareil. J'étais loin de me douter que des gens vivaient dans un tel luxe. Y a pas grand-chose de grandiose dans le coin.

Elle appuya ses dires d'un hochement de tête, puis regarda le plafond.

— Voyons, où en étais-je ?

— Vous nous parliez des caisses que votre maman a rapportées de la vente de Blackhurst, l'aida Christian.

— Ah oui, le château de Tregenna. Si vous aviez vu sa tête quand elle les a découvertes sur une table avec un tas de trucs – des lampes, des presse-papiers, des livres, etc. Moi ça ne me disait rien, mais maman a tout de suite su que les dessins avaient appartenu à Eliza. Elle m'a prise par la main, je m'en souviens parce que c'était la première fois de ma vie, et j'ai cru qu'elle n'arrivait plus à respirer. Je me suis inquiétée, j'ai proposé d'aller lui chercher un siège, mais elle n'a rien voulu entendre. Elle s'est littéralement jetée sur ces cartons comme si elle craignait que quelqu'un les achète pendant qu'elle avait le dos tourné. Moi ça ne me paraissait guère probable – je vous l'ai dit, les dessins ne semblaient pas valoir grand-chose – mais bon, tout dépend du point de vue, hein !

— Donc, les dessins de Nathaniel Walker étaient dans ces cartons, parmi les affaires d'Eliza ?

— Oui, acquiesça Clara. Bizarre, je me souviens maintenant... Maman était enchantée de pouvoir les acheter, mais dès qu'on est rentrées elle a demandé à papa de les monter au grenier et je n'en ai plus entendu parler. Sur le moment, je n'y ai pas fait attention. J'avais quinze ans... J'avais dû repérer un gars du coin, et les cartons de ma mère étaient sûrement le cadet de mes soucis. Jusqu'à ce qu'elle vienne habiter chez moi. Là, j'ai remarqué qu'elle avait apporté ces cartons avec elle. Ça, c'était étrange, et ça montrait bien à quel point elle y tenait, parce qu'elle n'a pas pris grand-chose en venant chez moi. Et c'est à ce moment-là seulement qu'elle m'a révélé de quoi il s'agissait, et pourquoi ça avait tant d'importance.

Cassandra se remémora la description donnée par Ruby de la chambre de Mary, qui renfermait toujours ses affaires personnelles. Quels autres indices précieux se trouvaient là-haut, enfouis dans des cartons sans jamais voir la lumière du jour ?

— Et... vous avez regardé dedans ?

Clara but une gorgée du thé, qui devait être froid, puis tripota l'anse de tasse.

— Oui, je l'avoue.

Cassandra n'y tenait plus.

— Et ?

— Principalement des livres, une lampe, comme je vous l'ai dit.

Une pause. Ses joues devinrent peu à peu rouge cerise.

— Est-ce qu'il y avait autre chose ? questionna Cassandra avec une infinie douceur.

Clara traça un trait sur le tapis du bout de son gros orteil et suivit celui-ci du regard. Enfin, elle releva la tête.

— Une lettre. Sur le dessus. Adressée à ma mère, de la part d'un éditeur londonien. J'ai eu le choc de ma vie ! Je n'avais jamais pensé que ma mère puisse écrire. Et bien sûr, elle n'a jamais rien écrit ! conclut Clara avec son rire caquetant.

— Qu'est-ce que ça disait, alors ? voulut savoir Christian.

— Apparemment, maman lui avait envoyé un des contes d'Eliza ; j'ai déduit de cette lettre qu'elle l'avait trouvé dans ses affaires et qu'à son avis il méritait d'être publié. Il s'avère qu'Eliza l'avait écrit juste avant de s'embarquer pour sa grande aventure. C'est une jolie histoire pleine d'espoir, et qui finit bien.

Cassandra repensa à l'article photocopié, glissé dans le cahier de Nell.

— *L'Envol du coucou*, lâcha-t-elle.

— Tout juste, dit Clara, aussi contente que si c'était elle qui l'avait écrit. Alors vous l'avez lu ?

— Non, j'ai seulement lu une publication qui en parle. Il a été publié des années après les autres.

— C'est normal. En 1936, d'après la lettre que ma mère a reçue. Et qui a dû lui faire drôlement plaisir. Elle s'est sans doute dit qu'elle avait rendu service à Eliza. Elle lui a beaucoup manqué après son départ, je vous le dis.

Cassandra sentait qu'elle touchait presque au but – le mystère de Nell.

— Il y avait quelque chose de fort entre elles, n'est-ce pas ?

— C'est vrai.

— Qu'est-ce que c'était, à votre avis ? demanda-t-elle en décidant d'y aller prudemment.

Clara noua ses doigts déformés sur ses genoux et baissa d'un ton.

— Elles étaient au courant d'une chose que personne d'autre ne savait.

Cassandra se détendit intérieurement. Elle reprit d'une toute petite voix :

— Mais quoi ? Que vous a révélé votre maman ?

— Quelques jours avant de s'en aller, elle a commencé à répéter qu'une mauvaise action avait été commise, et que les coupables croyaient s'en être tirés impunément. Elle n'arrêtait pas de le seriner.

— À quoi faisait-elle allusion, à votre avis ?

— Au début, je n'en ai pas pensé grand-chose. Vers la fin elle disait souvent des choses bizarres. Des méchancetés sur nos vieux amis. Elle n'était plus vraiment elle-même. Mais elle déblatérait sans arrêt. « Tout est dans la fable, elle répétait. Ils le lui ont pris, ils l'ont obligée à partir sans ». Moi, je ne savais ni de quoi elle parlait ni de quelle fable il pouvait bien s'agir. Mais elle a fini par tout me raconter.

Clara prit son souffle, regarda Cassandra en secouant tristement la tête et dit :

— Rose Mountrachet n'était pas la mère de la petite, c'est-à-dire de votre grand-mère.

Cassandra poussa un soupir de soulagement. La vérité, enfin !

— Je sais, dit-elle en prenant les mains de Clara. Nell était l'enfant de Mary, n'est-ce pas ? Le fruit de la grossesse qui a provoqué son renvoi ?

Clara prit un air indéchiffrable. Elle regarda alternativement Christian et Cassandra. De petits tressaillements agitaient le coin de ses yeux. Elle battit des paupières sous l'effet de la perplexité, puis, tout à coup, éclata de rire.

— Qu'est-ce qu'il y a ? s'alarma Cassandra. Qu'est-ce que j'ai dit de si drôle ?

— Ma mère est bien tombée enceinte à ce moment-là, mais elle a fait une fausse couche à trois mois.

— Hein ???

— C'est ce que j'essaie de vous dire ! Nell n'était pas la fille de maman, mais celle d'Eliza.

— Eliza était enceinte.

Cassandra défit son écharpe et la plaça sur son sac à main, par terre dans la voiture.

— Eliza était enceinte, dit à son tour Christian en tapotant le volant de ses mains gantées.

Le chauffage était en marche. Ils quittèrent Polperro accompagnés, outre le bruit du moteur, par les vibrations et les cliquetis du radiateur. Le brouillard était tombé pendant leur visite chez Clara, et tout le long de la route côtière les petites lumières des bateaux presque invisibles dansaient sur une mer fantomatique.

Cassandra regarda droit devant elle sans rien voir, l'esprit aussi embrumé que le monde extérieur, derrière le pare-brise.

— Eliza était enceinte. Elle était la mère de Nell. C'est pour ça qu'elle l'a enlevée.

À force de le répéter, elle arriverait peut-être à y comprendre quelque chose.

— C'est ce qu'il semblerait, oui.

Elle pencha la tête de côté et se massa la nuque.

— Je ne comprends pas. Quand je croyais que Mary était la mère, tout se tenait. Mais maintenant que c'est Eliza… Je ne vois pas comment Rose a pu hériter d'Ivory. Pourquoi Eliza la lui a-t-elle donnée ? Et comment se fait-il que personne ne se soit jamais rendu compte de rien ?

— Personne, sauf Mary.

— Sauf Mary.

— Ils ont dû étouffer l'affaire.

— La famille d'Eliza ?

— Elle était célibataire, jeune, et placée sous leur garde, acquiesça-t-il. Et là-dessus, elle tombe enceinte. Ce n'était pas bon pour leur réputation.

— Qui pouvait être le père ?

— Un type du coin peut-être ? Est-ce qu'elle avait un petit ami ?

— Je l'ignore. Elle était amie avec le frère de Mary, William. Nell le note dans son cahier. Ils étaient assez proches, puis ils se sont disputés. C'est peut-être lui.

— Qui sait ? Ça n'a pas tellement d'importance, après tout. Enfin, si, bien sûr – pour Nell et pour vous ; mais dans le cas qui nous préoccupe, ce qui compte, c'est qu'elle a été enceinte et pas Rose.

— Ils l'auraient donc persuadée de donner son bébé à Rose ?

— C'était la solution pour tout le monde.

— Ça se discute.

— Je veux dire, sur le plan social. Sur quoi Rose meurt…

— Et Eliza récupère son enfant. Oui, ça se tient. Seulement, ajouta Cassandra en regardant le brouillard gonfler ses volutes parmi les hautes herbes des talus, pourquoi n'a-t-elle pas embarqué avec Nell sur ce navire à destination de l'Australie ? Qu'est-ce qui peut pousser une femme à reprendre son enfant, pour l'expédier à l'autre bout du monde, en terre inconnue, toute seule et moyennant une traversée longue et risquée ? J'ai l'impression que plus on approche de la vérité, plus la pelote est emmêlée, soupira-t-elle.

— Et si elle avait bel et bien accompagné Nell ? Il lui est peut-être arrivé quelque chose pendant la traversée. Elle a pu tomber malade. Clara paraît sûre qu'elle est partie.

— Oui, mais Nell s'est rappelé qu'Eliza l'avait fait monter sur le bateau en lui disant de l'attendre et n'est jamais revenue. C'est une des rares choses dont Nell ait eu la certitude. Zut, que c'est contrariant ! s'exclama-t-elle en rongeant l'ongle de son pouce. Et moi qui croyais qu'aujourd'hui on obtiendrait des réponses ! Voilà qu'on se retrouve avec un tas de questions supplémentaires.

— Une chose est sûre : *L'Œuf d'or* ne parle pas de Mary ; c'est sa propre histoire qu'Eliza a racontée. C'était elle la jeune fille du cottage dans la forêt.

— La pauvre... L'existence qu'elle dépeint après qu'elle a cédé l'œuf est vraiment...

— Triste à mourir.

— Oui.

Cassandra frissonna. Elle était bien placée pour savoir que l'absence vous ôtait votre raison d'être et faisait de vous une créature livide, éthérée, creuse...

— Pas étonnant qu'elle ait repris Nell dès que l'occasion s'est présentée.

Que n'aurait-elle fait, elle, Cassandra, pour bénéficier d'une seconde chance ?

— Ce qui nous ramène à notre point de départ. Pourquoi n'est-elle pas montée avec sa fille sur le bateau ?

— Je ne sais pas. Tout ça n'a aucun sens.

Ils passèrent devant le panneau « Bienvenue à Tregenna » ; Christian quitta la grand-route.

— Vous savez ce que je crois, moi ?

— Quoi donc ?

— Qu'on devrait aller déjeuner au pub, histoire de creuser un peu plus la question, pour voir si on peut résoudre l'énigme. Avec une bonne bière, ça ira peut-être mieux.

— Justement, la bière me donne les idées très claires, sourit Cassandra. Ça vous va si je passe d'abord à l'hôtel prendre ma veste ?

Christian bifurqua dans la route qui montait à travers bois et pénétra dans l'allée de l'hôtel Blackhurst. Le brouillard planait toujours, immobile et

humide, dans les ornières, aussi roulait-il prudemment.

— Je reviens tout de suite, lança Cassandra avant
de claquer la portière et de monter quatre à quatre
les marches menant à la réception.

— Salut, Sam ! lança-t-elle à la réceptionniste.

— Salut, Cass. Quelqu'un vous attend.

Cassandra s'immobilisa.

— Robyn Jameson attend au salon depuis près
d'une demi-heure.

Cassandra lança un regard à la voiture de Christian, lequel était occupé à tourner le bouton de son
autoradio. Il ne verrait pas d'inconvénient à patienter
quelques minutes de plus. Qu'est-ce que Robyn
pouvait bien avoir à lui dire ? En tout cas, ça ne
pouvait guère prendre plus de temps que cela.

— Bonjour, lui lança cette dernière en la voyant
approcher. Mon petit doigt me dit que vous avez
passé la matinée à bavarder avec ma petite cousine
Clara.

Le réseau de cancans était impressionnant, dans
le pays.

— En effet.

— J'espère que vous avez passé un agréable
moment ?

— Mais certainement, merci. Et vous, j'espère que
je ne vous ai pas fait attendre trop longtemps ?

— Pas du tout. J'ai quelque chose pour vous.
J'aurais pu le laisser à la réception, mais il me semblait
que cela exigeait quelques petites explications.

Cassandra prit l'air inquisiteur. Robyn poursuivit :

— Je suis allée rendre visite à mon père ce week-
end, à la maison de retraite. Il aime bien savoir ce

qui se passe au village ; il était postier, vous savez. Eh bien, j'ai parlé de vous, en disant que vous restauriez le cottage que votre grand-mère vous a légué, là-haut sur la falaise. Et là il a eu l'air tout bizarre. Il est vieux, mais il a toute sa tête, croyez-moi. Comme son père avant lui ! Alors il m'a prise par le bras, et m'a confié que certaine lettre devait vous être rendue.

— À moi ?

— Plus exactement à votre grand-mère, mais vu qu'elle n'est plus de ce monde...

— Qu'est-ce qu'il y a dans cette lettre ?

— Quand votre grand-mère a quitté Tregenna, elle est allée trouver mon père pour lui demander de garder son courrier, car elle reviendrait sous peu s'établir à Cliff Cottage. Il prétend que ses instructions étaient sans ambiguïté ; aussi, le jour où est arrivée une lettre, a-t-il agi selon ses désirs. Tous les deux ou trois mois, il la montait mais trouvait invariablement la maison vide. Les ronces envahissaient tout, la poussière se déposait en couche de plus en plus épaisse, et l'endroit semblait de plus en plus inhabitable. Il a fini par ne plus se déplacer. Ses genoux lui faisaient des misères, et puis il se disait que votre grand-mère viendrait bien le voir à son retour. En temps normal, il aurait renvoyé la lettre à l'expéditeur, mais comme elle avait été très précise, il l'a rangée et gardée pendant tout ce temps.

« Il m'a dit de descendre à la cave, où sont stockées ses affaires, et de sortir la boîte des lettres égarées. D'après lui, parmi elles, j'en trouverais une adressée à Mme Nell Andrews, Auberge de Tregenna, qui était arrivée en novembre 1975. Et il avait raison. Elle était là qui attendait.

Elle tira de son sac à main une petite enveloppe grise qu'elle remit à Cassandra. Le papier en était de mauvaise qualité, fin au point d'être presque transparent. L'écriture était désuète et peu soignée, et l'adresse était celle d'un hôtel londonien, d'où la lettre avait été réexpédiée à Tregenna. Cassandra retourna l'enveloppe.

De la même main on lisait : *Exp. : Mlle Harriet Swindell, 37 Battersea Church Road, Londres, SW11.*

Cassandra se rappela aussitôt le cahier de Nell. Harriet Swindell était la vieille femme qu'elle était allée voir, celle qui était née et avait passé son enfance sous le même toit qu'Eliza. Que pouvait-elle avoir à dire à Nell ?

Cassandra ouvrit la lettre d'une main tremblante. Le papier bon marché se déchira doucement. Elle déplia la feuille et lut.

3 novembre 1975
Chère Mme Andrews,
Ma foi, je dois dire que depuis votre visite, quand vous êtes venue me poser des questions sur la dame des contes de fées, je n'ai plus guère pensé à autre chose. Vous vous en rendrez compte par vous-même quand vous aurez mon âge, mais le passé finit par être une espèce de vieil ami. Le genre d'ami qui débarque sans prévenir et ne veut plus s'en aller. Parce que je me souviens d'elle, voyez-vous ; je m'en souviens même très bien. Seulement, vous m'avez prise au dépourvu en frappant comme ça chez moi pile à l'heure du thé. Je n'avais pas très envie de parler comme ça du passé avec une parfaite inconnue. Mais ma nièce Nancy me dit que j'aurais

dû, que tout ça est arrivé il y a très longtemps, que ça n'a plus d'importance, alors je me décide à vous écrire comme vous me l'avez demandé. Voilà : Eliza Makepeace est revenue une fois voir ma mère. Une seule fois, mais je m'en souviens très clairement. J'avais seize ans, c'est comme ça que je sais qu'on devait être en 1913.

Je me rappelle que je lui ai d'emblée trouvé un côté bizarre. Elle était bien proprement habillée comme une dame, mais il y avait aussi chez elle quelque chose qui clochait. Ou plutôt, quelque chose qui avait sa place chez nous, au 35 Battersea Church Road. Ça la différenciait des dames qu'on voyait dans les rues en ce temps-là. Elle est entrée dans le magasin un peu agitée, il m'a semblé, comme si elle était pressée mais qu'elle ne voulait pas que ça se voie. Avec un air soupçonneux, vous voyez. Elle a salué ma mère comme si elles se connaissaient et de son côté, maman lui a souri comme je ne l'ai pas vue sourire souvent. Je ne sais qui c'est cette dame, je me suis dit sur le moment, mais maman doit savoir qu'il y a des sous à gagner de ce côté-là.

Elle a parlé d'une voix claire et mélodieuse – et c'est là que je me suis dit que je l'avais peut-être bien déjà rencontrée, parce qu'elle rendait un son familier. Le genre de voix que les mômes aiment écouter parce qu'elles racontent des histoires de fées et de farfadets et qu'on y croit vraiment.

Elle a remercié ma mère de la recevoir et a dit qu'elle quittait l'Angleterre pour plusieurs années. Je me souviens, elle insistait beaucoup pour monter revoir la chambre qu'elle occupait petite, une pièce horrible rajoutée sur le toit, glaciale parce que la cheminée ne marchait pas et sombre parce que sans fenêtre digne de ce nom. Mais elle disait que c'était pour se replonger dans le passé.

Justement, on n'avait pas de locataire à ce moment-là – on s'était méchamment disputés avec le précédent à propos d'un retard de loyer ; alors on n'a pas vu d'inconvénient à la laisser monter. Maman lui a dit de prendre son temps et a même mis la bouilloire sur le feu. Je la reconnaissais à peine !

Elle l'a regardée monter l'escalier, puis elle m'a vite fait signe d'approcher. « Monte derrière elle, et fais en sorte qu'elle ne redescende pas de sitôt », qu'elle m'a dit. Comme j'avais l'habitude d'obéir sans discuter, sinon elle me punissait, j'ai fait ce qu'elle m'a dit.

Quand je suis arrivée sur le palier, elle avait déjà refermé la porte derrière elle. J'aurais pu rester là et l'empêcher de redescendre trop tôt mais j'étais curieuse. Je ne comprenais pas pourquoi elle avait éprouvé le besoin de fermer la porte. Comme je l'ai dit, il y avait pas de fenêtre dans la chambrette et la lumière ne pouvait entrer que par la porte.

Les rats avaient rongé le bas de la porte, alors je me suis couchée à plat ventre et j'ai regardé par en dessous. Debout au milieu de la pièce, elle tournait sur elle-même pour l'inspecter ; et je l'ai vue s'approcher de la vieille cheminée cassée, s'asseoir sur le rebord et passer le bras dans le conduit pendant un temps qui m'a paru durer une éternité. Enfin elle l'a retiré, et dans sa main elle tenait un petit pot en terre cuite. J'ai dû manifester ma surprise parce qu'elle a brusquement levé la tête, les yeux tout écarquillés. J'ai retenu mon souffle, et au bout d'un moment elle a reporté son regard sur le pot. Elle l'a placé contre son oreille et l'a secoué doucement. Elle a eu l'air toute contente. Puis elle l'a rangé dans une poche cousue dans sa robe je ne sais comment et elle est revenue vers la porte.

Je me suis dépêchée de descendre dire à maman qu'elle revenait. J'ai eu la surprise de voir mon petit frère Tom sur le seuil, hors d'haleine, comme s'il venait de courir un bon bout de chemin, mais j'ai pas eu le temps de demander d'où il venait. Ma mère surveillait l'escalier, alors j'ai fait pareil. La dame a descendu quelques marches en remerciant ma mère de lui avoir permis de revoir la chambre et a ajouté qu'elle ne pouvait pas rester pour le thé parce qu'elle était pressée.

Mais quand elle est arrivée en bas de l'escalier, j'ai vu que sur le côté, dans l'ombre, se tenait un homme avec de drôles de petites lunettes, le genre sans montures, avec juste deux verres qui pincent le nez. Il tenait une éponge, et quand la dame a posé le pied dans le magasin il la lui a fourrée sous le nez. Elle s'est effondrée aussitôt dans ses bras. J'ai dû hurler parce que j'ai eu droit à une belle claque de la part de ma mère.

Sans faire attention à moi, le bonhomme a traîné la dame évanouie jusqu'à la porte, et avec l'aide de papa il l'a hissée dans sa voiture ; puis il a salué maman en lui tendant une enveloppe et ils sont partis comme ça.

J'ai encore pris une gifle des années plus tard quand j'ai dit à maman ce que j'avais vu là-haut. « Pourquoi tu me l'as pas dit, imbécile ? Ça avait peut-être de la valeur ! On aurait pu prendre ce qu'il y avait dedans, pour la peine ». Inutile de lui rappeler que le bonhomme, avec sa voiture à chevaux noirs, l'avait déjà grassement payée pour lui livrer la jeune dame. Pour ma mère, l'argent, on n'en avait jamais de trop.

Je n'ai jamais revu la dame en question et je ne sais pas ce qui lui est arrivé en sortant de chez nous. Il se passait toujours des choses dans le quartier, au bord de l'eau – des choses qu'il valait mieux pas se rappeler.

Je ne sais pas si cette lettre va vous aider dans vos recherches, mais Nancy dit qu'il vaut mieux que je vous dise tout. Alors voilà, c'est fait. J'espère que vous trouverez ce que vous cherchez.

Cordialement,
Mlle Harriet Swindell

47

Brisbane, 1976

Le vase à motifs féeriques qu'elle avait trouvé dans un vide-grenier des décennies plus tôt avait toujours été son antiquité préférée. N'importe quel antiquaire digne de ce nom en aurait tout de suite estimé la valeur, mais ce vase-là avait quelque chose de spécial. Ce n'était pas tant le prix qu'elle aurait dû en demander, ni les dessins dont il était orné, mais ce qu'il représentait pour Nell : c'était la première fois qu'elle repérait un objet précieux dans un contexte improbable. Et, tel le chercheur d'or qui garde toujours pour lui sa toute première pépite, quelle qu'en soit la taille, elle ne s'était jamais résolue à s'en séparer.

Il était enveloppé dans une serviette-éponge et bien rangé dans un coin sombre tout en haut du placard à linge ; de temps en temps, elle le déballait rien que pour le regarder. Sa beauté, les feuillages vert foncé, de chaque côté, les fils d'or qui parcouraient la totalité du motif et les fées Art nouveau cachées entre les frondaisons lui procuraient une impression de fraîcheur.

Mais sa décision était prise : elle avait atteint un moment de sa vie où elle se sentait capable de se passer de ce vase. Et de ses autres précieuses antiquités, d'ailleurs. Son choix était fait, elle ne reviendrait pas dessus. Elle ajouta à l'emballage une épaisseur de papier journal et déposa délicatement le vase dans le carton avec les autres objets. Lundi, elle les exposerait dans son magasin et leur assignerait un prix. Et si jamais elle était assaillie par le remords, elle n'aurait qu'à penser au but de l'opération : amasser des fonds suffisants pour recommencer sa vie à Tregenna.

Car elle avait très envie d'y retourner. Le mystère ne cessait de s'épaissir. Elle avait finalement eu des nouvelles de Ned Morrish, le détective. Son rapport d'investigation était arrivé à l'adresse du magasin et un nouveau client, Ben Quelque-Chose, lui avait apporté son courrier. En voyant les timbres britanniques, et cette petite écriture toute proprette au bas de l'enveloppe, comme si on l'avait libellée à l'aide d'une règle, elle en eut presque une bouffée de chaleur. Elle se retint de l'ouvrir avec les dents, là, tout de suite, sans attendre une seconde. Mais elle se maîtrisa, prit congé le plus poliment possible et alla s'enfermer dans sa kitchenette, à l'arrière de la boutique.

Le rapport en question fut vite lu ; il n'était pas très long. Toutefois, il la laissa plus perplexe que jamais. D'après l'enquête de Norrish, Eliza Makepeace ne s'était pas absentée entre 1909 et 1910. Elle était restée chez elle. Il joignait plusieurs documents étayant ses affirmations : un entretien avec une personne déclarant avoir travaillé à Blackhurst, une correspondance échangée avec un éditeur londonien (directement adressée à Cliff Cottage). Mais Nell ne les consulta pas sur le moment, trop étonnée d'apprendre qu'Eliza n'était pas du tout partie, comme le lui avait dit William. Pourtant, il semblait sûr de son fait. Nul ne l'avait vue pendant près d'un an. Et, quand elle était rentrée, elle avait changé ; une « étincelle s'était éteinte ». Comment concilier les souvenirs de William avec les recherches du détective ? Elle retournerait voir le vieux monsieur dès son retour en Cornouailles.

Nell s'épongea le front. Brisbane était une vraie fournaise ce jour-là – mais c'était normal pour un mois de janvier. Le ciel était d'un bleu éclatant, on aurait dit un dôme de verre sans défaut, mais le soir venu il y aurait quand même de l'orage, on pouvait y compter. Nell avait assez d'expérience pour deviner que de vilains nuages s'amoncelaient en coulisses.

Une fois rentrée chez elle, et après avoir lu les pièces jointes à la lettre, elle entendit dans la rue un véhicule dont elle ne reconnut pas le bruit : trop fort pour la Mini de Howard, trop aigu pour la grosse Ford des Hogan. La voiture monta trop vite sur le trottoir, ce qui fit un vacarme épouvantable. Nell se félicita de ne pas avoir appris à conduire, n'ayant jamais eu besoin d'une voiture. Celles-ci semblaient faire ressortir les pires aspects de la personnalité de leur conducteur.

Moustache s'assit toute droite et arqua le dos. Les chats... C'était la seule chose qui allait lui manquer. Elle les aurait bien emmenés avec elle... Cela dit, nourrir les chats des autres, c'était une chose, mais les enlever subrepticement, c'en était une autre.

— Petite curieuse, dit-elle en grattant la chatte sous le menton. Ne te fais donc pas de souci pour cette guimbarde.

Moustache miaula, sauta de la table et regarda Nell.

— Quoi ? Tu crois que quelqu'un vient nous voir ? Je ne vois pas qui ça pourrait être, ma jolie. Au cas où tu n'aurais pas remarqué, on n'est pas vraiment du genre mondain, ici.

Mais le chat fila par la porte de derrière. Nell posa sa pile de journaux.

— Bon, d'accord, d'accord, mademoiselle. Je vais jeter un œil, céda-t-elle en caressant le dos de Moustache, qu'elle retrouva dans l'allée du jardin. Ah tu te crois très forte, hein, à me faire faire tes quatre volontés, comme ça...

Elle s'immobilisa à l'angle de la maison. Il y avait bien une fourgonnette garée devant chez elle. Une jeune femme en short minuscule et lunettes de soleil énormes venait à sa rencontre avec sur ses talons une petite fille toute frêle qui marchait les épaules basses.

Toutes trois se dévisagèrent un instant.

Nell finit par retrouver sa langue, sinon les paroles qu'elle aurait voulu prononcer.

— On était convenues que tu préviendrais avant de venir.

— Moi aussi je suis contente de te voir, m'man !

Lesley leva les yeux au ciel comme quand elle était encore une gamine de quinze ans. C'était toujours aussi exaspérant.

Les anciens griefs resurgirent. Elle n'avait pas été une bonne mère, elle le savait. Mais ce qui était fait était fait, et Lesley n'avait pas si mal tourné. En tout cas elle avait survécu.

— Je trie des cartons pour une vente aux enchères, déclara Nell en ravalant la boule qu'elle sentait naître dans sa gorge.

Ce n'était pas le moment de parler de son départ pour l'Angleterre.

— Il y a des objets partout et nulle part où s'asseoir.

— On se débrouillera, t'inquiète.

Lesley agita les doigts en direction de Cassandra.

— Ta petite-fille a soif. Il fait une chaleur à crever, ici, dehors.

Nell regarda sa petite-fille. Longues jambes, bras minces, genoux cagneux, tête baissée histoire de passer le plus possible inaperçue. Vraiment, certains enfants venaient au monde avec plus que leur lot de difficultés.

L'image de Christian, le gamin surpris dans le jardin du cottage, se présenta à son esprit, surgie de nulle part. Ce petit garçon sans mère au regard noisette si sérieux. « Est-ce que votre petite-fille aime les jardins ? » avait-il voulu savoir. Et elle n'avait pas su répondre.

— Bon, eh bien entrez, alors.

48

Château de Blackhurst, 1913

Tandis que la voiture fonçait à vive allure vers Blackhurst, les sabots des chevaux martelaient la terre sèche et froide avec un bruit de tonnerre, mais Eliza ne les entendait pas. Le chloroforme avait fait son effet et, tassée dans un coin, elle restait perdue dans une brume chimique.

La voix de Rose, douce, brisée : « J'ai besoin de toi, et tu es la seule à pouvoir faire cela pour moi. Mon corps me fait faux bond comme toujours, toute ma vie, mais toi, chère cousine, tu es forte. Il faut que tu portes un enfant à ma place. L'enfant de Nathaniel ».

Et Eliza, qui avait attendu si longtemps que Rose ait enfin besoin d'elle, que quelqu'un ait besoin d'elle, et s'était toujours perçue comme une moitié d'être en quête de son double, Eliza n'y avait pas réfléchi à deux fois. « Bien sûr, avait-elle répondu. Oui, bien sûr, je vais t'aider, Rose ».

Il était venu tous les soirs pendant une semaine. Sur les conseils du Dr Matthews, Adeline avait calculé les jours propices et Nathaniel s'était plié à

688

leur volonté. Il avait traversé le labyrinthe et contourné le cottage pour venir frapper à la porte d'Eliza.

Le premier soir, elle attendit en faisant les cent pas dans la cuisine en se demandant s'il allait se présenter, s'il fallait préparer quelque chose. Comment se comportait-on dans ces circonstances ? Elle avait accédé sans hésiter à la requête de Rose et, durant les semaines qui suivirent, elle ne s'était pas posé trop de questions sur les conséquences de cette décision, trop heureuse et trop reconnaissante d'être utile à Rose. Ce fut seulement à l'approche de la date prévue que, dans sa tête, l'hypothétique devint factuel.

Mais de toute façon, elle aurait fait n'importe quoi pour Rose. Elle se répétait sans relâche que ce don scellerait leur amitié pour toujours, même si l'acte proprement dit se révélait odieux. Cela devint une espèce de mantra, d'incantation. Rose et elle seraient plus liées que jamais. Rose l'aimerait plus que jamais, et ne pourrait plus jamais se passer si facilement d'elle. Tout ce qu'elle ferait, elle le ferait pour Rose.

Quand retentit le coup à la porte ce soir-là, Eliza se répéta ce mantra, puis elle fit entrer Nathaniel.

Il resta un instant immobile dans l'entrée, plus grand que dans son souvenir, l'air plus sombre aussi, jusqu'à ce qu'elle lui désigne le portemanteau. Il ôta son manteau, puis adressa à la jeune fille un sourire où elle crut distinguer de la gratitude. Alors elle se rendit compte qu'il était aussi troublé qu'elle.

Il la suivit dans la cuisine, attiré par la sensation de sécurité, de solidité qui émanait de la table, et prit appui des deux mains sur le dossier d'une chaise.

Eliza alla se tenir de l'autre côté et s'essuya les paumes sur ses jupes en se demandant quoi dire, comment procéder. Il était sûrement préférable d'en finir le plus vite possible. Inutile de prolonger le malaise. Elle ouvrit la bouche pour faire une déclaration dans ce sens mais Nathaniel la prit de vitesse.

— ... et je me suis dit que vous aimeriez les voir. J'y travaille sans cesse depuis un mois.

Elle vit alors qu'il tenait une sacoche en cuir.

Il la posa sur la table et en sortit une pile de feuilles. Elle vit que c'étaient des dessins.

— J'ai commencé par La Fée traquée.

Il poussa une feuille vers elle ; elle vit que ses mains tremblaient.

Eliza baissa les yeux sur l'illustration : des traits au fusain, des ombrages en hachures... Une femme pâle et mince allongée sur une bergère, dans une tour inhospitalière. Son visage était tracé à longs traits fins. Elle était très belle, avec quelque chose d'insaisissable, de magique, tout à fait comme dans l'histoire d'Eliza. Mais en même temps, ce fut autre chose qui la frappa dans ce portrait de la fée traquée. Elle ressemblait à sa mère. Pas au sens littéral, car c'était à la fois plus et moins que le dessin de la bouche, les yeux en amande et les pommettes hautes qui lui rappelaient Georgiana. À sa manière indescriptible, via sa magie à lui, Nathaniel l'avait reproduite sans la connaître à travers l'inertie de la fée, la lassitude de sa pose, la résignation inhabituelle qui se lisait sur ses traits. Mais le plus étrange, dans tout cela, c'était que dans ce conte, sans en avoir conscience, Eliza avait évoqué sa propre mère.

Elle releva la tête et plongea son regard dans les yeux de Nathaniel, ces yeux sombres qui avaient su voir au plus profond de son âme. Il soutint ce regard, et tout à coup, la lumière du feu entre eux prit une teinte plus chaude.

Le contexte particulier mettait en valeur chacune de leurs initiatives. Ils parlaient d'une voix trop forte, faisaient des gestes trop brusques ; et puis, il faisait trop froid. L'acte lui-même n'était pas aussi atroce qu'elle avait pu le craindre, sans être banal pour autant. Il y avait un côté inattendu qu'elle ne put s'empêcher d'apprécier. Une familiarité, une intimité même, dont elle avait été trop longtemps privée. Elle eut l'impression qu'ils formaient un tout.

Naturellement c'était une illusion, et cette idée – même fugace – représentait une trahison par rapport à Rose. Et pourtant... Le bout des doigts de Nathaniel dans son dos, sur son flanc, sa cuisse... la chaleur du contact entre leurs deux corps, le souffle du jeune homme dans son cou...

À un moment, elle rouvrit les yeux pour l'observer, regarder les expressions qui se succédaient sur son visage. Puis il ouvrit les yeux à son tour, leurs regards se rivèrent l'un à l'autre et, soudainement, inopinément, elle eut la révélation qu'elle était une créature de chair et de sang. Ancrée, consistante, réelle.

Puis ce fut fini, ils s'écartèrent et le lien matérialisé par la jonction de leurs corps fut rompu. Ils se rhabillèrent et elle le raccompagna en bas. Sur le pas de la porte close, ils échangèrent de menus propos sur les hautes marées récentes, le mauvais temps à prévoir dans les semaines à venir... Un échange de politesses superficielles, comme s'il était simplement passé lui emprunter un livre.

Puis il avait soulevé le loquet, et un silence pesant s'était abattu entre eux. Le poids de ce qu'ils venaient de faire. Il tira la porte, puis la referma aussitôt, fit face à Eliza et lui dit :

— Merci.

Elle opina en silence.

— Rose veut par-dessus tout... Son désir d'enfant est...

Elle acquiesça à nouveau et il eut un petit sourire. Puis il rouvrit la porte et disparut dans la nuit.

Au fil des jours, cette semaine-là, l'inhabituel devint habitude et une routine s'installa. En arrivant, Nathaniel lui montrait ses récentes esquisses et ils évoquaient ensemble les contes et leur illustration. Il apportait ses crayons et retouchait ses dessins au fur et à mesure. Souvent, quand ils étaient achevés, la conversation se portait sur d'autres sujets.

Ils parlaient aussi couchés l'un à côté de l'autre dans le lit étroit d'Eliza. Il lui racontait des histoires sur sa famille, dont Eliza pensait qu'il ne restait aucun représentant, évoquait la dure existence qu'il avait menée sur les quais de New York, son père déchargeant les navires et sa mère s'usant les mains à faire des lessives pour les autres. Alors Eliza se laissa aller à lui révéler des choses qu'elle n'avait dites à personne, ces choses secrètes qui remontaient à avant : *sa mère, le père qu'elle n'avait pas connu, son rêve de partir comme lui sur les océans... La familiarité née du lien qui se nouait entre eux était si étrange, si inattendue qu'elle lui parla même de Sammy.*

La semaine passa ainsi, et le dernier soir, Nathaniel arriva plus tôt. Il semblait peu disposé à faire le nécessaire. Ils prirent place chacun à un bout de la table, comme le premier jour, mais sans échanger un mot. Puis, soudain, de but en blanc, Nathaniel tendit le bras vers Eliza, souleva une mèche de longs cheveux roux transmués en or par la flamme de la bougie et l'observa d'un air concentré. Sa propre chevelure noire ombra sa joue et ses yeux noirs s'agrandirent sous l'effet des pensées qu'il ne formulait pas. Eliza sentit quelque chose se contracter douloureusement dans sa poitrine.

— Je ne veux pas que ça s'arrête, dit-il enfin avec une grande douceur. C'est absurde, je sais, mais je ressens...

Eliza lui posa un index sur les lèvres pour le faire taire.

Son cœur battait follement dans sa poitrine et il ne fallait pas qu'il le sache. Il ne fallait pas non plus lui permettre de finir sa phrase – même si, déloyale au fond d'elle-même, Eliza rêvait de l'entendre prononcer – car elle était mieux placée que quiconque pour connaître le pouvoir des mots. Tous deux s'étaient déjà laissés aller à échanger trop de sentiments ; or, dans le contrat qu'ils avaient passé, il n'y avait pas de place pour les sentiments.

Elle secoua la tête, et il fit signe qu'il comprenait. Pendant un moment il refusa de la regarder, et n'articula plus un son. Il se mit à dessiner en silence, et Eliza dut réprimer un désir brûlant de lui dire que finalement, elle avait changé d'avis.

Quand il eut pris congé, les murs du cottage lui parurent plus silencieux, plus inanimés que d'habitude. Elle trouva un morceau de papier cartonné sur la table, face à la chaise de Nathaniel, le retourna et vit qu'il l'avait dessinée, elle. Pour une fois, elle ne fut pas fâchée qu'on ait fait son portrait.

Eliza sut qu'ils avaient obtenu le résultat escompté avant même qu'il ne s'écoule un mois. Une inexplicable impression d'avoir de la compagnie alors qu'elle se savait seule. Puis ses règles ne vinrent pas, et il ne subsista plus de doute. Mary, qui avait fait une fausse couche, avait été provisoirement réintégrée et chargée d'assurer la liaison entre château et cottage. Lorsque Eliza lui apprit qu'en effet, elle pensait qu'un petit être à naître s'accrochait en son sein, elle soupira en secouant la tête, puis alla rapporter la nouvelle à tante Adeline.

On construisit un mur tout autour du cottage pour que personne ne se rende compte de rien quand le ventre d'Eliza s'arrondirait. On répandit la nouvelle qu'elle s'était absentée, et le monde se referma sur la maisonnette. Les contrevérités les plus simples étaient les plus convaincantes, et celle-là fonctionna à merveille. Tout le monde savait à quel point Eliza aspirait à voyager. On n'eut pas grand mal à croire qu'elle fût partie sans dire un mot, et qu'elle reviendrait quand cela lui chanterait. On envoya toutes les nuits Mary lui apporter des provisions, et le Dr Matthews lui rendit visite à la faveur de l'obscurité, lui aussi, pour s'assurer que la grossesse se déroulait normalement.

Pendant ces mois de claustration, Eliza ne vit que ces deux personnes ; pourtant, à aucun moment elle ne se sentit seule. Elle fredonnait des comptines à son ventre rond, lui contait des histoires à voix basse, et faisait des rêves étranges et ardents. Le cottage semblait rétrécir autour d'elle comme pour l'envelopper dans un vieux manteau bien chaud.

Quant au jardin, ce lieu qui avait toujours fait chanter son cœur, il était plus beau que jamais. Les effluves des fleurs étaient plus suaves, leurs couleurs plus vives, leur croissance plus rapide. Un jour, comme elle était assise sous le pommier dans l'air tiède et ensoleillé qui se mouvait pesamment alentour, elle sombra dans un profond sommeil. Alors une histoire lui vint, aussi nette que si un inconnu de passage la lui avait soufflée à l'oreille pendant qu'elle dormait tranquillement. C'était l'histoire d'une jeune femme qui, surmontant ses terreurs, faisait un long voyage afin de révéler la vérité à une vieille personne qu'elle chérissait.

Eliza s'éveilla d'un coup, fermement convaincue que ce rêve était crucial, qu'elle devait en faire un conte de fées. Contrairement aux autres fables qui lui étaient venues en rêve par le passé, celle-ci ne nécessita guère de transpositions. L'enfant qu'elle portait y jouait aussi un rôle central. Elle n'aurait su dire pourquoi, elle était étrangement sûre qu'il y avait un lien entre lui et le conte ; qu'il l'avait aidée à capter l'histoire de manière aussi claire et exhaustive.

Elle la coucha sur le papier l'après-midi même et l'intitula Les Yeux de l'aïeule *; pendant des semaines, elle pensa de temps à autre à cette vieille dame si triste qu'on avait spoliée de la vérité. Eliza n'avait pas revu Nathaniel depuis leur dernier soir ensemble, mais il travaillait toujours aux illustrations du recueil, elle le savait par Mary. Elle avait hâte de voir ce que ce nouveau conte lui inspirerait. Par une nuit sans lune, comme la jeune domestique lui apportait son panier, Eliza s'enquit de Nathaniel d'un ton neutre, et lui demanda si, à sa connaissance, il avait l'intention de lui rendre visite un jour prochain. Mary se contenta de secouer négativement la tête.*

— *Mme Walker ne le permettrait pas, dit-elle tout bas, bien qu'elles fussent seules dans le cottage. Je l'ai entendue en parler à Madame en pleurant, et Madame disait qu'il n'était pas convenable que M. Walker traverse le labyrinthe pour venir vous voir après ce qui s'était passé. Parce que la confusion pourrait s'installer, ajouta-t-elle avec un regard pour le ventre d'Eliza.*

— *Mais c'est ridicule, voyons ! Ce que nous avons fait, c'est pour Rose. Nathaniel et moi l'aimons tous les deux, et nous avons suivi ses instructions, afin qu'elle ait enfin ce qu'elle désire plus que tout au monde !*

Mary, qui ne lui avait pas caché ce qu'elle pensait de toute l'affaire, passée et à venir, garda le silence.

Eliza soupira, contrariée.

— *Mais je veux seulement lui parler des illustrations du recueil !*

— *Ça non plus, Mme Walker n'en veut pas. Ça ne lui plaît pas qu'il dessine d'après vos contes.*

— Je ne vois vraiment pas ce qu'elle peut y trouver à redire !

— Elle est jalouse, tiens ! Verte comme la main de Davies ! Elle ne supporte pas qu'il puisse consacrer du temps et de l'énergie à vos histoires.

Après cela, Eliza cessa d'attendre Nathaniel. Elle envoya sa version manuscrite des Yeux de l'aïeule à Blackhurst via Mary, qui accepta – malgré elle, précisa la jeune femme – de la remettre au mari de Rose. Quelques jours plus tard arriva un cadeau par porteur spécial : une statue pour son jardin représentant un petit garçon au visage angélique. Même sans lire la lettre qui l'accompagnait, elle sut que Nathaniel avait pensé à Sammy. Il la priait de l'excuser de ne plus venir lui rendre visite, s'enquérait de sa santé, puis enchaînait aussitôt sur le nouveau conte ; il l'aimait beaucoup et sa magie avait envahi ses pensées. Il avait tellement d'idées d'illustrations qu'il en était totalement obsédé.

Rose en personne venait la voir une fois par mois, mais Eliza apprit vite à se montrer prudente lors de ces visites. Elles commençaient bien, Rose lui faisait de grands sourires en arrivant, lui demandait comment elle se portait et saisissait toutes les occasions de sentir le bébé bouger. Puis, à partir d'un moment, sans signe annonciateur ni bévue de la part d'Eliza, elle se repliait sur elle-même, joignait ses mains crispées, refusait de toucher le ventre d'Eliza et même de la regarder en face. Elle se mettait alors à tirer sur sa propre robe, rembourrée pour faire croire qu'elle-même était enceinte.

Au bout de six mois, elle cessa de venir. Le jour dit, Eliza attendit en vain, sans comprendre ce qui se passait, en se demandant si elle s'était trompée de date. Mais non, elle l'avait bien notée dans son agenda.

Elle redouta d'abord que Rose ne fût malade ; pour quelle autre raison aurait-elle interrompu ses visites ? Aussi se précipita-t-elle pour poser la question à Mary quand celle-ci lui apporta ses provisions.

Elle ne répondit pas tout de suite, préférant poser son panier et mettre la bouilloire sur le feu.

— Eh bien, Mary ? s'enquit Eliza en arquant le dos pour déplacer un peu le bébé, qui pesait contre son flanc. N'essayez pas de me protéger. Si Rose est souffrante...

— Ce n'est rien de tout ça, Mademoiselle. Seulement, ajouta-t-elle en lui faisant face, Mme Walker juge que c'est une épreuve trop pénible.

— Comment ?

— Elle dit qu'elle a l'impression d'avoir tout raté dans sa vie, poursuivit Mary sans regarder Eliza, parce qu'elle n'a pas pu avoir d'enfant alors que vous, vous êtes comme une belle pêche bien mûre. Quand elle rentre de chez vous, elle est obligée de s'aliter pendant plusieurs jours. Elle refuse de recevoir M. Walker, parle sans aménité à Madame et ne mange presque rien.

— Dans ce cas, vivement la naissance du bébé. Quand je le mettrai au monde et qu'elle sera mère, elle oubliera ces vilaines pensées.

Elles se retrouvèrent alors en terrain familier : Mary prit l'air réprobateur et Eliza défendit sa position.

— *Mademoiselle, ce n'est pas bien ce que vous faites. Une mère n'abandonne pas son enfant comme ça.*

— *Mais ce n'est pas mon enfant, Mary. Il appartient à Rose.*

— *Vous ne direz peut-être pas ça quand il sera né.*

— *Je vous certifie le contraire.*

— *Et moi j'en doute.*

— *Je dirai la même chose qu'aujourd'hui pour la bonne raison que je n'ai pas le choix. J'ai donné ma parole. Si je changeais d'avis, Rose ne le supporterait pas.*

Mary haussa les sourcils.

Eliza reprit avec une détermination renforcée :

— *Je lui donnerai cet enfant et elle sera à nouveau heureuse. Nous serons heureuses ensemble, comme autrefois, il y a bien longtemps. Vous ne comprenez donc pas, Mary ? L'enfant que je porte va me rendre la Rose que j'ai connue, ma Rose à moi.*

— *Vous avez peut-être raison, Mademoiselle Eliza,* répondit Mary avec un sourire triste sur un ton qui manquait singulièrement de conviction.

Enfin, après neuf mois pendant lesquels le temps lui avait paru suspendu, le grand moment arriva. Quinze jours avant la date prévue, accompagné par une douleur atroce, tandis que son corps — tel un ensemble d'engrenages — se mettait péniblement en branle pour accomplir son destin. Mary, qui avait reconnu les signes d'un accouchement imminent, s'arrangea pour être présente. Sa mère ayant mis des enfants au monde toute sa vie, elle savait s'y prendre.

Les choses se passèrent sans encombre et elle vit dans le nouveau-né la plus jolie chose au monde, avec ses petites oreilles collées contre sa tête et ses minuscules doigts bien blancs qui sursautaient périodiquement en sentant l'air circuler entre eux.

Mary avait reçu l'ordre de signaler immédiatement au château les signes avant-coureurs de la naissance ; cependant, durant quelques jours elle garda le silence. Elle ne parlait qu'à Eliza, et seulement pour lui dire de revenir sur ses déplorables engagements. Il n'était pas honnête, disait-elle, de demander à une femme de renoncer à son propre bébé.

Eliza et sa fille restèrent seules trois jours et trois nuits. C'était une impression étrange de faire ainsi connaissance avec la petite personne qui avait grandi dans son ventre, de caresser les mains et les pieds menus qu'elle avait si souvent attrapés quand ils poussaient de l'intérieur contre la paroi de son ventre, d'observer ces jolies lèvres qui semblaient sur le point de parler. Cette petite personne arborait une expression d'infinie sagesse, comme si, lors des premiers jours de son existence, elle conservait le savoir acquis dans une vie antérieure qui venait juste de prendre fin.

Puis, au milieu de la troisième nuit, Mary se présenta sur le seuil et annonça la nouvelle tant redoutée. Une visite du Dr Matthews était prévue pour la nuit suivante. Mary prit la main d'Eliza et lui dit tout bas que si, quelque part au fond d'elle-même, elle sentait qu'elle devait garder ce bébé, elle devait s'en aller sans attendre. Prendre la fuite avec son enfant.

L'idée se noua au fond du cœur d'Eliza, y fit naître des tiraillements et l'incitait à passer à l'action, mais elle s'empressa de défaire ce nœud. Elle ferma les yeux sur la vive douleur qui transperçait sa poitrine et rassura Mary une fois de plus : elle savait ce qu'elle faisait, elle se connaissait suffisamment. Elle contempla une dernière fois le petit visage de son enfant – la perfection même – en se persuadant que c'était elle qui avait fait cette merveille, jusqu'à ce que la pulsation douloureuse qui emplissait sa tête, son cœur, son âme devienne intolérable. Alors, sans savoir comment, comme si elle se regardait faire de loin, elle tint sa promesse : elle tendit la petite fille à Mary et la laissa partir. Elle referma la porte du cottage muet et sans vie. Quand l'aube se leva sur le jardin hivernal, Eliza s'aperçut qu'elle n'avait encore jamais connu la douleur noire de la solitude.

Tout en méprisant le personnage et en le maudissant pour avoir introduit Eliza dans leur existence, Adeline devait reconnaître que, quand il s'agissait de retrouver quelqu'un, Mansell était à son affaire. Quatre jours avaient passé depuis qu'on l'avait dépêché à Londres et, cet après-midi-là, pendant qu'elle feignait de faire de la broderie dans le petit salon, on était venu lui dire qu'on la demandait au téléphone.

Au bout du fil, Mansell s'était montré discret, heureusement. On ne pouvait jamais savoir qui était à l'écoute sur un autre poste.

— Lady Mountrachet ? Je vous appelle pour vous informer que je suis bien entré en possession d'un des articles que vous aviez commandés.

Adeline en eut le souffle coupé. Déjà ? Une impatience mêlée d'espoir et de nervosité s'empara d'elle.

— Et si je puis me permettre, est-ce l'article le plus volumineux, ou bien le plus petit, que vous avez récupéré ?

— Le plus gros.

Adeline ferma les yeux d'un coup. Puis elle reprit d'un ton soigneusement dépouillé de toute trace de joie et de soulagement :

— Et quand pensez-vous pouvoir me le livrer ?

— Nous quittons Londres à l'instant. Nous serons à Blackhurst demain soir.

Alors commença pour Adeline une longue attente. Tout en arpentant les tapis persans, en lissant ses jupes et en houspillant les domestiques, elle réfléchissait au moyen de se débarrasser d'Eliza.

Eliza avait promis de ne jamais aller au château, et elle avait tenu ses engagements. Mais elle s'intéressait à ce qui s'y passait. Alors qu'elle avait à présent assez d'argent pour prendre un bateau et partir, partir très loin, quelque chose la retenait. Comme si, depuis la naissance du bébé, l'ancre qu'elle avait cherchée toute sa vie s'était logée dans le sol de Blackhurst.

Elle restait parce que l'enfant agissait comme un aimant sur elle. Toutefois, elle respecta la promesse faite à Rose. Elle trouva des cachettes d'où elle pouvait les observer. Comme quand elle grimpait, petite, sur l'étagère des Swindell pour regarder le monde évoluer autour d'elle tandis qu'elle-même demeurait immobile, en dehors de la vie.

Car en perdant son enfant, Eliza s'était sentie tomber dans l'abîme de sa vie d'avant, de sa personnalité d'avant. En renonçant à son droit de naissance, elle avait compromis sa raison d'être. Elle n'écrivait presque plus, à part un conte qui lui paraissait digne de figurer dans le futur recueil. L'histoire d'une jeune femme qui vivait seule dans une sombre forêt et qui, par générosité, causait sa propre perte en prenant la mauvaise décision.

Les mois se succédaient, ternes, et finirent par former de longues années. Et puis un matin de 1913, le recueil de contes arriva de chez l'éditeur. Eliza l'ouvrit tout de suite en arrachant le papier d'emballage pour découvrir au plus vite le trésor caché à l'intérieur. Elle s'assit dans son fauteuil à bascule, ouvrit l'ouvrage relié cuir et l'éleva à la hauteur de son visage. Ça sentait l'encre fraîche et la colle de reliure – comme un vrai livre ! Et elles étaient bien là, ses histoires si chères à son cœur. Elle tourna lentement les pages épaisses, toutes neuves, jusqu'aux Yeux de l'aïeule. En relisant le conte, elle se remémora le rêve étrangement évocateur qu'elle avait fait dans le jardin, la sensation omniprésente que l'enfant, dans son ventre, revêtait une importance capitale au regard de cette fable précise.

Alors, d'un seul coup, elle sut que l'enfant, son enfant, devait posséder un exemplaire de ce conte, parce que tous deux étaient mystérieusement liés. Elle enveloppa le livre de papier marron, attendit le moment propice puis fit ce dont elle avait juré de *s'abstenir : elle franchit le portail au bout du labyrinthe et s'approcha du château.*

Des grains de poussière dansaient par centaines dans le rai de soleil entre les deux tonneaux. La petite sourit et il n'y eut plus de place dans ses pensées pour la dame, la falaise, maman... Elle tendit l'index pour en attraper un et rit en les voyant fuir au tout dernier moment.

À l'extérieur de sa cachette, les bruits changeaient peu à peu. On s'affairait, des voix excitées s'élevaient çà et là. Elle avança son petit visage dans le voile de lumière et l'appuya contre le bois froid des tonneaux. Puis elle risqua un œil vers le pont.

Des jambes, des souliers, des jupons... Des serpentins colorés qui s'agitaient en tous sens. Des goélands malins cherchant des miettes sur les planches.

Le grand bateau se mit à gîter un peu, puis un long gémissement grave remonta de ses entrailles, et la vibration traversa le pont pour se propager jusque dans les doigts de la fillette. Le temps parut s'arrêter un instant ; elle retint son souffle, les paumes posées à plat sur le sol, de part et d'autre de son petit corps tapi. Puis la corne sonna, assourdissante, et dans une salve de hourras et de « *bon voyage* [6] », le navire s'écarta du quai. On était partis.

Il faisait nuit quand elles arrivèrent à Londres. Une obscurité épaisse et lourde se répandait mollement dans les replis des rues entre la gare et le quai d'embarquement. La fillette était fatiguée – Eliza

6. En français dans le texte. (*N.d.T.*)

avait dû la réveiller en parvenant à destination –
mais elle ne se plaignait pas. Elle tenait la main
d'Eliza et avançait collée contre ses jupes.

Ce soir-là, elles partagèrent une soupe et du pain
dans leur chambre d'auberge. Épuisées par le
voyage, elles ne parlèrent presque pas, chacune se
contentant d'observer l'autre à la dérobée tout en
portant sa cuillère à sa bouche. Ivory s'enquit bien
de son père et de sa mère, à un moment, mais Eliza
lui répondit qu'ils seraient là pour l'attendre au bout
de la traversée. Ce mensonge était nécessaire ; il lui
fallait du temps pour trouver la meilleure façon de
lui annoncer la mort de Rose et Nathaniel.

Après dîner, Ivory s'endormit très vite sous le
drap de l'unique lit, et Eliza alla s'asseoir sur l'appui
de la fenêtre. Elle contempla tour à tour la rue
obscure grouillante de passants affairés et l'enfant,
qui remuait très légèrement dans son sommeil. Petit
à petit, Eliza se rapprocha d'elle, attentive, et finit
par s'agenouiller si près qu'elle sentait son souffle
dans ses cheveux et pouvait dénombrer les minuscules taches de rousseur de son petit visage endormi.
Et quelle perfection absolue que cette frimousse,
avec sa peau... ivoire et ses lèvres en bouton de rose.
Le même minois sagace qu'aux tout premiers jours
de son existence. Celui qu'elle voyait si souvent en
rêve, la nuit.

Elle sentit alors naître en elle un élan impétueux
vers ce petit être, une revendication totale – un
« amour », oui, ce devait être cela – si féroce que
chaque parcelle de son être en fut imprégnée de
certitude. Comme si son corps reconnaissait l'enfant
qu'il avait mis au monde aussi sûrement qu'elle-

705

même reconnaissait sa propre main, son visage dans la glace ou sa voix dans le noir. Elle s'allongea le plus doucement possible en adaptant sa position à celle de la fillette endormie. Comme elle le faisait en d'autres temps, dans une autre chambre, contre le corps bien chaud de son jumeau Sammy.

Eliza avait enfin l'impression d'avoir trouvé son chez-soi.

Le jour où le navire devait appareiller, elle et la fillette partirent de bonne heure pour se procurer quelques affaires. Eliza acheta quelques vêtements, une brosse à cheveux et une petite valise pour ranger le tout. Au fond, elle glissa une enveloppe contenant des billets de banque et un papier avec l'adresse de Mary à Polperro. La valise, qui était juste à la bonne taille, plaisait beaucoup à Ivory, qui suivit Eliza sur le quai bondé en en agrippant la poignée. Partout régnaient l'agitation et le vacarme, entre le sifflet des locomotives, les nuages de vapeur et les grues qui hissaient à bord des landaus, des bicyclettes ou des phonographes. Un troupeau de chèvres et de moutons défila devant elles dans un concert de bêlements, encadré par les bergers qui faisaient entrer les bêtes dans la cale, et cela fit rire Ivory. Parée d'une des deux robes qu'Eliza lui avait achetées, elle était parfaite dans le rôle de la petite fille riche venue dire au revoir à sa tante qui part pour un long voyage en mer. Quand elles arrivèrent au pied de la passerelle, Eliza tendit sa carte d'embarquement au préposé.

— Bienvenue à bord, madame.

Il la salua de la tête et sa casquette d'uniforme tressauta.

À son tour, elle opina du chef.

— C'est un plaisir que d'être passagère à bord de votre magnifique navire. Ma nièce est ravie pour moi. Elle a même apporté une petite valise pour faire semblant, vous avez vu ?

— Alors, comme ça, la petite demoiselle aime les grands bateaux ? dit l'officier en se penchant vers Ivory.

Cette dernière acquiesça avec un sourire suave, mais ne dit pas un mot – comme le lui avait recommandé Eliza.

— Monsieur, mon frère et ma belle-sœur attendent là-bas, un peu plus loin, dit-elle en indiquant vaguement la foule de plus en plus dense. Est-ce que ça vous ennuierait beaucoup si je faisais monter ma petite nièce à bord, juste une minute, histoire de lui montrer ma cabine ?

L'homme regarda la file de passagers qui serpentait à présent jusque sur le quai.

— Nous ne resterons pas longtemps, reprit Eliza. Vous comprenez, ça ferait tellement plaisir à la petite !

— Ma foi, ça ne devrait pas poser de problème. Mais il faudra la ramener, hein ! J'ai comme l'impression que ses parents la regretteraient, ajouta-t-il avec un clin d'œil à Ivory, si elle s'en allait sans eux.

Eliza reprit la main de la fillette et entreprit l'ascension de la passerelle.

Partout des gens, des voix impérieuses, des clapotis et des coups de corne de brume. L'orchestre du navire jouait un air gai sur un des ponts ; des femmes de chambre couraient en tous sens, des petits télégraphistes apportaient des messages urgents et des grooms à l'air important allaient et venaient, les bras chargés de chocolats et de cadeaux pour les voyageurs en partance.

Mais Eliza, elle, ne suivait pas le steward en chef dans les entrailles du navire ; elle entraîna Ivory sur le pont et s'arrêta à la hauteur d'un alignement de tonneaux. Elle la poussa doucement entre deux fûts et s'accroupit, si bien que sa jupe s'évasa largement sur le pont. Distraite par toute cette activité, la petite tournait la tête à droite et à gauche ; elle n'avait jamais vu autant de monde.

— Il faut m'attendre ici, lui dit Eliza. Surtout ne bouge pas, parce que ce serait dangereux. Je reviens dans un petit moment.

Elle marqua une hésitation et lança un coup d'œil vers le ciel. Des mouettes aux yeux alertes tournoyaient au ras du navire.

— Tu m'attendras, n'est-ce pas ?

La petite fille acquiesça.

— Tu sais jouer à cache-cache ?

— Bien sûr !

— On va jouer à un jeu.

Au moment où elle prononçait ces mots, Eliza revit Sammy et un frisson glacé l'envahit.

— Oh oui, j'aime bien jouer à des jeux !

Eliza chassa l'image de son frère. Cette petite n'était pas Sammy. Elles n'étaient pas en train de jouer à l'Éventreur. Tout allait bien se passer.

— Je vais revenir te chercher.

— Où allez-vous ?

*— J'ai quelqu'un à voir. Quelque chose à récupérer
avant le départ du navire.*

— Qu'est-ce que c'est ?

— Mon passé, répondit Eliza. Mon avenir.

Un petit sourire.

— Ma famille.

La voiture fonçait toujours vers Blackhurst. La
brume se dissipait lentement dans l'esprit d'Eliza,
qui reprenait peu à peu conscience – un balance-
ment, le choc étouffé des sabots dans la boue, une
odeur de moisissure...

Elle entrouvrit les paupières et cilla. Les ombres
noires se décomposèrent et cédèrent la place à des
taches de clarté poussiéreuse. Sa vision se précisa et
cela lui donna le vertige.

Elle n'était pas seule. Un homme était assis en
face d'elle, la tête en arrière, calée contre le cuir du
dossier ; son souffle régulier était ponctué de légers
ronflements. Une moustache en broussaille, un
lorgnon perché sur l'arête du nez...

Eliza lâcha un hoquet. Elle avait à nouveau douze
ans et on l'arrachait à son petit monde familier pour
l'emmener de force vers l'inconnu. Elle était enfermée
dans une voiture à cheval avec le méchant homme
dont parlait toujours maman. Mansell.

Mais non... quelque chose n'allait pas. Elle oubliait
un élément important, qui formait une espèce de
nuage sombre et bourdonnant à la périphérie de ses
pensées, quelque chose qu'elle devait faire...

Elle s'étrangla à nouveau. Et Sammy ? Où était Sammy ? Il aurait dû se trouver là puisqu'elle était censée veiller sur lui...

Toujours ce martèlement de sabots... Ce son l'effrayait et lui donnait la nausée, sans qu'elle sache pourquoi. Le nuage noir se mit à tourbillonner. Il se rapprochait.

Eliza baissa les yeux sur sa jupe, ses mains jointes sur ses genoux. C'étaient bien ses mains, et pourtant, ce ne pouvaient être ses mains. Elles étaient bien trop grandes.

Un éclair de lucidité perça le nuage noir. Elle n'avait pas douze ans, elle était une adulte...

Mais alors, qu'est-ce qui lui était arrivé ? Où était-elle ? Pourquoi Mansell l'accompagnait-il ?

Un cottage en haut d'une falaise, un jardin, la mer...

Elle respirait de plus en plus fort, par courtes inspirations râpeuses.

Une femme, un homme, un bébé...

La panique l'assaillit de tous côtés.

La clarté gagnait du terrain... Le nuage se dissipait, s'émiettait...

Des mots, des bribes de sens... Maryborough... un bateau... un enfant, non pas Sammy mais une petite fille...

Eliza avait la gorge à vif. Un abîme s'ouvrit en elle, pour s'emplir aussitôt d'une terreur noire.

Sa petite fille à elle.

Et puis l'illumination, aveuglante, brûlante : sa fille, seule à bord d'un navire sur le point d'appareiller.

L'affolement la gagna. Son sang battait à ses tempes. Il fallait qu'elle s'enfuie, qu'elle retourne là-bas...

Elle coula un regard en biais vers la portière.

La voiture roulait à vive allure mais cela lui était égal. Le navire partait aujourd'hui même, et la petite était à bord. Sa petite, sa fille, toute seule.

Une grande douleur dans la poitrine, une pulsation assourdissante dans la tête, Eliza tendit la main.

Mansell remua. Ses yeux chassieux s'ouvrirent, se posèrent brièvement sur le bras d'Eliza, ses doigts refermés sur la portière.

Un sourire cruel se dessina sur ses lèvres.

Elle actionna la poignée. Il se jeta sur elle pour la retenir, mais elle fut plus rapide. Après tout, sa volonté était supérieure.

Alors elle tomba ; la porte de la cage s'était ouverte et elle tombait, tombait encore et toujours... vers la terre glaciale et noire. Le temps se replia sur lui-même ; tous les instants n'en formaient plus qu'un, et le passé devenait à la fois le présent et l'avenir. Eliza ne ferma pas les yeux. Elle regarda la terre approcher, flaira l'odeur de la boue, de l'herbe, de l'espoir...

... elle volait, ailes déployées au-dessus du sol, elle s'élevait dans les airs, portée par le vent, le visage frais, l'esprit clair. Et elle savait où elle allait. Elle s'envolait vers sa fille, vers Ivory. L'être qu'elle avait passé sa vie à chercher, l'autre moitié d'elle-même. Enfin elle était une personne entière, et elle rentrait à la maison.

49

Cliff Cottage, 2005

Enfin elle retrouvait le jardin. Entre le mauvais temps, l'irruption de Ruby et la visite chez Clara, il y avait plusieurs jours que Cassandra n'avait pu se faufiler sous le mur. Pendant tout ce temps, elle avait ressenti une curieuse nervosité qui venait juste de disparaître. Bizarre, songea-t-elle en enfilant son gant droit, moi qui n'ai jamais été très jardinière... Mais cet endroit-là était spécial. Elle éprouvait un besoin incoercible d'y revenir sans cesse plonger ses mains dans la terre et redonner vie à la végétation. Cassandra ajusta les doigts du gant gauche, non sans remarquer la bande de peau claire qui faisait le tour de son annulaire.

Elle y passa le pouce. Elle était plus douce, plus élastique que la peau de part et d'autre de l'alliance absente, comme si elle était restée plongée dans l'eau chaude. Cet anneau blanc était ce qu'il y avait de plus jeune chez elle, quinze ans plus jeune que le reste, puisqu'elle n'avait pas changé, vieilli, évolué depuis que Nick y avait passé une bague à l'époque. Jusqu'à ce jour.

— Fait froid, hein ?

Christian se glissa à son tour par le trou du mur, puis il se releva et enfonça ses mains dans ses poches.

Cassandra acheva d'enfiler son gant et lui sourit.

— Je ne savais pas qu'il pouvait faire si froid en Cornouailles. Tous les prospectus que j'ai lus parlaient de climat tempéré.

— Par rapport au Yorkshire, peut-être, rétorqua-t-il avec un sourire en coin. Ça n'est qu'un avant-goût de l'hiver qui s'annonce. Au moins vous n'aurez pas à subir ça.

Le silence se prolongea entre eux. Christian se retourna pour inspecter le trou qu'il avait creusé la semaine précédente, et Cassandra feignit d'être accaparée par sa fourchette à désherber. Son retour en Australie était un sujet qu'ils avaient évité jusque-là. Ces derniers jours, chaque fois que la conversation menaçait de trop s'en rapprocher, l'un des deux se dépêchait de la détourner.

— J'ai repensé à la lettre de Harriet Swindell, reprit Christian.

— Et ?

Cassandra chassa passé et avenir de ses pensées troublées.

— Ce qu'Eliza a pris dans le pot en terre cuite récupéré dans la cheminée devait être drôlement important, car, Nell étant déjà sur le bateau, elle a pris un risque énorme en retournant le chercher.

Ils en avaient longuement parlé la veille, dans un confortable box du pub, tandis que le feu crépitait dans un angle de la salle ; ils avaient ressassé tous les indices qu'ils détenaient, en quête d'une conclusion qu'ils touchaient du doigt, ils le pressentaient tous les deux.

— Elle ne devait pas s'attendre à ce qu'un homme – un inconnu – l'enlève, commenta Cassandra en plongeant son outil dans un parterre. Si seulement Harriet connaissait son nom !

— Sans doute un émissaire de la famille de Rose.

— Vous croyez ?

— Qui d'autre pouvait être aussi pressé de les rattraper ?

— De *la* rattraper.

— Comment ?

— Ils n'ont pas rattrapé Nell. Seulement Eliza.

Christian cessa un instant de creuser.

— Oui, c'est bizarre. Elle n'a pas dû leur dire où elle se trouvait.

C'était cela que Cassandra n'arrivait pas à comprendre. Elle avait passé la moitié de la nuit à essayer d'assembler les pièces du puzzle, et toujours elle parvenait à la même conclusion. D'accord, Eliza n'avait pas voulu que Nell reste à Blackhurst ; mais tout de même, quand le bateau était parti sans elle, elle avait dû faire des pieds et des mains pour la récupérer, non ? Elle était la mère de Nell, elle avait amplement prouvé son amour pour la petite en l'emmenant avec elle. Il était logique d'imaginer qu'elle avait également tout fait pour donner l'alerte, signaler que l'enfant se trouvait seule à bord d'un navire. Comment aurait-elle pu garder le silence et laisser sa fille adorée partir toute seule pour l'Australie ?

Sa fourchette heurta une racine particulièrement coriace.

— Je crois qu'elle n'a pas pu le leur dire.

— Comment cela ?

— Si elle avait été en mesure de parler, elle l'aurait fait. Non ?

Christian hocha la tête, puis, comprenant ce que sous-entendait cette hypothèse, il planta sa pelle dans le trou en haussant un sourcil inquisiteur.

Cette racine était vraiment grosse. Cassandra écarta les mauvaises herbes et en suivit le tracé. Puis elle sourit. Elle était en mauvais état et avait presque entièrement perdu ses feuilles, mais elle reconnut la plante à laquelle elle appartenait pour en avoir vu de semblables dans le jardin de Nell à Brisbane : un très vieux rosier noueux, qui devait être là depuis des dizaines d'années. La tige principale était épaisse comme son avant-bras et couverte de piquants agressifs. Mais vivante ! Moyennant des soins appropriés, elle refleurirait.

— Ça alors !

Cassandra leva la tête. Accroupi, Christian se penchait au-dessus du trou.

— Quoi ? Qu'est-ce qu'il y a ?

— J'ai trouvé quelque chose, répondit-il sur un ton difficile à définir.

Cassandra tressaillit malgré elle.

— Ça fait peur ou c'est une bonne nouvelle ?

— Plutôt une bonne nouvelle, je crois.

Elle alla s'agenouiller près de lui.

Tout au fond du trou, un objet dépassait de la terre boueuse ; un objet de petite taille, lisse et brun.

Christian le retira du sol meuble ; c'était un pot en terre cuite comme on en utilisait autrefois pour la moutarde ou les conserves. Il l'essuya et le donna à Cassandra.

— Je crois que votre jardin vient de livrer son secret.

Le pot était frais sous ses doigts, et étonnamment lourd. Le cœur de la jeune femme s'accéléra.

— C'est sans doute Eliza qui l'a enterré là, supputa Christian. Son ravisseur a dû la ramener à Blackhurst.

Mais pourquoi l'aurait-elle enseveli après avoir couru un risque pareil pour le récupérer ? Pourquoi risquer de le perdre à nouveau ? Et puis, si elle avait eu le temps d'enterrer le pot, pourquoi n'avait-elle pas tenté d'entrer en contact avec le navire afin de retrouver sa petite Ivory ?

Tout à coup, la lumière se fit dans l'esprit de Cassandra. Une vague notion présente depuis le début se précisa. Elle prit une brusque inspiration.

— Qu'est-ce qu'il y a ? demanda Christian.

— Ce n'est pas elle qui a enterré ce pot, murmura-t-elle.

— Comment ça ? Qui est-ce, alors ?

— Personne. Enfin, je veux dire... le pot a été enterré *avec elle*.

Eliza gisait là depuis quatre-vingt-dix ans, attendant qu'on la trouve. Que Cassandra la trouve et élucide son secret.

Christian reporta ses yeux écarquillés sur le trou. Puis il hocha lentement la tête.

— Ça expliquerait qu'elle ne se soit pas lancée à la recherche d'Ivory... enfin, de Nell.

— Elle en était bien incapable. Parce qu'elle était là-dessous.

— Mais qui l'a mise en terre ? Son ravisseur ? Sa tante ou son oncle ?

— Je l'ignore. Mais une chose est sûre : le coupable ne voulait pas que cela se sache. Pas de stèle, rien qui marque l'emplacement de la tombe. Ils voulaient qu'Eliza disparaisse et que la vérité sur sa mort reste à jamais secrète. Secrète et oubliée, comme son jardin.

50

Château de Blackhurst, 1913

Adeline était devant la cheminée. Elle se retourna et inspira si soudainement que sa taille se resserra au maximum.

— Comment cela, les choses ne se sont pas passées comme prévu ?

La nuit était tombée, les bois environnants refermaient leurs ombres tout autour du château. Des ombres qui rôdaient également aux quatre coins de la pièce, dont les flammes des bougies agaçaient les arêtes glaciales.

Mansell rajusta son pince-nez.

— Elle a fait une chute. En fait, elle s'est jetée par la portière. Les chevaux se sont emballés.

— Un médecin ! lâcha Linus. Il faut appeler un médecin.

— Il ne lui serait d'aucun secours, rétorqua calmement Mansell. Elle est morte.

— Comment ! s'étrangla Adeline.

— Morte, répéta-t-il. La jeune femme, votre nièce, est morte.

Adeline ferma les yeux et ses genoux plièrent tout seuls. Tout tournait autour d'elle. Elle se sentit tout à coup d'une légèreté extrême, elle ne souffrait plus, elle était libre. Dire qu'un pareil fardeau pouvait s'envoler aussi facilement ! Incompréhensible. Après toutes ces années, elle était débarrassée de sa hantise permanente, l'héritage de Georgiana !

Adeline ne chercha pas à comprendre. Son vœu avait été exaucé. Tout rentrait dans l'ordre. Cette fille était morte. On n'en parlerait plus. C'était tout ce qui comptait. Pour la première fois depuis la mort de Rose, elle respira. La joie coula, tiède, dans ses veines.

— Où est-elle ? demanda-t-elle.

— Dans la voiture.

— Vous l'avez ramenée ici ?

— Et la petite ? fit la voix de Linus depuis le fauteuil où il était tassé. Où est la fillette aux cheveux de feu ? acheva-t-il, le souffle court.

— La jeune femme a prononcé quelques mots avant de tomber. Elle avait l'esprit embrumé et la voix pâteuse, mais elle a parlé d'un bateau ou d'un navire. Elle était très agitée. Elle avait peur de ne pas être là à son départ.

— Vous pouvez disposer, dit sèchement Adeline. Attendez près de la voiture. Je vous appellerai quand j'aurai pris les dispositions nécessaires.

Mansell eut un bref hochement de tête et prit congé en emportant avec lui le peu de chaleur qui régnait dans la pièce.

— Et l'enfant ? bêla Linus.

Adeline ne lui prêta pas attention. Elle réfléchissait. Naturellement, les domestiques ne devaient rien

718

savoir. Pour eux, officiellement, Eliza avait quitté Blackhurst en apprenant que Rose et Nathaniel voulaient s'installer à New York. Heureusement, elle avait souvent évoqué ses envies de voyage.

— Mais l'enfant ? insista Linus en tripotant son col d'une main tremblante. Il faut que Mansell la retrouve, qu'il identifie ce navire. Il faut la retrouver. Nous devons la reprendre avec nous.

Adeline regarda brièvement la silhouette effondrée de son mari en ravalant son dégoût.

— Et pourquoi donc ? Elle ne nous est rien, après tout. Vous ne voyez donc pas, fit-elle à voix basse, en se rapprochant de Linus, que nous sommes à présent libérés ?

— C'est notre petite-fille.

— Peut-être, mais elle n'est pas des nôtres. De notre sang.

— Elle est du mien.

Adeline feignit de ne pas avoir entendu sa réplique faiblement énoncée. Tout commentaire sur cette manifestation de sensiblerie lui paraissait éminemment superflu alors qu'ils étaient enfin en sécurité. Elle se mit à faire les cent pas.

— Nous dirons qu'on l'a retrouvée mais qu'elle était contaminée par la scarlatine. Personne ne mettra notre parole en doute, puisqu'on la croit déjà malade et alitée. Nous informerons les domestiques que je dois être la seule à la soigner, que Rose aurait voulu qu'il en soit ainsi. Au bout d'un certain temps, nous aurons l'air d'avoir tout fait pour combattre le mal ; alors nous organiserons des funérailles en règle.

Et pendant qu'Ivory aurait droit à des obsèques dignes d'une petite-fille bien-aimée, Adeline ferait en sorte d'éliminer proprement la dépouille d'Eliza sans que personne s'aperçoive de rien. Elle ne serait pas enterrée dans le cimetière familial. Ainsi, la terre bénie qui ensevelissait Rose ne serait pas souillée par sa présence. Il fallait la mettre en terre là où nul ne la trouverait jamais. Là où nul ne songerait même à la chercher.

Le lendemain matin, Adeline demanda à Davies de lui faire traverser le labyrinthe. Un endroit affreux, humide... L'odeur des plantes rampantes qui ne voyaient jamais le soleil la fit suffoquer. La jupe de sa tenue de deuil bruissait sur le sol ratissé, et l'ourlet ramassait des feuilles qui s'y collaient comme des bogues. On aurait dit un grand oiseau noir resserrant ses ailes autour de lui pour se protéger de l'hiver cruel né de la mort de Rose.

Quand ils parvinrent enfin au jardin clos, elle écarta Davies du geste et remonta l'allée en balançant ses jupes. Des groupes de petits oiseaux quittèrent leurs branches invisibles et s'envolèrent sur son passage en gazouillant follement. Elle avançait aussi vite que le lui permettait la décence, impatiente de quitter cet endroit maudit et de fuir cet arôme d'entêtante fertilité qui lui faisait tourner la tête.

Au bout du jardin, elle s'immobilisa.

Ses lèvres formèrent un mince sourire. Exactement ce qu'elle avait espéré.

Un frisson glacé la parcourut. Puis elle fit volte-face.

— Bien, dit-elle. J'en ai assez vu. Ma petite-fille est gravement malade. Il faut que je rentre immédiatement au château.

Davies soutint son regard une seconde de trop. Adeline tressaillit mais dissimula sa réaction. Que pouvait savoir cet homme de la mystification qu'elle projetait ?

— Montrez-moi le chemin du retour, maintenant.

Adeline suivit à quelque distance le robuste jardinier qui avançait à pas lents. Sa main droite, cachée dans la poche de sa jupe, en sortait à intervalles réguliers pour semer de petits cailloux blancs issus de la collection qu'Ivory conservait dans un pot en verre, à la nursery.

L'après-midi traîna en longueur. La soirée fut interminable. Enfin, minuit sonna. Adeline se releva, se rhabilla et laça ses bottines. Puis elle longea le couloir à pas de loup, descendit l'escalier et sortit dans la nuit.

La lune était pleine. Elle traversa la pelouse d'un pas pressé en restant dans l'ombre fraîche des arbustes et des massifs. Le portail du labyrinthe était fermé, mais elle n'eut aucun mal à faire sauter le loquet. Elle se coula de l'autre côté et sourit en apercevant le premier caillou blanc. Il luisait comme l'argent.

Elle alla ainsi de caillou en caillou jusqu'à se retrouver devant le portail opposé, celui qui donnait sur le jardin clos.

Celui-ci émettait un imperceptible bourdonnement dans l'enceinte de ses murs. Les feuillages argentés par la lune tintaient légèrement sous la caresse du vent chuchotant, comme de fins morceaux de métal. Une corde de harpe en vibration.

Adeline eut l'étrange sensation d'être surveillée par un observateur muet. Elle scruta le décor blanchi par le clair de lune et sursauta en découvrant deux yeux ronds à la fourche d'un arbre proche. En un instant son esprit reconstitua la chouette : ses plumes, sa tête et son corps ronds, son bec pointu.

Pourtant, elle ne se sentit pas beaucoup mieux. Ce regard avait quelque chose d'anormal. Oui, ces yeux la dévisageaient, la jugeaient.

Elle se détourna. Pas question de se laisser troubler par un vulgaire volatile.

Puis il y eut un bruit en direction du cottage. Adeline s'accroupit près du banc. Deux silhouettes drapées de nuit firent leur apparition. Mansell, évidemment, mais avec qui était-il venu ?

Les deux formes s'avancèrent ; elles transportaient un fardeau volumineux qu'elles déposèrent de l'autre côté du mur. Puis l'un des hommes franchit l'ouverture du jardin clos.

Un grésillement : Mansell grattait une allumette. Un éclair orangé apparut, entouré d'un halo bleuté. Il l'approcha de la mèche de la lanterne et tourna la molette pour accroître sa luminosité.

Adeline se redressa de toute sa hauteur et se montra.

— Bonsoir, lady Mountrachet, dit Mansell.

Adeline désigna son compagnon et s'enquit d'une voix glaciale :

— Et qui est-ce, là ?

— Slocombe, mon cocher.

— Que fait-il ici ?

— La pente est raide et le paquet pesant.

Il battit des paupières. La flamme se reflétait dans les verres de son pince-nez.

— On peut lui faire confiance. Il ne dira rien.

Il déplaça la lanterne et le bas du visage de Slocombe apparut. Il était affreusement défiguré. Sa mâchoire inférieure n'était que creux et bosses. On ne distinguait même pas sa bouche.

Ils se mirent au travail pour agrandir le trou que les ouvriers avaient commencé. Adeline reporta son attention sur le linceul noir, sous le pommier. Enfin cette fille disparaissait sous terre ! Il était temps que tout le monde l'oublie. Ce serait comme si elle n'avait jamais existé. Avec le temps, les gens ne se souviendraient même plus d'elle.

Elle ferma les yeux et s'efforça de ne plus entendre ces saletés d'oiseaux qui gazouillaient avec ardeur ainsi que les feuilles, dont le bruissement avait à présent quelque chose d'impérieux. Elle se concentra plutôt sur le son bienvenu de la terre meuble tombant et se dispersant au fond du trou. Bientôt ce serait fini. La maudite était morte, elle pourrait à nouveau respirer.

Un souffle d'air frais effleura son visage. Elle rouvrit les yeux.

Une forme sombre approchait, juste au niveau de sa tête.

Un oiseau ? Une chauve-souris ?

Des ailes noires fouettèrent le ciel nocturne.

Adeline recula.

Elle ressentit une piqûre et eut alternativement froid et chaud.

La chouette s'envola en s'inclinant sur une aile et passa par-dessus le mur. Adeline ressentit une pulsation douloureuse dans sa paume.

Elle dut pousser une exclamation, car Mansell s'arrêta de travailler pour approcher sa lanterne. À la lueur dansante de la flamme, Adeline vit qu'une longue branche de rosier hérissée d'épines s'était dégagée du massif pour lui enserrer la main. Une longue épine était plantée dans sa paume.

De sa main valide, elle l'en extirpa. Le sang perla. Une gouttelette luisante, parfaite dans sa forme.

Adeline tira un mouchoir de sa manche, l'appliqua contre la blessure, vit que le sang le traversait aussitôt.

Ce n'était qu'une épine. Elle avait l'impression, pour l'instant, que son sang se glaçait dans ses veines, mais elle guérirait et tout irait bien.

Quand Adeline ordonna qu'on rase le jardin, le rosier fut le premier à subir la faux.

Désormais, il n'y avait plus de place pour les roses dans les jardins de Blackhurst.

51

Tregenna, 2005

En regardant au fond de la tombe d'Eliza, Cassandra se sentit envahie par un calme étrange. Comme si, au moment de leur trouvaille, le jardin avait poussé un gros soupir de soulagement : les oiseaux pépiaient moins fort, les feuilles ne bruissaient plus, l'étrange agitation qui régnait jusque-là avait cessé. Le secret que le jardin avait dû garder pendant des décennies venait d'être mis au jour.

La voix de Christian s'éleva. Elle eut l'impression qu'il lui parlait de très loin.

Eh bien, vous ne l'ouvrez pas ?

Le pot en terre cuite pesait de tout son poids dans ses mains. Elle effleura la cire ancienne qui en scellait le couvercle, consulta Christian du regard et, voyant que celui-ci l'encourageait, appuya dessus en tournant, si bien que le pot s'ouvrit.

Il contenait trois objets : une petite bourse en cuir, une mèche de cheveux roux dorés et une broche.

La bourse renfermait deux pièces anciennes, jaune pâle, frappées à l'effigie de la reine Victoria, avec son fameux profil à bajoues. Elles portaient respectivement la date de 1897 et 1900.

Quant à la mèche, elle était nouée à l'aide d'un bout de ficelle et roulée en coquille d'escargot afin de tenir dans le pot. Elle était encore lisse, douce, tout en finesse. À qui avait-elle appartenu ? Cassandra se rappela ce qu'avait écrit Rose dans un de ses premiers albums, à l'arrivée d'Eliza à Blackhurst. Une litanie de récriminations à l'égard de celle qu'elle décrivait comme « à peine plus qu'une sauvageonne ». Cette fillette aux cheveux coupés n'importe comment, comme ceux d'un garçon.

Enfin, Cassandra se concentra sur la broche. Très décorée, incrustée de pierreries, elle présentait en son centre un motif rappelant les tapisseries anciennes. Sauf qu'il s'agissait de tout autre chose.

Cassandra avait travaillé assez longtemps parmi les antiquités pour pouvoir identifier l'objet. Elle le retourna et caressa du bout du doigt l'inscription qu'on y avait gravée en tout petits caractères : *Pour Georgiana Mountrachet, à l'occasion de son seizième anniversaire. Passé. Avenir. Famille.*

Voilà le trésor qu'Eliza était allée récupérer chez les Swindell, et dont le prix avait été la rencontre avec un inconnu. Un inconnu qui l'avait à tout jamais séparée d'Ivory, et à cause de qui cette dernière était devenue Nell.

— Qu'est-ce que c'est ?

— Un mémento. À l'époque victorienne, précisa-t-elle en voyant sa perplexité, on en faisait confectionner en tressant les cheveux de divers membres de la famille. Celui-ci a appartenu à la mère d'Eliza, Georgiana.

— Ce qui explique pourquoi elle y tenait tant, et pourquoi elle est retournée le chercher.

— Et donc pourquoi elle n'a pas pu embarquer à temps. Si seulement Nell avait pu le voir, reprit-elle en regardant sur ses genoux le précieux héritage d'Eliza. Elle qui s'est toujours sentie abandonnée, qui n'a jamais su qu'Eliza était sa mère, ni combien elle l'aimait... C'était la seule chose qu'elle désirait savoir : qui elle était.

— Pourtant, elle le savait : elle était Nell, que sa petite-fille Cassandra a aimée au point de traverser les océans pour résoudre le mystère de ses origines à sa place.

— Elle n'a pas su que je le ferais.

— Comment pouvez-vous en être sûre ? Elle vous regarde peut-être en ce moment même. Quoi qu'il en soit, elle savait que vous viendriez, c'est évident. Que disait cette petite phrase ajoutée sur son testament, déjà ?

La phrase qui lui avait paru si bizarre quand Ben lui avait remis les papiers...

— « *Pour Cassandra, qui comprendra pourquoi* ».

— Et alors ? Vous comprenez maintenant ?

Bien sûr qu'elle comprenait. Nell, qui s'était efforcée avec l'énergie du désespoir d'affronter son passé pour pouvoir le transcender, avait vu en elle une âme sœur. Une victime de la vie, comme elle.

— Elle savait que j'entreprendrais la démarche.

— Elle savait que vous l'aimiez assez pour achever ce qu'elle avait commencé. Comme dans *Les Yeux de l'aïeule*, quand le faon révèle à la princesse qu'en fin de compte la vieille n'avait pas besoin d'yeux, qu'elle savait qui elle était grâce à l'amour que lui vouait la princesse.

Cassandra en avait les larmes aux yeux.

— Ce faon était très sage.

— Et beau et courageux, en plus.

Elle ne put réprimer un sourire.

— Donc, on sait tout, maintenant. Qui était la mère de Nell. Pourquoi celle-ci a embarqué seule. Ce qui est arrivé à Eliza.

Elle comprenait aussi pourquoi le jardin avait tant d'importance à ses propres yeux, pourquoi elle y trouvait en quelque sorte ses « racines », qui s'enfonçaient de plus en plus profondément dans le sol à mesure qu'elle y passait du temps. Elle y était chez elle, car d'une certaine façon – qu'elle aurait été bien en peine d'exprimer – Nell s'y trouvait aussi. Comme Eliza. Et elle-même était la gardienne de leurs secrets.

Christian parut lire dans ses pensées.

— Alors, vous êtes toujours décidée à vendre ?

Le vent fit pleuvoir une cascade de feuilles dorées, que Cassandra suivit des yeux.

— Tout bien considéré, je crois que je vais rester encore un peu.

— À l'hôtel ?

— Non, ici.

— Vous ne vous sentirez pas seule ?

Cela ne lui ressemblait pas, mais en cet instant, Cassandra formula une réponse correspondant exactement à ce qu'elle ressentait.

— Je crois que je ne serai pas seule. En tout cas, pas tout le temps.

Sentant le rouge lui monter aux joues, elle s'empressa d'enchaîner :

— Je voudrais terminer ce que nous avons commencé.

Il haussa les sourcils, et elle s'empourpra pour de bon.

— Au jardin, je veux dire.

— J'avais compris.

Il soutint son regard. Tandis que Cassandra sentait son cœur battre à se rompre, Christian lâcha sa pelle et posa une main sur sa joue. Puis il s'approcha, et la jeune femme ferma les yeux. Un soupir lui échappa, alourdi par des années de lassitude. Puis il l'embrassa et à le sentir si proche, si solide, à respirer son odeur de près, elle resta confondue. Il sentait bon le jardin, la terre et le soleil.

Quand elle rouvrit les yeux, elle se rendit compte qu'elle pleurait. Mais pas de chagrin ; ses larmes étaient de celles qu'on verse quand quelqu'un vous retrouve, quand on rentre chez soi après une longue, longue absence. Elle serra la broche dans sa main. *Passé. Avenir. Famille.* Son propre passé abondait en souvenirs – une vie entière de souvenirs aussi beaux et précieux que chargés de tristesse. Pendant dix ans, elle avait évolué parmi ces souvenirs, dormi avec eux, vécu au milieu d'eux. Mais quelque chose avait changé. *Elle* avait changé. Elle était venue en Cornouailles pour mettre au jour le passé et la famille de Nell, mais par la même occasion, elle y avait trouvé son propre avenir. Ici, dans le magnifique jardin d'Eliza que Nell avait remis en état, Cassandra s'était trouvée elle-même.

Christian lui caressa les cheveux et la dévisagea avec une force de conviction qui la fit frissonner.

— Je t'attendais, dit-il.

Cassandra lui prit la main. Elle aussi l'avait attendu.

Épilogue

Une sensation de fraîcheur sur ses paupières ; un chatouillis, comme de petites pattes de fourmi allant et venant sans cesse.

Une voix, réconfortante car familière.

— Je vais chercher une infirmière...

— Non, dit Nell en tendant la main, toujours sans rien voir, mais essayant d'attraper quelque chose.

— Je reviens tout de suite, promis.

— Non...

— Tout va bien se passer, grand-maman. Je vais chercher du secours.

Grand-maman... Telle était son identité, elle s'en souvenait à présent. Elle avait porté bien des noms dans sa vie, au point qu'elle en avait oublié certains, mais en endossant le dernier, celui de grand-maman, elle avait enfin su qui elle était vraiment.

Une deuxième chance, une bénédiction, une rédemptrice : sa petite-fille.

Et maintenant, Cassandra allait chercher du secours.

Ses paupières se fermèrent. Elle était à nouveau sur le bateau. Elle sentait l'océan sous ses pieds, et aussi le pont qui tanguait. Elle voyait les tonneaux, les rayons du soleil, les grains de poussière. Elle entendait des rires, au loin.

Mais tout cela s'effaçait. On éteignait les lumières. Elles se tamisaient peu à peu, comme celles du Plaza Théâtre avant le début du film. Les spectateurs se calaient confortablement dans leur fauteuil, ils chuchotaient en attendant...

Le noir.

Le silence.

Alors elle se retrouva ailleurs. Dans un endroit où il faisait froid et où elle était seule. De part et d'autre elle sentait... des branches, oui. Elle avait l'impression que des murs, hauts et sombres, se refermaient sur elle de tous côtés. La lumière revint. Faible, mais suffisante pour qu'en tendant le cou, elle distingue le ciel.

Ses jambes étaient en mouvement. Elle marchait les bras écartés, en passant ses mains sur des feuilles, des branches.

Un angle. Elle tourna. Encore des parois de feuillages. Et l'odeur de la terre, humide et puissante.

Tout à coup, elle sut où elle était. Un mot à la fois très ancien et familier lui revint. Un labyrinthe. Elle était dans un labyrinthe.

Une prise de conscience totale et instantanée : au bout, il y avait un lieu extraordinaire. Et il fallait qu'elle s'y rende. Un lieu sûr où elle pourrait se reposer.

Elle atteignit un embranchement.

Bifurqua.

Elle connaissait le chemin. Elle se souvenait. Elle était déjà venue.

Vite. Il fallait presser le pas. L'urgence croissait dans sa poitrine. La certitude. Il fallait qu'elle arrive au bout.

De la lumière au-devant d'elle. Elle y était presque.

Encore quelques mètres.

Tout à coup, une silhouette sortit de l'ombre, en pleine lumière. La Conteuse lui tendait la main. Une voix argentée :

— Je t'attendais.

La Conteuse fit un pas de côté et Nell vit qu'elle avait atteint le portail.

Le bout du labyrinthe.

— Où suis-je ?

— Tu es chez toi.

Alors Nell inspira profondément et franchit le seuil derrière la Conteuse, pour pénétrer dans le plus beau jardin du monde.

« *Enfin le sortilège de la méchante Reine fut levé et la jeune femme que la malchance et la cruauté avaient enfermée dans un corps d'oiseau fut libérée de sa cage. La porte s'ouvrit et le coucou tomba, tomba, tomba... Mais ses ailes atrophiées se déployèrent et elle se sut capable de voler. Tandis que la fraîche brise marine de son pays natal chahutait ses plumes, elle prit son essor au-dessus de la falaise et s'élança vers le ciel et l'océan. Vers une terre nouvelle où régnaient l'espoir, la liberté, la vie. Vers l'autre moitié d'elle-même. Vers son foyer qui l'attendait.* »

ELIZA MAKEPEACE, *L'Envol du coucou*

Remerciements

Je voudrais exprimer ma reconnaissance envers les personnes qui ont aidé *Le Jardin des secrets* à venir au monde, parmi lesquelles :

Ma grand-mère Connelly, dont l'histoire personnelle m'a inspirée au départ ; Selwa Anthony pour ses conseils avisés et sa présence attentive ; Kim Wilkins, Julia Morton et Diane Morton, qui ont lu mes premiers manuscrits ; Kate Eady pour avoir traqué les détails historiques empoisonnants comme tout ; Danny Kretschmer pour m'avoir fourni les photos en temps et en heure ; et les collègues de Julia pour les questions de langue. Pour tout ce qui relève des recherches archéologiques, entomologiques et médicales, je remercie pour leur aide le Dr Walter Wood et le Dr Natalie Franklin, ainsi que Katharine Parkes, avec une mention particulière pour le Dr Sally Wilde ; pour les précisions très spécifiques, toute ma gratitude va à Nicole Ruckels, Elaine Wilkins et Joyce Morton.

J'ai la chance d'être publiée dans le monde entier par des gens formidables, et je remercie tous ceux qui ont fait que mes histoires sont devenues des livres.

Pour leur soutien infatigable et tout en finesse dans la genèse du *Jardin des secrets,* je tiens à remercier tout particulièrement Catherine Milne, Clara Finlay et la formidable Annette Barlow chez Allen & Unwin, en Australie ; mais aussi Maria Rejt et Liz Cowen chez Pan Macmillan au Royaume-Uni. Je suis également redevable à Julia Stiles et Lesley Levene pour l'extrême attention qu'elles ont portée aux détails.

Je voudrais par ailleurs rendre hommage ici aux auteurs de littérature pour la jeunesse. Découvrir que derrière une série de petits signes noirs sur des pages blanches sont tapis des mondes d'incomparables terreurs, charmes et délices, est un des plus beaux cadeaux que la vie puisse nous offrir. J'éprouve une immense gratitude à l'égard de ceux qui, par leurs œuvres, ont enflammé mon imagination enfantine et m'ont donné un amour des livres et de la lecture qui ne m'a jamais quitté une seconde. *Le Jardin des secrets* est, entre autres, une ode à ces écrivains-là.

Pour finir, comme toujours, je voue une reconnaissance éternelle à mon mari, Davin Patterson, et à mes deux fils, Oliver et Louis, à qui cette histoire appartient.

Achevé d'imprimer par GGP Media GmbH, Pößneck
en octobre 2008
pour le compte de France Loisirs,
Paris

N° d'éditeur: 53694
Dépôt légal: novembre 2008

Imprimé en Allemagne